Anne Cushman

Ich, mein Karma und E

Anne Cushman

Ich, mein Karma und Er

Roman

Deutsch von Andrea Brandl

Goldmann Verlag

Die amerikanische Originalausgabe erschien 2008 unter dem Titel
»Enlightenment for idiots« bei Shaye Areheart Books, New York.

FSC
Mix
Produktgruppe aus vorbildlich
bewirtschafteten Wäldern und
anderen kontrollierten Herkünften

Zert.-Nr. SGS-COC-1940
www.fsc.org

Verlagsgruppe Random House FSC-DEU-0100
Das für dieses Buch verwendete FSC-zertifizierte Papier *Munken Premium*
liefert Arctic Paper Munkedals AB, Schweden.

1. Auflage

Satz: Uhl + Massopust, Aalen
Druck und Bindung: GGP Media GmbH, Pößneck
Printed in Germany
ISBN 978-3-442-31186-6

www.goldmann-verlag.de

Für Kathleen

Prolog

Stelle dich aufrecht auf die Matte.

Atme tief ein und hebe dabei die Arme über den Kopf. Lass dann den Oberkörper sanft nach vorn fallen. Dein Rücken sollte sich wie ein Wasserfall aus Muskeln und Knochen aus dem Becken ergießen.

Lege dich anschließend auf den Rücken und drücke die Fußsohlen aneinander. Lockere die Knie, so dass die Bauchdecke entspannt ist.

Rolle dich nun ganz eng zusammen, wie ein Keim im gefrorenen Boden.

Jede dieser Yoga-Positionen geht unweigerlich in die nächste über, erblüht in einer fließenden Bewegung aus der vorhergehenden. Auf diese Weise verschmelzen Anfang und Ende miteinander. Unterbreche die Übung möglichst nicht. Du wirst sehen: die letzte Position führt unweigerlich wieder zur ersten zurück.

Als meine Mutter im sechsten Monat mit mir schwanger war, ging mein Vater eines Tages zur Tür hinaus und kam nie wieder zurück. Das ist so ziemlich alles, was ich über ihn weiß. Oder alles, was ich über ihn zu wissen brauche, meint meine Mutter. Sie redet nicht gern über ihn. Und die paar Mal, die ich all meinen Mut zusammengenommen und nach ihm gefragt habe, verschloss sich ihre Miene nur. Es war, als würde ein Eisengitter zufallen. »Nicht jeder hat einen Daddy«, bekam ich früher immer zu hören, wenn ich aus dem Kindergarten nach Hause kam und wissen wollte, wo meiner sei. »Man *kann* einen Daddy haben, *muss* aber nicht.« »Er war noch so jung«, sagte sie später, als ich etwas größer war. »Wir beide waren sehr jung. Er wollte noch nicht vor den Karren gespannt werden.«

Es gab keine Fotos von ihm, weder in Fotoalben noch sonst irgendwo in der Wohnung – oder besser gesagt in all den verschiedenen Wohnungen. Wir zogen nämlich alle paar Jahre um; immer dann, wenn meine Mutter das Gefühl hatte, in einer neuen Stadt, einer neuen Wohnung, mit einem neuen Job oder einem neuen Freund glücklicher werden zu können. Aber einmal, als ich in ihrem Geldbeutel nach einem Dollar für einen Schokoriegel kramte, stieß ich hinter einem abgelaufenen Bibliotheksausweis auf einen Schnappschuss. Meine Mutter war darauf zu sehen, unglaublich jung. Sie stand auf einer Strandpromenade neben einem Jungen mit schiefem Grinsen und dunklen Locken, wie auch ich sie hatte. Er hatte den Arm um sie gelegt, schaute jedoch in die andere Richtung, aufs Meer hinaus. Sie, zierlich und blond, schmiegte sich an ihn. Meine Mutter sah ganz anders aus als ich. Doch selbst mit neun Jahren erkannte ich, dass wir denselben Gesichtsausdruck besaßen: strahlend und skeptisch zugleich. Mit Vorsicht das Glück genießend, wohlwissend, dass es einem jederzeit entrissen werden konnte.

Ich erzählte ihr nie, dass ich das Foto gefunden hatte. Und noch etwas anderes erzählte ich ihr nicht: Dass es nicht stimmt, dass mein Vater nie wieder zurückgekommen ist. Ich habe ein Bild vor Augen, so zerknittert und vor der Welt geheimgehalten wie dieser Schnappschuss im Geldbeutel meiner Mutter. Ich war damals noch ganz klein, höchstens drei Jahre alt. Das weiß ich deshalb, weil wir noch in dem winzigen Einzimmer-Apartment in Los Angeles lebten, in das meine Eltern anfangs gezogen waren. Es war mitten in der Nacht. Mein Bett stand direkt unter dem Fenster in einem winzigen Vorbau, gleich neben der Küche. Ich erwachte aus einem Traum – überall um mich herum wuchsen riesenhafte Kürbisse in die Höhe – und hörte das Summen des Kühlschranks, das Ticken der Uhr und hatte das untrügliche Gefühl, dass jemand meinen Namen gerufen hatte. Ich setzte mich auf, zog den Vorhangzipfel beiseite und schaute nach draußen auf die Einfahrt, die im Mondschein und im tintenschwarzen Schatten der Bäume lag. Dort unten stand ein Mann und sah zu unserer Wohnung hoch. Obwohl ich ihn nie zuvor gesehen hatte, wusste ich sofort, dass es mein Vater war. Ich saß reglos da und beobachtete ihn. Irgendetwas sagte mir, dass ich nur den Vorhang beiseite ziehen und ins Licht treten müsste, dass er dann die Hand nach mir ausstrecken und mich in die Arme nehmen würde. Doch ich rührte mich nicht. Lange, lange Zeit stand er nur so da, dann drehte er sich um und stieg in den Pick-up auf der anderen Straßenseite. Ohne Licht anzumachen, fuhr er davon.

Ich habe nie jemandem ein Wort davon erzählt. Aber manchmal glaube ich, es ist wie beim Yoga: Alles in meinem Leben führt mich unweigerlich wieder zu dieser Geschichte zurück.

Der Hatha-Schüler sollte in der Abgeschiedenheit seinen Übungen nachgehen, in einem Tempel oder einer Einsiedelei, nur einen Pfeilschuss von Felsen, Wasser und Feuer entfernt. Die Einsiedelei sollte eine kleine Tür und keine Fenster haben. Sie sollte sich auf derselben Höhe wie die Erde befinden und keine Löcher in den Wänden haben. Sie sollte weder zu hoch noch zu lang sein, sauber und frei von Insekten, und täglich mit Kuhdung ausgelegt werden.

Hatha Yoga Pradipika, ca. 1400 v.Chr.

Kapitel eins

Um 6:27 Uhr klingelte mein Handy und riss mich aus einem Albtraum. Ich stand vor meiner Yoga-Klasse, mit nichts am Leib als BH und Slip.

»Amanda? Hier ist Maxine«, drang eine Stimme aus dem Hörer, die nicht die war, auf die ich gehofft hatte. Seltsam, wie sehr mein heimlicher Wunsch – *vielleicht ist es ja Matt* – mein Gehirn steuerte, noch ehe ich überhaupt wach war. Verschlafen spähte ich auf die Leuchtziffern des Weckers. Oh verdammt, ich hatte ihn nicht gehört. In exakt 33 Minuten sollte ich im Blissful Body Yoga Studio sein und vertretungsweise die Montagsstunde »Strahlendes Erwachen« unterrichten. Die Lehrerin hatte mich gestern am späten Abend angerufen und mit Krächzstimme gebeten, ob ich einspringen könnte. Ich wusste, dass ich wahrscheinlich die Siebente oder Achte auf ihrer Liste gewesen war, aber sei's drum – für eine künftige Yoga-Lehrerin, die noch nicht einmal ihr Diplom in der Tasche hatte, war es zweifellos eine Ehre, diesen Kurs abhalten zu dürfen. Und nun hätte ich ihn um ein Haar verschlafen.

»Oh, hallo, Maxine.« Ich versuchte, so geschäftsmäßig wie möglich zu klingen, während ich mich aus den zerwühlten Laken schälte und den Fußboden nach meiner Yoga-Hose absuchte. Natürlich war es nicht Matt. Ich hatte ihm gesagt, ich würde nie wieder ein Wort mit ihm reden. Maxine war meine Lektorin bei Bigday Books, dem Verlag, der die Reihe »Abenteuer für Anfänger« herausbrachte, von der sich Maxine unheimlich viel versprach. Die Buchverträge mit ihr finanzierten – zumindest gerade so – meine Ausbildung zur Yoga-Lehrerin (dank derer ich hoffentlich bald einen ordentlichen Job bekommen und Karriere machen könnte. Ich hatte es nämlich satt, ständig in der Furcht vor Geldeintreibern zu leben, die mich im Auftrag von Kreditkartenfirmen anriefen und säumige Zahlungen anmahnten). Ich schaltete die grelle Deckenlampe ein und kniff die Augen zusammen. »Was kann ich für dich tun?«

»Ich muss dir eine wichtige Frage stellen.« Das war keine Überraschung. Maxines Fragen waren grundsätzlich wichtig. Und brachen fast ausnahmslos in aller Herrgottsfrühe über mich herein. Bigday Books hatte seinen Sitz in Manhattan, und Maxine glaubte, »Pacific Standard Time« sei lediglich eine billige Ausrede für kalifornische Autoren. Sie wollten damit nur darüber hinwegtäuschen, dass es mit ihrem Arbeitseifer nicht weit her war.

»Schieß los.« Ich pflückte ein langärmeliges Shirt vom Boden und roch am Stoff unter den Achseln.

»Amanda, was weißt du über Erleuchtung?«

»Über *was*?« Da ich mir gerade das Shirt über den Kopf gestreift hatte, war mir wohl das Telefon weggerutscht. Maxine konnte mich unmöglich gefragt haben, was ich über das Thema

Erleuchtung wüsste. In den letzten achtzehn Monaten hatte ich mir mühsam zwei Manuskripte für sie aus dem Kreuz geleiert. Dank des ersten, *Wohnmobilreisen für Anfänger*, durfte ich den ganzen August über in einem geliehenen Winnebago von einem Nationalpark zum nächsten gondeln, wo ich jede Nacht zwischen Familien mit schreienden Kleinkindern eingepfercht war, die sich die Teletubbies auf ihren tragbaren Fernsehern ansahen. Das zweite – *Kalifornische Weinparadiese für Anfänger* – war besonders problematisch gewesen, da ich mitten in einem Ausbildungsprogramm für Yoga-Lehrer steckte, in dessen Rahmen man uns angewiesen hatte, nichts als Limonenwasser mit Cayennepfeffer und Ahornsirup zu trinken. »Tut mir leid, wie war das?«

»Er-leuch-tung.« In ihrer Stimme lag ein ungeduldiger Unterton. »Ich weiß, dass du dich mit diesem Yoga-Schnickschnack auskennst. Also, raus damit: Was genau ist Erleuchtung?«

»Na ja…« 6:31 Uhr. Würde es jemandem auffallen, wenn meine Socken nicht zum restlichen Outfit passten? »Nach meinem Verständnis ist Erleuchtung ein Zustand glückseligen Bewusstseins, der nicht von äußeren Umständen abhängig ist.« Ich klemmte mir den Hörer zwischen Ohr und Schulter und zerrte einen Kamm durch mein Haar, bis er stecken blieb. Ich gab es auf. »Es ist das Verständnis, dass du nicht vom Rest des Universums losgelöst bist: von den Bäumen, der Sonne, den –«

»Alles klar, schon verstanden. Meine Frage ist Folgende: Ist das etwas, wonach die Leute suchen?«

»Na ja, klar, ich denke schon. Zumindest manche.« Ich schnappte meine aufgerollte Yoga-Matte und ging mit dem Telefon am Ohr die knarrenden Stufen hinunter, sorgsam darauf bedacht, leise zu sprechen, um meine Mitbewohnerin nicht zu wecken. Ishtar fand es schon nervtötend genug, mit einer Auftragsschreiberin zusammenzuleben. Wenn ich arbeitete, würden meine mentalen Schwingungen durch die Wand in ihr Zimmer dringen und sie in ihrer Meditation über die weltumspannende Harmonie stören, behauptete sie. Im Gegenzug griff sie, wann immer ich mich an mein iBook setzte, zu ihrer Tabla und stimmte mit beeindruckender Lautstärke und feindseliger Inbrunst Hymnen an die Göttin der Erde an. »Na ja, in Wahrheit ist es die Grundlage des Yoga. Es ist –«

»Und wo würde man hingehen, um diese Erleuchtung zu finden?«

»Oh, ich glaube gar nicht, dass man irgendwo hingehen muss.« Selbst ich wusste das. Bücher zu diesem Thema füllten mittlerweile zwei Fächer in meinem Regal und verkündeten allesamt dieselbe optimistische Botschaft: *Sei bei dir*; *Wo du auch hingehst, begegnest du deinem Selbst*; *Moment der Gegenwart, Moment der Freude*. »Man findet überall Erleuchtung. Im Läuten einer Glocke, im Flügelschlag eines Schmetterlings –«

»A-man-da??« Es war ihre Drohstimme. Die, die mich daran erinnerte, dass ich im Handumdrehen wieder bei Starbucks hinterm Ausgabetresen stand, wenn ich nicht aufpasste. »Ich rede von einer Reise, die etwas mit Abenteuer zu tun hat.«

»Na ja, wenn man irgendwo hingehen müsste, wäre es wohl Indien. Ich meine, das ist das Land, aus dem Yoga kommt.« Ich schnappte mein ramponiertes Mountainbike und schob es zur Tür hinaus, wo mich ein Schwall nebliger Morgenluft, vermischt mit dem salzigen Wind der San Francisco Bay, empfing. Ich suchte nach einer Metapher, auf die sie anspringen würde. »Es ist so, als würde man zum Shoppen nach Paris statt zu H&M fahren.«

»Wenn wir also ein Buch über dieses Yoga-Ding machen wollten, das uns von der Konkurrenz abhebt – etwas, das über das gewohnte *Yoga hierfür* und *Yoga dafür* hinausgeht –, würden wir unseren Autor nach Indien schicken, damit er diese Erleuchtung erfährt, sehe ich das richtig?«

Ich schwang ein Bein auf mein Rad. Mein alter Honda hatte vor ein paar Monaten den Geist aufgegeben (nach 185 000 Meilen hatte sich der Motor endgültig verabschiedet), und bisher hatte ich mir keinen neuen Wagen leisten können. Die Yoga-

Workshops, das Einzeltraining, die eine oder andere Anti-Panik-Dosis Xanax hatten ordentlich zu Buche geschlagen, und bei meinem derzeitigen Kontostand würde mir kein Mensch Kredit geben. »Ja. Ich würde sagen, das ist korrekt.« Wenn ich ordentlich in die Pedale trat, könnte ich es vielleicht noch schaffen.

»Ah.« Sie klang höchst zufrieden. »Also, Amanda. Mein Konzept sieht folgendermaßen aus: Wir schicken dich nach Indien. Du kümmerst dich um diese Erleuchtungsgeschichte und verrätst dann unseren Lesern die Orte, wo sie sie finden können. Wir kommen für die Unkosten auf. Sobald du diese Erleuchtungsorte gefunden hast, kommst du zurück, und sobald das Manuskript steht, kriegst du den Rest des Vorschusses.«

»Äh –« Offenbar stand ich auf der Leitung. Ich schoss den Hügel hinunter, vorbei an den viktorianischen Häusern, deren Fensterläden noch geschlossen waren. Seit Jahren träumte ich davon, nach Indien zu reisen. Bot Maxine mir allen Ernstes an… ein Buch über… über… »Und worüber genau soll ich schreiben?«

Maxine stieß einen Seufzer aus. »Amanda. Hast du nicht zugehört? Der Titel des Buches ist ›Erleuchtung für Anfänger‹. Bist du dabei? Oder muss ich mir jemand anderen suchen?«

Yoga ist jener innere Zustand, in dem die seelisch-geistigen Vorgänge zur Ruhe kommen.

Die Yoga-Sutren von Patanjali, ca. 200 v.Chr.

Kapitel zwei

»Einatmen, die Arme seeeeeeitlich am Körper vorbei nach oben und über den Kopf füüüüühren. Auuusatmen und mit dem Oberkörper nach vooooorn kommen.« Ich stand im Yoga-Studio und betrachtete zuerst die Gesichter der dreizehn Schüler, dann die pastellfarbenen Hinterteile in der deckenhoch verspiegelten Wand, als die Leute meinen Anweisungen Folge leisteten. »Lasst euren Körper auf den Wellen des Atems treiben, wie Schilf im Ozean.«

Ich hoffte, dass ich nicht so nervös klang, wie ich war. Knapp anderthalb Jahre schon dauerte meine Ausbildung zur Yoga-Lehrerin, aber nur wenige Male hatte ich selbst eine Stunde gehalten und kam mir deshalb jedes Mal wie eine Betrügerin vor. Ich hatte Angst, die Schüler könnten geradewegs hinter meine hauchdünne, heiter gelassene Fassade blicken und erkennen, was ich in Wirklichkeit war: eine angespannte Neunundzwanzigjährige, die mit Riesenschritten auf die dreißig zuging, mit einem kaputten Auto, keinerlei Ersparnissen, ohne einen richtigen Job, dafür aber mit einer Reihe gescheiterter Beziehungen, die wie bunte Fähnchen am Schwanz eines Drachens ständig hinter mir herflatterten.

»Ausatmen. Zurück in die Brett-Stellung. Einatmen und in den aufwärtsgerichteten Hund.« Dass mir noch immer die Unterhaltung mit Maxine im Kopf herumging, war nicht gerade hilfreich, eine Aura des Friedens zu verströmen. *Indien! Ich kann bei den größten Lehrmeistern Yoga lernen. Ich werde ganz einfach leben, mich dem Spirituellen hingeben, alles, was ich brauche, passt in einen Rucksack. Aber zuerst muss ich mir einen Rucksack kaufen. Und eine ultraleichte Reise-Yogamatte. Und ein paar neue Yoga-Klamotten. Etwas Knitterfreies, vielleicht eine von diesen dünnen Hosen aus Kunstseide mit Hindugöttern auf dem Hintern.* »Einatmen, zurück in den abwärtsgerichteten Hund, fünf lange, tiefe Atemzüge. Spürt, wie die Energie von den Handflächen durch die Sitzknochen fließt.« *Abwarten, bis ich Matt davon erzähle. Er wird vor Neid erblassen. Ach ja, genau, ich rede ja gar nicht mehr mit Matt. Ich werde erleuchtet werden, und ihm wird alles leid tun. Er wird mit mir schlafen wollen, doch ich werde nur lächeln und sagen: »Ich werde dich immer lieben, aber ich habe all das längst hinter mir gelassen.« Oder vielleicht schlafen wir ja auch miteinander, nur einmal. Es wird so etwas Tantrisches sein, nicht nur rein körperlich.* Ich begab mich selbst in den abwärtsgerichteten Hund, um die Position zu zeigen, blickte auf meine Oberschenkel und stellte fest, dass ich meine Yoga-Hose verkehrt herum angezogen hatte. Der Saum verlief für jeden sichtbar an der Innenseite meines Schenkels entlang, und wahrscheinlich hing direkt über meinem Hintern das Schildchen heraus.

Vor fast fünf Jahren hatte ich mit Yoga angefangen, einige Jahre, nachdem ich an der San Francisco State meinen Abschluss in *Creative Writing* gemacht hatte, mit einem Studiendarlehen von $ 37 000 am Hals und ohne echte Qualifikationen für irgendeinen Job. Ich war gerade in eine Wohngemeinschaft in Lower Haight gezogen, wo ich wieder und wieder die ersten drei Absätze eines Romans umschrieb, während ich mich mit diversen Gelegenheitsjobs über Wasser hielt – Kellnerin, Hundesitterin, Pizza-Lieferantin, Kindermädchen (durchwegs mit mittelmäßigem Erfolg). Meine beste Freundin Lori war diejenige, die mich das erste Mal in einen Yoga-Kurs in der Nähe des Golden Gate Parks mitschleppte. »Das hilft dir, die ganze Anspannung abzubauen«, hatte sie mir erklärt. »Ich bin nicht angespannt«, hatte ich widersprochen und meine Finger so gefaltet, dass man meine abgekauten Nägel nicht sehen konnte. Aber da Lori seit Jahren der einzige, halbwegs normal tickende Mensch in meinem Leben war – seit ich im ersten Studienjahr zur Tür meines Wohnheimzimmers hereingekommen war und gesehen hatte, wie sie die Bettlaken an den Ecken einschlug, damit es tadellos straff saß –, ging ich mit ihr hin.

An einer Wand hingen Seile an Eisenhaken. Ich lag auf dem Holzboden, ein Polster hinten im Rücken, die Beine zusammengebunden, Sandsäcke auf den Hüften. »Das Steißbein Richtung Schambein ziehen«, befahl die Lehrerin. »Die Achseln in Richtung Schulterblätter und diese dann in Richtung Wirbelsäule ziehen. Das Gehirn in Richtung oberen Gaumen fallen lassen.« Die Präzision der Anweisungen hatte etwas ungemein Tröstliches, ein Zählappell an meinen Körper, der mir sagte, dass alles dort war, wo es sein sollte, und sich zum Dienst meldete.

Ich ging jeden Tag zum Unterricht, manchmal sogar zweimal, in die unterschiedlichsten Kurse: in das behutsame, präzise Iyengar-Yoga mit dem Aufgebot an Klötzen, Gurten, Sandsäcken und harten Klappstühlen. Dann ins behagliche Sivananda mit Kerzen, Räucherstäbchen und indischen Mantras im Hintergrund. Und in Kundalini-Kurse mit einer Lehrerin mit Turban und irrem Blick, die uns das Feueratmen und die Rotation unserer Bäuche im Waschmaschinentempo beibrachte.

Innerhalb eines Jahres arbeitete ich mich in die Riege der Hartgesottenen vor: die Ashtanga-Stunde morgens um sieben. Sechsmal die Woche fuhr ich mit dem Fahrrad durch die noch leeren Straßen, einen dicken Anorak über meinen Yoga-Klamotten, den kalten Wind in den Ohren. Die Fenster im Studio waren geschlossen, die Luft erfüllt von Sandelholzaroma. Drinnen war es wohlig warm – um das Klima Indiens zu simulieren, erklärte die Lehrerin, eine kleine, drahtige Frau mit unverhältnismäßig ausladenden Brüsten und kerzengerader Haltung. An ihren nackten Armen und Beinen waren die Muskeln deutlich zu erkennen. Wir traten vor unsere Matten, legten die Handflächen auf der Höhe des Herzens aneinander und stimmten einen Singsang in Sanskrit an wie Hindu-Priester in leuchtend bunten Sportklamotten: *Vande gurunam charanara vinde*… Dann hoben wir die Arme über den Kopf und legten mit den Übungen los. Unser Atem zischte dabei in unseren Kehlen wie Wasser, das ans Ufer brandet.

Wir kamen ins Schwitzen. Unsere Matten wurden rutschig, und die Fensterscheiben beschlugen. Ich zwang mich, meine Beine hinter dem Kopf abzulegen, balancierte mit dem Kopf nach unten auf den Unterarmen, während meine Zehen meinen Kopf zu berühren versuchten, ließ mich aus dem Stand rückwärts in eine mörderische Brücke kippen, wobei meine Hände die Knöchel umfassten. Manchmal entdeckte ich später blaue Flecke an Armen und Beinen, überall dort, wo die Knochen gegen die Haut drückten. Immer wieder betrachtete ich diese Flecke – verstohlen und mit einer Begeisterung, als wären sie Beweise einer heißen Liebesnacht.

Etwa sechs Monate, nachdem ich mit Ashtanga angefangen hatte, fiel mir ein Neuer im Kurs auf. Man kam nicht umhin, die Männer zu bemerken – ihre entblößten Oberkörper, ihre Muskeln, ihre schweißglänzende Haut. Ich hatte keine Ahnung, wie sie hießen, wusste aber, wie sie atmeten, und wie ihr Schweiß roch. Ich kannte ihre Leberflecke und Tätowierungen, die Art, wie sich ihre Bäuche über dem Bund ihrer Shorts spannten. Ich wusste, ob sie wie gut gezielte Raketen durch die vorgegebenen Übungsreihen schossen oder ob sie es ganz gemächlich angehen ließen. Dieser hier gehörte eher zu den Raketen-Typen –

dünn und drahtig, mit Muskelsträngen, die deutlich unter seiner Haut hervortraten. Er hatte dunkles, im Nacken zusammengebundenes Haar, eine Hakennase und Lippen, die er wie zum Kuss schürzte, wenn er sich konzentrierte. Seine Arme waren gebräunt, seine Brust dagegen blass und unbehaart, was ihm etwas leicht Verletzbares verlieh, wie eine Schildkröte ohne Panzer. Als er in der Ecke seine Matte neben meiner ausrollte, stieg mir der Geruch seines moschusartigen Schweißes in die Nase, eine Mischung aus Stinktier und Zitrone.

Die ganze Woche über waren wir Seite an Seite, vereint in einem komplexen, intimen Tanz. Sein Atem zischte im Gleichklang mit meinem. Schlangen-Tattoos wanden sich auf seinen Armen. Nach dem letzten Singsang saßen wir beide mit geschlossenen Augen reglos da. Als ich schließlich aufstand, blieb er sitzen, sein Oberkörper ein hageres V über seinen nackten, im vollen Lotossitz gekreuzten Beinen.

An diesem Wochenende saß ich an meinem Stammplatz im Bookends Café, trank Chai und kritzelte in mein Notizbuch. Als ich aufblickte, sah ich den Typen aus dem Yoga-Kurs in Lederjacke und mit einer Kamera um den Hals auf mich zukommen.

»Ich mache eine Fotostrecke über eine Yogini, die sich in eine Wildkatze verliebt, und bräuchte ein Model dafür«, sagte er und musterte mich. »Interesse?«

»Ohne mich. Ich hasse gestellte Fotos.«

»Du brauchst dich nicht zu verstellen. Du müsstest nur du selbst sein.« Er legte die Kamera auf den Tisch und gab dem Kellner ein Zeichen.

»Das ist das Schwierigste überhaupt.«

Sein Name sei Matt, erzählte er bei einem frischen Chai für mich und einem doppelten Espresso für ihn. Er arbeitete als freiberuflicher Reisefotograf für eine Bildagentur und hielt sich in der Stadt auf, bis der nächste Auftrag dran war. Gerade war er von einer sechswöchigen Reise nach Indien zurückgekehrt und sollte schon bald nach Bogotá aufbrechen. Dazwischen machte er ein paar Aufnahmen für eine edle Kalenderreihe, die von einem kleinen Verlag in San Francisco vertrieben wurde. Die Yogini-Katzen-Romanze sollte das Hauptmotiv sein: eine Strecke über zwölf Monate, die die übergangslose Metamorphose vom reinen Nebeneinander hin zur Liebe zwischen Mensch und Tier darstellte.

»Und damit soll wohl die spirituelle Seite an der Katze enthüllt werden?«, hakte ich nach.

»Eher die animalische Seite am Yoga. Zumindest so, wie wir es in Amerika betreiben. Man hat keine Ahnung von Yoga, wenn man noch nie in Indien war. Was hier bei uns angeboten wird – nichts als hochgejubelte Gymnastik.«

»Wieso verschwendest du dann deine Zeit damit?«, fragte ich verärgert.

Er grinste mich an. »Auf die Art lernt man wenigstens ein paar Frauen kennen.«

Ich nippte an meinem Chai, entschlossen, mich nicht von ihm einwickeln zu lassen. Außerhalb des Yoga-Studios fand ich ihn eigentlich gar nicht so toll: Sein Gesicht war viel zu zerfurcht, sein Körper viel zu dünn, und seine hellen Augen mit den dunklen Wimpern hatten nichts, was mich aus dem Konzept gebracht hätte. »Stimmt, in Yoga-Kursen gibt es jede Menge Frauen. Die meisten sind schöner als ich. Und viele können auch besser Yoga. Wieso soll also ausgerechnet ich Modell stehen?«

»Das ist ja das Problem. Sie sind zu schön. Man sieht ihnen beim Yoga zu, und alles, was man sieht, ist ihr Haar, ihren Busen, ihre Persönlichkeit und ihre Designer-Yoga-Klamotten. Ich brauche ein Modell, das mit den Posen verschmilzt.«

Ich stellte meine Tasse ab, ein bisschen zu abrupt, so dass der Tee über den Rand auf die Untertasse schwappte. »Du willst damit also sagen, du hast mich ausgesucht, weil ich keinen Busen, keine Persönlichkeit und öde Klamotten habe?«

Er lehnte sich auf seinem Stuhl zurück und betrachtete mich. Erst jetzt bemerkte ich, was mit seinen Augen los war. Das eine war grau und das andere grün, was seinem Gesicht eine gewisse Unausgewogenheit verlieh, so als redete ich mit zwei verschiedenen Menschen gleichzeitig. »Also – willst du das Fotoshooting mit mir machen oder nicht?«

Wir machten die Fotos ein paar Tage später in der Nähe eines Teichs im Golden Gate Park. Matt hatte sich einen riesigen grauen Tigerkater für das Shooting ausgesucht, einen Streuner namens Bigfoot, der ein wenig hinkte und ein zerfleddertes Ohr hatte. Er war so eine Art Allgemeingut im Park. Bigfoot zeigte sich jedoch höchst unkooperativ, verschwand im Gestrüpp oder kletterte auf einen der Redwoodbäume. Manchmal saßen wir stundenlang am Teich und warteten, bis er endlich auftauchte. Hinter uns rauschte ein Wasserfall und dämpfte den Verkehrslärm. Es roch nach feuchter Erde und Baumnadeln. Ich brachte einen Picknickkorb mit – knuspriges Sauerteigbrot, Stilton, Brie und süße, saftige Mandarinen. An manchen Tagen zeigte sich der Kater überhaupt nicht. »Hättest du nicht eine stinknormale Hauskatze aussuchen können?«, fragte ich Matt. Er sah mich nur an und hob eine Braue. »Welche Yogini würde sich schon in eine stinknormale Hauskatze verlieben?«, fragte er.

»Was ich am Fotografieren so liebe«, sagte er eines Nachmittags, als wir im länger werdenden Schatten der Bäume auf den Kater warteten, »ist, dass ich mich ganz auf etwas einlassen kann, so wie beim Yoga.« Er hielt die Kamera auf seinem Schoß fest und spielte mit der Linsenabdeckung herum. »Ich meine, wir sitzen den ganzen Tag hier und tun nichts anderes, als auf die Bewegungen einer Katze zu achten. Alles ist darauf ausgerichtet.«

»Es ist schon witzig, wenn man sich überlegt, wie anders unser Tagesablauf wäre, wenn du eine Frau fotografieren würdest, die sich in einen Hund verliebt.« Ich nahm eine Mandarine und schälte sie. »Dann würden wir jetzt mit ihm im Park spazieren gehen. Oder ihm einen eingesabberten Tennisball zuwerfen.«

»Tja, es fängt schon damit an, dass ich diesen Tag nicht mit dir verbringen würde, weil ich eine andere Frau als Modell hätte aussuchen müssen. Du bist definitiv ein Katzenmensch.«

»Katzen mag ich tatsächlich.« Ich schob mir einen Mandarinenschnitz in den Mund. »Sie haben so was Wildes an sich. Sie lassen sich nie ganz zähmen.«

»Siehst du? Das perfekte Modell. Du bist schon jetzt in den Kater verliebt.«

»So leicht verliebe ich mich nicht.«

Er nahm meine Hand und strich behutsam über meine Fingerknöchel. »Keine Sorge, ich auch nicht.«

An diesem Abend machten wir die letzte Aufnahme – ich und der Kater, zusammengekuschelt auf dem großen Hochbett in Matts Apartment (wir hatten den Kater zuvor mit Hühnerleberstückchen in eine Transportkiste gelockt und hierherverfrachtet). Lampen mit durchscheinenden orangefarbenen Plastikschirmen tauchten das Zimmer in zartes Licht, es sah aus wie Kerzenlicht. Überall lagen Klebebänder, Reflektoren und sonstige Foto-Utensilien herum. Matt schoss in extremem Close-up, so dass die Kamera beinahe meine Haut berührte, während Bigfoot sich, vorübergehend mit Leber ruhiggestellt, auf den Laken lümmelte.

Rückblickend lässt sich schwer sagen, wann das Fotografieren endete und der Sex begann. Obwohl es unser erstes Mal war, fühlte es sich seltsam vertraut an – der keuchende Atem des anderen, der Schweiß auf unserer Haut, wie wir später nebeneinanderlagen, völlig verausgabt und jede Nervenzelle spürend.

»Wir sollten wirklich nach Indien fahren«, meinte er irgendwann nach Mitternacht. Wir lagen nackt inmitten zerknüllter Laken auf einem Futon, der Kerzenschein tanzte auf unserer Haut. Die Kerze stand auf einem Teller auf dem Boden, und in ihrem weichen Wachs steckte ein Räucherstäbchen, dem dasselbe süße Sandelholz-Aroma wie beim Yoga entströmte.

»Erzähl mir davon«, bat ich, nur um seine Stimme weiterzuhören. Ich wollte dieses Gefühl der Vertrautheit zwischen uns bewahren. Ich wollte, dass er so lange wie möglich wach blieb, ehe wir in die getrennten Welten des Schlafs abtauchten. Denn morgen früh, wenn wir aufwachten, den sauren Atemgeruch des anderen im Gesicht, müssten wir uns zwangsläufig verlegen eingestehen, dass wir einander gar nicht kannten.

»Ich zeige es dir.« Er rollte sich auf die Seite, hob einen Hefter vom Boden auf und begann, die Fotos auf dem Bett auszubreiten. Ich nahm eines in die Hand: ein nackter Mann mit bis zur Taille reichenden Dreadlocks, der von einer grauen Puderschicht bedeckt war. Auf seiner Stirn prangten drei senkrechte orange Streifen, und um seinen Hals hing eine Girlande aus Knochen.

»Das ist ein Sadhu«, erklärte Matt. »Ein Yogi, der alles aufgegeben hat – sein Heim, seine Familie, sogar seinen Namen. Siehst du dieses graue Zeug überall auf seinem Körper? Das ist Asche von einer Leichenverbrennung.«

»Wieso hat er sich damit eingerieben?« Ich zog die Decke weiter über meine nackten Brüste.

»Um sich daran zu erinnern, dass er sterben wird.« Er schob das Foto des Sadhu beiseite und griff nach einem anderen, auf dem ein mit orangen Seidenbändern geschmückter Baumstamm zu sehen war. »Das ist der Bodhi-Baum. Dort habe ich meditiert, genau an der Stelle, wo Buddha erleuchtet wurde. Und das hier ist sogar ein Blatt von diesem Baum.« Er griff nach dem Tagebuch neben seinem Bett und schlug es behutsam auf. Zwischen zwei Seiten lag ein getrocknetes, durchscheinendes Blatt in Herzform mit Venen so zart wie ein Spinnennetz. Er hielt es mir hin, doch ich schüttelte den Kopf. Ich fürchtete mich davor, etwas so Zerbrechliches zu berühren, selbst wenn es mir so freimütig angeboten wurde.

»In Indien kann man sich selbst verlieren.« Er stützte sich auf einen Ellbogen und begann, mit dem Finger die Linie meines

Rückgrats nachzuzeichnen, Wirbel um Wirbel. »Man kann ein ganz anderer Mensch werden.«

Das klang gut. Ich drehte mich zu ihm um.

Matt war selten länger als ein paar Wochen in der Stadt, ehe er wieder zu einer seiner monatelangen Reisen aufbrach: nach Peru, in die Türkei, nach China, nach Indonesien. Er kam jedes Mal braungebrannt zurück, abgemagert wegen irgendwelcher Darmerkrankungen, völlig hin und weg von einem neuen und zeitraubenden Thema. Er roch nach Insektenspray, wogegen auch mehrmaliges Duschen nichts half. Obwohl wir jahrelang zusammen waren, zogen wir nie zusammen. Seine Wohnung sei zu klein, erklärte er, was stimmte. Es war nur ein Einzimmer-Apartment mit einem großen Hochbett, einem Computer und seiner Kameraausrüstung, die er darunter verstaute. Nachdem wir miteinander geschlafen hatten, kletterte er meist nach unten und arbeitete bis spät in die Nacht.

Wenn ich mit ihm im Bett lag, durchfuhr mich ein leidenschaftliches Beben, das mir beinahe schon Angst machte. Wenn er mich berührte, war es, als halte jemand zwei lose Drähte in mir zusammen, so dass ein Kurzschluss entstand. Je mehr ich von ihm hatte, umso verrückter war ich nach ihm. Er war nie lange genug da, um tatsächlich in die Rolle des festen Freunds zu schlüpfen, ein Begriff, den er ohnehin nicht leiden konnte. »Dinge mit Etiketten zu versehen, macht alles kaputt«, sagte er immer. Aber er war auch nie lange genug weg, um ihn endgültig in den Wind zu schreiben. Ab und zu verabredete ich mich auch mit anderen Männern, obwohl diese Beziehungen nie sonderlich weit gediehen – keiner konnte letztlich mit Matt mithalten. Ich vermutete, dass es auch in seinem Leben andere Frauen gab, fragte aber nie danach. Die meiste Zeit gelang es mir, meine Sehnsucht nach ihm einfach hinzunehmen, sie begleitete mich die ganze Zeit, wie eine Hintergrundmusik in meinem Leben. Vielleicht war es ja Liebe. Ich konnte jedenfalls nie genug von ihm kriegen, immer blieb dieses Gefühl, dass ich ihn brauchte.

»Ich finde es toll, dass wir nicht so aneinandergebunden sind«, sagte Matt manchmal. Ich nickte. Losgelöstsein – war das nicht der Weg, den wir spirituell beschreiten sollten? Manchmal aber fühlte ich mich wie ein Astronaut, wenn er das sagte. Ein Astronaut, der hoch über der grünblauen Erde schwebte, allein im leeren, unendlich weiten All.

Meine Yoga-Stunde neigte sich dem Ende zu. Das Morgenlicht drang durch die beschlagenen Fensterscheiben. Ein intensiver Geruch nach Schweiß, Körperlotion, Darmgasen und Vanillekerzen hing im Raum. »Auf den Rücken legen und die Augen schließen«, wies ich meine Schüler an, während ich herumging und ihnen mit Leinsamen gefüllte Augenbinden aus Seide reichte. »Lasst das Gewicht eures Körpers in die Umarmung der Schwerkraft sinken.«

Ich legte mich im vorderen Teil des Raums hin und begab mich in Savasana, auch Totenstille genannt – ein kleiner Tod am Ende jeder Stunde, der einen daran erinnern soll, wie wenig Kontrolle man über alles hat. Aber meine Augen wollten nicht geschlossen bleiben. Also starrte ich auf die cremefarbenen Dämmplatten an der Decke mit dem braunen Fleck. Diese Sprinkleranlage war irgendwann einmal angesprungen, weil einer der Yoga-Lehrer es mit den Räucherstäbchen etwas zu gut gemeint hatte.

Ich rief mir einige von Matts Fotos ins Gedächtnis: der Sadhu mit der Knochenkette um den Hals, die schlafenden Kühe am Straßenrand, der mit oranger Seide geschmückte Bodhi-Baum. Wahrscheinlich lagen die Aufnahmen in irgendeinem Archiv, gemeinsam mit den Mönchen aus dem Shaolinkloster, den Pinguinen in der Arktis, die auf dem Bauch übers Eis schlitterten … und den Fotos von mir in einer tiefen Brückenstellung, Bigfoot auf meinem Bauch, bereit zum Absprung.

Vor drei Monaten kam es dann zu einem ganz fürchterlichen Streit zwischen uns. Ich war bei ihm und sah zu, wie er packte: Diesmal ging es nach Alaska, um ein Schlittenhunderennen zu dokumentieren. Er faltete lange graue Thermo-Unterhosen und rollte Wollsocken zusammen. Er ignorierte das Telefon, das beharrlich alle zehn Minuten klingelte, als sitze jemand am anderen Ende der Leitung mit einer Stoppuhr in der Hand.

»Wie lange bleibst du in Alaska?«, fragte ich.

»Wahrscheinlich nur einen Monat.« Er stopfte seinen Schlafsack in seine Nylon-Reisetasche.

»Und wenn du wiederkommst? Wie lange bist du dann hier, bevor du wieder wegfährst?«

Er streifte einen Handschuh über seine rechte Hand, bewegte probeweise die Finger und zog ihn wieder aus. »Ich bin nicht sicher, ob ich gleich danach wieder herkomme«, sagte er. »Eine Freundin hat mir für ein paar Monate ihr Apartment in London angeboten. Ich müsste mich nur um ihren Ficus und ihre Pekinesen kümmern.«

Frag nicht. Ich tat es trotzdem. »Was für eine Freundin ist das?«

»Sie heißt Cynthia. Du kennst sie nicht. Ich habe sie kennengelernt, als ich in Griechenland dieses Delfinshooting gemacht habe.«

Eine schlanke Blondine in einem String-Bikini an einem weißen Sandstrand mit einem Gin Tonic in der Hand. Ich sagte nichts.

Matt grinste schief. »Amanda. Sie ist fünfundzwanzig Jahre älter als ich. Sie war die Delfintrainerin. Sie ist wirklich nur eine Freundin.«

»Das glaube ich dir. Sonst hättest du sie wohl kaum erwähnt.«

Er hob eine Braue. »Ist das ein Problem? Es gibt doch schließlich auch Freunde, wegen denen ich dich in die Mangel nehmen könnte.«

Wieder läutete das Telefon, und der Anrufbeantworter sprang an. Ich sah Matt an. »Los, geh schon, dreh die Lautstärke auf. Los, mach.«

»Amanda. Hör auf.«

Ich trat vor den Anrufbeantworter und drehte den Knopf auf. Eine Männerstimme drang durch den Raum. »...jedenfalls... wenn du die Speicherkarte abholen willst, sie liegt im Laden hinter dem Tresen. Ruf mich aber vorher an. Bis dann.«

»Siehst du«, sagte Matt tonlos, trat ans Telefon und schaltete den Lautsprecher aus. »Ist es okay, wenn ich das jetzt abschalte? Oder willst du meine Anrufe noch weiter abhören?«

Ich setzte mich aufs Bett. »Oh, Matt, es tut mir leid. Es ist nur... Es ist wirklich schwer, dich ständig nur kommen und gehen zu sehen. Ich bin neunundzwanzig Jahre alt. Das geht schon fast vier Jahre so. Wollen wir allen Ernstes auch weiterhin ein Leben wie College-Kids führen?«

»Du wusstest vom ersten Tag an, dass für mich meine Arbeit an erster Stelle kommt. Und ich werde sie für niemanden aufgeben, nicht einmal für dich.«

»Ich rede nicht davon, etwas aufzugeben. Ich rede von einer Geste.«

»Und was genau soll das deiner Meinung nach sein?«

Ein Brillantring? Ein Tattoo mit meinem Name auf deinem Bauch? Ein Versprechen, morgen wieder hier zu sein? Ich sagte nichts.

Er setzte sich neben mich. »Amanda, wenn du etwas hättest, was dir ebenso am Herzen liegt wie mir das Fotografieren, bräuchtest du mich vielleicht nicht so sehr.«

»Das habe ich doch. Ich habe meine Yoga-Kurse.«

»Toll. Wieso machst du dann nicht einen Kopfstand, wenn du dieses Gefühl bekommst, statt hier einen Aufstand zu machen?«

»Okay, gut.« Ich erhob mich. »In einer halben Stunde fängt mein Kurs an. Wir sehen uns, wenn du aus London zurück bist.«

»Nun komm schon, Amanda.« Er nahm meine Hand und zog

mich wieder aufs Bett. »Es tut mir leid. So habe ich es nicht gemeint.« Er legte den Arm um mich und zog mich an sich. »Komm schon. Ich liebe dich. Das weißt du doch, oder? Es gibt niemand anderen, für den ich so empfinde.«

»Ich weiß, ich liebe dich auch.« Ich spürte, wie sich der Knoten der Angst in meiner Brust unter seiner Berührung zu lösen begann. Vielleicht hatte er ja recht, und ich machte tatsächlich aus einer Mücke einen Elefanten. Vielleicht sollte ich mich nicht so eng an ihn binden. Yogis lösten sich doch von allem Möglichen: von ihren Kleidern, ihren Familien, ihren Häusern, ihrer Vergangenheit. Vielleicht war dies eine Art spirituelle Übung, das moderne Äquivalent dazu, nackt in einem Feuerkreis unter der glühenden Sonne mit einem Felsbrocken auf dem Kopf zu sitzen. Er küsste meinen Hals und drückte mich aufs Bett. Meine Angst begann, im vertrauten Tanz unserer Hände, Haut und Münder dahinzuschmelzen.

Ohne die Vorwarnung eines Läutens sprang der Anrufbeantworter an: eine Frauenstimme, britisch, sehr jung, erstickt vor Wut und Tränen, als sitze sie am Fußende des Bettes und sehe uns zu. »Verdammt noch mal, Matt. Wo zum Teufel steckst du? Und wieso verdammt noch mal rufst du mich nicht zurück?«

Ich löste mich von ihm. Matt rollte sich auf den Rücken und starrte an die Decke.

»Cynthia?«, fragte ich.

Matt sah mich nicht an. »Cynthias Tochter.«

Ich lag auf dem Rücken in Savasana und lauschte dem Rauschen des Verkehrs draußen, hörte das Scheppern, als die Müllmänner die Tonnen in den Laster entleerten. Einer der Schüler in der Ecke schnarchte leise.

Wie hatte die Sache mit Matt bloß so schieflaufen können? Aus uns hätte etwas ganz Großes werden können. Doch stattdessen löste sich alles in winzigen Schritten auf. Ich konnte noch nicht einmal sagen, wann mein Leben begonnen hatte, aus dem

Ruder zu laufen. Ich hatte meinen College-Abschluss gemacht, wollte etwas richtig Tolles aus meinem Leben machen. Doch nun war ich fast dreißig und hatte immer noch nichts erreicht.

Ich setzte mich auf und griff nach der kleinen tibetanischen Glocke neben meiner Matte, um meine Schüler ins Hier und Jetzt zurückzuholen. Ich holte tief Luft und zwang meine Stimme, beruhigend und sanft klingen zu lassen – als hätte ich hier gelegen, ganz eins mit meinem inneren Licht, statt mit meiner vergeigten Vergangenheit zu hadern.

Erleuchtung für Anfänger. Vielleicht würde dieses Buch zum magischen Tor zu dem Leben werden, das ich mir in Wahrheit wünschte.

Schustersitz

(Baddha Konasana)

Setze dich auf den Boden, lege die Fußsohlen aneinander und drücke die Knie nach unten. Umfasse dann die Zehen mit den Händen. Versuche, mit dem Oberkörper ganz nach vorne zu kommen. Dein Herz sollte sich dem aufgeschlagenen Buch zu deinen Füßen nähern.

Gehe behutsam vor. Lockere das straffe, sehnige Gewebe, das die Knochen zusammenhält. Spüre die weichen Organe, die in der schützenden Hülle des Skeletts treiben. Höre, wie dein Körper zu singen anfängt, wie er zu jener uralten Sprache des Gefühls findet. Grabe nun die Überbleibsel der Erinnerung aus, die tief in diesem Geflecht aus Muskeln, Nerven und Knochen verborgen sind.

Unser Körper besteht aus Geschichten. Und jeder Atemzug wird dich lehren, dass die Gegenwart aus der Vergangenheit besteht.

Das Leben ist eine Pilgerreise. Der Weise ruht nicht in den Herbergen am Wegesrand. Er marschiert geradewegs auf die Stätte ewiger Seligkeit zu, auf sein endgültiges Ziel.

Swami Sivananda (1887–1963)

Kapitel drei

Der erste Schritt in Sachen Erleuchtung bestand in der Anschaffung einer Reihe extrem teurer Ausrüstungsgegenstände.

»Und dieser Rucksack hier«, sagte die Verkäuferin im Trekkingladen, eine aggressive, athletische junge Frau mit einem blonden Zopf und festzementierter Sonnenbräune, »hat eine integrierte Wasserflasche. Dafür gibt's den herausziehbaren Strohhalm. Und gegen 49 Dollar Aufpreis kriegen Sie noch ein Filtersystem dazu. Das sorgt dafür, dass die Mikrobenzahl im Wasser 0,2 Mikron nicht übersteigt.«

Ich stand in der Rucksackabteilung und sah mir die einzelnen Modelle an: Rucksäcke mit Rollen, Rucksäcke mit abtrennbaren Tagesrucksäcken, Rucksäcke mit stählernen Sicherheitsseilen. Sie hatten spezielle Taschen für Wasserflaschen, für Sonnencreme und Sonnenbrille, für Snacks, iPods, Handys, Regen- und Schminkzeug, sogar für Reisegitarren. Ich sah, wie mein Reisebudget zusammenschmolz. »Eigentlich will ich nur etwas Leichtes«, sagte ich. »Ich habe schon genug zu tragen – ich recherchiere für ein Buch.«

Ihre Augen begannen zu leuchten. »Der hier hat eine Computer-Schutzhülle mit Reißverschluss und Schultergurt. Und hinten dran sind Löcher für die Anschlüsse ans Internet, wenn Sie zufällig irgendwo sind, wo Ihre AirPort-Karte nicht funktioniert.« Sie musterte mich fragend. »Haben Sie schon überlegt, ein Satellitentelefon oder ein GPS mitzunehmen?«

»Es ist nicht so, als würde ich den Everest besteigen«, wandte ich ein und spürte, wie Trotz in mir aufkeimte. *Wieso bestieg ich eigentlich nicht den Everest?* »In sämtlichen Ashrams gibt es Telefon. Sogar E-Mail.«

Ich musste es wissen. In den letzten Wochen hatte ich die Websites diverser Ashrams durchforstet, die, abgesehen vom Internetzugang, den Eindruck machten, als stammten sie aus den Tagen des *Mahabharata*. Ich stieß auf Beschreibungen von Swamis, die goldene Uhren sichtbar machen, sich lebendig in luftdichten Särgen begraben lassen und tagelang inmitten eines lodernden Feuers ausharren konnten. Beschreibungen von Flüssen, die so heilig waren, dass selbst ein kurzes Eintauchen des großen Zehs half, Generationen von schlechtem Karma wegzuwaschen, und Berge so gesegnet, dass ein Spaziergang auf ihnen eine königliche Wiedergeburt verhieß.

Ich hatte bereits mein Ticket nach Delhi gekauft und würde in einer guten Woche aufbrechen. Maxine hatte es eilig: Sie wollte den Ratgeber so schnell wie möglich herausbringen, um die Yoga-Welle nicht zu verpassen, bevor alle Welt auf Erotiktanz an der Stange umschwenkte. Mein Kopf begann zu hämmern. Ich starrte auf meine Liste: Moskitonetz, Wasserflasche, Gürteltasche, Brustbeutel, Kofferschloss. Wandersandalen. Wanderstiefel. Reise-Yogamatte. Aufblasbares Meditationskissen. Melatonin (gegen den Jetlag). Grapefruitkernextrakt (ein Typ aus meinem Kurs schwor, dass nur wenige Tropfen davon genügten, um Darmviren abzutöten). Spirulina-Algen (»Das Schwierigste dort drüben ist, Gemüse zu bekommen, das nicht völlig verkocht ist, und glaub mir eines: Den Salat willst du nicht essen.«). Probiotische Kapseln.

Impfungen gegen Tetanus, Polio und Hepatitis. Ein Schlafsack, um mich nicht auf schmutzige Matratzen legen zu müssen. Ein aufblasbares Kissen. Wasserreinigungstropfen. Wasserfilter. Ohrstöpsel. Mundschutz. Ein breitkrempiger Sonnenhut. Ein Regenponcho. Kurz gesagt: Ausrüstung im Wert von mehreren hundert Dollar, um mich vor den Gefahren eben jenes Orts zu bewahren, an den Maxine mich für etliche weitere tausend Dollar schicken wollte.

Vor zwei Tagen hatte ich beim indischen Konsulat für ein Visum angestanden, nur um in dem Moment an den Schalter zu treten, als der Mann mit dem Gummistempel in die Mittagspause ging. *Wer macht morgens um halb elf Mittagspause?* »Bin in einer Stunde wieder da«, informierte er mich gut gelaunt. Doch als ich um exakt 11:35 Uhr wiederkam, erfuhr ich von einem Zettel an der Tür, das Büro sei heute wegen »Raksha Bandhan geschlossen«. Was auch immer das sein mochte. Eine Mahlzeit? Ein Feiertag? Ein Ritual? Eine Krankheit? *Heute nicht, Schatz, ich habe wieder mein Raksha Bandhan.*

Ich spürte, wie sich unter meiner Schädeldecke Druck aufzubauen begann. Bisher hatte ich noch niemanden gefunden, dem ich mein Zimmer untervermieten konnte. Seit einer Woche hatte ich keine Zeit mehr für Yoga gehabt, meine Nackenmuskeln waren völlig verspannt. Und nun sollte ich mich zwischen einem türkis- und einem indigoblauen Rucksack entscheiden?

»Ich nehme den da.« Wahllos griff ich nach einem Teil. »Und ein Moskitonetz.« Ich wuchtete den Rucksack auf meinen bereits bis oben hin beladenen Einkaufswagen und schob ihn in Richtung Kasse. Wenn ich hier nicht auf der Stelle rauskam, würde ich noch jemandem ins Gesicht springen.

Es war schon seltsam, dass ausgerechnet ich Reiseführer schrieb, wo ich eigentlich nie gern gereist bin. Als ich noch klein war, träumten andere Kinder heimlich davon, mit einem Raumschiff in ferne Galaxien vorzustoßen. Ich träumte von einer Freundin, die ich länger als ein Jahr kannte. Aber meine Mutter hielt es nie lange an einem Ort aus. Mit jedem Umzug versuchte sie, ihre Enttäuschung darüber zu vergessen, was aus ihrem Leben geworden war. Eine Zeitlang war sie in jeder neuen Stadt glücklich und machte unübersehbare Anstalten, sich dauerhaft irgendwo einzurichten – sie kaufte riesige Rollen Schrankpapier und begann, die Küchenschubladen damit auszulegen; sie strich mein Zimmer in »jeder Farbe, die du dir wünschst, Schätzchen, nur kein Pastell. Pastell ist so fade«. Nach dem Umzug nach San Diego – damals war ich neun – kaufte sie ein halbes Dutzend Obstbäume, deren Wurzelballen in schlammiges braunes Leinen gehüllt waren, und transportierte sie im Kofferraum ihres Toyota nach Hause. »In ein paar Jahren haben wir unsere eigenen Aprikosen«, rief sie. Wir verbrachten einen ganzen Samstagnachmittag damit, Löcher in unseren Vorgarten zu graben und die Bäume einzusetzen. Doch Juni war nicht der optimale Monat, um Obstbäume zu pflanzen. Am Ende des Sommers waren die Bäume hinüber, und ihre Blätter verdorrten trotz unserer sporadischen Versuche, die Wurzeln mit Wasser zu versorgen. Und mit ihnen starb auch die Begeisterung meiner Mutter für ihren Sekretärinnenjob in einem Maklerbüro. Als der Winterregen einsetzte, fuhren wir auf der Route 1 nordwärts nach Santa Cruz, wo sie Kunst studieren wollte. Doch auch daraus wurde – wie so oft – nichts.

Vielleicht hatte mein miserabler Orientierungssinn ja was mit der vielen Umzieherei zu tun. Ich stieg in Busse nach Norden, obwohl ich eigentlich gen Süden wollte, fuhr verkehrt herum in Einbahnstraßen. Vom Bookends Café zum Blissful Body zu kommen, war eigentlich kein Problem für mich; aber sobald ich durch irgendetwas wie eine Umleitung, eine Baustelle oder eine falschen Abzweigung vom Weg abgebracht wurde, war es mein Ende. Wenn ich mit dem Rad einen der Hügel San Franciscos hinunterfuhr, war ich häufig völlig verblüfft, auf einmal die Golden Gate Bridge an einer Stelle vor mir auftauchen zu sehen, wo ich sie niemals erwartet hätte.

Vor zwei Jahren war ich in diese »Für Anfänger«-Geschichte hineingestolpert wie in all meine anderen Jobs auch – rein zufällig. Ich arbeitete als Hundesitterin für Patricia, eine 45-jährige Grafikdesignerin aus New York City, die sich in einen zwanzig Jahre jüngeren Schriftsteller verliebt hatte und kurzerhand nach San Francisco gezogen war. Sie wohnte mit ihm am noblen Russian Hill und hatte ihm über ihre ältere Schwester Maxine einen Job als Ratgeber-Autor besorgt. Eines Tages – ich kam gerade mit den beiden Collies vom Golden Gate Park zurück – lief ich Patricias Lover vor dem Haus in die Arme. Der Kerl räumte gerade seine Möbel in einen Umzugswagen. Er sei zu dem Schluss gelangt, dass er schwul sei, meinte er, und würde sowieso viel lieber als Bildhauer und nicht als Schriftsteller arbeiten. Oben hing Patricia am Telefon und versuchte, ihre wutschnaubende Schwester zu besänftigen. Maxine brauchte dringend jemanden, der *Kajak für Anfänger* zu Ende schreiben konnte. »Sagten Sie nicht, Sie würden gern schreiben?«, fragte Patricia mich, den Hörer noch am Ohr.

»Na ja, eigentlich schon, aber ich hatte eher an Romane gedacht. Vielleicht auch Lyrik. Oder ein Drehbuch. Außerdem werde ich leicht seekrank, wenn ich in einem Boot bin.«

»Keine Sorge«, meinte sie. »Die Recherchen sind erledigt. Es geht nur darum, das Ganze zu einem Text zu verarbeiten.« Und ehe ich mich's versah, arbeitete ich für Maxine.

Lori wartete auf dem Parkplatz vor dem Trekkingladen auf mich. Sie saß hinterm Steuer ihres grellgrünen VW-Käfer, dessen Kofferraum bereits einen Spaltbreit offen stand, so dass ich meine Einkäufe hineinwuchten konnte. Sie hatte angeboten, mich nach Hause zu fahren, damit ich mich mit dem ganzen Kram nicht in die Metro quetschen musste. Normalerweise regelte ich solche Sachen lieber allein, doch in diesem Fall hatte ich Loris Angebot dankbar angenommen.

»Tampons«, sagte sie, als ich einstieg. »Vergiss nicht, einen riesigen Vorrat an Tampons mitzunehmen. Ich habe gehört, die gibt's dort nur in den großen Städten. Und Kontaktlinsenflüssigkeit. Oh, und Kondome.«

»Lori, ich werde in zölibatären Ashrams meditieren und Yoga machen.« Ich schlug die Tür zu. »Ich werde keine Kondome brauchen.«

»Dein Wort in Gottes Ohr.« Lori fuhr los. »Ich weiß noch, wie du bei dem Wohltätigkeitsmarathon gegen Brustkrebs mitgeradelt bist und am Ende Kondome sehr wohl gebraucht hast.«

»Wie alt war ich damals? Neunzehn? Und eine Idiotin.«

Sie blieb vor einer Ampel stehen, sah mich an und hob die Brauen. »Und?«

Ein ayurvedischer Arzt meinte einmal, meine Freundschaft mit Lori funktioniere deshalb so gut, weil wir so verschieden seien. Unsere Energien würden einander ausbalancieren. Ich war *Vata* und *Pitta*, erklärte er mir – Wind und Feuer. Dazu passte mein drahtiger Körper und meine dichten Locken. Ich war der Typ, der die ganze Nacht kein Auge zutat, weil er sich den Kopf darüber zerbrach, ob er beim Tanzen womöglich albern ausgesehen hatte. Lori war *Kapha*, also Erde, mit dem typisch plumpen Körperbau, einem fröhlichen Naturell und der emsigen Wichtigtuerei eines Spatzen.

Unsere Freundschaft hatte so ziemlich jedes erdenkliche Hindernis überstanden – auch dass sie seit ihrem einundzwanzigsten Lebensjahr in einer festen, monogamen Beziehung lebte. Seit fünf Jahren teilten sie und Joe sich eine Zweizimmerwohnung im Sunset District und betrieben zusammen eine kleine Bio-Landschaftsgärtnerei namens New Leaf, und ihre wenigen Streitpunkte drehten sich um die Frage, wo genau in ihrem winzigen Garten der Komposthaufen sein sollte und wessen Aufgabe es war, die Quittungen ins Computerbuchhaltungsprogramm einzugeben.

Lori zog eine CD aus dem Fach in der Sonnenblende und legte sie ein. Die Klänge eines Mozart-Klavierkonzerts erfüllten das Wageninnere, so geordnet, gemessen und effizient wie Lori selbst. »Also – hast du Matt schon gesagt, dass du nach Indien gehst?«

»Du weißt ganz genau, dass ich nicht mehr mit Matt rede.« Ich sah zum Fenster hinaus. »Außerdem ist er in London.«

»Gut. Dann belass es für den Augenblick dabei. Sobald er Wind davon bekommt, dass du nicht hier herumsitzt und auf ihn wartest, steht er sowieso auf der Matte.«

»Ich wünschte, es wäre so einfach.«

»Es *ist* so einfach.« Lori schüttelte verärgert den Kopf. »Wann begreifst du es endlich? Jungs sind einfach gestrickt.«

»Und wann begreifst *du* es endlich? Für mich sind sie es nicht.«

Das ist etwas, was Lori nie verstanden hat: Für mich waren Männer wie eine Fremdsprache, die ich zu spät fließend sprechen gelernt hatte. Ich bin als Einzelkind aufgewachsen, schüchtern und intelligent, immer ein Jahr zu jung für meine Klassenkameraden, mit einer unförmigen Brille auf der Nase und einer silbrigen Zahnspange im Mund. »Ehrlich. Manchmal frage ich mich, ob sie dich im Krankenhaus vielleicht vertauscht haben«, seufzte meine Mutter manchmal und schüttelte den Kopf mit dem glatten Blondhaar, während sie versuchte, meine widerspenstigen Locken mit einem Kamm zu bändigen. Alle anderen Mädchen in meiner Klasse auf der Junior High kriegten Busen und gingen mit Collegestudenten aus, die wie Rettungsschwimmer aussahen. Nur ich hockte brav in der Bibliothek, las *Stolz und Vorurteil* und träumte von Mr. Darcy.

Doch sobald ich auf dem College war, änderte sich das schlagartig. Lori schleifte mich zum Optiker, um mir Kontaktlinsen anpassen zu lassen, und schickte mich zum Friseur. Sie brachte mir bei, in welchen Jeans meine Hüften schmal wirkten, und welche Farbe mein Shirt haben musste, um die goldenen Sprenkel in meinen braunen Augen zu betonen.

Zu meiner Verblüffung hatte ihr Rundum-Programm echten

Erfolg… wenn auch vielleicht nicht in der Art und Weise, wie sie es sich vorgestellt hatte. Lori hatte gehofft, ich würde aus der stürmischen See der Romantik in einen sicheren Hafen segeln, so wie sie es mit Joe getan hatte. Stattdessen stürzte ich mich in eine nutzlose Affäre nach der anderen. Ich wechselte die Jungs am laufenden Band. Irgendwie sollten mich diese kurzen, heißen Abenteuer davor bewahren, mich in jenen Menschen zurückzuverwandeln, der ich früher war. Ein paar Wochen lang stieg ich mit einem Jongleur aus dem Pickle Family Circus ins Bett. Wir trafen uns in einem winzigen Hinterzimmer, in einem Apartment, das er sich mit einem Trapezkünstler, einem Clown und einem Balancier-Pärchen teilte, die ihre Übungen in der Küche machten.

Ich redete mir ein, dass ich mir eine feste Beziehung wünschte. Aber in Wahrheit ließ ich mich immer nur mit Männern ein, die von vornherein ein eingebautes Ablaufdatum besaßen: Sie waren nur für ein paar Tage in der Stadt. Sie hatten eine feste Freundin. Sie standen insgeheim auf Männer. Auf diese Weise hatte ich einen Vorwand dafür, dass sie stets auf der anderen Seite der unsichtbaren Glasscheibe in meinem Herzen blieben – einer Mauer, von der ich aus welchen Gründen auch immer überzeugt war, dass sie dort sein musste.

Aber mit Matt war es anders. Mit Matt war diese Mauer gefallen, vielleicht weil ich gespürt hatte, dass er am unerreichbarsten von allen war.

Matt hatte mir schon frühzeitig erklärt, dass er die Ehe prinzipiell ablehne. »Die Ehe ist eine gesellschaftliche Konvention, die erst in jüngerer Vergangenheit mit der romantischen Liebe verknüpft wurde«, verkündete er, als wir an einem Sonntagmorgen nebeneinander im Bett lagen. »Bis dahin hatte die Ehe eher etwas mit der Übertragung von Besitztümern und Erbschaften zu tun. Heutzutage enden die meisten sowieso vor dem Scheidungsrichter. Und bei denen, die es nicht tun, reicht ein Blick in die Gesichter der Partner, um zu wissen, dass sie einander nicht mehr lieben.«

»Aber findest du nicht auch, dass es etwas Wunderschönes hat, einander zu versprechen, immer für den anderen da zu sein, egal, was passiert?«

»Was ist dir lieber? Neben jemandem aufwachen, weil du es demjenigen versprochen hast? Oder weil du wirklich bei ihm sein willst?«

Als ich ihn ein wenig besser kannte, erzählte er mir, wie er einmal als Kind einen Streit seiner Eltern miterlebt hatte. Es war eine seiner frühesten Erinnerungen überhaupt. Sein Vater schlitzte seiner Mutter die Autoreifen auf, damit sie nicht mit ihrem Liebhaber nach Tahoe zum Skifahren fahren konnte. Daraufhin griff Matts Mutter zum Kinderwagen und schlug damit auf die Windschutzscheibe seines Vaters ein, bevor sie wütend davonstapfte. Als Matt ihr nachlaufen wollte, schnitt er sich an einer Scherbe in den Fuß, so dass sein Vater ihn ins Krankenhaus bringen musste. Die Narbe hatte er immer noch. Er zeigte sie mir sogar – ein fünf Zentimeter langer Streifen auf der Fußsohle, der immer noch wehtat, wenn das Wetter umschlug.

Den Rest seiner Kindheit verbrachte Matt an zwei verschiedenen Orten: in der Kommune seiner Mutter in Los Angeles, wo sie eine Pionierin der Swinger-Bewegung war und am Ende ein Handbuch über die freie Liebe mit dem Titel *Nach den ersten Hundert wird alles anders* schrieb. Und im Haus seines Vaters in San Diego, wo er in der Obhut wechselnder mexikanischer Kindermädchen den Großteil seiner Zeit zubrachte, während sein Vater erfolgreich die Rechte großer Ölkonzerne vertrat und dafür sorgte, dass sie in ausgewiesenen Naturschutzgebieten ihre Bohrungen durchführen konnten. Sein Vater war an einem Herzinfarkt gestorben, als Matt zweiundzwanzig war. Seine Mutter, inzwischen in den Sechzigern, lebte in einer Nudistenkommune in der Nähe von Las Vegas und zog sich im Prinzip nur an, wenn sie das Areal verließ, was bedeutete, dass Matt sie meistens in (vorzugsweise überteuerten vegetarischen) Restaurants traf.

Meine Vorbilder in puncto Ehe waren nicht viel besser. Die

Lover meiner Mutter hatten sich die Klinke in die Hand gegeben: Sy, ein melancholischer Vertreter für medizinische Geräte; Burt, ein arbeitsloser Bauunternehmer, der uns jeden Morgen Blaubeerpfannkuchen zum Frühstück machte; Jeremy, dem ein Waschsalon gehörte, wo wir unsere Klamotten waschen konnten. Sie alle waren nach einem Jahr oder so wieder verschwunden. Sie kämen alle nicht mit einer alleinerziehenden Mutter klar, mit dem ganzen Stress, den so was mit sich brachte, behauptete sie. Aber ich hatte schon immer den Verdacht, dass es eher daran scheiterte, dass sie nicht mit meinem Vater mithalten konnten, den sie mit einer Radikalität von der Liste der Gesprächsthemen gestrichen hatte, die mir verriet, dass sie ihn immer noch liebte.

Aber im Gegensatz zu Matt glaubte ich nach wie vor an die Ehe. Ich glaubte in derselben Weise daran, wie ich als Kind an den Osterhasen geglaubt hatte, obwohl die Gegenbeweise längst im Übermaß vorlagen.

Nur einmal war es mir gelungen, Matts Bann für eine Weile zu brechen. Das war fast drei Jahre her. Damals machte er in Peru Aufnahmen für ein Buch über Ayahuasca und probierte selbst jede Menge von dem halluzinogenen Gebräu. Jede Woche bekam ich E-Mails von ihm, in denen er über Tore zu anderen Welten schwadronierte und meinte, ich solle ihn dort treffen – wobei unklar war, ob mit »dort« Peru oder ein anderes Universum gemeint war. Auf Anraten meiner Therapeutin war ich in die Buchhandlung gestiefelt, um eine Ausgabe von *Wenn Frauen zu sehr lieben* zu kaufen. Ich stand in der Ratgeberabteilung und blätterte darin. »Als Frauen, die zu sehr lieben, verhalten wir uns, als zählten Liebe, Aufmerksamkeit und Zustimmung nur, wenn es uns gelingt, sie von Männern zu bekommen, die aufgrund ihrer eigenen Probleme und Sorgen gar nicht in der Lage sind, sie uns zu geben«, las ich.

Mit einem Mal begannen die Regale zu beben und die Bücher reihenweise zu Boden zu fallen. Panisch stürzte ich nach draußen.

»Nur ein kleines Beben«, beruhigte mich ein Typ im Anzug, der neben mir auf dem Gehsteig stand und wie ich abwartete, was als Nächstes passierte. Er war nicht viel größer als ich mit blondem, schütter werdendem Haar und einem freundlichen, offenen Gesicht. Wir lächelten einander an, vereint in der unvermittelten, illusorischen Intimität von Menschen, die gemeinsam einer Katastrophe entronnen sind, sei es auch nur in ihrer Fantasie. *Die Buchhandlung wurde völlig zerstört… Es dauerte Tage, uns aus den Trümmern zu befreien…* »Wahrscheinlich können wir schon wieder reingehen.«

»Ich weiß nicht. Ich will mich keiner Todesgefahr aussetzen, nur um ein Buch zu kaufen.«

Als ich ihn lachen sah, fiel mir auf, dass er jünger war als zunächst angenommen. »Sieht ganz so aus, als hätten Sie Ihres zur Sicherheit schon mitgebracht.« Er deutete auf das Taschenbuch, das ich umklammert hielt. »Und? Tun Sie's? Zu viel lieben, meine ich?«

»Eigentlich nicht. Eher zu lange.« Lori hielt mir ständig vor, ich würde mich an Matt klammern, obwohl ich ihn schon längst hätte abservieren sollen. So wie ich Reste im Kühlschrank erst dann wegwarf, wenn sie schon verschimmelt waren und ich sie ohne schlechtes Gewissen entsorgen konnte. Ich sah auf das Buch in seiner Hand *Der richtige Käse zum richtigen Tropfen. Ein Ratgeber für Weinliebhaber.* Mein Blick blieb an seinen auffallend gepflegten Fingernägeln hängen. »Und sind Sie einer? Ein Weinliebhaber, meine ich?«

Wieder lachte er. »Nein, ich versuche nur, mein Image aufzupolieren.«

Als Tom und ich miteinander schliefen – fast drei Wochen später –, wusste ich schon mehr über ihn. Er war acht Jahre älter als ich und arbeitete für eine Software-Firma in San Jose. Dort entwickelte er Firmen-Fortbildungsmodule mit Titeln wie *Berufserfahrung: Wie Sie damit auftrumpfen können* und verdiente mehr Geld in drei Monaten als ich in etlichen Jahren.

Er wusste, dass ich mit einem Fotografen zusammen gewesen war, aber das war definitiv Geschichte.

Lori stand zwar auf meiner Seite, trotzdem war sie irritiert. Einerseits wollte sie mich in einer festen Partnerschaft sehen – mit einem Mann, der nicht Matt war. Andererseits war sie jedem gegenüber tief skeptisch, der in einer Branche arbeitete, in der technologisch anspruchsvollere Dinge hergestellt wurden als Gartengeräte.

»Amanda, was willst du von diesem Kerl?«, fragte sie. »Er ist doch überhaupt nicht dein Typ.«

»Meinst du, er ist einer, der mich zur Abwechslung mal zurückruft?«, konterte ich, während ich mich auf der Suche nach etwas, das ich zum Abendessen mit ihm tragen konnte, weiter durch ihren Schrank wühlte. Ich hielt einen dunkelgrünen Baumwollpulli mit Rollkragen in die Höhe. »Einer, der mich im Restaurant nicht warten lässt und jeden Morgen aufsteht, um zur Arbeit zu gehen?«

»Ich meine, dass er ein Typ ist, der seinen Tag damit zubringt, irgendwelche Verkaufstrainingsprogramme zu entwickeln. Bloß damit die Leute noch mehr Sachen kaufen, die sie gar nicht brauchen.« Lori lag bäuchlings auf dem Bett und hatte das Kinn auf die Ellbogen gestützt. »Das kannst du nicht anziehen, Amanda. Darin sieht deine Haut wie Erbsensuppe aus.« Sie stand auf und trat vor den Schrank. »Hier, probier das. Ich glaube ja, dass der Kerl langweilig ist. Aber wenn du unbedingt mit ihm essen gehen willst, soll er zumindest glauben, du wärst die heißeste Braut weit und breit.«

Ich hielt mir die Bluse, die sie mir hingeworfen hatte, vor die Brust – ein glänzend rotes Satin-Etwas mit U-Boot-Ausschnitt. »Nur zu deiner Information: Sein neuester Kunde war eine Firma, die chirurgische Instrumente verkauft.« Stirnrunzelnd betrachtete ich mein Spiegelbild. »Ich weiß nicht, Lori. Ich will nicht, dass er ständig an meine Titten denkt, während wir uns unterhalten.«

»Das wird er sowieso tun. Und bei der Branche wird mir echt schlecht.«

»Müssen wir allen Ernstes über das kapitalistische System streiten? Bitte verschon mich, Lori. Ich dachte, du freust dich, dass ich mit einem anständigen Kerl ausgehe.«

»Ich habe nur kein gutes Gefühl dabei, das ist alles. Ich glaube, du suchst nach einer Vaterfigur.«

Ich schwieg einen Moment, während ich mir noch immer die Bluse vor die Brust hielt. *Die Schuhe meines Vaters hinten im Garderobenschrank, schlammverkrustet und größer als jedes Schuhpaar, das ich je zu Gesicht bekommen habe. Meine Mutter hatte jedes Erinnerungsstück an ihn aus dem Haus verbannt, nur aus irgendeinem Grund hatte sie diese Schuhe aufbewahrt, als glaube ein Teil von ihr, dass er eines Tages zurückkäme und hineinschlüpfe.*

»Der Typ ist überhaupt nicht wie mein Vater«, protestierte ich.

»Eben«, konterte sie.

Die nächsten vier Wochen war ich fast ständig mit Tom zusammen. Als ich dann an einem Wochenende meine Reisetasche vergaß, schlug er vor, ich solle bei ihm einziehen. Ich bekam einen Job bei Doggie Day Care in San Jose, wo ich aristokratische Salukis trimmte und mit Golden Retrievern Ball spielte, deren Besitzer zu beschäftigt dafür waren. Nach Feierabend kehrte ich in seine Eigentumswohnung zurück und machte Yoga auf einem Balkon, der gerade groß genug für meine Matte war und Ausblick auf einen kleinen Betonbrunnen mit Goldfischen bot. Wenn Tom von der Arbeit kam, lehnte er sich gegen die Glastür und sah mir zu. »Meine kleine Yogini«, sagte er liebevoll, als wäre ich ein exotisches Tier, das er aus der Tierhandlung mit nach Hause gebracht hatte.

Toms Küche war ein Paradies aus makellos weißen und verchromten Utensilien – Mikrowelle, Espressomaschine, Entsafter, Eiscrememaschine, Pastamaschine, Brotbackautomat, Joghurtmaschine, Reiskocher mit Einsätzen für Sushi-Reis, Vollkornreis,

Basmatireis und Duftreis. Die Bedienungsanleitungen lagen allesamt in einer Schublade, fein säuberlich in Plastikhüllen verpackt. Seit ich ihn kannte, stand in einem Plastikkochbuchhalter eine jungfräuliche Ausgabe von *Köstliche Tassajara-Küche*, die auf der Seite mit einem Rezept für Ziegenkäse-Zucchini-Pizza aufgeschlagen war. Ich wollte sie immer zubereiten, tat es aber doch nie. Stattdessen gingen wir fast jeden Abend Essen: thailändisch, japanisch, italienisch, chinesisch, vietnamesisch, indisch. Jeden Freitagabend liehen wir uns ein Video, danach schliefen wir miteinander, wobei wir um Punkt elf Uhr fertig sein mussten, damit unser jeweiliger Schlafrhythmus nicht außer Kontrolle geriet.

Anfangs war der himmelweite Unterschied zu Matt eine Wohltat. Es war eine Erleichterung, mit jemandem zusammen zu sein, der mich als seine Freundin vorstellte, statt sich mit mir darüber zu streiten, dass diese Bezeichnung eine herabwürdigende Vereinfachung der komplexen Strukturen des modernen Beziehungslebens sei. Es war eine Wohltat, Tom jeden Morgen aus dem Haus gehen zu sehen und nicht mehr an ihn denken zu müssen, bis er abends wieder in der Tür stand. Ich mailte Matt, die Sache mit Tom sei ernst, ich jedoch hoffe, dass wir gute Freunde bleiben könnten. Alles, was ich als Antwort erhielt, war ein Zitat von Carlos Castaneda: »Alle Pfade sind gleich, sie führen alle ins Nirgendwo. Deshalb wähle einen Pfad mit Herz.«

Etwa ein halbes Jahr, nachdem ich bei ihm eingezogen war, machte Tom mir einen Heiratsantrag. Als wir bei seinem Lieblingsjapaner beim Essen saßen. Der Kellner servierte den Verlobungsring auf einem kleinen Lacktablett, gemeinsam mit zwei Gläsern warmem Sake und einem Paar Origami-Kranichen. Der Ring, ein Brillant, umgeben von winzigen Rubinen, funkelte an meinem Finger. Am nächsten Morgen bohrte er sich, als ich mich in den abwärtsgerichteten Hund begab, in meine Hand – eine einschneidende Erinnerung daran, dass sich mein Leben nun endgültig ändern würde.

Zwei Tage später erhielt ich einen gefütterten, mit ausländischen Briefmarken versehenen Umschlag. Darin lag eine leuchtend rote, türkisfarbene und goldene Feder von etwa dreißig Zentimetern Länge. Eine Nachricht lag nicht dabei.

An diesem Nachmittag zog ich die Bedienungsanleitung für den Brotbackautomaten heraus und gab Mehl, Hefe und Salz in die Maschine. Ich stand da und beobachtete durch den Glasdeckel, wie der Knethaken die Zutaten zu einem Teig verarbeitete. Ich hatte noch nicht einmal Mehl an den Fingern. Erst als die Tränen auf die Granitarbeitsplatte tropften, merkte ich, dass ich weinte.

Ich schrieb ein paar Zeilen auf einen Zettel, schlug den Ring damit ein und ließ ihn neben dem Brotbackautomaten liegen. Dann nahm ich den Bus nach San Francisco und kam nie mehr zurück. Wie durch ein Wunder war mein altes Zimmer gerade frei geworden, so dass ich sofort einziehen konnte. Es war, als schlüpfe man in einen alten, vertrauten Anzug. Zwei Monate später lag ich wieder neben Matt im Bett.

»Erde an Amanda«, sagte Lori nun, als sie am Straßenrand vor meinem Haus anhielt und ausstieg, um den Kofferraum zu öffnen. »Ich brauche Matt nur zu erwähnen, und schon bist du die nächsten dreißig Blocks nicht ansprechbar.«

»Eigentlich habe ich gerade an Tom gedacht.«

»Tja, das ist ein klein wenig besser, aber nicht viel. Hast du *ihm* erzählt, dass du wegfährst?«

»Inzwischen hat er meine Mail wohl bekommen, aber ich habe noch nichts von ihm gehört.«

»Na ja, das ist kein Wunder. Du bist sein Matt. Wahrscheinlich hat Tom fünfzehn Freunde, die ihm einbläuen ›Antworte nicht auf diese Mail. Tu alles, was du willst, aber beantworte sie auf keinen Fall‹.« Sie beugte sich herüber und drückte mich zum Abschied. »Ich muss mich beeilen. In der Nähe vom Presidio wartet ein Bonsai-Garten auf mich. Ich rufe dich später an.

Dann können wir für morgen eine Uhrzeit vereinbaren, wann ich zu dir kommen und dir beim Packen helfen soll.«

»Das brauchst du nicht«, meinte ich und schwang meinen brandneuen Rucksack – prall gefüllt mit allerlei Ausrüstungsgegenständen – aus dem Kofferraum. Mein Protest war wie ein Ritual. Wir wussten beide, dass sie mich nie im Leben allein packen lassen würde.

Lori fuhr los, und ich machte mich daran, meine Einkäufe die steile Treppe hinaufzuwuchten, in der Hoffnung, dass ich keinem meiner Mitbewohner begegnete. Seit fast zwei Jahren lebte ich mit denselben beiden Menschen zusammen, was eine Art Stabilitätsrekord für mich war: Da war Ernie, ein ehemaliger buddhistischer Mönch, der mittlerweile bei der Northwestern Mutual Lebensversicherungen verkaufte. Er war ein stämmiger Mittvierziger mit schütter werdendem Haar und einem leichten Hinken als Resultat einer Meniskusverletzung im linken Knie, die er sich in einem Meditationscamp zugezogen hatte. In einem Alter, in dem viele erfolgreiche Männer auf ihren angehäuften Reichtum blickten und sich mit der großen *Soll das alles im Leben gewesen sein?*-Frage auseinandersetzten, versuchte Ernie, seine mit der Suche nach Spiritualität vergeudete Jugend wettzumachen, indem er möglichst viel Geld in seine private Rentenvorsorge einbezahlte.

Leider schien es bislang nicht allzu viel zu sein. Das klösterliche Training hatte offenbar keine wundersame Wirkung auf seine verkäuferischen Fähigkeiten. »Denken Sie daran, dass nichts im Leben von Dauer ist«, hatte ich ihn einmal zu einem potenziellen Kunden am Telefon sagen hören. »Alles, woran Ihr Herz heute noch hängt, wird am Ende irgendwann fort sein.« Minuten später kam er mit düsterer Miene in die Küche, wo ich mir gerade einen Smoothie zubereitete. »Hast du den Vertrag an Land gezogen?«, fragte ich. »Sie überlegen es sich noch«, erwiderte er.

Meine andere Mitbewohnerin war Ishtar, eine Verehrerin diverser Göttinnen mit einem Nacht-Job bei einem Telefonsex-Anbieter. Ihr größter Berufswunsch war es, Tantra-Workshops zu leiten, bei denen sie Menschen beibrachte, multiple Orgasmen zu bekommen, ohne dabei zu ejakulieren. Besser gesagt, die Männer. Die Frauen *sollten* die Höhepunkte voll genießen, und zwar mithilfe irgendeines Tricks, der den Einsatz des Ringfingers der linken Hand und kundalinische Energie miteinschloss. Mir selbst war es nie gelungen, und allein der Gedanke daran brachte mich schon auf die Palme. Dies war noch so ein Punkt auf der Liste der Persönlichkeitswachstumstechniken, die ich jeden Morgen üben sollte – zusätzlich zum Niederschreiben meiner Träume, Yoga, Meditation und den Übungen zur Verbesserung der Sehfähigkeit nach Bates. (Müsste ich mich entscheiden, eines davon wegzulassen, welches würde ich nehmen? Wollte ich lieber multiple Orgasmen erleben oder leicht kurzsichtig bleiben?)

Ich machte Halt in der Küche, um mir ein kaltes Bier aus dem Kühlschrank zu holen, nahm einen langen Zug aus der Flasche und ging in den Flur. Doch an der Küchentür begegnete ich Ernie, der mich wie ein bekümmerter Esel ansah. »Hast du schon einen Zwischenmieter gefunden?«

Nein, ich hab noch nicht mal angefangen, einen zu suchen. Lass mich in Ruhe. »Äh ... ich glaube, ich bin dicht dran. Es gibt da einen, der ziemlich interessiert ist.« Ich nahm noch einen Schluck und spürte, wie sich die betäubende Wärme in meinem Körper ausbreitete. »Er ist Handwerker«, improvisierte ich weiter, »und Buddhist, so wie du. Ich habe ihn bei Whole Foods kennengelernt.«

»Wann lernen wir ihn kennen?«

»Mal schauen. Vielleicht morgen Abend.« Damit bliebe mir Zeit, jemand Passendes zu finden. Ich sah mich bereits durch den Bio-Supermarkt wandern und nach einem buddhistischen Handwerker Ausschau halten. *Entschuldigung, mir sind gerade dein blauer Anton und deine Mala-Zöpfe aufgefallen. Hättest du Lust, bei mir zu wohnen?*

»Und bringt er alles mit, was wir uns von einem Mitbewohner wünschen?«

»Was wäre das denn?«

»Ein Sofa«, sagte eine Stimme von der Treppe. Ishtar, mit einer Kaskade aus Goldketten um den Hals und in einer Haremshose, die sie aussehen ließ, als käme sie soeben vom Set für *Bezaubernde Jeannie* herein. »Wir wollen jemanden, der ein Sofa mitbringt.«

»Ich rede eher von spirituellen Qualitäten«, wandte Ernie ein. »Stabilität, Kooperationsbereitschaft, Kommunikationswille, solche Dinge.«

»Ich finde, man braucht eine Menge Charakter, um Möbel auszusuchen«, meinte Ishtar. »Und ein positives Selbstbild. Man muss schon eine gewisse Reife besitzen, um loszugehen und sich ein Sofa zu kaufen.«

»Er hat ein Sofa«, erklärte ich. »Ich glaube, er besitzt sogar eine ganze Wohnzimmereinrichtung von Pottery Barn. Sofa, Teppich, Tisch, Vorhänge, das ganze Programm. Er scheint ganz gut Kohle zu haben.«

Die beiden sahen mich ausdruckslos an, ehe Ernie die auf der Hand liegende Frage stellte. »Aber wieso will er dann bei uns einziehen?«

Zurück in meinem Zimmer, ließ ich meine Einkäufe auf den Boden plumpsen, trank den letzten Schluck Bier und ließ mich auf das ungemachte Bett fallen. Durchs Fenster hörte ich die quietschenden Bremsen des Sperrmüllwagens, der am Ende der Straße zurückstieß, gefolgt von metallischem Scheppern. Ich erfüllte mir meinen Lebenstraum. Ich bereitete mich auf eine spirituelle Pilgerreise nach Indien vor. Wieso war ich nur so mies drauf?

In der Hoffnung auf Inspiration nahm ich eines der Bücher vom Nachttisch und schlug es wahllos auf. »Die Meditation beruht auf der Vorstellung, dass der natürliche Geisteszustand ruhig und klar ist.« *Alles klar.* »Sie ermöglicht dem Geist, sich in diesen Zustand zu versetzen.«

Das Bier zeigte allmählich Wirkung. Ich musste kurz aufstoßen und spürte, wie ich in eine Wolke spiritueller Inspiration eintauchte. *Meditation: Tolle Idee! Das wird mich in die richtige Stimmung für Indien bringen!*

Ehrlich gesagt waren meine Meditationsversuche nie sonderlich erfolgreich verlaufen. Na schön, ich genoss die letzten drei oder vier verschwitzten, endorphindurchströmten Minuten am Ende jeder Yoga-Stunde, wenn mein Hirn wie leergefegt von allen lästigen Gedanken war. Ich hatte in meinem Zimmer früher einmal sogar einen kleinen Altar errichtet. Auf dem Flohmarkt hatte ich einen Messingbuddha erstanden und mir einen Vorrat an Vanillekerzen und Amber-Räucherstäbchen zugelegt. Und übers Internet hatte ich mir ein mit Buchweizenhülsen gefülltes Meditationskissen besorgt.

Aber wann immer ich es mir vorgenommen hatte, schien es irgendetwas Wichtigeres zu tun zu geben, als still dazusitzen und in eine Kerze zu starren. Und in dem jetzigen Chaos diente meine Meditationsecke eher als Auffanglager für meine Schmutzwäsche.

Ich hievte mich vom Bett hoch und pflückte meine dreckigen Socken vom Altar. Verdammt, wo waren meine Streichhölzer? Ich brachte fünf Minuten mit der Suche zu und fand sie schließlich auf dem Badewannenrand neben Ishtars Bong. Ich kehrte in mein Zimmer zurück, setzte mich auf mein Kissen, zündete die Kerzen und die Räucherstäbchen an und inhalierte tief den Sandelholzrauch und den Schwefelgeruch der Streichhölzer.

Ich fühlte mich gut. Malte mir aus, wie ein heiter-gelassenes Lächeln auf meine Züge trat. Ja, diese Reise nach Indien würde mein Leben verändern. Ich musterte meine Zehen, die im halben Lotussitz auf meinen Oberschenkeln lagen. Die anderen Yoga-Lehrerinnen hatten allesamt hübsche bunte Nägel, doch ich hatte vergessen, Nagellack zu kaufen. Aber jetzt verlief mein Leben wieder in geregelten Bahnen. Ich würde jeden Tag dreißig Minuten meditieren. Ich würde Weizengrassaft trinken. Ich würde zum Drogeriemarkt radeln und mir Nagellack besorgen. Einen roten. Kein affiges Scharlach-, sondern ein tiefes Burgunderrot. Ich sah mich schon zum Ashram hinaufwandern, mit meinem nagelneuen Rucksack auf dem Rücken, inmitten von schneebedeckten Himalaya-Gipfeln und meinen burgunderroten Fußnägeln, die aus meinen Sandalen ragten. Wieder schloss ich die Augen.

»Dem Atem folgen« – was war damit eigentlich gemeint? Wohin sollte ich ihm folgen? *Ein. Aus.* Ich sah den Atem wie einen Kolben auf und ab gleiten. *Ein. Aus.* Oder wie ein ... nein, bloß nicht drüber nachdenken. Vielleicht würde ich in einem der Ashrams ja einen Mann kennenlernen, einen wirklich spirituellen mit einem durchtrainierten Yoga-Körper, der gerade sein Keuschheitsgelübde aufgegeben hatte.

Meine Knie taten weh. Ich musste mich besser konzentrieren. Ich würde wie einer dieser tibetischen Mönche werden, die stundenlang im Schnee vor dem Haus meditierten, nasse Decken allein mithilfe ihrer Körperwärme trockneten und ihre chinesischen Peiniger zu lieben lernten.

Brrrring. Reflexartig streckte ich die Hand nach dem Telefon aus, riss mich aber zusammen. *Brrrrinnng.* Verpasste ich meinen Termin für die Hepatitisimpfung? Nein, der war erst morgen. *Brrinnng.* Der Anrufbeantworter sprang an. Ich hörte meine eigene Stimme auf Band, die unsicherer klang, als ich es mir vorgestellt hatte. »Hi, hier ist Amanda. Beim Pfeifton wissen Sie ja, was Sie zu tun haben.«

Der Pfeifton. Dann eine Stimme, bei der sich mein Magen zusammenzog.

»Amanda. Hi. Ich weiß, du willst wahrscheinlich nicht mit mir reden. Aber ich muss mit dir reden.«

Es gab da etwas, was ich mir wieder und wieder ins Gedächtnis rief, wenn ich mich fragte, wieso ich immer noch mit Matt zusammen war. Es war mein Geburtstag, wir kannten uns damals erst ein paar Monate. Er war mit mir zum Mount Tamalpais hinaufgefahren, hatte den Wagen an einer Klippe über dem Stinson Beach abgestellt und erklärt, wir würden Paragliding machen.

»Als Geburtstagsgeschenk willst du mich über eine Klippe schubsen?« Gut sechshundert Meter unter uns glitzerte das Meer unter dem wolkenlosen Himmel.

»Nicht schubsen. Ich springe mit dir.«

»Aber du weißt doch, dass ich Höhenangst habe.«

»Deshalb ist es ja das perfekte Geschenk für dich.«

Ich ließ mich nur darauf ein, weil ich mehr Angst davor hatte, vor meinem neuen Freund wie ein Feigling dazustehen, als einen grauenhaften Tod zu sterben. Doch als ich in der Luft war – in einem Tandemglider an einen kahlköpfigen Fluglehrer mit dem Körperbau eines Fallschirmjägers festgeschnallt –, wuchs meine Angst auf ein Ausmaß an, dass sie sich nicht mehr von Ekstase unterscheiden ließ. Unter mir segelte ein rotschwänziger Habicht. Mein Herz schlug wie wild. Jeder Nerv war zum Zerreißen gespannt. Ich sah die Golden Gate Bridge, die felsige Krümmung der Küste, hunderte Meter unter uns. Ein Aufwind wirbelte uns nach oben, immer höher, während die Erde unter uns wegkippte. Ich sah Matts Paraglider ein paar hundert Meter neben unserem, wie er im Wind stieg und fiel. Sollte ich sicher auf der Erde landen, würde ich nie wieder etwas so Idiotisches tun, schwor ich mir. Doch als wir uns zur Landung bereit machten, wünschte ich mir mit einem Mal, der Flug würde noch ewig dauern.

»Ich bin nur ein, zwei Wochen in der Stadt, dann bin ich wieder weg«, sagte die Stimme auf dem Anrufbeantworter. Lori hatte mir einmal von einer besonderen Bienenrasse erzählt, die nur in einer bestimmten Frequenz mit den Flügeln schlagen musste, und schon öffneten sich die Tomatenblüten und gaben ihre Pollen frei. Genau diese Wirkung hatte Matts Stimme auf mich.

Heb nicht ab. Heb auf keinen Fall das Telefon ab. Ich schlug die Augen auf und sah den Buddha auf dem Altar an. Er hatte es richtig gemacht – sich einfach mitten in der Nacht davonzustehlen. Hatte er später jemals Sehnsucht nach seiner Frau verspürt, in all den Nächten inmitten dieser heiligen Männer? Man stelle sich mal vor, wie er meditierend unter diesem Baum saß, plötzlich der Anrufbeantworter ansprang und er eine Frauenstimme hörte. *»Schatz, du fehlst mir so. Bitte komm wieder nach Hause. Dein Sohn fragt auch ständig nach dir…«*

»Es hat mir furchtbar zu schaffen gemacht, dass wir letztes Mal so aneinandergeraten sind. Ich muss dich unbedingt sehen und mit dir reden.«

Was verstand Buddha schon von Leidenschaft? Schließlich hatte er den Großteil seines Lebens als Mönch zugebracht. Wieso sollte ich ausgerechnet auf seinen Rat hören?

»Amanda. Ich weiß, dass du da bist.«

Heb auf keinen Fall den Hörer ab. Ich erhob mich von meinem Kissen. Streckte die Hand aus. Spürte den Wind, der mich nach oben und übers Meer hinaustrug, hörte das Kreischen der Möwen, als die Erde unter mir wegkippte.

Meiner Erfahrung nach verbirgt sich Glückseligkeit in allem. Doch das Verlangen nach Glückseligkeit bereitet Qual. So wird die Glückseligkeit zum Keim der Qual. Jegliche Qual erwächst also aus dem Verlangen.

Nisargadatta Maharaj (1897–1981)

Kapitel vier

»Tu's nicht. Triff dich nicht mit ihm.« Lori trat über einen Wäscheberg, baute sich mit in die Hüfte gestemmten Händen in der Mitte des Raums auf und blickte mich finster an. »Ich warne dich. Dieser Kerl ist Gift für dich.«

»Lori, komm schon.« Ich setzte mich auf die Bettkante und fragte mich, ob es wirklich so schlau gewesen war, mir von ihr beim Packen helfen zu lassen. »Wir gehen doch nur am Strand spazieren. In einer Woche fliege ich. Was soll daran denn schlimm sein?«

»Darum geht's nicht. Es ist so, als würde ein Alkoholiker in eine Bar gehen und sagen, er bestelle sich ja nur einen Orangensaft.«

»Wir gehen aber in keine Bar. In was für eine brenzlige Situation können wir denn mitten am Tag am Strand schon geraten?«

»Versprich mir bitte nur das eine: dass du ihn nicht hier anschleppst.«

»Das werde ich nicht tun, versprochen. Können wir jetzt weiterpacken?«

Sie nickte widerstrebend, ehe sich ihre Miene bei der Aussicht erhellte, Ordnung in dieses Chaos zu bringen. »Also gut, in diese Ecke legen wir alles, was du mitnimmst. Alles andere verstauen wir in Kartons. Ich habe bei Safeway ein paar besorgt. Sie stehen draußen auf dem Flur. Und Klebeband habe ich auch mitgebracht. Und einen dicken Filzstift.«

»Du bist einfach klasse! Was würde ich bloß ohne dich tun!«

»Stimmt! Wahrscheinlich wäre öfter mal was danebengegangen.« Sie trat vor meinen Schrank und begann, Kleider von den Bügeln zu ziehen. »Hol mir einen Karton, damit ich diese Sachen hier wegpacken kann.«

»Warte. Vielleicht nehme ich ja etwas davon mit?« Hektisch reichte ich ihr einen Karton.

»Was? Willst du etwa mit einem Samt-Mini durch Kalkutta laufen? Du trägst ihn ja nicht einmal hier.« Sie begann, die Sachen in den Karton zu legen. »Und wann triffst du dich mit ihm?«

»Ehrlich gesagt, schon in anderthalb Stunden. Ich dachte, wir könnten morgen mit dem Packen weitermachen.«

Sie räumte Pullover aus dem Schrank. »Es ist aber besser, alles auf einmal zu erledigen. Wie wär's? Ich mache hier weiter, während du dich mit Matt triffst. Ohne dich bin ich sowieso schneller. Und in genau zwei Stunden bist du wieder hier.«

Ich setzte mich auf den Boden neben meinen Rucksack und begann, die Preisschilder von meinen neuen Sachen abzuknibbeln, sorgsam darauf bedacht, ebenso beschäftigt zu wirken wie sie. »Ich durchschaue dich, Lori. Wer bist du? Meine Mutter?«

»Nein.« Sie schnappte sich eine Rolle Klebeband, zog mit einem beherzten *Wrrrr* ein Stück heraus und klebte die erste Schachtel zu. »Ich bin deine beste Freundin. Und ich musste dir schon viel zu oft helfen, wenn du dir wegen diesem Kerl die Augen ausgeheult hast.«

»Stimmt. Aber das ist schon eine Weile her.«

»Das weiß ich! Und wieso? Weil du mit ihm Schluss gemacht hast!« Inzwischen war sie an meiner Kommode und begann, erbarmungslos einen weiteren Karton mit Kleidern zu füllen. »Ich weiß, dass du ihn in den letzten Monaten vermisst hast. Aber du warst alles in allem glücklicher und hast dich viel mehr auf dein eigenes Leben konzentriert. Und ich will nicht, dass du rückfällig wirst.«

»Ich werde nicht rückfällig.« Ich sah mich in meinem halb in Auflösung begriffenen Zimmer um und stellte entsetzt fest, wie vertraut sich das Chaos anfühlte. Meine Mutter hatte jeden neuen Umzug mit heller Begeisterung angekündigt – *Rate mal, was passiert ist, Amanda! Ich habe eine tolle neue Wohnung für uns gefunden!* –, als würden sie und ich in unserem neuen Zuhause zu völlig neuen Menschen werden. Dabei war ich in Wahrheit am Boden zerstört – wieder einmal wurde ich aus einer vertrauten Umgebung gewaltsam herausgerissen.

»Eigentlich finde ich, wir sollten das in Etappen angehen«, sagte ich zu Lori. »Lass uns mal überlegen, wo wir aufhören könnten.«

»Amanda, wir haben doch gerade erst angefangen. Du willst nur, dass ich gehe, damit du mit ihm herkommen kannst.« Sie setzte sich neben mich auf den Boden. »Du behauptest, du willst nicht mit ihm schlafen. Aber ich wette mit dir um zehn Mäuse, dass du nach dem Anruf sofort ins Bad gelaufen bist und dir die Beine rasiert hast. Nur für alle Fälle.« Sie beugte sich vor und zerrte neckend an meinem Hosenbein. »Das stimmt doch, oder? Los, zeig mir deine Beine.«

»Lass die Finger von meinen Beinen, du bist ja verrückt!« Ich rollte mich zur Seite, worauf sie mich auf Händen und Knien durchs Zimmer zu jagen begann. Wir lachten uns krank dabei. Irgendwann brachen wir auf einem Haufen noch nicht sortierter Kleider zusammen.

»Nicht nur meine Beine«, gab ich zu, »sondern auch die Bikinizone.«

»Die will ich aber nicht sehen. Und ihm solltest du sie lieber auch nicht zeigen.«

»Okay, okay, ich geb's auf. Du bleibst hier und packst weiter.«

Sie nickte. »Gut. Du kannst meinen Wagen nehmen. Und wenn du wieder da bist, werde ich dein ganzes Leben in Kisten verfrachtet haben.«

Sie beugte sich herüber und umarmte mich. »Amanda, servier ihn einfach ab. Du wirst es nicht bereuen.«

Natürlich kam er zu spät.

Ich wartete etwa zehn Minuten am Rand des Parkplatzes in Ocean Beach neben einem Warnschild. ACHTUNG LEBENSGEFAHR. GEFÄHRLICHE STRÖMUNG. SCHWIMMEN VERBOTEN. Da ich nicht länger den Anschein erwecken wollte, dass ich auf ihn wartete, ging ich die Betonstufen hinunter an den Strand, der sich nahezu menschenleer in beide Richtungen erstreckte. Ich entdeckte eine Handvoll Surfer, die wie Robben in ihren schwarzen Neoprenanzügen auf den Wellen auf und ab hüpften, ohne den Warnschildern Beachtung zu schenken. Ich setzte mich auf einen Baumstumpf und starrte auf die See hinaus. Nur wenige Meilen landeinwärts, wo ich wohnte, war es warm und sonnig, während es hier kühl und diesig war, ein völlig anderes Wetter. Ein scharfer Wind brannte auf meinen Wangen. Ich zog die Schultern ein und wünschte, ich hätte eine wärmere Jacke angezogen. Dann hörte ich plötzlich Schritte auf dem Sand und drehte mich um – eine Spur zu schnell –, doch es war nur eine ältere Frau, deren graues Haar in der Brise wehte, als sie mit gesenktem Kopf und eingezogenen Schultern den Strand entlangging.

Ich fuhr mit den Fingern durch den groben braunen Sand. Überall lagen Möwenfedern und winzige Reste von halb verkohltem Treibholz herum. Mir fiel etwas ein, das ich Lori vor langer Zeit erzählt hatte: Manchmal dachte ich, dass ich nicht nur mit Matt schlafen wollte, sondern mich am liebsten in ihn verwandeln würde – in einen Menschen, der ohne jede Bindung existierte, sich vom Wind in die Zukunft treiben ließ, ohne je nach links und rechts zu sehen.

Lori hatte mich angesehen, als hätte ich den Verstand verloren. »Aber er kommt ja nicht zu dir zurück, weil du so bist wie er«, hatte sie erwidert. »Sondern nur, weil du anders bist. Du bist sein Anker, die einzige Konstante in seinem Leben.«

Ein Stück neben mir glitt ein Typ in einem schwarzen Neoprenanzug auf seinem Boogie Board auf einer weißen Gischtwelle an den Strand. Er stand auf, kam aus dem Wasser, schüttelte sich wie ein nasser Hund und lief auf mich zu. Erst als er nur noch wenige Meter vor mir stand, erkannte ich ihn.

»Die Wellen waren so toll, dass ich einfach reinmusste«, erklärte er und grinste mich an. Er hatte seinen Zopf abgeschnitten und sich den Schädel rasiert, so dass die Wassertropfen darauf glitzerten. Er ließ das Brett in den Sand fallen. »Angst, nass zu werden?«

»Das ist meine geringste Sorge«, erwiderte ich. Und dann lag ich in seinen Armen, meine Hände berührten den dicken, nassen Gummi, mein Gesicht presste sich an seine Brust.

»Ich habe für dich auch ein Surfbrett mitgebracht«, sagte er, »und einen Anzug.«

»Matt, du spinnst doch. Es ist eiskalt.«

»Nein! Wenn du erst mal drin bist, ist es klasse. Die Wellen sind unglaublich. Komm schon, versuch es wenigstens.«

»Matt, im Ernst. Ich war seit Jahren nicht mehr surfen. Außerdem müssen wir reden.«

»Dann warst du viel zu lange nicht mehr auf einem Brett. Wir reden später, versprochen.« Er nahm mich bei den Händen. »Los, komm schon, Amanda. Sieh es doch mal so: Wir können uns in mein Auto setzen und streiten. Mindestens einer von uns wird laut werden. Und mindestens einer von uns wird weinen. Oder wir gehen ins Wasser und haben ein bisschen Spaß. Los, komm, wovor hast du denn Angst?«

Lebensgefahr. Gefährliche Strömung. Trotzdem stand ich kurz darauf hinter seinem Pick-up, zog meine Sachen aus und zwängte mich in den engen Surfanzug.

Natürlich hatte er recht. Es war fantastisch. Ich hatte völlig vergessen, wie es war, inmitten dieser ungezähmten Wellen zu sein. Weiter und weiter kämpften wir uns durch die Brandung, tauchten unter den sich brechenden Wellen hindurch, bis wir weit genug draußen waren. Ich folgte ihm in die Fluten, schwamm mit kräftigen Zügen auf den Strand zu, unmittelbar vor der Welle, bis sie sich aufbaute und ich das Wasser unter meinem Bauch spürte. Das Kreischen der Möwen, das Dröhnen der Brandung – für eine Weile tilgten sie alles andere, auch die leisen Stimmen in meinem Hinterkopf, die noch immer protestierten. *Wolltest du nicht mit ihm reden? Wieso hat er ein zweites Surfbrett und einen Damensurfanzug in seinem Wagen liegen?*

Danach trockneten wir uns im eisigen Wind ab, schlüpften in unsere Kleider und krochen in den Camperaufbau seines Pick-ups. Auf der Ladefläche lag ein alter Futon, außerdem gab es eine Kühlbox, eine Campinglampe, ein paar Decken und einen aufgerollten Schlafsack.

»Warst du viel unterwegs?«, fragte ich.

»Ich bin mit dem Pick-up aus Alaska zurückgefahren.« Er legte sich eine Decke um die Schultern und hielt einladend einen Zipfel hoch. Sekunden später saß ich, eng an ihn gekuschelt.

Ich hob die Hand und berührte behutsam seinen kahlen Schädel, ehe ich sie wegzog. »Was soll das werden? Gehst du ins Kloster?«

»Bestimmt denkst du, das wäre das Richtige für mich. Aber, nein. Ich war es nur leid, mich jeden Tag mit meinen Haaren abgeben zu müssen. Eine Sache weniger, um die man sich kümmern muss.«

Als gäbe es so vieles, worum du dich kümmerst. Aber ich sagte nichts. Unter der Decke legte er den Arm um mich. »Danke, dass du mit ins Wasser gekommen bist. Ich hätte nicht gedacht, dass du es tun würdest. Genau das liebe ich so an dir: Du bist für jede verrückte Idee zu haben.«

»Und genau das liebe ich so an dir«, gab ich zurück. »Dass es immer etwas Verrücktes gibt, das dich reitet.«

Es entstand eine verlegene Stille. Das Wort *liebe* kauerte zwischen uns, wie ein kleines Tier, das sich nicht sicher war, ob es willkommen war.

»Und, wie ist es dir so ergangen?«, fragte ich.

»Es ging so. Ich habe die Delfin-Serie in Griechenland beendet und die Fotos in einer Galerie in London ausgestellt, was eigentlich toll ist. Aber leider waren nur drei Leute da, die sie gesehen haben, was weniger toll ist.«

Ich zupfte an den Fransen der Decke. »Und eine davon war Cynthias Tochter?«

Ich spürte, wie er sich versteifte. »Es hat nicht lange gehalten. Was irgendwie klar war. Und jetzt ist Cynthia nicht allzu gut auf mich zu sprechen.«

»Was für ein Zufall. Meine Mutter ist auch nicht allzu gut auf dich zu sprechen.«

Er griff unter der Decke nach meiner Hand. »Amanda, es tut mir leid, wenn ich dir wehgetan habe. Aber das Ganze hatte nichts mit dir und mir zu tun. Manchmal sind andere Frauen nur wie andere Länder, die man entdecken, oder ein Berg, den man erklimmen will. Es *bedeutet* nichts. Es ist nur ein weiteres Abenteuer.«

Ich entzog ihm meine Hand. »Aber was bin ich? Ein Fluss, auf dem man hinunterfährt? Ein Baum, den man fällt?«

»Du bist eine andere Geschichte, wie du inzwischen wissen solltest.«

»Was für eine Geschichte soll das genau sein? Es wäre nett zu wissen, damit ich schon mal anfangen könnte, meine Rolle zu proben.«

»Amanda. Du hast einen Platz in meinem Herzen, den sonst

niemand hat. Das Problem ist nur, dass ich noch so vieles entdecken will. Ich kann mir nicht vorstellen, nicht mehr in der Welt herumzureisen und für immer an einem Ort zu bleiben.«

»Bei dir hört sich das an, als wäre ›an einem Ort zu bleiben‹ eine Beleidigung.« Ich glitt unter der Decke hervor. »Langweilig. Eine Einschränkung. Darauf bin auch ich nicht scharf.«

»Worauf dann?«

»Ich möchte etwas – etwas, das mehr ist als das, was wir haben. Was wir haben, ist ja nicht einmal eine Beziehung. Sondern vielmehr ein halbjährliches Zugunglück auf Acid. Danach stehe ich jedes Mal da, sehe mich um und stelle fest, dass mein ganzes Leben in Schutt und Asche liegt, aber wow, die Farben sind echt toll.«

»Also willst du lieber eine sichere Fahrt in einem Vorstadtzug. Ticket lösen, einsteigen, und auf geht's ins Büro in die Stadt.«

»Du bist schon wieder so überheblich.« Ich begann, in der Kälte zu zittern. »Gibt es denn nichts dazwischen?«

»Wahrscheinlich schon, nur kann ich mir nicht vorstellen, wie ich es anstellen soll.«

»*Kannst* du nicht? Oder *willst* du nicht?«

Er seufzte. »Ich will nicht derjenige sein, der dich daran hindert, das zu bekommen, was du dir im Leben wünschst. Vielleicht hast du ja recht. Vielleicht wärst du ohne mich glücklicher.«

»Woher soll ich das wissen?«

»Hör auf. Hör einfach auf.« Er packte mich bei den Schultern. »Sieh doch. Ich liebe dich. Ich liebe dich, wie ich sonst niemanden liebe. Und du liebst mich. Was brauchen wir denn mehr?«

Mehr, wollte ich sagen. *Weniger*. Doch seine Lippen lagen auf meinen, während die Brandung vor uns zusammenschlug, wild und rau und ungestüm. *Achtung Lebensgefahr! Schwimmen verboten*. Aber mir blieb nichts anderes übrig, als die Welle zu reiten oder unterzugehen.

Als ich mit anderthalb Stunden Verspätung zurückkam, waren alle Kartons gepackt, verschlossen und in einer Ecke meines Zimmers aufgestapelt. Mein Rucksack stand reisefertig im Flur. Lori hatte sogar meine Teppiche aufgerollt und den Boden gefegt. Von all meinen Besitztümern befreit, sah mein Zimmer viel größer aus, als ich es in Erinnerung hatte, und eigentümlich neutral. Es könnte jedem gehören.

»Wow.« Ich setzte mich auf die Bettkante.

»Du musst nur noch die Kartons wegbringen. Mach dir keine Sorgen wegen der Bettwäsche. Wenn du weg bist, komme ich her und stecke alles in die Waschmaschine.«

»Wow«, wiederholte ich stumpfsinnig.

Sie sah mich scharf an. »Amanda. Du hast doch mit ihm Schluss gemacht, oder?«

»Wir haben vereinbart, ein Jahr lang keinerlei Kontakt zu haben. Zumindest nicht, bis ich aus Indien zurückkomme. Auf diese Weise können wir in aller Ruhe herausfinden, was wir einander bedeuten.« Beharrlich hatte sich sein Mund auf meinen Lippen angefühlt, eindringlich. Unsere Körper hatten sich im Einklang miteinander bewegt, waren ihrer ganz eigenen Logik gefolgt. *Ein letztes Mal,* hatten wir gesagt. *Wir tun es ein letztes Mal. Zum Abschied.*

»Nicht einmal eine E-Mail?«

»Nicht einmal eine E-Mail.« Plötzlich wünschte ich mir, Lori würde gehen, damit ich mich in mein ordentlich gemachtes Bett in meinem leeren Zimmer legen und weinen konnte.

Sie setzte sich neben mich und nahm mich in die Arme. »Ich bin ja so stolz auf dich.«

Abwärtsgerichteter Hund
(Adho Mukha Svanasana)

Gehe in den Vierfüßlerstand und drücke die Hüften nach oben. Lasse die Wirbelsäule gen Himmel wachsen, während die Fersen fest im Boden verankert sind. Lasse den Kopf hängen wie eine reife Frucht.

Eine Yoga-Position ist eine Reise, nicht das Ziel. Arbeite dich langsam näher heran wie eine Rebe, die sich um den Weinstock windet. Gleite mit jedem Atemzug in samtige Dunkelheit. An manchen Tagen führt der Weg dich durch moosige Wälder, die in Wiesen voll wilder Irisblüten münden. An anderen kämpfst du dich durch Sümpfe, denen der Gestank verrotteter Träume entströmt. Entlang unbekannter Straßen wirst du prächtige Paläste der Freude entdecken und in verwaisten Höhlen uraltes Plutonium zutage fördern, dessen Halbwertszeit sich in Generationen misst.

Nimmt ein Pilger ein Transportmittel in Anspruch, büßt er die Hälfte seines Verdienstes ein. Macht er sich Schuhe oder einen Schirm zunutze, schmälert er seinen Verdienst noch weiter. Geht er unterwegs Geschäften nach, werden drei Viertel des Verdienstes fort sein, und nimmt er ein Geschenk an, verliert er ihn ganz.

Vaya Purana, ca. 800 n.Chr.

Kapitel fünf

Meine Stirn lehnte gegen etwas Hartes, Vibrierendes, als ich aufwachte. Ein Speichelfaden lief mir aus dem Mund. Fragmente eines Traums wirbelten um mich herum.

Ich schreibe Einladungen für die Hochzeit. Aber ich kann mich nicht erinnern, wen ich heirate. Tom? Nein, diese Hochzeit habe ich abgesagt. Matt? Mit ihm rede ich nicht. Ich versuche, einen der Umschläge zu öffnen, um zu sehen, welcher Name darauf steht, aber als ich die Lasche aufreiße, fällt lediglich eine Handvoll winziger Radieschensamen heraus.

Die Aircon dröhnte. Es war dunkel, bis auf den kleinen Lichtkegel, den die Lampe über mir auf meinen Schoß warf. Meine Füße waren geschwollen, und ich spürte einen Schwall eiskalter Luft, der in meinen Nacken blies. Es dauerte ein paar Sekunden, bis ich wieder wusste, wo ich war. Knapp zwölftausend Meter über der Erde, irgendwo zwischen San Francisco und Delhi. Mein Kopf war gegen das Flugzeugfenster gepresst, und meine Arme umschlangen mein kleines Kissen, als wäre es ein Teddybär.

Ich setzte mich auf, blinzelte und massierte meinen schmerzenden Nacken. Ich hatte das Gefühl, schon seit einer halben Ewigkeit in diesem Flugzeug zu sitzen. So als befände ich mich in einer Art *bardo,* jenem Zwischenstadium zwischen zwei Leben, von dem der tibetanische Mönch in seinem Vortrag im Blissful Body gesprochen hatte. Wenn das Flugzeug landete, wäre ich als völlig neue Person wiedergeboren: als Sadhu mit zerknautschten Dreadlocks. Oder als Kurtisane in einem Seidensari, die die Kunst der Liebe nach dem Kama Sutra praktizierte. In Wahrheit fand ich es ziemlich schräg, mit dem Flugzeug nach Indien zu reisen. Viel eher sollte man auf einem Elefanten die Wüste durchqueren. Oder sich auf sein Meditationskissen setzen und das richtige Mantra sprechen. Stattdessen war ich in diesem brummenden Stahlkoloss – seit fast dreizehn Stunden! – und sah mir eine alte *Dr. Phil*-Kummerkasten-Sendung an.

»Etwas zu trinken für Sie?«, fragte die Stewardess. Sie trug einen grünen Seidensari, und zwischen ihren Brauen leuchtete ein roter Punkt.

»Äh … nur einen Apfelsaft, bitte.« Ich nahm den Plastikbecher und eine kleine Tüte in Honig gerösteter Erdnüsse entgegen. Mir dröhnte der Schädel. Lori und meine Hausgenossen – einschließlich des Untermieters, den ich in letzter Sekunde aufgegabelt hatte, ein ehrgeiziger DJ, der tagsüber in der Fleischabteilung von Real Food arbeitete – hatten am Vorabend eine Abschiedsparty für mich geschmissen, inklusive indischem Essen aus dem Bombay Garden und zu vielen Flaschen billigen Champagners. Irgendwann nach Mitternacht hatte Lori mir einen verschlossenen Umschlag überreicht, mit der Anweisung, ihn erst zu lesen, »wenn du den Drang verspürst, etwas zu tun, von dem du ahnst, dass es sehr, sehr dumm sein könnte«. Dann hatte sie es sich nicht nehmen lassen, mich zum Flughafen zu fahren, damit ich um fünf Uhr früh meine Maschine bekam. Sie hatte vor der Sicherheitsschranke gestanden und mir zum Abschied gewunken. »Mach dir keine Sorgen. Wenn das mit der Erleuchtung nicht klappt, kannst du dich immer noch für ein Aufbaustudium einschreiben.«

Auf dem Platz neben mir saß ein Inder im Anzug inmitten einer Pfütze aus bläulichem Licht und tippte auf seinen Laptop ein. Irgendwo im hinteren Teil der Maschine weinte ein Baby. Auf dem Sitz vor mir sah sich ein Sikh mit einem blauen Turban eine *Simpsons*-Folge an. Es erstaunte mich, wie viele Leute auf den Beinen waren – wie sie auf dem Flughafen herumeilten, um ihren Flug, Zug oder Bus zu erreichen, wie sie ihre Habseligkeiten in Taschen stopften und sich auf den Weg irgendwohin machten. Ich dachte an meine Mutter, die alle paar Jahre ihre Sachen gepackt hatte und an einen anderen Ort gezogen war. In welchem inneren Aufruhr musste sie sich stets befunden haben, dass es ihr als die einzige Lösung erschien, wieder und wieder ihr bisheriges Leben aufzugeben und alles hinter sich zu lassen?

Es war mir nie gelungen, meiner Mutter etwas über meinen Vater zu entlocken. Das Wenige, was ich über ihn wusste, hatte ich von der jüngeren Schwester meiner Mutter, Tante Elsie aus San Antonio. Bei ihr in Texas hatten meine Mutter und ich in jenem langen, glühend heißen Sommer gewohnt, als ich zwölf wurde. Meine Mutter hatte damals einen Job als Kellnerin und war bereits zur Arbeit aufgebrochen, als Elsie und ich eines Abends auf der Veranda beisammensaßen. Meine drei Cousins lagen im Bett, und Elsie trank einen Scotch und erzählte mir von früher – aber erst nachdem sie mich hatte schwören lassen, dass ich meiner Mutter niemals ein Wort davon verraten würde.

Meine Mutter war keine einundzwanzig gewesen, als sie meinen Vater kennenlernte. Sie, die einstige Homecoming Queen der Tumbleweed Highschool von der College Station, bezaubernd und temperamentvoll und zehnmal schlauer, als sie die texanischen Jungs ahnen ließ. Zu dieser Zeit lebte sie noch zu

Hause, arbeitete als Kellnerin bei Denny's, ging mit Footballspielern von der Texas A & M aus und belegte wahllos Kurse auf dem Valley Community College: Lyrik. Keramikkunst. Fernsehproduktion. Kosmetik. Während sie Burger und Pommes frites servierte, ersann sie Mittel und Wege, wie sie Texas für immer den Rücken kehren könnte, und erzählte Tante Elsie jeden Abend vorm Einschlafen davon. Vielleicht könnte sie ja Stewardess werden. Ein Drehbuch schreiben. Als Wäschemodel arbeiten. Einen Job auf einem Kreuzfahrtschiff bekommen.

Eines Abends tauchte mein Vater bei Denny's auf und bestellte einen Burger und einen Schokoladenshake. Er war Student der Wirtschaftswissenschaften an der UCLA und zu einer Konferenz zum Thema Fleischvermarktung an der Texas A & M gekommen. Er lud meine Mutter zu einem Bier ein, dann zu noch einem und noch einem. Am nächsten Morgen blieb er bis zur Mittagszeit mit ihr im Bett in seinem Hotelzimmer und verpasste den Vortrag über neue Methoden zur Verpackung von Schweinefleisch. Sie hatte noch nie mit einem Mann geschlafen, der keinen texanischen Akzent hatte, und sie war hin und weg davon – später erzählte sie Tante Elsie, es sei, als liege man mit einem Nachrichtensprecher im Bett. Eine Woche später schickte er ihr ein Ticket nach Los Angeles. Jahre später fand ich beim Stöbern in ihrem Kleiderschrank das Rückflugticket in einer Schuhschachtel unter meiner Geburtsurkunde – ihr Ticket zurück in ein Leben, das sie nicht mehr haben wollte.

Als sie zwei Monate später feststellte, dass sie schwanger war, wartete sie so lange, bis sie es ihm erzählte, dass es zu spät war, um noch etwas dagegen zu unternehmen. Mittlerweile hatte sich herausgestellt, dass sie sich wegen allem und jedem in die Haare kriegten: Sie ließ ihre Unterwäsche überall auf dem Boden seines Apartments herumliegen; er blieb bis nach Mitternacht weg, um in der Bibliothek für sein Abschlussexamen zu büffeln. Ich war nur eine weitere Rakete, die sie aufeinander abfeuern konnten. Eines Abends nahm sie sein Fahrrad – sie war im fünften Monat schwanger – und fuhr zur Bibliothek, um ihm anständig einzuheizen. Sein Platz war leer, die Bücher ordentlich in der Ecke aufgestapelt. *Wie verkaufe ich Eskimos Eisschränke? Die sieben Geheimnisse der Erfolgreichen.* Sie suchte ihn überall auf dem Campus und fand ihn schließlich in der Studentenkneipe, wo er Bier trank und mit ein paar Kommilitonen am Spielautomaten stand. Als sie auf ihn losging, sah er seine Zukunft vor sich – und die sah nicht allzu verlockend aus.

Zwei Tage nach seinem Abschluss packte er seinen Koffer und verschwand, während sie im Coyote Grill arbeitete. Er hinterließ ihr einen Scheck über fünftausend Dollar und keine Adresse.

Sie hätte ihn aufstöbern und auf Unterhalt verklagen können, aber das war nicht der Stil meiner Mutter. Stattdessen zerriss sie sämtliche Fotos von ihm, schenkte seine Kleider dem Obdachlosen an der Ecke und schnitt die Erinnerung an ihn aus ihrem Herzen, als wäre sie ein Stück krebsverseuchten Gewebes. Es stellte sich heraus, dass eine Schwangerschaft eine ideale Methode war, um ordentlich Trinkgeld zu kassieren, also zeigte sie bereitwillig Babyfotos her. Als ich drei Monate alt war, begann sie eine Ausbildung zur Kosmetikerin und ließ sich mit einem geschiedenen Mann ein, der zwanzig Jahre älter war als sie und einen Gebrauchtwagenhandel besaß.

Als ich Matt einmal erzählte, ich wolle meinen Vater finden, schnaubte er nur. »Biologie ist nicht alles. Er ist nicht dein Vater. Sondern nur der Kerl, dessen Sperma du entstammst.« Tom hingegen ermutigte mich, seinen Namen in der Ehemaligen-Datenbank der UCLA zu suchen. Und genauso einfach war es auch. Er arbeitete inzwischen als Immobilienmakler und lebte mit Frau und drei Kindern in Seattle. Leider war in der Ehemaligen-Zeitschrift kein Foto von ihm abgebildet, dafür aber von seinen Kindern: zwei Jungen und ein Mädchen, alle noch im Teenageralter. Mit dichten, dunklen Locken, so wie ich. Und mit derselben langen Nase und dem olivfarbenen Teint.

Ich schrieb ihm vier oder fünf Briefe, die ich jedoch nie abschickte. Einmal hatte ich sogar den Hörer in der Hand und seine Nummer gewählt, legte jedoch auf, als es zu läuten anfing. Meine Mutter und ich waren lediglich der erste Testlauf einer Familie gewesen und ausgemustert worden, so wie die ersten Pfannkuchen, bevor die Pfanne richtig heiß ist. Schlimmer noch als meinen Vater niemals zu sehen, war die Vorstellung, ihn zu sehen und zurückgewiesen zu werden.

Trotzdem träumte ich alle paar Monate von ihm. In meinen Träumen war er stets eine Stimme im Nebenzimmer oder um die Ecke. Er rief an, aber wenn ich an den Apparat ging, war niemand mehr dran. Er wartete am Bahnhof auf mich, doch ich stieg eine Station zu spät aus und konnte ihn nicht mehr finden.

Mit einem Klicken klappte der Inder neben mir seinen Laptop zu und sah mich an. »Lassen Sie mich raten. Sie reisen nach Indien, um Yoga zu lernen.«

»Woher wissen Sie das?«

»Keine Ahnung ... vielleicht lag es an den Dehnübungen, die Sie auf dem Gang vor der Toilette gemacht haben.« Er war Mitte dreißig, mit markanten Zügen, die perfekt zu seiner Stimme passten – ein melodiöser britisch-indischer Tonfall, der alles, was er sagte, noch interessanter klingen ließ. »Und das tätowierte Om-Zeichen auf Ihrem Oberarm. Übrigens sollte ich Sie warnen: Wenn Sie mit diesem nackten Arm in Indien auf dem Land herumlaufen, können Sie sich ungefähr auf dieselbe Reaktion gefasst machen, als würden Sie oben ohne durch Louisiana laufen.«

Ich legte meine Hand auf meinen Oberarm und fragte mich, ob er scherzte. »Machen Sie auch Yoga?«

Er lachte. »Soll das ein Witz sein? Ich habe einen Freund, der als orthopädischer Chirurg arbeitet. Er ist auf Knieoperationen spezialisiert. Wann immer er hört, dass jemand Yoga macht, sagt er zu mir: ›Oh, prima! Wieder eine Rate für meinen Lexus!‹ Nein, ich fliege nach Bangalore, um ein Software-Unternehmen zu leiten. Meine Frau kommt in ein paar Wochen nach. Sie ist Ärztin und eröffnet dort eine Frauenklinik.« Er verstaute seinen Laptop in der Tasche und schob sie unter den Sitz vor ihm. »Was ist mit Ihnen? Welchen Teil Indiens werden Sie mit Ihren Yoga-Rupien beglücken?«

»Ich mache eine Rundreise. Ich arbeite an einem Reiseführer und suche nach Orten, an denen man die Erleuchtung finden kann.«

Wieder lachte er. »Gütiger Himmel. Also werden in Zukunft Tausende weitere reiche Kalifornier nach Indien strömen, weil sie den inneren Frieden suchen. Während Millionen armer Inder davon träumen, zu sterben und in Kalifornien wiedergeboren zu werden.« Er riss seine Tüte mit den Erdnüssen auf und schob sich eine Handvoll in den Mund. »Also, erzählen Sie. Wieso um alles in der Welt fahren alle nach Indien, um Yoga zu lernen, wo es in San Francisco doch an jeder Ecke ein Yoga-Studio gibt? Und wo man das Wasser trinken kann, ohne Durchfall davon zu bekommen?«

»Weil Indien die Geburtsstätte des Yoga ist. Das Land der Götter. Das Land, aus dem all die heiligen Texte stammen.«

»Ja, jetzt wo Sie es erwähnen, fällt mir wieder ein, dass ich gehört habe, Yoga erlebe in Indien gerade ein Comeback. Besonders seit die Inder herausgefunden haben, dass es einen Exportmarkt dafür gibt.«

»Für einen Inder ist Ihre Einstellung zu Indien schrecklich negativ.«

»Ich bin nicht negativ drauf, sondern ein Optimist. Ich glaube daran, dass Indien die nächste Supermacht sein wird. Und wenn ich ›Macht‹ sage, rede ich nicht von durch Yoga erlangten Kräften.« Er zerknüllte die Erdnusstüte und schob sie in das Fach in seinem Vordersitz. »Aber ich lasse mich gern vom Gegenteil überzeugen. Erzählen Sie mir mehr. Wie wollen Sie die große indische Erleuchtung finden?«

»Ich werde mir alle möglichen Yoga-Arten ansehen. Hatha-

Yoga, den Pfad des Körpers; Raja-Yoga, den Pfad des Geistes; Bhakti-Yoga, den Pfad der Hingabe –«

»Was ist mit Banka-Yoga? Das haben Sie ausgelassen.«

»Banka-Yoga? Was ist das?«

»Das ist das, mit dessen Hilfe ein dickes Schweizer Bankkonto gefüllt wird, indem man leichtgläubige amerikanische Mädchen ausnützt, die einen für einen erleuchteten Guru halten.«

Ich fischte einen Eiswürfel aus meinem leeren Apfelsaftbecher und schob ihn in den Mund. »Ich bin kein leichtgläubiges Mädchen, sondern *Journalistin.*«

»Natürlich.« Er drückte auf den Knopf für die Armlehne und ließ seinen Sitz ein Stück zurück. »Also ist Ihnen auch klar, dass Indien ein Land mit durchaus echten Problemen ist, die man nur mittels praktischer Lösungen in den Griff bekommen wird – etwa durch verbesserte Technologie, ein verbessertes Gesundheitswesen und Geburtenkontrolle. Gurus, die vergammelte Texte einer Feudalgesellschaft zitieren, die schon vor tausend Jahren ausgestorben ist, bringen einen da nicht weiter. Davon, dass indische Milliardäre eure Firmen schneller aufkaufen, als westliche Hippies *Sonnengruß* sagen können, will ich erst gar nicht reden.«

Allmählich wurde ich nervös. »Also wollen Sie damit sagen, mein Buchprojekt sei völliger Quatsch?«

»Es tut mir leid. Ich wollte Ihnen nicht zu nahe treten. Erzählen Sie mir einfach mehr von sich. Ich möchte Sie wirklich gern verstehen. Was genau macht Yoga so spannend für Sie?«

Aus irgendeinem Grund erschien es mir wichtig, ihn davon zu überzeugen, dass ich keine Spinnerin war. Ich rang nach Worten. »Manchmal erfasst mich ein ganz bestimmtes Gefühl, wenn ich Yoga mache.« Über Stunden hatten wir nebeneinander dieselbe Luft eingeatmet, was mich ihm seltsam verbunden machte, obwohl ich wusste, dass ich ihn nie wiedersehen würde. »Es ist ein Gefühl – nur für einen kurzen Moment –, irgendwohin zu gehören, selbst wenn es nur der Ort innerhalb meines eigenen Körpers ist. Dieses Gefühl möchte ich häufiger haben.«

Meine Erklärung zeigte keinerlei Wirkung bei ihm. Lange Zeit sagte er kein Wort. Ich starrte auf den Bildschirm. Ein Mann und eine Frau, beide wahnsinnig fett, saßen auf ihren Stühlen neben Dr. Phil. Dann standen sie neben einer Spüle, in der sich das Geschirr stapelte. Der Mann schrie die Frau an, während sich ein weinendes Kleinkind, das nichts als Unterwäsche und ein Superman-Cape trug, an ihr Bein klammerte. Als Nächstes folgte ein Werbespot für Autos – eine schöne junge Frau und ein gutaussehender Mann rasten einen Berg hinunter, als könnten sie allem Schmerz entfliehen, wenn sie nur tüchtig Gas gaben.

Der Inder griff in seine Tasche, zog eine Visitenkarte hervor und reichte sie mir.

A.J. Rao, Software Design
159 Mahatma Marg
Bangalore, Indien
Mail: raoji@indiasoft.com

»Hier«, sagte er. »Sollten Sie in Schwierigkeiten geraten, schicken Sie mir und meiner Frau eine Mail.«

Es ist besser, seinen eigenen Pflichten, wenn auch unvollständig, nachzukommen, als die eines anderen fehlerlos zu erfüllen. Selbst wenn man bei der Erfüllung seiner Aufgaben getötet wird, ist dies glückverheißend, denn es ist gefährlich, dem Pfad eines anderen zu folgen.

Bhagavad Gita, ca. 300 v.Chr.

Kapitel sechs

Meine erste Nacht in Indien verbrachte ich damit, vor einer Toilette im Harmony Hotel zu knien und mich in einem fort zu übergeben. Zwischen zwei Kotzrunden lag ich auf dem verdreckten Badezimmerboden, weil ich zu schwach war, um mich ins Bett zu schleppen, und fragte mich, was diese Übelkeit ausgelöst haben mochte. Das Salatblatt auf dem Sandwich am Flughafen? Der Bananenlassi im Restaurant des Harmony? Zwei Tauben hatten ein Nest im Deckenventilator gebaut, so dass der Fußboden mit ihren gräulichen Exkrementen und Federstücken übersät war. Abwassergestank drang aus der Toilette, die lediglich aus einer Porzellanwanne im Fußboden bestand. Es gab kein Toilettenpapier, sondern nur einen Wasserhahn und ein Gefäß zum Abspülen. Vom Hof drangen jaulende Hindi-Filmmusik und das Plärren einer Fernsehsendung herein, deren Handlung offenbar vorwiegend aus einer Aneinanderreihung von Explosionen und Autokarambolagen bestand.

Als sich mein Magen im Morgengrauen beruhigte, taumelte

ich zum Bett, einer schmuddeligen Matratze mit einem dünnen Laken darauf, und legte mich voll bekleidet hin. Am Ventilator fehlte eine Schraube, so dass er sich wie eine wacklige Waschmaschine mit nervigem, lautem Geknatter über mir drehte. Endlich fiel ich in unruhigen Schlaf.

Ein paar Stunden später setzte ein Hämmern ein, als würde direkt unter meinem Bett auf einen Amboss geschlagen. Der Lärm vermischte sich mit dem Singsang, der aus den Lautsprechern eines Tempels ins Zimmer drang. Ich setzte mich im Bett auf, spähte durch die verschmierte Fensterscheibe auf eine enge Gasse hinab, wo sich Auto-Rikschas drängten – motorisierte Dreiräder in der Größe von Golfwägelchen, die leuchtend gelb gestrichen waren und dichte Qualmwolken ausstießen. Die Rikschas fuhren in beide Richtungen, ohne einem ersichtlichen Verkehrsfluss zu folgen, und die gesamte Straße hallte von ihren zweitönigen Hupen wider. Es gab keine Bürgersteige, so dass sich Menschen und Vehikel auf der Straße drängten und den Verkehr nahezu zum Erliegen brachten. Laut schreiend schob sich die Menge Schulter an Schulter dahin. War dort irgendeine Art von Revolte im Gange, oder waren die Leute nur unterwegs zur Arbeit? Auf der anderen Straßenseite stand eine Kuh und fraß eine Zeitung. Und dort, auf dem Sitz einer Rikscha, dieser Mann mit dem Turban... war das eine Ziege auf seinem Schoß? Die Kuh hob den Schwanz und ließ eine herzhafte Ladung Dung auf die Straße platschen. Ein Kind kam zu einer Tür heraus, sammelte den Fladen mit einer flachen Schaufel auf und trug ihn wie einen Schatz ins Haus zurück.

Ich ließ mich aufs Bett zurückfallen und starrte an die Decke – abblätternde weiße Farbe und ein großer brauner Fleck, der aussah, als hätte jemand einen Becher Chai hinaufgeworfen. Auf der anderen Seite des Korridors hörte ich jemanden würgen, worauf sich mein Magen aus Sympathie ebenfalls meldete.

Tags davor war ich am späten Nachmittag aus dem Flughafengebäude getreten, benommen und völlig erschöpft, und hatte mich in den dichten Verkehr gestürzt. Mein Taxi war im Schritttempo den brandneuen Freeway entlanggekrochen, vorbei an Werbetafeln, auf denen für Mobiltelefone und abgelegene Hotelgrundstücke im Himalaya geworben wurde. Ich hatte den Taxifahrer gebeten, mich einfach in der bei Rucksacktouristen beliebten Gegend um den Bahnhof aussteigen zu lassen, doch er hatte mich überredet, im Harmony Hotel abzusteigen, das sein Cousin betrieb, der »auch Yoga liebt, so wie Sie«.

Wo waren die Restaurants, die Läden, der Bahnhof, die Banken? Wie sollte ich telefonieren? Und wen sollte ich überhaupt anrufen? Um meine aufsteigende Panik niederzukämpfen, zog ich einen Stift aus meiner Tasche und kramte vergeblich nach einem Blatt Papier. Also notierte ich die Dinge, die ich erledigen musste, auf meiner Handfläche: *Travellerschecks in Rupien einlösen. Internetzugang finden. Bahnhof finden. Zugtickets kaufen.* Die Liste setzte sich über meinen Handteller hinaus auf dem Arm fort. *Rumms*, machten die Maschinen unter mir, so dass mein Bett wackelte.

Noch immer leicht wacklig auf den Beinen, stand ich auf, um in dem winzigen Badezimmer zu duschen. Der Duschkopf war in der Wand eingelassen, und das Wasser spritzte über das Waschbecken und den Boden. *Eigentlich ist es vom ökologischen Standpunkt aus viel besser, kein Toilettenpapier zu verwenden.* Ich schrubbte meine Hände mit dem winzigen gräulichen Seifenstück, in der Hoffnung, dass ich mich nicht gleich wieder übergeben würde. *Und auch viel sauberer.* Vergeblich suchte ich nach einem Handtuch und trocknete mich schließlich ab, indem ich mich auf dem Bettlaken hin und her rollte. Dann zog ich mich an und ging nach unten, um einen Tee zu trinken.

»Kaffee Tee Wasserinderflasche?«, fragte der Kellner. Es war derselbe Mann, bei dem ich am Vorabend eingecheckt hatte, nur trug er jetzt ein weißes Jackett. »Milchporridge? Toastbuttermarmelade?«

Ich studierte die klebrige laminierte Speisekarte. *Veggieburgr... Oragnsaft... Muesli mit Quakr... Rüreier...* Eigentlich hatte ich keinen Hunger, aber ich sollte trotzdem versuchen, etwas zu essen. »Nur trockenen Toast, bitte.«

»Sehr gut.« Der Kellner verschwand durch eine schmale Tür in die Küche. Ich sah, wie er sein weißes Jackett auszog, eine Schürze umband und einen riesigen Gusskessel mit Wasser aus dem Waschbecken füllte. Ich sah mich um – vier Resopaltische und ein Linoleumboden in der Farbe von verschüttetem Kaffee. Allem Anschein nach war ich der einzige Gast. Ich setzte meine Liste auf einer Serviette fort: *Immodium kaufen. Erleuchteten Guru finden. Pfefferminz?*

»Frühstück, Madam.« Der Kellner stellte eine Schale Weizenflocken vor mir auf den Tisch, dazu ein Kännchen dampfende Milch und einen kleinen Teller voll braunem Zucker.

»Eigentlich hatte ich Toast bestellt.«

»Ja, ja«, erwiderte er freundlich, »aber heute gibt es keinen Toast.«

Ich war zu müde, um nach dem Grund zu fragen. Stattdessen streute ich Zucker auf die Flocken, goss die heiße Milch darüber und schob mir einen Löffel voll in den Mund. Es schmeckte überraschend gut, heiß und süß, und glitt ohne größere Mühe meine Kehle hinunter. Der Kellner stand immer noch da und sah mir zu. »Werden Sie länger hierbleiben, Madam?«

Ich schüttelte den Kopf. »Nein. In ein paar Tagen geht's weiter.« Ein Tischbein war kürzer als die anderen, so dass der Tisch wackelte, wann immer ich den Löffel in der Schüssel versenkte. Ich kam mir vor wie an Bord eines Schiffes.

»Und wohin reisen Sie?«

»Nach Rishikesh.« Ich legte meinen Löffel beiseite – mehr als ein paar Bissen bekam ich nicht hinunter – und wandte mich wieder meiner Liste zu, eine Geste, die ihm zu verstehen geben sollte, dass die Unterhaltung für mich beendet war.

»Ah! Rishikesh! Rishikesh ist die Welthauptstadt des Yoga!

Das Tor zum Himalaya. So viele Sadhus, Yogis, heilige Männer leben in Rishikesh an den Ufern des Ganges. Sie leben nur von Luft und Wasser, manchmal auch von ein wenig Tee und Brot, führen ihre Gespräche mit Gott. Dort wohnt auch ein Cousin von mir. Er hat ein gut gehendes Floßgeschäft. Würden Sie gern mal auf so einem Floß fahren?«

»Eigentlich wollte ich mich gern auf Yoga konzentrieren. Ich schreibe ein Buch über die Erleuchtung.«

»Ich rede mit so vielen Amerikanern, Briten und Deutschen, die alle Yoga lernen wollen. ›Vikram‹, sagen sie immer zu mir. Vikram, so heiße ich. Jedenfalls sagen sie immer ›Vikram, Floßfahren auf dem Ganges, das ist die wahre Erleuchtung‹.« Er griff in seine Tasche und zog eine gefaltete Broschüre heraus, die er mir reichte. »Hier, sehen Sie, hier steht alles genau beschrieben. Nur hier.«

»Könnten Sie mir sagen, wo ich meine Travellerschecks einlösen kann? Oder wo ich Internetzugang bekomme?«

»Wenn Sie Läden suchen und ins Internet wollen, müssen Sie ein Stück zu Fuß gehen. Nicht weit, nur ein kleines Stück, bis zum Bahnhof. Hier ist keine Touristengegend.«

Irritiert sah ich ihn an. »Wieso haben Sie dann ausgerechnet hier ein Hotel?«

»Die Rikscha-Werkstatt im Erdgeschoss gehört meinem Cousin, und er hat mir die Räume hier oben angeboten. Zu einem Freundschaftspreis, versteht sich.«

»Und das Hotel läuft gut?«

»Oh, nein, Madam. Sie sehen ja selbst, dass das Hotel gar nicht gut läuft. Sehr wenige Gäste.« Er deutete um sich.

»Aber Sie scheinen trotzdem glücklich zu sein.«

Vikram strahlte mich an. »Oh, ja, Madam, ich bin immer glücklich. Es ist so: Was immer uns im Leben widerfährt, liegt in Gottes Hand. Aber ob wir glücklich sind oder nicht, das entscheiden wir allein.«

»Hallo, hallo, Geld?«

Es dauerte einen Moment, bis ich im frühabendlichen Getöse vor dem Bahnhof ausmachen konnte, woher die Stimme kam. Als ich mich durch die Menge schob, erblickte ich einen Jungen, der auf einem zerschrammten Skateboard saß und mit seinen dürren Armen schlegelte. Seine Beine endeten in glänzenden Stümpfen unmittelbar über den Knien. Er konnte höchstens zehn Jahre alt sein. »Geld, Geld, Chapati?« Er deutete auf seinen Mund.

Ich zog mein Shirt ein Stück hoch, um etwas Geld aus meinem Gürtel zu ziehen, während ich im Geiste irrwitzige Berechnungen anstellte: Wie viel war angesichts der geradezu absurd großen Kluft zwischen ihm und mir angemessen? Sollte ich ihm mein ganzes Bargeld überlassen? Meine Reiseschecks? Meine Ringe? Meinen Rucksack? Mein ganzes Leben? Ich reichte ihm ein kleines Bündel Banknoten und versuchte, mich weiter durch die Menge zu arbeiten. Doch mit einem Mal war ich von Kindern umzingelt, die die Hände ausstreckten und an mir zu zerren begannen. »Geld, Geld?« Ein zerlumptes Mädchen mit einem Baby auf dem Arm, ein Junge mit einer blutenden Wunde am Bein… »Hallo, hallo, nur eine Rupie, bitte…« Ich zögerte, wusste nicht recht, wie ich mich verhalten sollte, war wie gelähmt von einer verwirrenden Mischung aus Mitgefühl und Verärgerung. Doch dann schob ich mich an ihnen vorbei, sorgsam darauf bedacht, den Blickkontakt zu meiden, und voller Angst, meinen Zug zu verpassen.

Die Bahnsteige waren nur spärlich beleuchtet, und überall standen Männer, von denen sich mindestens die Hälfte ununterbrochen im Schritt kratzte. Mein Zug sollte ihn zehn Minuten fahren, aber von welchem Bahnsteig? Auf dem elektronischen »Abfahrt/Ankunft«-Schild waren nichts als leuchtend rote, leere Zeilen zu sehen, hinter dem Schalter für Informationen und Beschwerden saß niemand. Und auch der den Damen vorbehaltene Schalter war verwaist. Verzweifelt sah ich mich um, als mein

Blick an einem Mann in roter Uniform mit glänzenden Knöpfen hängen blieb. »Entschuldigung. Von welchem Bahnsteig fährt der Zug nach Haridwar?«

Er wiegte den Kopf in einer Weise, die mir nicht verriet, ob er Ja oder Nein sagen wollte. »Ja, ja, Zug nach Haridwar fährt bald.«

»Ja, aber wo?«

»Fünf Minuten.«

Ich wandte mich an einen anderen Mann. »Der Zug nach Haridwar? Wo?«

»Zug nach Haridwar. Bahnsteig 12.«

Ich stand auf Bahnsteig 1. Die Riemen meines Rucksacks schnitten sich in meine Schultern, als ich die Stufen hinauf und über die Überführung sprintete, vorbei an Trägern, die Koffer auf ihren Köpfen balancierten, an ganzen Familien, die auf Decken kampierten. Am Bahnsteig 12 gab es keinen Zug. Aber immerhin entdeckte ich einen Informationsschalter, hinter dem ein uniformierter Mann mit geschlossenen Augen saß.

»Entschuldigung.« Ich klopfte gegen die Glasscheibe. »Wann fährt der Zug nach Haridwar hier ein?«

Schläfrig musterte er mich. »Zug nach Haridwar. Bahnsteig 1.«

Ich stürmte die Stufen wieder hinunter und drängte mich durch die Massen bis zu Bahnsteig 1. Der Schweiß lief mir über den Rücken. Mein Rucksack fühlte sich an, als hätte er das Gewicht eines kleinen Elefanten. Ich stieg in den wartenden Zug und sah mich vergeblich nach einem Schaffner um, dann wandte ich mich an einen Mann, der unmittelbar neben der Tür saß, und wiederholte mein Mantra: »Zug nach Haridwar? Zug nach Haridwar?«

Er lächelte und entblößte ein Gebiss, das aus einem einzelnen, am Oberkiefer hängenden Zahn bestand. »Ja, Madam. Zug nach Madras. Madras ist sehr gute Stadt? Sie fahren nach Madras?«

»Ist Ihre Ehe arrangiert?«, fragte mich die Inderin, die neben mir im Zug nach Haridwar saß. Die Worte kamen in einem Atemzug über ihre Lippen, als hätte sie sie die letzten zehn Minuten im Geiste geprobt. »Oder ...?« Ihr Gesicht rötete sich, und sie sah zu Boden, als stünde sie im Begriff, eine pikante Frage zu stellen, beispielsweise, ob ich mich gern nackt mit Handschellen an einen Bettpfosten fesseln ließ. »Oder eine Liebesheirat?«

Meile um Meile ratterten wir nordwärts, vorbei an Slums, Zeltdörfern und Müllhalden – ein scheinbar endloses Meer an Behausungen, das es unmöglich machte, Häuser von Ruinen zu unterscheiden. Die Zugsitze waren mit senfgelben Plastikbezügen versehen, die Wände mit Werbeplakaten für Breitbandinternet vollgepflastert. Meine Sitznachbarin war eine schlanke junge Frau in einem dunkelblauen Sari und einem goldenen Bindi zwischen den Brauen. Ihr Name war Anjali, wie sie mir schüchtern verraten hatte, und sie befand sich auf der Heimreise von Dehra Dun, wo sie ihre Mutter besucht hatte. Schätzungsweise war sie in meinem Alter. Ihre dreijährige Tochter saß eingequetscht zwischen uns und umklammerte eine dunkelhaarige Barbie in einem Sari.

»Ehrlich gesagt bin ich nicht verheiratet«, gestand ich.

Mühsam verhohlenes Entsetzen zeichnete sich auf ihrer Miene ab. »Und wie alt sind Sie?«

»Neunundzwanzig.«

Sie sah auf ihre Tochter hinunter und zog sie instinktiv enger an sich, als könne allein die Nähe zu mir ein derartiges Schicksal heraufbeschwören. »Oh, das tut mir leid.«

Ein Schaffner blieb stehen und bot uns Frühstück an: heißen schwarzen Tee aus der Thermoskanne, Kekse und eine sorgfältig gefaltete Ausgabe des *The Hindu*. Die Landschaft hatte sich verändert, und wir fuhren an Zuckerrohrfeldern und Zuckerraffinerien vorbei, aus deren Schornsteinen dichter Rauch quoll. Büffelkarren schleppten riesige Ladungen Zuckerrohr über die ungeteerten Straßen. Unter Eukalyptusbäumen hatten sich Kühe versammelt. Frauen in leuchtend bunten Saris sammelten den Müll neben den Eisenbahngleisen ein.

»Und Sie?« Ich sah Anjali an und tauchte einen Keks in den Tee. »Wie lange sind Sie schon verheiratet?«

»Seit sieben Jahren. Ich bin achtundzwanzig.« Sie strich weiterhin ihrer Tochter übers Haar. »Sie ist mein zweites Kind. Ihr älterer Bruder ist zu Hause geblieben. Ich wollte nicht, dass er die Schule versäumt.«

Sie war atemberaubend schön, wie viele der Frauen hier. Sie verströmte diese anmutige Ruhe, mit Augen wie zwei dunkle Seen und einem makellos olivfarbenen Teint. Trotz des staubigen Bahnhofs war ihr Sari sauber und in elegante Falten gelegt. Sie sah aus, als wäre noch nie ein Tropfen Schweiß aus ihren Poren gedrungen. Im Vergleich dazu kam ich mir schmutzig und zerfleddert vor. Tags zuvor hatte ich mir auf dem Markt ein Salwar Kamiz gekauft, ein pyjamaartiges Etwas mit weiten Hosen und einem formlosen Kittel, der mir fast bis zu den Knien reichte. In einer Teestube hatte ich eine Australierin kennengelernt, die mir erzählt hatte, die Gefahr, belästigt zu werden, sei geringer, wenn ich indische Kleidung trüge. Schon jetzt waren mein Salwar Kamiz staubig, verschwitzt und zerknautscht vom Gewicht meines Rucksacks. Mein Geld und meinen Pass hatte ich in meinem Geldgürtel um die Taille verstaut, was bedeutete, dass ich, als ich meine Fahrkarte kaufen wollte, die Tunika bis zum Bauchnabel hochziehen musste, um mein Bündel Rupien zutage zu fördern. Dabei glotzten mich sämtliche Männer an, als hätte ich mir gerade die Jeans abgestreift und Hundertdollarscheine aus meiner Unterhose gezogen. Im Fenster sah ich mein verschwommenes Spiegelbild. Mein Gesicht war fleckig und verschwitzt, und aus meinem Pferdeschwanz hatten sich einige wirre Strähnen gelöst.

»Also passt Ihr Mann auf Ihren Sohn auf?«

Wieder lachte sie. »Oh nein. Mein Mann hat eine sehr gute Stellung bei einer Handyfirma. Er arbeitet den ganzen Tag. Aber wir leben im Haus seiner Eltern und dem Rest seiner Familie. Meine Schwägerin passt auf ihn auf. Sie hat auch zwei Kinder, und ihre und unsere wachsen wie Geschwister auf.«

»Und wie haben Sie Ihren Ehemann kennengelernt? War es …« Ich versuchte, mir ihre Worte ins Gedächtnis zu rufen. »… eine Liebesheirat?«

Sie errötete und sah erneut zu Boden. »Oh nein. Es war eine arrangierte Ehe. Die Cousine meiner Mutter ist eine gute Freundin seiner Mutter. Sie hat uns einander vorgestellt.«

»Also haben Sie ihn vor der Hochzeit nie gesehen?«

»Oh doch. Schließlich leben wir in modernen Zeiten! Ich habe ihn bei meiner Mutter kennengelernt und mein Einverständnis gegeben. Vor der Hochzeit haben wir uns fünf- oder sechsmal getroffen. Einmal hat er mich zum Chai eingeladen, nur wir beide. Aber meine Mutter hat Nein gesagt. ›Ihr beide habt noch euer ganzes Leben vor euch, um zusammen auszugehen. Wieso solltet ihr das jetzt schon tun?‹, sagte sie.«

Auf der anderen Seite des Gangs sah ein Inder auf einem tragbaren DVD-Player einen Film an: Ein riesiger Swami mit weißem Bart stand knietief in einem reißenden Fluss und hatte die Arme im Gebet ausgestreckt. Anjali und ich sahen einander an. Ich mochte sie. In einer anderen Welt wären wir vielleicht Freundinnen geworden. Ich versuchte, sie mir bei einem Konzert im Golden Gate Park vorzustellen – in abgeschnittenen Jeans, Tanktop und einem sich über ihren Rücken schlängelnden Tattoo. Oder mich in einem Sari, wie wir in der Küche standen und für unsere Männer Chapatis fürs Abendessen zubereiteten.

»In Amerika«, erklärte ich ihr, »lernen wir uns erst kennen und sind lange ein Paar, bevor wir heiraten. Manchmal leben wir auch vorher zusammen.«

Sie schüttelte den Kopf. »Wir in Indien haben Mitleid mit den westlichen Frauen. Sie müssen Ihre Ehemänner selbst finden … Sie müssen in Bars gehen oder sogar im Internet suchen.« Aus ihrem Mund klang das Wort *Internet* beinahe skandalös. »Aber wie sollen Sie auch den Richtigen finden? Selbst wenn jemand recht alt ist, so wie Sie, hat man darin keine Erfahrung. Wie soll man ohne die Hilfe seiner Mutter wissen, wer einen für den Rest des Lebens glücklich macht?«

Ich sah aus dem Fenster. Wir fuhren durch ein Dorf aus plumpen Lehmhütten. Nur wenige Meter neben den Eisenbahngleisen befand sich eine Schule unter einem Eukalyptusbaum – Bankreihen mit Kindern, die über Schreibhefte gebeugt saßen und winkten, als der Zug vorbeirauschte.

»Vielleicht weiß ich das ja nicht. Und meine Mutter wahrscheinlich auch nicht.«

Als Kind hatte ich wieder und wieder mit meiner Mutter am Küchentisch gesessen, Makkaroni mit Käse aus der Mikrowelle gegessen und mir ihr Gerede über ihre gescheiterten Beziehungen angehört. Es war eine Litanei all der Hoffnungen, die sie sich gemacht hatte, gefolgt von tiefer Enttäuschung: wie dieser Mann sie im Stich gelassen, wie jener sie betrogen hatte. »Schönheit ist ein Fluch«, schloss sie ihre Rede immer und musterte mich – meine dicken Brillengläser, mein wirres, zu einem straffen Zopf zusammengebundenes Haar. »Du kannst von Glück sagen, dass du nicht damit belastet bist. Klug zu sein bringt einen langfristig gesehen viel weiter im Leben als Beliebtheit. Ich war Homecoming Queen, weißt du. Und sieh dir an, was es mir eingebracht hat!« Sie blickte sich in unserer Küche um, und mit einem Mal sah ich die Situation mit ihren Augen: der Graben, in den sie geschlittert war, als der Zug ihres Lebens aus dem richtigen Gleis gesprungen war.

»Einmal war ich verlobt«, erzählte ich Anjali. »Vor ein paar Jahren.«

»Oh, das tut mir leid«, wiederholte sie. »Was ist passiert? Ist er gestorben?«

»Nein, er ist nicht gestorben.« Ich schloss die Augen und dachte an Tom, suchte nach Worten, um ihr die Situation begreiflich zu machen. »Ich habe es mir nur anders überlegt.«

Ich schilderte ihr die retuschierte Version der Geschichte, ohne den Sex – nur das Hin und Her zwischen zwei verschiedenen Männern, von denen ich den einen und der andere mich wollte. »Ich habe Tom seitdem nie wiedergesehen. Er muss schrecklich gekränkt sein.« Ich saß in einem Zug am Fuß des Himalaya, und meine Gedanken verfolgten immer noch dieselben kalifornischen Pfade, so als leide mein Verstand an einer seltsamen Form des Jetlag: Du hättest ihn heiraten sollen. *Nein, du hättest dich gar nicht erst mit ihm einlassen sollen.*

Anjali sah mitfühlend, aber verwirrt drein, als hätte ich in einer Sprache gesprochen, die sie zwar bereits gelesen, aber noch nie selbst gesprochen hatte. »Aber wie konnten Sie bloß so etwas tun? Einen Mann zurückweisen, der Sie heiraten will, und sich für einen entscheiden, der das nicht tun will?«

»Ich konnte nicht anders. Mein Körper hat Tom abgestoßen wie ein fremdes Organ.«

Sie schüttelte den Kopf. »In Indien spielt es keine Rolle, was der Körper will. Man weist keinen Mann zurück, sondern sagt Ja.«

»Und funktioniert es? Sind Sie glücklich?«

Anjali sah aus dem Fenster. Wir fuhren durch ein weiteres Dorf: Ein paar Häuser standen beisammen, von denen keines richtig fertiggestellt zu sein schien, obwohl sie bereits zu verfallen begannen. Rostige Stahlstäbe ragten büschelweise aus den Dächern, wie ungebändigte Haarsträhnen. »Sie sagen, Sie möchten mehr über Yoga lernen. Dann kennen Sie auch die Bhagavad Gita, ja?«

»Ja, natürlich.« Wir hatten sie in meiner Ausbildung zur Yoga-Lehrerin behandelt – eine uralte Hymne an den Gott Krishna, die transzendente Macht der Liebe, die das gesamte Universum erhellt. Ich hatte sie am Strand von Ocean Beach gelesen, das Buch auf meinen von der Sonnencreme glänzenden Oberschenkeln, und Ingwerstäbchen dabei in mich hineingestopft.

Anjali nickte in Richtung Fenster, hinter dem die Häuser erneut von einer unendlichen Ebene gelber Senfblüten verschluckt wurden. »Genau hier, auf diesen Feldern, ist Gott Krishna dem Krieger Arjuna in seinem Wagen begegnet.« Ihr Tonfall war beiläufig, so als sei das Ganze erst vor wenigen Tagen passiert. »In der Gita sagt Krisha zu Arjuna, dass es sein *Dharma* – seine Rolle im Leben – ist, Krieger zu sein. Seine spirituelle Aufgabe besteht darin, diesen Dharma zu leben, so gut er kann. Und mein Dharma ist es, Ehefrau meines Mannes zu sein. Und es ist meine Pflicht, Freude in dieser Aufgabe zu finden.«

»Aber funktioniert es?«, beharrte ich. »Sind Sie wirklich glücklich?«

»Zu Beginn meiner Ehe war ich sehr traurig. Ich habe meine Mutter und meine Familie unendlich vermisst. Wirklich sehr! Es war sehr schwer. Zuhause, wo ich aufgewachsen bin, war es eher wie in einem Dorf. Und obwohl meine Eltern keine sonderlich gute Bildung haben, ging ich auf eine ausgezeichnete Schule. Ich habe englische Literatur studiert. Ich war sogar Redakteurin der Literaturzeitschrift an der Universität.«

Das kleine Mädchen neben ihr war zwischenzeitlich eingeschlafen und regte sich nun im Schlaf. Es murmelte etwas auf Hindi. Anjali strich ihr über den Kopf.

»Mein Mann ist in der Stadt zu Hause. Dort ist alles viel enger und voller. Er stammt aus einer Familie von Geschäftsleuten. Sie sind sehr nette Menschen, haben aber nur ihre Geschäfte im Kopf. Sie kennen sich weder mit Kunst noch mit Musik oder Lyrik aus.«

»Und was tun Sie den ganzen Tag?«

»Ich mache das Haus sauber, gehe einkaufen, koche. Nicht nur für mich und meine Kinder, sondern für den gesamten Haushalt – Großmutter, Mutter, Cousinen. Die ganze Familie.«

»Und lesen Sie immer noch Gedichte?«

Sie schüttelte den Kopf. »Nur in meinem Herzen.«

Mittlerweile tauchten die Umrisse einer Stadt vor den Fenstern auf. Offenbar kamen wir nach Haridwar. Wir ratterten an einem schlammig braunen, von leuchtend bunten Tempeln gesäumten Fluss vorbei. Plötzlich fühlte ich mich erschöpft und ließ den Kopf gegen das Fenster sinken.

Anjali und Arjuna schienen sich ihrer Aufgaben im Leben so sicher zu sein. Arjuna war ein Krieger, Anjali Ehefrau und Mutter. Schluss. Aber was war mein Dharma? Hundesitterin? Yoga-Lehrerin? Reiseführer schreiben? Nach dem höheren Sinn des Lebens suchen?

Wenn ich das doch nur wüsste.

Wer reinen Herzens ist und über Nacht in Rishikesh bleibt, der wird die Gnade der Götter erfahren. Rishikesh ist das ganze Jahr über ein ideales Reiseziel. Rishikesh gibt Ihnen, was immer Sie sich wünschen.

www.rishikesh.org

Kapitel sieben

Ich stand auf einer Fußgängerbrücke über dem Ganges, warf Fischfutter übers Geländer in das flaschengrüne, leicht schaumige Wasser fünfzehn Meter unter mir und kämpfte mit den Tränen. Eine Woche war ich nun schon in Rishikesh und fühlte mich ziemlich allein.

Ich sah ans Ufer hinüber, wo sich Tempel und Ashrams aneinanderreihten – pfirsichfarben, hellgelb und rosa, mit Kuppeldächern und Spitztürmen, hellroten Verzierungen und aufgemalten religiösen Hindu-Sprüchen. Dahinter erhoben sich die graugrünen Ausläufer des Himalaya, wo sich seit Jahrhunderten Yogis und Heilige einfanden, um in Höhlen zu meditieren oder in den heiligen Wassern der Göttin Ganga zu baden. Rishikesh war das Paradies eines jeden Pilgers, der ultimative Traum eines jeden Yoga-Fans. Selbst die Beatles hatten an diesem Ort zu Gott gefunden. Aber was nützte es, an einem so atemberaubenden Ort zu sein, wenn man keinen Freund an seiner Seite hatte? Wenn keiner da war, zu dem man sagen konnte »Ist das nicht Wahnsinn?« Hinter mir knatterte ein Moped über die Brücke.

Auf dem Rücksitz saß ein in orangefarbene Gewänder gehüllter Sadhu, der allem Anschein nach per Anhalter unterwegs war. Eine Horde hochgewachsener, blonder Yoga-Schüler in makellos weißen Kurta-Gewändern – das kragenlose, knielange Hemd und die Hose mit Zugband waren die traditionelle Bekleidung der indischen Männer – folgte ihm. Lautstark unterhielten sie sich auf Deutsch. Ich warf noch eine Handvoll Fischfutter ins Wasser und dachte an das zerlumpte kleine Mädchen, das es mir verkauft hatte: das zerrissene Rückenteil ihres Kleides, unter dem ihre nackte Haut zu sehen war, der Rotz auf ihrem Gesicht. Unter mir erschien ein Schwarm Karpfen, die mit gierigen Mäulern um die Bissen rangelten.

Ich befand mich inmitten Tausender, die nach spiritueller Erleuchtung suchten, und hatte mich noch nie so einsam gefühlt.

Anfangs war ich außer mir vor Begeisterung gewesen. Überall entlang der sonnendurchfluteten Kopfsteinpflasterstraßen am Ufer des Ganges priesen Werbeschilder Yoga- und Meditationskurse und ayurvedische Massagen an. Ich entdeckte sogar ein Hotel namens Enlightenment House – Haus der Erleuchtung, wie passend. Räucherstäbchenduft strömte aus den Läden, Bhajanklänge dröhnten aus den Lautsprechern der Tempel und den CD-Geschäften. In einem Ashram am Fluss sollte demnächst das Incredible India Yoga Festival beginnen. Sadhus saßen auf den Ghats, den polierten Granitstufen, die zum glitzernden Fluss hinunterführten, und trotteten gemeinsam mit freilaufenden Kühen und Ponys durch die Straßen. Bei Sonnenuntergang saß ich auf den Ghats und beobachtete eine spektakuläre Puja oder irgendwelche Opferrituale vor der fast zehn Meter hohen Shiva-Statue aus Metall. Ein Chor aus Ashram-Jungen in orangen Gewändern sang mit hohen, süßen Stimmen Bhajans, während ein Priester eine Schale mit einem Feuer über dem tosenden Wasser schwenkte. *Jaya Jaya Om Jaya Jaya…* Ich war außer mir vor Verzückung. Wenn das so weiterging, hätte ich in ein paar Tagen garantiert einen erleuchtenden Meister gefunden. Mein Buch schrieb sich praktisch wie von allein.

Doch das Incredible India Yoga Festival erwies sich als eine Veranstaltung mit vorwiegend kalifornischen Lehrern. Ich erkannte sogar ein paar Namen aus dem Blissful Body wieder. Das Enlightenment House wurde von einem ehemaligen Investmentbanker aus Massachusetts betrieben. Und das Yoga-Ashram, in dem ich eincheckte, war in Wahrheit ein riesiges Touristenhotel. Leute aus Europa, Australien, Neuseeland und den USA kamen hierher. Der Swami des Hauses war unauffindbar, dafür fand jeden Morgen eine Hatha-Yoga-Stunde bei einer drahtigen jungen Australierin statt, die die Anweisungen für die Asanas mit herzhafter Begeisterung hinausbellte. Meine Zimmernachbarn waren Rastafaris aus Deutschland, die jeden Abend mit ihren Gitarren herumsaßen, Hasch rauchten und mit deutschem Akzent Reggae-Songs zum Besten gaben. Ich wechselte in ein anderes Ashram, das jedoch fast ausschließlich von japanischen Anzugträgern bevölkert war.

Am dritten Morgen schwang sich ein Affe mit einem wunden roten Hinterteil von einem Brückenseil und riss mir meine sündhaft teure REI-Sonnenbrille von der Nase. Und als ich an diesem Abend am Fluss saß und der täglichen Puja zusah, beobachtete ich, wie ein bewaffneter Wachmann einen bettelnden Sadhu vertrieb, damit er das Ritual für die Touristen nicht störte.

Es ist in Ordnung. Keiner erwartet von dir, dass du gleich in der ersten Woche die wahre Erleuchtung findest. Denk daran, wie es damals mit dem Weinbuch war – all die überteuerten Weine, die du trinken musstest, bevor du auf den tollen Winzer gestoßen bist, von dem noch nie jemand gehört hatte. Zumindest hatte ich bei all den Ablenkungen keine Zeit, an Matt zu denken. Oh, verdammt, jetzt tat ich es ja doch.

Ich löste mich vom Geländer und ging in die Stadt zurück. Ein Mann in einem braunen Lungi drehte am Eisenrad einer Zuckerpresse und ließ die Flüssigkeit in Blechbecher laufen. Durch die offene Tür eines Juweliergeschäfts sah ich zwei blonde Frauen in Saris vor dem Ladentresen, hinter dem ein Inder in Anzug und Krawatte stand. Alle drei hatten riesige Amethyststeine in den Handflächen liegen, standen mit geschlossenen Augen da und stimmten ein Om an.

Ich bog in eine Gasse und betrat das Ganesha Health Food Internet Café, wo mich Bob Marleys Stimme empfing, die ein wenig leierte, da die Stromversorgung des CD-Players nicht optimal war. Reisende drängten sich Ellbogen an Ellbogen an den winzigen Tischen oder lümmelten auf Schaumstoffmatratzen, die mit zerschlissenen Tüchern ausgelegt waren. Ein paar Leute saßen gedankenverloren an Computern. Ich setzte mich an einen davon und studierte die Speisekarte, die danebenlag, obwohl ich sie bereits auswendig kannte.

»Ich nehme einen Yogi Chai«, sagte ich zu Ashok, dem Inder hinter dem Tresen, der in einer Pfanne über einem offenen Feuer Kartoffeln röstete. »Und eine Portion Makkaroni mit Käse.«

»Kein Problem. Und wie geht es Ihnen heute, Madam? Gut?«

Ich bin einsam und habe Angst. Ich weiß nicht, was ich hier eigentlich suche oder wohin ich gehen soll. Nach allem, was ich über Indien und die Erleuchtung weiß, könnte ich ebenso gut ein Buch über Kernphysik schreiben. Ich gebe meinen Vorschuss zurück und blase das Ganze ab, das Problem ist nur, dass ich den Großteil des Geldes bereits ausgegeben habe. »Ja, es geht mir prima, danke.«

Während Ashok ein Päckchen Makkaroni in einen Topf mit kochendem Wasser schüttete, schaltete ich den Computer ein und klickte das vertraute Yahoo-Logo an. Auf dem Computer saß eine Ganesha-Statue, der elefantenköpfige Gott, der für die Beseitigung von Hindernissen zuständig ist, daneben schwelte ein Räucherstäbchen. Just in dem Moment, als ich mein Passwort eintippte, fiel der Strom aus, und die Lichter erloschen. Zum Glück lief der Computer über Batterie und summte weiter – als sei die virtuelle Welt ein Ort, der Stabilität garantierte, während Indien die fragile Realität war, die jederzeit unter einem zusammenbrechen konnte.

Von: Maxine@bigdaybooks.com
An: Amandala@yahoo.com
Amanda, wir fragen uns schon, wie du mit dieser Erleuchtungsgeschichte vorankommst. Irgendeine Chance, dass es ein bisschen schneller geht? Zeitgleich zur Buchmesse findet in New York nämlich eine große Yoga-Tagung statt, deshalb hätten wir gern Bücher am Stand. Außerdem brauchen wir Fotos für unser Promo-Package für das Herbstprogamm. Bitte schick uns so schnell wie möglich ein paar jpegs, am besten etwas mit schönen Zähnen, einem exotischen Outfit und dunkler Haut, aber nicht zu fremdländisch.

Ein paar Spams von Target und Amazon; der neue Stundenplan von Blissful Body. Sonst nichts. Vor allem von Matt nicht.

Ich wusste, dass wir uns darauf geeinigt hatten – keine Anrufe, keine Briefe, keine Mails –, trotzdem gab es mir einen Stich ins Herz. Ich hatte gehofft, dass ich aufhören würde, an ihn zu denken. Stattdessen schien ich es immer häufiger zu tun.

Ich öffnete eine neue Mail und tippte seine Adresse ein: offthematt@gmail.com. Nur ein paar Buchstaben auf der Tastatur, und schon konnte ich mit jemandem, der mich – trotz all seiner Makel – in- und auswendig kannte, Kontakt aufnehmen. Ich konnte sogar vorschlagen, dass er sich mit mir hier traf – ein Abstecher auf einer seiner zahlreichen Reisen.

Wenn ich sicher wäre, dass er allein war, wenn er die Mail abrief, würde ich es tun.

Ich setzte mich auf meine Hände, atmete ein paarmal tief durch. Dann loggte ich mich aus.

Ich setzte mich an einen Tisch, um auf mein Essen zu warten, und blickte wehmütig zu der Matratze in der Ecke hinüber, auf der drei oder vier Leute saßen, lachten und Lassi tranken. Wäre Lori hier, würde sie einfach hinübergehen und sich auf einen Chai und ein Masala Dosa zu ihnen setzen. Wahrscheinlich hätte sie sich längst mit der Schwedin mit dem schallenden Gelächter und den Bergsteigerwaden angefreundet. Der Deutsche mit dem blonden Zopf und der Rudrashaka Mala um den Hals hätte sie schon längst angebaggert. Aber ich traute mich nicht recht. Alle hier waren irgendwie in Bewegung, es war fast, als versuche man, mit jemandem auf einem Bahnsteig eine Unterhaltung zu führen.

Ich spürte, wie Tränen in meinen Augen brannten. Wer würde mich wohl vermissen? Matt? Lori? Tom? Meine Mutter? Mein Vater? Hier in Indien stachen mir plötzlich Dinge ins Auge, die ich aus Amerika so nicht kannte: die Abfälle auf den Straßen, die hingeworfen wurden, damit die Kühe sie auffraßen; die Menschen, die vor den Augen vorbeischlendernder Touristen im Fluss beteten und badeten; dass man kein Toilettenpapier benutzte. Und nun riss Indien auch noch den Deckel von meinem Herzen, und alles, was ich so sorgsam darunter verstaut hatte, kam brodelnd an die Oberfläche.

»Ihre Makkaroni, Madam.« Ashok stellte eine dampfende Thali-Platte vor mich hin, auf der sich ein riesiger Berg Makkaroni türmte, umgeben von einer leuchtend orangen Käsesauce.

Zwei grauhaarige Britinnen plauderten am Nebentisch. »Und wie gefällt Ihnen Indien bisher?«, fragte die eine. »Oh, ich bin ganz begeistert!«, schwärmte die andere. »Ich fühle mich so eins mit den Menschen hier. Vielleicht liegt es daran, dass Indien früher britische Kolonie war.«

Ich nahm eine Gabel voll Makkaroni und studierte die Titel der Bücher im Regal neben mir – offenbar eine Spende früherer Reisender: *Le Divorce. Sag es auf Tibetisch. Die Wunder der Liebe. Trekking in Bhutan. Der Da Vinci Code.* »Let's get together and feel all right«, sang Bob Marley. Eine Kuh mit einem halb aufgefressenen Milchkarton im Maul lief draußen vor der Tür vorbei. *Ich könnte ebenso gut nach Hause zurückfliegen.*

»Was dagegen, wenn wir uns dazusetzen?«

Ich sah auf. Vor meinem Tisch stand ein magerer Kerl mit schmutzigen, karottenroten Dreadlocks, die ihm bis auf die Schultern reichten. Seine Haut war bleich, mit einigen Sommersprossen auf der Nase. Seine Augen waren hellblau. Er trug einen breiten braunen Wollschal über seinem baumwollenen Dhoti, den er sich wie einen Rock um die Taille geschlungen hatte, und stand mit einer dampfenden Tasse Chai in der einen Hand und einem riesigen Teller Spaghetti mit Tomatensauce in der anderen vor mir.

»Klar«, sagte ich dankbar. »Soll ich noch ein paar Stühle holen?«

»Nein, wir brauchen nur einen.« Er setzte sich hin und verbeugte sich, die Hände in Gebetsposition über dem Herzen. »Namaste. Unser Name ist Devi Das. ›Diener der Göttin‹ bedeutet das, nur für den Fall, dass dich das interessiert.«

»Amanda. Soweit ich weiß, bedeutet das gar nichts. Nur für den Fall, dass dich das interessiert.«

»Nett, dich kennenzulernen.« Er begann, die Spaghetti in seinen Mund zu schaufeln. »Mann, das schmeckt ja fantastisch. Die letzten sechs Monate haben wir in einem Ashram verbracht, wo es nichts als Reis und Dal zu essen gab. Sehr rein. Sehr gut für die spirituellen Übungen. Aber wir haben so viel abgenommen, dass wir blaue Flecke am Po bekamen, wenn wir uns zum Meditieren hingesetzt haben.«

»Wo war dieser Ashram? Hier in Rishikesh?«

»Nein. In Gujarat. Wir wären noch eine Weile länger geblieben, aber der Guru wurde wegen Steuerhinterziehung angeklagt und ging lieber wieder in sein Meditationszentrum nach Schweden zurück.«

»Klingt, als wäre er kein sonderlich guter Guru gewesen.«

»Er war Wahnsinn! Er hat uns die unglaublichsten Übungen beigebracht.« Er sog eine Nudel in den Mund. »Bevor wir nach Indien gekommen sind, hatten wir eine Menge psychischer Probleme. Wir mussten jeden Tag Medikamente schlucken. Jetzt nehmen wir überhaupt nichts mehr, sondern meditieren nur. Und zum ersten Mal in unserem Leben sind wir richtig glücklich. Es ist so herrlich, endlich wie ein ganz normaler Mensch leben zu können.«

Ich beschloss, auf diesen letzten Punkt nicht einzugehen. »Darf ich eine persönliche Frage stellen?«

Devi Das strahlte. Ein breiter roter Tomatenstreifen zog sich über seine Wange, der aussah wie das Erkennungszeichen einer sonderbaren Hindu-Sekte. »Für uns gibt es nichts Persönliches mehr.«

»Wieso sprichst du in der Wir-Form von dir?«

Er schluckte den letzten Bissen Spaghetti und begann, mit seinem knochigen Finger den Teller auszuwischen. »Das ist eine spirituelle Übung, die uns unser erster Guru beigebracht hat. Es soll unsere Ego-Bindung lösen.« Er nippte an seinem Chai. »Für einen rationalen Verstand scheint es so, als würden ein ›Ich‹ und ein ›Du‹ am Tisch sitzen, aber in Wahrheit existiert diese Trennung nicht. Unser ›Wir‹ schließt auch das ›Du‹ mit ein.« Er gab Ashok ein Zeichen. »Könnten wir noch etwas Chai haben, bitte? Und ein Stück Apfelkuchen.«

»Sollten es nicht zwei sein? Eines für jeden von euch?«

»Das haben wir eine Zeitlang versucht. Aber wir haben nur Speckröllchen davon bekommen.«

Er war vor fünf Jahren nach Indien gekommen, erzählte er mir, während er seinen Kuchen verdrückte. Davor hatte er an der Universität von Kansas Religion unterrichtet und über spirituelle Hindu-Praktiken geforscht. Er hatte in einem Ashram in Kerala gelebt, danach in einem anderen in Bangalore. Dann hatte er beschlossen, ein Sadhu zu werden. Er hatte seinen Namen geändert, seine frühere Identität und seine Zukunftspläne hinter sich gelassen – nicht jedoch die Zinsen eines Treuhandfonds, den sein Großvater ihm hinterlassen hatte. Er brachte ihm zwar lediglich zweihundert Dollar im Monat ein, was in Indien jedoch genügte, um ein Leben wie ein Raja zu führen. Nun war er von Ashram zu Ashram und von Lehrer zu Lehrer gewandert. »Eines Tages gehen wir vielleicht aufs College zurück«, sagte er. »Wir haben so viele Notizen für unsere Dissertation gesammelt; leider sind sie in Sikkim vom Dach eines Busses gefallen.«

»Was ist mit deiner Familie?«, erkundigte ich mich. »Vermisst du sie denn nicht?«

»Unser Vater hat seinen Körper verlassen, unsere Mutter den Kontakt abgebrochen.« Er leckte sich den Zucker von den Fingern. »Deshalb müssen wir stattdessen spirituelle Eltern finden.«

»Ich versuche die ganze Zeit, die besten spirituellen Lehrer in Indien aufzustöbern. Ich schreibe einen Ratgeber darüber, wie man Erleuchtung findet.«

Er setzte sich auf seinem Stuhl zurück und tätschelte seinen Bauch. »Ein Ratgeber für die Erleuchtung! Was für eine wunderbare Idee. ›Wenn du bereit bist zu erwachen, wird dein Lehrer kommen‹, hat einer unserer Gurus immer zu uns gesagt. Aber wenn du mit deinem Buch Erfolg hast, braucht er nur noch zu sagen ›Wenn du bereit bist zu erwachen, wird ein Ratgeber kommen!‹«

»Was hältst *du* denn davon? Gibt es irgendwelche besonderen Lehrer, die du mir empfehlen könntest?« Ich fummelte an meinem Rucksack herum und zog einen Notizblock heraus.

»Hast du schon mal von Swami Ramdas gehört? Er ist nicht mehr in seinem Körper, doch er hatte eine wunderbare Methode, durch Indien zu reisen. Er ging zum Bahnhof und stieg in den nächstbesten Zug ein. Fuhr so lange mit, bis ein Schaffner kam und ihn aus dem Zug warf. Wo Ramdas auch immer landete, machte er sich auf die Suche nach einem spirituellen Lehrer. Genauso solltest du es auch anstellen.«

Ich legte meinen Stift beiseite. »Ich habe einen Buchvertrag, den ich erfüllen muss. Ich kann meine Recherche nicht von der Laune eines Zugschaffners abhängig machen.«

»Aber verstehst du, Ramdas war der Ansicht, jeder Mensch, dem er begegnete, sei Ram – Gott – in Verkleidung. Und somit lag seine gesamte Reise in göttlicher Hand.« Devi Das stand auf. »Wir überlegen, ob wir nicht einen kleinen Spaziergang am Ufer machen sollen. Würdest du uns begleiten und ein paar echte Yogis sehen wollen?«

Ich zögerte und sah auf die Liste, die ich an diesem Morgen zusammengestellt hatte: *Wäscheseife kaufen – wo? Erleuchteten Meister finden – wo? Deodorant kaufen – wo? Arati am Ganges, 6 Uhr – abends oder morgens? Kerze und Kamera mitnehmen – wohin? Mail an Maxine schreiben – was? Probekapitel schreiben – worüber?*

»Keine Sorge«, beruhigte er mich. »Wir praktizieren das Zölibat. Schon bald werden wir unsere tantrischen Praktiken so weit entwickelt haben, dass wir nicht einmal mehr nächtliche Ergüsse haben.«

»Das ist nicht der Grund. Ich sollte nur heute Nachmittag meiner Lektorin eine Mail schicken.«

»Wunderbar! Dann hast du ihr wenigstens etwas zu erzählen.«

Wir verließen das Restaurant und gingen zurück über die Brücke. Dann führte Devi Das mich auf einen Pfad, der sich durch dichtes Gestrüpp und Bäume am Flussufer entlangwand. Immer wieder tauchten armselige Behausungen aus Plastiktüten und Holzbalken auf. »Yogi-Hütten«, erklärte Devi Das und deutete auf den Sandstrand unter uns. Ein Sadhu saß auf einem von der Strömung glatt gewaschenen Stein und hatte die Beine im vollen Lotussitz angezogen und die Arme gerade nach oben gereckt. Neben ihm stand ein Sadhu auf einem Bein, während sein Oberkörper von einer Schlinge gehalten wurde, die an einem Baum hing.

»Diese Yogis praktizieren die Askese. Der eine, der am Baum

hängt, hat einen Schwur geleistet, sich zwölf Jahre lang nicht hinzulegen, selbst wenn seine Beine brandig werden und faulen. Der andere hält seinen Arm so lange in die Höhe, bis er zu einem Stab verdorrt ist.«

»Aber wieso?« *Liebe Maxine, ich habe ein tolles Motto für eure Herbstkampagne: Selbstverstümmelung!*

»Yogis glauben, dass Leiden hilft, seine Gedanken Gott zuzuwenden.«

Ich betrachtete wieder die Yogis. Sie waren gerade einmal fünf Meter von uns entfernt, doch ihre Welt schien so undurchdringlich zu sein, als säße ich in Kalifornien über einem Bildband und blätterte darin. »Aber leidet man im Leben denn nicht schon genug?« *Tipp für Erleuchtungsanfänger: Wenn du erleuchtet werden willst, heb einen Arm in die Höhe, bis er zu verdorren beginnt. Oder spar dir die Zeit und leg dir einen Liebhaber zu!*

»Ja. Das Leben ist so voller Leid und Schmerz, dass es an ein Wunder grenzt, dass wir nicht alle ununterbrochen von Gott erfüllt sind.« Devi Das wandte sich mir zu und strahlte. »Wir hatten gerade eine wunderbare Idee! In den Bergen hier gibt es so viele Höhlen, in denen Yogis in der Einsamkeit leben und meditieren. Sie leben auf Bäumen und im Ganges-Wasser. Wir hatten vorgehabt, für ein paar Monate dort hinaufzugehen. Möchtest du uns nicht begleiten?«

»Wow, ich ... liebe Bäume und das Wasser des Ganges, ehrlich. Aber leider muss ich schon in ein paar Tagen in Maharashtra sein. Ich besuche einen berühmten Yoga-Lehrer, der dort ein Zentrum hat. Ich habe das Treffen schon vor Wochen vereinbart.«

Devi Das schüttelte den Kopf. »Unserer Erfahrung nach kann man in Indien der Erleuchtung nicht nachjagen. Man muss still sitzen und warten, bis die Erleuchtung von selbst kommt.«

Ich hob einen Stein auf und warf ihn ins Wasser. »Leider habe ich dafür keine Zeit. Ich habe eine *Deadline.*«

»Ja. Wir sehen, dass du immer noch mehr an deine eigenen Pläne glaubst als an Rams Plan. Aber das ist in Ordnung. Auch das ist Teil von Rams Plan!« Er lächelte. »Es liegt auf der Hand, dass Ram uns aus irgendeinem Grund zueinandergeführt hat. Wenn du also nicht mit uns kommen willst, kommen wir eben mit dir. Sollen wir morgen nach Maharashtra fahren?«

»Aber ich dachte, du willst in eine Höhle gehen, um zu meditieren.«

»Unsere Pläne sind wie der Ganges. Sie fließen.«

Ich hörte Loris Stimme im Geiste: Amanda. *Der Kerl ist ein bipolar gestörter Sadhu aus Kansas, der im Moment seine Medikamente nicht schluckt und in der ersten Person Plural von sich spricht. Was tust du da? Lies meinen Brief.*

»Klar«, sagte ich. »Wir sehen uns morgen früh um sieben am Rikscha-Stand.«

»Wir tragen keine Uhr«, erklärte er. »Aber du kannst uns beim Meditieren am Wasser finden.«

Kobra

(Bhujangasana)

Lege dich mit dem Gesicht nach unten auf den Boden. Stütze die Ellbogen auf, lege die Handflächen auf Brusthöhe am Boden auf. Drücke nun das Steißbein nach unten und versuche, gleichzeitig mit dem Oberkörper nach oben zu kommen. Öffne die Flügel deines Brustkorbs weit. Drücke die Schulterblätter nach hinten, damit dein Herz umfangen wird. Spüre, wie ein wohliges Prickeln vom Becken zum Kopf hinaufwandert.

Versuche, das Beben, das dich erfasst, zu ergründen. Ist es angenehm oder unangenehm? Am unteren Ende deines Rückgrats liegt eine zusammengerollte schlafende Schlange – die Göttin der Leidenschaft, die alles Leben sät. Wenn du dich in Kobrastellung begibst, spüre, wie die Schlange erbebt. Spüre ihre heiße Wonne, ihre unbändige Freude, wenn sie aus dem Schlaf erwacht und sich zu winden beginnt.

Wenn du deine kleine Zehe nicht sehen kannst, wie willst du dann das Selbst erkennen?
B.K.S. Iyengar (1918–)

Kapitel acht

Am nächsten Morgen stiegen Devi Das und ich in einen Zug, der uns in den Südwesten Indiens brachte, wo Mr. Vikas Kapoor sein Yoga-Zentrum hatte. Irgendwie passte es so gar nicht zu dem berühmten Yoga-Meister, dass er in einer großen Industriestadt lebte.

Während der Zugfahrt wanderten fliegende Händler durch die Gänge und priesen im Singsang ihre Waren an. »Chai, chai, chai! Chikki, chikki, chikki! Schokolade! Samosas! Idli!«

»Schuhe, saubere Schuhe«, rief ein von der Hüfte abwärts Gelähmter, der sich auf den Armen durch den schmalen Korridor arbeitete. Ein blinder Musikant in einem weißen Lungi spielte auf einer einsaitigen Sitar und sang Balladen. Ein kleiner Junge fegte mit einem Bündel Reisig unter unseren Füßen entlang und streckte in Erwartung eines Trinkgelds die Hand aus.

All meine Zweifel, ob es so schlau gewesen war, mit Devi Das zu reisen, verflogen innerhalb der ersten Stunde, als er mich zum richtigen Waggon dirigierte, auf dem Bahnsteig einige Samosas kaufte und kurzerhand das Dutzend Männer verscheuchte, die mit ihren Tickets wedelnd ankamen und behaupteten, wir würden auf ihren Plätzen sitzen. Während des Tages hielt er mich mit

Geschichten über erleuchtete Meister in ganz Indien bei Laune und rückte sogar mit dem einen oder anderen pikanten Detail über irgendwelche Exfreundinnen heraus. Die Nacht verbrachten wir in engen, schwankenden Kojen übereinander, wobei Devi Das mir seinen breiten Wollschal als Decke überließ.

Am Nachmittag des nächsten Tages hatten wir unser Ziel erreicht und stiegen aus dem Zug, wo uns eine dichte Wolke aus Hitze und stinkenden Abgasen empfing. Auf dem Bahnsteig kauerte ein bis aufs Skelett abgemagerter Mann mit einem amputierten Bein auf ein paar Jutefetzen. Zu kraftlos, um den Kopf zu heben, berührte er mit der Hand seinen Mund. Ich legte eine Mandarine neben seinen Kopf. Doch als ich mich beim Weggehen umdrehte, beobachtete ich, dass ein Hund sie bereits schnappte und davontrug.

Unsere Rikscha arbeitete sich durch den dichten Smog, der einem den Atem zu rauben drohte. Durch das Gewirr aus hupenden Kleinlastern erhaschte ich einen Blick auf einen dreckverschmierten, finster dreinblickenden Ochsen, der vor einen Karren gespannt war. »Hotels beim Yoga-Zentrum sind alle voll«, informierte uns der Rikscha-Fahrer. »So viele Yoga-Schüler. Yoga-Mann ist der reichste Mann der Stadt. Oh, so reich! Aber ich finde ein gutes Hotel für Sie, ganz billig, ganz nahe beim Zentrum.«

»Könnten Sie uns etwas empfehlen, wo es Internet-Zugang gibt?«, fragte ich.

»Telefon Fax Internet Chai, alles, nicht weit, kein Problem.«

»Vergiss nicht«, bemerkte Devi Das freudestrahlend, »hinter dem Rikscha-Fahrer ist Gott verborgen.«

Das Hotel, von dem Gott sprach, entpuppte sich als eine Ansammlung von Bambushütten auf Stelzen, durch deren löchrigen Wände Moskitos in der Größe von Bienen ein und aus flogen. Ich befestigte mein Moskitonetz an der rostigen Fassung der Deckenlampe, breitete es über dem Bett aus und schlüpfte in mein provisorisches Zelt. Als ich die Matratze anhob, flitzten drei riesige Kakerlaken davon. Der Boden schwankte wie ein

Schiff auf hoher See, wann immer Devi Das sich auf der anderen Seite der papierdünnen Wand im Bett umdrehte. In der Dämmerung registrierte ich, dass Rauchgeruch durch die Ritzen im Boden drang. Jemand kochte Chai auf einer Feuerstelle direkt unter mir. Als ich nach meinen Yogasachen griff, stanken sie nach Rauch und waren von einer hellen Rußschicht bedeckt.

»Nein! Hau ab!« Ich drehte mich um und stampfte mit dem Fuß auf, um den räudigen Hund loszuwerden, der mir am frühen Morgen durch die enge Gasse folgte. »Verschwinde!«

Der Hund setzte sich und begann zu winseln. Im Sitzen reichte er mir nicht einmal bis zu den Knien, und sein Fell, das an manchen Stellen ausging, hatte dieselbe Farbe wie der Staub auf der Straße. Sein linkes Auge war fast vollständig zugeschwollen, mit einem dicken Tropfen Eiter, der an der Seite herausquoll.

»Es tut mir leid.« Ich ging in die Hocke und tätschelte vorsichtig seinen Kopf, worauf er prompt in völlige Ekstase geriet. Sein ganzes Hinterteil begann vor Freude zu wackeln, während sich seine Schnauze zu einem schlabbrigen Grinsen verzog. *Liebe, Liebe, Liebe.* Als er hochsprang, um mein Gesicht abzulecken, stand ich auf. »Aber du musst jetzt nach Hause gehen.« Ich bückte mich, hob einen Stein auf und machte einen drohenden Schritt auf ihn zu. Er fuhr zusammen und wich zurück, trotzdem leuchteten seine Augen in einer schrägen Mischung aus Angst und Hoffnung.

Seit einer halben Stunde irrte ich durch die Straßen und sah immer wieder auf die Karte, die ich am Bahnhof mitgenommen hatte, aber leider schien dieses Ding der Realität nur sehr grob nahezukommen, als hätten diejenigen, die sie erstellt hatten, die Stadt nur in ihren Träumen besucht. Als ich die von Schlaglöchern übersäte Straße weiterging, rief ich mir ins Gedächtnis, was ich über Vikas Kapoor wusste: Der Meister war Ende fünfzig und hatte die vergangenen zwanzig Jahre in einer Besserungsanstalt für kriminelle Jugendliche Yoga unterrichtet. Vor drei Jahren war er von einem Freiwilligen des Friedenskorps entdeckt worden, der in die Anstalt gekommen war, um den Jungen einen Vortrag über die Wichtigkeit von Kondomen zu halten. Mittlerweile war das Studio im umgebauten Keller seines Wohnhauses das jüngste Mekka für westliche Yoga-Schüler geworden. Aus Gewohnheit, die sich offenbar aus den Zeiten seiner einstigen jugendlichen Schützlinge gehalten hatte, nannten seine Anhänger ihn entweder »Mr. Kapoor« (wobei sie das Mister voller Ehrfurcht aussprachen, als wäre es ein Titel wie Papst oder König) oder sie sagten schlicht »Sir«. *Es ist wirklich unglaublich. Bei ihm lernt man das Beste aus Ashtanga UND aus Iyengar*, hatte mir eine seiner Anhängerinnen erzählt, als ich sie in San Francisco über ihn ausgefragt hatte. *Morgens sorgt er dafür, dass du in einer Pfütze aus Schweiß schwimmst. Und am Nachmittag kreuzigt er dich über einem Metallstuhl.* In ihrer Stimme hatte ein Anflug von Erregung gelegen, als wäre es nicht nur ein Privileg, von Mr. Kapoor auf einem Metallstuhl gekreuzigt zu werden. Es verschaffte einem offenbar einen regelrechten Kick.

Inzwischen war ich in einer Wohngegend angelangt – Reihen dicht gedrängter Häuser, die Mehrzahl davon in einem schlierigen Beige gestrichen, mit schwarzen Schimmelspuren, die sich an den Seiten hinauffraßen. Hier und da ruhte eine schlafende Kuh im Schatten am Straßenrand. Überall auf der Straße lagen Plastikabfälle herum – das Einzige, was die Kühe nicht fraßen. Eine Einkaufstüte, eine Wasserflasche, die Verpackung eines Sechserpacks Limonade. Wieder warf ich einen Blick auf die Karte und bog wahllos in eine Seitenstraße ein. Obwohl einige Straßen auf der Karte Namen hatten, war weit und breit kein Schild zu sehen. Ich blieb stehen, um mich zu orientieren. In diesem Augenblick hörte ich ein vertrautes Geräusch aus einem der Fenster: das tiefe, kehlige Zischen der Ujayii-Atmung. Ich hatte es gefunden.

Ich ging ums Haus herum und trat durch eine Fliegentür in den dunklen Kellerraum – obwohl es gerade einmal fünf Uhr morgens war, wurde es bereits heiß. Im Raum roch es nach Schweiß und *hing* ein Gewürz, das wie faule Eier stank. Die Atemzüge der Anwesenden waren deutlich zu hören: rhythmisches Schnaufen, das wie ein Dutzend in unterschiedlichen Stadien der Steigung befindlicher Dampflokomotiven klang. Als sich meine Augen an die Dunkelheit gewöhnt hatten, erkannte ich, dass der Raum bis auf den letzten Platz mit Yoga-Schülern gefüllt war, deren Matten dicht an dicht auf dem Boden lagen. Jeder für sich folgte einem ganz eigenen Rhythmus, als er die Yoga-Positionen ganz ohne Anleitung einnahm. Die Männer waren bis zur Taille nackt, die Frauen trugen Shorts und knappe ärmellose Tops. Nachdem ich bereits eine Weile in Indien unterwegs war, entsetzte mich der Anblick von so viel nackter Haut ein klein wenig. Es war, als übten sie in Unterwäsche. Ihre Leiber glänzten vor Schweiß, und immer wieder drang ein Stöhnen oder Grunzen durch den Raum. In der Ecke balancierte eine junge Frau im Kopfstand, die Arme voller Tattoos. Neben mir nahm ein Mann den Lotussitz ein, beugte sich vor und gab einen knurrenden Laut von sich.

Im hinteren Teil des Raums erblickte ich eine Gestalt, bei der es sich ganz offensichtlich um Mr. Kapoor handeln musste. Soweit ich erkennen konnte, war er der einzige Inder im Raum. Er war ein stämmiger Mann mit ausgeprägtem Brustkasten, einem dichten Schopf graumelierter Haare und deutlich hervortretenden Bauchmuskeln. Er hielt einen Mann, dessen schütter werdendes Haar zu einem grauen Zopf im Nacken zusammengebunden war, an den Hüften fest, während dieser sich in eine Rückwärtsbeuge fallen ließ. Das Gesicht des Schülers war in einer Mischung aus Angst und Ekstase verzogen, die mir bekannt vorkam. Es dauerte einen Moment, bis mir dämmerte, wo ich diesen Ausdruck zuletzt gesehen hatte – auf dem Gesicht des Hundes, den ich vorhin verjagt hatte.

Wortlos sah Mr. Kapoor mich an und machte eine einladende Kopfbewegung. Ich bahnte mir einen Weg zwischen den Schülern hindurch und fand ein winziges Plätzchen, wo ich meine Matte ausrollen konnte. Die Frau neben mir warf mir einen hasserfüllten Blick zu und zog ihre Matte fünf Zentimeter beiseite. Ich trat an die Stirnseite meiner Matte, hob die Arme und begann meinen ersten Sonnengruß. Im Blissful Body hatte ich die Bewegung mindestens tausendmal geübt, doch zum ersten Mal, seit ich nach Indien gekommen war, kam mir, was ich tat, echt vor.

Die körperliche Anstrengung war so groß, dass sie eine Zeitlang sämtliche Gedanken ausblendete, bis nichts als das Schmerzen der Muskeln, das Pfeifen meines Atems und die methodische Wiederholung der immer anstrengender werdenden Haltungen blieb. Ich würde tausend Sonnengrüße machen, wenn ich nur Matt aus meinen Gedanken vertreiben könnte. Früher war ich nach dem Yoga immer zu ihm gegangen. Wir hatten uns auf seinem Futon geliebt. Er hatte den Schweiß von der Haut an meinem Hals geleckt. Ich hatte ihn in den Arm gebissen. *Aufwärtsgerichteter Hund. Abwärtsgerichteter Hund. Atmen. Konzentration.*

Ein Schatten fiel über mich, und ich schlug die Augen auf. Mr. Kapoor ging hinter der jungen Frau neben mir, die sich in der Vorwärtsbeuge befand, in die Knie. Er spreizte die Beine und setzte sich rittlings auf sie, wobei er seine Hüften gegen ihr Gesäß drückte. Dann legte er sich mit dem gesamten Oberkörper auf ihren schweißgetränkten Rücken. Sie stieß ein tiefes, kehliges Stöhnen aus, eine eigentümliche Mischung aus Schmerz und Lust, wie jemand, der auf einem Bett aus glühend heißen Nadeln einen Orgasmus erlebt.

»Mindestaufenthalt ein Monat«, erklärte Mr. Kapoor tonlos.

Der Unterricht war beendet, und wir saßen in zwei mit geblümtem Stoff bezogenen Lehnsesseln in seinem winzigen Wohnzimmer im Erdgeschoss. Ich wollte mich offiziell für den Kurs bei ihm anmelden und bei der Gelegenheit mein Anliegen vortragen. Wir tranken Chai, milchig und süß, aus Porzellantassen, und ich kaute auf einem Stück Karamell herum, das schmeckte, als wäre es in Formaldehyd eingelegt gewesen. Mr. Kapoor hatte sich umgezogen und trug nun eine indische Kurta, doch auch unter dem Stoff wirkte sein Brustkorb gewaltig. Er schien viel zu groß für den Sessel zu sein, und die zarte Tasse sah absurd zerbrechlich in seinen Pranken aus. An der Wand hinter ihm hing ein gerahmtes Foto, auf dem er den Arm um … war das etwa *Paris Hilton*? … gelegt hatte.

»Aber, Sir, ich kann keinen ganzen Monat bleiben. Davon rede ich doch die ganze Zeit. So viel Zeit habe ich nicht. Ich muss noch eine Menge anderer Orte wie diesen hier abklappern. Ihr Zentrum ist nur eins von vielen.«

Er stellte seine Teetasse ab und blickte mich finster an. »Sie sind wie ein Mann, der in der Wüste nach Wasser sucht. Er gräbt ein Loch hier, zehn Zentimeter tief. Kein Wasser. Dann gräbt er dort, wieder nur zehn Zentimeter, wieder nichts. Er gräbt viele, viele Löcher, ohne jemals Wasser zu finden. Am Ende verdurstet er.«

Ich nickte, während Panik in mir aufwallte. »Aber ich erstelle eine Karte, damit andere Leute Wasser finden können.«

»Oh! Sie sind also Kartenmacherin! In diesem Fall werden Sie selber verdursten, aber Ihre Karte – die ist perfekt. Und dafür sind Sie zwölftausend Meilen weit gereist?« Er ließ seine Hand so heftig auf die Tischplatte herabsausen, dass die Tassen klirrten. »Letzte Woche habe ich eine Yoga-Schülerin gefragt, wieso sie nach Indien gekommen ist. Um Gott zu finden, hat sie geantwortet. Ich habe ihr noch ein paar andere Fragen gestellt, und es kam heraus, dass ihr Freund mit ihr Schluss gemacht hatte. Also läuft sie jetzt mit Malaperlen um den Hals in Indien herum. Und sobald sie einen neuen Freund hat – zack! –, ist die Suche nach Gott beendet. Ich frage Sie – ist es bei Ihnen auch so?«

»Oh nein! Natürlich werde ich einen Monat bleiben.«

»Pah! Sie können drei Wochen bleiben, keinen Tag länger. Das hier ist ein Ort für Menschen, die Gott in ihrem Körper finden wollen, und keiner für solche, die ihn in ihre Bücher stecken wollen.« Er lehnte sich in seinem Sessel zurück und starrte mich unter seinen buschigen weißen Brauen hervor finster an. »Aber Sie werden für einen Monat bezahlen. Seien Sie froh, dass ich Ihnen nicht das Doppelte berechne.«

Na schön, immerhin konnte ich bleiben, das war die Hauptsache. Ich reichte ihm ein Bündel Rupien. Vielleicht war er ja tatsächlich der reichste Mann der Stadt.

Als ich das Haus verließ, war es, als trete ich geradewegs in einen Hochofen. Blinzelnd stand ich in der grellen Sonne. Ich spürte meine Muskeln, bis zum Nachmittag würde ich unter Garantie einen Riesenmuskelkater haben. Eine Kuh döste im Schatten des Hauses. Auf ihrem Rücken hockte eine Krähe, die das Fell der Kuh nach Ungeziefer absuchte. Eine zweite hüpfte der Kuh ins Gesicht und zupfte an etwas an ihrem Maul herum, während eine dritte auf ihrem Kopf thronte. Doch wann immer der Vogel pickte, neigte die Kuh anmutig den Kopf nach vorn, als wäre sie eine Königin, die sich vor ihrem Volk verneigt, worauf die Krähe davonflatterte.

Als ich mich auf den Weg machte, hörte ich ein Wimmern und sah den Hund, der mir in einer Staubwolke folgte. Ich drehte mich um. Der Hund setzte sich und strahlte mich mit heraushängender Zunge schmeichelnd an.

Ich dachte an die Hunde, die ich in meiner Zeit bei Doggie Day Care täglich ausgeführt hatte – Hunde, die den ganzen Tag allein in einer Wohnung eingesperrt waren, bis auf die kurze Stunde, wenn ich sie befreite und mit ihnen in den Park ging. Ein besonders schuldbewusster Besitzer hatte seinem Hund zur Unterhaltung extra eine DVD eingelegt, die den ganzen Tag auf einem riesengroßen Flachbildschirm lief: *Auf geht's zur Kaninchenjagd. Frisbee-Jagen mit Bob und Sue.*

Wieso rührte dieser kleine Bursche mein Herz mehr als all die verstümmelten Bettler, denen ich in den letzten Wochen begegnet war und zu denen ich sorgsam jeden Blickkontakt gemieden hatte? All die zahnlosen alten Frauen, die mir ihre faltigen Hände hinstreckten, die Männer mit Armstümpfen, die großäugigen Kinder, die an die Fensterscheiben der Taxis klopften und mich anbettelten, das Fenster herunterzukurbeln. Vielleicht lag es daran, dass das Leid dieses Tiers erträglicher war – ein Problem, zu dessen Lösung ich in irgendeiner Form beitragen konnte.

Ich malte mir aus, wie ich mit diesem Hund in meine Hütte zurückkehren würde: Wie ich ihn wusch, sein Auge mit einem Antibiotikum behandelte, ihn mit Resten meiner Mahlzeiten aufpäppelte. Ich würde ihn in die Ashrams und die Tempel schmuggeln. Und am Ende würde ich ihn im Flugzeug mit nach San Francisco nehmen, wo ich im Golden Gate Park mit ihm Ball spielen würde.

Vergiss nicht, Amanda, dass du hier bist, weil du einen Job zu erledigen hast. Ich griff in meinen Rucksack, holte eine Schachtel gezuckerte Kekse heraus und kippte den Inhalt auf die Straße. »Tut mir leid«, sagte ich zu dem Hund, der sich gierig darauf stürzte. »Aber mehr kann ich nicht für dich tun.« Und dann entfernte ich mich so rasch wie möglich, bevor er mir folgen konnte.

Von: Lori647@aol.com
An: Amandala@yahoo.com
Und wer ist dieser Devi Das? Das wird doch nicht eine deiner schrägen kleinen Affären, oder? Klingt so, als hätte der Typ ernste psychische Probleme. Ich weiß, es ist schwer für dich, so ganz allein zu sein. Aber du willst dich doch nicht ernsthaft mit jemandem einlassen, der nicht mal einen Nachnamen hat, von einem Job ganz zu schweigen.

Von: Maxine@bigdaybooks.com
An: Amandala@yahoo.com
Amanda, die Herstellung sitzt mir wegen des Buches im Nacken, deshalb hoffe ich, dass du mir bald ein paar Probekapitel schickst. Wenn du die Erleuchtung noch nicht gefunden hast, lass die Stellen einfach leer. In diesem Fall setzen wir einen Blindtext ein, bis du so weit bist.

»Oberschenkelknochen nach außen rollen!« Mr. Kapoors Stimme dröhnte durch den Unterrichtsraum, während er die militärisch exakt abgesteckten Reihen seiner schwitzenden Schüler abschritt. Sein ausladender Brustkorb über den Shorts war dicht behaart. »Und jetzt vom Oberschenkelknochen aus der Haut an der Innenseite des Schenkels abwärts nachfahren. Runter, runter, runter.«

Nach dem Mittagessen, einem kurzen Nickerchen im Hotelzimmer und einem Blitzbesuch im Krishna Cyber Chai House war ich zu Mr. Kapoors Studio zurückgekehrt, um an der frühabendlichen Unterrichtsstunde teilzunehmen. Diesmal verlangte er keine schweißtreibenden Übungen mehr von seinen Schülern, stattdessen nahmen wir jede einzelne Position auseinander wie einen Frosch auf dem Seziertisch. Ich stellte mich breitbeinig hin, bereit für Trikonasana, das Dreieck.

»Die rechte Seite des Nabels nach rechts bewegen, die linke zieht zur Nabelmitte. Die Lendenhöhle weiter in die innere Kreuzbeinwand ziehen!«

Oh verdammt! Hatte ich das richtig verstanden? Wo war meine Lendenhöhle? War ich die Einzige, die nichts damit anfangen konnte? Ich schloss die Augen und stimmte ein stummes Mantra an: *Bitte mach, dass ich es nicht versaue. Bitte mach, dass ich es nicht versaue.* Mit einem Mal war ich wieder in der sechsten Klasse, war wieder das flachbrüstige, stelzbeinige Ding, das unter den hämischen Blicken einer Horde Jungs von Mr. Hittle, dem Sportlehrer, angebrüllt wurde, ich solle mich beim Fünfzigmeterlauf endlich einmal anstrengen. Mr. Spittle, so hatten wir ihn immer genannt. Egal wo man verletzt war – ein verstauchtes Handgelenk oder eine blutende Nase –, er legte einem einen Eisbeutel in den Schritt, ein Phänomen, zu dem wir uns tunlichst jeden Kommentar verkniffen, um ihn nicht zur Wiederholung zu animieren.

»Und jetzt die linke Lendenhöhle zum Steißbein zurückziehen und dabei die Beine in die andere Richtung drehen!« Ich drehte meine Füße ein Stück, in der Hoffnung, dass meine Lendenhöhle tat, was sie tun sollte. In dem winzigen Raum war es drückend heiß, trotz der beiden Ventilatoren in der Ecke, die unablässig für einen feuchten Luftstrom sorgten. Übelkeit überkam mich. *Hitze ist gut. Zuhause musst du für jede Bikram-Stunde extra bezahlen.* Der Gestank aus der Achselhöhle des Mannes neben mir stieg mir in die Nase. Mir drehte sich der Magen um. *Oh Gott. Ich muss mich gleich übergeben.* Ich löste mich etwas aus der Position und zwang meinen Magen, sich zu beruhigen, während ich betete, unsichtbar zu sein. Doch im Nu stand Mr. Kapoor neben mir.

»Wieso lösen Sie sich aus der Position? Habe ich Anweisungen gegeben, das zu tun?«

»Nein, es tut mir leid.« Ich richtete mich auf. Vor lauter Schiss war meine Übelkeit plötzlich weg. »Mir war nur ein klein bisschen übel.«

»›Nur‹ ist der falsche Ansatz«, dröhnte er. »Als Yogi muss Ihnen eines klar sein: Alles ist Karma. Nichts bleibt ohne Folge. Sie müssen sich besser konzentrieren!« Er deutete auf meinen Magen. »Diese Übelkeit – nichts als mangelnde Aufmerksamkeit. Ignoranz, die sich körperlich zeigt. Der Geist wird dumpf, das Handeln unsinnig, man isst schlechtes Essen, führt die Yoga-Positionen nicht korrekt aus, der Magen reagiert mit Übelkeit. Verstehen Sie?«

»Ja, Sir«, antwortete ich schwach.

Er sah mich an, dann schüttelte er den Kopf. »Sie verstehen

überhaupt nichts.« Er deutete auf die Wand. »Und jetzt holen Sie zwei Holzblöcke, einen Sandsack, einen Riemen und ein Kissen. Einen Magen kann man in ein paar Stunden heilen. Und vielleicht heilt Ihr Geist in vierzig oder fünfzig Jahren auch.«

Erleuchtung für Anfänger: Probekapitel
Glückwunsch! Sollten Sie es geschafft haben, einen Platz in einem Kurs bei Mr. Vikas Kapoor zu ergattern – dem aufgehenden Stern am Yoga-Himmel, dem Lehrmeister, der von Hollywood bis zur Upper East Side für Furore sorgt. Im Herzen einer reizvollen modernen Stadt im wunderschönen Südwesten Indiens gelegen, ist das Kapoor Institute genau der richtige Ort, um der Suche nach Erleuchtung einen vielversprechenden Start zu verschaffen!
Mr. Kapoor, bis vor kurzem noch ein Unbekannter in der westlichen Welt, behauptet auf seiner Website, www.topyogamaster.com, seine jahrelange Erfahrung mit kriminellen Jugendlichen habe ihn auf die herausfordernde Aufgabe vorbereitet, Yoga-Schüler aus dem Westen zu unterrichten. ~~Obwohl einige von Ihnen seinen Stil gewiss arrogant und anmaßend finden.~~
~~Wenn Sie Probleme haben, eine erleuchtete Achselhöhle zu finden …~~
~~Ich fasse es nicht, dass Matt noch keine Mail geschrieben hat. Ich weiß, dass wir vereinbart hatten, es nicht zu tun, aber ich dachte trotzdem …~~

(Der Rest der Seite ist unleserlich, weil Chai über der Tastatur ausgelaufen ist.)

»Ich glaube, mein Kundalini ist heute Morgen in Urdhva Dhanurasana aufgewacht«, bemerkte die schlanke Blondine in dem roten Stringbikini.

»Woher weißt du das?«, fragte der Kerl in der Speedo-Badehose, während er Kokosnuss-Sonnencreme auf ihrem Rücken verteilte.

»Ich habe dieses Klopfen gespürt, dieses intensive Pochen, genau hier.« Sie berührte den unteren Teil ihres Steißbeins, genau zwischen den perfekten Halbkugeln ihres Hinterteils. »Und dann ist es wie ein elektrischer Stromstoß über meine Wirbelsäule gezuckt – wie, oh Gott. Und den ganzen Tag war ich in diesem Zustand völliger Seligkeit.«

Ich lag mit fünf oder sechs anderen Yoga-Schülern auf dem warmen Beton am Pool hinter dem Ashok Hotel, dem teuersten Hotel der Stadt, in dem bevorzugt internationale Reisende abstiegen. Nur wenige Yoga-Schüler wohnten hier, doch es war zum Ritual geworden, jeden Nachmittag nach dem Unterricht herzukommen, sich eine Coke oder eine Limonade zu bestellen und sich im Pool abzukühlen, bis es Zeit wurde, zur Frühabend-Stunde aufzubrechen. Der Pool befand sich inmitten einer grünen Rasenfläche, und eine Reihe von Sonnenschirmen schützte die Tische vor den sengenden Strahlen. Der Beton war glühend heiß, das Wasser kühl und blau. Zwei Japaner in dunkelblauen Badehosen saßen am Rand, streckten die Füße ins Wasser und telefonierten mit ihren Handys. Die einzigen Inder waren die Kellner, die in ihren weißen Baumwolluniformen diskret im Hintergrund standen und warteten.

»Findest du es nicht auch seltsam, dass wir hier im Pool schwimmen und Limonade trinken, während draußen vor dem Hotel die Leute sterben, weil sie nicht genug zu essen haben?«, fragte ich die Frau im roten Bikini. Ich zwang mich, Material für mein Buch zu sammeln, dabei hätte ich viel lieber im kühlen Schatten gelegen und gedöst. Ich fragte mich, wo Devi Das abgeblieben war. Während des Tages ließ er mich meist allein – damit ich mich auf meine Arbeit konzentrieren konnte, sagte er. »Yoga-Kurse sind sowieso nicht unser Ding«, erklärte er fröhlich. »Ein paar Meilen von hier lebt ein Yogi unter einem

Baum, der einen Jeep mehrere Meter weit ziehen kann, indem er sich ein Seil um seinen Penis bindet. Das ist schon eher nach unserem Geschmack.« Allmählich fragte ich mich, ob das hier auch nicht mein Ding war. Viele dieser Leute waren seit Monaten oder gar Jahren hier. Im Vergleich zu ihnen war ich eine völlige Dilettantin, eine Durchreisende, die es nicht wert war, Zeit in sie zu investieren. Mein Badeanzug, den ich mir von der Yoga-Schülerin in der Hütte neben mir ausgeborgt hatte, brachte Ausbuchtungen an meinem Körper zutage, wo eigentlich keine sein dürften, und ein Fehlen selbiger, wo welche sein sollten. Außerdem hatte ich vergessen, einen Rasierer einzupacken, mit dem Ergebnis, dass sich nun einzelne Härchen entlang des Höschenrands kräuselten. Aus irgendeinem Grund hatte ich nicht damit gerechnet, dass die Pflege der Bikinizone während meiner Pilgerreise ein Thema sein könnte.

»Karma«, sagte die Frau. »Es ist alles Karma.« Sie drehte sich auf den Rücken, hob ihr langes gebräuntes Bein, schwang es hinter ihren Kopf und legte ihn dann in der Kniekehle ab. »Ich habe viele Leben damit zugebracht, anderen zu dienen. Das hier ist das Leben, in dem ich mich auf meine eigene spirituelle Weiterentwicklung konzentrieren muss.«

Die stämmige Frau auf meiner anderen Seite sah ihr mit einer Feindseligkeit zu, die sie nur unzulänglich hinter der Fassade der Bewunderung zu verbergen versuchte. »Großer Gott, ich wünschte, ich könnte so was. Das werde ich nie schaffen.«

Die Nachbarin im roten Bikini lächelte aufmunternd und verhakte auch noch ihr zweites Bein im Nacken. Supta Kurmasana, liegende schlafende Schildkröte. »Vielleicht nicht in diesem Leben. Aber es ist genauso, wie Sir immer sagt. ›Macht eure Übungen, dann werden sich euch alle Türen öffnen.‹«

Ich beneidete sie um ihre Klarheit – sie wusste genau, welches der richtige Weg für sie war. Und um die Gewissheit, dass es keinen anderen gab. Ich war mir noch nie im Leben einer Sache ganz und gar sicher gewesen. Und wie ich so am Swimmingpool lag und an einem Eiswürfel nuckelte, merkte ich, dass ich diese Gewissheit für mich brauchte. *Maxine. Ich bin jetzt drei Wochen in Indien und habe schon jetzt die wahre Erleuchtung gefunden. Bitte schick mir den Rest meines Vorschusses. Ich werde hier im Ashok Hotel bleiben, Coke mit Zitrone trinken und an meinem Bestseller-Ratgeber schreiben.*

Ich schloss die Augen und spürte, wie mir erneut übel wurde. Ich hatte nicht die richtigen Kleider mitgebracht. Nicht die richtige Einstellung. Ich hatte noch nicht einmal die richtige Yoga-Ausrüstung. All die anderen Yogis hatten sich von ihren klebrigen amerikanischen Latex-Matten getrennt und übten nun auf kratzigen, aus Jutefasern gewobenen Decken. »Was ich schon immer fragen wollte«, mischte ich mich in ihre Unterhaltung. »Woher habt ihr eigentlich diese tollen Yoga-Matten?«

»Sind die nicht toll?«, ereiferte sich die Blondine. »Sie kosten nur ein paar Dollar. Wir bekommen sie aus dem Gefängnis hier. Die Insassen weben sie.«

Ein. Aus. In der Düsternis des Übungsraums – wo es jetzt schon heiß war – kam ich vor Anstrengung heftig ins Schnaufen und fiel in den fauchenden Chor der anderen Schüler ein. Ich streckte die Beine aus, ließ meinen Oberkörper nach vorn zwischen sie sinken und legte die Beine über die Schultern. Kurmasana: die Schildkröte. Bislang war diese Übung immer eine Qual für mich gewesen. Aber die Hitze und die knallharten Übungsstunden machten sich offenbar bezahlt. Mein Körper wurde weich wie Butter.

Ich hatte die Hälfte der zweiten Woche bei Mr. Kapoor hinter mir und erlebte die beste Yoga-Session meines ganzen Lebens. Ein seliges Gefühl durchströmte mich. Mein Geist war vollkommen leer. Ich hörte nur meinen Atem, spürte meine Muskeln, die sich dehnten und zusammenzogen. Jeder Nerv zuckte vor Wonne. *Das ist es. Endlich komme ich an den Punkt. Die Yogis haben recht – es gibt keine Worte dafür. Ich kann es kaum erwarten, darüber zu schreiben.*

Ein, aus. Atmen. Fließen lassen. Ich legte mein Bein über meinen Oberschenkel in einem halben Lotussitz, ehe ich das zweite darüberhob. Dann griff ich hinter meinen Rücken, kreuzte die Arme und streckte mich, bis ich meine Zehen berührte. Das hatte ich noch nie geschafft. Aber jetzt gelang es mir beinahe. *Fast, fast…* »Tiefer«, drang Mr. Kapoors Stimme an mein Ohr. »Ihre Beine müssen weiter nach unten. Sie müssen den Boden berühren.« Er setzte sich hinter mich, lehnte sich mit der Brust gegen meinen Rücken und drückte mit den Händen fest auf meine Knie.

Aaaaah. Unwillkürlich entfuhr mir ein Schrei, als ein heftiger Schmerz mit einem vernehmlichen Knacken durch mein Knie fuhr. Mr. Kapoor zog an meinen Armen, worauf ich die Hände um die Füße legte. *Puh!* »Nun sind Sie Herr über Ihren Körper«, erklärte er triumphierend und ging weiter. Ich streckte mein Bein und spürte, wie sich der Schmerz ausbreitete. Als ich aufstand, gab es sofort unter mir nach.

Am Pool waren alle einer Meinung: »Wenn du verletzt bist, ist nicht die Übung schuld, sondern es ist das Karma aus einem deiner früheren Leben.«

»Du solltest dankbar sein«, meinte die Blonde, die, wie ich mittlerweile erfahren hatte, Claire hieß. Sie drehte sich auf den Rücken und zog die Träger ihres Bikinis herunter, um ihr Dekolleté zu bräunen. »Deine Unreinheit kommt an die Oberfläche. Das bedeutet, dass sie im Begriff ist, dich zu verlassen.«

Vorsichtig massierte ich mein Knie. »Ich kann kaum noch gehen. Ich habe keine Ahnung, wie ich meinen Rucksack tragen soll.«

»Aber es ist doch die Schmerzen allemal wert«, rief Jamie, der Typ in der Speedo-Badehose. »Du hast es geschafft, im vollen Lotussitz mit den Händen deine Zehen zu berühren. Ist dir das schon mal gelungen?« In seiner Stimme lag Zuneigung. Ich hatte mich beim Yoga verletzt. Ich war nun eine von ihnen.

»Nein, noch nie«, gab ich zu.

»Der Schmerz ist wahrscheinlich nur ein Zeichen deines Körpers. Er will, dass du noch länger hierbleibst«, meinte Claire. Es klang fast wie eine Einladung.

»Vielleicht hast du ja recht.« Trotz des Schmerzes in meinem Knie war ich total gut drauf. Lag es an der Übungsstunde heute Morgen? Oder nur daran, dass ich das Gefühl hatte, endlich dazuzugehören? Machte mich das so süchtig? Wie auch immer – es spielte keine Rolle. Ich legte mich auf den Rücken und schloss die Augen, so dass die rötlichen Sonnenstrahlen durch meine Lider drangen. Ich war ein dekorierter Veteran des spirituellen Krieges. Ich war glücklich. *Und das Tolle an diesem Gefühl ist, dass es von innen kommt. Es braucht keine Bewertung von außen! Ich kann es kaum erwarten, Maxine davon zu erzählen!*

Ich verließ den Pool und schlängelte mich auf meinem Fahrrad durch den Verkehr, wobei ich um ein Haar eine Horde Schweine gerammt hätte, die die Straße überquerte. Wann immer ich das linke Pedal durchtrat, schoss der Schmerz durch mein Knie. Wer braucht schon einen Meniskus, wenn er kurz vor der Erleuchtung steht? Ich blieb vor dem Krishna Cyber Chai Shop stehen, kettete mein Fahrrad an das verrostete Geländer an und ging hinein.

Gerade als ich eintrat, kam mir eine stämmige Australierin entgegen. Ihr Gesicht war tränenüberströmt. Ich kannte sie aus dem Yoga-Unterricht, wo sie ziemliche Mühe mit den Übungen gehabt hatte. Ihre Schultern waren verspannt, so dass sie sich nicht nach hinten beugen konnte. Eigentlich hätte ich sie gern gefragt, wie es ihr ging, verkniff es mir aber. Es gab eine unausgesprochene Etikette an Orten wie diesem, wo man in aller Öffentlichkeit in sein Privatleben eintauchte, an einem Ort, wo die eigene Vergangenheit geradezu unheimlich greifbar und zugleich doch so weit entfernt war. Es erschien mir klüger, einfach wegzuschauen.

Ich setzte mich an den Computer und begann, eilig zu tippen.

Liebe Maxine, ich wollte dich nur wissen lassen, dass ich in dieser Erleuchtungsgeschichte allmählich die Kurve kriege! Es hat sich herausgestellt, dass man weder meditieren noch beten oder sonst etwas tun muss. Man muss nur atmen, schwitzen und den Körper in die richtige Position bringen. Heute Morgen habe ich mir ein wenig am Knie wehgetan, aber es ist nicht so schlimm. Jedenfalls wollte ich dir nur sagen, dass du dir keine Sorgen zu machen brauchst. Wenn es so weitergeht, habe ich das Buch in wenigen Monaten geschrieben.

Ich drückte auf »Senden«. Dann sah ich in meinen Posteingang.

Und spürte, wie meine Erleuchtung verpuffte.

Von: Lori647@aol.com
An: Amandala@yahoo.com
Vielleicht sollte ich es dir ja nicht sagen, aber ich tue es trotzdem: Neulich war ich mit Joe zum Mittagessen im Café Gratitude, und wir sind Matt über den Weg gelaufen. Er war mit einem Mädchen da, einer Frau, die ich noch nie gesehen hatte – langes rotes Haar, blaue Augen, jede Menge Tattoos. Er hat erzählt, sie sei Model und er mache gerade Aufnahmen von ihr für irgendeine Anzeige. Sie hat ihn angesehen, als wäre er der liebe Gott persönlich. Sie haben sich einen »Smoothie für die Sinne« mit nur einem Strohhalm geteilt. Ich sage es dir nur, weil ich dich kenne. Ich weiß, du hoffst insgeheim, dass er eine wundersame Wandlung vollzieht und ein anderer Mensch wird. Deshalb nur noch mal zur Erinnerung: Vergiss ihn.

Mache deine Übungen, dann kommt alles wie von selbst.

K. Pattabhi Jois (1915–)

Kapitel neun

»Achtung – bitte drückt jetzt die Spitzen der Ellbogen Richtung Boden! Und dann greift aus den Armwurzeln heraus in den Zwischenraum zwischen Ringfinger und kleinem Finger!«

Ich lag rückwärts über die Sitzfläche eines Klappstuhls gebeugt, die Füße an der Scheuerleiste an der Wand, einen Schaumstoffblock zwischen die Oberschenkel gepresst. Die Arme hatte ich nach hinten über den Kopf gestreckt, die Ellbogen in Richtung Boden, und versuchte, mit den Händen die Stuhlbeine zu erreichen. *Ich dachte immer, Matt hasst das Café Gratitude. Außerdem dachte ich, er sei in Mexiko.* »Und jetzt die Haut der linken Schulter in Richtung Brustwirbelsäule ziehen. Die Energie der Kehle bis hinunter zu den Nieren schlucken. Die Nieren mit Luft füllen! Füllen! Füllen!«

Die Kante des Stuhls schnitt sich in meinen Rücken. Mein Knie pochte. Wo befanden sich eigentlich meine Nieren? *Für welche Firma macht er wohl Aufnahmen? Wahrscheinlich für Victoria's Secret.* Ich unterdrückte ein Wimmern und warf einen verstohlenen Blick auf die Yogini auf dem Stuhl neben mir, eine schlanke Frau in einem türkisen Top und mit perfekten Posen, die ich schon den ganzen Morgen beneidete. Sie war dünn und gelenkig, mit ellenlangen Gliedmaßen und einem tiefschwarzen Zopf. Sie bog sich in einer anmutigen Kurve über die Sitzfläche, und selbst in dieser Haltung wirkten ihre Züge wie gemeißelt. Sie hatte die Augen geschlossen, und ihr Gesicht vor Konzentration gefurcht. Zweifellos waren ihre Nieren bis zum Bersten gefüllt. Mit einem Mal verspürte ich den übermächtigen Drang, den Stuhl unter ihr wegzuziehen.

Nach dem Unterricht machten sich die Schüler grüppchenweise auf zum Mittagessen in einem Restaurant ein Stück die Straße hinunter. Gesprächsfetzen drangen herüber – ernste Debatten darüber, ob der Oberschenkelkopf nach rechts oder nach links gedreht werden musste, wenn man ins umgekehrte Dreieck ging; ob es vertretbar war, am letzten Tag der Periode in den Kopfstand zu gehen. Die schwarzhaarige Göttin, die neben mir geübt hatte, trug mittlerweile ein langes fließendes Kleid und ging mit einem Mann davon, der aussah wie ein Unterwäschemodel für Calvin Klein. *Klar. Bestimmt sind sie ein Paar. Die beiden haben diese tolle spirituelle Beziehung, so wie Shiva und Shakti. Nach dem Essen gehen sie ins Hotel zurück und haben spitzenmäßigen, perfekt austarierten Sex mit massenweise Gurten, Blöcken und einem Klappstuhl.*

Es war so heiß; ich dachte, jemand habe eine dicke Wolldecke über mich gelegt. Außerdem schien das Yoga erneut meinem Magen nicht zu bekommen. Mir war übel. Ich bekam nichts hinunter, ja, selbst das Reden fiel mir schwer. Ich hinkte ins Hotel zurück. Nach den mit äußerster Präzision ausgeführten Übungen war es, als nähme man auch die Welt um einen herum sehr viel präziser wahr. Der Verkehr war nicht nur Verkehr, sondern bestand aus Rikschas, Lastern, einem mit Bambus beladenen Fahrrad, einem Esel mit einer toten Ziege auf dem Rücken. Der Müll am Straßenrand war nicht nur Abfall, sondern ließ Bananen- und Orangenschalen erkennen, leere Kokosnusshälften, Plastiktüten, Windeln, Zigarettenschachteln und einen gefleckten Hund, der auf der Suche nach etwas Fressbarem darin wühlte. Die Geräusche waren kein verschwommenes Ganzes, sondern Vogelgezwitscher, hupende Rikschas, das beharrliche *Tock-tock*, mit dem ein Vogel einen Baum bearbeitete.

Zurück in meiner Bambushütte, legte ich mich aufs Bett, nippte an einer Plastikflasche Wasser und hoffte, dass sich mein Magen bald beruhigen würde. Die von draußen hereindringenden Geräusche waren laut, störten mich aber nicht – das Scheppern eines Blechkübels, Hundegebell, Stimmen, die lautstark in einer fremden Sprache stritten, das Dröhnen des Verkehrs. Ich befand mich in einem Zustand, in dem ich jede Faser meines Körpers wahrnahm; winzige Muskeln, von deren Existenz ich bislang nicht einmal etwas geahnt hatte, meldeten sich zu Wort. Mochte sein, dass ein anderer Körper direkt zur Erleuchtung führte, dieser hier jedenfalls bestimmt nicht. Ich hatte den dünnen, drahtigen Körperbau meiner Mutter geerbt, ohne ein Pfund zu viel auf den Rippen. Andere Körperteile wiederum hatten nicht die geringste Ähnlichkeit mit ihren: beispielsweise meine zarten Hände mit den langen Fingern und den abgekauten Nägeln. »Du hast die Hände deines Vaters«, hatte meine Mutter irgendwann einmal festgestellt, als sie mir beim Abwaschen zugesehen hatte. »Wie meinst du das?«, hatte ich gefragt, in der Hoffnung, ihr ein paar winzige Informationen zu entlocken. Für den Bruchteil einer Sekunde hatte ich gehofft, eine Tür in ihrem Innern öffne sich und sie würde mir alles über ihn erzählen. Wie er gelacht, wie sich seine Stimme angehört hatte. Wie er seine langen Finger auf ihren immer runder werdenden Bauch gelegt und mich darunter treten gespürt hatte. Doch in diesem Augenblick war mir ein Teller entglitten und klirrend auf dem Fußboden zerschellt. »Verdammt noch mal«, hatte meine Mutter geschimpft. »Du bist genauso wie er. Er hat auch alles nur kaputt gemacht.«

Eine neuerliche Woge der Übelkeit überkam mich. Es musste am Wasser liegen. Ich hatte sorgsam darauf geachtet, nur noch

Bisleri-Wasser in Plastikflaschen zu trinken, das es an jeder Ecke zu kaufen gab, traute dem Zeug aber nicht über den Weg. Erst an diesem Morgen hatte mir ein Yoga-Schüler erzählt, jemand habe besagte Marke untersuchen lassen und es habe sich herausgestellt, dass »derart viele Kolibakterien darin waren, dass man auch gleich Wasser aus der Toilette trinken« könne. War das nur ein touristisches Ammenmärchen? Ich starrte die Flasche neben meinem Bett an und malte mir aus, wie winzige Fäkalteilchen darin herumschwammen. Ich meine, wer könnte schon verhindern, dass irgendeiner Leitungswasser in Flaschen abfüllte und es als ungefährliches Wasser verkaufte?

Und wo wir schon dabei waren – wer könnte schon verhindern, dass irgendeiner ein Yoga-Zentrum gründete und darin verkehrte Übungen an den Mann brachte?

Ihr langes rotes Haar ergießt sich über ihre Körper, ihre tätowierten Arme schlingen sich um seine Taille. Ich wusste, dass ich es nie im Leben bis ins Klo im Haupthaus des Hotels schaffen würde. Stattdessen lehnte ich mich aus dem Fenster meiner Hütte und übergab mich.

Ein paar Tage später humpelte ich zu meinem für den Spätnachmittag angesetzten Gespräch mit Mr. Kapoor ins leere Yoga-Studio. Die Ventilatoren verquirlten müßig die heiße Luft im Raum, in dem der Geruch nach Sandelholz, Schimmel und Schweißfüßen hing. Ich setzte mich auf den Boden, dann begab ich mich in die stehende Vorwärtsbeuge, um mich zu sammeln, bevor ich nach oben ging, um das Interview zu führen. *Atmen. Entspannen.* Dies war eine Wahnsinnsgelegenheit. Wie viele Schüler würden für solch ein Vieraugengespräch einen Mord begehen? Ich malte mir aus, wie ich nach meiner Rückkehr nach San Francisco beiläufig beim Sushi nach dem Unterricht erzählen würde: *Als ich in Indien war und Sir interviewt habe – ja, wenn man ihn persönlich kennenlernt, ist er tatsächlich ziemlich charmant …* An diesem Vormittag war ich nach dem Unterricht am

Pool gewesen, um mein schmerzendes Knie zu kühlen, hatte ein Bier getrunken und war eingeschlafen. Nun hatte ich einen fürchterlichen Sonnenbrand, und es tat weh, wenn ich mich nach vorn beugte. Mein Schädel dröhnte. Ich schloss die Augen und versuchte, mich an meine Eingangsfrage zu erinnern. Etwas über seine Reise auf dem Weg zur Erleuchtung. Wo hatte er als Erstes –

»Ihr Journalisten!«, hörte ich Kapoor hinter mir sagen. »Ihr glaubt, mein Yoga sei nicht spirituell. Aber lassen Sie mich Folgendes fragen: Wo ist der spirituelle Mensch, der keinen Körper besitzt? Zeigen Sie ihn mir!«

Ich fuhr abrupt hoch. »Oh, Sir, ich weiß, dass Ihr Yoga sehr spirituell ist. Ich habe nur ein paar Fragen darüber, wie –«

Er ließ sich im Schneidersitz vor mir nieder, beugte sich vor und reckte mir sein massiges Gesicht entgegen. »Können Sie ohne Körper meditieren? Können Sie ohne Körper die Lobpreisungen an Gott singen?«

»Nein, nein, Sie haben recht.« Ich fummelte in meiner Tasche nach meinem Kassettenrekorder. Wie alles andere auf dieser Reise hatte auch dieses Interview scheinbar begonnen, noch bevor ich richtig darauf vorbereitet war.

»Natürlich habe ich recht!«, bellte er. »Wir sind nicht hier, um zu debattieren, wer hier recht und wer unrecht hat.«

Ich drückte auf die Aufnahmetaste und konnte nur hoffen, dass ich zuvor eine neue Kassette eingelegt hatte. »Also, lassen Sie uns ganz von vorne beginnen. Wie erlangt man in Ihrem Yoga-System Erleuchtung?«

Ich schien ihn immer wütender zu machen. »Erleuchtung? Wer sind Sie, dass Sie dieses Wort in den Mund nehmen?« Er schlug mit der Hand auf den Fußboden. »Sie wollen Gott spüren. Aber sind Sie überhaupt fähig, die Haut in Ihrem Nacken zu spüren? Sie wollen das Göttliche erkennen. Aber erkennen Sie denn überhaupt, was Ihr Oberschenkelknochen ist?«

Allein der Gedanke an Maxine gab mir den Mut weiterzumachen. »Aber, Sir, wird es nicht im Alter schwierig, die Übungen zu machen?«

»Alter! Was verstehen Sie schon vom Alter! Hätten Sie ernsthaft übers Alter nachgedacht, würden Sie nicht so daherreden! Sie würden sich vielmehr in die Übungen stürzen. Sie würden nicht zu den Yoga-Stunden kommen, wenn Ihr Schweiß nach Bier stinkt. Sie würden nicht an der Seite sitzen und Fragen stellen. Geht es so? Oder geht es so?« Er beugte sich vor, wobei sein Brustkorb wie bei einem Gockel anzuschwellen schien. »Ich sage Ihnen etwas: Würde ich in meinem Alter meinen Körper tun lassen, was er will, wäre ich rettungslos dem Verfall ausgesetzt. Also sage ich meinem Körper Folgendes: Ich bin der Herr. Und er gehorcht meinen Befehlen.«

»Aber was ist, wenn der Körper nicht gehorcht? Mein Knie, zum Beispiel –«

»Ihr Knie! Pah! Dieses Knie zeigt nur Ihren Widerstand, sich dem Lehrer unterzuordnen. Wenn Sie sich wirklich untergeordnet haben, gibt es keine Verletzungen.«

»Also, Sir, würden Sie sagen, dass der Weg zur Erleuchtung nach Ihrem System die Kontrolle –«

»Worte! Worte! Nichts als Worte!« Er stand auf. »Sie werden zum Unterricht kommen und Yoga machen müssen.«

An diesem Abend saß ich in meinem Zimmer und versuchte, im düsteren Schein der nackten, über meiner Matratze baumelnden Glühbirne zu schreiben. Moskitos sirrten außerhalb des Netzes. Zuerst kratzte mein Füller trocken über das Papier, ehe er ein enthusiastisches Blubbern von sich gab und eine Reihe blauer Pfützen ausspie. Angesichts meines fehlgeschlagenen Interviews mit Mr. Kapoor war ich nicht sicher, worüber ich schreiben sollte. Über die Frauen in ihren Bikinis, die durch das kühle Wasser im Pool glitten? Über meinen Sonnenbrand? Über mein schmerzendes Knie?

Ohne jede Vorwarnung ging das Licht aus und hüllte den Raum in undurchdringliche Dunkelheit.

Am nächsten Morgen machte ich mich nach dem Yoga-Unterricht mit Devi Das auf die Suche nach einem Laden, wo ich eine Taschenlampe und Sonnencreme kaufen konnte. Wir gingen eine Straße entlang, in der es aussah, als herrschte Krieg – zerfallene Häuser vor dem Hintergrund einer baumlosen, staubigen Ebene. Die Gebäude schienen völlig willkürlich in die Landschaft gepflanzt worden zu sein, als hätte jemand eine gigantische Spielzeugkiste ausgekippt. Auch ich fühlte mich eigenartig hilflos – es war, als lösten sich die Ränder meiner Persönlichkeit auf, da nichts Vertrautes um mich herum war, das mich daran erinnerte, wer ich war.

An einer Straßenecke löste sich ein Sadhu aus dem Staub und bahnte sich einen Weg durch die Fahrräder und Laster. Der Mann wirkte so deplatziert wie eine Gestalt aus den *Canterbury-Erzählungen*, die sich ins moderne Zentrum Londons verirrt hatte. *Maxine, genauso ist Indien – die Vergangenheit und die Gegenwart scheinen immer gleichzeitig aufzutauchen, wie in einem Traum. So als wäre jede Zivilisation, die jemals in diesem Land existiert hat, immer noch da, als würde nichts jemals weggeworfen, sondern einfach etwas darübergebaut werden.* Der Sadhu drehte sich um die eigene Achse und murmelte irgendetwas vor sich hin. Von seinen Augen konnte man nur das Weiße sehen.

»Ist alles in Ordnung mit ihm?« Nervös griff ich nach Devi Das' Hand, ließ sie jedoch sofort wieder los, als mir einfiel, dass Männer und Frauen sich in der Öffentlichkeit nicht berühren durften.

»Er ist ein *mast*«, erklärte Devi Das. »Ein Mann, der alles Gott übereignet hat. Auch seinen Verstand.«

»Er sieht verrückt aus.«

»In den USA würde man ihn bestimmt einsperren. Aber sieh ihn dir an. Er ist glücklich.«

Der Mann kam näher. Ihm fehlten sämtliche Zähne, und seine Kutte war völlig zerfetzt. Auf seinem Gesicht jedoch lag ein Lächeln, als hätte er soeben ein Geschenk bekommen, auf das er sein ganzes Leben lang gewartet hatte.

»Er ist ein göttlicher Irrer«, fuhr Devi Das fort. »Aber hier in Indien glaubt man, dass eine Begegnung mit einem *mast* ein Segen ist. Diese Geschöpfe haben Einblick in die ultimative Wahrheit, obwohl sie von der materiellen Welt keine Ahnung haben.«

Der Mann kam auf uns zu und streckte die Hände aus. Da ich glaubte, er bettle um Geld, begann ich, nach ein paar Rupien zu kramen. Doch stattdessen deutete er auf meinen Bauch und hielt nur wenige Zentimeter davon entfernt inne. Seine Augen richteten sich auf mein Gesicht, dann sagte er etwas in einer Sprache, die ich nicht verstand.

»Entschuldigung?«, fragte ich dümmlich.

Wieder lächelte er, so dass sich tiefe Furchen in sein Gesicht gruben, und legte die Handflächen vor der Brust zusammen. »Ba-by. Baby.«

»Entschuldigung?«

Er verbeugte sich und streckte erneut die Hände in Richtung meines Bauches. »Gesegnet sei das Baby«, sagte er. Wieder war nur noch das Weiße seiner Augen zu sehen. Er machte kehrt und verschwand im Getümmel.

Ich sah Devi Das an. »Was hat er damit gemeint? Welches Baby?«

Devi Das sagte nichts, sondern sah nur auf meinen Bauch. Dann wandte er sich um und verbeugte sich in der Richtung, in der der Sadhu verschwunden war.

Ich sah nach unten und betrachtete meinen Bauch.

»Oh scheiße«, stieß ich hervor. »Scheiße scheiße scheiße.«

Welch größeres Unglück kann einem Menschen auf der Welt widerfahren als die eigene Jugend. Die Jugend, unablässige Brutstätte der Leidenschaft, Ursache schmerzlichster Höllenqualen, Keim der Unwissenheit, Wolkenansammlung, die den Blick auf das wahre Wissen versperrt, einzigartiger Freund des Gottes der Liebe und zugleich Kette, die zahllose Sünden verbindet…

Sringara Sataka, 600 n.Chr.

Kapitel zehn

»Reisen bringt den Zyklus immer durcheinander. Wahrscheinlich bin ich nur überfällig.« Ich stupste mein Masala Dosa an, ein riesiger, mit Spinat und Kartoffeln gefüllter Fladen. Als ich ihn bestellt hatte, war ich fast umgekommen vor Hunger, doch nun drehte sich mir allein bei dem Geruch der Magen um.

»Ja, das ist wahrscheinlich der Grund. Bestimmt hat der heilige Mann etwas verwechselt.« Devi Das nahm einen herzhaften Bissen von seinem Fladen und kaute, wobei ihm ein Tropfen Sauce aus dem Mundwinkel lief. »Eigentlich wollte er sagen ›Gesegnet sei deine verspätete Regel‹, nur leider war sein Englisch nicht gut genug.«

Einen Moment lang schloss ich die Augen, zu erschöpft und zu verängstigt, um etwas zu erwidern. Wir saßen in einem Restaurant ein paar Blocks von unserem Hotel entfernt – sofern »Blocks« die richtige Beschreibung für das Gewirr aus holprigen Gassen war, in denen sich laut blökende Ziegen und verrostete Fahrräder drängten. Und sofern »Restaurant« die richtige Beschreibung für den Ort hier war, der wie eine umgebaute Garage aussah – bestehend aus einem löchrigen Betonboden, einer Handvoll Tische und einem Gasherd in der Ecke, wo ein schnurrbärtiger Mann mit einer Gusspfanne hantierte. Und sofern »wir« die richtige Beschreibung für dieses schräge Gespann von meiner Person und Devi Das war, einem Sadhu mit schmutzigen Dreadlocks und einem currygelben Kartoffelrest am Kinn. Meine Vorstellung davon, wie mein Leben sein sollte, war so meilenweit von dem entfernt, was am Ende dabei herauskam, dass mir ganz anders wurde.

Ich konnte nicht schwanger sein. Es war einfach ausgeschlossen. Eine Schwangerschaft würde alles ruinieren. Was sollte ich bloß tun? Die Reise abbrechen, nach Kalifornien zurückkehren und das Kind zur Welt bringen? Eine Abtreibungsklinik in Mumbai suchen? Oder in Kalifornien? Und dann wieder nach Indien zurückfliegen und meine Suche nach Erleuchtung fortsetzen, als wäre nichts geschehen? Eine Abtreibung war in Indien nichts Ungewöhnliches, so viel wusste ich, weil ich erst kürzlich einen Artikel in der *India Today* darüber gelesen hatte. Viele Schwangerschaften wurden hier erst sehr spät abgebrochen, nachdem die Frauen mittels Fruchtwasseruntersuchung erfahren hatten, dass sie ein Mädchen erwarteten. Ich hatte Plakate gesehen, auf denen versucht wurde, die Frauen von einer Abtreibung abzubringen. »Dein Mädchen, deine Perle«, so der Slogan.

Ich nahm meinen mit dampfendem Chai gefüllten Becher und nippte daran – ein süßer, tröstlicher Schwall Koffein durchschoss mich. Devi Das hörte auf zu kauen. »Bist du sicher, dass du das trinken willst? Es geht mich zwar nichts an. Aber ist das nicht schädlich fürs Baby?«

Das Baby. Augenblicklich ließ ich die Tasse sinken und verspürte einen instinktiven Anflug mütterlicher Besorgnis. *Das Baby darf kein Koffein abbekommen.* »Ich bin nicht schwanger!«

Großer Gott. Erst überlegte ich, wie ich es loswerden konnte, dann beschützte ich es wie die seltene Pflanze, die ich schon seit Jahren großzuziehen versuchte. Dabei wusste ich noch nicht einmal, ob es überhaupt existierte. Es? Er? Sie? Ich holte tief Luft, nahm den Becher und stellte ihn wieder auf den Tisch, ohne daraus getrunken zu haben.

»Ich muss mir einen Schwangerschaftstest besorgen. Wo bekommt man so etwas in Indien?«

Devi Das leckte seine Finger ab. »Wir wissen von einem kleinen Tempel vor der Stadt, wo ein Priester einen roten Seidenfaden über deinen Bauch legt und dir sagen kann, ob aus deinem Kind ein Händler, ein Heiliger, ein Politiker oder ein Räuber wird.«

»Du weißt, dass ich das nicht meine. Ich will eines dieser Stäbchen, auf die man pinkelt und die dann die Farbe verändern.«

»Die bekommt man in der Apotheke um die Ecke. Dort, wo du kürzlich die Zahnpasta gekauft hast.«

»Oh, toll. Es war schon schlimm genug, die allein zu kaufen. Der Kerl hinterm Tresen hat mich ständig so lüstern angegrinst, als hätten wir einen tollen One-Night-Stand miteinander gehabt, den ich zu leugnen versuche. Und jetzt komme ich an und kaufe einen Schwangerschaftstest? Er wird glauben, wir sind verheiratet.«

»Keine Sorge. Wir kaufen ihn für dich, sobald wir unseren Fladen aufgegessen haben.«

»Okay.« Wieder stocherte ich auf meinem Teller herum. Inzwischen war der Fladen kalt, und die Ecken glitzerten fettig.

Er sah mich an. »Wenn wir es uns genau überlegen, sind wir gar nicht so hungrig. Wir besorgen ihn jetzt gleich.«

»Danke.« Ich brach vor Dankbarkeit beinahe in Tränen aus. Als ich zusah, wie er auf die Straße trat, fragte ich mich, wie oft Sadhus wohl in indische Apotheken gingen, um einen Schwangerschaftstest zu kaufen. War das hier eine Premiere in Indien? Wahrscheinlich nicht.

Matt hatte nie einen Zweifel an seiner Meinung gelassen, dass er keine Kinder wollte. »Ich begreife nicht, wie man auch nur darüber nachdenken kann, wenn man bedenkt, in welchem Zustand sich dieser Planet befindet«, sagte er immer. Die Amerikaner verbrauchten den Löwenanteil der Ressourcen auf der Welt. Wie könnte ich auch nur ansatzweise in Betracht ziehen, einen Menschen in die Welt zu setzen, der ebenfalls hektarweise Bäume, ganze Schiffsladungen Benzin verbrauchen und unfassbare Mengen Treibhausgase in die ohnehin völlig verseuchte Atmosphäre ausstoßen würde? »Sieh dir das an«, flüsterte er mir eines Abends bei Whole Foods ins Ohr, als wir einen Einkaufswagen durch die Gemüseabteilung fuhren, und zeigte auf eine Mutter, die einen Doppel-Kinderwagen am Bananenstand vorbeimanövrierte.

Ich erblickte zwei rothaarige Kleinkinder, von denen eines an einem Bagel knabberte und das andere mit dem Strohhalm an einem leuchtend roten Smoothie nuckelte, während die Mutter das Handy am Ohr hatte. »Die haben hier keinen Wildlachs«, sagte sie. »Willst du Zuchtlachs, oder sollen wir stattdessen lieber die Meerbrasse nehmen?«

»Ich sehe eine ziemlich normale Familie«, sagte ich. An diesem Abend sollte es gebratenes Gemüse geben, deshalb füllte ich eine Handvoll Shiitake-Pilze in eine Plastiktüte. »Für so Leute habe ich früher als Babysitter gearbeitet.«

»Ich nicht. Ich sehe drei fette, gedankenlose Konsummaschinen. Wie viele Handys hat die wohl schon verschlissen und in den Sondermüll gegeben, was meinst du? Ganz zu schweigen von dem Vermögen, das sie für die Fruchtbarkeitshormone hingeblättert hat.« Er hielt sich ein imaginäres Handy ans Ohr. »Ach, Schatz, wir können nicht einfach so Kinder haben, denn während ich meinem Boss in diesem multinationalen Finanzkonzern in den Arsch gekrochen bin, sind meine Eier über den Jordan gegangen. Sollen wir dafür welche aus der Legebatterie nehmen?«, intonierte er mit Falsettstimme.

»Du hast doch auch ein Handy.« Ich griff nach einer Aubergine und legte sie in unseren Wagen. »Ich schätze, wenn es nach dir ginge, würdest du ein Kind adoptieren.«

»Klar, adoptieren ist eine tolle Idee. Zuerst kommen dir Kinder *nicht in den Sinn*. Und wenn du dann vierzig bist, geht es nicht mehr ohne. Dann fährst du in die Ukraine und *kaufst* dir eins für 40 000 Dollar.« Wieder redete er mit dieser Falsettstimme. »Schatz, lass uns eines aus China nehmen. Das ist das Land, aus dem die Schlauesten kommen.«

Ich sah in unseren Einkaufswagen und stellte fest, dass keines der Lebensmittel darin einladend aussah. »Wieso bist du nur so ätzend, was dieses Thema angeht? Schließlich verlangt keiner von dir, Vater zu werden.«

»Und wieso bist du auf einmal so empfindlich? Schließlich verlangt auch keiner von dir, ein Baby zu bekommen.«

Ich ließ den Einkaufswagen los und wandte mich ab. »Weißt du was? Ich bin nicht sicher, ob ich noch Lust habe, mit dir zu kochen. Vielleicht gehe ich lieber zu Joe und Lori.«

Bei den Vitaminpräparaten holte er mich ein. »Amanda, bitte. Es tut mir leid, wenn ich ein bisschen ausgeflippt bin. Es ist nur… manchmal wenn du so allgemein über Kinder redest, habe ich das Gefühl, du redest in Wahrheit über *deine* Kinder. Über deine und meine.« Die Frau hinter dem Tresen sah kurz auf, ehe sie ihre Aufmerksamkeit wieder ihren Nägeln zuwandte. Dies war eindeutig keine Situation, in der Nahrungsergänzungsmittel in irgendeiner Form hilfreich waren. »Und du musst wirklich, wirklich eines begreifen. Ich will keine Kinder. Ich habe das Gefühl, als hätte ich meine eigene Kindheit nur mit Müh und Not überlebt. Ich will nicht auch noch die eines anderen Menschen versauen.«

Ich nickte, dann sah ich in unseren Einkaufswagen. Shiitake, roter Paprika, Spinat, Tofu. Das würde eine hübsche Gemüsepfanne abgeben. Und danach hätten wir tollen Sex. Vielleicht blieb er sogar über Nacht, oder sogar bis nach dem Frühstück.

Aber spätestens zum Mittagessen wäre er wieder weg. »Keine Sorge, ich verstehe schon.«

Mein Dosa, kalt und fettig, lag noch immer vor mir auf dem Teller. Devi Das setzte sich gegenüber von mir hin und reichte mir eine dünne Plastiktüte.

»Was hat der Typ gesagt, als du sie gekauft hast?«, fragte ich.

»›Ist sie Amerikanerin? Oder Deutsche?‹ hat er gefragt.« Devi Das musterte meinen Fladen. »Sollen wir ihn für dich aufessen?«

»Bitte.« Ich stand auf. »Ich gehe solange aufs Klo.«

Die Toilette war winzig, und es stank nach Urin. Vielleicht sollte ich lieber warten, bis ich wieder im Hotel war. Doch ich hielt es nicht länger aus. Ich musste wissen, was los war. Vielleicht war ja alles in Ordnung, und ich konnte ganz entspannt wieder hinausgehen und mir etwas zu essen bestellen.

Die Schachtel war leuchtend rosa und mit einem Foto einer strahlend schönen Inderin bedruckt, die ein kicherndes Baby auf dem Arm hielt. *Ihr Mädchen, ihre Perle.* Ich riss die Plastikverpackung auf und starrte den Inhalt an: ein flaches Stäbchen in Thermometerform mit einem kleinen Quadrat am einen Ende – wie das Fenster zu meiner Zukunft.

Ich hockte mich über die Toilette und pinkelte großzügig auf das Stäbchen. *Drei Minuten,* stand in der Anleitung. Ich trug keine Uhr. Die meisten Songs, hatte ich irgendwo gelesen, dauerten zwischen zwei und vier Minuten. Also versuchte ich, den Singsang anzustimmen, den wir zu Beginn jeder Yoga-Stunde sangen – *Vande gurunam, charanara vinde* –, doch die vertrauten Worte waren mir entfallen. Stattdessen kniff ich die Augen zusammen und stimmte den ersten Song an, der mir in den Sinn kam. *Well, shake it up, Baby, now (shake it up, baby) Twist and shout (twist and shout).* Meine Mutter war immer leidenschaftlicher Beatles-Fan gewesen, als ich noch klein war. Auf dem Weg in den Kindergarten saß ich auf dem Rücksitz, nuckelte Saft aus einer Kindertasse, aß Kekse und lauschte dem *White*

Album, während die Musik den Wagen erfüllte und meine Mutter eine unermessliche, unerklärliche Traurigkeit überkam.

Jemand rüttelte an der Tür und rief etwas auf Hindi. »Moment«, rief ich. »Ich bin gleich fertig.«

Ich holte tief Luft, zog meine Hand hinter dem Rücken hervor und sah auf das Stäbchen.

»Vergiss nicht, Amanda«, sagte Devi Das. »Du kannst dich so oder so entscheiden.«

Wir waren auf dem Rückweg zum Hotel und gingen durch eine dicht gedrängte, von winzigen Geschäften gesäumte Gasse. Allerlei Waren waren auf Karren und Tischen aufgetürmt: Batterien, Bananen, Mangos, Zeitschriften, Kekse, nicht identifizierbare Elektronik-Utensilien, ein in Einzelteile zerlegtes Radio.

»Ja, ich weiß, toll ist das.« Ich trat beiseite, um einem Schwein auszuweichen, das in der Gosse herumschnüffelte und eine zusammengeknüllte Sportsocke fraß. »Ich kann mein Buchprojekt absagen, nach Hause fliegen und das Kind bekommen. Ich kann wieder kellnern gehen, weil ich sowieso nichts anderes finden werde. Oder ich kann in Indien bleiben, abtreiben und ein Buch darüber schreiben, wie man in jedem wachen Moment seines Lebens Erleuchtung und Perfektion findet. Tolle Alternativen.« Das Wort *Abtreibung* blieb mir im Halse stecken, und ich fragte mich, wie oft *Abtreibung* und *Erleuchtung* wohl im selben Atemzug genannt wurden.

Devi Das blieb vor einem Obststand stehen und begann, jede Papaya in die Hand zu nehmen und probeweise zu drücken. »Oder du bleibst in Indien, schreibst das Buch und bekommst das Kind.«

»Was? Ein *Baby* in Indien bekommen?« Reflexartig griff auch ich nach einer Papaya, obwohl ich eigentlich gar keine wollte. Sie war fest und orange mit grünen Stellen und gab leicht nach, als ich auf das eine Ende drückte – das Zeichen für die perfekte Reife.

»Na ja, eine Menge Leute kriegen es ja hin, wie man sehen kann.« Devi Das reichte dem Mädchen am Stand ein paar Rupien, die sie entgegennahm und mich neugierig beäugte. Sie konnte höchstens fünfzehn sein, doch auf ihrer Stirn prangte bereits ein Fleck aus Gelbwurzpuder, der darauf schließen ließ, dass sie verheiratet war.

Wieder wurde mir übel. Mit einem Mal war ich Devi Das leid, war Indien leid, die Tatsache, niemals wirklich sauber zu sein. Mein Knie tat immer noch höllisch weh. »Ich muss mich hinlegen«, sagte ich. »Wir reden später weiter.« Ich legte die Papaya hin und ging. Unser Hotel war nur ein paar Schritte entfernt. Ich hoffte, dass ich es bis dorthin schaffen würde, ohne mich zu übergeben.

»Amanda«, sagte er. »Nur dass du es weißt: Wir werden für dich da sein; egal, wie du dich entscheidest.«

Ich drehte mich um und sah ihn an, wie er mit einer Papaya in jeder Hand dastand, das Gesicht ungewaschen und verschwitzt, die roten Dreadlocks über die Schultern hängend. »Toll«, sagte ich bitter, »du wirst mir bestimmt eine große Hilfe sein.«

Ich legte mich auf meine Matratze. Der Deckenventilator summte und wirbelte Staubflocken auf, die im Kegel des durchs Fenster hereinfallenden Lichts tanzten. Spürbar kühler wurde es durch den Luftzug nicht. Meine Brüste fühlten sich größer an und spannten. Nun, da ich wusste, was sich in meinem Körper abspielte, konnte ich nur staunen, dass ich nicht schon früher Verdacht geschöpft hatte.

Es war nur ein Fehler aus Unachtsamkeit, so wie ein geplatzter Scheck. Hätte ich besser aufgepasst, wäre es niemals passiert. Es war nur ein kleiner Ausrutscher, ein falscher Strich auf der Skizze meines Lebens. Er konnte jederzeit ausradiert werden. Nur eine kleine Umleitung auf dem Weg zu meiner Erleuchtung. Niemand würde je davon erfahren.

Nur ein Zellklumpen.

Hatte meine Mutter auch so empfunden, als sie herausgefunden hatte, dass sie mit mir schwanger war? Darüber hatte ich nie mit ihr geredet. Es war immer mein Vater gewesen, über den ich mir Gedanken gemacht hatte, wenn ich nachts wach gelegen und die Lichter über die Zimmerdecke hatte wandern sehen. Aber meine Mutter – sie musste doch genau dieselben Momente durchlebt, musste wach gelegen haben und gedacht haben *Ich könnte es einfach wegmachen lassen, als wäre nichts passiert.*

Meine Mutter, die nie etwas zu Ende geführt hatte, deren Leben aus dem Ruder gelaufen und für immer verhunzt war. Ich hatte immer geschworen, dass ich nie enden würde wie sie. Dies war einer der Gründe, weshalb ich nach Indien gefahren war, um dieses Buch zu schreiben – um der Welt und damit auch mir selbst zu beweisen, dass ich keine Versagerin war. Dass ich jemand war, der nicht nur von tollen Projekten träumen, sondern sie auch in die Tat umsetzen konnte.

Plötzlich musste ich an den streunenden Hund denken. Ich erinnerte mich an seine flehenden Augen, die verzweifelte Freude, mit der er die Kekse im Staub verschlungen hatte. Die Hitze zog mich in einen tiefen Schlaf, und der Raum um mich herum verschwamm.

Ich mache Übungen, die ich noch nie gemacht habe. Ich lasse mich mühelos in den Spagat fallen, balanciere auf den Händen, während meine Zehen in Richtung meines Kopfes wandern. Ich bin voller Energie; der Übungsraum ist hell erleuchtet. Ich stehe im Begriff, etwas ganz Großes zu vollbringen, das spüre ich. Aber im Zimmer nebenan schreit ein Baby. Lauter und lauter. Ich versuche, mich auf meine Atmung zu konzentrieren, aber das Baby schreit wie am Spieß, so dass ich mich nicht konzentrieren kann. Am Ende stehe ich auf und sehe nach ihm, besorgt und zugleich verärgert – wieso kümmert sich denn die Mutter nicht um das Kleine? Das Baby liegt in einer Wiege. Seine Windel ist voll. Ich ziehe sie ihm aus, aber das Baby ist immer noch ganz schmutzig. Es ist ein Mädchen, das mit Kot beschmiert ist. Ich mache mich daran, das Baby zu baden. Die Kleine kichert, schlenkert mit ihren rosa Ärmchen und Beinchen. Doch dann beginnt sie zu schrumpfen, wird immer kleiner und kleiner und kleiner. Sie entgleitet meinen Fingern, ist nur noch so groß wie ein Insekt. Ich versuche, sie hochzuheben, ohne sie zu zerquetschen, aber sie entgleitet mir und rutscht durch den Ausguss. Ich weine.

Mr. Kapoor steht neben mir. Er beugt sich nach vorne, bis sein Gesicht direkt neben meinem ist. »Sie verstehen überhaupt nichts«, dröhnt er. »Wie kann man ohne Körper Gott berühren?«

Als ich aufwachte, drang erneut Rauchgeruch durch den Boden herein. Ich griff nach dem Gürtel, in dem ich meinen Pass und mein Bargeld aufbewahrte, und tastete darin herum, bis ich die Visitenkarte des Mannes aus dem Flugzeug gefunden hatte. Sie war bereits etwas knittrig an den Ecken. A.R. Rao, 159 Mahatma Marg, Bangalore.

Seine Frau sei Ärztin, hatte er gesagt. Sie betreibe eine Frauenklinik. »Sollten Sie in Schwierigkeiten geraten …«

Als ich die Tür zu Devi Das' Zimmer öffnete, meditierte er in der Ecke. Er schlug die Augen auf und verzog das Gesicht zu diesem entwaffnenden, zahnlückigen Strahlen.

»Rate«, sagte ich, »ich glaube, ich werde das Baby bekommen.«

»Cool! Wir wollten immer schon Daddy werden. Gehen wir zurück nach Kalifornien?«

»Ich glaube nicht«, antwortete ich. »Zumindest noch nicht. Morgen fahren wir nach Bangalore.«

Kopfstand
(Sirsasana)

Lege die Unterarme auf den Boden und umfasse die Krone des Kopfes. Wandere mit den Füßen zum Körper hin. Hebe dann die Füße nach oben, und lasse das Körpergewicht auf dem zarten Nackenstamm ruhen.

Der Kopfstand stimuliert die Produktion von amrita, dem Trank der Götter – dem Nektar der Unsterblichkeit, der aus dem dritten Auge fließt. In alten Zeiten taten sich die Götter mit jenen dunklen Dämonen zusammen, die sie am meisten fürchteten, um dieses Lebenselixier aus den Tiefen des Meeres zu gewinnen. Um es selbst trinken zu können, muss der Schüler bereit sein, sich mit seinen Dämonen zu verbinden, die Seele umzukehren und die Welt auf dem Kopf zu betrachten.

Sei gut, sieh Gutes und tue Gutes.
Sathya Sai Baba (1926–)

Kapitel elf

»Natürlich ist es allein deine Entscheidung, ob du nach Hause fliegen möchtest oder nicht«, sagte Devi Das auf dem harten Holzsitz neben mir, als der Zug in Richtung Bangalore holperte. »Aber ganz ehrlich gesagt, ist uns nicht ganz klar, wo das Problem liegt. Wir nehmen das Baby einfach mit in all die Ashrams. Wir malen ihm Streifen auf die Stirn. Es wird unser kleines Sadhu-Baby werden.«

Wir rumpelten durch eine Landschaft, die aussah, als stamme sie aus einem Kipling-Roman: Bananenplantagen mit strohgedeckten Hütten im Schatten von Bäumen, zartgrüne Reisfelder zwischen roter Erde und silbrig glänzenden Seen. Im Hintergrund erhob sich der eine oder andere Hügel, scharfkantig und rot, wie ein unregelmäßiges Gebiss. Mir wurde übel vom Schwanken des Zuges, also sah ich zuerst aus dem Fenster, dann zu Boden, auf der Suche nach einem Punkt, auf den ich mich konzentrieren konnte. »Devi Das? Hast du schon einmal ein Neugeborenes gesehen?«

»Aus der Nähe nicht«, räumte er ein. »Aber süße Fotos haben wir schon von ihnen gesehen.«

»Sie schreien«, erklärte ich. »Sie pinkeln. Sie kacken oft und viel. Dann schreien sie wieder. Sie können den Kopf nicht aus eigener Kraft halten. Ehrlich gesagt, machen sie eine Menge Arbeit.«

»Uns um uns selbst zu kümmern, macht auch viel Arbeit«, verkündete er fröhlich. »Aber wir haben uns im Lauf der Jahre daran gewöhnt.«

Der Zug fuhr in einen winzigen Bahnhof und kam keuchend zum Stehen, als müsse er sich eine kurze Atempause gönnen, ehe er seine Fahrt fortsetzte. »Nur eine Minute.« Devi Das stieg aus und sprang auf den Bahnsteig. Panische Angst überkam mich. Mein Magen zog sich zusammen: *Lass mich nicht allein! Ich bin schwanger!* Doch zwei Minuten später war er mit zwei in Bananenblättern gehüllten Masala Dosas wieder da.

»Sieh mal«, sagte er und reichte mir den Fladen, während wir den Bahnhof verließen. »Da ist er wieder.« An einer Wand neben den Bahngleisen hing das lebensgroße Poster eines dunkelhäutigen, unglaublich fetten Mannes in einem orangen Gewand, der die Hand zum Segen erhoben hatte. Sein Glatzkopf schimmerte.

»Ich weiß. Er verfolgt uns.« Ich nahm einen Bissen von dem mit würzigem Kokos-Chutney gefüllten knusprigen Fladen. »Wenn das ein Traum wäre, würde ich glatt denken, dass es etwas zu bedeuten hat.« Der Fahrkartenverkäufer am Bahnhof hatte ein Medaillon mit dem Foto ebenjenes Mannes um den Hals getragen, außerdem prangte sein Konterfei auf der Seite eines Busses, der neben uns herfuhr. Sein Name war Hari Baba, hatte Devi Das mir erzählt. Er hatte Millionen Anhänger auf der ganzen Welt, die zu Zehntausenden in seinen Ashram in einem Dorf etwa zweieinhalb Stunden von Bangalore entfernt gepilgert kamen. Er kurierte die Lahmen, gab den Blinden das Augenlicht zurück und brachte mit einer einzigen Geste Gegenstände zum Schweben: Stifte, Statuen von hinduistischen Gottheiten, *Star-Wars*-Actionfiguren, und er ließ Blütenschauer regnen. Er erschien seinen Anhängern als Vision und sagte ihnen, was sie mit ihrem Leben, ihren Karrieren und ihren Ersparnissen tun sollten.

»Seine Anhänger glauben, Hari Baba sei ein Avatar«, sagte Devi Das nun.

Ich leckte mir die Finger ab. »Hat das nicht etwas mit Computerspielen zu tun?« Auf dem College war ich mit einem Typen zusammen gewesen, der richtig süchtig war nach einem Onlinespiel namens Lord of the Dance – ein dürrer Informatik-Absolvent mit Schuppenresten auf dem Kragen. Sein Avatar, hatte er mir erzählt, sei ein Superheld mit der Fähigkeit, mittels Blicken Eisen zum Schmelzen zu bringen.

»In der Hindu-Mythologie sind Avatara menschliche Inkarnationen des Göttlichen. Laut seinen Anhängern kann Hari Baba in dein Herz sehen und dein Schicksal erkennen. Und wenn er will, kann er es verändern.«

»Glaubst du das ernsthaft?« Ich sah aus dem Fenster zu einer Gruppe von Frauen in leuchtend bunten Saris, die neben dem Bahngleis entlanggingen und in Lumpen gehüllte Bündel auf den Köpfen balancierten.

»Wenn wir in den Vereinigten Staaten sind, glauben wir an gar nichts, in Indien dagegen an alles. Hier scheint es besser zu funktionieren.« Er zog sein Schweizer Armeemesser aus seinem Beutel und löste den Verschluss einer giftig aussehenden orangen Limonade in einer verdreckten Glasflasche, dann wischte er den Rand an seinem Hemd ab und reichte sie mir. »Woher kommt es, dass du so viel über Kinder weißt?«

»Ich habe früher als Kindermädchen gearbeitet.«

»Wow. War das, bevor du mit Hunden Gassi gegangen bist? Oder danach?«

»Währenddessen.« Ich nahm einen Schluck Limonade, die widerlich süß schmeckte, und versuchte, lieber nicht darüber nachzudenken, welchen Farbstoff sie enthielt. Meine Mutter hatte mir erzählt, ihre Schwangerschaft mit mir habe sie nur mit Slurpee-Limonade und Nachos überlebt – an sich ein tröstlicher

Gedanke, wenn ich nur sicher sein könnte, dass ich das Ganze unbeschadet überstehen würde. »So bin ich überhaupt erst dazu gekommen. Dieselben Leute, die keine Zeit hatten, sich um ihre Hunde zu kümmern, hatten auch keine für ihre Kinder. Eines hat zum anderen geführt, und schon bald habe ich mich um beide gekümmert.«

»Dafür haben wir überhaupt kein Verständnis. Wieso Kinder und Hunde haben, wenn man sich nicht um sie kümmern möchte?«

»Für manche Menschen sind Kinder nur ein Accessoire. Dotcom-Waisen – so nennen sie die Kindermädchen im Park.«

»Und wie lange hast du das gemacht?«

»Nur etwa sechs Monate. Irgendwann hatte ich keine Lust mehr. Die Eltern waren beide Anwälte. Sie hatten einen fünfjährigen Sohn und eine zweijährige Tochter.« Die Kohlensäure prickelte beim Trinken in meiner Nase und trieb mir die Tränen in die Augen. »Morgens um halb sieben Uhr bin ich zu ihnen nach Pacific Heights gekommen, um den Kindern Frühstück zu machen, und erst wieder gegangen, wenn die Eltern abends nach Hause kamen – an guten Tagen gegen halb acht.«

»Was hast du die ganze Zeit mit ihnen gemacht?«

»Sam war den Vormittag über in der Vorschule, also musste ich nur mit Tamara in den Park gehen. Am Nachmittag haben wir allerlei unternommen. Wir sind in den Zoo gegangen oder, wenn es geregnet hat, waren wir zu Hause und haben etwas gebacken.«

»Das klingt sehr idyllisch.«

»In Wahrheit war es wahnsinnig anstrengend. Ich weiß noch, als ich ihnen eines Nachmittags mindestens siebenundzwanzigmal *Die Geschichte von Babar* vorgelesen habe. Wahrscheinlich könnte ich sie heute noch auswendig aufsagen.«

Um die Wahrheit zu sagen, war ich als Kindermädchen nur bedingt tauglich gewesen und hatte mich tagtäglich durch ein Chaos aus verlorenen Socken, verschüttetem Saft, vergessenen

Lunchboxen und versäumten Spielverabredungen laviert. In regelmäßigen Abständen schickte ich Sam im Schlafanzugoberteil in die Vorschule, und oft war ich so gelangweilt und genervt, dass ich die beiden am liebsten die Toilette hinuntergespült hätte. So wie an jenem Nachmittag, als ich etwa zwei Stunden lang Verstecken mit ihnen spielte. Ich »fand« Sam und Tamara in ihrem Versteck unter der Tagesdecke im Bett ihrer Eltern – immer wieder ging das so. Am liebsten hätte ich »Ich sehe euch, ihr Dummköpfe! Eure Füße gucken raus! Außerdem zeichnet sich ein riesiger Hügel ab! Für wie blöd haltet ihr mich eigentlich?« gerufen. Ich wäre am liebsten aus dem Haus gestürzt.

»Wieso hast du aufgehört?«

»Die Kinder fingen an, sich an mich zu gewöhnen. Es war fast, als wäre ich ihre Mutter.« Wir kamen an einem Werbeschild vorbei, auf dem in roten Buchstaben *Om Hari Ram. Immer Hilfe, niemals Schmerz. Hari Baba* prangte. »Wenn ihre richtigen Eltern kamen, erkannten sie sie kaum noch. Normalerweise war Tamara sowieso längst im Bett. Aber eines Tages kamen sie früher nach Hause, also ging ich, noch während die Kleine auf war. Sie fing an zu heulen und schlang die Arme um mich. ›Manda nicht gehen‹, rief sie. Ich war immer da, wenn sie abends zu Bett ging und morgens aufstand. Es stellte sich heraus, dass sie nicht wusste, dass ich gar nicht dort lebte.« Vor dem Waggonfenster zog ein weißer Ochse einen Karren auf einer verstaubten Straße entlang. »Also meldete ich mich am nächsten Tag krank. Und am nächsten auch. Und am Ende der Woche habe ich gekündigt.«

»Du hast gekündigt?« Devi Das, der gerade von seinem Fladen hatte abbeißen wollen, hielt mitten in der Bewegung inne und starrte mich an. »Aber was war mit den Kindern? Hast du sie nicht vermisst?«

»Meine Tage waren gezählt. Ich habe es in den Augen der Mutter gesehen.« *Sie stand da, in ihrer grauen Wolljacke, krallte die Hände um ihre Lederhandtasche und starrte ihr kleines Mäd-*

chen an, das sich an das Bein einer anderen Frau klammerte. Im Nebenraum hatte ihr Mann den Fernseher angeschaltet und sah sich die Nachrichten auf CNN an. »Hätte ich nicht von mir aus gekündigt, wäre ich gefeuert worden. Ich wollte lieber diejenige sein, die geht.«

Devi Das schwieg. Inzwischen hatte er seinen Fladen aufgegessen und saß einfach nur da, ein Wildfremder, mit dem ich rein zufällig einen Platz im Zug, eine spirituelle Reise, eine Schwangerschaft teilte.

»Sieh mich nicht so an. Ich war nur der Babysitter.« Tamara musste inzwischen sechs oder sieben sein, Sam acht oder neun. Ich fragte mich, welches Kindermädchen wohl meinen Platz in ihrem Leben eingenommen hatte. Ich fragte mich, ob einer der beiden nachts weinend aufwachte und sich fragte, wohin ich gegangen war. Aber vielleicht erinnerten sie sich auch nicht mehr an mich. Vielleicht bestand mein einziges Testament aus einem beharrlichen Gefühl der Unsicherheit, dem nagenden Gefühl, dass man sich letztlich nie auf andere Menschen verlassen konnte.

Ich hatte mir damals gesagt, dass ich gegangen war, bevor man mich vor die Tür hatte setzen können. Aber in Wahrheit hatte ich Angst gehabt, in den Treibsand der häuslichen Vertrautheit gezogen zu werden. Die Mutter stürzte sich in ihre Welt aus Nobel-Klamotten und Nobel-Mittagessen, während ich durch irgendeine geheimnisvolle Alchemie zur Mutter dieser Kinder wurde, für immer gefangen in einer Welt aus verschüttetem Mehl, vollen Windeln und endlosen Stunden, in denen ich so tun musste, als suchte ich nach etwas, das sich unübersehbar vor meiner Nase befand.

Ich legte die Hände auf meinen Bauch und schloss die Augen. Vielleicht brauchte ich ja selbst ein Kindermädchen. Jemanden wie mich, nur kompetenter, um mein Kind großzuziehen und sich um die Wäsche zu kümmern, während ich nach der Erleuchtung suchte.

»Entschuldigung«, flötete eine Frauenstimme mit ausgeprägtem britischen Akzent. Ich schlug die Augen auf und sah eine anmutige Frau auf dem Gang stehen. Sie war blass, hatte riesige blaue Augen und einen dichten Schopf roter Locken, die sich um ihr Gesicht bauschten. Sie trug einen pfirsichfarbenen Sari, der sie aussehen ließ wie Glinda, die gute Hexe aus dem *Zauberer von Oz*. »Ich bin Ginger. Seid ihr auch auf dem Weg zu Hari Baba?«

»Nein, eigentlich nicht«, antwortete ich in, wie ich hoffte, höflichem, aber nicht sonderlich ermutigendem Tonfall.

»Wieso sitzt ihr dann im Zug nach Bangalore?« Sie sagte es, als habe die ganze Sieben-Millionen-Stadt lediglich einen Daseinszweck: hingebungsvolle Anhänger zum Ashram von Hari Baba zu bringen.

»Äh …« Mir fiel nicht schnell genug eine Lüge ein, also sah ich hilfesuchend zu Devi Das hinüber, doch der saß mit geschlossenen Augen und halb geöffnetem Mund gegen das Fenster gelehnt da – ein Anblick, der mich an einen verwelkten Löwenzahn denken ließ. »Wir haben einen Arzttermin.« Vielleicht dachte sie ja, ich litte an einer ansteckenden Krankheit, und verzog sich.

»Oh, bist du krank?« Sie setzte sich auf die Kante der Bank neben mir. »Baba kann dich heilen. Er ist der beste Arzt, den man sich vorstellen kann. Meine beste Freundin ist zu ihm gegangen. Sie hatte Schilddrüsenkrebs, war zwei Tage dort und« – sie schnippte mit den Fingern – »weg war er. Als sie wieder ins Krankenhaus kam, hieß es, sie *hätte* nicht einmal mehr eine Schilddrüse. Bleibt man lange genug bei Baba, verwandeln sich alle inneren Organe in reines Licht.«

»Sobald ich bei einem richtigen Arzt war, werde ich wahrscheinlich hinfahren.«

»Oh, nein, du gehst sofort zu ihm.« Sie schien mein Zögern als persönlichen Affront zu empfinden. »Baba wird nur ein paar Tage hier sein, dann begibt er sich für drei Monate in die Abgeschiedenheit.«

»Das tut mir leid, aber ich muss wirklich –«

»Hier, nimm das.« Sie drückte mir eine Broschüre in die Hand. Diese Frau erinnerte mich an diese Typen von den Zeugen Jehovas, die in regelmäßigen Abständen vor meiner Haustür standen – ernst dreinblickende junge Männer in Anzügen mit kurz geschorenen Haaren und weit aufgerissenen Augen. Einer von ihnen hatte sein Hemd verkehrt zugeknöpft, was irgendwie ganz niedlich aussah, wie bei einem kleinen Kind, das sich noch damit schwertat. *In Ihrem Inneren klafft eine Lücke, die allein Gott füllen kann,* hatte er mir erklärt. Ich betrachtete Babas kahlen Schädel, das feiste Gesicht mit der Stupsnase. Er erinnerte mich an das Schwein aus *Alice im Wunderland.*

»Okay, ich überlege es mir.«

Ich begann zu blättern. »Sri Hari Baba ist ein spiritueller Meister, der Millionen Menschen auf der ganzen Welt inspiriert.« Dagegen gab es nichts zu sagen. »Sri Hari Baba kommuniziert mit den Menschen von Herz zu Herz. Es gibt keine Vermittler zwischen Ihm und jenen Pilgern, die sich danach sehnen, Gott zu spüren.«

Vielleicht war Hari Baba ja genau das, was ich für mein Buch brauchte. Ich könnte zu ihm fahren, Gott erleben und vor dem zweiten Schwangerschaftsdrittel wieder zu Hause sein. Ich wäre eine vollständig erweckte Yogini mit einem Bestseller-Ratgeber und einem Baby. Ich würde mein Baby mit auf die Lesereise nehmen und Autogramme geben, während es in einem dieser Jeans-Tragesäcke schlummerte. *Ja,* würde ich bescheiden sagen, *ich habe ein wenig unter Morgenübelkeit gelitten, aber sobald ich erleuchtet wurde, hat es aufgehört.*

Der Zug fuhr im Bahnhof von Bangalore ein. Mein Knie tat mir wieder weh. Hinkend stieg ich mit Devi Das aus dem Zug und betrat einen höhlenartigen Warteraum, an dessen Schlacksteinwänden der Schimmel emporkroch. Ein Stück vor uns entdeckte ich ein Restaurant mit schmutzigem Linoleumboden und Holztischen. Ich hatte das Gefühl, als würde ich gleich ohnmächtig, wenn ich nichts zu essen bekam. Seit ich herausgefunden hatte, dass ich schwanger war, hatte ich nie derartigen Hunger verspürt – so heftig und bohrend, als sage dieses winzige Geschöpf in mir *Gib mir etwas zu essen, sonst bringe ich dich um.*

»Ich muss dringend etwas essen, danach können wir dann mit einer Rikscha in die Klinik fahren.« Wir betraten das Restaurant und setzten uns an einen Tisch. Es war ziemlich schräg, wie ich Devi Das inzwischen herumkommandierte, als wäre er mein Ehemann. Wahrscheinlich lag es daran, dass er es sich gefallen ließ, ganz anders als Matt. Matt hasste die beiläufige Vertrautheit, mit der langjährige Paare miteinander umgingen. Die Art, wie sie einander im Café an der Ecke gegenübersaßen und Zeitung lasen, ohne ein Wort zu wechseln. Ich dagegen beneidete sie stets darum. Was für ein Gefühl musste es wohl sein, sich des anderen ganz sicher sein zu können? Ihn nicht mehr bei Laune halten und keine Angst mehr davor haben zu müssen, dass er einfach aufstand und wegging?

Devi Das holte mir einen Teller voll Idlis – gedämpfte Reisküchlein in oranger Sauce – und einen klumpigen, sauren Joghurt in einer Blechschale. Gierig stürzte ich mich darauf. Über der Tür hing ein weiteres, mit Blumengirlanden und blinkenden Lichtern geschmücktes Foto von Hari Baba. Auf der gegenüberliegenden Seite befand sich ein Pepsi-Schild, das ebenfalls blinkte. Waren diese beiden Schilder ein Zeichen, dass ich zu Hari Baba gehen sollte? Oder sollten sie mir nur sagen, dass ich mir eine Pepsi genehmigen könnte?

Ich schluckte den letzten Bissen hinunter und hätte am liebsten noch eine Portion verschlungen. Doch im nächsten Moment wurde mir schon wieder so schlecht, dass ich mir wünschte, ich hätte überhaupt nichts gegessen. Wie konnte ich sicher sein, dass ich hinsichtlich des Babys die richtige Entscheidung traf, wo ich schon mit der lapidaren Frage »Was will ich essen?« überfordert war? Der Reiz, einen Guru zu haben, der einem sagte, was man tun sollte, war durchaus nachvollziehbar. Es war die offizielle Erlaubnis, eine Zeitlang die Hände vom Steuer zu nehmen. Iss nur Bananen, bekam man gesagt, also tat man genau das. Kein Sex, und schon verzichtete man darauf. Steh zehn Minuten am Tag auf dem Kopf. Atme durch das linke Nasenloch, bevor du etwas isst. Der Pfad zur Befreiung lag klar und deutlich vor einem, die Last des Zweifels und der Verantwortung war von den Schultern genommen.

»Entschuldigung?« Ginger stand plötzlich neben mir – Tinkerbell im Sari. »Du verpasst ihn noch, wenn du dich nicht beeilst!« Sie reichte mir zwei Streifen Papier. »Hier. Ich habe mit Baba Verbindung aufgenommen. Er wollte, dass ich die Fahrkarten für dich kaufe.«

Plötzlich war ich zu erschöpft, um zu widersprechen. Hari Baba. Klar. Wieso nicht? Vielleicht brachte er ja ein wenig Licht in meine Situation. Ich sah Devi Das an. »Sollen wir?«

Devi Das lächelte. »Rams Verkleidungen sind unerschöpflich.«

»Hari Ram, Madam, aber Hari Baba interessiert Ihr Buch nicht«, blaffte mich die Inderin hinter dem zerschrammten Holztresen an, die für die Anmeldung ausländischer Besucher zuständig war. Sie war eine klein gewachsene Frau im Sari und hatte ein wie eine Handfläche geformtes Geburtsmal auf der Wange. Ihr Büro befand sich in einem winzigen Häuschen vor den massiven Eisentoren des Ashrams, wohin wir drei uns, kaum dass wir aus dem Zug gestiegen waren, auf Gingers Anweisung hin begeben hatten. Ich hatte den Fehler gemacht, der Frau von meinem Buch zu erzählen, in der Hoffnung, eine Art Journalistenausweis oder vielleicht sogar ein Interview mit Baba selbst zu bekommen. Doch statt sich darüber zu freuen, schien sie mein Anliegen zu verärgern. »Hari Baba braucht Ihre Publicity nicht«, spie sie mir entgegen. »Er weiß, dass ich Ihnen das genau in diesem Moment sage. Er weiß, dass Sie hier sind. Wenn Sie ihn mit anderen Lehrmeistern vergleichen wollen, werde ich Sie erst gar nicht in den Ashram lassen. Hari Baba ist einzigartig. Er gehört in eine Kategorie mit den Göttern. So ist das auch sein Wunsch.«

Als ich protestieren wollte, trat Devi Das vor. »Hari Ram, Tantchen. Wir wissen, dass wir nur auf sein Geheiß hier sind. Wir erwarten keinerlei Sonderbehandlung.«

Sie musterte ihn feindselig. »Hari Ram. Männer und Frauen dürfen keinen Kontakt zueinander haben, es sei denn, sie gehören zur selben Familie. Sie werden in unterschiedlichen Gebäuden übernachten und dürfen auch tagsüber nicht beisammenstehen und miteinander reden.«

»Oh, aber wir sind eine Familie. Das hier sind unsere Schwestern. Sie sind den ganzen Weg aus den Vereinigten Staaten gekommen, nur um in der Gegenwart Hari Babas zu sein.«

Widerstrebend stellte sie die Besucherausweise aus und reichte sie uns. »Hari Baba hat es sich zur Aufgabe gemacht, den Menschen zu helfen. Sie sollen erkennen, dass sie göttlich sind. Und er will ihnen beibringen, ein gutes Leben zu führen. Ein frohes Leben. Das ist alles.« Sie spie die Worte förmlich aus. »Die Wunder sind nicht wichtig. Sie kümmern ihn nicht im Mindesten. Er vollbringt die Wunder nur, um die Leute anzuziehen. Sie sollen zu Gott kommen. Hari Ram!«

Wir verließen das Büro. Auf der Straße drängten sich die Bettler, die uns ihre verstümmelten Arme, ihre Gesichter mit den blinden Augen entgegenstreckten und »Hari Ram! Hari Ram!« schrien – ein Ausdruck, der, wie mir mittlerweile dämmerte, in diesem Ashram so ziemlich alles bedeuten konnte; von »Entschuldigung« über »Gepriesen sei Gott«, über »Bitte, gib mir etwas Geld« bis hin zu »Zum Teufel mit dir«.

»Hari Ram«, flüsterte ich entschuldigend in der gewohnten Mischung aus Schuldbewusstsein und Abscheu, ehe wir uns durch die Ashram-Tore schoben und dem uniformierten Wachmann unsere Passierscheine unter die Nase hielten.

Der Ashram war wie eine eigene kleine Stadt, ein gewaltiger Komplex aus Tempeln, Cafeterien, Schlafsälen und Apartmentgebäuden, allesamt in pfirsichroten, hellgelben und blassblauen Tönen gehalten wie ein pappsüßes indisches Dessert. Die Anlage wurde von einem Minarett-Tempel überragt, dessen rosige Spitzen wie gigantische Brustwarzen aus den drallen, runden Dächern in die Höhe ragten. Auf den Wegen wimmelte es von Besuchern, vorwiegend von Indern, obwohl ich auch den einen oder anderen Westler ausmachen konnte.

»Müssen wir befürchten, vor die Tür gesetzt zu werden, wenn wir zusammenbleiben?« Immerhin hatte ich einen ziemlich weiten Weg auf mich genommen. Ich wollte nicht, dass meine göttliche Erleuchtung an einer Formalität scheiterte.

Devi Das schüttelte den Kopf. »In Wahrheit kümmert es sie nicht. Die Frau vorhin wollte uns nur zeigen, dass *sie* hier das Sagen hat. Sie ist eine Anhängerin im Anfangsstadium. Für sie war es wichtig, dass wir ihre Macht anerkennen.«

»Wir müssen Mitleid mit ihr haben«, erklärte Ginger, die neben uns herflatterte. »Jeder weiß, dass die Leute, die für ausländische Besucher abgestellt sind, die Inkarnation böser Dämonen aus der Zeit des Rama sind. Als Gegenleistung für ihre Dienste hat Baba ihnen die Befreiung von ihrem Karma in diesem Leben versprochen.«

Wir schoben uns durch die Menschentrauben zu den Quartieren, die uns zugewiesen worden waren – ein vierstöckiges Ziegelgebäude, das im fleischigen Rosa von Zinksalbe gestrichen war. Wir stiegen die Stufen zu unserem Zimmer im vierten Stock hinauf, das aus einem schmucklosen Kabuff aus Schlacksteinen bestand. Es gab keine Betten, nur ein paar dünne Baumwollmatten in der Ecke. Hinter einem türlosen Durchgang erkannte ich ein winziges Badezimmer mit einer Toilette zum Hinhocken und einem Waschbecken.

»Wo ist die Dusche?«, wollte ich wissen, als erwartete ich, dass Hari Baba mit einer knappen Handbewegung eine Sitzbadewanne erschuf. *Wenn er überall ist und alles weiß, weiß er dann nicht, dass ich schwanger bin? Weiß er nicht, dass ich ein heißes Bad brauche?*

»In einem Ashram geht es nicht mehr darum, was du willst. Sondern darum, was Baba will.« Ginger zog eine Matte von dem Stapel, legte sie auf den Boden und breitete sorgfältig ihre hübsche hellgrüne Stola darauf aus. »Eigentlich ist es fast die ganze Zeit so. Aber wenn du hier bist, wird dir diese Tatsache erst bewusst.«

Von: Kundenbetreuung@HeyBaby.com
An: Amandala@yahoo.com
Vielen Dank, dass Sie sich bei HeyBaby.com registriert haben! Auf unserer Website finden Sie alles, was Sie zum Thema Schwangerschaft wissen möchten. Wir begleiten Sie auf dieser spannenden neunmonatigen Reise und liefern Ihnen wöchentliche Updates über Ihre Gesundheit, die Entwicklung Ihres Babys und über Produkte, die die Schwangerschaft einfacher machen!
Die Hormone in Ihrem Körper verändern sich – deshalb werden Sie sich in dieser Phase manchmal unwohl fühlen. Sie sind erschöpft und empfindlich. Nehmen Sie sich ein paar Tage frei! Verwöhnen Sie sich mit einer schönen Massage! Lassen Sie Ihren Mann die Hausarbeit machen (nun, da das Baby unterwegs ist, sollte er es ohnehin frühzeitig lernen!). Wenn Ihnen von Gerüchen übel wird, tragen Sie am besten stets eine kleine Pumpflasche Lufterfrischer bei sich. Klicken Sie unten auf unsere aktuellen Sonderangebote bei Duftkerzen, Shampoos, Cremes und Lufterfrischern.

Von: Maxine@bigdaybooks.com
An: Amandala@yahoo.com
Hi Amanda, wollte nur kurz hören, welche Fortschritte du in der Erleuchtungsgeschichte machst. Ich frage mich, ob es

vielleicht eine Möglichkeit gibt, irgendeine Art von Fashion oder Beauty Statement einzuarbeiten, wie zum Beispiel die Frage, was erleuchtete Leute dieses Jahr tragen. Auf diese Weise bekämen wir auch PR in der *Vogue* und *Vanity Fair*.

Erleuchtung für Anfänger: Probekapitel/Entwurf
Gehen Sie bloß früh zu Bett! Sie müssen nämlich ganz früh aus den Federn – vor vier Uhr morgens –, wenn Sie Hari Baba zu Gesicht bekommen wollen! Denn allein der Anblick eines solch außergewöhnlichen Wesens soll ein enormer spiritueller Segen sein. Die Anhänger stellen sich vor den Toren des Tempelhofs an, Männer und Frauen getrennt. Um halb fünf werden die Tempeltore geöffnet, und man wird eingelassen. Lassen Sie sich nicht in Versuchung führen, vor dem Tempel zu schlafen, in der Hoffnung, einen Platz in der vorderen Reihe zu bekommen – die Reihen werden willkürlich zusammengestellt, damit genau so etwas verhindert wird. Es heißt, es beruhe alles auf dem Karma eines vergangenen Lebens!

Mein Karma war offenbar weder gut noch schlecht gewesen, denn als Ginger und ich am nächsten Morgen den Metalldetektor im Flughafenstil passierten und auf den überfüllten Hof traten, standen wir mitten in der Menge. Ich ließ den Blick über die den Männern vorbehaltene Seite schweifen und hielt nach Devi Das Ausschau, konnte ihn jedoch nirgendwo entdecken. Es war kühl, und ich zog meine Wollstola enger um mich. Ginger und ich saßen im Schneidersitz auf den Pflastersteinen, Knie an Knie mit den Menschen um uns herum: einer plumpen Inderin; einer Handvoll älterer, ganz in Weiß gekleideter Frauen, die sich auf Deutsch unterhielten; einem schielenden indischen Mädchen, das kaum älter als ein Teenager sein konnte, aber zu schüchtern war, um uns auch nur in die Augen zu sehen.

Ginger reichte mir ein Stück Papier und einen Stift. »Du kannst

Baba eine Frage aufschreiben. Wenn du Glück hast, nimmt er deinen Zettel.«

Skeptisch blickte ich auf das Meer aus Menschen vor mir. »Den bekommt er nie im Leben.«

»Das spielt keine Rolle. Wenn du dich konzentrierst und Verbindung zu ihm aufnimmst, wird er dir die Frage im Herzen beantworten.« Sie begann zu schreiben, während ich meinen Zettel anstarrte. Mir fiel beim besten Willen nichts ein. *Lieber Baba, mir gefällt es gut hier, ich wünschte, du könntest auch hier sein. Schon mal darüber nachgedacht, eine Badewanne in jedem Zimmer einbauen zu lassen?* Wieder stieß Ginger mich an. »Schreib einfach«, zischte sie.

Ich fing an zu schreiben: *Lieber Baba. Soll ich nach Kalifornien zurückfliegen und dort mein Baby bekommen? Oder in Indien bleiben und nach der Erleuchtung suchen?*

Aufregung machte sich breit, obwohl allem Anschein nach nichts passierte. Die Leute vor uns standen plötzlich auf. Ginger blieb sitzen, während ich mich ebenfalls erhob und den Hals reckte. Kam Baba? Nein, die Leute vor uns setzten sich wieder. Auch ich wollte mich wieder setzen, aber eine der Deutschen hatte sich auf meinem Platz breitgemacht.

»Entschuldigung«, sagte ich, »aber das ist mein Platz.«

»Sie sind doch aufgestanden«, protestierte sie. »Sie haben Ihren Platz aufgegeben, also müssen Sie sich hinten anstellen.«

»Tut mir leid«, erwiderte ich unterwürfig, »das ist mein erster Tag hier. Ich wusste nicht, was passiert.«

»Ja, am Anfang ist es hart.« Sie rührte sich nicht vom Fleck. »Aber das muss man lernen.«

Ich warf ihr einen vernichtenden Blick zu, ging in die Hocke und kauerte mich direkt über ihre Sandale, worauf prompt mein Knie protestierte. Plötzlich drang Musik aus den großen Lautsprechern an der Seite. Heitere Flötentöne erklangen. Babas Erkennungsmelodie. Ein großes Seitenportal ging auf, und zwei Anhänger traten ein, die Baba im Rollstuhl vor sich herschoben. In persona sah er sogar noch feister aus als auf den Fotos. Der Mann wog bestimmt hundertfünfzig Kilo. Dicke Fettwülste wölbten sich unterhalb seines kahlen Schädels. »Sieht aus, als hätte er zugelegt«, flüsterte ich Ginger zu. »Nein, hat er nicht«, flüsterte sie zurück. »Das scheint nur so. Er verändert ständig seine Gestalt. Manchmal ist er dick, manchmal dünn. Manchmal ist seine Haut hell, manchmal dunkel, manchmal auch blau. Es ist nur ein Spiel für ihn.«

Gespannt verfolgten alle, wie Baba zur Bühne rollte und hier und da Blüten in die Menge warf. Hunderte Arme reckten sich ihm entgegen und reichten ihm Zettel. »Die Ringelblumen tauchen aus dem Nichts auf«, sagte Ginger. »Siehst du? Keine Körbe. Er lässt sie einfach entstehen. Siehst du das Glitzern an seinen Händen? Das ist Schmuck, den er für die Leute materialisiert.«

Ich fand den Auftritt reichlich enttäuschend und konnte nicht nachvollziehen, was dieses Theater um den Guru sollte. »Spürst du die Energie?«, fragte Ginger, die mit geschlossenen Augen dasaß und leicht hin und her schwankte. »Die göttliche Kraft?« Ich schloss ebenfalls die Augen und versuchte, es zu spüren, doch da war nichts. »Mmm«, meinte ich, da ich sie nicht enttäuschen wollte. »Ich glaube, ich spüre da etwas. Ganz schwach.«

Doch das große Ereignis schien ohnehin bereits vorbei zu sein. Baba wurde durch das Tor auf der anderen Seite des Hofs hinausgerollt. Alle brachen auf. »Frühstück.« Ginger erhob sich. »Lust auf Rührei in der westlichen Küche? Oder lieber Idlis und Dosa in der indischen?« Ich zerknüllte meinen Zettel und schob ihn in die Tasche.

Später an diesem Nachmittag stand ich im Badezimmer und wusch mir das Gesicht am Waschbecken. Ich hatte mich erneut übergeben. Ginger hatte sich auf den Weg zu Babas Nachmittagsaudienz gemacht. Ich hatte ihr gesagt, ich müsse hierbleiben und meditieren. Stattdessen legte ich mich aufs Bett. Ich war es so leid, ständig schmutzig zu sein: dieser fettige Schmutzrand an meinem Hals, die ungewaschenen, fleckigen Kleider, die ausgetrockneten Fingerspitzen, die braunen, schrundigen Fußsohlen. Ich zog mein Notizbuch heraus und versuchte zu schreiben, doch außer Gerüchten hatte ich nichts, worauf ich zurückgreifen konnte. Hari Baba hatte Schulen gegründet – wie viele? Hari Baba hatte Waisenhäuser ins Leben gerufen – wo? In der Nähe gab es ein Planetarium – wieso? Gelegentlich ritt er auf einem Elefanten – wo war dieses Tier? Fünftausend Menschen waren im Augenblick im Ashram – oder waren es nur zweitausend? Zehntausend? Über Weihnachten, behauptete Ginger allen Ernstes, sei es eine halbe Million – »Und Baba hat ihnen allen zu essen gegeben.« Wo konnte ich diese Fakten überprüfen? Wo bekam ich Antworten?

Ich schloss die Augen. Vielleicht sollte ich in die Stadt fahren und einen Seidenschal kaufen oder einen Sandelholz-Ganesha. In einem Laden in der Nähe des Haupttors hatte ich ein paar hübsche gesehen. Ich stellte mir vor, wie ich zu Hause war, in meinem Zimmer, das mit reich bestickten Seidentüchern drapiert war, und einem Ganesha auf meinem Altar. *Den habe ich im Ashram von Hari Baba gekauft*, würde ich einem staunenden Besucher erklären. *Er ist die Manifestation Gottes.*

Aus der Ferne hörte ich erneut die zarten Flötenklänge: Baba erschien. Ich schloss die Augen, bemühte mich, alle Gedanken aus meinem Kopf zu verbannen, und darauf zu warten, dass Baba Antwort auf meine Fragen gab. Doch das Einzige, was ich zu hören bekam, war das scharrende Geräusch eines Besens, als jemand auf dem Korridor fegte.

Die Spanne des menschlichen Lebens beträgt hundert Jahre. Die Hälfte davon verschwendet der Mensch, dem es an Selbstkontrolle mangelt, weil er die Nacht mit Schlaf zubringt. Zwanzig Jahre entfallen auf die Kindheit, während der man sich im Zustand der Verwirrung befindet, und auf die Jugend, die man mit Spielen verbringt; weitere zwanzig Jahre vergehen durch das Alter, das von körperlichen Einschränkungen und mangelnder Entschlusskraft geprägt ist. Die verbleibenden Jahre verschwendet auch jener Mensch, der sich aus Verwirrung und unersättlicher Gier ohne Sinn und Verstand an die Familie klammert. Wie kann sich ein Mensch befreien, wenn er im Familienleben aufgeht, ohne jede Kontrolle über seinen Verstand und durch die starken Bande der Zuneigung abgelenkt?

Bhagavata Purana, ca. 900 n.Chr.

Kapitel zwölf

»Wir müssen das Ergebnis der Blutuntersuchung abwarten, um ganz sicher zu sein. Aber nach der Größe Ihres Gebärmutterhalses zu schließen, dürften Sie in der neunten Schwangerschaftswoche sein.«

Dr. Gita Rao setzte sich auf den Stuhl gegenüber von mir und warf einen Blick auf die Krankenakte. Sie war noch jung – Mitte dreißig, schätzte ich – mit glattem, kinnlangem Haar und schlank. Sie trug einen Ärztekittel, und zwischen ihren sorgsam gezupften dunklen Brauen befand sich ein rotes Bindi – das Symbol des dritten Auges, des Sitzes der Seele, dem Zentrum der Intuition.

Ich saß auf ihrem Untersuchungstisch, noch immer in dem im Nacken zusammengebundenen, dünnen Untersuchungshemd aus Papier, und hatte eine Gänsehaut, weil die Klimaanlage viel zu weit aufgedreht war. Auf einem Plakat an der Wand befand sich eine schematische Abbildung des weiblichen Fortpflanzungsapparates, die mit Bezeichnungen in Hindi, Kannada und Englisch beschriftet war. Auf einem Bastregal thronte ein rosa Plastikunterleib mit einem Baby in Embryonalhaltung.

Dr. Raos Praxis befand sich in einem Gynäkologie- und Geburtszentrum – direkt neben einem sechsstöckigen Krankenhaus –, in dem vorwiegend gebildete Inderinnen aus der Oberschicht und westliche Frauen behandelt wurden, die in Bangalore lebten und arbeiteten. Dr. Rao arbeitete drei Tage pro Woche hier, hatte sie mir erzählt, während sie an den anderen beiden für eine Wohltätigkeitsorganisation in den Slums von Bangalore unterwegs sei, um Frauen kostenlos ärztlich zu versorgen.

Ich war mit meiner ganzen Geschichte herausgeplatzt, während ich auf ihrem Untersuchungstisch lag: der Schwangerschaft, meinem Buch, Matt, Devi Das, der Erleuchtung, Mr. Kapoor, Hari Baba … ich hatte überhaupt nicht gemerkt, wie verzweifelt ich mich nach jemandem gesehnt hatte, dem ich mich anvertrauen konnte. Ich wusste nicht, was ich erwartet hatte – Mitgefühl? Tadel? Ratschläge? Kekse? Doch bislang bestand ihre Reaktion lediglich aus kühler Zurückhaltung.

»Ist Ihnen manchmal übel?«, fragte sie.

Ich nickte. »Sehr oft. Und nicht nur morgens. Sondern häufig den ganzen Tag. Ich dachte, es liegt am Essen.«

»Das geht in ein paar Wochen vorbei. Bis dahin essen Sie einfach, was Sie bei sich behalten können.« Sie reichte mir ein Fläschchen. »Hier sind ein paar gute Schwangerschaftsvitamine. Denen aus der Apotheke würde ich nicht trauen. Irgendwelche Gelüste auf bestimmte Lebensmittel?«

»Oh… Toast mit Butter. Und Spaghetti.« Seltsamerweise fielen mir in diesem Moment Dinge ein, die ich als Kind immer gern gegessen hatte: Makkaroni mit Käse mit klein geschnittenen Würstchen oben drauf. Überbackenes Käsesandwich und Campbell's Tomatensuppe. Und der Auflauf, den meine Mutter immer gemacht hatte: Tortilla-Chips und darauf Chili aus der Dose – und das Ganze dann mit Käse überbacken. »Cheeseburger, obwohl ich eigentlich überhaupt kein Fleisch mehr esse.«

»Nun ja, belohnen Sie sich mit allem, wonach Ihnen ist. Sie können auch in eines der großen Hotels gehen, wo Sie westliche Küche bekommen. Im Oberoi gibt es einen köstlichen Brunch. Manchmal gehe ich auch hin, wenn mich die Lust auf Pfannkuchen und Eier überfällt.«

Sie nahm das Plastikbaby aus dem Plastikunterleib und strich mit der Hand über seinen kahlen, schimmernden Schädel. »Es tut einem gut, vertraute Dinge zu essen, wenn man schwanger ist. Ich weiß noch, wie es mir ging, als ich mit meinem Sohn schwanger war. Damals war ich in Boston und habe mein letztes Jahr als Assistenzärztin in Harvard absolviert. Es war so kalt, so unglaublich kalt! Ich hätte nie gedacht, dass es irgendwo so kalt sein könnte. Mir war übel, und das Einzige, worauf ich wirklich Lust hatte, waren Masala Dosas, so wie meine Mutter sie immer gemacht hat, mit Spinat und Kartoffeln gefüllt… oder Idli mit Sambar. Ich habe sämtliche indischen Restaurants ausprobiert, aber die Gewürze waren irgendwie anders. Ich weiß noch, wie ich nach meiner Schicht in der Cafeteria im Krankenhaus gesessen und geweint habe. *Ich sollte nach Hause, nach Indien fliegen. Meinen Traum, Ärztin zu werden, einfach aufgeben. Wie soll ich ein Baby in einem fremden Land bekommen, so weit weg von meiner Familie?*, dachte ich.«

»Und was haben Sie dann getan?«

»Ich habe meine Assistenzzeit zu Ende gemacht und einen Monat später mein Kind bekommen.« Sie zeigte auf eine gerahmte Fotografie im Regal, auf der ein lächelnder, etwa dreijähriger Junge mit einem leuchtend roten Sweatshirt zu sehen war. »Harvard-Abschlussklasse 2025« stand darauf. »Ich war sehr einsam, deshalb war es hart. Aber jetzt habe ich beide Träume realisiert: Ich bin Ärztin *und* Mutter.« Sie griff nach einem weißen Stab, der über etwas, das wie eine Telefonschnur aussah, mit einem weißen Kästchen mit Lautsprechern verbunden war. »So, möchten Sie jetzt die Herztöne Ihres Kindes hören?«

»Geht das schon so früh?« Ich legte mich auf den Rücken.

»Es ist noch sehr früh, aber mit ein bisschen Glück und der Hilfe des Dopplers ist es durchaus möglich.« Sie verteilte ein kühles Gel auf meinem Bauch, legte den Stab darauf und begann, ihn langsam darüber wandern zu lassen. »Sie sind sehr schlank, das macht es einfacher. Hören Sie – da. Man hört, dass es der Herzschlag des Babys ist und nicht Ihrer, weil er viel schneller ist.« Aus dem Lautsprecher drang ein schnelles Pochen. *Das Herz meines Babys!* Reflexartig legte ich die Hände auf meinen Bauch. Ich sah, wie sich winzige Finger um meine eigenen schlossen; Wangen, so sanft wie Blüten; große Augen, die mich vertrauensvoll anblickten. Mein Blick fiel auf Dr. Raos Sohn. »Und… glauben Sie, ich könnte die Schwangerschaft über in Indien bleiben, so wie Sie in Amerika geblieben sind? Und versuchen, mein Buch zu Ende zu schreiben? Oder ist das völlig verrückt?«

Sie schüttelte den Kopf. »Diese Entscheidung kann ich nicht treffen. Das können nur Sie. Ich kann Ihnen aber sagen, was wichtig ist: eine gute Ernährung. Viel Ruhe. Regelmäßige Untersuchungen und gute medizinische Versorgung. Wenig Stress. Ein ruhiges Leben. Alles Dinge, die man in Amerika und in Indien finden oder in Amerika und in Indien auch nicht finden kann.«

Unwillkürlich sah ich zum Fenster hinüber. Wir befanden uns im zweiten Stockwerk, so dass ich die Straße nicht erkennen konnte. Doch ich erinnerte mich an die Rikschafahrt hierher. Wie sich der Fahrer durch den dichten Verkehr laviert hatte, während ich mir die Hand vor Mund und Nase gepresst hatte, um nicht all die Abgase einatmen zu müssen. Am Vorabend hatte ein verstopfter Abfluss in der Dusche unser Hotelzimmer unter Wasser gesetzt – als wir uns beim Manager beschwert hatten, war ein elfjähriger Junge heraufgeschickt worden, um den Schaden zu beheben. Der Knirps war aus dem Fenster im dritten Stock geklettert und hatte dort gehangen und mit einem Hammer auf das verstopfte Rohr eingeschlagen.

Der Herzschlag galoppierte weiter. Dr. Rao lächelte mich an, als lese sie meine Gedanken. »Korrigieren Sie mich, wenn ich falsch liege«, sagte sie sanft. »Aber ich habe gehört, dass Ashrams oft sehr ruhige Orte sind.«

Ein Ashram. Kein gigantisches Hari-Baba-Institut, sondern ein kleines, intimes Anwesen mit nur einer Handvoll Anhänger und einem erleuchteten Meister, der jede ihrer Bewegungen persönlich im Auge behielt. Ich schloss die Augen und sah mich bereits – in einer Zelle wie eine Nonne, meinen ausladenden Bauch in ein weißes Gewand gehüllt.

»Für die Geburt selbst möchten Sie vielleicht lieber in ein westlich geführtes Krankenhaus«, fuhr Dr. Rao fort, als errate sie schon wieder meine Gedanken. »Ich kann Ihnen einige gute in Delhi oder Mumbai empfehlen, oder sogar hier in Bangalore. Oder Sie kehren in die Staaten zurück, wenn es so weit ist.«

Ich nickte, auch wenn ich es mir nicht recht vorstellen konnte. Stattdessen sah ich mich, wie ich an einen Baum gelehnt auf dem Boden saß, wie Buddhas Mutter. Ein Ochsenkarren stand neben mir. Am Himmel ertönte ein grollender Donner. Mein Baby kommt aus mir heraus, macht drei Schritte nach vorn, reckt sein dickliches Fäustchen und verkündet: *»Ich bin der Auserwählte.«*

Von: Lori647@aol.com
An: Amandala@yahoo.com
Ich habe dir nur drei Dinge zu sagen: 1.) Du spinnst. 2.) Du spinnst. 3.) Du spinnst. Ich weiß, wie viel dir dieser Buchvertrag bedeutet. Und ich weiß auch, wie viel dir deine

spirituellen Übungen bedeuten. Aber wir reden hier von einem BABY, Herrgott noch mal! Willst du dein Kind allen Ernstes in einem klapprigen Krankenhaus in der Dritten Welt zur Welt bringen? Und damit sein Leben aufs Spiel setzen – und deines noch dazu? Was ist, wenn du während der Schwangerschaft krank wirst? Wenn du Hepatitis, Parasiten, Malaria, Dengue-Fieber oder einen dieser widerlichen Würmer bekommst, die zuerst in deinem Magen hausen und dir am Ende zur Nase herauskommen? Wusstest du, dass in Indien JEDE SEKUNDE tausend Menschen im Straßenverkehr sterben? Du darfst jetzt nicht mehr länger nur an dich denken.

»Also, sag mir noch mal, wie das funktioniert«, bat ich Devi Das. »Dieser Kerl ist so eine Art Wahrsager?«

Tags darauf saßen Devi Das und ich auf dem Rücksitz eines kleinen Taxis und fuhren durch die verstopften Straßen zu dem Swami, bei dem es sich laut Devi Das um einen so genannten »Palmblattleser« handelte. Der Taxifahrer hatte mit Saugnäpfen drei Plastikfiguren mit clownartigen Gesichtern am Armaturenbrett befestigt, die bei jeder Bewegung wippten und wackelten: ein Shiva mit einem Dreizack in der Hand, ein blaugesichtiger Krishna und ein selig dreinsehender Jesus mit einem leuchtend roten Herzen, das auf seiner Brust aufgestickt war. *Immer schön auf alles vorbereitet sein*, dachte ich. Der Fahrer überholte einen Bus und fuhr geradewegs über eine Kreuzung, hupte lautstark und konnte gerade noch einem Obstkarren ausweichen. Eines der Räder holperte bei dem Manöver über den Bürgersteig. *Auf Straßen wie diesen ist das wahrscheinlich auch besser so.*

»Er ist kein richtiger Wahrsager, sondern interpretiert eher die Dinge. Vor viertausend Jahren, so heißt es, hätte Gott ein paar klugen Männern Weissagungen diktiert, die diese auf Palmblätter niedergeschrieben haben. Aus den Blättern wurde inzwischen eine ganze Bibliothek voll Bücher, die in diesem Tempel in Bangalore aufbewahrt werden. Du sagst dem Weisen das genaue Datum, die Stunde und den Ort deiner Geburt, dann sieht er es in den Palmblättermanuskripten nach und erklärt dir genau, was Gott über dich gesagt hat.«

»Eine Handvoll indischer Weiser haben Angaben zu meiner Person bekommen? Vor viertausend Jahren? Das muss ja recht unterhaltsam gewesen sein. Ich dachte, Bangalore sei das Silicon Valley Indiens. Wurden die Palmblattleser nicht längst durch Websites ersetzt? Sag-deine-Zukunft-voraus-mit-Palmblattlesen.com?«

»Klar, es ist ziemlich weit hergeholt. Aber was sie sagen, stimmt. Das ist schon irre. Wir sind vor ein paar Jahren selbst einmal hingegangen. Der Weise hat uns erzählt, dass wir auf einem spirituellen Pfad seien, der uns entweder zur Erleuchtung oder in den Irrsinn führt.«

Ich sah Devi Das an. An diesem Morgen hatte er seine Dreadlocks zu einem Knoten zusammengefasst, der wie eine zerfledderte Fontäne auf seinem Kopf thronte. »Meine Güte, ich frage mich, wie er nur darauf gekommen ist.«

»Aber er hat auch alle möglichen anderen Dinge gesagt, die er nicht wissen konnte. Beispielsweise haben die Palmblätter unseren eineiigen Zwillingsbruder erwähnt.«

»Du hast einen Zwilling? Davon hast du mir nie erzählt!« Devi Das allein war schon genug; ich konnte mir beim besten Willen nicht vorstellen, dass es eine zweite Ausgabe von ihm gab. »Wo ist er? Beim Meditieren in irgendeiner Höhle?«

»Er ist gestorben, als wir noch Teenager waren. Wir reden nicht oft über ihn.«

»Oh, das tut mir leid.« Ich wusste nicht, was ich sagen sollte. In diesem Moment wurde mir bewusst, dass ich mich nie ernsthaft darum bemüht hatte, Devi Das besser kennenzulernen, obwohl wir seit fast anderthalb Monaten zusammen unterwegs waren. Ich war so mit meinen eigenen Problemen beschäftigt gewesen, dass ich mir nie die Mühe gemacht hatte. »Habt ihr euch sehr nahe gestanden?«

»Wir waren unzertrennlich. Selbst unsere Mutter hatte Mühe, uns auseinanderzuhalten.« Wir blieben an einer Kreuzung stehen. Ein alter Mann schlug gegen die Fensterscheibe und streckte die Hand aus. Eins seiner Augen war nur eine klaffende, rote Höhle. »Wir hatten unsere eigene Sprache, die sonst niemand verstand.«

Wir. Mit einem Mal schwang in Devi Das' Plural eine völlig neue Bedeutung mit. *Zwei rothaarige Babys, Rücken an Rücken im Kinderbettchen. Zwei rothaarige Jungs, die auf einer Wiese Modellflugzeuge fliegen lassen.* »Wie ist er gestorben?«

»Manchmal gibt es bei der Übersetzung aus dem alten Sanskrit Ungenauigkeiten. Laut Palmblättern war es ein Unfall mit einem Karren.« Er sah aus dem Fenster. »Sieh nur, wir sind da.« Das Taxi hatte vor einem kleinen, flachen Tempelgebäude aus weiß gestrichenen Ziegeln angehalten. Auf dem Dach thronte eine riesige, leuchtend rot bemalte Statue von Shiva, der in einem Ring aus Feuer tanzte.

Wir stiegen aus, und Devi Das gab dem Fahrer eine Handvoll Rupien. Ich suchte noch immer nach den richtigen Worten. »Es tut mir wirklich leid«, sagte ich noch einmal.

Er sah mich an wie meine Mutter, wenn ich etwas über meinen Vater wissen wollte – ein Blick, den ich zu respektieren gelernt hatte. Es war ein Blick, der sagte: *Wenn ich erst anfange zu reden, zerbreche ich in tausend Teile, und du wirst den Rest deines Lebens damit zubringen, mich mühsam wieder zusammenzusetzen.*

»Wir denken nicht sehr häufig daran. Für uns ist es, als wäre es in einem anderen Leben passiert.«

»Laut Palmblattmanuskript wird dir diese Prophezeiung an dem Tag überbracht, an dem du neunundzwanzig Jahre, acht Monate und siebenundzwanzig Tage alt bist«, verkündete der Weissager, ein kleiner, dünner grauhaariger Mann in den orangen Gewändern eines Swami, und setzte sich auf die andere Seite eines wackligen Holztisches. »Ich sehe an deinem Geburtsdatum, dass du genau am richtigen Tag zu mir gekommen bist.«

»Es ist schön, zur Abwechslung einmal zum richtigen Zeitpunkt irgendwo zu sein.« Mir war ein ganz klein wenig schwindlig, und ich wünschte, ich hätte auf der Fahrt noch etwas gegessen. In meinem Rucksack lag ein Päckchen Erdnüsse, aber ich war ziemlich sicher, dass es mir als unhöflich ausgelegt werden würde, wenn ich sie jetzt knabbern würde.

Er nickte. »Allerdings.« Er beugte sich über ein dünnes Buch, das sich an den Kanten bereits auflöste. »Du wurdest in einem fernen Land geboren, weit weg von Indien. Richtig?«

»Ja.«

»Nach den Palmblättern wurdest du vor vielen, vielen Malen in Indien geboren. Du hast dich über zahlreiche vergangene Leben dem Yoga gewidmet.«

Vielleicht war es das ja doch wert, dem Kerl zuzuhören.

»Die meisten Male warst du ein Mann. So hattest du Gelegenheit, bei den berühmtesten Gurus Indiens zu studieren. Doch bei deiner letzten Inkarnation hast du dich geweigert, den Anweisungen deines Lehrers Folge zu leisten. Du bist aus dem Tempel weggelaufen und wurdest Händler und Hausbesitzer. Wegen dieses Ungehorsams wurdest du als Frau wiedergeboren.«

Oh toll. Das ist also mein erstes Mal in einem Frauenkörper. Kein Wunder, dass es mir so schwerfällt, richtig mit ihm umzugehen. »Sie meinen also, eine Frau zu sein, ist eine Art Strafe?«

»Keine Strafe«, korrigierte er, »sondern nur – eine Konsequenz.« Er sah wieder in sein Buch. »Dein Liebesleben war ... schwierig. Du hast Probleme damit, dauerhafte Bindungen einzugehen. Mit dreißig wirst du noch nicht einmal verheiratet sein.«

Ich betrachtete meine ringlosen Finger. »Äh, und wie sieht es mit fünfunddreißig aus?«

»Das Blatt lässt darauf schließen, dass du an der Schwelle einer großen Veränderung in deinem Leben stehst. Mit dreißig wirst du einem großartigen spirituellen Lehrer begegnen. Dieser

Lehrer wird die Inkarnation des Meisters sein, vor dem du weggelaufen bist. Das ist der Grund, weshalb du nach Indien gekommen bist. Dies wird eine neuerliche Gelegenheit sein, dich in die Obhut des Lehrers zu begeben, bei dem du das letzte Mal studiert hast. Aber in diesem Fall musst du dich ihm voll und ganz unterordnen. Wenn du es nicht tust, wirst du vergeblich auf Erleuchtung hoffen.«

Er lehnte sich auf seinem Stuhl zurück, zog ein Taschentuch heraus und putzte sich so lautstark die Nase, dass ich fürchtete, er falle gleich vom Stuhl. »Hast du irgendwelche Fragen?«

»Steht in den Blättern, wo ich diesen Guru finden werde?«

»Leider sind die Blätter in diesem Punkt nicht sehr genau. Aber sie sagen, dass du in diesem Moment in Indien bist und dass der Guru sich ebenfalls hier aufhält.«

»Äh ... und sagen die Blätter auch etwas über ... Kinder? Eine Familie? Einen Partner?«

Er schüttelte den Kopf. »Was die Ehe angeht, schweigen sie. Aber lass dich nicht entmutigen. Obwohl es bei Frauen recht selten vorkommt, ist das Leben in Entsagung ein sehr nobles.«

Entsagung. Wieder betrachtete ich meine Hände. So lächerlich es war, fürchtete ich doch, im nächsten Moment in Tränen auszubrechen. Draußen jaulte eine Rikscha-Hupe wiederholt die ersten Noten von »Hallelujah«. »Lassen Sie doch die Palmblätter einmal beiseite. Haben *Sie* zufällig irgendeine Ahnung, wo ich meinen Lehrer finden könnte?«

Er runzelte die Stirn, dann zog er die wacklige Schublade seines Schreibtischs auf und nahm einen PalmPilot heraus. »Es gibt da einen Lehrer, von dem ich eine Menge Gutes gehört habe. Er hat einen kleinen Ashram in West-Bengalen, nicht weit von Kalkutta entfernt. Es heißt, er sei unübertroffen für all diejenigen, die sich auf dem Pfad der Reinigung befinden.« Er schaltete den PalmPilot an und scrollte durch die Namen. »Sein Name ist Sri Satyaji. Ich werde dir den Namen aufschreiben, und du kannst dann tun, was du für richtig hältst.«

Lotussitz

(Padmasana)

Setze dich auf den Boden und lege den rechten Fuß auf den linken Oberschenkel. Hebe nun den linken Fuß darüber und lege ihn auf dem rechten Oberschenkel ab. Nimm das Ziehen in den Hüften wohlwollend hin, den kurzen Schmerz in den Knien, den Muskelknoten, der dir den Atem nimmt. Richte dann die Wirbelsäule auf, von der Wurzel des Beckens bis hinauf zur Blüte des Kopfes. Schließe die Augen und bringe das Eis zum Schmelzen, das dein Herz gefangen hält. Spüre den Wind deines Atems, der durch den Wald aus Muskeln und Knochen bläst. Entdecke, wie Stille stets mit Bewegung erfüllt ist.

Für einen Yogi ist das Zölibat wie die Elektrizität für eine Glühbirne. Ohne Zölibat ist keine spirituelle Weiterentwicklung möglich... Denke nicht an das andere Geschlecht. Sieh das andere Geschlecht nicht an. Das andere Geschlecht zu betrachten, löst den Wunsch aus, mit ihm zu sprechen. Mit ihm zu sprechen, löst den Wunsch aus, es zu berühren. Und am Ende werden deine Gedanken unrein sein, und du wirst zum Opfer werden.

Swami Sivananda (1887–1963)

Kapitel dreizehn

Ein paar Tage später kamen Devi Das und ich nach sechzehnstündiger Bahnfahrt in Kalkutta an. Die Stadt war so mit Abgasen verpestet, dass mein Taschentuch schwarz war, wann immer ich mir die Nase putzte. Bürogebäude aus verspiegeltem Glas ragten über uferlosen Slums empor. Auf einem Plakat am Straßenrand lehnte eine Inderin in westlichem Yoga-Outfit gegen einen riesigen Becher voll »Indiens erster probiotischer Eiscreme«. Vor einem Tempel der Göttin Kali sahen wir einen brahmanischen Priester, wie er den Kopf einer Ziege zurückriss und ihr mit einem Messer die Kehle aufschlitzte. Als das Blut über den Steinboden lief, warfen zahlreiche Pilger Hibiskusblüten auf den Altar, auf dem die schwarzgesichtige Göttin mit heraushängender Zunge thronte. »Kali zerstört unser Ego«, erklärte Devi Das, als ich mich zitternd und mit flauem Magen abwandte. »Sie reißt die

Hindernisse unserer spirituellen Erleuchtung nieder.« Später, im Hotelzimmer, surrte ein Generator lautstark vor meinem Fenster. Ich legte mich aufs Bett und zog mir die Decke übers Gesicht. Mir war schwindlig, ich hatte Angst, und mir war schlecht. *Was tue ich hier? Ich muss völlig den Verstand verloren haben.* Erst später an diesem Tag sah ich in meinen Kalender und stellte fest, dass Thanksgiving war.

»Sri Satyaji hat angeordnet, dass wir im Ashram alle Weiß tragen, als Zeichen der göttlichen Reinheit, die wir anstreben.« Die grauhaarige Britin in dem weißen Sari saß am Schreibtisch im Büro des Ashrams und musterte mein verdrecktes, blaues Salwar Kamiz und Devi Das' braune Kutte, als stünden wir in Stringtanga und Nippel-Troddeln vor ihr. »Angemessene weiße Kleidung können Sie im Ashram-Laden für wenig Geld kaufen.«

Ich nickte nur, da ich viel zu erschöpft war, um etwas zu sagen. Devi Das und ich hatten einen Nachtbus von Kalkutta genommen. Je weiter wir uns von der Stadt entfernt hatten, umso holpriger war die Straße geworden. Die letzten zwei Stunden hatten wir uns über eine gewundene Landstraße gequält, die mehr aus Staub denn aus Asphalt bestanden hatte. Außen am Bus klebten Reste von Erbrochenem, im Inneren wimmelte es nur so von Schaben. Devi Das hatte geschlafen, völlig unbeeindruckt von dem Ungeziefer, das über ihn kroch. Doch ich war wachsam geblieben, hatte die Biester mit einem Schaudern von meiner nackten Haut geschnippt und vergeblich versucht, sie in der Dunkelheit zu zertreten. Unmittelbar nach Sonnenaufgang hatte der Bus vor den Toren des Satyanam Ashram angehalten, um uns aussteigen zu lassen, ehe er weiter ins nächste, fünfzehn Meilen entfernte Dorf gefahren war. Nun hatte ich nur einen Wunsch: mich ins Bett legen und schlafen.

»Männer und Frauen sind in getrennten Unterkünften untergebracht, auch wenn sie verheiratet sind. Gespräche zwischen Männern und Frauen sollten nach Möglichkeit vermieden werden, und jeder körperliche Kontakt ist streng verboten. Am besten sollte auch der Blickkontakt vermieden werden, um jede Möglichkeit der Ablenkung auszuschließen. Im Tempel und im Speisesaal sitzen die Männer am einen Ende des Raums, die Frauen am anderen. Von jeder Versuchung befreit, hat der Geist so die Möglichkeit, sich auf das Göttliche zu konzentrieren.«

Wieder nickte ich. Wer war ich, dass ich mir Widerspruch erlauben könnte? Hätte Matt am einen Ende des Raums seine Yoga-Übungen gemacht, und ich meine am anderen, würde ich heute vielleicht nicht in diesem Schlamassel stecken.

»Wenn Sie sich in Ihrem Zimmer eingerichtet haben, wird Ihnen eine Gemeinschaftsaufgabe zugeteilt: zum Beispiel beim Abwasch mithelfen oder den Meditationssaal fegen, die Toiletten putzen und so weiter. Wenn Sie diese Aufgaben ausführen, denken Sie bitte daran, dass es Frauen verboten ist, Sri Satyajis Meditationskissen, Gewänder, Speiseschüsseln, Wäschekorb, Laken oder sonstigen persönlichen Gegenstände zu berühren. Sie sind mit einem Om-Zeichen versehen und dürfen ausschließlich von seinem persönlichen Betreuer angefasst werden. Sri Satyaji reagiert sehr sensibel auf Energieflüsse, und wenn eine Frau seine Sachen berührt, verursacht dies psychische Irritationen bei ihm; außerdem bekommt er einen Ausschlag am ganzen Körper.«

»Genau das passiert uns auch, wenn wir Cashewnüsse essen«, verkündete Devi Das entzückt. »Manchmal schwillt unsere Zunge an, so dass wir kaum noch sprechen können.« Ich rammte ihm den Ellbogen in die Seite, damit er den Mund hielt. Der nächste Bus fuhr erst am nächsten Morgen. Wenn man uns hier vor die Tür setzte, würden wir unter einem Baum schlafen müssen.

»Und bitte denken Sie auch daran: Es ist Frauen strengstens verboten, den Meditationssaal zu betreten, wenn sie ihre Menstruation haben.« Die Frau sah mich vorwurfsvoll an, als erwarte sie von mir, dass ich auf der Stelle Tampons verlangte.

Oh, das wird kein Problem sein. Ich bin in der zehnten Schwan-

gerschaftswoche. Ich klappte den Mund auf, schloss ihn jedoch wieder. Etwas sagte mir, dass ich diese Tatsache vorläufig lieber für mich behalten sollte.

Der Satyanam Ashram bestand aus einer Ansammlung von kleinen Ziegelgebäuden in der Biegung eines träge dahinplätschernden Flusses, der sich durch ein fruchtbares, von Reisfeldern gesäumtes Tal schlängelte. Nachdem ich mir ein weißes Salwar Kamiz und eine weiße Wollstola im Ashram-Laden gekauft hatte – der in Wahrheit eine winzige Kammer hinter dem Empfangsbüro war –, ging ich über einen gewundenen, nicht asphaltierten Pfad zu einem winzigen Gebäude, bei dem es sich laut Holzschild um das FRAUEN-WOHNHAUS handelte. Im Staub liefen ein paar gackernde Hühner herum und pickten in der Erde.

Mein Zimmer war ein winziges, aber sauberes Kabuff mit weiß getünchten Wänden und zwei nebeneinanderstehenden Feldbetten mit höchstens dreißig Zentimetern Platz dazwischen. Durch ein Fenster ohne Vorhang drang helles Sonnenlicht herein. Ich würde eine Zimmergenossin bekommen, hatte man mir gesagt, eine Deutsche, deren Sanskrit-Name Darshana lautete. Als ich eintraf, war sie nicht da, aber ich konnte die Augen keine Sekunde länger offen halten. Ich schälte mich aus meinen schmutzigen Sachen und kroch zwischen die sauberen, rauen Laken, die nach Basilikum rochen. Kaum hatte mein Kopf das Kissen berührt, war ich eingeschlafen.

In meinem Traum habe ich gerade einen Wurf Katzenjunge zur Welt gebracht. Panisch jage ich sie durchs Krankenzimmer und bete, dass niemand merkt, dass es keine Menschen sind. Vielleicht verwandeln sie sich ja in Babys, wenn ich sie stille und wickle. Aber sie wollen einfach nicht auf dem Wickeltisch liegen bleiben, außerdem sehe ich nirgendwo einen Mülleimer. Vielleicht weiß ja Matt, was zu tun ist. Aber wo ist Matt?

Als ich die Augen aufschlug, war die Sonne verschwunden und das Zimmer in tiefe Schatten getaucht. Einen Moment lang wusste ich nicht, wo ich war, ja, noch nicht einmal, *wer* ich war.

»Du hast stundenlang geschlafen. Es ist bald Zeit fürs Abendessen.« Die Stimme war klar und seltsam förmlich, mit dem kaum wahrnehmbaren Hauch eines deutschen Akzents. Verschlafen und orientierungslos rieb ich mir die Augen und setzte mich auf. Auf dem anderen Bett saß eine Frau im Schneidersitz, die etwa fünfzehn Jahre älter als ich aussah – und etwa zwanzigmal so hübsch. Sie kämmte ihre bis zur Taille reichende goldene Mähne.

»Ich wollte dich nicht aufwecken«, fuhr sie fort. Ihr Gesicht mit den gemeißelten Zügen war ernst, mit bleistiftdünnen Brauen über grauen Augen. »Aber du hast im Schlaf gesprochen. Wer ist Matt?«

»Nur ein Typ, den ich mal kannte.« Ich zog die Laken enger um meine nackten Schultern und sah zu den weißen Kleidern hinüber, die an einem Haken in der Ecke hingen. Ich fühlte mich im Nachteil, weil ich unbekleidet war und sie nicht.

»In unser aller Leben gibt es Leute aus der Vergangenheit, die unsere Träume heimsuchen. Aber da wir meditieren, reinigt sich unser Geist von unserem alten Karma, so dass sie uns weniger und weniger belasten.« Sie erhob sich. Diese Frau war groß und schlank wie ein Model und trug einen weißen, mit Silberfäden durchwirkten Sari. Es musste eine Sonderanfertigung sein, denn im Ashram-Laden war mir kein so edles Kleidungsstück aufgefallen. »Die Dusche ist den Korridor hinunter, auf der linken Seite. Ich warte draußen auf dich. Wenn du fertig bist, begleite ich dich zum Abendessen.«

Darshana war seit fast drei Jahren im Satyanam Ashram, erzählte sie mir, als wir auf das zugingen, was sie als »Speisetempel« bezeichnete. Bevor sie nach Indien gekommen war, hatte sie als Art Director bei einem Wäscheversand in Berlin gearbeitet. Aber inzwischen kehrte sie nur noch einmal im Jahr nach Deutschland zurück, um ihre Mutter zu besuchen und ihr Visum verlängern zu lassen.

»Vermisst du deine Freunde? Deine Familie? Deinen Job?« Ich stellte sie mir in einem Businesskostüm und hohen Hacken vor – eine Mode-Domina, die über Layouts von anorektischen Blondinen in Push-up-BHs wachte.

»Nein. Meine einstige Identität wurde von den Flammen spiritueller Praktiken ausgelöscht.« Wir betraten ein kleines Steingebäude, das wie ein umgebauter Stall aussah. »Ich habe keinerlei Interesse, sie wieder aufleben zu lassen.«

Gemeinsam setzten wir uns mit zehn oder zwölf weiteren Frauen – eine Hälfte aus dem Westen, die andere Inderinnen – im Schneidersitz und mit dem Rücken zur Wand auf den braunen Lehmboden. An der gegenüberliegenden Wand hatte etwa dieselbe Zahl an Männern mit dem Gesicht zu uns Platz genommen. Ich warf einen verstohlenen Blick zu Devi Das hinüber, der eine Art weißen Pyjama trug. Doch er ließ die Augen pflichtschuldig gesenkt, als die anderen die Hände in Gebetsposition brachten und zu einem Singsang anhoben.

Anschließend eilten Diener herbei und stellten vor jedem ein Bananenblatt und eine Blechtasse ab. Ich tat es Darshana nach und legte die Hände in Gebetsposition über mein Herz, während Frauen mit riesigen Schüsseln vor uns traten und die Speisen auf die Bananenblätter häuften – klebriger weißer Reis, flüssiges Linsendal, eine Portion Spinat und eine Schöpfkelle voll Joghurt. Eine andere Frau schenkte uns Wasser ein. »Keine Sorge«, erklärte Darshana beruhigend, als hätte sie meine Gedanken gelesen. »Das Wasser im Ashram ist gefiltert und gereinigt. So wie es mit uns geschieht, wenn wir unsere Übungen machen.«

Es gab kein Besteck, also schob ich mir das Essen mit den Fingern in den Mund. Ich stellte mich ziemlich unbeholfen an und bemühte mich, immer daran zu denken, nicht die linke Hand zu benutzen. (Die linke Hand, so hatte Devi Das mir erklärt, galt als unrein, weil man sich nach dem Toilettengang damit säuberte. Deshalb wurde es von Indern nicht nur als unhöflich, sondern als regelrecht ekelhaft betrachtet, wenn man das Essen damit anfasste oder gar einen anderen Menschen mit der Linken berührte.) »Wir achten hier im Ashram auf eine reine, einfache Ernährung«, erklärte Darshana und schob sich geschickt einen Reisball in den Mund. »Keine Zwiebeln, kein Knoblauch oder sonstige Gewürze – nichts, was die Triebe in Aufruhr versetzen könnte.«

So bin ich also schwanger geworden! Zu viel Knoblauch! Ich leckte mir die Finger ab. Ich würde schon bald geläutert werden – hoffentlich bevor jemand merkte, dass mein Bauch immer dicker wurde.

Die Sonne ging bereits unter, als wir in unser Zimmer zurückkehrten. Weiße Reiher flogen über die Reisfelder, irgendwo in der Nähe muhte eine Kuh. Ich spürte, wie sich mein ganzer Körper zu entspannen begann. Dies war ein Ort, an dem ich spirituelle Fortschritte machen konnte. Gleich am nächsten Morgen würde ich mit meinem Meditationstraining anfangen. Ich würde inneren Frieden finden, so wie Darshana. Wie schwer konnte dieser Reinigungsprozess schon sein?

»Die Energie kann durch sämtliche Öffnungen des Körpers entweichen – durch Augen, Ohren, den Mund, die Geschlechtsorgane.« Sri Satyaji saß auf einem Stapel weißer Kissen im vorderen Teil des Meditationssaals, so dass sich seine weißen Gewänder über seine verschränkten Beine ergossen. Er war kräftig gebaut und hatte einen schwarzen Bart und buschige Brauen, die über seiner Nasenwurzel zusammengewachsen waren und bei jedem Wort auf und ab hüpften. »Sie entweicht durch unsere Unaufmerksamkeit, unser Verlangen, unsere Gewohnheiten, die uns ablenken. Je mehr Energie entweicht, umso weniger steht uns zur Verfügung, um Gott wahrzunehmen. Deshalb müssen wir uns mäßigen.«

Ich saß im Schneidersitz auf einem Kissen in der hinteren

Reihe und unterdrückte ein Gähnen. Darshana hatte mich weit vor Tagesanbruch für die Morgen-Meditation geweckt. Exotisch und seltsam erhaben hatte ich mich gefühlt, als ich durch die fahle Morgendämmerung gegangen war und meine neue weiße Stola enger um mich gezogen hatte, so wie jemand, der eine Hauptrolle in einem Film über Meditation und spirituelle Praktiken spielt. Ich hatte sogar den Soundtrack in meinem Kopf hören können: indische Raga-Musik oder vielleicht etwas von Philipp Glas. Aber jetzt war ich müde und hungrig und musste dringend zur Toilette. Mein Knie tat wieder weh. Gab es irgendeine Stelle an meinem Körper, durch die keine Energie entwich? Mir fiel ein Lied ein, das wir früher im Summer Camp immer gesungen hatten: *Ein Loch ist im Eimer, Karl-Otto, ein Loch ist im Eimer*... Darshana saß reglos wie eine Statue neben mir, die Augen niedergeschlagen, Daumen und Zeigefinger zu einem perfekten Mudra zusammengepresst, der Mund zu einem angedeuteten seligen Lächeln verzogen.

»Sammelt eure Energie, konzentriert sie auf den Punkt hinter dem dritten Auge«, intonierte Sri Satyaji. »Jetzt konzentriert euch auf das Geräusch von hum... sah. *Hum* beim Einatmen, *sah* beim Ausatmen.«

Huuum... saaahhh. Huuum... saaahhh. Dann stopf es, o Henry, dann stopf es, o Henry, mach's dicht... Huuum... saaahhh. Im Summer Camp hatte ich immer am liebsten S'mores gegessen, über dem Lagerfeuer geröstete Marshmallows mit Schokolade zwischen Grahamcrackern. Mein Magen knurrte. Darshana hatte mir erzählt, dass wir nur an bestimmten hinduistischen Feiertagen Süßigkeiten essen durften. Vielleicht fand ja schon bald einer statt. *Huuummm... saaahhh. Huuummm... saaahhh.* »Lasst das Geräusch des Mantras die Wogen eurer Gedanken glätten, so dass sie wie ein klarer See werden, auf dem sich die Sonne des wahren Selbst spiegelt.« Sri Satyajis Stimme war hypnotisch. Ich spürte, wie mein Kopf nach vorn sackte. Zumindest hatte meine Morgenübelkeit nachgelassen. Ich konnte Vögel zwitschern hören.

Ich malte mir mein Baby aus, wie es in meinem Bauch herumschwamm, wie sie ihre Fingerchen zu einem Mudra zusammenlegte wie Darshana. Oder *seine* Fingerchen? *Hey, mal angenommen, mein Baby wäre ein Junge. Würde er dann nicht auf der falschen Seite des Meditationssaals sitzen?*

»Du musst den Dung auf den Karren laden. So.« Mit einer energischen Bewegung hob Darshana eine Heugabel voll Kuhdung auf eine verrostete rote Schubkarre – eine Aufgabe, die sie bewältigte, ohne dass auch nur ein winziger Spritzer ihren makellos weißen Sari beschmutzte. »Wenn die Schubkarre voll ist, schiebst du sie hinter den Kuhstall und kippst sie in der Sonne aus, damit die Fladen trocknen können.«

»Trocknen? Wieso?«

»Wir verbrennen sie im Küchenofen. Hier, versuch's mal.«

Ich nahm die Gabel und schob sie in einen dampfenden Dunghaufen. *Unsere Spezialität des Tages: auf Kuhdung gegrillte Auberginen …* Ich hob die Mistgabel an, die prompt nach vorn kippte. Eine Ladung Kuhdung platschte auf mein Bein und hinterließ eine grünliche Spur auf meiner weißen Hose.

Wir hatten unser in Schweigen abgehaltenes Frühstück hinter uns gebracht – süßer, klebriger Porridge in einem See aus heißer Milch. Nun wies Darshana mich in das ein, was sie als meinen »Yogi-Job« bezeichnete: den Kuhstall ausmisten. Der Kuhstall war ein Ziegelgebäude mit einem Boden aus festgetretener Erde, der mit einer dicken Schicht Holzspäne und Sägemehl ausgestreut war. Zehn oder fünfzehn Kühe wanderten ungehindert umher und gelangten durch die breiten Türen hinaus auf eine grüne Weide mit einem kleinen Pappelhain am einen Ende.

Ich sah mich im Stall um, auf dessen Boden diverse Kuhfladen lagen, während mir der Geruch von Dung und Holzspänen in die Nase stieg. »Arbeitest du mit mir zusammen hier?«

»Nein. Ich schneide Gemüse. Das ist mein Yogi-Job.«

Perfekt. Ich sah sie vor mir, in einer blitzsauberen, sonnendurchfluteten Küche, wo sie Karotten in hübsche Stifte schnippelte. »Gibt es zufällig eine Möglichkeit, dass ich dir dabei helfe?«

»Den Kuhstall auszumisten, ist eine sehr heilige Aufgabe«, erklärte Darshana tadelnd und deutete auf die Wand, auf der in großen roten Buchstaben eine vedische Inschrift prangte:

Die Kuh ist der Himmel, die Kuh ist die Erde, die Kuh ist Vishnu, der Herr des Lebens.

Himmlische Geschöpfe haben die Ergüsse der Kuh getrunken.

Als diese himmlischen Geschöpfe die Ergüsse der Kuh tranken, huldigten all jene, die am Orte des Erleuchteten wohnen, ihrer Milch.

Ich nickte. Ich war hergekommen, um geheime Lehren über die Erleuchtung zu erfahren. Stattdessen würde ich Scheiße aufsammeln.

Von: Lori647@aol.com
An: Amandala@yahoo.com
Bitte achte darauf, dass du ausreichend Gemüse isst, insbesondere grünes Blattgemüse (aber nur gekochtes, nie rohes, wegen der vielen Keime). Und viele Milchprodukte, aber nur wenn sie pasteurisiert sind. Ich habe mich nach Hebammen umgesehen, die auf Hausgeburten spezialisiert sind. Du kannst das Baby bei uns zu Hause bekommen.
Du musst zusehen, dass du dich von der konventionellen Medizinmaschinerie fernhältst. Wusstest du, dass die Zahl der Kaiserschnitte in den USA weltweit am höchsten ist; wesentlich höher als in jedem anderen Land – von Südafrika und dem Iran mal abgesehen? Oh, warte, nein, ich glaube, das war die Zahl der Inhaftierten.

Von: Maxine@bigdaybooks.com
An: Amandala@yahoo.com
In der heutigen *New York Times* steht ein interessanter Artikel über Yoga-Lehrer, die sich die Namen für bestimmte Positionen urheberrechtlich schützen lassen. Sehr vorausblickend. Ich schätze, »Yoga« ist schon seit Jahrzehnten vergeben, aber siehst du irgendeine Möglichkeit, dass wir das Wort »Erleuchtung« kriegen können? Bitte kümmere dich doch mal darum.

»Prakriti – Materie – ist grundsätzlich unbefriedigend«, verkündete Sri Satyaji. »Nur indem wir unsere Identität mit *purusha*, der immerwährenden Spiritualität, entdecken, können wir wahre Seligkeit erlangen. *Purusha* mit *prakriti* zu verwechseln, ist eine Geißel für die Seele, die Loslösung von *purusha* von *prakriti* ihre Befreiung.«

Es war fast Mittag. Die Luft im Meditationssaal war stickig und miefig. Ich spürte, wie mir der Schweiß den Rücken hinunterlief. In letzter Zeit war mir ständig heiß, so als wäre mein schwangerer Körper ein Backofen, der auf Höchsttemperatur eingestellt war. »*Purusha* = Geist = gut«, kritzelte ich in mein Notizbuch. »*Prakriti* = Materie = schlecht.«

»Den Geist von der Materie zu trennen, ist der Weg, wie die Seele zu sich selbst finden kann. Und die Meditation führt uns dorthin«, schwadronierte Sri Satyaji weiter. Ich stellte mir den Geist und die Materie vor, wie sie zu einem dichten Knäuel verwoben waren – so wie mein Haar, schmutzig und ewig verheddert. Wirres, ungebändigtes *prakriti.* Ziel dieser Übung war es, Haare wie Darshana zu bekommen – einen glatten, schimmernden Wasserfall reiner *purusha.* »Meditation = Spülung«, notierte ich.

Am Ende meiner ersten Woche im Ashram hatte sich ein Rhythmus in meinem Tagesablauf eingestellt, der so verlässlich war wie der Stundenplan in der Schule. In der Morgendämmerung aufstehen und zur Morgenmeditation gehen. Frühstück aus Porridge, heißer Milch und winzigen süßen Bananen. Dann zum Ausmisten – eine Aufgabe, die sich zu meiner Überraschung zu meiner Lieblingsbeschäftigung gemausert hatte. Im Stall roch es nach Heu, Erde und Milch. Die Kühe waren klein und breitgesichtig, mit samtigen Nüstern und schimmernden Augen. Manchmal brachte ich ihnen Reste vom Frühstück mit – Ananas- oder Bananenschalen –, die sie mir aus meiner Hand fraßen. Zwei der Kühe hatten Kälber, die noch immer etwas wacklig auf ihren dünnen Beinchen standen. Wann immer ich mich über den Zaun beugte und ihnen beim Säugen zusah, verspürte ich ein eigentümliches Ziehen im Bauch. Wie es sich wohl anfühlen würde, selbst ein Baby zu stillen? Ich hatte immer einen kleinen Busen gehabt, aber nun begann er, immer größer und praller zu werden.

Manchmal, wenn ich meine Schubkarre nach draußen schob, um die Fladen zum Trocknen auszulegen, lief mir Devi Das über den Weg, der unterwegs zu seinem Yogi-Job war – Unkraut jäten im Gemüsegarten, gleich hinter dem Kuhstall. Wir redeten nie ein Wort miteinander. Nur einmal, als ich die Fladen auf dem Boden verteilte, fing ich seinen Blick auf, und er, hob die Hand zu einem stillen Gruß.

Am liebsten hätte ich den ganzen Tag bei den Kühen verbracht. Aber natürlich ging das nicht. Nach der Arbeit ging ich zum Meditationssaal, um mir einen neuerlichen Vortrag von Sri Satyaji anzuhören. Diese Sitzungen waren eine höchst irritierende Angelegenheit. Ich kam mir vor, als wäre ich geradewegs in einen Fortgeschrittenenkurs für Quantenmechanik gestolpert, wo ich noch nicht einmal das kleine Einmaleins beherrschte.

Das Problem war nicht, dass die Lehren allzu kompliziert gewesen wären – Tag für Tag Variationen ein- und desselben Themas: die Sinne daran hindern, ständig nach neuen Geschmäckern, Empfindungen, Gerüchen, Geräuschen zu suchen; den vergänglichen Freuden des Körpers entsagen; in der immerwährenden Freude des reinen Geistes verbleiben. Was könnte ich dagegen einzuwenden haben? Mein bisheriges Leben hatte mir doch nichts als Ärger eingebracht.

Aber je mehr ich mich bemühte, Frieden zu finden, umso chaotischer wurde mein Innenleben. Niemand sonst im Ashram war heimlich schwanger, daran hatte ich nicht den geringsten Zweifel. Niemand außer mir lag nachts wach und träumte von dem Lover, der sie verlassen hatte. Oder machte sich Gedanken, wie er die Wehen ohne Periduralanästhesie überstehen sollte. Niemand sonst brachte die Meditationssitzungen damit zu, sich auszumalen, was sie Oprah über die Erleuchtung erzählen würde. Niemand sonst brach in Tränen aus, wenn die Schubkarre voll Kuhdung gegen einen Stein stieß und umkippte. Jeden Nachmittag versammelten wir uns mit Kerzen und Öllampen für die Puja, die Anbetung. Wir standen vor einem Altar, sangen Gebete in Sanskrit, während sich der Raum mit süßem Sandelholzaroma und den Klängen einer Hammondorgel füllte, die ein Däne mit engelsgleichem Gesicht spielte. Und ich fühlte mich, als wäre ich ausgesperrt, stünde draußen in einem tosenden Schneesturm und spähte durch eine fast blinde Fensterscheibe ins Innere, wo ein wärmendes Feuer im Ofen loderte.

»Lässt du deinen Gedanken freien Lauf, wenn du meditierst?«, fragte ich Darshana eines Morgens. Wir standen nebeneinander im Badezimmer und gingen unserer morgendlichen Kriya nach: der rituellen Säuberung der Nebenhöhlen, von der Sri Satyaji behauptete, sie bereite den Körper auf die Meditation vor.

Sie schüttelte den Kopf. »Die Meditation schenkt mir unermessliche Freude«, sagte sie, schöpfte eine Tasse Salzwasser aus einem Blechkübel und gab sie in ihren Nasenspüler, ein Ding mit einem Schnabel, das wie eine kleine Gießkanne aussah. Dann beugte sie sich übers Waschbecken, legte den Kopf schief, ließ das Wasser in ein Nasenloch hinein- und durch das andere wieder herauslaufen.

Tja, wie schön für dich. Ich schnappte meinen eigenen Nasenspüler, beugte mich ebenfalls übers Waschbecken und goss das Salzwasser hinein, das augenblicklich in meiner Nase zu prickeln begann. Keuchend schnappte ich nach Luft.

Darshana war einfach zu perfekt: Ihr Sari war stets sauber, ihre Miene stets gelassen, ihre Bewegungen stets anmutig und präzise. Alles an ihr ging mir auf die Nerven: die Art, wie sie jeden Morgen neben mir stand und ihre Zunge mit einem Schaber reinigte. Wie sie neben mir im Meditationssaal saß, das Rückgrat durchgedrückt – ein stummer Vorwurf an meine eigene schlaffe Körperhaltung und mein ruheloses Gewackel. Jeden Abend schlüpfte sie in ein weißes Spitzennachthemd, während ich mir ein altes Sweatshirt von Matt überzog – das mit den chinesischen Schriftzeichen seines Karate-Studios darauf. Es war tröstlich, es anzuhaben – der einzige Teil von Matt, dessen Nähe keine Gefahr für mich darstellte. Eingehüllt in den flauschigen Stoff schlief ich ein. Nur Darshanas leises Schnarchen erfüllte den Raum – der einzige winzige Makel, den sie hatte, was ich irgendwie beruhigend fand.

»Ich glaube, mit mir stimmt etwas nicht. Ich bin mir nicht sicher, ob ich überhaupt eine *purusha* habe«, flüsterte ich Devi Das eines Nachmittags zu, als ich ihm hinter dem Kuhstall in die Arme lief, wo ich Fladen zum Trocknen in der Sonne ausbreitete. Er war gekommen, um eine Ladung davon in den Garten mitzunehmen. »Ich versuche wirklich, mich auf *hum sah* zu konzentrieren, aber stattdessen läuft in meinem Kopf pausenlos diese Melodie aus *Survivor* – die immer gespielt wird, wenn man drauf und dran ist, von der Insel heruntergewählt zu werden.«

»Wir haben dasselbe Problem«, flüsterte er zurück. »Nur dass in unserem Kopf Werbespots für Katzenfutter ablaufen.« Wir versuchten beide, unsere Lippen beim Sprechen nicht zu bewegen, und hielten den Blick auf die Kuhfladen gerichtet, für den Fall, dass man uns beobachtete.

»Also ist das normal?«, fragte ich, während ich die Fladen mit der Schaufel flachklopfte.

»Wir sind vielleicht nicht der geeignetste Mensch, um zu fragen, was normal ist. Aber wenn man anfängt, seinen Geist zu reinigen, soll alles, was anfangs herauskommt, das sein, was den Reinigungsprozess behindert. Das haben wir schon oft gehört.«

»Aber genau das sage ich ja.« Ich sah wieder auf die Fladen hinunter, in denen unverdaute Heu- und Maisreste erkennbar waren. »Allmählich fange ich an zu glauben, dass ich selbst dieses Hindernis bin. Ich meine, wenn man meine Gedanken, meine Ansichten, meinen Körper und meine Gefühle einmal wegnimmt, was bleibt dann noch?«

»Vielleicht sollen wir ja genau das herausfinden.«

Ich schwieg. Meine Lieblingskuh kam angetrottet, eine braune Färse mit einem sichelförmigen weißen Fleck auf der Stirn. Ich hatte sie Crescent, Halbmond, getauft, und brachte ihr heimlich die saftigsten Papaya- und Ananasstücke mit. Wie eine Katze rieb sie ihren Kopf an meiner Hand, worauf ich sie streichelte. War dies das *prakriti*, von dem ich mich lösen sollte? Von dieser Kuh, diesem Dung, der Ananas? Und was war mit dem Kind, das in meinem Bauch heranwuchs, mit seinem winzigen schlagenden Herzen? Als ich vor einigen Tagen im Ashram-Büro meine Mails abgerufen hatte, war ich auf eine von HeyBaby.com gestoßen: »Ihr Baby ist mittlerweile ungefähr auf die Größe einer kleinen Krabbe angewachsen und wiegt knapp dreißig Gramm«, hatte ich gelesen, während die Britin, die hier arbeitete, mich argwöhnisch von ihrem Schreibtisch aus angesehen hatte. »Obwohl es noch so winzig ist, ist es doch schon vollständig ausgebildet! Sein Kopf nimmt etwa ein Drittel seiner Gesamtkörpergröße ein. Seine winzigen, unverwechselbaren Fingerabdrücke existieren ebenfalls schon.«

»Devi Das?« Die Frage kam aus heiterem Himmel, als hätte ich schon die ganze Woche darauf gewartet, sie ihm stellen zu können. »Willst du mir mehr über den Tod deines Bruders erzählen?«

Devi Das lehnte sich auf seine Mistgabel. Lange Zeit schwieg er. »Wir hatten beide gerade den Führerschein gemacht«, sagte er schließlich. Mittlerweile flüsterte er nicht mehr. »Wir haben eine Münze geworfen, wer ins Schwimmbad fahren darf. Ich habe gewonnen.« Vor dem Meditationssaal hatte eine Glocke zu läuten begonnen, die uns zur Nachmittags-Puja rief, ein sonores Läuten, das über die grünen Felder drang. Die Kühe schlugen mit den Ohren, fraßen jedoch weiter.

»Wir fuhren hinter dem Auto einer Freundin her. Ellen, für die wir beide geschwärmt haben. Natürlich sahen wir gleich aus, aber aus irgendeinem Grund flogen die Mädchen immer auf ihn. Ich sagte zu ihm, diesmal solle er mir den Vortritt lassen. An einer Kreuzung bog sie bei Gelb ab. Ich folgte ihr, ohne zu sehen, dass die Ampel inzwischen auf Rot gesprungen war. Der Wagen, der von rechts kam, raste mit vollem Tempo in uns hinein.«

Ich hörte, wie der Singsang anhob. Nach einer Woche im Ashram wurden mir die Worte in Sanskrit zunehmend vertraut: *Om thryambakam yajaamahe sugandhim pushti-vardhanam urvaarukamiva bandhanaan mruthyor muksheeya maamruthath…* Ich hatte mir die Übersetzung auf einem der schlecht kopierten Blätter gemerkt: *Du, Gott der Allgegenwart und Allwissenheit, meditierend verehre ich dich, bete ich dich an. Du, Gott, voll des köstlichen Wohlgeruchs deiner grenzenlosen Liebe, du nährst und erhältst alle Formen des Lebens! Wie die Frucht vom Zweig sich löst, so befreie uns von den Fesseln des Todes und schenke uns den Nektar deiner Unsterblichkeit!*

»Oh Devi Das, das tut mir so leid.« Am liebsten hätte ich ihn in den Arm genommen, aber was, wenn mich jemand beobachtete? Wir könnten beide aus dem Ashram geworfen werden.

Er lehnte seine Heugabel an die Stallwand. »Wir sollten gehen«, sagte er. »Wir kommen zu spät zur Puja.«

»Warst du schon mal verliebt?«, fragte ich Darshana an diesem Abend.

Ich lag auf meinem Bett und sah zu, wie sie sich die Haare bürstete. Das tat sie jeden Abend: hundert Bürstenstriche mit einer Wildschweinbürste mit Silbergriff, die, wie sie mir erzählte, einst ihrer Großmutter gehört hatte. Ihr Haar knisterte statisch, und einzelne Strähnen hoben sich wie gewobenes Gold. Von den straffen Zöpfen befreit, sah es aus, als besitze es ein Eigenleben – als könne es jederzeit durch die Ashram-Tore treten und sich auf den Weg die Straße hinunter machen, während Darshana meditierend zurückblieb.

»Sri Satyaji sagt, menschliche Liebe ist nur ein blasses Abbild der göttlichen Liebe, die uns in der Meditation erwartet.« Die Bürste fuhr in stetem Rhythmus durch ihr Haar: achtundzwanzig, neunundzwanzig, dreißig …

»Ich weiß, was Sri Satyaji sagt.« Ich wünschte, Lori wäre hier, läge auf dem Bett neben mir. Ich vermisste unsere nächtlichen Gespräche, das Gekicher über Männer, Sex und Schokolade. Und wo ich schon dabei war – ich vermisste Männer, Sex und Schokolade. »Ich rede von der Zeit davor. Bevor du Darshana warst.«

Achtunddreißig, neununddreißig, vierzig. *Meine Güte, was hatte ich mir nur dabei gedacht – wollte ich mich allen Ernstes mit einer erleuchteten deutschen Unterwäsche-Designerin anfreunden?* Ich rollte mich auf die Seite und zog die Decke um mich. Wo Matt wohl gerade war? Ich legte die Hand auf meinen Bauch, der sich kaum merklich wölbte, und spürte den Uterus, hart wie ein Apfel. Ich fragte mich, wie mein Baby wohl aussehen würde. Hätte es meine wilden Locken? Matts zweifarbige Augen?

»Bevor ich Darshana wurde, war ich Angelika.« Darshanas Stimme ließ mich zusammenfahren. Ich war kurz vor dem Einschlafen gewesen. »Und, ja, ich war einmal verliebt. Sogar verheiratet.«

»Ehrlich? *Verheiratet?*« Ich sah Darshana in einer Wolke aus weißer Spitze vor den Altar treten, wo ihr ein gutaussehender Deutscher einen Ring an den Finger steckte. »Wie lange?«

»Fünf Jahre. Ich war sechsunddreißig, als ich ihn kennengelernt habe. Sechs Monate später waren wir verheiratet.«

»Und was ist passiert?« Ich starrte an die Decke, aus Angst, sie könnte die Unterhaltung abbrechen, wenn ich sie ansah.

»Kinder waren ihm sehr wichtig.« Das stete Geräusch ihrer Bürste ging weiter. »Es stellte sich heraus, dass ich keine bekommen kann. Nach meiner dritten Fehlgeburt hat er mich wegen einer anderen Frau verlassen. Sie haben inzwischen zwei kleine Jungen.«

Darshana – Angelika – rollt sich in der Ecke ihres Bettes zusammen und schluchzt, die Arme über ihrem leeren Leib. »Das tut mir ja so leid«, sagte ich. Schon das zweite Mal an diesem Tag. Wer hätte gedacht, dass Devi Das und Darshana beide so viel Schmerz in sich trugen? Kein Wunder, dass Yogis das Bedürfnis nach *purusha* hatten. *Prakriti* brachte doch nichts als Ärger.

Neunundneunzig, hundert. Sie legte die Bürste beiseite und griff nach ihrem Haar, um es erneut zu Zöpfen zu binden. »Es hat sich herausgestellt, dass es das Beste so war. Ohne diese schmerzliche Erfahrung hätte ich nie zur Spiritualität gefunden und wäre nie offen für die göttliche Liebe gewesen.«

Aber nimmt einen die göttliche Liebe in die Arme, wenn man weint? Erzählt einem die göttliche Liebe lustige Geschichten, bis man so lachen muss, dass einem die Tränen kommen? Läuft es auf winzigen Füßen durch die Wohnung, verschüttet Saft auf dem Teppich und kuschelt sich auf deinen Schoß? »Ich war auch einmal verliebt«, sagte ich. »Ehrlich gesagt, bin ich es eigentlich immer noch.« Ich erwartete, dass sie mich bat, meine Geschichte zu erzählen. Wir würden Ratschläge austauschen und darüber sinnieren, dass Männer vom Mars und Frauen von der Venus sind. Wir würden mein Baby gemeinsam hier im Ashram großziehen. Es wäre das Kind, das sie niemals gehabt hatte. Sie wäre die Schwester, die ich nie gehabt hatte.

Doch sie stand auf, wandte sich ab und legte die Bürste in die oberste Schublade. »Es ist bald Zeit, dass wir das Licht ausmachen«, sagte sie. »Wir sollten nicht so sprechen. Sondern uns auf Gott konzentrieren.«

Von: HeyBaby.com
An: Amandala@yahoo.com
Willkommen in der 13. Schwangerschaftswoche! Glückwunsch – das zweite Schwangerschaftsdrittel ist erreicht! Ihr Uterus hat jetzt die Größe einer kleinen Grapefruit, die Morgenübelkeit ist praktisch verflogen. Die enormen Stimmungsschwankungen dürfen Sie getrost auf die Hormone schieben. Nun, da Sie das riskante erste Drittel überstanden haben, machen Sie sich wahrscheinlich Gedanken, wie Sie Ihren Lieben die große Neuigkeit mitteilen. Vielleicht versammeln Sie sie ja alle zu einem Gruppenfoto – und dann sagen Sie nicht »Cheese«, sondern »Ich bin schwanger!«, bevor Sie abdrücken. Schon haben Sie die Reaktion der anderen für immer festgehalten.

Von: Lori647@aol.com
An: Amandala@yahoo.com
Ich wollte dir nur sagen, dass ich gestern Tom bei der Green Expo über den Weg gelaufen bin, wo er sich Solaranlagen angesehen hat. Er hat sich nach dir erkundigt. Er hat versucht, lässig zu klingen, so als spiele es keine große Rolle, aber ich habe es trotzdem gemerkt. Offenbar ist er immer noch völlig verrückt nach dir. Natürlich habe ich ihm nichts von deiner Schwangerschaft erzählt. Aber eines Tages wirst du es tun müssen.
Apropos – weiß deine Mutter schon davon?

»Beginnt der Verstand, in reinem Geist zu ruhen?«, fragte mich Sri Satyaji.

Drei Wochen nach meiner Ankunft im Ashram saß ich ihm persönlich gegenüber – ein jeder im Schneidersitz auf einem Kissen –, um das erste persönliche Gespräch über die Fortschritte meiner spirituellen Entwicklung zu führen. Er saß ein klein wenig höher als ich auf einer kleinen Plattform, so dass sich mein Gesicht auf der Höhe seines Bauches befand und ich den Hals recken musste, um zu ihm aufzusehen.

»Äh, ja, ich denke schon«, antwortete ich. »Ein klein wenig.«

»Gibt es Ablenkungen, die die Klarheit deiner Gedanken vernebeln?« Eine kleine, leuchtend bunte Uhr an der Wand gab ein Klicken von sich und stimmte in der doppelten Geschwindigkeit »It's a Wonderful Small World After All« an.

»Ja, ein paar.« Das Lied spielte weiter, und die Uhr schlug dreimal, ebenfalls viel zu schnell. Wenn ich mich nicht täuschte, war es gerade einmal später Vormittag.

»Welches sind die Ablenkungen?«

»Äh ...« *Ich bin schwanger? Ich würde meine Zimmergenossin am liebsten mit ihren Zöpfen erdrosseln? Ich habe Angst, mein Buch über die Erleuchtung wird niemals fertig werden, und ich muss den Vorschuss zurückzahlen und für dieselbe Telefonsex-Hotline arbeiten wie meine Mitbewohnerin in San Francisco?* »Hier ist alles so einfach«, sagte ich schließlich. »Aber mein Leben – draußen – ist kompliziert. Meine Beziehungen sind kompliziert. Und ich weiß nicht, wie ich die Einfachheit und Reinheit, die ich hier finde, draußen anwenden soll.«

Er nickte und strich sich über den Bart. »Es ist durchaus üblich, von sexuellen Gedanken abgelenkt zu werden, besonders bei jemandem deines Alters«, sagte er, als sei dies das Thema, über das ich redete. »Enthaltsamkeit hilft dir, den Geist von der Fessel der Fleischlichkeit zu befreien. Indem du Enthaltsamkeit übst, machst du dir den mächtigen Strom der sexuellen Energie zunutze. Du verwendest ihn, um das Rad der Befreiung zu bewegen.«

»Ja, ich spüre, wie mächtig die Enthaltsamkeit ist.« Mir war, als präsentierte ich meinem spirituellen Lehrer eine geschönte Variante meines Selbst, so wie bei der Steuererklärung, die ich mit Ernies trickreicher Hilfe beim Finanzamt eingereicht hatte. Es war, als wasche man sich die Haare, bevor man zum Friseur ging, oder rasiere sich vor der Wachsbehandlung die Beine noch einmal. Ich wollte nicht, dass der Mensch, dessen Aufgabe es war, mich zu reinigen, sah, wie weit ich die Dinge hatte gedeihen lassen; deshalb versuchte ich, die Unterhaltung auf ein weniger gefährliches Terrain zu lenken. »Ich habe mir sagen lassen, Yoga-Übungen seien ebenfalls eine gute Methode, um körperliche Energie in spirituelle Form zu kanalisieren.«

Er sah aus, als hätte ich vorgeschlagen, das Ausweiden kleiner Kinder sei ebenfalls eine effektive Methode. »Bloß kein Yoga! Yoga behindert nur. Umso schneller gehst du in die Falle der sexuellen Gefangenschaft. Ich hoffe nur, du warst nicht in Versuchung, so etwas Gefährliches zu tun?«

Ehrlich gesagt, hatte ich an diesem Morgen zwischen unseren Betten den abwärtsgerichteten Hund gemacht, während Darshana unter der Dusche war. Immer wenn ich meditierte, bekam ich diesen schmerzenden Knoten zwischen meinen Schulterblättern, und ich wollte ihn auf diese Weise lösen. Ich fragte mich, was passieren würde, wenn ich es ihm gestand. Bekäme er dann einen Ausschlag am ganzen Körper? »Nein, natürlich nicht. Ich hatte nur davon gehört.« Wer hätte gedacht, dass der Pfad zur Erleuchtung ein solches Ausmaß an Heuchelei erforderte?

Wieder läutete die Uhr, sechsmal. Sri Satyaji betrachtete sie feierlich.

»Unsere Zeit ist beendet«, sagte er. »Aber bevor du gehst, gebe ich dir einen Dharma-Namen. Du darfst dich vor mich knien.«

Ich kniete mich hin und senkte den Kopf, wie ich es bei Darshana im Meditationssaal gesehen hatte. Seine Füße waren nackt. Seine Zehen befanden sich nur wenige Zentimeter vor meinem Gesicht, mit sorgsam gepflegten Nägeln und dicken schwarzen Haaren, die aus den Zehen sprossen. Ich fragte mich, ob er sich die Nägel selbst schnitt oder ob es ein Assistent für ihn übernahm. »Dein Name ist Santosha«, erklärte er und hielt die Hände etwa fünfzehn Zentimeter über meinen Kopf. »Das ist Sanskrit und bedeutet Zufriedenheit. Wann immer du unglücklich oder abgelenkt bist, richte deine Gedanken darauf... auf deinen wahren Namen, dann wirst du dich besser fühlen.«

Die nächste Woche bemühte ich mich nach Kräften, Santosha zu sein. Und es war eindeutig besser als ein Leben als Amanda.

Offen gestanden, war es reichlich schwierig, mit Amanda zu leben – ihre ständige Sorge, ob sie auch genug B-Vitamine und Eisen zu sich nahm, ob sie ihr Buch zu Ende brachte, bevor der Vorschuss aufgebraucht war, ob jemals wieder ein Mann mit ihr würde schlafen wollen, wenn er die Schwangerschaftsstreifen an ihrem Bauch sah. Während der Morgen-Puja wurde sie von unkontrollierten Heul- oder Kicheranfällen übermannt und hatte sich angewöhnt, nervös am Nagelhäutchen ihres Daumens zu kauen.

Santosha hingegen war von heiterer Gelassenheit erfüllt. Ihre Gedanken richteten sich auf ihr Mantra und ließen sich von nichts beirren. Sie aß langsam, genoss jedes einzelne Reiskorn, jeden Bissen Dal und verkochtes Gemüse. Bei den Pujas sang sie im Chor mit den anderen die Worte in Sanskrit, die sie allmählich lernte. Sie versuchte, sich nicht davon irritieren zu lassen, dass ihr Bund über dem sich allmählich wölbenden Bauch spannte... denn täte sie dies, wäre sie automatisch wieder Amanda.

Als Santosha verliebte ich mich in den Ashram: in das Läuten der Glocke, die mich bei Tagesanbruch weckte; in das Flüstern der Bäume, wenn ich einschlief; in die weiß gekleideten Gestalten, die schweigend zwischen Küche, Garten und Tempel umherwanderten, und in die sonoren Laute der Sanskrit-Gesänge. Sri Satyaji war der weise und wohlwollende Vater, den ich nie gehabt hatte, und thronte auf einer Insel des Friedens und der Reinheit über einer verrückten, chaotischen Welt. Und alles, was ich tun musste, um zu seiner Familie zu gehören, war, selbst friedlich und rein zu werden.

Als Santosha ging ich eines Morgens gemessenen Schrittes zum Meditationssaal. Der Himmel war strahlend blau. Ich stellte mir vor, wie ich mit jedem Atemzug seine Farbe in mir aufnahm, bis meine Seele nichts als ein wolkenloser Himmel war. Der Hibiskus vor dem Gebäude war ein leuchtend rotes Feuerwerk. Ich war noch nie so glücklich gewesen. Endlich hatte ich einen Ort gefunden, wohin ich wirklich gehörte.

»Psst.« Devi Das trat mit gesenktem Blick neben mich. Es war fast zehn Tage her, seit wir das letzte Mal miteinander gesprochen hatten. Erstaunt registrierte ich, dass mein Herz beim Klang seiner Stimme einen Satz machte. Schließlich war es nur Devi Das und nicht Matt.

Er ging dicht neben mir, so dass mich seine Schulter streifte, und drückte mir etwas kleines, festes Viereckiges in die Hand, wie ein Drogendealer bei der Übergabe der Ware. Ich sah hinunter: Es war ein Schokoriegel von Cadbury. Santosha verschwand und machte Amanda Platz. *Schokolade!* Auf der Liste der verbotenen Substanzen im Ashram stand Schokolade gemeinsam mit Crack an erster Stelle. »Woher hast du das?«, zischte ich.

»Wir sind gestern mit dem Bus in die Stadt gefahren, um eine neue Hacke für den Garten zu kaufen, und haben ihn am Obststand neben der Apotheke gekauft.«

Darshana warf uns einen vorwurfsvollen Blick über den Weg hinweg zu und schüttelte den Kopf. *Keine Unterhaltungen mit Männern!* Ich ließ den Riegel in den Tiefen meiner Tasche verschwinden und ging zum Meditieren. Mit einem Mal war ich wieder Santosha, der Inbegriff der Zufriedenheit.

Nach der Meditation ging ich langsam zu meinem Zimmer zurück, spähte aus dem Fenster, um sicher zu sein, dass Darshana nicht in der Nähe war, und schob den Schokoriegel unter mein Kopfkissen. Ich würde ihn mir bis zum Abend nach dem Essen aufheben, wenn Darshana Mangos und Bananen für den nächsten Tag schnippelte. Ganz langsam würde ich ihn essen, jeden einzelnen Bissen genießen. Es wäre ein geradezu religiöses Erlebnis.

Den ganzen Tag über hatte ich den Schokoriegel vor meinem geistigen Auge – eine dunkle, süße Verheißung des Glücks. Rein theoretisch waren im Ashram weder Schokolade noch sonst irgendwelche Süßigkeiten erlaubt. Aber nun, da ich Santosha und somit praktisch erleuchtet war, galten diese Verbote gewiss nicht mehr für mich. Außerdem war ich schwanger. Es war wichtig, meinen Gelüsten nachzugeben. Das hatte sogar die Ärztin gesagt. Der Schokoriegel enthielt garantiert Nährstoffe, die das Baby unbedingt brauchte: Antioxidantien oder etwas in dieser Art.

Nach dem Essen ging ich, so schnell ich konnte, zu meinem Zimmer zurück. Mir blieb noch etwa eine halbe Stunde, bis Darshana wiederkam, also konnte ich den Riegel in aller Ruhe essen und das Papier dann mit unserer Meditationskerze verbrennen. Niemand würde etwas merken.

Ich schlüpfte in mein Zimmer und sah aus dem Fenster, um sicher zu sein, dass die Luft rein war, dann hob ich das Kissen hoch.

Der Schokoriegel war weg.

Achtundzwanzig, neunundzwanzig … Darshanas Wildschweinbürste fuhr durch ihr langes Haar. Ich lag auf meinem Bett und kochte vor Wut.

Bestimmt hatte Darshana ihn genommen. Wer hätte es sonst tun sollen? Außer ihr war niemand in unserem Zimmer gewesen. Ich klappte den Mund auf, um sie zu fragen, schloss ihn aber wieder. Ich konnte sie nicht danach fragen, weil ich den Schokoriegel ja überhaupt nicht hätte besitzen dürfen. Sie würde alles abstreiten und geradewegs zu Sri Satyaji laufen, und dann würde ich des Ashrams verwiesen werden.

Zweiundfünfzig, dreiundfünfzig. Der Schokoriegel hatte mir gehört. Sie hatte kein Recht, ihn mir wegzunehmen, selbst wenn es verboten war, ihn zu besitzen. Ich schloss die Augen und malte mir aus, wie ich nachts aufstand und ihr das Haar abschnitt, während sie schlief. *Ha-ha-ha*, würde ich sagen, wenn sie mit kahlem Schädel aufwachte. *Das hast du nun davon, Schokoladendiebin.* Ich rollte mich auf den Bauch, meine Lieblingsschlafposition, dann wieder zurück. Anscheinend war es besser für das Baby, wenn ich auf der Seite lag.

Fünfundachtzig, sechsundachtzig. *Okay. Bleib ruhig. Es ist doch nur ein Schokoriegel.* Ich holte tief Luft und versuchte, wieder Santosha zu sein. Aber ich blieb Amanda, die sich in Selbstmitleid suhlte. Ich war schwanger und ohne Mann in einem fremden Land, weit weg von zu Hause. Auf dem Bauch schlafen ging nicht. Konnte ich nicht einmal ein kleines Stück Schokolade haben?

Darshana beugte sich vor und blies die Kerze aus. Ich lag im Dunkeln, während die Tränen über mein Gesicht liefen, und versuchte, nicht zu schniefen.

Ich versuche, eine riesige Kontaktlinse in mein Auge zu bekommen. Sie ist so groß wie ein Schulbus, aber ich probiere es trotzdem. Meine Augen tränen, doch ich beuge mich immer weiter zum Spiegel vor und gebe die Linse in mein Auge. »Ich möchte klar sehen«, sage ich, doch als ich die Linse hineinzuquetschen versuche, springt plötzlich mein Augapfel aus der Höhle und hüpft über den Boden. Als ich mich bücke, um ihn aufzuheben, fällt auch noch der andere heraus. Ich gehe auf Hände und Knie, blind und verängstigt, und taste in der Dunkelheit nach meinen Augen.

Ich fuhr aus dem Schlaf hoch und zog die Decke fest um meine Schultern. Mein Herz hämmerte. Fahles Mondlicht fiel in den Raum und erhellte die Umrisse von Darshana, die sich die Decke über den Kopf gezogen hatte.

Ich schloss die Augen und legte behutsam die Finger auf die Lider: Beide Augen waren noch da. Doch das Entsetzen aus dem Traum hatte mich noch nicht losgelassen. Ich lauschte dem vertrauten Fauchen von Darshanas Schnarchen, doch es war nicht da. Ich hörte überhaupt keine Atemzüge von ihr. *Was, wenn sie tot ist. Was, wenn ich hier neben einer Leiche liege?* Ich beugte mich vor und betrachtete das schlafende Bündel unter der Decke: Sie rührte sich nicht. Oh Gott. Ich legte die Hand darauf. Es war weich und gab nach. Ich riss die Decke zurück – nichts als ein Kissen und ein Haufen weißer Kleider.

Wo war Darshana?

Ich sah aus dem Fenster. Es war Vollmond. Dick und rund stand er über den Feldern. *Sie ist irgendwo hingegangen, um meinen Schokoriegel zu essen.* Ich zog meine weißen Kleider an, ohne mir die Mühe zu machen, mein Sweatshirt auszuziehen, legte mir die weiße Stola um die Schultern und trat hinaus in die Nacht.

Der Wind fuhr durch mein Haar. Offenbar war ein Sturm im Anzug. Dicke Wolken schoben sich vor dem Mond vorbei. Bäume, Gebäude und Gärten wurden abwechselnd vom Mond erhellt und verschwanden dann wieder in den Schatten der Wolken. Ich ging den Weg zum Kuhstall entlang und warf einen Blick auf die schemenhaften Umrisse der schlafenden Tiere. »Darshana?« Die Kühe rührten sich, eins der Tiere gab ein grollendes Knurren von sich.

Zitternd vor Kälte ging ich weiter, vorbei an den Gemüsegärten. Plötzlich hatte ich es eilig. Ich wusste nicht recht, warum; es war beinahe so, als bekäme ich den Schlüssel zu all den Geheimnissen meines Lebens in die Hand, wenn ich nur Darshana fand. Ich ging am Meditationssaal vorbei und den gewundenen Weg hinauf zur Hütte des Guru – dessen Betreten den Anhängern verboten war, mit Ausnahme seines persönlichen Assistenten.

Die Fenster waren von Kerzenschein erhellt. Sri Satyaji meditierte bestimmt. Darshana hatte mir erklärt, er brauche nur eine halbe Stunde Schlaf pro Nacht und verbringe den Rest der Zeit mit der Meditation über den Weltfrieden. »Gestern«, hatte sie mir am Morgen beim Frühstück erzählt, »war er die ganze Nacht wach und hat heilende Energie in den Nahen Osten gesandt.«

Frauen war es verboten, sich dem Haus auf mehr als hundert Meter zu nähern. Doch ich ging weiter bis zu einem Busch, nicht einmal zehn Meter von den Stufen entfernt.

In diesem Moment ging die Tür auf. Erschrocken wich ich in die Schatten zurück und durchforstete mein Gehirn nach Ausreden: *Ich habe mich nicht wohlgefühlt. Ich wollte frische Luft schnappen. Ich habe schlafgewandelt. Bitte vergeben Sie mir.*

Doch es war nicht Sri Satyaji, der aus der Tür trat, sondern Darshana. Ihr loses Haar fiel über ihre Schultern, und ihr weißer Sari war halb offen. Sie schloss die Tür hinter sich und zog sich die Stola enger um die Schultern. Ich löste mich aus den Schatten und trat ihr in den Weg.

Einen Augenblick lang standen wir nur wortlos da und starrten einander im silbrigen Mondlicht an. Ich hatte sie noch nie so schön gesehen. Ihr Haar ergoss sich wie ein ungebändigter Fluss über ihre Schultern, ihre Augen leuchteten, und ihre vollen Lippen waren leicht geöffnet.

Schweigend musterten wir einander. Dann zuckte sie die Achseln und wandte sich zum Gehen.

»Warte«, sagte ich. Sie drehte sich um.

»Du hast meine Schokolade gegessen.«

Wieder zuckte sie die Achseln. »Und wenn? Inwieweit würde das etwas an deiner spirituellen Praktik ändern, Santosha?«

Was immer in Varanasi auch geopfert, gesungen, freiwillig gegeben oder klaglos erduldet wird, und möge es noch so klein und gering sein, wirft allein dank der Macht dieses Ortes unendliche Früchte ab. Welche Früchte auch aus den vielen tausenden, in Askese verbrachten Lebensspannen erwachsen sein mögen – drei Nächte des Fastens an diesem Ort sind ergiebiger.

Tristhalisetu, 1618 n.Chr.

Kapitel vierzehn

»Na ja, streng genommen hat sie vielleicht doch nicht gelogen«, sagte Devi Das zu mir, als unser Zug durch die Nacht rumpelte. »Viele Anhänger betrachten eine sexuelle Beziehung mit ihrem spirituellen Lehrer nur als eine andere Form von Darshan oder Weitergabe von Weisheit und nicht als Sex.«

Ich lag in der dunklen oberen Koje eines Schlafabteils eingequetscht, die aus nicht mehr als einer schmalen, gepolsterten Pritsche bestand, während Devi Das nur eine Armeslänge von mir entfernt auf der zweiten Pritsche lag. Ein eisiger Wind drang durch die Ritzen in den Fenstern. Obwohl ich alles trug, was ich besaß – lange Unterhosen, zwei Paar weite Hosen, eine Fleecejacke und ein Schultertuch –, zitterte ich vor Kälte.

»Aber wieso hat sie dann nicht einfach zugegeben, dass sie seine Geliebte ist? Wieso dieses Geschwafel über Enthaltsamkeit und Reinheit?« Auf den Pritschen unter uns schlief eine indische Familie – die Eltern samt ihrer vier kleinen Jungs, die wie junge Hunde übereinanderlagen. Sie sprachen kein Wort Englisch, hatten aber ihr Abendessen mit uns geteilt – in Alufolie gewickelte Chapatis, ein unfassbar scharfes Curry, das einem die Tränen in die Augen trieb, und einen klebrigen, fetttriefenden Nachtisch. Wann immer ich rülpsen musste, was ungefähr alle paar Minuten der Fall war, hatte ich den Geschmack wieder im Mund. Mein wachsender Uterus begann allmählich, meine inneren Organe gegen den Magen zu drücken, der sich weigerte, kampflos Platz zu machen.

»Ich bin sicher, sie hat es geglaubt, als sie es gesagt hat.« Devi Das rollte sich auf die andere Seite, so dass seine knochigen Knie und Ellbogen über die Pritschenkante ragten. »Wir haben selbst die Erfahrung gemacht, dass es möglich ist, an zwei sich widersprechende Geschichten zu glauben.«

Meine Hand wanderte zu der kleinen Wölbung an meinem Bauch. *Wohl wahr.* Aber aus irgendeinem Grund hatte ich mehr von meinem spirituellen Lehrer erwartet. Ich hatte meinem eigenen Leben entfliehen und in einen von süßem Duft erfüllten Himmel eintauchen wollen – mit Kerzen, Räucherstäbchen und spirituellen Gesängen. Es war so enttäuschend, dass diese strahlende Welt im Grunde ebenso verkorkst war wie meine eigene. Wahrscheinlich war Darshana nur die Spitze des Eisbergs. Bestimmt betrieb die britische Sekretärin mit dem stechenden Blick einen SM-Keller mit dem engelsgesichtigen Dänen. Verdammt, wahrscheinlich waren sogar die Kühe in irgendwelche Schweinereien verwickelt.

»Hier, nimm das hier.« Devi Das warf mir seinen schweren Wollschal über den Gang hinweg zu. »Das Letzte, was du gebrauchen kannst, ist, krank zu werden.«

»Das kannst du nicht machen. Es ist das einzige warme Kleidungsstück, das du hast. Du wirst noch erfrieren.« Ich schob es ihm wieder zu.

»Oh, wir haben schon kältere Nächte erlebt als diese. Es ist eine gute Gelegenheit, unsere Yogi-Kräfte zu testen. In Tibet gibt es Yogis, die bei Frost nasse Kleider trocknen, indem sie ihre Körpertemperatur in die Höhe treiben. Das wollten wir schon immer mal lernen.«

»Dann lass ihn uns wenigstens teilen. Komm rüber. So wärmen wir uns gegenseitig. Und mir ist so kalt, dass ich mich sogar an eine Ziege kuscheln würde.« Verlegen hielt ich inne. »Ich meine… natürlich wollte ich damit nicht sagen, dass du…«

»Keine Sorge, auch wir mögen Ziegen gern.« Er kletterte über den Gang hinweg in meine Koje. Wir quetschten uns auf die Pritsche, beide mit dem Gesicht zur Wand. Er breitete das schwere Umhängetuch über uns, dessen raue Wolle in meinem Genick kratzte. Dann legte er den Arm um meine Taille. Ich konnte seinen Atem im Nacken spüren, seine hervortretenden Hüftknochen und seine Rippen. »Jede Menge Platz hier! Wir dürfen nur nicht zur selben Zeit Luft holen.«

Meine Verlegenheit verlor sich, als ich mich in der Wärme seines Körpers zu entspannen begann. Als Matt und ich noch zusammen waren, hatten wir immer so geschlafen: dicht beisammen, einander haltend, als hätten wir Angst, der andere könnte während der Nacht verschwinden. Es war eine der erfreulichen Überraschungen an unserer Beziehung – die Tatsache, wie gut wir buchstäblich nebeneinanderschliefen. Wir schliefen im selben Moment ein und drehten uns im selben Rhythmus, wie ein komplizierter synchronisierter Tanz. Selbst unsere Träume ergänzten sich: Er erwachte aus einem Fest zum Erntedank, nachdem ich die ganze Nacht über die Saat gestreut hatte. Er träumte davon, mit den Eulen durch die Nacht zu fliegen, während ich sie damit zubrachte, Federn vom Dach meines Hauses zu pflücken.

Aber nach und nach waren die Dinge zwischen uns komplizierter geworden, und unser Schlafmuster hatte sich verändert. Beim Einschlafen kämpften wir wortlos um Kissen, Decken und darüber, ob die Tagesdecke die ganze Nacht über bis zum Hals hochgezogen (das wollte ich) oder auf Bauchhöhe bleiben sollte (wie er es wollte). Unsere wortlosen Auseinandersetzungen setzten sich auch noch fort, nachdem wir längst eingeschlafen waren. Einmal wachte ich auf und stellte fest, dass er sämtliche Decken auf seine Seite gezogen und sich in einem kuscheligen Kokon zu einem schnarchenden Ball zusammengerollt hatte. Als ich am Zipfel zog, drehte er sich im Schlaf weg. »Hör auf, Trish«, murmelte er. *Trish?* Ich ließ von der Decke ab und lag im Dunkeln, zitternd, während ich gegen die Tränen ankämpfte und zu den verblassenden Leuchtsternen an der Zimmerdecke starrte, die er in der exakten Konstellation des Himmels in der Nacht seiner Geburt angebracht hatte.

Devi Das gab ein leises Keuchen von sich, wie eine Dampflok, die Fahrt aufnahm, und ich spürte seinen Atem in kurzen Stößen in meinem Nacken.

»Was um alles in der Welt tust du da?«, fragte ich schläfrig.

»*Kapalabhati.* Feueratmung. Damit wird unsere Körpertemperatur sogar noch weiter erhöht. Du wirst dich fühlen, als hättest du dich an eine Wärmflasche gekuschelt.«

»Hör auf damit, sonst glauben die Leute noch, wir hätten auf irgendeine versaute amerikanische Art Sex.«

»Zum Glück ist der Zug so laut, dass uns sowieso keiner hören kann.«

Ich war so enttäuscht darüber gewesen, was aus Matt und mir geworden war – ich war so verletzt, fühlte mich im Stich gelassen. Vielleicht war das teilweise der Grund, weshalb ich wegen Darshana und Sri Satyaji so stinksauer war. Ich hatte mir jemanden gewünscht, an dessen Reinheit ich glauben konnte. Ich hatte an *irgendetwas* glauben wollen.

Ich dachte an die eilige Mail, die ich Maxine vor meiner überstürzten Abreise aus dem Ashram geschrieben hatte, um ihr mein nächstes Ziel mitzuteilen: *Ich fahre nach Varanasi, der Stadt der Toten! Es ist die alte Heimat von Shiva, dem Gott der Yogis; dem Gott der Zerstörung, der auf dem Friedhof lebt und sich von den Gebeinen der Toten ernährt. Ich bin ziemlich sicher, dass ich dort eine Menge Erleuchtungstipps bekommen werde.* Da mir so viele meiner Illusionen genommen worden waren, erschien mir eine Stadt, in die man zum Sterben ging, als das ideale Reiseziel.

Devi Das' Schnauben verebbte zu einem langen *ujayii*, einem rhythmischen, beruhigenden Zischen. Zusammenhangslose Bilder zogen vor mir vorbei: Darshanas Haar, das unter ihren Bürstenstrichen statisch knisterte. Matts schiefes Grinsen. Die schwankende Feuerplatte bei den Abend-Pujas im Ashram. In diesem Augenblick hörte ich Devi Das' Stimme so leise an meinem Ohr, dass ich mir nicht sicher war, ob ich es nicht träumte: »Amanda, selbst wenn der Lehrer ein Betrüger ist, kann seine Lehre trotzdem aufrichtig sein.«

Früh am nächsten Morgen erreichte der Zug Varanasi. Humpelnd stieg ich aus dem Zug, weil mein Knie nach der langen beengten Fahrt wieder wehtat. Der Bahnsteig war verdreckt und düster; die Beleuchtung vereinzelter Snack-Automaten warf einen fahlen Schein auf Familien, die in Decken gehüllt auf dem Boden schliefen, während andere auf kleinen Campingkochern das Frühstück zubereiteten. Fliegende Händler trugen mit Orangen und fingergroßen Bananen bestückte Körbe auf den Köpfen.

Vor dem Bahnhof schlug uns der Gestank von verrottendem Kohl, Fäkalien und Rauch entgegen. Eine Horde Rikschafahrer stürzte sich auf uns wie Fliegen auf einen Kadaver am Straßenrand. Ehe sich der Fahrer, für den wir uns entschieden, endgültig in Bewegung setzte, blieb er noch einmal kurz stehen, um ein Päckchen rötliches Pulver zu kaufen, bei dem es sich, wie Devi Das erklärte, um *paan* handelte, eine Art Kautabak aus der Betelnuss. »Das gibt ihm den Mut, den er braucht, um auf diesen Straßen zu fahren.«

Der Fahrer spie eine Ladung leuchtend roten Speichels aus,

trat aufs Gas und begann zu singen: »*Shiva Ram, Jaya Ram!*« Ich zog mir den Schal fester ums Gesicht und schloss die Augen, um mich vor dem dichten Rauch zu schützen. Wir überholten eine Fahrradrikscha und navigierten um das magere Hinterteil eines Wasserbüffels herum. Meine Lungen brannten. *Vergifte ich das Baby?* Ich packte Devi Das am Arm. »Der Kerl soll umdrehen! Ich habe es mir anders überlegt. Ich will nach Hause.«

»Keine Sorge.« Er beugte sich vor und sagte etwas zu dem Fahrer in Hindi. Der Fahrer schrie etwas zurück und spie erneut aus, ehe er von der Hauptstraße abbog und durch so schmale Gassen rumpelte, dass ich die Häuser links und rechts hätte berühren können, wenn ich die Hände ausstreckte. Am Straßenrand krochen Familien aus tief hängenden Hängematten, in denen sie allem Anschein nach die Nacht verbracht hatten. Sie bereiteten über kleinen Feuerstellen ihr Frühstück zu, putzten sich die Zähne, spuckten den Schaum auf die Straße und wuschen sich die Haare unter Handpumpen, deren Wasser in mit Unrat gefüllte Rinnsteine sickerte.

»Wohin fahren wir?«, fragte ich Devi Das.

»Zu einer wunderschönen Pension, wo es amerikanischen Brunch gibt.« Wir fuhren an einer Frau vorbei, die Läuse vom Kopf ihrer kleinen Tochter pflückte. »Es ist zwar teurer, als wir es uns eigentlich leisten können, aber du siehst aus, als könntest du jetzt was Nettes vertragen.«

Pfannkuchen. Ahornsirup. Würstchen. Vielleicht wurde ja doch noch alles gut. Die Rikscha war plötzlich mitten auf einer Kreuzung stehen geblieben, um drei Kamele passieren zu lassen, auf deren buckligen Rücken Holzbündel verschnürt waren.

»Holz für die Begräbnisfeuer«, erklärte Devi Das. »Die Leute kommen aus ganz Indien hierher. Wenn du in Varanasi stirbst, ist deiner Seele eine günstige Wiedergeburt sicher.«

Ich nickte. Ich hatte mir Varanasi als stillen Ort ausgemalt, eine Mischung aus Begräbnisinstitut und gotischer Kathedrale. Doch in dieser Stadt tobte das Leben. San Francisco wirkte im

Vergleich dazu, als hätte jemand eine Käseglocke darübergestülpt.

Die Rikscha setzte sich wieder in Bewegung, allerdings nur für kurz. Vor uns drängten sich fünf oder sechs Männer mit einer Bambustrage durch die Menge, auf der sich ein längliches, in goldfarbenen Seidenstoff gehülltes Bündel befand, während zwei weitere Männer Trommeln schlugen. »Ram Nam Satya He, Ram Nam Satya He, Ram Nam Satya He ...«, sangen sie.

»Der Name Gottes ist Wahrheit«, übersetzte Devi Das.

Die Männer waren nur noch wenige Meter von mir entfernt. Es dauerte einen Moment, bis ich begriff, dass ich einen verhüllten Leichnam vor mir hatte.

»Ram Nam Satya He. Ram Nam Satya He.« Der Singsang wurde vom Lärm der Menge verschluckt, und unser Fahrer nahm die Fahrt wieder auf. Ich schloss die Augen.

»Das passiert in Varanasi hundertmal am Tag«, erklärte Devi Das. »Du gewöhnst dich daran.«

Von: Maxine@bigdaybooks.com
An: Amandala@yahoo.com
Betreff: Fortschritte
Amanda, die Redaktion ist absolut begeistert von Satyanams Ashram, besonders von den Fotos. So ein attraktiver Guru, insbesondere wenn wir mit Photoshop diese Augenbrauen noch ein wenig nachbearbeiten. Stadt des TODES? Sag bitte, dass ich nicht richtig gelesen habe!?

Von: Lori647@aol.com
An: Amandala@yahoo.com
Betreff: Unbedingt Finger weg vom Wasser!
Ich habe gerade gelesen, dass die Kolibakterien-Konzentration im Ganges bei Varanasi 150-mal höher ist als gesetzlich erlaubt. Die kippen ALLES in den Fluss: Leichen, Abwasser, nukleare Abfälle, einfach alles. Dabei solltest du in deinem

Zustand noch nicht mal ein Katzenklo sauber machen!
Komm bitte endlich zur Vernunft, ja?

Von: Heybaby.com
An: Amandala@yahoo.com
Woche 14: Werden Ihre Sachen langsam ein wenig eng? Mag sein, dass Ihnen die Klamotten Ihres Mannes obenherum passen, aber was ist mit den Hüften und dem Bauch? Keine Sorge – heutzutage sind Umstandskleider genauso süß wie das Baby in Ihrem Bauch! Sehen Sie selbst! Klicken Sie einfach auf einen der unten angegebenen Links und suchen sich ein paar hübsche Sachen fürs Büro, den Sport, den Strand und für die Nacht aus!

Unsere Pension sah wie ein Bed & Breakfast in Neuengland aus. Ich saß an einem Tisch mit gewachster Karodecke, zog eine Stoffserviette aus einem geschnitzten Walnussholz-Serviettenring und machte mich über einen mit Ahornsirup getränkten French Toast her. Durchs Fenster konnte ich die silbrige Kurve des Flusses sehen und den nicht enden wollenden Strom von Menschen und Tieren: eine Herde Wasserbüffel auf dem Weg zum Ufer; Pilger mit fast zwei Meter breiten Stäben auf dem Rücken, an deren Enden Bündel mit ihren Kleidern und Kochgeschirr baumelten; Sadhus mit Dreizacken in der Größe von Mistgabeln in der Hand.

»Fröhliche Weihnachten«, sagte der Kellner gut gelaunt und schenkte uns Kaffee ein. Genau, das hatte ich ja völlig vergessen. Morgen war ja Weihnachten. Ich wandte mich an Devi Das. »Erinnere mich daran, dass ich meine Mutter anrufe.«

»Wirst du ihr die große Neuigkeit erzählen?«

»Noch nicht. Ich ertrage ihre Reaktion nicht. Außerdem will ich ihr die Feiertage nicht verderben.« Ich schob den Gedanken beiseite und sah wieder aus dem Fenster. Ein Bettler saß neben einem glänzenden Motorrad. Unter einem Baum fraß eine Ziege die Ringelblumengirlande von einem Shiva-Schrein. »Wie alt ist diese Stadt eigentlich?«

»Varanasi ist eine der ältesten Städte der Welt.« Devi Das rührte ein Tütchen Milchpulver in seinen Kaffee. »Es war schon alt, als Buddha hierhergekommen ist, also vor 2500 Jahren. Es ist sogar älter als Rom oder Athen.«

»Ja, aber in Athen laufen heutzutage keine Soldaten mehr im Lendenschurz herum. Oder mit Kränzen aus Olivenblättern im Haar. Und im Parthenon gibt es keine Priester, die Zeus und Athene heute noch Ziegenopfer bringen.«

»Zu schade. Sonst würden wir auf der Stelle hinfahren.«

Die Dusche in unserem Zimmer war zu meiner Überraschung heiß, und an der Innenseite der Badezimmertür hingen zueinander passende Bademäntel aus rot kariertem Frottee. Devi Das und ich ließen uns nebeneinander auf das Doppelbett fallen, auf die Tagesdecke mit dem Schneemann- und Schlittenmuster. *Mach dir keine Sorgen um mich, Mom. Ich verbringe Weihnachten in einer Pension, in der alles wie in einem L.L. Bean-Einrichtungskatalog aussieht!* Ich griff nach einem Buch auf dem Nachttisch. *Benares – Stadt des Lichts.* Von Diana Eck. Perfekt. Die echte Stadt des Lichts war zu intensiv, zu überwältigend. Ich hatte nur einen Wunsch: mich unter die Decke legen und so tun, als lese ich an einem verschneiten Tag in Vermont ein Buch über Indien. Ich schlug die erste Seite auf und überflog sie.

Lange Steinstufen, Ghāts genannt, reichen wie Wurzeln in den Fluss und bringen Tausende von Fremden hinunter zum Ganges, wo sie bei Sonnenaufgang baden. In den engen Gassen über diesen Stufen spielt sich derweil das endlose irdische Drama von Leben und Tod ab, das die Hindus samsāra nennen. Doch hier, mit dem Fluss vor Augen, lässt sich Transzendenz und Befreiung erfahren, von den Hindus moksha genannt.

Ich rutschte weiter unter die Decke und schloss die Augen. Dies war Shivas Heimatstadt, und ich konnte ihre wilde, ursprüngliche Energie spüren. Was tat ich hier? Schwanger, so weit fort von allem Sicheren und Vertrauten? Ich sah mich durch die überfüllten, engen Gassen meines Lebens eilen, während die Häuser immer näher kamen und mich bedrängten. Ich hatte mich im Netz der Gassen von Samsara verlaufen. Überall um mich herum standen Menschen auf den Balkonen und winkten mir zu: Mom. Maxine. Lori. Tom. Wartete tatsächlich Befreiung an den Ufern des Flusses auf mich? Wie sollte ich dorthin gelangen?

Ich bin Teil einer Beerdigungsprozession. Ich schlage eine Trommel. Mein Bauch ist sehr dick. Sollte ich nicht langsam ins Krankenhaus und mein Kind zur Welt bringen? Vor mir schwankt die Bambustrage mit dem Leichnam darauf. Alle um mich herum weinen. »Ram Nam Satya He«, singe ich. »Der Name Gottes ist Wahrheit.« Aber wer ist gestorben? Mit einem Mal setzt sich der Leichnam auf, zieht sich den gelben Stoff vom Kopf und sieht mich an. Sein Gesicht ist bleich, der Schädel rasiert. »Hey, Amanda«, sagt der Leichnam. »Hast du gerade von der Wahrheit gesprochen?« Es ist Matt.

Schweißüberströmt schlug ich die Augen auf. Wie lange hatte ich geschlafen? Fahles Licht sickerte durch die Vorhänge – war es Nachmittag oder bereits der nächste Morgen? Neben mir schnarchte Devi Das – ein leises Blubbern mit einem leichten Pfeifen in der Mitte wie ein alter, ausgeleierter Teekessel. Ich stand auf, zog mich an und ging zum Gästecomputer neben dem Speiseraum. Mit dem eigentümlichen Gefühl der Unvermeidbarkeit loggte ich mich ein, so als steckte ich mitten in einem Traum, dessen Ende ich bereits kannte.

Von: Offthematt@gmail.com
An: Amandala@yahoo.com
Betreff: Bitte nicht löschen
Amanda, ich weiß, dass das Jahr noch nicht vorbei ist.
Aber die Gelegenheit ist zu gut, um sie ungenutzt verstreichen zu lassen. Ich bin diese Woche in Indien, in Bodh Gaya, bleibe aber nur ein paar Tage auf dem Weg nach Thailand. Bist du irgendwo in der Nähe? Wenn ja, könnten wir uns vielleicht treffen. Du fehlst mir. Matt.

»Was soll ich tun, was meinst du?«, fragte ich Devi Das. »Soll ich mich mit ihm treffen?«

Es war früh am nächsten Morgen. Devi Das und ich saßen im hinteren Teil eines Ruderbootes, das von einem weißbärtigen, in einen braunen Wollschal gehüllten Mann den Ganges hinuntermanövriert wurde. Er sah wie der Bootsmann in einem Kinderbuch aus, einer von denen, die einem drei Wünsche erfüllen, wenn man seine Rätsel löst. Dabei war *ich* hier diejenige, die die Rätsel aufgab.

»Was du auch tust, wir werden dich dabei unterstützen«, antwortete Devi Das. »Aber du solltest wissen, dass wir nur ein paar Zugstunden von Bodh Gaya entfernt sind. Wenn du willst, könnten wir morgen hinfahren.«

»Ich weiß nicht, was ich will.« Ich streckte meine Hand über den Bootsrand ins Wasser, riss sie aber augenblicklich wieder zurück. *Abwasser, Leichen, nukleare Abfälle.* Ich sah eine Girlande aus Ringelblumen und Kokosfasern auf der schaumigen Oberfläche treiben, eine Gabe an Shiva. »Er ist der Vater meines Babys. Vielleicht sollte ich ihn wenigstens wissen lassen, dass ich schwanger bin.«

»Das stimmt.«

»Andererseits bin ich jedes Mal, wenn ich ihn sehe, völlig durch den Wind.«

»Auch das stimmt.«

Der Fluss war breit und beschrieb eine sanfte Biegung. Das blasse frühmorgendliche Licht gab den Blick auf eine Häuseransammlung frei, eine Mischung aus Vergangenheit und Gegenwart – verfallende, Shiva und Kali gewidmete Tempel, Luxushotels mit feudalen Glasfronten, ein verlassener Maharadscha-Palast, aus dessen Dach ein Baum wuchs. Die Tempelglocken schlugen. Nackte Sadhus beugten sich über glühende Feuer in ihren Zelten am Flussufer. »Das sind Naga Babas. Sie tragen niemals Kleidung. Sie reiben sich mit Asche ein, um sich warm zu halten«, erklärte mir Devi Das.

Als die Sonne auf die Wasseroberfläche fiel, waren die Häuser mit einem Mal in einen blassgoldenen Schimmer getaucht. Wir trieben an drei Mantra singenden Sadhus vorbei, die völlig in Ekstase versunken waren; dann an zwei dickbäuchigen Männern, die auf Felsbrocken saßen und sich mit einem Seifenstück die Achseln wuschen.

»Ein Bad in Mutter Ganges wäscht sieben Generationen schlechtes Karma fort«, erklärte Devi Das.

Wieder blickte ich auf das schaumige Wasser. »Und was ist, wenn ich nur einen Finger hineinhalte? Bringt mir das eine Generation?«

»Halte dich nicht an Äußerlichkeiten fest. Denk an heilige Dinge, nicht an Kolibakterien.«

Wir trieben an einem Mann vorbei, der auf dem Bug eines Fischerboots saß und seine Netze flickte. Frauen droschen ihre nasse Wäsche am Ufer auf Steine, dass es nur so spritzte. Ein Sadhu in einem orangen Lendenschurz stand vor seinem Zelt und telefonierte mit einem Handy. Ein paar Mädchen kauerten am Ufer, putzten sich mit Zweigen die Zähne und spülten mit Palmwedeln voll Wasser nach.

»Ich kann es nicht fassen, dass sich die Leute mit diesem Wasser die Zähne putzen.«

Devi Das nickte. »In Amerika halten wir an der Illusion fest, dass Trinken nichts mit dem Pinkeln und das Leben nichts mit dem Tod zu tun hat. Man muss sich erst daran gewöhnen, beides so dicht beisammen zu sehen.«

Unser Bootsmann paddelte stromabwärts auf eine Ufertreppe zu, auf der rote Feuer glühten und dichte Qualmwolken aufstiegen. Der beißende Gestank von Rauch stieg mir in die Nase, gemeinsam mit einem noch eindringlicheren Geruch, bei dem sich mir der Magen umdrehte. Beim Näherkommen fiel mir auf, dass neben den Stufen Bambusgestelle errichtet waren, auf denen jeweils eine in Seidenstoff gehüllte Leiche lag. Benommen schloss ich für einen Moment die Augen. Wir ruderten tausend Jahre weit zurück, geradewegs in die Unterwelt. Und ich hatte ein Hotelzimmer mit Balkon gebucht, von dem aus ich einen Blick auf das Portal des Hades hatte.

»Fast überall in Indien gilt der Ort, an dem die Leichen verbrannt werden, als unrein, deshalb befinden sie sich außerhalb der Stadt«, sagte Devi Das. »Aber hier in Varanasi ist der Tod heilig. Deshalb wird er wie ein Ehrengast geradewegs ins Herz der Stadt eingeladen.« Ich schlug die Augen auf und nahm an, der Bootsmann fahre daran vorbei, stattdessen ruderte er direkt darauf zu. Andere, mit Touristen vollgepferchte Boote tauchten neben uns auf: Deutsche, Japaner, Italiener, Briten, Franzosen. Fünf oder sechs Feuer brannten am Ufer, manche laut lodernd, manche im Ersterben begriffen. Auf dem Scheiterhaufen am nächsten zu uns, der jedoch noch nicht angezündet war, lag eine in Seide gehüllte und mit roten Hibiskusblüten geschmückte Leiche, um die sich eine Familie geschart hatte: ein alter Mann im Dhoti, ein kleiner Junge in einem roten Sweatshirt und zwei Männer mittleren Alters in westlichen Anzügen. Ein paar magere Hunde lagen müßig im Staub. Eine Ziege fraß die Hibiskusgirlanden. Einer der Männer hatte ein brennendes Reisigbündel in der Hand, bückte sich und zündete den Scheiterhaufen an, worauf eine dichte, scharf riechende Qualmwolke aufstieg.

»Sie haben das Feuer an einer Flamme angezündet, die schon

seit dreitausend Jahren brennt«, sagte Devi Das. »Wenn die Leiche verbrannt ist, streuen sie die Asche in den Fluss, gemeinsam mit einigen der größeren Knochen, die nicht vollständig verbrennen. Du weißt schon, der Beckenknochen und der Brustkasten.«

Es stank nach verschmorten Haaren. Devi Das' Worte drangen wie aus weiter Ferne an mein Ohr.

»Aber Kinder werden nicht verbrannt. Schwangere Frauen auch nicht. Sie binden nur Steine an ihnen fest und versenken sie in der Mitte des Flusses.«

Ich legte die Hände auf meinen Bauch und spürte, dass ich drauf und dran war, ohnmächtig zu werden. Der Schleier zwischen Träumen und Wachen, zwischen bewusstem und unbewusstem Wahrnehmen löste sich auf. Götter und Dämonen waren mit einem Mal überall. Wie viele hunderte und tausende Leichen waren an dieser Stelle schon verbrannt worden?

Die Männer häuften noch mehr Holz auf den Scheiterhaufen. Ich starrte auf die brennende Leiche. Irgendwann hatte eine Mutter diesen Toten in ihrem Bauch ausgetragen. Hatte er Kinder gehabt? Eine Frau, die ihn mehr liebte als das Leben selbst? Was tat ich hier? Ich sah zu, wie jemandem das Herz brach, als wäre es eine Touristenattraktion.

»Unser Bruder wollte verbrannt werden«, sagte Devi Das, ohne mich anzusehen. »Da sind wir uns ganz sicher. Aber unsere Eltern wollten, dass er im Familiengrab beigesetzt wird. Deshalb haben wir, als wir vor fünf Jahren das erste Mal herkamen, ein Foto von ihm und seinen alten Teddybären mitgebracht. Wir haben beides am Ufer des Ganges verbrannt und die Asche in den Fluss gestreut.«

Ich legte den Arm um ihn, obwohl ich nicht sicher war, ob die Geste dazu diente, ihn zu trösten oder eher mich selbst. Sein Körper fühlte sich hart und starr wie ein Felsbrocken an. Aber immerhin war es etwas, woran ich mich festhalten konnte. »Es tut mir so leid.«

»Amanda. Wir wollen uns nicht in dein Leben einmischen. Aber wenn wir dich von Matt sprechen hören, erinnern wir uns an etwas, das wir den Zen-Meister Thich Nhat Hanh einmal sagen hörten: ›Liegst du im Argen mit dem Menschen, den du liebst, halte inne und sieh ihm oder ihr in die Augen. Dann stell dir dich selbst und deinen Geliebten in hundert Jahren vor, und du wirst wissen, was du zu tun hast.‹«

Ich sagte nichts darauf. Mittlerweile hatten die Flammen die Leiche erfasst. Ich hörte Fett zischen, Gelenke knacken. Zwei Sadhus saßen auf den Stufen darüber und spielten Karten. Neben ihnen sang ein Mädchen im Teenageralter in einem geblümten Sari Bhajans und schlug mit ihren silbernen Handglocken den Takt dazu.

Ich sah auf den Fluss hinaus. Ein Kotklumpen trieb vorbei, gemeinsam mit Ringelblumenblüten und Zigarettenkippen. War dies heiliges Wasser? Oder eine Jauchegrube? Oder beides? Wenn es eines gab, was ich in Indien gelernt hatte, dann das: *Nichts ist so, wie es an der Oberfläche aussieht.*

Ich spürte ein zartes Zittern in meinem Bauch, unmittelbar unter dem Bauchnabel; nur ganz leicht, aber unmissverständlich, wie das Schlagen von Schmetterlingsflügeln. Es fühlte sich an, als liebkose mich jemand von innen.

»Hey, Devi Das«, flüsterte ich. »Rate mal, was ich gerade gespürt habe.«

Der Tänzer

(Natarajasana)

Stelle dich auf das rechte Bein. Winkle das linke Knie leicht an, greife mit der linken Hand nach hinten und umfasse das linke Fußgelenk. Ziehe den Fuß nach hinten und begib dich dabei in eine tiefe Rückwärtsbeuge. Strecke den rechten Arm nach vorne aus, anmutig wie eine Ballerina auf einem Spieluhrdeckel. Spüre, wie die Balance verlangt, dass du ins Schwanken gerätst und wie du dich wieder fängst, wieder und wieder.

Nataraja ist der tanzende Shiva, der Gott der Zerstörung. Er tanzt in einem Ring aus Feuer mit einer Schlange, die sich um seinen Bauch windet, und er zertrampelt dein Ego unter seinen Füßen. Er entreißt dir alles, worauf du glaubtest, stets zählen zu können. Wenn du deinen Fuß loslässt und umkippst – welch neues Leben könnte dann aus deinen zerschmetterten Gebeinen entstehen?

Dein schlimmster Feind kann dir nicht so großen Schaden zufügen wie deine unkontrollierten Gedanken. Aber hast du sie erst einmal unter Kontrolle, kann dir niemand sonst so behilflich sein, nicht einmal dein Vater oder deine Mutter.

Buddha, Dhammapada, ca. 500 v.Chr.

Kapitel fünfzehn

Am Morgen nach unserer Ankunft in Bodh Gaya stand ich im Hof des Mahabodhi-Tempels, nur wenige Meter von der Stelle entfernt, wo Buddha die Erleuchtung erfahren hatte, während er unter einem Baum meditierte, und grübelte über ein altes Zen-Rätsel nach: Wie erklärte man seinem untreuen Freund, der keine Kinder will, am besten, dass man von ihm schwanger ist?

Es war ein klarer, aber kühler Dezembermorgen. Der Tempel, eine Sandsteinpyramide mit weit bis in den wolkenlosen Himmel reichenden Spitztürmen, ragte vor uns empor. Im Hof wimmelte es von buddhistischen Mönchen und Nonnen, deren Kutten sich im Wind bauschten: japanische in schwarzen Kutten, tibetische in kastanienbraunen, Mönche aus Sri Lanka und Thailand in safrangelben und aus Vietnam und Korea in grauen.

»Wann triffst du dich mit ihm?«, fragte Devi Das.

»Erst um die Mittagszeit«, antwortete ich und sah zwei tibetanischen Mönchen zu, die vor mir vorbeigingen und sich alle paar Schritte in tiefer Ehrerbietung auf den Boden warfen, wobei sie die Ellbogen mit Polstern versehen hatten, um sich gegen die Wucht ihrer Hingabe zu schützen.

»Das sind noch über zwei Stunden! Das heißt, wir haben noch genug Zeit, um unter dem Bodhi-Baum zu meditieren.«

»Oder es uns anders zu überlegen und in den nächsten Zug zu steigen.«

»Innerhalb weniger Stunden können sich gewaltige Verwandlungen vollziehen! Denk nur daran, was mit Buddha geschehen ist.«

»Na ja, Buddha hatte auch niemanden, den er liebte und der ihn abgelenkt hat.«

»Aber hat Mara, der Gott der Täuschung, ihm nicht Heerscharen schöner Frauen geschickt, die ihn in Versuchung führen sollten?«

»Und gab es welche darunter, die von ihm schwanger waren? Das hätte vielleicht geholfen.« Meine Füße waren geschwollen und pochten. Ich setzte mich auf eine steinerne Bank vor dem Tempel und begann, sie durch die Sandalen zu massieren. *Toll. Sogar meine Füße werden fett. Was kommt als Nächstes? Meine Nase?* Unter einem Baum in der Nähe vollführte ein tibetischer Mönch Ehrerbietungen auf einem Holzbrett, neben dem eine Plastikflasche mit Wasser stand. Ich zog mein Notizbuch aus dem Rucksack und blätterte durch meine Einträge von heute Morgen.

Erleuchtung für Anfänger: Probekapitel/Entwurf

Wenn es einen Ort gibt, den der Erleuchtungs-Suchende in Indien unbedingt besuchen sollte, dann ist es Bodh Gaya – dort, wo Buddha vor 2500 Jahren selbst erleuchtet wurde! Einige Jahre nachdem er seine Frau, seine Familie und sein Prinzenreich verlassen hatte, um bei den bedeutendsten Yogis von Indien zu studieren, kam der Wanderasket Siddhartha Gautama in eine Höhle in den Bergen am Rande des Städtchens. Er verbrachte mehrere

Jahre damit, sich selbst zu geißeln und zu hungern; versuchte auf diese Weise, seinen Körper zur Unterwerfung zu zwingen (falls Sie etwas Ähnliches ausprobieren wollen, sollten Sie sich vielleicht mal in einem Yoga-Studio in Manhattan anmelden). An der Schwelle des Todes gelangte er zu dem Schluss, dass Selbstgeißelung nicht der richtige Weg zur Erleuchtung war. Also verließ er die Höhle und zog sich den Widerwillen seiner Asketen-Kollegen zu, indem er eine Schale Reis von einem Dorfmädchen annahm. Dann setzte er sich unter eine Pappelfeige auf ein Kissen aus Gras und schwor sich, erst wieder aufzustehen, wenn er sich von den Fesseln der Täuschung und den Beschränkungen seines Geistes befreit hatte. Am nächsten Morgen in der Dämmerung hatte er sein Ziel erreicht und wurde Buddha, der »Erleuchtete«. Heute noch kommen seine Anhänger von allüberall auf der Welt an den Ort von Buddhas Triumph. Und noch immer steht eine uralte Pappelfeige – mittlerweile als Bodhi-Baum oder Baum der Erleuchtung bekannt – an der Stelle, an der all das geschah. ~~Manche suchen ihn auf, um ihr eigenes Leid besser zu ertragen.~~
~~2500 Jahre später ist geht es den Menschen immer noch~~
~~Matt, ich habe wunderbare Neuigkeiten~~
~~Matt, ich weiß, das ist nicht genau das, was du dir wünschest, aber ich hoffe, du~~

(Ganze Seite herausgerissen, zerknüllt, dann wieder glatt gestrichen und mit einem Stück Kaugummi ins Notizbuch geklebt.)

Genervt klappte ich mein Notizbuch zu. Zwei kleine tibetische Jungen in kastanienbraunen Kutten kamen mit Plastikflugzeugen in den Händen vorbei und machten Motorgeräusche. »Sieh dir die an. Die sind doch höchstens acht. Wie können sie jetzt schon Mönche sein?«

»In tibetischen Familien ist es ganz normal, ein Kind ins Kloster zu schicken, damit es für die ganze Familie betet.« Devi Das setzte sich neben mich auf die Bank. »Manchmal wird ein Kind sogar bei der Geburt als Inkarnation eines hochrangigen Lamas erkannt.«

»Wow. Ich frage mich, wie man so etwas sagen kann.« Ich stellte mir eine Truppe Lamas vor, die vor meiner Tür in San Francisco auftauchten. Amanda, *wir haben tolle Neuigkeiten für dich. Dein Kind ist der nächste Dalai Lama!* Ich könnte ihn in ein Kloster schicken und mich danach weiterhin mit Typen aus dem Yoga-Kurs einlassen. Ich bräuchte mir keine Gedanken darüber zu machen, dass ich ihn morgens in den Kindergarten bringen müsste. Stattdessen würde er mich in den Ferien besuchen, und ich würde mit ihm in den Park gehen. Er wäre der einzige Junge am Klettergerüst, der eine Kutte trug. Ich sah wieder zu den kleinen Mönchen hinüber. Weinten sie jemals nachts vor Sehnsucht nach ihren Müttern? Vergossen ihre Mütter Tränen wegen ihnen?

Wir gingen zum Tempel und blieben vor seinen massiven Mauern stehen. Ich sah zu einem mit Ringelblumen-Girlanden geschmückten Fries aus heiter-gelassen dreinblickenden Buddhas und Heiligen hinauf, unter dem auf einem Absatz Butterlampen brannten. Ich spürte förmlich, wie sie verzweifelt die Köpfe schüttelten. Der Tempel, so hatte ich gelesen, war über mehrere hundert Jahre in Vergessenheit geraten, als der Buddhismus in Indien ausgestorben war – der Tempel war vom Wald überwuchert und unter Erdreich begraben gewesen. Zu der Zeit, als englische Archäologen im neunzehnten Jahrhundert darauf stießen, nutzten hiesige Bauern das Areal als Auslauf für ihre Schweine.

Wir gingen ans Ende des Tempels – und mit einem Mal stand der Bodhi-Baum vor uns. Seit Matt mir in unserer ersten Nacht eines seiner Blätter gezeigt hatte, war ich entschlossen gewesen, eines Tages herzukommen. Der dicke weiße Stamm war von einer steinernen Mauer umgeben, in die ein Eisentor eingelassen war. Darüber spannte sich ein Baldachin aus zarten, herzförmigen Blättern. Mehrere Dutzend tibetischer Mönche hatten sich auf dem Hof versammelt und monotone Gesänge angestimmt, begleitet von rhythmischen Zymbal- und Trommelklängen. Eine Gruppe sri-lankischer Frauen rezitierte in nasalem Singsang Andachtstexte.

»Das ist er. Hier ist es also passiert.« Devi Das legte die Handflächen aneinander und verbeugte sich. »Genau unter diesem Baum hat Buddha sich von allen seinen Begierden befreit.«

»Es kann doch nicht derselbe Baum sein.«

»Nein, nein. Aber Pappelfeigen leben mehrere hundert Jahre. An den Stellen, wo alte wuchsen, entstehen immer neue.«

Wir spähten durch eine der vielen Aussparungen in der Steinmauer auf den Baumstamm, dessen Äste mit endlosen Bahnen orangen Seidenstoffs und weißen Plastikblumen geschmückt waren. Neben uns presste ein thailändischer Mönch Blattgold auf den Stein, während sein japanischer Kollege Fotos mit einer Digitalkamera machte.

Devi Das setzte sich auf einen Mauervorsprung und schlug die Beine übereinander. Ich ließ mich neben ihn sinken und schloss die Augen. Der Singsang umgab mich. Dieser Baum war gestorben und wiedergeboren worden, immer und immer wieder. Der Tempel war jahrhundertelang in Vergessenheit gewesen. Seltsamerweise erfüllte mich all das mit Hoffnung. Wenn aus einem Schweinestall wieder ein Tempel gemacht werden konnte, war mein Wunsch, mich mit Matt zu versöhnen, vielleicht doch nicht völlig verrückt. Vielleicht könnte aus dem alten, abgestorbenen Stumpf unserer Beziehung eine neue erwachsen. Befreiung vom Leid war jedem möglich, hatte Buddha gesagt. Aber sein Leben war auch nicht so chaotisch gewesen wie meines. Bestimmt hatte noch nie jemand so Verkorkstes unter diesem Baum gesessen wie ich.

Hummm... sahh. War es okay, ein hinduistisches Mantra zu

benutzen, um unter einem buddhistischen Baum zu meditieren? Oder war es ein Sakrileg, ja vielleicht sogar gefährlich, so wie wenn man beim Toilettenreinigen Clorox mit Ajax mischte? Ich warf einen verstohlenen Blick auf die Uhr. Nur noch eine Dreiviertelstunde, bis Matt mich genau unter diesem Baum treffen sollte. Noch immer genug Zeit, um die Kurve zu kratzen. Ich könnte zu unserer Jugendherberge zurückgehen, meinen Rucksack holen und zum Bahnhof fahren. Und Matt erst wiedersehen, wenn das Baby, sagen wir mal, aufs College ging. Oder bis er verheiratet war und selbst Kinder hatte. *Toll, dich nach all den Jahren wiederzusehen, Matt! Du siehst gut aus. Oh, und übrigens bist du… Großvater!*

Humm… sahhh. Vielleicht war es diesmal ja anders. Vielleicht hatte ich mich verändert. Vielleicht hatte *er* sich verändert. Möglicherweise war er ja außer sich vor Freude über die Nachricht, dass ich schwanger war. Dass *wir* schwanger waren. Vielleicht fanden wir einen Lama, der uns gleich hier, unter dem Bodhi-Baum, traute. Ich würde einen leuchtend roten Hochzeitssari tragen. Die Flitterwochen würden wir in Varanasi verbringen, zusehen, wie die Leichen den Fluss hinuntertrieben, und uns stundenlang unter der Tagesdecke mit dem Schneemannmuster lieben.

Humm… sahhh. Es sei denn… Was, wenn er inzwischen mit jemand anderem zusammen war? Vielleicht mit dieser Rothaarigen, von der Lori mir geschrieben hatte. Vielleicht begleitete sie ihn sogar auf der Reise. »Ich bin bald wieder da«, sagte er vielleicht genau in diesem Moment zärtlich zu ihr und zog den Reißverschluss seiner Jeans hoch. »Ich treff mich nur kurz mit meiner Ex.«

Ein Schwarm Elstern kreischte in den Ästen. Ich schlug die Augen auf. Auf der anderen Seite des Baums versammelten sich tibetische Nonnen. Nonne in einem Kloster! Das war das Richtige. Kein Grund mehr, sich die Beine zu rasieren. Keine quälenden Fragen, ob ein Kerl einem eine Nachricht auf dem Anrufbeantworter hinterlassen hatte. Andererseits war Kastanienbraun nicht unbedingt meine Farbe. Ich sollte mich lieber an die thailändische Tradition mit dem satten Ockerton halten.

Aber vielleicht litten auch diese Mönche und Nonnen innerliche Höllenqualen, hatten mit ihren eigenen komplexen Dramen zu kämpfen. Vielleicht war das der Grund, weshalb sie so inbrünstig sangen.

Ich schloss die Augen wieder. Der Singsang vibrierte in meinem Bauch, in meinem Rückgrat. Ich spürte das Baby zittern. Vielleicht stand die Tür zur Glückseligkeit ja bereits offen. Und ich musste nur noch durch sie hindurchgehen.

»Amanda.«

Ich riss die Augen auf. Matt stand vor mir.

Er wirkte dünner und gebräunter, als ich ihn in Erinnerung hatte. Sein Haar war nachgewachsen und hing ihm in wirren, mit Grau durchzogenen Locken in die Stirn. Waren diese grauen Haare neu? Oder hatte ich sie nur aus meiner Erinnerung getilgt? Vielleicht war es ja gar nicht Matt. Sondern nur ein von Mara gesandter Dämon. »Du solltest doch noch gar nicht hier sein.«

»Ich dachte, ich komme ein bisschen früher und versuche, erleuchtet zu werden, bevor ich dich sehe. Aber es sieht so aus, als hättest du die Idee schon vor mir gehabt.« Er setzte sich gegenüber von mir hin und sah Devi Das an. »Hi, ich bin Matt.«

»Oh, tut mir leid. Matt, das ist mein Freund Devi Das. Wir reisen zusammen.« Die Mönche sangen noch immer, ohne etwas von den menschlichen Dramen mitzubekommen, die sich neben ihnen abspielten.

Devi Das löste seine übereinandergeschlagenen Beine. »Wir freuen uns sehr, dich kennenzulernen. Aber leider müssen wir jetzt los, um uns ein Mittagessen im Thai-Tempel zu besorgen. Wir träumen schon seit zwanzig Minuten von dem Tofu-Curry, das es dort gibt.«

Matt sah mich an, als Devi Das sich auf den Weg machte. »Wir? Wie viele unsichtbare Freunde hat er denn bei sich?«

»Das ist eine lange Geschichte.« Irgendwo auf dem langen Weg unserer Beziehung hatten Matt und ich Begrüßungs- und Abschiedsformeln über Bord geworfen. Wir brüsteten uns damit, den Gesprächsfaden genau dort wieder aufnehmen zu können, wo wir beim letzten Mal aufgehört hatten, so als hätten wir uns erst vor wenigen Tagen und nicht vor fünf oder sechs Monaten gesehen. Auf die Art überspielten wir, dass wir den Großteil der Zeit nicht zusammen waren.

»Du siehst toll aus, Amanda.« Eindringlich betrachtete er mein Gesicht. »Ich würde sogar sagen, atemberaubend, wenn es nicht so klischeehaft wäre. Liegt das an der Kraft deiner spirituellen Praktiken? Oder ist es nur ein neues Make-up?«

Ich bin schwanger. »Oh, nur ein Tropfen Eau de Ganges. Aber es wirkt wahre Wunder beim Teint.« Am liebsten hätte ich mich in seine Arme geworfen. Aber ich wusste, dass er auf der Stelle die leichte Wölbung meines Bauches spüren würde, die sich unter meiner weiten Tunika und dem Schultertuch verbarg. Stattdessen griff ich nach meinem Notizbuch und begann, durch die Seiten zu blättern, als hätte ich bereits ein Drehbuch verfasst, wie ich diese Begegnung bewältigen sollte, und müsse es nur noch finden.

Er nickte in Richtung des Notizbuchs. »Und wie läuft es mit dem Buch?«

»Wirklich toll!« Ich war noch nie gut darin gewesen, Matt etwas vorzumachen. »Na ja – okay. Ehrlich, Matt, es ist viel schwieriger, als ich gedacht hatte. Völlig anders, als Weingüter in Kalifornien zu besuchen. Das Ganze wächst mir derart über den Kopf. Ich könnte ebenso gut versuchen, über die Einrichtung von Forschungsstationen im interstellaren Raum zu schreiben.«

»Aber so ist es doch immer, wenn man an etwas Wichtigem arbeitet. Bei meinen Fotos ist es genauso. Die, bei denen ich das Gefühl habe, dass ich genau weiß, was ich da tue, langweilen mich. Sie sind vorhersehbar. Erst wenn ich ein Risiko eingehe, kommt Leben in die Bude.«

»Tja, in diesem Fall steckt in diesem Manuskript so viel Leben, dass Maxine ihm den Kopf abhacken muss, damit es ihr nicht vom Schreibtisch krabbelt.« Ich würde so gern in seinen Hals beißen, meine Hand über seinen muskulösen Arm wandern lassen. »Und was ist mit dir? Was führt dich hierher?«

»Der Dalai Lama war letzte Woche hier. Jemand, den ich kenne, hat eine Story für *Slate* geschrieben, also bin ich hergekommen, um ein paar Fotos zu machen.« Er sah mir ins Gesicht und bemerkte, dass mein Lächeln erstarrt war. »Dieser Jemand ist mein Freund *Peter*, ein fettleibiges, stark behaartes *männliches* Wesen.«

»Klar.« Für den Bruchteil einer Sekunde ragte alles Unausgesprochene wie eine Mauer zwischen uns auf. »Tja, wie schön, dass wir uns hier zufällig über den Weg laufen«, erklärte ich fröhlich.

»Oh, ich wusste, dass du hier bist. Wenn nicht, wäre ich gleich nach Thailand weitergeflogen.«

»Woher denn? Von Lori?«

»Machst du Witze? Ich glaube, sie hat ihren Spamfilter aktiviert, damit meine Mails gleich gelöscht werden. Und nicht nur meine Mails, sondern meine ganze Person. Nein, ich habe deine Lektorin angerufen. Sie war regelrecht hysterisch und meinte, du führst Buch über die Verbrennung von Leichen in einem Krematorium und ob ich dich nicht zur Vernunft bringen könnte.«

Er stand auf. »Hier ist es zu voll. Lust auf einen kleinen Spaziergang?«

»Einen Spaziergang? Wohin denn?« Ich hatte eher an eine Tasse Chai im Om-Restaurant gedacht. Oder an eine Unterhaltung auf einer Bank unter einem Baum. Aber das war etwas, was ich immer wieder vergaß, wenn ich nicht in Matts Nähe war – ein Teil von ihm war ständig in Bewegung, immer auf der Suche nach dem nächsten Abenteuer. Früher hatte ich das immer aufregend gefunden. Aber jetzt – mit meinen wunden Füßen und meinem aufgedunsenen Körper – war es einfach nur anstrengend. Er saß auf dem Pferd und galoppierte über die Wiese, während ich diejenige war, die abgeworfen worden war und, noch mit einem Fuß im Steigbügel hängend, hinter ihm her geschleift wurde. »Wollten wir nicht was essen gehen?«

»Ich habe ein bisschen Obst und Samosas mitgebracht. Wir können ein Picknick machen.« Er streckte die Hand aus, um mich auf die Füße zu ziehen, doch ich hievte mich allein hoch – aus Angst, wenn ich ihn erst einmal berührt hatte, nicht mehr damit aufhören zu können.

Zehn Minuten später hatten wir die Außenbezirke der Stadt erreicht und wateten knöcheltief durch einen eisigen Fluss, dessen weiches Sandbett unter meinen nackten Füßen nachgab. »Das ist die Stelle, wo Buddha selbst den Fluss überquert hat. Man erkennt es an den elektrischen Leitungen.« Matt zeigte auf eine Reihe von Kabeln über uns.

»Also daher kam seine Energie.« Die Strömung zerrte mittlerweile heftig an meinen Füßen. Mühsam arbeitete ich mich ans Ufer vor. »Wirst du mir irgendwann verraten, wohin wir gehen?« Das Baby drückte auf meine Blase. Meine Knie taten weh. Ich war noch keine halbe Stunde mit Matt zusammen, und schon hechelte ich ihm hinterher, Ziel unbekannt. Und von dem Baby hatte ich ihm immer noch nichts erzählt. Irgendetwas sagte mir, dass es nicht das war, was meine Therapeutin als eine gesunde Beziehung bezeichnen würde.

»Gleich da drüben ist die Höhle, in der Buddha jahrelang in Askese gelebt hat.« Matt zeigte auf eine Reihe kahler Hügel. »Aber damals war er ja noch nicht Buddha, sondern nur ein junger Yogi, der die Erleuchtung gesucht hat.«

»Wow, davon habe ich gehört. Du meinst, die ursprüngliche Höhle gibt es noch?« Wir marschierten durch einen Flickenteppich aus unterschiedlich bepflanzten Feldern – Linsen, Senf, Weizen, Kichererbsen –, sorgsam darauf bedacht, auf den erhöhten Erdwällen zu bleiben, die sie voneinander trennten. Die Luft war vom Gurren von Waldtauben, dem Zwitschern von Spatzen und dem rauen Kreischen der Krähen erfüllt, während hier und da Heuhaufen wie goldene Stupas emporragten.

Matt schoss ein Foto. »Mmm-hmm. Da oben steht ein kleiner tibetischer Tempel. Peter hat mich letzte Woche hingeführt. Aber nach zwei Fotos hat sich die Batterie meiner Kamera verabschiedet.«

»Oh, also ist das hier in Wahrheit ein Fotoshooting?« Ich spürte, wie sich ein vertrautes Gefühl in mir breitmachte – wieder einmal umkreiste ich Matt wie einen abgeschlossenen Kühlschrank, auf der Suche nach einer emotionalen Mahlzeit, von der ich wusste, dass sie sich darin befand, gelänge es mir doch nur, die Tür aufzubekommen.

»Wir haben beide etwas davon. Du bekommst sogar eines für dein Buch.«

»Oh, vielen Dank. Überleg nur mal, auf diese Weise kannst du diesen Tag sogar von der Steuer absetzen.«

»Komm schon, fang jetzt keinen Streit an. Erzähl mir lieber etwas von den anderen Orten, an denen du inzwischen warst.«

»Oh Matt, es war völlig verrückt. Hätte ich geahnt, wie es dort ist, hätte ich mich nie auf dieses Buch eingelassen.« Während wir weitergingen, erzählte ich ihm von meinen bisherigen Abenteuern: Hari Baba, Mr. Kapoor, Sri Satyaji. Mir war nicht bewusst gewesen, wie sehr ich mich danach gesehnt hatte, jemandem davon zu erzählen – vor allem nicht, wie sehr ich mich danach gesehnt hatte, mit *ihm* zu reden. Ich hatte das Gefühl vermisst, das ich stets in seiner Gegenwart gehabt hatte: so als fügten sich seine Gedanken in meine ein wie Legosteine, die zusammengebaut wurden. Gedanken, die in meinem Kopf noch nicht ganz ausgereift waren, ergaben dank seiner Hilfe ein sinnvolles Ganzes.

»Und dann hatte ich diese Zimmergenossin, Darshana, dieses Model, die so auf Reinheit und Enthaltsamkeit bedacht war.«

»Lass mich raten. Sie ist mit dem Guru in die Kiste gestiegen.«

»Woher weißt du das?« Mittlerweile hatten wir ein Dorf erreicht und gingen durch eine schmale, von Lehmhütten gesäumte Gasse. Hühner gackerten und pickten; eine Frau im Sari ging mit einem riesigen, mit Saatgut gefüllten Korb auf dem Kopf vor uns her.

»Diejenigen, die am reinsten wirken, werfen die längsten Schatten. Sei immer vorsichtig, wenn dir einer erzählt, er hätte keine Toilette, denn was machen diese Leute mit ihrer Scheiße?«

»Und was ist mit denjenigen, die nicht rein wirken?«

Er grinste mich an. »Die sind kaum weniger gefährlich. Das ist ja der Grund, weshalb ich nicht mal versuche, so zu tun als ob.«

Wir wichen einem Schwein aus, das in der Erde wühlte. Vor einer Lehmhütte kauerten zwei Frauen, die Erbsen in eine Schüssel schälten. Diese Unterhaltung mit Matt an einem Ort wie diesem zu führen, erinnerte mich daran, wie ich als Kind schlafgewandelt war. Ich ging durch die vertrauten Räume meines Zuhauses, tat aber so, als sei es die Landschaft meines Traumes: Bäume wuchsen zwischen den Sesseln, Drachen hockten lauernd auf den Lampenschirmen. War Matt in diesem Fall der Traum? Oder Indien?

»Und dann sind da noch die Leute wie du«, fuhr Matt fort. »Das ist genau das, was ich so an dir mag. Du gibst nichts vor. Du bist genauso neurotisch, wie du scheinst.«

»Ich versuche, das als Kompliment zu werten.«

»Es ist auch eines.« Er streckte die Hand aus und stupste meine Nase an. »Beispielsweise hätten wohl die meisten Frauen diesen Pickel hier mit Make-up abgedeckt.«

»Welchen Pickel?« Abrupt riss ich die Hand hoch.

»Amanda, das war nur ein Scherz. Glaubst du ernsthaft, ich würde dich auf einen Pickel aufmerksam machen, wenn da einer wäre? Ich hebe nur deine *imaginären* Makel hervor.«

Jetzt. Sag es ihm. »Matt, ich …«

Er sah mich fragend an. Mich verließ der Mut. »Ich habe Durst.«

Er zog eine Wasserflasche aus seinem Rucksack und reichte sie mir. Ich nahm einen großen Schluck. »Und Hunger auch.«

»Keine Sorge, wir sind gleich da. Wir müssen nur noch diesen Hügel hier hinauf.« Er zeigte auf einen felsigen Hang, auf dem ein weiß getünchter Tempel stand. In diesem Augenblick bemerkte ich einen Bus, der die gewundene Straße hinauffuhr.

Ich blieb stehen. »Moment mal. Hätten wir denn auch den Bus nehmen können?«

»Ja, klar, aber dann wäre es doch kein Abenteuer gewesen.«

Als wir endlich oben waren, war die sri-lankische Touristengruppe bereits beim Aufbruch. »Noch eine heilige Stätte auf ihrer Liste, die sie abhaken können«, bemerkte Matt. Zwischen den Bäumen waren Schnüre mit roten, gelben und grünen Gebetsfahnen gespannt, die im Wind flatterten. Ein tibetischer Mönch trat heraus und begrüßte uns mit einer Verbeugung. Sein zerfurchtes Gesicht verzog sich zu einem breiten, zahnlosen Lächeln. Wortlos bot er uns Chai an, und wir setzten uns auf eine lange weiße Mauer, die Ausblick auf das darunterliegende Tal mit dem Flickenteppich aus grünen und braunen Feldern bot.

Matt machte ein Foto von dem Mönch, ehe er die Kamera auf mich richtete. »Hey, Schöne. Eins für die Sammlung.«

Ich streckte ihm die Zunge heraus, und er drückte auf den Auslöser. »Da hast du dein Foto für den Buchumschlag.«

»Herrgott noch mal, Matt, leg dieses Ding weg und hol das Essen raus. Ich komme um vor Hunger.«

Matt nahm unser Mittagessen aus seinem Rucksack – Samosas und Chapatis in Alufolie sowie Schüsseln mit Reis und Dal. Gierig stürzte ich mich darauf. Ich war viel zu hungrig, um höfliche Zurückhaltung an den Tag zu legen. Seit ich schwanger war, kam jede Mahlzeit einer Löwenfütterung gleich.

»Peter hat gemeint, Siddhartha hätte in seiner Zeit hier so

gehungert, dass man sein Rückgrat durch die Haut an seinem Bauch sehen konnte«, erzählte Matt mit vollem Mund. »Aber vielleicht hat er ja übertrieben. Peters Vorstellung von Askese besteht darin, sich kein zweites Dessert zu bestellen.«

»Ich habe gehört, gegen Ende hätten die Yogis nur noch ein einziges Reiskorn am Tag gegessen.« Ich nahm mir ein weiteres, mit Kartoffeln und Zwiebeln gefülltes Samosa.

»Ehrlich gesagt verstehe ich das nicht ganz.« Matt tauchte sein Chapati in das Dal. »Wieso sich absichtlich quälen? Ist das Leben nicht schon schwer genug?«

»Vielleicht ist das ja der Grund, weshalb sie es getan haben. Weil es so schwer war.« Meine plötzliche Eindringlichkeit erstaunte mich. »Sie wollten ihm nicht länger auf Gedeih und Verderb ausgesetzt sein. Sie wollten nicht, dass sämtliche wichtigen Entscheidungen von ihren Mägen und Därmen getroffen werden. Sie wollten sicher sein können, dass sie alles loslassen können, selbst ihren eigenen Körper, und trotzdem überleben.«

»Aber ich vertrete genau die gegenteilige Philosophie. Wenn uns am Ende sowieso alles weggenommen wird, wieso jetzt, wo alles da ist, nicht das Maximum herausholen und genießen?« Er verdrückte den letzten Rest Dal. »Wo wir gerade dabei sind... Ich habe mir überlegt... wenn du hier in Indien fertig bist, wieso kommst du nicht nach Thailand und besuchst mich eine Weile? Am Strand entspannen, nach all der Arbeit.«

»Ich weiß nicht, ob das geht.« *Endlich kommt er zur Vernunft! Ich werde das Baby in Thailand am Strand bekommen. Es wird eine Wassergeburt, mit Delfinen, die um uns herumschwimmen.* »Ich muss mein Buch schreiben.«

»Dann schreib es doch in Thailand. Du könntest eine Hütte am Strand nehmen, gleich neben meiner. Und alles per Mail schicken. Und wenn du fertig bist, feiern wir mit einem kleinen Tauchausflug.«

Matt, ich und das Baby auf dem Bett bei einem Nickerchen unter dem Palmendach. Ich und Matt beim Spaziergang durch den weißen Sand, während das Baby in einem Tragetuch an seiner Brust schläft.

»Matt, da ist etwas, was ich dir sagen muss.«

»Was denn? Dass du in Indien bleibst und selber Guru wirst? Den richtigen Karriereweg hast du ja schon eingeschlagen.«

Ich konnte die Worte nicht aussprechen. Stattdessen stand ich auf und wandte mich ab. Ich strich meine weite Tunika über der kleinen, aber unübersehbaren Wölbung meines Bauches glatt.

Lange Zeit herrschte Stille.

Irgendwo in einem Paralleluniversum wirft Matt die Arme um mich. »Amanda, das ist ja wunderbar! Was für tolle Nachrichten!«

»Bitte sag, dass es nicht das ist, was ich denke«, sagte Matt.

Offensichtlich steuerte unser Raumschiff nicht einmal annähernd in die Richtung dieses Universums. Ich setzte mich wieder hin. »Doch, ist es.«

»Und – willst du mir damit sagen, dass es von mir ist?«

»Es ist definitiv von dir.«

»Ich bin ja so glücklich! Wann ist es so weit?«, will der Parallel-Universum-Matt wissen.

»Wann ist es so weit?«, fragte Matt. Ich kannte diesen Ausdruck auf seinem Gesicht – undurchdringlich und geradezu übernatürlich ruhig, so als wäre ein Vorhang hinter seinen Augen zugezogen worden, damit ich nicht in sein Inneres blicken konnte. Genau dieser Ausdruck trat regelmäßig auf seine Züge, wenn er so wütend war, dass er kaum sprechen konnte.

»Mitte Juni.«

»Also bist du fast im vierten Monat. Was, wenn ich nicht nach Indien gekommen wäre? Wann genau hättest du es mir sagen wollen?«

»Na ja, du bist aber nach Indien gekommen. Und ich sage es dir jetzt.«

»Jetzt, wo es zu spät ist, etwas zu unternehmen. Das hat auch

Auswirkungen auf *mein* Leben, Amanda. Habe ich nicht verdient, Teil des Entscheidungsprozesses zu sein?«

»Wir sind nicht mehr zusammen. Du hast mit einer anderen Frau geschlafen.« Meine Stimme zitterte. »Hätte ich dich um Erlaubnis fragen sollen, ob ich dieses Baby bekommen darf?«

»Also ist das deine Art, mich zu bestrafen?«

»Bestrafen? Das ist ein Baby für dich? Eine Strafe?« Ich hatte das Gefühl, mich gleich übergeben zu müssen. Wie war ich nur auf die Idee gekommen, mich mit ihm zu versöhnen? »Du weißt, wie ich über Kinder denke. Unser Planet steht vor dem Kollaps. Ein Kind in diese beschissene Welt zu setzen, ist das Unverantwortlichste und Selbstsüchtigste, was man überhaupt tun kann.«

»*Du* bezeichnest *mich* als unverantwortlich und selbstsüchtig? Alles, was du tust, ist, dich hinter einer Kamera zu verstecken. Nur damit du dich mit nichts auseinanderzusetzen brauchst.«

Matt stand auf. »Amanda. Ich bin hergekommen, um dich zu sehen, weil ich dich wie verrückt vermisst habe. Aber ich weiß nur zu gut, was mit Leuten passiert, wenn sie Kinder haben. Sie hören auf zu existieren. Ihr Leben besteht nur noch aus Windeln, verkotzten Lätzchen, Legosteinen und Gesprächen darüber, wer aus der Fahrgemeinschaft die Kleinen zu ihrem beschissenen Ausflug fährt. Ich kann das nicht. Das ist das Ende der Kreativität. Es ist, als würde ich sterben.«

»Das ist seltsam, denn für mich ist es genau das Gegenteil.«

Matt vergrub die Hände tief in den Taschen seiner Jeans. »Wenn du dir ein gemeinsames Leben mit mir wünschst, hätte es andere Mittel und Wege gegeben, um mich dazu zu bringen. Aber bestimmt nicht, indem du mich mit einem Trick zur Vaterschaft zwingst.«

»Weißt du was, Matt? Es geht hier nicht um dich.«

»Offensichtlich nicht«, sagte er. »In diesem Fall kann ich genauso gut gehen.«

Am liebsten hätte ich mich weinend auf den Boden geworfen und mein Gesicht im Staub vergraben, hätte das Erdreich gepackt und mir in den Mund geschoben. *Geh nicht. Geh nicht. Bitte, bitte, bitte, geh nicht.* »Lass dich von mir nicht aufhalten«, sagte ich.

So viele Male hatte ich mir in Momenten wie diesem gesagt, ich würde mich am liebsten in einer Höhle verkriechen. Diesmal hatte ich die Gelegenheit dazu.

Die Yogi-Höhle war winzig, nur etwa drei Meter breit und gerade hoch genug, um sich aufrecht hinzusetzen. Auf einem niedrigen Altar brannten rote und goldene Butterlampen, und die Wände waren vom jahrhundertelangen Rauch geschwärzt. Ich setzte mich auf das Meditationskissen, zog die Beine bis zur Brust und schlang die Arme darum. Ich fühlte mich, als wäre eine Atombombe in meinem Inneren detoniert.

Vielleicht war es ja noch nicht zu spät. Vielleicht sollte ich Matt den Hügel hinunter nachlaufen und die Arme um ihn werfen, während um uns herum die Schweine in der Erde wühlten und die Hühner nach Körnern pickten. *Bitte verlass mich nicht. Bitte komm zurück und quäle mich noch ein bisschen länger.* Ich kramte in meinem Rucksack nach einem Schokoriegel. Während ich ihn mir in den Mund schob, begann ich zu weinen, wurde von erstickten Schluchzern geschüttelt. Ich hatte keine Taschentücher dabei, also wischte ich mir mit dem Ärmel übers Gesicht, verschmierte Rotz, Tränen und Schokolade.

Wie viele Male hatte ich so wegen Matt geweint? Wieso hatte ich gedacht, diesmal könnte es anders sein? Wenn ich diesem Schmerz entkommen könnte, indem ich hungerte, würde ich es auf der Stelle tun. Könnte ich mein Herz mit Gewalt betäuben, würde ich es tun. Ich sah zu dem mageren Buddha auf dem Altar hinüber und betrachtete seinen knochigen Brustkorb. War das die Art Kummer, der Siddhartha und seine Freunde zu entkommen versucht hatten? Seltsam, aber in den buddhistischen Sutren stand nichts über Siddharthas eigenes Leid. Bestimmt hatte sich der zukünftige Buddha aus dem Palast geschlichen und Alter, Krankheit, Verlust und Tod gesehen. Aber all das passierte doch nur anderen Menschen. Hatte er selbst vor Kummer und Sehnsucht beinahe den Verstand verloren? Hatte er sich jemals so einsam in seinem eigenen Körper gefühlt, dass er es kaum ertragen konnte? Hatte er jemals an den Felsen der Liebe Schiffbruch erlitten, war verrückt vor Sehnsucht nach einer Palasttänzerin gewesen, schier wahnsinnig vor Wut, weil seine Frau ihn nicht so liebte, wie er geliebt werden wollte?

Ich putzte mir mit dem Ärmel meiner Tunika die Nase. Na ja, falls doch, war er damit umgegangen, wie es alle Männer tun: Er war davongelaufen. Was war mit seiner Frau? War sie am Boden zerstört gewesen, als er sich mitten in der Nacht davongemacht hatte, ohne ihr eine Nachricht zu hinterlassen? Wahrscheinlich hatte sie sich hingesetzt, geschluchzt und im Pali-Äquivalent von *Wenn Frauen zu sehr lieben* geblättert.

Ich legte die Hand auf meinen Bauch. *Es tut mir leid,* flüsterte ich und fing wieder an zu weinen. *Es tut mir leid, dass ich dein Leben versaut habe, noch bevor es überhaupt angefangen hat.* Seltsam, dass sich vorwiegend Männer bemüßigt fühlten, sich in einer Höhle zu vergraben und sich selbst zu geißeln. Könnten Männer dieses Leben spüren, das sich im Bauch regte – wer weiß, vielleicht wäre diese Quälerei dann unnötig.

Die Luft war erfüllt vom süßen, würzigen Duft der Räucherstäbchen. Die gewölbten Wände fühlten sich an, als kehre man in den Mutterleib zurück. Kein Wunder, dass sich die Yogis hier verkrochen hatten. Siddhartha war Ende zwanzig gewesen, als er hierherkam. Und Anfang dreißig, als er die Höhle verließ – genau das Alter, in dem Matt jetzt war. Ein junger Mann, der sich zu strahlender Perfektion gepeitscht hatte. Mit einem Geist, dem Kummer, Verlust, Sehnsucht und Verzweiflung nicht länger etwas anhaben konnten. Um dem zu entfliehen, hatte er alles zurückgelassen, was ihm lieb und teuer war.

Buddha: Der erleuchtete Meister? Oder auch nur ein Kerl, der Angst hatte, eine Verpflichtung einzugehen?

Schildkröte
(Kurmasana)

Setze dich auf den Boden, die Knie angewinkelt. Schiebe die Arme darunter. Anschließend streckst du die Beine langsam, biegst die Fersen durch und drückst die Schultern auf den Boden.

Ziehe dich in den knochigen Rückenpanzer zurück. Vergrabe alle Sinne. Du solltest nichts riechen. Nichts schmecken. Nichts hören. Nichts sehen. Nichts spüren.

Schildkröten leben lange und bewegen sich ganz gemächlich. Sie haben alle Zeit der Welt, um dorthin zu gelangen, wo sie hinwollen. Hat sich eine Schildkröte erst einmal in ihren Panzer zurückgezogen, kann nichts und niemand sie stören.

Vipassana-Meditation ist, als würde man die Wahrheit betrachten. Mit der Atmung betrachte ich die Wahrheit an der Oberfläche, an der Kruste. Dies führt mich in immer tiefere und tiefere Schichten. Innerhalb von drei Tagen wird der Geist geschärft, weil man die Wahrheit betrachtet. *S. N. Goenka (1924–)*

Kapitel sechzehn

In all den Jahren habe ich einige Dinge gelernt, die man nach einer Trennung nicht tun sollte.

Steig nicht mit dem Kerl ins Bett. Mach, dass du von ihm loskommst. Es bringt überhaupt nichts, wenn man so tut, als wäre nichts passiert.

Ruf ihn nicht an und sprich ihm schon gar nicht um drei Uhr morgens auf den Anrufbeantworter. Versuch ihn nicht wieder rumzukriegen, indem du ihm sagst, was für einen schrecklichen Fehler er begangen hat. Dass es falsch war, mit dir Schluss zu machen.

Freunde dich nicht mit der Frau an, wegen der er dich verlassen hat. Es bringt nichts, gemeinsam über seine latente Bindungsunfähigkeit zu lamentieren, während du gleichzeitig darauf hoffst, dass die beiden sich trennen, damit du wieder mit ihm zusammen sein kannst.

Zwei Tage nach dem Treffen mit Matt konnte ich dem noch eine neue Regel hinzufügen: Schreib dich nicht – ich wiederhole, schreibe dich *nicht* – für ein zehntägiges Vipassana-Meditations-Retreat ein.

Ich hatte die ersten zehn Stunden meines Silvester-Retreats hinter mir, das im Bodh Gaya Vipassana Meditation Headquarter abgehalten wurde, einem Ziegelbau in einer belebten Straße in der Nähe des Mahabodhi-Tempels. Ich saß mit gekreuzten Beinen auf einem dünnen schwarzen Kissen und versuchte, mich auf das Gefühl meines Atems an der Nasenspitze zu konzentrieren. Meine Unterhose war in meine Pofalte gewandert, und mir fiel keine unauffällige Methode ein, sie wieder freizubekommen. Mein Nacken juckte. Durch die geöffneten Fenster hörte ich Busmotoren, Hupen, klappernde Ponyhufe, Rikschas, krächzende Krähen, muhende Kühe, einen krähenden Hahn und ein fernes, beharrliches Hämmern.

Gleich nachdem Matt verschwunden war, hatte ich mich für das Meditations-Retreat eingeschrieben. Devi Das und ich waren zu der deutschen Bäckerei gegangen, damit ich meinen Kummer mit Chai und einem Zimtbrötchen lindern konnte. Wir hatten uns auf die einzigen freien Stühle gesetzt, zu einem Typen mit Zopf von der Universität von Santa Cruz, dessen Freundin zum Markt gegangen war, um sich eine Tara-Statue aus Messing zu kaufen.

»Wenn man echte Meditation lernen will, ist Vipassana das einzig Wahre«, hatte er uns aufgeklärt und seine Gabel in einem Stück Apfelkuchen mit einem dicken Klecks Sahne darauf versenkt. »Es ist genau dieselbe Methode, die auch Buddha angewendet hat. Sie wird seit über zweitausend Jahren ohne irgendeine Änderung weitergegeben.«

Ich stippte mein Zimtbrötchen in den Chai und sah zu, wie sich der Zuckerguss auflöste und auf der Oberfläche trieb. »Macht deine Freundin auch Vipassana?«, erkundigte ich mich.

»Nein. Sie steht mehr auf das tibetische Zeug. Die Typen sind heißer, sagt sie.« Er schob sich einen weiteren Bissen Apfelkuchen in den Mund. »Eigentlich ist sie nicht meine richtige

Partnerin. Es ist eher so eine Freundschaft-mit-ein-paar-Zusatzvorteilen-Kiste. Aber das Abgefahrene ist, dass ich durch diese Vipassana-Meditation eine derartige Gelassenheit bekommen habe, dass es mich sowieso nicht mehr kümmert.«

Das hatte gut geklungen.

Aber nun war gerade einmal Tag 1, und die Dinge sahen nicht mehr ganz so gut aus.

Ich starrte auf den verschrammten Linoleumboden und wartete darauf, dass der Meditationslehrer die schalenförmige Glocke auf dem dicken Kissen am anderen Ende des Raums läutete. Ich kam mir wie einer dieser Hunde vor, die ich bei Doggie Day Care ausgeführt hatte: jaulend, den Blick auf die Leine geheftet, jede Faser des Körpers von einem einzigen sehnsuchtsvollen Gedanken erfüllt: *Jetzt… jetzt… oh bitte… jetzt? Jetzt? Herrgott noch mal, worauf warten wir eigentlich?* Nicht dass irgendetwas Spektakuläres passieren würde, wenn die Glocke geläutet wurde: Ich durfte nur meine schmerzenden Beine ausstrecken und im Garten auf und ab gehen, bei einem Tempo von etwa zwei Schritten pro Minute, während ich versuchen sollte, mich auf jeden einzelnen Schritt meiner in Sandalen steckenden Füße zu konzentrieren. Spätestens nach zehn Minuten sehnte ich mich danach, dass die Glocke erneut geläutet wurde, so dass ich mich wieder auf das Kissen setzen und meine Konzentration auf meine Nasenspitze richten durfte.

Bereits seit fünf Uhr morgens ging es so: fünfundvierzig Minuten sitzen. Dreißig Minuten gehen. Sitzen. Gehen. Sitzen. Gehen. Der Nachmittag erstreckte sich in unheilvoller Unendlichkeit vor mir. Das Mittagessen – das große Highlight des Tages – lag längst hinter mir, auch wenn mir der Geschmack der Auberginen und des Joghurts mit jedem Rülpser hochkamen. In der Ferne schimmerte die Verheißung des Nachmittagstees.

Als die Stimme des Lehrers durch die Stille drang, wäre ich vor Schreck fast umgekippt. »Wenn sich deine Gedanken auf Wanderschaft begeben haben«, sagte er mit seinem ausgeprägten australischen Akzent, »führe sie einfach zurück auf die körperliche Wahrnehmung deines Atems.«

Eigentlich hatte ich erwartet, dass das Retreat von einem indischen Mönch in safrangelber Kutte abgehalten wurde, so wie der ernst dreinblickende Mann auf der Broschüre, die ich bei der Anmeldung durchgeblättert hatte. Stattdessen wurden wir abwechselnd von Karen, einer hakennasigen New Yorkerin in den Sechzigern mit eisengrauem Haar und dem Körperbau einer Tänzerin, und Harold, einem jungenhaften Australier mit braunen Locken, einem entwaffnenden Grinsen und einem Buddha-Tattoo auf dem rechten Bizeps unterwiesen. Der Raum war bis auf den letzten Platz besetzt mit Meditierenden – allesamt aus westlichen Ländern, soweit ich sah –, die Knie an Knie nebeneinander saßen, Gestrandete auf ihren kleinen Inseln aus Kissen, Bänken, Tüchern, gebrauchten Taschentüchern und Wasserflaschen.

Ich behaupte einfach, ich hätte Probleme mit dem Herzen. Ich versuchte, meine Nase so zu bewegen, dass das Jucken auf meiner linken Wange aufhörte. *Ich behaupte einfach, meine Mutter liegt im Sterben.* Das Jucken wanderte nach oben zu meinem Haaransatz. *Ich behaupte einfach, ich habe vorzeitige Wehen.* Das Jucken fraß sich in mein Ohr. Oh Gott, ein Ohrkneifer. Unwillkürlich fuhr meine Hand hoch, und mein Finger verschwand in der Muschel. Nichts. Ich schlug die Augen auf und sah mich um, ob es auch niemand mitbekommen hatte. Die Frau links von mir warf mir einen langen, verächtlichen Blick zu. *Spielverderber,* sagten ihre Augen. *Du hast mir meine ganze Meditation versaut.*

Ich schloss die Augen wieder. Wie schwer konnte das hier schon sein? Die Anweisungen waren kinderleicht: Ich sollte schweigend dasitzen, ohne mich zu bewegen, und meine Aufmerksamkeit auf den Augenblick im Jetzt richten – »Der einzige Moment im Jetzt, den es gibt, Freunde«, hatte Harold erklärt. »Der einzige Moment, in dem die Erleuchtung möglich ist.«

Er muss von einem *anderen* Jetzt reden. Mein schweißfeuchtes Shirt klebte an meinem Rücken. Mein Po tat weh. In meinen Achselhöhlen roch es, als hätte sich ein Skunk verewigt. Alle paar Minuten entströmte dem Mann neben mir eine schweflige, nach faulen Eiern stinkende Wolke. Rikschas rumpelten draußen vorbei und hupten. Mein linkes Bein war eingeschlafen.

Voller Wehmut dachte ich an den Satyanam Ashram zurück. Nur eine runde halbe Stunde Meditation, dann kam der Gesang! Räucherstäbchen anzünden! Bhajhans singen! Aus der Perspektive eines Vipassana-Retreat erschienen mir diese Aktivitäten höchst dekadent, so wie eine Tour durch die Clubs der Stadt.

Noch drei Stunden bis zum Tee.

Tag 2

Mein Yogi-Job bestand aus dem Abwasch des Frühstücksgeschirrs – schweigend, konzentriert und bewusst, als eine Art eigenständige Meditation. Ich stand am Spülbecken, schrubbte verbrannte Apfelreste von Pfannen und kratzte den klebrigen Saft von eingekochten Pflaumen aus den Servierschalen aus rostfreiem Stahl.

Gestern hatte ich diese Aufgabe noch gemocht. Es gefiel mir, eine Aufgabe vor mir zu haben, zuzusehen, wie ich vorankam, klar und deutlich, ganz im Gegensatz zu meinen Fortschritten bei der Meditation: Anfangs ist das Geschirr noch schmutzig, aber ich strenge mich an, und danach ist es sauber. Vielleicht waren Meditations-Retreats ja doch nicht so übel. Vielleicht würde ich eines Tages ein zweites besuchen – in Hawaii diesmal, wo ich wieder Geschirr abwaschen würde, konzentriert, bewusst, glücklich, während ich auf die Bananenbäume und die Brandung vor dem Fenster hinaussah.

Aber heute gesellte sich ein anderer Yogi zu mir: ein säuerlich dreinblickender junger Mann, der wie Johnny Depp aussah. Augenblicklich wurde ich nervös, spritzte mir heißes Wasser auf die Schürze und ließ meinen Putzschwamm aus Stahlwolle ins

Becken fallen. Als ich im Schmutzwasser danach fischte, schnitt ich mir prompt mit dem Gemüsemesser in den Finger. Ich spürte seinen stummen Hohn. Er trocknete das Geschirr mit einer derartigen Effizienz ab, dass ich mit dem Abwasch nicht nachkam, also stand er neben mir und zwirbelte ungeduldig das Geschirrtuch. Ich reichte ihm eine Pfanne, die er mir mit einer Grimasse zurückgab. Eine blutige Spur zierte den Pfannengriff. Mein Gesicht wurde flammend rot. Und wieder verlor ich den Putzschwamm.

Tag 3

Mein Mediationskissen hatte sich mittlerweile in einen Ziegelstein verwandelt. Wenn ich die Augen schloss, fühlte ich mich, als wäre ich mit einem Irren mit einem Megafon in einem Schrank eingeschlossen. Bei jedem Atemzug schnitt sich mein BH in meine Rippen. Wieso zogen wir eigentlich nicht den BH gemeinsam mit den Schuhen am Eingang aus? Ich stellte mir eine Hakenreihe über dem Schuhregal neben der Tür vor, bestückt mit Dutzenden BHs, deren leere Körbchen hin und her baumelten.

Bis zum Nachmittag hatte sich ein stechender Schmerz zwischen meinen Schulterblättern eingenistet. Während einer Toilettenpause zwischen zwei Meditationssitzungen ging ich in den abwärtsgerichteten Hund, um die Verspannung zu lösen. Doch augenblicklich baute Karen sich neben mir auf. »Kein Yoga«, zischte sie. »Lass alles, wie es ist. Versuch nicht, etwas daran zu ändern.« Sie machte ein Gesicht, als wäre eine Yoga-Matte der Anfang vom endgültigen Abstieg: *Erst machst du den Hund, dann liegst du mit einer Nadel im Arm in der Gosse.*

Tag 4

Wir durften weder lesen noch schreiben, und ich lechzte nach Worten. Bei der Zubereitung des Tees las ich wieder und wieder die Aufschrift auf dem Milchkarton. *Gesamtfettanteil:*

15 Gramm. Gesättigtes Fett: 3 Gramm. Beim Abwasch las ich wieder und wieder die Etiketten an den Küchenregalen: »Rührschüsseln.« »Servierschüsseln.« »Bitte nicht mehr als drei Küchenrollen auf einmal hineinlegen.« Wieder und wieder studierte ich das Schild auf der Toilette: »Bitte keine anderen Gegenstände in die Toiletten werfen.«

Doch während der Geh-Meditationen im Garten wurde mir auf einmal bewusst, wie segensreich es war, keine Worte zu haben, sondern stattdessen in direktem Kontakt mit dem Erleben zu sein: die Sonne auf meinem Gesicht. Die leuchtende Farbe der Hibiskusblüten. Der Gestank der Kloake auf der Straße. Das Flattern des Babys in meinem Bauch. Dieser kurze Einblick in die wortlose Glückseligkeit war so eindrucksvoll, dass ich der Versuchung widerstehen musste, mich in mein Zimmer zu schleichen und mein Tagebuch zu suchen. *Du willst die Schmetterlinge der Erfahrung im Netz der Worte einfangen,* sagte ich mir streng. *Aber alles, was dir am Ende bleibt, sind tote Käfer.* Dann setzte ich mich wieder auf mein Kissen und rezitierte diese Erkenntnis wieder und wieder, um sie mir für später zu merken und aufzuschreiben.

Tag 5

Die Zeit kroch im Schneckentempo dahin, während ich Farben, Geräusche und Gerüche verblüffend intensiv wahrnahm. Beim Essen kaute ich jeden Bissen mehrere Minuten lang und staunte über die Bandbreite der Aromen und Texturen: Zwiebeln, Knoblauch, Gelbwurzel, die krümelige Weichheit von Kartoffeln, der knackige Biss von grünen Bohnen. Es war einfach nur köstlich.

Nach dem Mittagessen setzte ich mich auf eine Bank in dem kleinen eingefriedeten Hinterhof und starrte zwanzig Minuten lang einen einzigen Zweig an: seine zarten, venendurchzogenen Blätter, die winzigen, schlummernden Blüten. Alles war so intensiv: die Berührung des Windes auf meiner Haut, der Duft von Jasmin, der Abgasgestank, das Gurren der Tauben, die Gesichter der anderen Yogis, die ganz langsam im Hof umherwanderten, als befänden sie sich unter Wasser. Selbst das Dröhnen des Verkehrs klang wie Musik in meinen Ohren. Ich spürte, wie das Baby in meinem Bauch trieb.

Das war also mit dem Begriff »im Hier und Jetzt sein« gemeint. Kein Wunder, dass die Leute meditierten. Von jetzt an würde ich immer in diesem Zustand bleiben. Ich sah mich schon in Kalifornien, wie ich Ishtar und Ernie anstrahlte, während ich ohne jeden Anflug von Widerwillen ihr fettiges Geschirr abwusch, auf dem seit zwei Tagen ihre Pasta-mit-Pesto-Reste vor sich hintrockneten. Im Park würden sich die Kinder um mich scharen, angezogen von der Aura des Friedens, die mich umgab. Ich würde im Bookends Café sitzen und meinen Erleuchtungsratgeber schreiben, und Männer würden an meinen Tisch treten und fragen, ob sie sich zu mir setzen dürften, während ich arbeitete. *Nur in deiner Nähe zu sein, macht mich schon glücklich,* würden sie sagen. *Gehst du irgendwann mal mit mir aus und erzählst mir dein Geheimnis? Kein Geheimnis, würde ich sagen. Ich genieße nur jeden einzelnen Augenblick, so unbedeutend er auch sein mag.* Und dann, wenn ich mich mit einem von ihnen eingelassen hätte, wäre der Sex absolut fantastisch, weil ich so im Hier und Jetzt wäre.

Die Glocke läutete, und ich stellte fest, dass ich die vergangene Viertelstunde völlig weggetreten gewesen war.

Tag 6

Den ganzen Morgen spürte ich das Baby treten – das leise Flattern von Schmetterlingsflügeln tief in meinem Becken. Manchmal war ich sogar sicher, den Schlag seines winzigen Herzens wahrzunehmen.

Ich war besorgt, meine Ruhe könnte ihm Angst machen. Während der Geh-Meditation schlich ich mich zur Toilette und schloss mich ein. »Ich bin noch da«, sagte ich laut. Meine Stimme war rau, weil ich so lange geschwiegen hatte. »Mach dir keine Sorgen.« Da war noch etwas, was ich sagen wollte, aber ich brauchte eine geschlagene Minute, bis ich wusste, was es war. »Ich liebe dich«, flüsterte ich. Als ich es ausgesprochen hatte, wusste ich zum ersten Mal, dass es wahr war. Es war ein Gefühl, das sich so gar nicht mit jenem Sehnen vergleichen ließ, mit dem ich an Matt dachte, oder mit meiner Zuneigung für Lori. Es war ein starkes, beschützendes Gefühl, und so untrennbar mit meinem Körper verbunden wie mein Skelett.

Tag 7

Ein. Aus. Ein. Ich war Frieden, ich war Licht, ich war unendliches Bewusstsein, so weit wie der Himmel. Zwischen zwei Atemzügen suchte mich die Erinnerung an dieses eine Mal heim, als Matt mich zum Klettern zu den Klippen am Stinson Beach mitgenommen hatte. Auf halber Höhe hatte ich einen Klettergriff verpasst und war abgerutscht. Schlagartig war ich im freien Fall kreiselnd ins Leere gestürzt und am Ende seines Reepseils gebaumelt. *Es ist okay*, hatte er gerufen und das andere Seilende festgehalten. *Ich hab dich.* Einen Moment lang hatte ich nur dort gehangen und die Tatsache genossen, dass er da gewesen war und mich davor bewahrt hatte, in die Tiefe zu stürzen. Dann hatte ich die Hand ausgestreckt und mich an den Felsen festgehalten.

Er war immer derjenige gewesen, der die Türen zum Unbekannten aufgestoßen hatte, so dass ich ihm folgen konnte. Das war eine der Eigenschaften, die ich an ihm geliebt hatte. Doch als ich jetzt allein auf meinem Meditationskissen saß, wurde mir bewusst, dass das Abenteuer der Schwanger- und späteren Mutterschaft ebenso aufregend und gewaltig war wie all jene, zu denen mich Matt immer mitgenommen hatte. Doch diesmal war er nicht dabei.

Aus. Tränen liefen mir übers Gesicht. Ich sollte sie nicht trocknen. Ich sollte mir noch nicht einmal über die Nase wischen.

Vielleicht war die Erleuchtung ja nur der Trostpreis – das, womit man sich zufriedengab, wenn man merkte, dass mehr nicht drin war. *Tut uns echt leid,* sagt der Gameshow-Moderator. *Sieht ganz so aus, als bekämen Sie doch nicht die perfekte Beziehung. Dafür haben Sie die Chance, den absoluten inneren Frieden zu finden! Okay,* sagst du und versuchst, nicht enttäuscht auszusehen, *dann probiere ich es eben damit.*

Tag 8

Den Morgen verbrachten wir damit, *metta* – das Pali-Wort für »liebevolle Freundlichkeit« – an uns selbst zu schicken. An die Menschen, die wir liebten. An die Menschen, die wir als schwierig empfanden. An das gesamte Universum. »Möge ich glücklich sein«, wiederholte ich stundenlang brav. »Möge ich friedvoll sein. Möge ich frei sein. Mögest du glücklich sein. Mögest du friedvoll sein. Mögest du frei sein.«

Je länger ich das tat, umso wütender wurde ich. Die Hälfte der Leute im Raum heulte. Andere strahlten, als hätten sie Mühe, ihre Liebe im Zaum zu halten, wie eine Popcornmaschine, die kleine Kerne der Zuneigung in einer fluffig-weißen Kaskade der schönen Gefühle hinauskatapultierte. Ich schien die Einzige zu sein, die die Kurve nicht kriegte.

Dann, mitten am Nachmittag, war es so weit – ein goldener Fluss der Gefühle, der sich Bahn brach. Ich liebte mein Baby, das in mir wuchs. Ich liebte die Frau mit dem nervtötend perfekten Haar auf dem Kissen vor mir; ich liebte den aknenarbigen Typen in der Ecke. Ich schlug die Augen auf und strahlte Harold an. *Danke! Danke, dass du mir mein eigenes inneres Strahlen gezeigt hast! Ich brauche Matt nicht. Ich brauche überhaupt keinen Mann, um die Tür zu meinem Herzen zu öffnen.*

Und dann – zack! – war ich auf einmal in Harold verliebt.

Er war perfekt für mich! Er war spirituell so weit. Es würde ihm bestimmt nichts ausmachen, dass ich das Baby eines anderen austrug. Schließlich ist das normale Leben der beste spirituelle Lehrer, den es überhaupt gibt. Das hatte er gestern beim Dharma-Vortrag selbst gesagt. Wir würden um die Welt reisen und gemeinsam Meditationsseminare geben. Ich würde Yoga unterrichten und er Dharma-Vorträge halten, und unsere Schüler würden auf das Baby aufpassen.

In einer Wolke der Glückseligkeit schwebte ich durch die folgenden Stunden. Später an diesem Nachmittag schaute ich während der Geh-Meditation aus dem Fenster und sah Harold im Garten mit einer jungen Frau mit einer rosa Strähne im schwarzen Haar reden. Ich war stinksauer. *Reden! Wie kann er reden? Ich sitze hier und kämpfe mich Stunde um Stunde vor, um erleuchtet zu werden – um unser beider willen! Damit wir als Paar eine Zukunft haben – und er redet mit einer anderen?*

In diesem Moment war es aus zwischen uns.

Tag 9

Während eines Atemzugs sehnte ich mich danach, das Retreat möge beendet sein, doch schon beim nächsten Mal Luft holen wünschte ich mir, es würde niemals aufhören. Es war schwer zu glauben, dass es keine Rolle spielte, was ich mir wünschte.

An diesem Abend kam Wind auf. Er zerrte am Haus, pfiff durch die Fliegengitter und blies eine dünne, rötlich braune Staubschicht herein, die sich über den Boden, die Kissen und die Glocke legte. Karen schloss die Fenster, zündete die Kerzen auf dem Altar an und verwandelte den Raum in einen dunklen Kokon des Friedens. Ich brauchte nichts, wollte nichts. Könnte ich für immer hierbleiben, wäre ich glücklich damit.

Ich erinnerte mich an einen regnerischen Winterabend in Toms Apartment, kurz nachdem es zwischen uns angefangen hatte. Kerzen flackerten auf einem niedrigen Tisch vor dem Kamin. Er hatte beim Thailänder etwas bestellt, das wir vor dem

Kamin aßen. Suppe mit Kokosnuss und Zitronengras, rotes Tofu-Curry. Danach sahen wir uns *My Big Fat Greek Wedding* auf DVD an.

Der ganze Abend verlief so normal, so gemütlich, so ganz anders als alles, was ich mit Matt je erlebt hatte. Damals hatte ich diesen Abend als öde empfunden und ihn auf meine geheime Liste der »Wieso ich nicht mit Tom zusammen sein will«-Argumente gesetzt. Doch rückblickend betrachtet ging mir auf, dass Tom jedes Detail mit Rücksicht auf mich ausgesucht hatte: Tofu statt Huhn, weil ich Yoga-Schülerin war, einen typischen Frauen-Film, den er sich alleine nie im Leben angesehen hätte. Bei Matt war ich lediglich jemand, der ihn auf seinen Abenteuern begleitete. Bei Tom drehte sich alles um mich. Und das allein hatte ausgereicht, um ihn abzuservieren.

Tag 10

Das Retreat war beendet. Ein wilder Strom aus Worten ergoss sich über den Raum.

Draußen fuhren Fahrradrikschas durch die engen, von zahllosen Geschäften gesäumten Gassen, in denen Tücher, CDs, Sandalen, Koffer, Buddha-Statuen verkauft wurden. Ein Pony zog einen Karren, auf dem das Logo von Airtel, Indiens größtem Mobilfunkanbieter, prangte. Eine Kuh wühlte in den Abfällen vor einem Haus, auf dessen Wand eine Anzeige für Unterwäsche gepinselt war: *MACHO INNERWEAR. Keine passt besser drunter.* Mit einer Mischung aus Ungläubigkeit und Ehrfurcht starrte ich auf das Szenario, konnte nicht sagen, was normal war und was nicht.

Devi Das und ich bahnten uns einen Weg durch den dichten Verkehr und gingen zurück zu der japanischen Pension, in die wir uns in Bodh Gaya einquartiert hatten. Eine Horde von Jungs folgte uns mit Malas in der Hand, die sie aus den Samenkörnern des Bodhi-Baums gefertigt hatten. »Du kaufen! Gutes Karma!« Ich kaufte eine für hundert Rupien, obwohl Devi Das meinte, ich solle nicht mehr als zehn dafür bezahlen. Staunend ließ ich meine Finger über die rauen, gefleckten Samen wandern. Wer hätte gedacht, dass etwas so Großes aus etwas so Kleinem entstehen konnte.

Umgeben von Freunden und Dienern bediene der Mann in der mit Blumen geschmückten, von Wohlgerüchen durchzogenen Stätte seiner Wollust, dem zurechtgemachten Schlafgemache, die gebadete und geschmückte Frau, die in der rechten Weise getrunken hat, mit freundlichen Worten und dann mit einem Trunke (...) Wenn sie in Aufregung geraten ist, Entlassung der übrigen Leute unter Beschenkung mit Blumen, Salben und Betel. In der Einsamkeit soll er sie dann durch Umarmungen...

Kama Sutra, ca. 400 n. Chr.

Kapitel siebzehn

Der Mann und die Frau waren nackt und umarmten sich. Der Mann balancierte auf einem Fuß und hatte das andere Bein um die Taille der Frau geschlungen. Die Frau stand ebenfalls auf einem Bein und hatte das zweite um seine Taille gelegt. Nackte Diener stützten die beiden auf beiden Seiten, die Hände keusch zwischen die eigenen Beine gelegt.

»Diese Position ist ohne Yoga unmöglich!«, erklärte Rajesh, unser Reiseführer. Die Mittagssonne brannte erbarmungslos auf die in den Sandstein der Tempelmauern gemeißelten Liebenden. Schweiß glitzerte auf Rajeshs Schnauzbart und durchweichte den Stoff seiner gebügelten Leinenkurta unter den Achseln. »Zu der Zeit, als die Tempel erbaut wurden, wurden viele Menschen Buddhisten. Diese Tempel zeigten ihnen, dass es wesentlich größeren Spaß machte, Hindu zu sein. Sämtliche Steinmetzarbeiten zeigen die Vereinigung des menschlichen Wesens mit Gott. Wenn Sie mir jetzt bitte folgen würden.«

»Das ist wohl die primitivste Darstellung, die ich je gesehen habe«, sagte ein Brite spitz zu seiner Frau, während das Dutzend Touristen Rajesh folgte, Fotos schoss und auf Japanisch, Englisch, Französisch und Hindi seinem Erstaunen Ausdruck verlieh. »Ich persönlich kann nicht nachvollziehen, wieso man nicht angezogen eins mit Gott werden kann.«

Die tausend Jahre alten Tempel von Khajuraho befanden sich in Zentralindien – eine dreitägige Reise mit Zug und Auto von Bodh Gaya entfernt, was mir viel Zeit gegeben hatte, um über Sex nachzudenken.

Natürlich nicht nur über gewöhnlichen Sex. Sondern über *tantrischen* Sex. Über Sex, der auf direktem Weg zur Erleuchtung führen konnte, ohne sich die Wirbelsäule auf harten Stühlen brechen oder auf einem Kissen schwitzen zu müssen. Über Sex, von dem ich Maxine berichten konnte. Von ihr hatte ich eine scharfe Mail bekommen, in der sie mir vorwarf, die Aufzeichnungen über mein Vipassana-Retreat seien etwa so spannend wie die Reparaturanleitung für einen Staubsauger.

Nun strich ich mir mein verschwitztes Haar aus der Stirn und folgte Rajesh. Meine Unterwäsche wurde allmählich zu eng, also zog ich den Gummi meines Höschens nach unten, um meinem Bauch etwas mehr Platz zu verschaffen. Rajesh blieb vor einer weiteren in Sandstein geritzten Figur stehen. »In der tantrischen Philosophie wird die göttliche nicht von der sexuellen Energie unterschieden.« Er zog ein Baumwolltuch hervor und wischte sich den Schweiß von der Stirn. »Diese hier ist auch als Monica-Lewinsky-Position bekannt.« Er wartete auf das obligatorische Kichern, ehe er auf eine weitere Skulptur zeigte. »Und diese Skulpturengruppe zeigt die Hochzeitsnacht von Shiva und Parvati. Sämtliche Frauen im Dorf bereiten sich auf die Feierlichkeiten vor – Baden, Schminken, solche Dinge.«

Devi Das und ich traten näher. Eingehend betrachtete ich die Frau, ihre zarte Unterwäsche, die sich an ihre nasse Haut schmiegte, als sie einen Arm nach hinten ausstreckte, um sich den Rücken einzuseifen. Eine zweite Frau betrachtete ihr Gesicht im Spiegel. Sie hatte die Lippen geschürzt, und auf ihrem Gesicht lag ein Ausdruck, den ich von den Mädchen kannte, die ich beim Schminken auf der Highschool-Toilette beobachtet hatte: selbstzufrieden und kritisch zugleich, völlig darin vertieft, sich schön zu machen. Und überzeugt, dass Schönheit sie glücklich machen würde.

»Die Heirat von Shiva und Parvati ist gleichbedeutend mit der Vereinigung der Welt mit Gott«, fuhr Rajesh fort. »Shiva und Parvati sind göttliche Liebende.« Wieder zeigte er auf die Wand. »Energie, Materie. Form, Formlosigkeit. Geist, Fleisch. Sie lieben sich und erschaffen das Universum. Ohne Shiva und Parvati – ist nichts. Drücke ich mich klar aus?«

Klar wie Ganges-Wasser. Ich sah zu der Statue hoch, bei der es sich vermutlich um Shiva und Parvati handelte. Ihre königlichen Gesichter waren einander zugewandt, die Arme um die Taille des anderen geschlungen. Mal sehen ... Shivas erste Frau war Sati, aber die bekam einen Wutanfall, weil ihr Vater Shiva nicht zu einem Opferfest einladen wollte, und so opferte sich Sati selbst. Schier wahnsinnig vor Kummer, streute Shiva ihre Asche über ganz Indien aus, ehe er sein einsames Asketenleben wieder aufnahm und somit die Existenz des gesamten Kosmos gefährdete. Also wurde Sati als Parvati (auch unter dem Namen Shatki bekannt) wiedergeboren und – mithilfe von Kama, dem Gott der Liebe – gelang es ihr, Shiva von seinen Yogi-Meditationen wegzulocken.

Aber dann tauchte Mr. Big auf einmal wieder auf ... Moment, nein, das stammte aus dem Drehbuch von *Sex and the City. Sex and the Siddhis*? Die Sonne wurde vom Sandstein reflektiert. Ich kniff die Augen zusammen und wünschte, ich hätte meine Sonnenbrille nicht im Zug liegen lassen. Ich zupfte mein schweißnasses T-Shirt von meinem Bauch und fächelte mir mit dem Stapel Postkarten, die ich gekauft hatte, Luft zu. Schwarze Punkte tanzten vor meinen Augen. Die Skulpturenwände begannen vor meinen Augen zu verschwimmen.

»Hey, alles in Ordnung mit dir?« Devi Das packte mich beim Ellbogen, als ich schwankend gegen ihn sank.

»Ich glaube, ich muss mich nur einen Moment hinsetzen.«

Devi Das führte mich die Tempelstufen hinunter in den Schatten eines Feigenbaums. Wir setzten uns auf den Rasen. Ich nahm einen großen Schluck aus meiner Wasserflasche. Meine Hände zitterten. »Tut mir leid, ich hätte einen Hut aufsetzen sollen.«

»Es liegt nicht nur an der Sonne.« Devi Das zog einen Schokoriegel aus seiner Tasche und reichte ihn mir. »Hier, beiß ab. Die Energie an einem Ort wie diesem ist gewaltig. Vergiss nicht, das hier ist ein *thirtha.*«

»Ein was?«

»Ein *thirtha.* Wörtlich übersetzt bedeutet es, eine Furt in einem Fluss, eine Stelle, die man benutzt, um einen Fluss zu überqueren. Auf spiritueller Ebene ist damit ein Ort gemeint, an dem die göttliche und die menschliche Welt einander begegnen. An einem Ort wie diesem ist der Schleier zwischen Menschen und Göttern sehr dünn.«

Ich streckte die Hand aus, nahm eine weiche reife Feige, die vom Baum gefallen war, und drehte sie hin und her. »Devi Das. Du lebst schon sehr lange enthaltsam. Vermisst du denn nie den Sex?«

Er zuckte die Achseln. »Oh... manchmal vermissen wir ihn schon. Aber das Drama, das damit einhergeht, vermissen wir nicht. Wir vermissen den Schmerz nicht. Wir finden es einfacher, das Ganze einfach bleiben zu lassen.«

»Aber fühlst du dich denn nicht einsam?«

»Eine Freundin zu haben, ist keine Garantie, dass wir uns nicht einsam fühlen. Einige der einsamsten Menschen, die wir kennen, leben in einer festen Beziehung.« Er nahm mir die Feige aus der Hand und biss hinein. »Außerdem funktionieren statistisch gesehen die meisten Beziehungen sowieso nicht. Nicht einmal die meisten Ehen. Ganz zu schweigen von der hundertprozentigen Chance, dass einer von beiden am Ende vorher stirbt und den anderen allein zurücklässt.«

»Aber wenn man es so sieht, ist dann nicht alles dem Untergang geweiht? Sex, Liebe, Ehe, Familie, Karriere, das Zuhause – wieso irgendetwas davon anstreben, wenn am Ende doch nur der Tod steht?«

Devi Das strahlte mich an. »Jetzt sprichst du wie ein guter Sadhu.«

»Was ich damit meine, ist Folgendes: Bedeutet die Tatsache, dass etwas irgendwann enden wird, automatisch, dass es es nicht wert ist, überhaupt damit anzufangen? Sollten wir uns stattdessen nicht auf alles stürzen? Solange es noch geht?«

»Und jetzt sprichst du wie eine gute Tantrika.« Er ließ sich ins Gras sinken.

Ich legte mich neben ihn und drehte mich auf die linke Seite: Laut HeyBaby.com sollte ich nicht mehr auf dem Rücken liegen, damit die Blutzufuhr zum Uterus nicht unterbunden wurde. Ich stützte mich auf die Ellbogen, griff nach meinem Notizbuch und hielt rasch ein paar Gedanken für das Kapitel fest.

Wenn Meditation, Yoga und Enthaltsamkeit nicht Ihr Ding sind, keine Sorge! Die Erleuchtung hat für jeden etwas. Bei den alten tantrischen Ritualen wurde alles, was beim traditionellen Yoga verboten wurde, zu einem heiligen Akt. Die tantrischen Yogis und Yoginis aßen Fleisch, tranken Wein und vollzogen rituellen Beischlaf auf dem geheiligten Altar. Auf diese Weise, so glaubten sie, ließen sich die kosmischen Energien männlicher und weiblicher Götter, die in jedem fließen, erwecken und vereinen. Diese Energien würden anschließend über das Rückgrat zum Geist geführt und der Mensch erleuchtet werden.

Ich legte mein Notizbuch beiseite und betrachtete die Tempel, deren pfirsichfarbener Sandstein weißlich in der Sonne schimmerte. Parvati war es gelungen, Shiva – den ultimativ nicht zur Verfügung stehenden Typen – zu verführen. Und nun erhielt ihre Liebe füreinander das Universum am Leben. Wieso konnte keine meiner Beziehungen so sein?

»Entschuldigung«, sagte eine Stimme neben meinem Ohr. »Aber ich habe mich gerade gefragt – bist du zufällig ein Huffer?«

Ich schlug die Augen auf und setzte mich auf. Neben mir saß ein Typ mit langem, braunem Haar, Bart und seelenvollen braunen Augen. Er trug eine weiße Kurta und sah aus wie Jesus auf einer Pyjama-Party.

»Ich bin *was*?«

»Tut mir leid. Ich dachte, du könntest von Huff sein. Viele von uns, die diese Woche hier sind, gehören zu Huff.« Ich starrte ihn verständnislos an. *Huff the Magic Dragon? Huff – Puff?* »Du weißt schon – Human Unfoldment Foundation, die Gesellschaft für menschliche Entfaltung«, erklärte er. »HUF. Sie haben ihren Sitz in Ojai, Kalifornien, und halten hier einen Tantra-Workshop im Taj Hotel ab.«

»Oh. Nein. Ich entfalte mich nicht.«

»HUF steht jedem offen. Wichtig ist nur, dass du aufrichtige Offenheit mitbringst und bereit bist, deine eigene heilige Sexualität zu erkunden.« Er streckte mir die Hand hin. »Ich bin Om.«

Ich ergriff sie. »Amanda.«

Einen Moment lang hielt er meine Hand mit beiden Händen umfasst, ehe er sie leicht drückte und losließ. »Es freut mich sehr, dich kennenzulernen.« Er sah mir noch immer in die Augen – eine Spur zu eindringlich für meinen Geschmack. Ich erkannte augenblicklich den Ausdruck eines Menschen, der es etwas zu gut mit »Personal Growth«-Seminaren gemeint hatte – übermäßig aufgepumpte Emotionen, so wie der Bizeps eines Typen, der zu viele Gewichte gestemmt hatte. Sensibilität auf Steroiden, nannte Matt dieses Phänomen immer.

»Und was macht ihr so bei eurem HUF-Workshop?«, erkundigte ich mich.

Er nickte in Richtung der Tempel. »Genau dasselbe, was sie getan haben. Wir lernen, unsere sexuelle Energie zu befreien, damit wir im Ur-Tanz von Shiva und Shatki ohne Scham oder Tabus zueinanderkommen können.«

Er musterte Devi Das, der neben mir auf dem Rasen schlief und dessen magere Beine unter den Fransen seines Lungi hervorlugten. Eine Fliege surrte um sein Gesicht, landete auf seiner Lippe und flog jedes Mal davon, wenn er ausatmete. »Und das ist dein Gefährte?«

»Oh – nein! Er ist ein Sadhu. Er lebt enthaltsam. Wir reisen nur gemeinsam.«

»Oh, Enthaltsamkeit.« Om schüttelte ungläubig den Kopf, als hätte ich ihm gerade erzählt, dass Devi Das sein Erbe in einer Nacht in Las Vegas verspielt hatte. »Was für ein unsinniges Konzept.« Er zog ein gefaltetes rosa Blatt Papier heraus und reichte es mir.

»HUF gibt heute Abend eine Party in unserer Suite des Taj. Es würde mich sehr freuen, wenn du und dein Sadhu kommen würdet.«

Ich betrachtete den Flyer, auf dem vorne eine Khajuraho-Skulptur aufgedruckt war: eine Frau und ein Mann, die nackt auf dem Boden saßen und die Beine um die Taille des anderen geschlungen hatten. »Ein Abend mit Musik, Tanz, Ritualen und sexueller Entdeckung der Götter und Göttinnen aller Altersstufen und sexuellen Orientierung. Persönliche Einladung erforderlich!«, stand in schwungvollen Kalligrafie-Buchstaben darunter.

»Und bring deine Yoga-Matte mit«, fügte Om hinzu. »Es ist immer gut, eine Unterlage zu haben, die nicht rutscht.«

Von: HeyBaby.com
An: Amandala@yahoo.com
Die Einrichtung des Kinderzimmers und die Organisation der Babyparty steht oben an, doch sollten Sie die Romantik nicht ganz vergessen! Sie sind in der 18. Woche, mitten im zweiten Drittel, und da die Morgenübelkeit nun hinter Ihnen liegt, werden Sie merken, dass Sie wieder Lust haben. Kaufen Sie sich sexy Schwangerschaftsdessous und planen Sie ein romantisches Dinner bei Kerzenschein mit Ihrem Liebsten. Ersetzen Sie den Champagner einfach durch einen spritzigen Grapefruitsaft. Und keine Sorge – dem Baby kann nichts passieren, wenn Sie und Ihr Mann sich lieben!

Sechs Stunden später – nach einem Schläfchen, einer Dusche und einer Falafel in einem Restaurant mit Mittelmeerküche – durchquerten Devi Das und ich die mit Marmor ausgelegte Lobby des Taj Hotel. Ein Page in roter Uniform mit silbernen Knöpfen hielt uns die Tür auf und wandte den Blick von Devi Das' nackten Füßen ab. Über uns funkelten Kristalllüster. Ein Springbrunnen sprudelte hinter einer Göttinnen-Statue, die eine Schale mit einer brennenden Öllampe in der Hand hielt. Neben den Aufzügen saß ein Flötenspieler im Schneidersitz und spielte Ragas.

»Ich wünschte, ich hätte mir noch etwas Hübsches zum Anziehen gekauft«, sagte ich, als wir in den Aufzug traten und ich den obersten Knopf drückte. Ich hatte das weiße Salwar Kamiz angezogen, das ich im Satyanam Ashram getragen hatte, aber nur, weil es das sauberste Kleidungsstück war, das ich im Moment hatte. Aber selbst nach wiederholtem Schrubben war der grünliche Kuhdung-Fleck auf dem einen Hosenbein noch leicht zu sehen. Ganz zu schweigen davon, dass es Enthaltsamkeit symbolisierte. Trotzdem erschien es mir angemessener als meine Yoga-Hose oder mein Vipassana-Schal. Mir war nicht klar gewesen, dass die Reise in die Erleuchtung so viele verschiedene Outfits erfordern würde.

»Keine Sorge. Geht es hier nicht darum, dass du dich sowieso ausziehst?«

Wir gingen über einen mit Teppichboden ausgelegten Korridor und klopften an die Tür der Royal Suite. Sie wurde von einem pummeligen Mann in einem weißen T-Shirt geöffnet, das so weit hochgerutscht war, dass eine dicke, käsige Speckrolle zu sehen war, die über den Bund seiner Jeans quoll. Er musterte unsere Einladung, dann begrüßte er uns mit einer ausgiebigen, intimen Umarmung, als wären wir dickste Freunde, mit denen ihn eine so private Vergangenheit verband, dass nicht einmal wir etwas davon wussten. »Fühlt euch wie zu Hause. Die Getränke stehen auf dem Tisch am Fenster. Daneben findet ihr auch Tanzkärtchen, falls ihr Pläne für den weiteren Abend schmieden wollt.«

Mit einem freundlichen Klaps auf unser beider Hinterteile verabschiedete er sich. Ich sah Devi Das an. *»Tanzkärtchen?«*

Er drehte eine Pirouette.

In der Suite trafen wir auf ein rundes Dutzend Gäste, die in dem von Kerzenschein und dem bläulichen Licht eines riesigen Fernsehers erhellten Raum umherwanderten. Die Brokatvorhänge waren vorgezogen, die Betten und Sofas beiseite geschoben, um Platz für futonartige Polster zu machen, die hier und da auf dem Boden verstreut lagen und mit Seidenkissen bestückt waren. Die meisten Frauen trugen hauchzarte Kleider, die wie Togen locker in der Taille gebunden waren. Die Männer waren mit weiten Baumwollhosen und T-Shirts bekleidet, bis auf einen riesigen Kerl in indischen Lungi-Hosen, um dessen Bizeps sich mit Nieten besetzte Lederriemen spannten. Dias der Khajuraho-Tempel wurden an eine Wand geworfen, wobei die einzelnen Aufnahmen verschwammen und nahtlos in die nächste übergingen. Aus diskret in einer Ansammlung von Topfpalmen versteckten Lautsprechern drang beruhigende Flötenmusik.

»Warte hier, ich besorge uns einen Saft.« Devi Das trat vor

den Getränketisch, auf dem beschlagene Flaschen und ein Stapel Pappbecher aufgereiht standen.

Die Klimaanlage war viel zu weit aufgedreht, so dass ich Gänsehaut auf meinen nackten Armen bekam. Möglichst lässig schlenderte ich weiter und warf einen Blick auf den riesigen Fernseher. Auf dem Bildschirm war ein erigierter Penis zu sehen, der sich vor einem mit violettem Lippenstift bemalten Mund rhythmisch vor und zurück bewegte. Rot lackierte Nägel kneteten währenddessen schwarzgelocktes Schamhaar. Eilig wandte ich den Blick ab.

»Nett, was?« Om war wie aus dem Nichts neben mir aufgetaucht, einen Plastikbecher in der einen, einen mit Salzbrezeln beladenen Pappteller in der anderen Hand.

»Äh, ja. Ich denke schon.«

»Das ist meiner.«

Mir fiel beim besten Willen keine passende Erwiderung ein. Mit einem Mal fühlte sich meine Haut viel zu eng an, wie ein viel zu enger Taucheranzug. Aus den Augenwinkeln registrierte ich ein riesiges Hodenpaar.

»Hundertzweiundfünfzig Zentimeter.«

»Hundertzweiundfünfzig?«

»HD. Sony. LCD. Ich habe ihn nur für dieses Wochenende aus Mumbai einfliegen lassen.«

»Oh. Du meinst den Fernseher.« Um meine Verlegenheit zu kaschieren, nahm ich ein in Folie verpacktes Pfefferminz aus einem Körbchen auf dem Tisch neben mir und packte es aus.

Eine Frau mit olivfarbenem Teint und Katzenaugen trat hinter Om und legte ihm die Hand auf die Schulter. Sie trug einen violetten Seidensari, wenn auch ohne das Oberteil, das üblicherweise darunter gehörte, so dass der Sari anmutig über ihre nackten Schultern fiel. In ihr dunkles Haar waren Jasminblüten eingeflochten. Hätte ich das gemacht, hätte es ausgesehen, als hätte ich mit einem Bettlaken bekleidet unter einer Hecke durchzukriechen versucht.

»Hi, ich bin Natasha.« Sie hatte einen leichten Akzent, den ich nicht zuordnen konnte. Russisch? Tschechisch? »Ich bin mit Om hier.«

»Wir sind zusammen, aber nicht exklusiv«, erklärte Om. »Wir praktizieren Poly-Fidelity.«

»Klingt wie bei deinem Fernseher.« Ich zupfte an der Folie meines Pfefferminzbonbons und sah mich nach Devi Das um. Er stand mit einem Plastikbecher in der Hand in einer Ecke des Raums und unterhielt sich mit einem Mädchen mit rosa gefärbten Haaren. Sie trug lavendelfarbene Yoga-Hosen und einen Spitzen-BH, über dem sie kein T-Shirt trug. Sie lachte und strich mit der Hand über seinen sommersprossigen Arm. Obwohl ich bislang keinerlei erotisches Interesse an Devi Das gehabt hatte, machte mich das eifersüchtig. *Lass die Finger von meinem Sadhu!*

»Poly-Fidelity hat nichts mit Elektronik zu tun«, korrigierte mich Natasha. *Wenn du nur daran denkst, meinen Kerl anzumachen, verbringst du den Rest deines Lebens im Gulag*, sagten ihre Augen. »Es heißt Mehrfachtreue und bedeutet, dass man mit mehr als einem einzigen Menschen gleichzeitig eine Beziehung führt.«

»Ich weiß. Das war nur ein Scherz.« Matt hatte stets von Mehrfachtreue als Lebensform der Zukunft gesprochen, gemeinsam mit solarbetriebenen Autos und der Kontrolle des Senats durch eine Öko-Partei. Doch ich hatte diese Vorstellung stets als anstrengend empfunden, so als lebe man in einer Beziehung mit ständiger Anklopffunktion. *Keine Sorge*, hätte ich sie am liebsten beruhigt. *Ich will ihn gar nicht. Ich versuche nur, mein Buch auf die Reihe zu kriegen.*

Natasha nickte in Richtung meines Bauches. »Und. Wann ist es so weit?«

Ich war aufgeflogen. Ich holte tief Luft. »Im Juni.«

Ich wartete nur darauf, dass Om mich vor die Tür setzte. Stattdessen begannen seine Augen zu leuchten. »Wow! Du machst es also ganz allein?«

Bei einer HUF-Party war eine ledige Schwangerschaft offenbar ein so heißes Accessoire wie ein Schamlippen-Ring. »Stimmt.« Endlich gelang es mir, das Pfefferminzbonbon auszuwickeln. Aber irgendetwas stimmte hier nicht. Ich sah nach unten und bemerkte, dass ich die ganze Zeit an einem Kondom herumgenestelt hatte.

Oms Blick folgte meinem, und er lachte. »Na, hast du es eilig, loszulegen?«

Ich öffnete den Mund, um etwas zu erwidern, als ein Gong ertönte. Für den Bruchteil einer Sekunde durchzuckte mich der entsetzliche Verdacht, ich hätte das Geräusch selbst ausgelöst. Ich sah mich um. In der Mitte des Raums stand eine irrsinnig dicke Frau in einem violetten Seidenkleid und mit einem Kranz im Haar, die mit einem Löffel auf ein Metalltablett einschlug. »Zeit für den Eröffnungskreis«, rief sie. »Alle Avatare und Dakinis, bitte versammelt euch.«

»Das ist Honeysuckle«, klärte Om mich auf. »Sie ist die Leiterin des Workshops, gemeinsam mit Reuben, ihrem Partner. Am ersten Tag des Workshops durften wir ihr mit einem Spekulum in die Vagina schauen.«

Ich schnappte ein Meditationskissen von dem Stapel an der Wand und setzte mich neben Devi Das. Auf seiner anderen Seite nahm das Mädchen in dem Spitzen-BH Platz und legte besitzergreifend eine Hand auf sein Bein. Om setzte sich neben mich, Natasha ließ sich auf der anderen Seite von ihm nieder. Die Frau mit dem Kranz nahm in der Mitte Platz, neben ihr der pummelige Mann, der uns in Empfang genommen hatte und nun nach ihrer Hand griff.

»Ich will hier raus«, flüsterte ich Devi Das zu. »Ich habe Angst, Oms Freundin schlitzt mir gleich mit dem Käsemesser die Kehle auf.«

»Denk dran, alles Recherche«, flüsterte er zurück.

Honeysuckle brachte die Anwesenden mit einem Händeklatschen zum Schweigen. »Willkommen.« Sie lächelte nach links und rechts. Ihr violetter Sari bauschte sich über ihrem üppigen, bebenden Fleisch. »Willkommen in unserer geheiligten sinnlichen Begegnungsstätte. Willkommen an einem Ort, wo Körper auf Geist trifft, wie die Göttin es beabsichtigt.«

Bitte zeig mir jetzt nicht deine Vagina.

»Einige von euch reisen seit langer Zeit mit uns, andere sind gerade erst zu uns gestoßen«, fuhr Honeysuckle fort. »Doch wir alle wurden von längst vergangenem Karma hierhergeführt. Vielleicht ist dies euer erster Besuch der Tempel von Khajuraho in diesem Leben. Aber wir alle waren in einem früheren Leben schon einmal hier. Heute Abend werden wir die geheiligte Vereinigung zwischen Shiva und Shatki nachleben, indem wir uns im Tanz von Yoni und Lingam begegnen.« Sie hielt ein Weidenkörbchen hoch. »Und vergesst nicht, Safer Sex ist oberstes Gebot bei uns. An den entsprechenden Stellen findet ihr Kondome.«

»Keine Sorge, ich lasse mich jeden Monat testen«, flüsterte Om mir ins Ohr.

»Wir haben auch Mango-Vanille-Massageöl bereitgestellt, das, was euch sicherlich zu hören freut, essbar ist« – sie schwenkte eine kleine Phiole – »und eine Auswahl an Gleitmitteln, für den Notfall.«

Notfall? Ein terroristischer Angriff? Ein Erdbeben? Keine Sorge – wir haben Astroglide für Sie! Um ein Kichern zu unterdrücken, starrte ich eindringlich auf Honeysuckles Hände, die wie plumpe weiße Tauben in die Luft flogen. In diesem Moment nahm sie etwas anderes und hielt es ebenfalls hoch: eine Schachtel Plastikfolie. »Und natürlich ist das hier unerlässlich. Ihr werdet kaum merken, dass es da ist, glaubt mir.«

Ich fand den Umgang mit diesem Zeug höchst kompliziert, selbst wenn ich nur ein Stück Hühnerbrust einwickeln musste – wie es an der Rolle festklebte und sich ständig verhedderte. Ein Kichern prickelte in meiner Nase. Um es zu unterdrücken, hustete ich und fingerte in meinem Rucksack nach einem Papiertaschentuch, von dem ich wusste, dass ich es sowieso nicht dabeihatte. Honeysuckle fletschte die Zähne in meine Richtung. »Irgendwelche Fragen, bevor wir anfangen? Nein? Dann lasst uns aufstehen und zwei konzentrische Kreise für die Anrufung bilden.«

Wir erhoben uns und stellten uns mit den Gesichtern einander zugewandt in zwei Kreisen auf. Sitarmusik erklang. »Öffne das Herz; sieh in die Augen; küsse die Hand und trete nach links«, intonierte Honeysuckle. »Öffne das Herz; sieh in die Augen …«

Ich griff nach der feuchten, fleischigen Hand des Mannes neben mir und blickte in seine sorgenvollen Augen. »Küsse die Hand …« Als er meine Hand an seine Lippen führte, versuchte ich, mir die Yogis und Yoginis von Khajuraho bei diesem Tanz vorzustellen: Mönche in ihren Gewändern, mit Juwelen behängte Prinzessinnen, Tänzerinnen. War das, was wir hier taten, auch nur ansatzweise in ihrem Sinne? Und hatte das, was wir auf diesen Yoga-Matten vollführten, irgendetwas damit zu tun, was die uralten Yogis in ihren Höhlen im Himalaya machten? »Trete nach links … öffne das Herz …« Ich griff nach der knochentrockenen Hand einer älteren Frau, die sich wie ein zartes Blatt zwischen meinen Fingern anfühlte. Ihre blauen Augen waren glasig und traurig, als ich ihren Handrücken an meine Lippen führte.

Ich erinnerte mich, wie die kleine Tamara stundenlang in ihr Spielzeughandy gequasselt und Bestellungen aus Katalogen durchgegeben hatte, die auf dem Boden ihres Kinderzimmers verstreut lagen. Sie hatte sogar ein Kreditkartenimitat in ihrem Geldbeutel. Als das Teeservice, das sie bei Pottery Barn Kids bestellt hatte, nie eintraf, war sie untröstlich. Offenbar war ihr nicht so recht klar gewesen, dass ihre Requisiten nicht echt waren.

Die Musik verstummte. Ich stand vor einem Mann mit langem Bart und grauen Augen. Die Stille hielt an. Immer weiter. Sollte ich zuerst in das eine, dann in das andere Auge sehen? Oder in beide gleichzeitig? Meine Kontaktlinsen wurden trocken. Ich hatte Angst, eine könnte herausfallen, wenn ich blinzelte. Ich starrte auf eine leicht bebende Vene auf seiner Nasenspitze.

Honeysuckle läutete die Glocke. Wir verneigten uns, die Hände in Gebetsposition über dem Herzen. Alle sahen sich nach einem geeigneten Partner um.

Om packte mich am rechten Arm und zog mich auf die Füße. Panisch schob ich meinen Zeigefinger durch Devi Das' Schärpe, während das Mädchen mit den rosa Haaren den Arm um seine Taille schlang. Natasha packte Oms rechte Hand. Umständlich taumelten wir zu fünft durch den Raum bis zu einem Futon, auf den wir uns fallen ließen.

»Es ist gut, sich gleich einen Platz zu suchen, bevor alle belegt sind«, erklärte Om. Mir fiel auf, dass er Devi Das keinerlei Beachtung schenkte, so als wäre er ein Accessoire, das später weggenommen werden konnte, wie ein BH.

»Gute Arbeit«, lobte Devi Das' Begleiterin fröhlich. Das Mädchen hatte die perfektesten Brüste, die ich je gesehen hatte – ein Pfirsichpärchen in einer Auslage aus schwarzer Spitze. Kein Wunder, dass sie keine Lust hatte, ein T-Shirt zu tragen. Diese Dinger sahen aus wie zwei Museumsexponate mit einem Schild »So sollten sie sein« darunter. Ich starrte auf meine Fußnägel, die splitterten und schmutzig waren. Überall um uns herum begannen die Leute, sich ihrer Kleider zu entledigen.

»Ich weiß, was wir machen«, sagte das Mädchen mit den rosa Haaren. »Wir massieren uns gegenseitig, um ein wenig lockerer zu werden. Wir können uns abwechseln – einer empfängt, während alle anderen geben. Wir ziehen Strohhalme, wer anfangen darf.« Sie griff in einen Korb neben uns und kramte nach Kondomen. »Okay, ich hab vier Trojaner und ein MAXX Plus. Der, der das MAXX Plus zieht, hat gewonnen. Und jetzt Augen zu!«

Wildes Rangeln begann. Als ich die Augen aufschlug, hatte ich das MAXX Plus in der Hand.

»Du Glückspilz!« Das Mädchen mit den rosa Haaren schien die Rolle des Spielleiters in unserem kleinen Freizeitlager übernommen zu haben. »Zieh dich aus und leg dich hin. Jeder darf fünf Minuten, dann wechseln wir.«

Zögernd begann ich, mein Salwar Kamiz auszuziehen. Allmählich kam ich mir wie in einem dieser Albträume vor, in denen man splitternackt im Rampenlicht auf einer Bühne steht und sich um das Präsidentenamt bewirbt. Wann sollte ich die Recherche abbrechen? Ich legte mich auf den Futon, nur in BH und Slip, dessen Gummi sich über meinen schwangeren Bauch spannte. Ich tat so, als hätte ich einen Bikini an.

»Mit Genitalien oder ohne?«, fragte das rosahaarige Mädchen mit der Effizienz einer Kellnerin, die frisch gemahlenen Pfeffer aus der Mühle anbot.

»Ohne!«, wehrte ich eine Spur zu schnell ab.

»Wow.« Om legte die Hand über meinen Bauch. »Dein Bauch ist wunderschön. Ist es okay, wenn ich ihn anfasse?«

Am liebsten wäre ich in Tränen ausgebrochen. Wie oft hatte ich mich danach gesehnt, Matt das Baby in meinem Bauch spüren zu lassen, wenn es trat? Ich rollte mich auf die Seite. »Wieso lege ich mich nicht einfach so hin, und ihr könnt meinen Rücken massieren.«

Om, Devi Das, Natasha und Miss Rosa Haar gaben Kama-Sutra-Öl in ihre Hände und rieben damit meinen Rücken ein. Es war dickflüssig, klebrig und roch nach Zuckerwatte. Ich schloss die Augen. Hände wanderten mit unterschiedlichem Druck und Routine über meinen Körper. Sie kneteten meine Schultern, rieben meinen Kopf, arbeiteten sich über meine Wirbelsäule. »Dein Herz ist wie die Sonne…«, säuselte es aus dem CD-Player. »Du bist das Licht des Universums…« Seit Monaten sehnte ich mich nach Berührung. Aber das hier war noch unbefriedigender wie die Zehn-Minuten-Massagen, die von Zeit zu Zeit bei Whole Food angeboten wurden. Dabei saß man auf einem Massagestuhl neben der Fleischabteilung und ließ sich von irgendeinem die Schultern durchkneteten, während andere Kunden nebenan Steaks von Freilandrindern orderten.

»Sag uns, was dir gefällt«, murmelte Om.

»Oh, es fühlt sich alles gut an.« Diese Frage hatte ich schon immer gehasst. Sie suggerierte, dass mein Körper eine Landkarte mit festgelegten Orientierungspunkten war. Stattdessen fühlte er sich eher wie eine geheimnisvolle, sich stetig verändernde Flussmündung an, die einer ständigen Strömung ausgesetzt war, so dass sich dort, wo gestern noch eine Sanddüne war, heute eine Pfütze befand. Das hatte Tom regelmäßig in den Wahnsinn getrieben. Er hatte sicher sein wollen, dass er, wenn er denselben Knopf drückte wie am Vortag, auch dasselbe Resultat erzielte. »Mit dir ins Bett zu gehen, ist etwa so kompliziert wie eine Reise zum Mond«, hatte er einmal zu mir gesagt. Matt hingegen war begeistert davon gewesen. »Wann immer ich mit dir schlafe, bist du eine völlig neue Frau«, hatte er gesagt. »Es ist, als würde man eine multiple Beziehung mit ein- und derselben Frau führen.«

Nicht an Matt denken. Jemand begann, mein Kreuzbein zu massieren, ein anderer ließ die Finger durch die Zwischenräume meiner Zehen gleiten. Ich zuckte zurück. An den Füßen war ich schon immer sehr kitzlig gewesen. Ich schlug die Augen auf und stellte fest, dass das Sofa neben unserem Futon von zwei gewaltigen Hinterbacken mit Beschlag belegt worden war, die bläulich im gedämpften Licht schimmerten. Als ich die Augen zusammenkniff, sah ich, dass sie Honeysuckle gehörten, die sich das Kleid über die Hüften gezogen und sich auf die Knie begeben hatte. Zwischen ihren dicklichen Schenkeln ragten zwei spinnendürre, bis auf ein Paar Nike-Turnschuhe nackte Beine hervor, die heftig hin und her schlackerten.

Ich setzte mich auf. »Tut mir leid«, sagte ich. »Ich muss los.«

Zurück in unserem Zimmer in der Kama Sutra Lodge, sank ich völlig erschöpft auf meine dünne Matratze. Meine Haut roch wie ein Süßigkeitenwagen auf dem Rummelplatz. Devi Das ließ sich über das Fußende meines Bettes fallen.

»Du kannst gern zurückgehen, wenn du willst«, sagte ich. »Ich habe ein schlechtes Gewissen, weil ich dir den Abend vermasselt habe.«

»Willst du endlich aufhören, dich zu entschuldigen? Wahrscheinlich hast du uns mindestens fünfzehn weitere Wiedergeburten erspart. Dieses Mädchen hatte ›Samsara‹ überall auf ihrem Körper stehen. Sie ist genau die Art Mensch, dem wir durch unsere Entscheidung, Sadhu zu werden, entkommen wollten.«

»Das Traurige daran ist, dass ich tatsächlich eine Massage vertragen könnte. Ich konnte es nur nicht, während Honeysuckle sich einen Meter neben mir vergnügte.«

»Du brauchst eine Massage? Wieso hast du das nicht gleich gesagt?« Devi Das stand auf, kniete sich aufs Bett und legte die Hände auf meinen Rücken. »Das bekommen wir definitiv hin.« Routiniert begannen seine knochigen Finger, sich über meinen Rücken zu arbeiten. Ich spürte, wie sich meine Muskeln unter seiner Berührung lockerten.

»Hey, du machst deine Sache ziemlich gut.«

»In einem vorigen Leben haben wir das sogar gelernt. Wir wollten mal Masseur werden.«

Noch ein Detail aus Devi Das' Leben, von dem ich nichts gewusst hatte. Wer wäre dieser Mann – wer *könnte* er sein –, wenn er für eine Weile sein Sadhu-Gewand ablegen würde? Aber vielleicht war diese Überlegung ebenso sinnlos, als würde man mich bitten, nicht länger so zu tun, als wäre ich Amanda. Ich schloss die Augen und ließ den Atem entweichen. Ich hatte gar nicht gemerkt, dass ich die Luft angehalten hatte. »Ist dir heute Morgen aufgefallen, dass die Skulpturen am Tempel alle an den Außenmauern angebracht waren?« Devi Das' Hände bewegten sich abwärts zu meinem Kreuzbein. »Im Inneren waren die Wände kahl.«

Ich nickte nur, weil ich viel zu müde war, um zu antworten. In dem Tempel, den wir betreten hatten, war es kühl und dunkel gewesen, eine echte Wohltat nach der glühenden Sonne. In seinem Inneren hatte sich ein riesiger Stein-Lingam befunden, das phallische Symbol für Shivas göttliche Macht. Ich hatte meine Wange an eine der kühlen Steinwände gelegt. Am liebsten wäre ich den ganzen Tag dort dringeblieben.

»Unser Guru hat einmal zu uns gesagt, so sei es auch in unserem Leben. All die Dinge, mit denen wir ständig beschäftigt sind – Sex, Arbeit, Reisen –, sind nur hübsche Dekoration für die Fassade draußen. Aber wenn wir die Augen schließen und wirklich nach innen gehen, ist da nichts als Stille und Raum.«

Ich driftete davon. Ich stellte mir mein Leben als Sandsteintempel in der glühenden Sonne vor. Skulpturen wanden sich um die Wände. Matt. Tom. Meine Mutter. Lori. Sam und Tamara. Mein Baby. Es gab Skulpturen von Computern, Yoga-Matten, Hunden, Weinflaschen, Boogie-Boards, Schnullern. Ishtar war da und Ernie und Darshana und Om. Ich sah die spirituellen Lehrer: Harold, Mr. Kapoor und Hari Baba. Und Sri Satyaji. Jede freie Fläche war von Leben erfüllt, jedes Detail liebevoll gestaltet. *Sieh nur,* riefen die Skulpturen. *Sieh doch. Ist das Leben nicht verrückt? Ist das Leben nicht wunderbar?*

Wie würde es sein, die Türen dieses Tempels zu öffnen und ins Innere zu gehen, wo die Wände kahl waren? Würde ich mich einsam fühlen? Oder mich nur in der stillen Düsternis ausruhen, endlich Frieden finden?

Liegender festgehaltener Winkel

(Supta Baddha Konasana)

Lege dich auf den Rücken. Lege die Fußsohlen aneinander und drücke die Knie nach unten. Strecke die Arme seitlich aus, die Handflächen nach oben. Lenke nun deine ganze Aufmerksamkeit auf die dunkle Höhle des Bauches.

Hier, in der flüssigen Dunkelheit des Leibes, lebt Devi, die Muttergöttin der Fruchtbarkeit, des Regens und der Erde. Gehe in den Tempel des Beckens und verbeuge dich vor Devis Altar. Wundere dich nicht, wenn die Gestalt, die dir erscheint, deine eigene Mutter ist. Vielleicht konfrontiert sie dich mit ihrer Wut, ihrer Leidenschaft, ihrer Angst oder ihrer Zärtlichkeit. Mit ihren Sehnsüchten oder ihren unerfüllten Träumen. Das Leben deiner Mutter ist in deinen Zellen verankert. Die Geschichte deiner Mutter ist mit deiner eigenen verwoben. Und alles, was sie selbst sich nicht zu fühlen gestattet hat, trägst du in dir. Es ruht wie ein Stein in deinem Innern und wartet darauf, dass du es verdaust.

Die Meditation auf die Göttliche Mutter soll an eine strahlende Gestalt mit zinnoberrotem Leib und drei Augen gerichtet sein, mit einer mondsichelförmigen Krone aus Rubinen, einem lächelnden Gesicht, einer vollen Brust. In der einen Hand hält sie einen juwelenbesetzten Kelch mit Met, in der anderen eine Lotusblüte…

Lalita Sahasranama, ca. 1000 n.Chr.

Kapitel achtzehn

»Da, der Kopf des Babys«, sagte Dr. Rao. »Es drückt die Nase direkt in die Plazenta. Sehen Sie?«

Ich lag auf dem Untersuchungstisch von Dr. Raos Praxis in Bangalore. Devi Das stand neben mir. Dr. Rao hatte ein kühles Gel auf die gespannte Haut meines Bauches geschmiert und ließ den Ultraschallstab langsam darüber gleiten, während sie den Monitor betrachtete. Ich warf einen Blick darauf: pulsierende weiße Flecke auf schwarzem Hintergrund, die aussahen wie ein Wirbelsturm auf einem Satellitenfoto.

»Klar«, log ich.

»Wir sehen es überhaupt nicht.« Devi Das betrachtete die Aufnahme. »Aber das ist in Ordnung. Wir haben einmal drei Wochen in einem tibetischen Kloster verbracht und versucht, die Grüne Tara zu visualisieren. Aber alles, was wir sahen, war die Flasche von Green-Goddess-Salatdressing direkt vor unserer Nase. Wir hatten Sorge, dies könnte unseren spirituellen

Fortschritt behindern, stattdessen hat es ihn sogar beschleunigt.«

Bislang, hatte Dr. Rao mir erklärt, verlaufe meine neunzehnwöchige Schwangerschaft wie aus dem Bilderbuch: perfekte Gewichtszunahme, perfekter Blutdruck, perfekte Blutwerte. Aber ein Teil von mir wartete trotzdem auf den nächsten Schlag. Darauf, dass Dr. Rao zu mir sagte, ich müsse auf der Stelle nach Kalifornien zurückkehren. Ärztliche Anweisung. Ich wusste nicht, ob ich diesen Augenblick fürchtete oder ihn herbeisehnte.

»Dort ist die Wirbelsäule, genau hier. Das Baby liegt auf dem Rücken.« Das konnte ich erkennen: eine zarte, fast reptilienartige Biegung. »Und sehen Sie, hier ist das Herz.« Ich starrte auf den pulsierenden Fleck, dann wandte ich den Blick ab. Ehrlich gesagt wollte ich gar nicht ins Innere meiner Gebärmutter sehen. Es fühlte sich an, als mache man die Ofentür auf, während das Soufflé gerade aufstieg. Stattdessen studierte ich Devi Das' Hände auf der Tischkante, mit den rauen, aufgerissenen Knöcheln und den Schmutzrändern unter den Nägeln.

»Und hier ist das Becken ... und die Blase. Alles sieht gut aus. Wollen Sie wissen, ob es ein Junge oder ein Mädchen ist?«

»Können Sie das denn jetzt schon sagen?«

»Na ja, es ist nicht zu hundert Prozent sicher, es sei denn, wir machen eine Fruchtwasseruntersuchung, was in Ihrem Fall jedoch nicht notwendig ist. Aber normalerweise können wir es mit neunundneunzigprozentiger Sicherheit sagen.«

Es ging viel zu schnell. Ich sah Devi Das an. »Wir sind nicht der Richtige, um diese Frage zu stellen«, sagte er. »Wir suchen nach versteckten Weihnachtsgeschenken. Und wir gucken auf die letzte Seite im Buch, bevor wir es gelesen haben.«

»Äh ...« Ich betrachtete das Bild auf dem Monitor, das inzwischen wie ein Pudel aussah: Ultraschall als Rorschach-Test. »Klar, sagen Sie es mir.« In dieser Sekunde überlegte ich es mir anders. »Oder ... nein, doch nicht!« Doch Dr. Rao sagte im selben Atemzug: »Sieht nach einem Jungen aus.«

Ein Junge. Ein Junge? »Wow.« Dr. Rao blickte mich erwartungsvoll an, also sagte ich es noch einmal, diesmal mit mehr Begeisterung. »Wow! Ein Junge!«

Doch die Wahrheit war, dass ich einen Moment brauchte, um mich an die Vorstellung zu gewöhnen. Bis zu diesem Moment war mir nicht bewusst gewesen, dass ich die ganze Zeit davon ausgegangen war, eine Miniaturausgabe von mir selbst in mir zu tragen, so wie bei diesen russischen Puppen. Stattdessen trug ich ein Geschöpf aus, das eines Tages vergessen würde, ein Mädchen zurückzurufen; einen Kerl, der später einmal »Hat Spaß gemacht« anstelle von »Ich liebe dich« sagen würde; der im Internet surfen würde, während sie am Telefon war und über ihre Beziehung reden wollte; der mit ihr in eine verschwiegene Pension an der Küste fuhr, es dann aber versaute, weil er auf dem ganzen Weg die Ohrstöpsel seines iPod nicht herausnahm.

»Und hier sind seine Füße… sehen Sie die kleinen Zehen?« Dr. Rao war fortgefahren, aber ich hatte ihr nicht folgen können. Was wusste ich über Jungs? Kakophonisches Schlagzeug und Bässe aus dem Jugendzimmer, Pizzareste auf dem Küchenboden. Ich würde versuchen, mit meinem pubertierenden Sohn zu reden, aber nicht wissen, was ich sagen sollte, während er und seine Freunde nur die Augen verdrehen und mich ignorieren würden, und alles wäre genauso wie damals auf der Highschool.

Die Ultraschalluntersuchung war beendet. Ich wischte mir das Gel ab, setzte mich auf und zog mein T-Shirt nach unten. Dr. Rao redete noch immer – über Ernährung, das Zählen der Tritte, Braxton-Hicks-Wehen, Epiduralanästhesie –, doch ich konnte mich nicht konzentrieren. Sie reichte mir einen Stapel Broschüren. »Wenn Sie Fragen zu dem haben, worüber wir gesprochen haben, sollten die hier helfen. Ich empfehle Ihnen, in einem Monat zur nächsten Kontrolluntersuchung zu kommen. Wohin fahren Sie jetzt?«

»In einen Ashram am Meer. Im Süden.« Ich blätterte durch

die oberste Broschüre. *Alles, was Sie über die Beschneidung wissen müssen.* Igitt. »Dort gibt es einen weiblichen Guru namens Prana Ma, die eine Inkarnation der Göttlichen Mutter sein soll. Sie wissen schon, der Göttin, die das gesamte Universum erschaffen hat.«

Dr. Rao hob ihre dunklen Brauen. »Ich sehe den ganzen Tag Mütter. Für mich sind sie alle göttlich. Was könnte mächtiger sein als die Tatsache, mit seinem eigenen Körper einem anderen Menschen das Leben zu schenken?« Sie wandte sich dem Drucker in der Ecke zu. »Aber viele kommen nur her, um einen ›Geschlechtstest‹ machen zu lassen. Wenn sie erfahren, dass sie eine Tochter erwarten, treiben sie lieber ab, als ein weiteres weibliches Wesen zur Welt zu bringen. Erst letzte Woche habe ich eine Frau in der offenen Sprechstunde gesehen, deren Gesicht und Körper von Brandnarben entstellt war. Ihr Ehemann hat sie mit Benzin übergossen und angezündet, weil ihre Familie ihr keine ausreichende Mitgift gegeben hat. Und das ist nichts Ungewöhnliches. Ungewöhnlich ist nur, dass sie noch am Leben war.« Der Drucker erwachte mit einem Jaulen zum Leben. »Wäre nur die Hälfte der Leute, die sich mit Begeisterung auf einen Besuch bei der Göttlichen Mutter stürzen, bereit, sich stattdessen um das Wohlergehen einer echten Mutter in ihrem eigenen Dorf zu kümmern – vielleicht sogar in ihrem eigenen Haus –, wäre Indien ein besseres Land.«

Sie wandte sich mir wieder zu und reichte mir einen Stapel Aufnahmen. »Hier. Das sind die neuesten Ultraschallbilder.«

Ich nahm eines und betrachtete es – ein Alien mit riesigen Augen, einer gewölbten Stirn und einem winzigen Mund. Er sah mir direkt ins Gesicht, eine Hand angehoben, so als winke er mir zum Gruß aus einer anderen Galaxie.

Von: Lori647@aol.com
An: Amandala@yahoo.com
Das ist ja fantastisch! Nicht alle Jungs sind hoffnungslose Fälle: Sieh dir Joe an. Du musst nur zusehen, dass du ihn

anständig stubenrein bekommst. Ich habe irgendwo gelesen, wenn Jungs deine Autorität in Frage stellen, musst du diesen »Alpha-Wurf« machen. Du weißt schon, ihn auf den Rücken drehen, mit dem Gesicht ganz nahe herankommen und ganz laut anschreien. Oh, warte, nein, das macht man nur beim Abrichten von Hunden.

Die Fahrt vom Bahnhof zum Ashram dauerte einen ganzen Tag. Ein geradezu traumhaft schöner Bootstrip durch üppig-grüne Nebenflüsse. Unser Boot war eine kleine Barke ohne Sitzplanken; lediglich ein paar Decken lagen auf dem blanken Deck. Es arbeitete sich durch Kokoshaine und Reisfelder, vorbei an Ufern, die von mit Bambus gedeckten Hütten und über dem Wasser schwebenden Außenaborten aus Palmwedeln gesäumt waren.

Um uns herum glitten Kanus und Fischerboote mit Angelvorrichtungen am Bug vorbei – sie waren aus Jackfruchtbäumen geschnitzt und mit Teer verkleistert, um sie wasserdicht zu machen, erklärte Devi Das, und wurden von drahtigen, kräftigen Männern in weißen Lungis mit langen Stäben gesteuert. Frauen in leuchtend bunten Saris – Zinnober, Türkis, Limone – winkten uns zu, während nackte Kinder wie kleine Ottern ins Wasser glitten und wieder herauskamen.

Über die Hälfte des Decks war eine ramponierte Markise gespannt, doch für den Augenblick lümmelte ich in der Sonne und begnügte mich mit dem Schatten meines breitkrempigen Strohhuts. Bei den Passagieren handelte es sich größtenteils um Inder, dazu ein paar einzelne Westler, die wahrscheinlich ebenfalls auf dem Weg zum Ashram waren: eine Frau in Birkenstocksandalen und einem türkisen Sari, deren blondes Haar zu einem Knoten geschlungen war; ein Typ ohne Hemd mit Pferdeschwanz und Khakishorts, auf dessen haariger Brust ein blaugesichtiger Krishna tätowiert war. Devi Das saß neben mir und aß eine Mango nach der anderen, die wir bei einem Obsthändler am Dock gekauft hatten. Mittlerweile befand ich mich in der zwanzigsten Schwangerschaftswoche, und mein ganzer Körper fühlte sich mit einem Mal aufgedunsen an. An diesem Morgen hatte ich eine dunkle Linie entdeckt, die sich vom Nabel bis zum Schambein zog. Das Baby tanzte in meinem Bauch. Ich fühlte mich träge und reif – wie ein mit dicken Früchten beladener Baum, ein Ozean, in dem sich Fische tummelten.

»Ich kann es nicht fassen, dass ich einen Sohn bekomme«, sagte ich zu Devi Das. Nun, da ich mich an den Gedanken gewöhnt hatte, fand ich ihn sogar reizvoll: ein Knirps mit Latzhose, der nach Würmern buddelte. Ein Junge mit einem dichten Lockenkopf, der in meiner Einfahrt Basketbälle warf.

»Na ja, rein technisch gesehen, *hast* du ja schon einen Sohn.«

»Wohl wahr. Wow. Das bedeutet also, dass ich bald *Mutter* bin?«

Er tätschelte meinen Rücken. »Glückwunsch, Mom.«

Mom. Ich drehte das Wort im Geiste hin und her, versuchte, es auf mich anzuwenden. *Mom.* Ein Mensch, auf den man sich in jeder Lebenslage verlassen konnte, der immer Pflaster in der Handtasche hatte, der Cupcakes backte und mit Zuckerguss verzierte, der aus Eisstielen und Klebstoff Spielzeugflugzeuge basteln konnte. Nicht dass meine Mutter jemals so gewesen wäre. Wäre die Göttliche Mutter so wie meine eigene, wäre die Welt nur halb fertig – Gebirgsketten, zur Hälfte mit Bäumen bewachsen, dann im Stich gelassen; Ozeane, die vor sich hindümpelten, bis das Wasser verdunstet und der Meeresgrund ausgetrocknet und mit einer schwarzen Schicht überzogen war wie der Teekessel, den ich auf der Herdplatte vergessen hatte. Aber wo wir gerade beim Thema waren – was war eigentlich in letzter Zeit mit der Welt los? Die Göttliche Mutter war allem Anschein nach abgelenkt oder hatte sich einem anderen reizvollen Projekt in einem anderen Universum zugewandt. *Tut mir leid, Schatz,* sagte sie und blickte auf die Erde hinab, die an ihrem Rockzipfel zupfte. *Mir geht leider die Zeit aus.*

»Kamst du gut mit deiner Mutter klar?«, fragte ich Devi Das.

Er zuckte die Achseln. »Unsere Mom war niemand, der einem anderen Menschen nahestand, von ihrem Psychiater mal abgesehen. Ich glaube, sie litt unter einer Art Zwangsstörung. Sie hatte einen Kaiserschnitt, nur damit sie sich nicht mit den Wehen herumschlagen musste. Was ihr am meisten an uns und unserem Bruder auffiel, war, wie schmutzig wir alles machten.«

»Hast du überhaupt keinen Kontakt mehr zu ihr?«

»Wir schreiben ihr von Zeit zu Zeit eine Postkarte. Und jedes Jahr zu Weihnachten schickt sie uns einen Scheck über $457.42. Wir glauben, das ist ein absetzbarer Betrag, den der Steuerberater für sie ermittelt hat.« Er nahm eine weitere Mango aus seiner Tasche, schnitt sie mit dem Messer auf und warf die Schalen über Bord. Sie tanzten eine Weile auf den Wellen, bis silbrige Fische durch die Oberfläche brachen und sie schnappten. »Und wie kommst du mit deiner Mutter klar? Hast du ihr von dem Baby erzählt?«

»Noch nicht. Ich habe mich noch nicht getraut.«

»Wovor hast du Angst?« Er bot mir ein Stück Mango an, das glitschig in seiner Hand lag.

»Schätzungsweise davor, dass sie es zu ihrer Angelegenheit macht.« Ich schob mir die reife, köstliche Frucht in den Mund. Ein Boot glitt an uns vorbei – ein alter Mann stand am Bug und steuerte es mit einem langen Stab, während ein Junge vom Heck aus ein Netz ins Wasser warf. »Bei uns zu Hause durfte nur ein Mensch aus allem ein Drama machen. Und das war sie.«

Immer wenn ich ihr einen neuen Freund vorstellte – und das passierte nicht oft –, reagierte sie mit übertriebenem Charme, der sofort in unverhohlene Feindseligkeit umschlagen konnte. So als könnte sie sich nicht entscheiden, ob sie den Kerl verführen oder vernichten sollte. Ich erinnerte mich noch gut daran, wie Matt über Weihnachten mit zu mir nach Hause gekommen war. Wir kannten uns damals noch nicht lange. Es war eine Wohnung, in der ich noch nie zuvor gewesen war: ein Einzimmer-Apartment in Santa Barbara mit Blick auf einen Parkplatz.

Diesmal wollte sie sich einen Job als Immobilienmaklerin suchen.

»Der Markt boomt«, erklärte sie uns. »Eine gute Provision, und schon habe ich die Anzahlung für eine eigene Bleibe.« Meine Mutter hatte in einem Delikatessengeschäft um die Ecke etwas zu essen besorgt. Matt und ich saßen mit ihr am Tisch, öffneten die Schachteln, kippten den Inhalt in Keramikschüsseln und Teller, die sie in der Woche zuvor selbst getöpfert hatte, während sie ein Glas Gallo-Weißwein nach dem anderen trank und uns von den Viagra-Erfahrungen ihres neuen Freunds erzählte. »Als er fünfzig wurde, ist er losgezogen und hat sich ein Motorrad gekauft«, sagte sie und schenkte sich noch ein Glas ein. »Als würde ich sein kleines Problem nicht bemerken, wenn er auf einer Harley ankommt.« Ich häufte Kartoffelpüree in eine weiße Schüssel, die mit einer nackten Göttin mit Flügeln bemalt war, sorgsam darauf bedacht, ihr leuchtend rotes Schamhaardreieck darunter zu verbergen.

Als Matt sich entschuldigte und zur Toilette ging, nahm ich all meinen Mut zusammen und sagte zu meiner Mutter, ich zöge es vor, wenn sie ihr Liebesleben nicht vor meinem neuen Freund ausbreiten würde. Prompt bekam sie einen Wutanfall und stürmte aus dem Apartment. Nachdem wir eine Stunde gewartet hatten, wärmten Matt und ich das Essen in der Mikrowelle auf, aber natürlich war das Geschirr meiner Mutter nicht mikrowellenfest. Die nackte Göttin zerbarst in tausend Stücke und spie Kartoffelbrei und Sauce, vermischt mit Scherben, wild durch die Gegend. Meine Mutter kam erst am nächsten Morgen zurück.

Trotzdem war sie wütend, als Matt und ich uns trennten, so als fühlte sie sich persönlich zurückgewiesen. *Du hättest dich eben mehr anstrengen müssen*, warf sie mir am Telefon vor. *Du hättest toleranter sein müssen. Männer brauchen eine lange Leine*. Eine Stunde später rief sie mich erneut an. *Nein, du hättest strenger sein müssen. Gleich von Anfang an klarstellen, was los ist. Ihn wissen lassen, wie der Hase läuft. Entweder so wie du es willst oder überhaupt nicht.* Meine Unfähigkeit, Matt zu halten, war nur ein weiterer Beweis meines Versagens – und ein weiterer Beweis dafür, dass Männer auch sie verlassen hatten. Wieder mal.

»Jedes Drama in meinem Leben war unweigerlich zu ihrem Drama geworden«, sagte ich jetzt. »Ich will nicht, dass das mit meiner Schwangerschaft passiert. Ab dem Moment, wo ich ihr etwas erzähle, habe ich nichts mehr zu melden. Dann macht sie ihre eigene Geschichte daraus, verändert meine Version so sehr, dass ich sie nicht mehr wiedererkenne.«

»Tja, aber das hier ist dein Baby, nicht ihres. Inwiefern sollte die Tatsache, dass sie davon weiß, etwas daran ändern?«

»Das ist schwer zu erklären. Ich bin so anders als sie. Trotzdem weiß ich nicht, wo sie aufhört und ich anfange. Es ist, als wäre sie in mir drin und kommentiere alles, was ich tue. Es fällt mir selbst schon schwer genug, mit dieser Schwangerschaft zurande zu kommen. Ich will mich nicht auch noch mit ihren Kommentaren auseinandersetzen müssen.«

Nach dem Vorfall damals mit Matt hatte ich eine Art Schutzwall zwischen mir und meiner Mutter errichtet. Ich fuhr so selten wie möglich nach Hause, und wenn doch, erzählte ich möglichst wenig von mir und meinem Leben. Ich legte die Hände auf meinen Bauch. *Mutter. Ich bin Mutter.* Der Gedanke war beängstigend.

Ich fürchtete mich nicht nur davor, Mutter zu werden. Ich fürchtete mich davor, so wie *meine* Mutter zu werden.

Erleuchtung für Anfänger: Probekapitel/Entwurf
In der Hindu-Mythologie manifestiert sich die große
Göttin in zahllosen Gestalten: als blutrünstige Zerstörerin
Kali mit der langen roten Zunge und der Girlande
aus Totenköpfen um den Hals; als reizende Parvati,
die Gefährtin Shivas; als mächtige Durga, die die Dämo-

nen der Ignoranz mit ihrer eigenen Grausamkeit zunichtemacht.

Heutzutage glauben Hunderttausende überall auf der Welt, die Göttliche Mutter sei in der Gestalt von Prana Ma, einer plumpen, strahlenden Inderin, wiedergeboren worden, deren Ashram in Südindien jedes Jahr tausende Anhänger anlockt. In ihren »Darshans«, ihren von Angesicht zu Angesicht stattfindenden Segnungen, bläst Prana Ma jedem ihrer Anhänger auf die Stirn – ein »Atemzug des Lebens«, von dem behauptet wird, er hebe jeden Anhänger auf eine gänzlich neue Ebene des spirituellen Bewusstseins. Bis heute hat sie laut Ashram-Broschüre über zwanzig Millionen Menschen diesen Atemzug zukommen lassen.

~~Prana Ma ist die Quelle der göttlichen Mutterliebe, die möglicherweise besonders jene heilt, deren eigenen Mütter es versäumt haben~~

~~Wenn Sie ein nicht sonderlich tröstliches Bild von der Mutterliebe in sich tragen~~

~~Liebe Mom, ich weiß, du wirst genauso außer dir vor Freude über diese wundervolle Neuigkeit sein wie ich~~

»Als ich Prana Ma kennengelernt habe, war ich neunzehn.« Die Frau auf der Schlafmatte neben mir sah mich durch den Schleier aus Moskitonetzen an, der uns voneinander trennte – eine Heimatlose mit strähnigem Haar und traurigen Augen in einem weißen Salwar Kamiz. Sie umklammerte eine Stoffpuppe und drückte sie fest an ihre Brust. Ihr Name war Kalyani, was, wie sie mir erklärt hatte, auf Sanskrit so viel wie »glückselig« bedeutete. »Ich habe in einem Diner in Albuquerque gearbeitet und Eier in einer Schüssel verquirlt, als ein Freund hereinkam und meinte, er hätte gerade von einem Avatar in Südindien gehört. Und auf einmal habe ich eine Gänsehaut bekommen.«

»Mmm.« Ich bemühte mich, so wenig Interesse zu signalisieren, wie ich nur konnte, ohne zu sagen, sie solle einfach die Klappe halten. Mein Schädel dröhnte. Meine Lendenwirbel taten weh. Meine Augen waren verquollen und juckten vom Staub. Ich konnte Kalyani kaum über das Jaulen der Bhajans hören, die aus den Lautsprechern draußen auf dem Hof drangen – endlose Hymnen an die Göttliche Mutter, die meinen Kopf nur noch mehr hämmern ließen. Kali Ma, Durga Ma, Kali Kali Durga Ma ...

»An diesem Nachmittag hat mein Freund mit mir Schluss gemacht«, fuhr Kalyani fort. »Zwei Tage später ist mein kleiner Hund gestorben. Und in der Woche darauf lief meine Katze weg. Dann machte das Restaurant dicht. Innerhalb eines Monats war ich in Indien.«

»Mmmm.« Ich schloss die Augen. Gab es irgendwo in diesem Ashram eine Kopfschmerztablette?

»Als ich Ma das erste Mal begegnet bin, habe ich den Kopf in ihren Schoß gelegt und geweint. Drei Tage später habe ich gesehen, wie sie einen Leprakranken geheilt hat, und das war's.«

Kalyani und ich befanden uns im Frauenschlafsaal des riesigen Ashrams von Prana Ma – der in Wahrheit nichts als ein riesiger, unmöblierter Raum im neunten Stock eines Apartmentgebäudes war, in dem es von Anhängern nur so wimmelte. Ich hatte versucht, ein Einzelzimmer zu bekommen, oder auch ein Doppelzimmer, aber der Ashram war bis auf den letzten Platz mit Pilgern gefüllt, die sich anlässlich eines bevorstehenden Festivals eingefunden hatten – einer jährlich stattfindenden Feier, in deren Zuge Prana Ma als Göttliche Mutter in all ihrer Pracht auftreten sollte. Also hatte ich versucht, mir ein bisschen Privatsphäre zu schaffen, indem ich ein Ende meines Moskitonetzes am Fensterbrett hinter mir befestigt hatte und das andere an den Riemen meines Rucksacks am Fußende der Baumwollmatte. Aber einigen Moskitos war es trotzdem gelungen einzudringen. Sie surrten nun um meinen Kopf herum, blutrünstige, fette Boten des Todes.

»Tut mir wirklich leid, aber ich brauche jetzt eine Weile meine Ruhe«, sagte ich zu Kalyani. »Ich fühle mich nicht besonders.«

»Oh, das tut mir leid.« Sie streckte mir ihre Puppe hin – ein plumpes kleines Ding, dessen Gesicht ich auf den Broschüren gesehen hatte, die überall im Ashram herumlagen. Ihre roten Lippen waren geschürzt, als wolle sie pfeifen. »Würdest du gern meine Prana-Ma-Puppe halten?«

»Äh – nein, danke.« Ich zog einen gelben Zettel heraus und sah mir den Stundenplan an. *Bhajans ... Meditation ... Arbeit ... Darshan ... wieder Arbeit ... Lesen heiliger Schriften ... noch mehr Bhajans ...* Ich rollte mich auf die Seite. »Ich ruhe mich nur bis zum Abendessen aus.«

»Wenn du müde bist, ist es das Beste, du gehst zum Darshan und lässt dich anblasen. Das gibt dir all die Energie, die du brauchst.«

Gleich würde ich sie erwürgen! Ganz ehrlich. »Bestimmt werde ich es noch viel mehr genießen, wenn ich ein bisschen geschlafen habe.«

»Prana Ma schläft nie. Sie besitzt universelle Energie. Letztes Jahr habe ich sie als persönliche Assistentin auf einer ihrer Reisen begleitet, und es hat mich fast umgebracht. Sie war bis vier Uhr früh wach und hat Leute angeblasen, jede Nacht, und all ihre Assistenten mussten bei ihr bleiben. Dann schlief sie zwei Stunden, bevor es von vorn anfing. Nach der Tour musste ich für eine Woche ins Krankenhaus. *So* mächtig ist ihre Liebe.«

Vielleicht zieht sie ja Leine, wenn ich einfach nur hierliege und sie ignoriere.

»Wenn wir Westler herkommen, sind unsere Köpfe so voll. Deshalb redet die Mutter nicht viel. In jedem von uns ist eine schmerzende Wunde, eine Sehnsucht nach Liebe. Und diese Liebe gibt sie uns.«

Andererseits vielleicht auch nicht.

Kalyani setzte sich auf und sah auf ihre Uhr. »Oh, schon so spät! Wir sollten uns auf den Weg machen, sonst verpassen wir das Darshan. Außerdem kommt in ein paar Minuten der Putztrupp und wischt die Böden auf.«

Ich gebe es auf. Ich setzte mich auf. Okay, dann würde ich mich eben anpusten lassen. Wer weiß? Vielleicht blies mich Prana Ma geradewegs in die Erleuchtung, so dass ich nach Kalifornien zurückkehren und mein Baby dort bekommen konnte.

Das Darshan fand in einem Saal mit weit aufgerissenen Türen und Fenstern statt, durch die eine feuchte Brise hereinwehte. Kalyani und ich stellten uns in einer Schlange aus hunderten Besuchern an und arbeiteten uns zentimeterweise zu Prana Ma vor, die auf einem gepolsterten Lehnstuhl auf einem Podest im vorderen Teil des Saals saß. Ich rechnete im Geiste nach: *Mal sehen... rund dreihundert Leute vor mir... Sagen wir, jeder wird ungefähr zehn bis fünfzehn Sekunden lang angeblasen, das heißt, ich komme in... anderthalb Stunden an die Reihe.* Meine Füße schmerzten, meine Schultern schmerzten, mein Rücken schmerzte. Doch als ich in der Broschüre zu blättern begann, die ich mir am Eingang genommen hatte, spürte ich, wie meine Aufregung wuchs. Prana Mas Atem auf dem Gesicht war, als tauche man in einen See unendlicher Liebe und Mitgefühls, beschrieben ihre Anhänger. Der Verstand stehe für einen Moment lang still. Das Herz öffne sich weit. Man falle in unendliche Dunkelheit, bis man von unermesslichem Licht erfüllt sei. Vielleicht war es ja gar nicht notwendig, stundenlang Yoga zu machen, stundenlang zu meditieren, *prakriti* von *purusha* zu trennen oder sich von Wildfremden in Spitzen-BHs massieren zu lassen. Vielleicht genügte es ja völlig, sich vom richtigen Menschen anhauchen zu lassen.

Zwei Stunden später trennten mich nur noch wenige Meter

von Prana Ma. Die Schlange fieberte vor Aufregung. Dicht gedrängte Anhänger standen vor der winzigen Frau auf dem Podest, die sich vorbeugte und einen nach dem anderen anblies. Kalyani hatte mich völlig vergessen, ich war lediglich eine weitere Wartende in der Schlange, die um die Aufmerksamkeit der Mutter rangelte. Meine Nase wurde zwischen die Schulterblätter des Mannes vor mir gepresst. Als ich mich von ihm löste, trat ich der Frau hinter mir versehentlich auf den Fuß. Ehe ich eine Entschuldigung stammeln konnte, hatte sie mir den Ellbogen in die Nieren gerammt.

Eine in Weiß gekleidete Inderin drückte mir ein laminiertes Merkblatt in die Hand. »Brille abnehmen«, stand darauf. »Schweiß abwischen. Nase putzen. Prana Ma nicht anblasen, sondern warten, bis sie dich anbläst.« Im nächsten Moment war ich auf den Knien und arbeitete mich auf Prana Ma zu. Vor mir kniete ein Mann mittleren Alters aus dem Westen, dessen Gesicht sie mit beiden Händen umfasste. Sie blies und murmelte ihm etwas ins Ohr. Er schluchzte. Schweiß glänzte auf seinem kahlen Schädel.

Nun war ich an der Reihe. Ich kniete mich vor Prana Ma. Sie roch nach Jasminparfum. Ein ekelerregend süßlicher Geruch. Ihre Hände legten sich um mein Gesicht. Sie säuselte mir in Malayalam etwas ins Ohr, irgendein Singsang, der sich wie ein Kinderlied anhörte. Ich spürte die Wärme ihres Atems auf meiner Stirn. Er roch nach Pfefferminz.

Dann sprach Prana Ma, und die schlanke Inderin neben ihr beugte sich vor, um zu übersetzen. »Mutter sagt, sie segnet deine Tochter.«

»Oh – danke«, erwiderte ich. Mittlerweile sah man es mir offenbar an. »Aber eigentlich ist es ein Junge.«

Prana Ma lachte auf und schüttelte den Kopf. »Nicht Junge«, sagte sie auf Englisch und tätschelte mir nachsichtig den Rücken. »Mädchen.« Dann sagte sie noch etwas zu der Übersetzerin, die sich erneut vorbeugte. »Prana Ma sagt: Du bekommst ein kleines Mädchen. Du wirst ein wenig Probleme mit der Schwangerschaft haben, aber mach dir keine Sorgen – es wird alles gut werden. Und du wirst sie Aradhana nennen. Das bedeutet ›Verehrung‹.«

Die Gedanken der Mutter während der Schwangerschaft sind von großer Bedeutung für den Charakter des Kindes. Aus diesem Grund sangen Schwangere früher stets den Göttlichen Namen. Auf diese Weise wird aus dem Kind ein Mensch, der sich stets an Gott erinnert.

Mata Amritanandamayi (1953–)

Kapitel neunzehn

»Ich kann es nicht fassen.« Kalyani saß gegenüber von mir an einem langen Tisch in der Cafeteria. »Was für ein unglaublicher Segen. Dein allererster Besuch bei Prana Ma, und sie gibt dir einen Namen für dein Baby.« Sie musterte mich mit einer Mischung aus Neid und Feindseligkeit, als könne sie sich nicht entscheiden, ob sie mich lieber umbringen oder sich in mich verwandeln wollte. »Ich war ein ganzes Jahr bei ihr, bevor sie mir erzählt hat, mein Hund, der gestorben ist, sei als kleiner Junge in Indien wiedergeboren und würde eines Tages einer ihrer Anhänger werden.«

»Das Problem ist nur, dass Aradhana ein Mädchenname ist, ich aber einen Jungen bekomme.« Ich aß die flüssige Reis-Dal-Mischung mit den Fingern von meinem Blechteller. Die Schlange im westlichen Speisesaal war so lang gewesen, dass wir stattdessen in die indische Kantine gegangen waren. Es kostete mich einige Mühe, mich gedanklich von Kartoffelbrei und gedämpftem

Gemüse zu lösen, aber ich ertrug die Vorstellung beim besten Willen nicht, mich noch einmal von vorne anstellen zu müssen.

»Wo ist der Unterschied? Es ist Sanskrit«, meinte Devi Das. »Niemand wird es merken. Du kannst ihn Ari nennen. Oder Dan.«

»Oh, es *wird* ein Mädchen«, wandte Kalyani ein. »In diesen Dingen irrt sich Prana Ma nie.«

»Die Ärztin hat es aber auf dem Ultraschall gesehen.« Gegenüber von uns saß ein Typ aus dem Westen mit braunem Pferdeschwanz, der Spirulina-Algen aus einer Plastiktüte über sein Dal kippte. Mit einer Mischung aus Faszination und Abscheu beobachtete ich, wie er das Ganze mit dem Finger umrührte, so dass eine bösartig grüne Pampe entstand. »Das Baby hat einen Penis.«

»Tja, aber auf diese Apparate ist nicht hundertprozentig Verlass, oder?« Kalyani leckte sich Joghurt von den Fingern. »Außerdem kann Prana Ma jederzeit einen Penis verschwinden lassen. Kein Problem.«

»Bitte«, bat Devi Das. »Könnten wir vielleicht nicht über das Verschwinden von Penissen reden? Wir fühlen uns nicht wohl dabei.«

Es stellte sich heraus, dass die Chapati-Zubereitung schwieriger war, als es aussah. Am nächsten Morgen stand ich zusammen mit anderen Frauen, vorwiegend Inderinnen und allesamt mit weißen Saris bekleidet, vor einer langen hölzernen Arbeitsplatte in der Großküche. Ihre mit Mehl bedeckten Hände arbeiteten fieberhaft. Sie schleuderten apfelgroße Teigstücke in die Luft, drückten sie mit den Handflächen glatt und rollten sie mit Nudelhölzern zu akkuraten Kreisen aus. In der Zeit, die ich für die Herstellung eines einzigen klumpigen, misslungenen Chapati brauchte, fabrizierte die Frau neben mir zehn Stück, die sie mit Mehl bestäubte und neben sich aufstapelte.

Wahrscheinlich hatte sie das von ihrer Mutter gelernt, dachte ich beim Anblick ihrer flinken Hände. In der Welt meiner Mutter hingegen bildete der Kauf eines Fertigteigs für Schokokekse bereits den Gipfel der Backkunst. Ich erinnerte mich noch gut daran, wie wir einmal nach der Schule zusammen Kekse backen wollten. Ich musste in der zweiten oder dritten Klasse gewesen sein. Meine Mutter hatte gerade keinen Job und war deshalb nachmittags zu Hause, was in dieser Phase meines Lebens Seltenheitswert hatte. Als wir anfingen, den Teig zu zerteilen, fiel meiner Mutter ein, dass wir ja gar kein Backblech besaßen, also hockten wir am Ende am Küchentisch und aßen den Teig roh aus der Schachtel.

Meine Mutter legte eine Jazz-CD ein und schenkte ein Glas Wein für sich selbst und eines mit Apfelsaft für mich ein, dann setzte sie sich neben mich und nahm mich in den Arm. »Siehst du, Schatz«, sagte sie und klang, als sei sie selbst überrascht. »Manchmal macht das, was am Ende passiert, sogar mehr Spaß als das, was man sich ursprünglich vorgenommen hat.«

Ich versuchte, mein Chapati von der Arbeitsfläche zu lösen, doch es zerfiel. Die Frau neben mir erbarmte sich. »Mehr Mehl.« Sie bestäubte die Arbeitsfläche vor sich mit Mehl. »Nicht kleben.«

»Danke.« Ich kratzte den Teig von der Platte und gab etwas mehr Mehl darauf. »Tut mir leid ... ich habe das noch nie gemacht.«

Ein breites Lächeln erhellte ihre Züge. »Wird immer besser. Bald – sehr gut.« Sie unterbrach ihre Tätigkeit. »Dein Baby – kommen wann?«

Seltsam, wie Frauen trotz meiner weiten Kleidung auf den ersten Blick sahen, dass ich schwanger war, wohingegen bislang kein einziger Mann darauf gekommen war. »Im Juni.«

»Ich habe drei Kinder. Ein Mädchen, zwei Jungen.«

»Das klingt danach, als würden sie dich mächtig auf Trab halten.«

»Glücklich – ja. Immer sehr glücklich.« Mit vier Handbewegungen rollte sie ein weiteres Chapati aus. »Dein Ehemann – wo?«

»Äh …« Ich machte eine vage Handbewegung in Richtung des Fensters, von der ich hoffte, dass sie das gesamte Universum umfasste. »Kommt bald.«

»Und deine Mutter – wo?«

Wieder zeigte ich zum Fenster. »In Amerika.«

Sie schnalzte mit der Zunge. »Deine Mutter – vermissen dich. Du gehen – zu Mutters Haus. Baby in Mutters Haus bekommen. Du verstehen?«

»Ich verstehe.« Vorsichtig löste ich mein Chapati von der Arbeitsfläche, sorgsam darauf bedacht, es nicht zu zerreißen. »Aber das Zuhause meiner Mutter ist sehr weit weg von hier.«

Sie schüttelte den Kopf. »Deine Mutter – dich vermissen. Du bekommen Baby, du zuerst zu ihr gehen.«

Ich legte das Chapati auf den Stapel. Was tat meine Mutter wohl gerade? In Kalifornien musste es zehn oder elf Uhr abends sein. Ich stellte mir meine Mutter vor, wie sie sich allein eine DVD ansah. Ein Glas Wein trank. In den Katalogen von Nordstrom und J. Jill blätterte und Kleider einkreiste, die ihr gefielen, die sie aber niemals bestellen würde.

An diesem Abend ging ich nach dem Darshan und dem Abendessen zur internationalen Telefonzentrale, die sich zwischen dem Internet Café und dem Puppengeschäft befand.

Überall im Ashram waren mir Leute aufgefallen, die Puppen knuddelten und mit ihnen redeten, wahrscheinlich als Trost, wenn Prana Ma nicht da war, um sie anzupusten. Ich trat in den Laden und sah sie in einem Weidenkorb liegen – Krishna-Puppen mit blauen Gesichtern, Ganeshas mit Elefantenköpfen, böse dreinblickende Kalis mit heraushängenden roten Zungen. Vielleicht sollte ich ja eine für das Baby kaufen. *Hier, Schätzchen! Das ist Kali. Sie trinkt gern Blut. Sollen wir ihr das Kätzchen als Opfer bringen?* Wenigstens war sie nicht von Mattel.

Ich nahm eine Prana-Ma-Puppe und musterte ihr leicht selbstgefälliges Gesicht mit den schwarzen Knopfaugen und den stets geschürzten Lippen. »Ich tue nichts, ohne vorher Prana Ma zu befragen«, hatte Kalyani mir an diesem Morgen erzählt und die Puppe an ihre Brust gedrückt. »Aber es ist doch nur eine Stoffpuppe«, hatte ich eingewandt. »Ich weiß«, hatte sie erwidert, »aber sie erinnert mich daran, mein Herz der echten Prana Ma zuzuwenden.« Ich versuche mich an einem Gebet: *Prana Ma, hilf mir zu wissen, was ich meiner Mutter sagen soll.* Die Puppe blickte mich mit undurchdringlicher Miene an. An ihrem Hals befand sich ein kleines Schild. »Made in India. Nur Handwäsche.«

Mir war klar, dass ich versuchte, Zeit zu schinden, also ging ich weiter in die Telefonzentrale, wo drei Telefone durch dünne Wände voneinander getrennt waren. *Ich hoffe, du freust dich genauso über die Nachricht wie ich …* Ich nahm den Hörer. »Du brauchst dich nicht um mich zu kümmern. Ich muss nur wissen, dass du dich gern um mich kümmern *würdest*«, jammerte die Frau links neben mir. »Verbinden Sie mich bitte mit Ihrem Vorgesetzten«, verlangte die Frau zu meiner Rechten. Ich wählte die Kontinents-, dann die Länder- und schließlich die Ortsvorwahl. Es läutete, dann ertönte das durchdringende Pfeifen eines Faxes. Wie alles andere im Leben meiner Mutter schien auch ihr Anrufbeantworter nach seinen eigenen Gesetzmäßigkeiten zu funktionieren. Meine Mutter brauchte möglicherweise Wochen, um herauszufinden, wieso ihr niemand eine Nachricht auf Band hinterließ.

Das Faxgerät stand auf dem Korridor im Lakshimi International Business Centre. Ich setzte mich auf einen Hocker und begann zu schreiben.

Anderthalb Wochen später hatte ich immer noch nichts von meiner Mutter gehört.

Wie unter Zwang überprüfte ich alle paar Stunden das Faxgerät, zwischen Darshans, Kirtans, Meditationen und Mahlzeiten. Ich mailte sogar Lori, um herauszufinden, ob sie etwas von ihr gehört hatte. Vielleicht war mein Fax nicht durchgegangen. Vielleicht war meine Mutter verreist. Oder mein Fax war in einer Flut aus Werbeanzeigen untergegangen.

In der Zwischenzeit verfiel mein Leben mit der Göttlichen Mutter in einen einschläfernden Rhythmus. Ich ging zu Kirtans und sang Loblieder auf Kali und Durga, wiegte mich im Takt mit der Menge, wenn Prana Ma ihr Tamburin schwang. Jeden Tag wartete ich stundenlang auf einen weiteren pfefferminzgeschwängerten Atemzug auf die Stirn. Ich besuchte eines von Prana Mas Waisenhäusern, in dem Heerscharen von Mädchen an Nähmaschinen saßen oder Seifen mit Rosenduft herstellten, die sie in Reispapier einschlugen, damit sie im Ashram-Laden verkauft werden konnten. Vielleicht war es nur ein Zufall, aber seit Prana Ma mich angepustet hatte, schien auch der Dauerschmerz in meinem Knie verschwunden zu sein.

Vielleicht war dies ja genau das, wonach ich gesucht hatte. Vielleicht würde ich hierbleiben und mein Baby bekommen. Vielleicht würde Prana Ma ja selbst bei der Geburt dabei sein. Indem ich mich im Energiefeld der Göttlichen Mutter aufhielt, würde ich endlich lernen, selbst Mutter zu sein.

Eines Nachmittags gegen Ende meiner zweiten Woche im Ashram machte ich einen Spaziergang am schwarzen, mit Landminen menschlicher Fäkalien gespickten Sandstrand. Die leuchtend goldene Sonne wanderte allmählich Richtung Horizont. Ich setzte mich auf einen Stein und sah einem Jungen zu, der ein Netz ins Wasser warf und es voll zappelnder Fische wieder herauszog.

Mir fiel wieder ein, wie ich eines Tages in der fünften Klasse nach Hause gekommen war und meiner Mutter eine Matheklassenarbeit gezeigt hatte, in der ich 99 Prozent richtig hatte. Sie nahm mir das Heft aus der Hand und musterte zuerst den goldenen Stern am oberen Rand, dann das rote X auf der Hälfte der Seite. »Wieso hast du diese eine Aufgabe falsch gemacht, Schatz?«, fragte sie. »Es ist doch so einfach.«

Wieso kümmerte es mich überhaupt, ob sie mein Fax beantwortete oder nicht? Ich hatte doch Prana Ma, die meine kleinen Wunden anblies.

»Amanda?«, sagte eine Stimme hinter mir, die mir so vertraut war wie meine eigene. Ich wirbelte herum und sah sie auf mich zukommen – ein dichter blonder Schopf, grauer Hosenanzug, goldene Halskette und roter Lippenstift.

»Dein seltsamer junger Freund mit der ausgefallenen Frisur hat mir gesagt, wo du bist.« Meine Mutter musterte mich von oben bis unten. »Amanda, Schatz, du musst unbedingt mit nach Hause kommen, damit wir dir anständige Umstandskleider kaufen können.«

»Ich muss sagen, Weiß ist nicht wirklich deine Farbe.« Wir saßen im Jaya Jaya Chai Shop, und meine Mutter nippte an ihrem Chai. »Und, Schatz, wann hast du dir das letzte Mal die Haare schneiden lassen? Deine Spitzen sind ja ganz gespalten.«

»Mom, das hier ist ein Ashram, keine Beautyfarm. Außerdem stehen Haare im Moment nicht an erster Stelle der Dinge, über die ich mir Gedanken mache.«

»Aber schwanger zu sein, bedeutet noch lange nicht, dass du dich gehen lassen musst.« Sie biss in ein Zimtbrötchen. »Besonders unter diesen Umständen ist es wichtig, darauf zu achten, dass man attraktiv bleibt. Als ich mit dir schwanger war, habe ich mir alle zwei Wochen die Nägel machen lassen. Ein Mann in der Bar, in der ich damals gearbeitet habe, wollte sogar noch ernsthaft was von mir, obwohl man es da schon sehen konnte.«

»Mom? Ich glaube, das ist mehr, als ich wissen muss.« Ich nahm einen großen Schluck Chai. Meiner Mutter in einem indischen Ashram in die Arme zu laufen, war fast so, als begegne man dem Dalai Lama in einem Stripclub in Vegas. »Du musst müde sein. Vielleicht sollte ich dich in dein Zimmer begleiten, und wir reden morgen weiter.«

»Sei nicht albern. Ich habe eine angenehme Nacht im hübschesten Hotel von Trivandrum verbracht und mich heute früh ganz bequem mit einer Limousine herbringen lassen, obwohl ich zugeben muss, dass die Straßen hier zu wünschen übrig lassen. Ich persönlich halte dieses Gerede, in Indien sei alles so mühsam, für etwas übertrieben.«

»Na ja, klar, wenn man Erster Klasse reist, gilt das natürlich nicht. Ich verstehe immer noch nicht, wie du dir diese Reise leisten konntest. All das muss doch ein Vermögen gekostet haben.«

»Überhaupt nicht. Ich bin seit etwa einem Monat mit einem reizenden Mann zusammen, der zufällig als Veranstaltungskoordinator bei Hyatt International arbeitet. Er hat genug Vielfliegermeilen gesammelt, um mich dreimal rund um den Erdball fliegen zu lassen.« Sie wischte sich den Mund ab. »Er hat sogar angeboten, uns für eine Woche in einem Resort in Thailand einzuquartieren, wenn wir hier raus sind, bevor wir nach Hause fliegen.«

»Wow, das ist ja toll.« Diese Art Neuigkeiten hatte ich schon so oft von meiner Mutter gehört, dass sich mein Enthusiasmus in Grenzen hielt. »Aber, was genau meinst du mit ›wenn wir hier raus sind‹?«

»Tja, Herzchen, das ist ja genau das, worüber ich mit dir reden wollte.« Sie leckte sich den Zucker von den Fingern und setzte sich auf ihrem Stuhl zurück. »Selbstverständlich kannst du in deinem Zustand nicht in Indien bleiben.«

»Wieso nicht? Millionen Inderinnen tun das auch.«

»Ja, natürlich, Millionen streunender Katzen bringen ihre Kleinen zwischen den Mülltonnen in dunklen Gassen zur Welt. Das bedeutet noch lange nicht, dass meine Tochter das auch tun muss.«

»Vergleichst du indische Frauen etwa mit streunenden Katzen? Das ist das Rassistischste, was ich je gehört habe.«

»Wage nicht, mich als Rassistin zu bezeichnen, mein Fräulein. Zu der Zeit, als ich deinen Vater kennengelernt habe, hatte ich ein Auge auf einen attraktiven jungen Mexikaner geworfen, der mit mir zusammengearbeitet hat. Wären die Dinge ein wenig anders gelaufen, würdest du jetzt vielleicht Spanisch sprechen. Und eines kann dir sagen: Wäre José dein Vater, würde er genau dasselbe sagen wie ich jetzt – komm nach Hause und such dir ein anständiges amerikanisches Krankenhaus.«

»Und ich würde ihm sagen, dass ihn das verdammt noch mal nichts angeht.«

»Und er würde sagen, wie du es wagen kannst, so mit deinem Vater zu reden! Natürlich geht es ihn etwas an. Schließlich ist er dein Vater. Er hat deine Windeln gewechselt. Er ist die ganze Nacht aufgeblieben, als du Kruppanfälle hattest, hat dich in den Armen gehalten und sich mit dir vor die Dusche gesetzt, damit du in der feuchten Luft besser atmen kannst.«

»Tja, selbst wenn er mein Vater ist… mein Vater *wäre*, meine ich…« Verwirrt legte ich den Kopf in die Hände. Wovon redeten wir hier überhaupt? Wieder einmal beschlich mich das Gefühl, das ich so oft hatte, wenn ich mit ihr zusammen war – meine Mutter hatte mich mit Absicht in Gefilde geführt, die so verworren und undurchsichtig waren, dass nur sie den Überblick hatte. »Mom, ich bin ein großes Mädchen. Ich schaffe das schon allein.«

»Tja, Amanda, genau das ist der springende Punkt. Offensichtlich schaffst du es nicht. Ich meine, sieh dich doch nur mal an. Sieh dir… das hier an.« Sie deutete um sich. Am Tisch gegenüber von uns saß eine Frau und sang ihrer Prana-Ma-Puppe ein Lied vor, während sie Marmelade auf ihr Croissant gab.

Am nächsten Morgen standen Kalyani und ich an der Arbeitsplatte in der Küche, wo man mich – gerade als sich meine Fähigkeiten in der Chapati-Zubereitung allmählich entwickelten – zur Kräuterzubereitung eingeteilt hatte. Also zerdrückte ich in einem Mörser Kardamomsamen, deren würzig-süßer, betäubender Geruch mir in die Nase stieg.

»Prana Ma hat sie herbeigerufen«, erklärte Kalyani. »Das liegt doch auf der Hand. Es ist alles Teil ihres Plans.«

»Tja, ich wünschte, Prana Ma würde ihr sagen, dass sie wieder nach Hause fahren soll. Sie macht mich noch völlig verrückt.«

Kalyani sah mich an, als hätte ich gedroht, ein Rendezvous mit Brad Pitt auszuschlagen. »Würde meine Mutter herkommen, wäre ich überglücklich.«

»Wo ist deine Mutter?« Es war erst elf Uhr vormittags, und schon jetzt taten mir die Beine weh. Ich sah mich um, konnte jedoch nirgendwo eine Sitzgelegenheit entdecken.

»Sie hat vor ein paar Jahren wieder geheiratet und will mich nicht sehen. Sie hat Angst, ihr neuer Mann macht mit ihr Schluss, wenn er herausfindet, dass ich bei Prana Ma bin.«

In diesem Moment flog die Küchentür auf, und meine Mutter kam hereingesegelt – in einen weißen Sari gehüllt und mit Hibiskusblüten im Haar. »Guten Morgen! Ich habe hervorragend geschlafen und bin gerade angehaucht worden. Sehr süß. Aber jemand sollte der Frau mal sagen, dass sie ihre Kohlehydratzufuhr drosseln soll. Sie bekommt einen Bauch.«

Allem Anschein nach hatte sich meine Mutter mit der Begeisterung ins Ashram-Leben gestürzt, die sie allem Neuen entgegenbrachte. Anfänge – darin war meine Mutter immer besonders gut gewesen. Wann immer wir umzogen, hatte sie einen riesigen Flohmarkt veranstaltet, bei dem sie sich von allem befreite, was ihre alte Identität ausgemacht hatte: kaum benutzte Tennisschläger, diverse Blas- und Streichinstrumente, einen Pilates-Universaltrainer. Es erstaunte mich immer wieder, mit welcher Lässigkeit sie die vergangenen Versionen ihres Selbst abstreifte, wie eine Schlange, die sich häutete.

Nun küsste sie mich auf die Wange. »Du solltest nicht so viel stehen, Schätzchen, das ist nicht gut für die Beine. Du musst zusehen, dass du mindestens eine Stunde am Tag die Beine hochlagerst, sonst bekommst du Krampfadern.« Hinter einem Stapel mit Reis gefüllten Jutebeuteln entdeckte sie einen Hocker und zog ihn heran. »Hier, setz dich da drauf.«

»Nein, danke, ich stehe lieber.« Mit einem Mal war ich wieder dreizehn, ein mürrischer Teenager.

Sie setzte sich selber hin. »Na gut.« Sie sah zu, wie ich die Kardamomsamen bearbeitete. »Oh, nein, Herzchen, du machst das ganz falsch. Man darf sie nicht so zerquetschen. Komm, ich zeige es dir.« Sie nahm mir den Mörser und den Stößel aus der Hand. »Man setzt den Stößel in der Mitte an und roooollllt ihn – so, siehst du?« Sie machte einige energische Kreisbewegungen. »So geht es viel schneller.«

Ich musste zugeben, dass ihre Methode tatsächlich besser funktionierte. »Seit wann weißt du, wie man Gewürze zerstößt?«

»Es unterscheidet sich kaum vom Anrühren von Wandfarbe. Außerdem hatte ich doch diesen Job in einem indischen Restaurant, als du noch klein warst, erinnerst du dich? Dort habe ich auch gelernt, wie man einen Sari richtig wickelt.« Sie kippte den zerstoßenen Kardamom in eine große Keramikschüssel und gab eine Handvoll Gewürznelken dazu. Voller Ehrfurcht verfolgte Kalyani jede ihrer Bewegungen, als wäre meine Mutter eine Expertin, die eingeladen worden war, um eine professionelle Demonstration zum Thema Mutterschaft abzugeben. »Also, Herzchen. Wir müssen uns ernsthaft darüber unterhalten, was du als Nächstes tun wirst. Du kannst das Baby nicht in Indien bekommen, so viel steht fest.«

»Wieso nicht? Vielleicht bekomme ich es sogar genau hier. Es gibt hier ein gutes Krankenhaus.« Ich streckte die Hand nach Mörser und Stößel aus. »Könnte ich die vielleicht wiederhaben?«

»Ja, was für ein Segen, das Baby hier zu bekommen«, stieß Kalyani hervor. »Sie wird ein Kind der Göttlichen Mutter sein.«

Meine Mutter mahlte weiter, ohne auch nur einen Blick in

Kalyanis Richtung zu werfen. »Und dann? Was willst du dann tun? Du kannst dich nicht ganz allein um ein Baby kümmern.«

»Wieso nicht? Das hast du doch auch getan.«

»Das stimmt. Deshalb weiß ich ja, dass du es nicht tun solltest.«

»Du hast immer behauptet, es sei einfach gewesen.«

»Tja, war es aber nicht.«

»Was willst du damit sagen?«

Meine Mutter unterbrach ihre Tätigkeit und sah auf. »Willst du wissen, wie es war? Ich war ganz allein in diesem winzigen Apartment, das völlig leer war, bis auf die Matratze für dich und mich und ein paar Handtücher, die ich anstelle einer Wickelkommode auf dem Boden ausgebreitet habe. Unten herum war nach der Geburt alles völlig zerfetzt – ich musste sogar genäht werden –, deshalb tat mir jeder Schritt weh. Es tat sogar weh, wenn ich mich hinsetzen wollte. Und du hast geschrien, geschrien und geschrien. Dein Körper war stocksteif, dein Gesicht blau angelaufen, als würde dir jemand ein heißes Bügeleisen auf den Rücken halten. Am zweiten Abend habe ich sogar in der Notaufnahme angerufen. ›Wahrscheinlich nur Blähungen‹, haben sie gesagt. Am dritten Abend hätte ich dich am liebsten aus dem Fenster geworfen. Eines Nachts ging ich einfach zur Tür hinaus und setzte mich in eine Bar. Ich habe dich mitten im Zimmer auf dem Futon liegen lassen, wo du dir die Seele aus dem Leib gebrüllt hast. Ich habe dagesessen und eine Pepsi getrunken und den Männern beim Billard zugesehen. ›Ich könnte einfach gehen, so wie ihr Vater es getan hat. In einen Bus steigen und nie wieder zurückkommen‹, dachte ich. Für den Bruchteil einer Sekunde kam es mir völlig normal vor, als könnte ich es tatsächlich tun. Aber natürlich habe ich es nicht getan. Stattdessen bin ich zurückgegangen. Du hattest aufgehört zu schreien und warst eingeschlafen, ganz allein mitten auf dem Futon mit deinem kleinen Daumen im Mund.«

Der Geruch nach Kardamom und Nelken umgab uns. »Wieso bist du nicht nach Hause zu deiner Familie gegangen?«

»Vermutlich aus Stolz. Ich hatte es endlich geschafft, von dort wegzukommen, und wollte nicht zurückgehen und mir dieses ›Ich hab's dir doch gleich gesagt‹ anhören. Ich wollte nicht, dass sie das ganze Elend erfahren.« Sie legte den Stößel aus der Hand. »Amanda, ich will auf keinen Fall, dass dich derselbe dumme Stolz daran hindert, nach Hause zu kommen. Denk einfach nur darüber nach, das ist alles, worum ich dich bitte. Du könntest bei mir wohnen. Du bräuchtest nicht zu arbeiten, könntest dich ganz dem Baby widmen. Ich bin gern für dich da.«

»*Du*? Für *mich* da sein?« Ich versuchte, mir meine Ungläubigkeit nicht anhören zu lassen. »Ich bin sicher, dein neuer Freund wäre außer sich vor Begeisterung.«

»Ich habe Fehler gemacht. Aber ich habe mein Bestes versucht. Du wirst noch früh genug herausfinden, wie es ist. Als Mutter kannst du dich nur durchschlagen und jeden Tag versuchen, dein Bestes zu tun. Wenn du verzweifelt bist, kannst du vielleicht einen Ratgeber lesen, aber in keinem davon steht etwas drin, was dir weiterhelfen könnte, glaub mir. Und währenddessen hast du das Gefühl, als würde dein Leben im Affenzahn an dir vorbeirasen, und du versuchst, ihm nachzujagen, aber es ist dir immer ein paar Schritte voraus. Als wärst du ein Windhund, der einem mechanischen Hasen nachrennt, Runde um Runde. Es hat Jahre gedauert, bis ich gemerkt habe, dass mir mein Leben nicht davongelaufen war. Dass jeder Tag mit dir wertvoll war. Als mir das klar wurde, warst du längst weg.«

Kalyani hatte ihre Prana-Ma-Puppe aus ihrem Rucksack gezogen und umklammerte sie, während sie uns wie gebannt lauschte. Ich konnte es selbst nicht fassen: Meine Mutter redete allen Ernstes über ihre Gefühle mit mir. Vielleicht hatte Prana Mas Atem ja doch etwas bewirkt. Ich hätte nicht überraschter sein können, hätte ich miterlebt, wie ein Leprakranker geheilt worden war oder ein Gelähmter wieder gehen konnte.

»Ich will nicht, dass du denselben Fehler machst«, sagte meine Mutter.

Die restliche Woche herrschte überall im Ashram hektische Betriebsamkeit, um alles für den großen Auftritt der Göttlichen Mutter vorzubereiten, als erwarteten wir einen Besuch von Oprah höchstpersönlich. In der Küche lief die Zubereitung von Chapatis, Reis, Dal und Gewürzen auf Hochtouren. Meine Arme taten mir vom Ausrollen des Teiges weh, und der Geruch von Gelbwurz hing in meinem Haar. Jeden Tag kamen weitere Anhänger in den Ashram geströmt, dazu hunderte Inder aus der Gegend, allesamt in leuchtend bunten Saris und Anzügen und mit einer Begeisterung auf ihren Gesichtern, die die jahrtausendealte hingebungsvolle Liebe für die Göttliche Mutter widerspiegelte, wohingegen die Besucher aus den westlichen Ländern ein wenig verängstigt wirkten, wie Kinder, die sich im Einkaufszentrum verlaufen hatten.

Als die Bhajans in den frühen Abendstunden begannen, wimmelte es im Saal nur so vor Menschen. Die Gesänge waren ausgelassen, ekstatisch und wurden von Trommeln, Tamburinen und einem Harmonium begleitet: eine Woge gemeinschaftlicher Ekstase, deren Energie mit jeder Sekunde wuchs. Auf den Gesichtern der Inder lag ein Ausdruck hingebungsvoller Gläubigkeit, während die Züge der Westler die *Sehnsucht* nach genau jener Religiosität widerspiegelten. Links von mir saß Kalyani und weinte, neben ihr Devi Das, der sich mit geschlossenen Augen rhythmisch vor und zurück wiegte. Rechts von mir sang meine Mutter und klatschte in die Hände. Aber warum nur schlummerte etwas in mir, das mich stets zurückhielt?

Ich spürte, wie etwas gegen mein Knie drückte. Als ich die Augen aufschlug, sah ich eine grauhaarige Inderin in einem malvenfarbenen Sari seitwärts zu Boden kippen. Ihr Gesicht war schweißnass, ihre Augen verdreht. In der allgemeinen Aufregung über die Verehrung der Göttlichen Mutter schien niemand mitzubekommen, dass eine echte Mutter kollabiert war. Ich zog meine Wasserflasche heraus und betupfte ihr Gesicht, doch sie reagierte nicht.

»Sollen wir sie nach draußen tragen?« Ich stieß Kalyani an.

»Nein«, zischte sie. »Prana Ma erscheint gleich als Göttliche Mutter. Wir können die Zeremonie jetzt nicht stören.«

Die Bhajans endeten. Trompeten ertönten, eine Glocke wurde geläutet und die Vorhänge zurückgezogen, so dass der Blick auf das Podest mit einem leeren Thron und einer Krone darauf freigegeben war. Dann setzten die Gesänge wieder ein, und die Vorhänge glitten zu. Ich sah zu der Ohnmächtigen hinunter, deren Gesicht ganz blass geworden war, ehe ich versuchte, die Aufmerksamkeit einer Ashram-Angestellten auf mich zu ziehen und auf die Frau auf dem Boden zeigte. Die Mitarbeiterin schüttelte nur streng den Kopf, legte sich einen Finger an die Lippen und zeigte zuerst auf die Bühne, dann auf ihre Uhr: *Später*, gab sie mir lautlos zu verstehen. *Später.* Die Menge sang weiter: *»Kali Ma! Durga Ma! Lalita Ma!«*

Wieder wurden die Vorhänge zurückgezogen, und ein Raunen ging durch die Menge: Prana Ma saß mit einer Silberkrone auf dem Kopf und einem goldenen Kleid auf dem Thron. Ein Priester verneigte sich vor ihr und bot eine Kerze dar, die in einer Schale loderte, während die Menge sang: *Om Jaya Jagadeehsa hare … Swami Jaya Jagadeesha hare …«* Was, wenn die Frau hier in meinem Schoß starb? Ich wandte mich meiner Mutter zu. »Mom? Was machen wir jetzt?«

Meine Mutter stand auf. »Ach, wen kümmert es, wenn wir die Zeremonie stören?« Sie bückte sich und schob die Hände unter die Achseln der Frau. »Sie wiegt kaum mehr als ein Federkissen. Los, schaffen wir sie nach draußen.«

Wir schoben uns durch die Menge zur Tür, während sich die Leute noch immer singend zum Darshan anstellten. Auf dem Hof legten wir die schlaffe Gestalt auf den staubigen Boden. Meine Mutter nahm mir die Wasserflasche aus der Hand und begann, das Gesicht der Frau mit der kühlen Flüssigkeit zu besprenkeln, dann hielt sie ihr die Flasche an die Lippen. Die Lider der Frau hoben sich flatternd.

»Es war nur die Hitze und die vielen Menschen«, sagte meine Mutter, an uns beide gewandt. »Und die Aufregung. Auf dem College ist das bei Footballspielen ständig passiert. Einmal musste ich sogar eine Cheerleaderin raustragen.« Die Frau beobachtete meine Mutter, ehe sie sich aufrichtete und sich mit dem Rücken gegen die Wand lehnte. Meine Mutter und ich setzten uns neben sie.

»Genau darum geht es beim Muttersein«, fuhr meine Mutter selbstgefällig fort. »Du musst dich um das kümmern, was sich vor deinen Augen abspielt.«

In einer Ecke des Hofs saß ein Mann auf dem Boden und sprach Mantras. Kinder liefen herum und spielten mit einer leeren Wasserflasche Fußball. Die Schlange für das Darshan reichte zur Tempeltür heraus und bis auf den Hof. Ich sah meine Mutter an.

»Ich kann jetzt nicht mit dir nach Hause fahren, Mom«, sagte ich. »Aber ich komme rechtzeitig, um das Baby in Kalifornien zur Welt zu bringen. Ich verspreche es.«

Bogen aufwärts

(Urdhva Dhanurasana)

Lege dich auf den Rücken. Winkle die Beine an, stelle die Füße auf Höhe des Gesäßes, die Hände auf Schulterhöhe auf. Die Finger zeigen in Richtung Fersen. Stemme Hände und Füße in den Boden und drücke die Wirbelsäule sanft gen Himmel. Stelle dir vor, deine Hände und Füße seien durch Wurzeln im Boden verankert. Spüre die Kraft deiner Muskeln, die die stählernen Träger des Skeletts zusammenhalten.

Tief im Körper verlaufen Prana-Ströme durch ein eng verzweigtes Netz aus Kanälen – schöpferisch und unvorhersehbar. Öffne nun die inneren Schleusentore und lasse den Prana-Strömen freien Lauf. Lasse deinen Körper von den Fluten erfassen und forttragen. Lasse ihn im Wind deines Atems fortblasen.

Ohne feste Struktur fällt diese Position in sich zusammen. Ohne Prana wiederum ist sie so nutzlos wie ein polierter Messingkrug ohne Wasser.

Der Gedanke »Wer bin ich?« wird alle anderen Gedanken zerstören, und wie ein Stab, der die schwelende Glut entfacht, wird auch er am Ende zerstört werden. Erst dann wird sich die Selbsterkenntnis daraus erheben.

Ramana Maharshi (1879 – 1950)

Kapitel zwanzig

Eine Woche später reiste meine Mutter ab. Sie blies mir noch einen letzten Kuss durchs Fenster ihres Mietwagens zu, dann machte sie sich, das Haar zum Schutz vor dem Wind unter einem Seidenschal verborgen, auf den Weg zum Flughafen. Eine halbe Stunde lang kannte meine Erleichterung fast keine Grenzen, dann begann ich, mich besorgt zu fragen, ob ich nicht doch hätte mitkommen sollen.

Ich wurde dieses Gefühl auch nicht los, als Devi Das und ich ein paar Tage später den Bus ins Landesinnere zu einem Ashram am Fuß eines Berges nahmen, von dem Kalyani behauptet hatte, es handle sich um eine der bedeutendsten Pilgerstätten Indiens. »Der Arunachala ist dem Gott Shiva geweiht«, hatte sie uns erklärt. »Man muss nur einmal um ihn herumgehen, und schon wirst du erleuchtet – wenn nicht in diesem Leben, dann ganz bestimmt im nächsten.« Unser Bus rumpelte über holprige Straßen. Das Fenster auf meiner Seite ließ sich nur zur Hälfte schließen, so dass Staub und Abgase hereindrangen. Wir schossen entweder mit Übelkeit erregendem Tempo die Straße entlang oder blieben aus unerfindlichen Gründen eine halbe Ewigkeit irgendwo stehen. Gerüchte kursierten auf dem Gang: Eine Meile vor uns sei ein Streik ausgebrochen; ein Laster sei umgekippt und seine Ladung Kohlen auf die Straße gekullert. Die Frau vor mir hatte einen Eimer mit lebenden Fischen darin bei sich. Im Lauf des Tages starb einer nach dem anderen.

Ich war mittlerweile im sechsten Monat schwanger, und in der letzten Woche war mein Bauch förmlich explodiert. Das Baby drückte gegen die Rippen, so dass ich kaum noch tief Luft holen konnte. Außerdem musste ich ununterbrochen zur Toilette. Als der Bus endlich anhielt, hockte ich mich einfach an den Straßenrand, zog meine Hose unter der Tunika herunter und war heilfroh, meiner Blase Erleichterung verschaffen zu können. In den Staaten tauschten sich die Frauen im Forum auf HeyBaby.com über ihre AquaAerobic-Kurse aus, suchten Vorhänge, die farblich zum Schutzpolster ihres Babybettchens passten, kauften Wickeltische und übten mit ihren Männern die Lamaze-Atemtechnik. Und was tat ich?

Erst nach Mitternacht erreichte unser Bus die Stadt, so dass es zu spät war, um noch zum Ashram zu fahren. Also nahmen wir uns ein Zimmer in einem heruntergekommenen Hotel gleich beim Busbahnhof. Direkt gegenüber stand ein tausend Jahre alter Shiva-Tempel. In unserem Zimmer war es drückend heiß, außerdem wimmelte es von Moskitos, und ich stellte fest, dass ich mein Netz in Prana Mas Ashram vergessen hatte. Also schoben Devi Das und ich unsere Betten zusammen – sorgsam darauf bedacht, die fleckige, durchgelegene Matratze lieber nicht genau anzusehen –, damit wir sein Moskitonetz über uns spannen konnten.

Kaum hatten wir das Licht ausgeschaltet, begann Devi Das zu schnarchen. Auch ich war völlig erschöpft, fand jedoch keinen Schlaf. Meine Mutter hatte mich ein wenig panisch gemacht. Ich hörte ihre Stimme im Geiste, wie sie mich mit Fragen bombardierte: *Wie willst du dich finanziell über Wasser halten, Amanda? Wer wird auf das Baby aufpassen, solange du dein Buch zu Ende schreibst? Kannst du dir einen Babysitter leisten? Werden deine Mitbewohner Schwierigkeiten machen, wenn du ein Baby mitbringst? Sind Kinder überhaupt laut Mietvertrag gestattet? Und selbst wenn es so ist, wo soll das Baby schlafen?*

Wieso hatte ich mich bisher nie mit all diesen Fragen beschäftigt? Das Geld, das ich von Maxine bekommen hatte, würde noch etwa zwei bis drei Monate reichen. Höchstens. Den Rest des Honorars bekam ich erst, wenn das Buch fertig war. Aber wie sollte ich schreiben, wenn ich mich um das Baby kümmern musste? Ich hatte immer noch die Krankenversicherung, auf deren Abschluss Tom bestanden hatte. Die würde immerhin für die Entbindungskosten aufkommen. Und Babysachen konnte ich gebraucht kaufen. Aber der Mietvertrag lief auf Ernies Namen, und wenn ich mir überlegte, welches Theater es gegeben hatte, als Ishtar sich einen *Sittich* zugelegt hatte … Wie sollte ich die Kaution für eine neue Wohnung aufbringen? Ich würde bei meiner Mutter leben müssen, und wir würden uns gegenseitig in den Wahnsinn treiben.

Ich spürte ein Jucken an den Schenkeln und auf den Innenseiten meiner Arme – hoffentlich waren es nur Flöhe und keine Wanzen. Kurz vor der Morgendämmerung döste ich endlich ein, als lauter Singsang aus dem Tempel auf der anderen Straßenseite drang. Die Lautsprecher waren bis zum Anschlag aufgedreht, so dass die hohen Töne durchdringend kreischten, während die tiefen Töne brummend vibrierten. Als ich es nicht mehr ertrug, streckte ich die Hand aus und berührte Devi Das' Schulter.

»Mhmpf?«

»Devi Das. Was soll ich nur tun?«

»Nimm Ohrstöpsel.«

»Es sind nur noch drei Monate bis zur Geburt, und ich bin

nicht einmal annähernd fertig mit dem Buch. Wenn ich nicht bald einen erleuchteten Meister finde, werde ich den Vorschuss zurückzahlen müssen. Dabei ist fast nichts mehr von dem Geld übrig. Und überhaupt: Wovon soll ich das Baby ganz allein ernähren?«

Er setzte sich auf und zog die Decke um seine knochigen Schultern. »Wir wünschten, wir könnten dir mehr unter die Arme greifen. Aber wir verstehen auch nichts davon, wie man für ein Baby aufkommt. Wir können uns selbst ja kaum ernähren. Doch eines wissen wir: Die Leute kommen aus dem ganzen Land hierher, um Shiva von ihren Sorgen zu berichten. Vielleicht könntest du es damit versuchen.«

»Ist das nicht ein bisschen riskant?« Ich dachte an die Leichen auf den Scheiterhaufen in Varanasi; daran wie Shiva, von Asche bedeckt, meditierte und zusah, wie sie verbrannten. »Shiva ist immerhin der Gott der Zerstörung.«

Devi Das legte den Arm um mich und hüllte mich in eine Wolke aus ungewaschenen Achselhöhlen und Kampfergeruch. »Willst du damit sagen, du hast ein Problem damit?«

Einige Stunden später tauchten Devi Das und ich in den Lärm auf den Straßen ein. Ich war todmüde und von Flohbissen übersät, nicht einmal meine Po-Ritze war verschont geblieben. Fahrräder und Ochsenkarren rangelten mit Autorikschas und normalen Autos um Platz auf den Fahrbahnen. Auf der Straße vor dem Tempel wimmelte es von Pilgern und barfüßigen, auf Gehstöcke gestützten Sadhus. Wir blieben vor einem Stand stehen und kauften grüne Kokosnüsse, die der Verkäufer mit einem beherzten Hieb seiner Machete öffnete. Durstig sog ich die kühle Flüssigkeit mit einem Strohhalm heraus.

Wir zahlten eine Rupie für die Aufbewahrung unserer Schuhe am Sandalenstand und gingen barfuß die Straße hinunter, um auf Devi Das' Drängen hin Shiva unsere Ehrerbietung zu erweisen. Wir kamen an Läden vorbei, in denen Jasmingirlanden, parfümierter Puder, Blechteller und Alu-Snackboxen, Armreifen, Plastikeimer und Bilder von Shiva, Parvati, Krishna und Ganesha verkauft wurden. Dann traten wir durch den steinernen Torbogen in den Hof des uralten Tempels, wo uns ein verdrossen dreinblickender, mit leuchtend roter und goldfarbenener Seide geschmückter Elefant empfing. Auf eine Geste des Wärters hin bot ich ihm eine Handvoll Rupien an. Er streckte den Rüssel aus und pflückte sie behutsam aus meiner Handfläche, ehe er mir über den Kopf fuhr, als wolle er mich segnen.

Devi Das und ich traten durch einen weiteren Torbogen ins Innere des Heiligtums: eine Tropfsteinhöhle mit kunstvoll gemeißelten Wänden, in der ein bis zur Taille nackter Brahmanenpriester in einem Dhoti saß und uns an zwei Steinbullen vorbei zu einer glatten, feucht glänzenden Säule eines Shiva-Lingams winkte. Pilger pressten sich dagegen und wedelten mit den Händen über die Puja-Flamme, um sich den Segen des Feuers zuzufächeln. Doch es blieb keine Zeit, den Anblick in Ruhe auf sich wirken zu lassen. Der Priester vollführte eine hastige Puja, dann drückte er uns ein Paket Asche in die Hand. »Milde Gaben«, forderte er uns mit einem Nicken in Richtung eines Tellers auf.

Von: HeyBaby.com
An: Amandala@yahoo.com
Nun, da Sie geradewegs aufs letzte Schwangerschaftsdrittel zusteuern, setzt der gute alte »Nestbautrieb« ein! Wenn Sie es nicht bereits getan haben, ist jetzt der ideale Zeitpunkt, um ein Kinderbettchen und einen Kindersitz fürs Auto zu besorgen, das Kinderzimmer einzurichten und Decken, Schühchen, Mobiles, Rasseln und andere Kleinigkeiten zu kaufen. Klicken Sie unten auf den Link und sichern Sie sich die Shrek-Bettwäsche zum Supersonderpreis.
Vielleicht leiden Sie jetzt unter diesen Symptomen: Schwindel, Herzstechen, Verdauungsstörungen, Blähungen, Wasseransammlungen, Kopfschmerzen, Zahnfleisch- und Nasen-

bluten, Krampfadern, Hautjucken am Bauch, Schwerfälligkeit, nässende Brustwarzen, Konzentrationsschwierigkeiten, wachsende Sorge wegen des Babys, Langeweile, Unbeholfenheit, Wadenkrämpfe, Verstopfung und flockig-weißer Scheidenausfluss.
Trotzdem sollten Sie jeden Augenblick dieser besonderen Zeit genießen!

Von: Lori647@aol.com
An: Amandala@yahoo.com
Ich wollte dich nur wissen lassen, dass ich einen Anruf von Tom bekommen habe. Er hat sich ein Haus in Half Moon Bay gekauft und will, dass Joe und ich am Wochenende seinen neuen Garten anpflanzen. Ich wollte es nur vorher mit dir absprechen. Er hätte jederzeit einen anderen Gärtner nehmen können, die gibt es schließlich wie Sand am Meer! Und ich weiß natürlich, dass das Ganze nur ein Vorwand ist, um mich über dich auszuhorchen. Aber ich könnte das Geld gut gebrauchen. Wäre es okay für dich, wenn ich zusage?

Erleuchtung für Anfänger: Probekapitel/Entwurf
Wenn Sie vorhaben, Ihre Chancen auf spirituelle Erweckung zu erhöhen, gibt es nichts Besseres als einen Besuch des Arunachala, eines felsigen, roten Bergs, der sich mitten in der Ebene Südindiens erhebt. Strenge Hindus glauben, dieser knapp tausend Meter hohe Vulkanberg sei ein Teil von Shiva selbst – nicht nur ein Ort, an dem der Gott sich aufgehalten habe, sondern sein hoch aufragendes »Lingam«, die Personifizierung des Gottes in körperlicher, phallischer Form. Der Anblick des Berges – besser gesagt, allein der Gedanke an ihn – soll alles negative Karma beseitigen und den Gläubigen zur vollkommenen Erkenntnis seines wahren Naturells führen. Geht man um den Berg herum, sollen selbst

tief im Innern verborgene Wünsche wahr werden, heißt es.

»Sie haben Glück«, sagte der Empfangsmitarbeiter, ein reizender Inder, im Büro des Ashrams. »Normalerweise ist hier alles Monate im Voraus ausgebucht. Aber gerade gestern Abend hat ein Ehepaar storniert. Sie sind doch verheiratet, oder?«, fragte er mit einem Blick auf Devi Das' Sadhu-Gewand und meinen dicken Bauch.

»Ja, sind wir«, bestätigte Devi Das. »Danke, dass Sie ein Zimmer für uns haben. Meine Frau ist schwanger, wie Sie sehen können.«

Meine Frau. Dies war das erste Mal, dass mich jemand so genannt hatte, und es war erstaunlich tröstlich, auch wenn es aus dem Mund eines Sadhu mit Dreadlocks kam, der sich der Enthaltsamkeit verschrieben hatte.

Der Ashram war die reinste Oase. Hier gab es kein Pflichtprogamm – keine Meditation, keine Gesänge, kein Arbeitspensum, kein Yoga. Der Guru war vor vielen Jahren gestorben. Deshalb tat ich während der ersten anderthalb Wochen rein gar nichts. Ich lag stundenlang auf meiner Pritsche und sah durch die Fliegengittertür auf die kantigen Umrisse des Berges, der sich hinter den Ashramgebäuden erhob. Alles um mich herum war ungewöhnlich friedlich, und ich genoss es, einfach nur dazuliegen und den Wolken zuzusehen, die am blauen Himmel vorbeizogen. Ich lauschte den süßen, hohen Stimmen der Brahmanenjungen, die im Tempel des Ashrams sangen. Riesige Affen rüttelten an den Stäben vor meinem offenen Fenster und linsten gierig auf meinen Vorrat an Bananen und Mandarinen. Ich verließ mein Zimmer nur zum Essen, das wir uns mit den Fingern von den Bananenblättern in den Mund schoben: Reis mit Senfsamen und Koriander, würziges Kokos-Chutney, süße, klebrige Kugeln aus Kardamom, Zucker und Ghee.

Hin und wieder nahm ich eine der Broschüren zur Hand und

las in den Lehren des verstorbenen Meisters. »Das Erwachen ist lange, ein Traum nur sehr kurz. Abgesehen davon gibt es keine Unterschiede zwischen ihnen. So wie die Erlebnisse beim Erwachen im Wachsein real erscheinen, tun es jene im Traum, während wir träumen.« Ein Haus. Wie hatte Tom es geschafft, ein Haus zu kaufen? Ich konnte mir noch nicht einmal ein Kinderbett leisten. Aber eigentlich sollte es mich nicht überraschen – Tom war immer schon so vernünftig und erwachsen gewesen. Wohingegen Matt und ich uns immer wie Jugendliche gefühlt hatten, die nichts mit Dingen wie Hypotheken, Businessanzügen, Sparkonten und Besteckkassetten für acht Personen anfangen konnten. Nun bekam ich ein Baby, das ultimative Merkmal des Erwachsenseins. Aber ein Teil von mir glaubte immer noch, ich sei nur das Kindermädchen, das im Schrank kramte, um die Kleider der echten Mutter anzuprobieren.

Am Vormittag unseres zehnten Tages im Ashram setzte sich Devi Das auf meine Bettkante. »Es ist Zeit, aufzustehen und in die Gänge zu kommen. Du kannst hier nicht ewig herumliegen.«

»Nenne mir einen guten Grund, wieso nicht.«

»Erstens haben wir von einer Lehrerin gehört, die du dir ansehen solltest. Sie hält Satsangs für ihre Anhänger in einem Haus nicht weit von hier ab. Sie soll ein vollständig erleuchtetes Wesen sein. Leute haben uns erzählt, allein in ihrer Nähe zu sein, mache jeden Ich-Gedanken für den Rest des Tages zunichte.«

»Oder in deinem Fall den Wir-Gedanken.«

»Ihr Name ist Saraswati. Sie stammt aus Santa Barbara.«

»Ich rufe sie an, wenn ich wieder in Kalifornien bin. Vielleicht können wir ja mal Rollerbladen gehen.« Trotzdem hievte ich mich hoch und zog mein Shirt über meinen Bauch. »Okay. Wo ist mein Notizbuch?«

Nach über einer Woche im Ashram war es ein Schock, wieder im alltäglichen Verkehrsgewühl zu sein. Busse rauschten vorbei und schreckten Hühner und Schweine auf. Mit bunten

Blumen bemalte Fahrradrikschas überholten Ochsenkarren, die mit Jutesäcken voll Getreide beladen waren. Als wir endlich zu Saraswatis Häuschen gelangten, hatte der Satsang bereits angefangen. Zwanzig oder dreißig Anhänger hockten auf dicken Meditationskissen im Wohnzimmer. Vorne saß eine zierliche Frau mit kurzem platinblonden Haar und türkisblauen Augen in einem weißen Sari auf einem mit königsblauer Seide bezogenen Lehnsessel. Auf dem Tisch neben ihr stand eine Vase mit Jasmin, daneben eine Kristallschale, die zur Hälfte mit Papierschnipseln gefüllt war, und ein hohes Wasserglas. Sie strahlte uns an, als wir hereinkamen. Ihre Zähne waren so weiß, dass sie praktisch durchsichtig wirkten.

Wir ließen uns auf Kissen im hinteren Teil des Raums nieder. Saraswati griff in die Kristallschale, nahm einen Papierschnipsel heraus und las ihn laut vor. »Geliebte Saraswati. Deine Gegenwart in meinem Leben hat mein Herz in einer Weite aufgehen lassen, die ich mir niemals auch nur erträumt hätte.« Sie nickte und lächelte. »Aber wenn ich nicht in deiner Nähe bin, fühlt sich meine Spiritualität trocken und unfruchtbar an. Ich mache Yoga, meditiere und bete, finde aber nicht den Weg in den Zustand der Glückseligkeit, so wie ich sie in deiner Gegenwart empfinde.«

Saraswati sah sich im Raum um. »Meine Lieben, dies ist etwas, worüber sehr viele klagen. Wer hat diesen Brief geschrieben?« Ihr Englisch hatte einen kaum wahrnehmbaren indischen Akzent.

Eine drahtige Frau in Yoga-Hosen trat vor und setzte sich neben Saraswati, stocksteif vor Hoffnung und gespannter Erregung. Saraswati sah sie an und schüttelte den Kopf. »Du versuchst es so sehr, läufst so schnell. Und trotzdem kommst du nirgendwo hin, hab ich recht?«

Die Frau nickte. Tränen begannen, ihr übers Gesicht zu kullern.

»Die Glückseligkeit, die du in meiner Gegenwart empfindest,

kommt nicht von mir. Sondern aus dir selbst. Du bist nur fähig, sie zu empfinden, weil du für einen Augenblick aufgehört hast, danach zu streben, anderswo zu sein.« Mit strenger Miene sah sich Saraswati im Raum um. »Ich sage es euch allen – kein Yoga. Meditiert nicht. Fastet und betet nicht. Fahrt nicht durch Indien und sucht einen Guru nach dem anderen auf, der euch die Tür zur Erleuchtung zeigen soll. Seid einfach, wer ihr seid.«

Oh, prima. Mein Buch war also für den Mülleimer.

»Aber ich mag nicht, wer ich bin!«, jaulte die Frau in den Yoga-Hosen, die mir aus der Seele sprach.

Saraswati beugte sich vor. »Wer ist das Ich, das dich nicht mag? Und wer das Du, das sie nicht mag? Fragt euch das einmal. Dann werdet ihr frei sein.«

Schniefend kehrte die Yogini zu ihrem Platz zurück. Saraswati zog einen weiteren Zettel aus der Schale. »Geliebte Saraswati-ji. Danke für den Segen, den du mir geschenkt hast. Seit ich zu dir komme und mein wahres Naturell besser erkennen kann, befinde ich mich täglich in einem Zustand der Glückseligkeit. Trotzdem kann ich nicht aufhören, an Frauen zu denken.«

Ein stämmiger Deutscher mittleren Alters, der verlegen und stolz zugleich aussah, trat vor. »Wer ist es, der nicht aufhören kann, daran zu denken? Nicht du!«, erklärte Saraswati. »Gedanken kommen und gehen, und es gibt keinen, der nicht denkt. Freiheit von Gedanken ist eine Illusion. Ebenso wie die Fesseln, die sie darstellen. Lass die Gedanken los, lass die Nicht-Gedanken los. Lass die Frauen los, lass die Nicht-Frauen los.«

»Danke.« Der Mann sah drein, als sehne er sich danach, sie um ein Rendezvous zu bitten. »Du hast mir sehr geholfen.«

»Ich habe dir nicht geholfen, denn ich und du, wir sind gleichermaßen Produkte, die dein Geist erschaffen hat. Du hast die Illusion, dass du diese Person bist, Gustav, an diesem Ort, Indien, an diesem Tag, dem 10. März. Aber diese Ideen haben nichts damit zu tun, wer du wirklich bist.«

Moment mal… Der 10. März? *Der 10. März?* Ich hatte jedes Zeitgefühl verloren. Am 14. März war mein Geburtstag. In vier Tagen wurde ich dreißig. Kein Wunder, dass ich deprimiert war. Ich war drei Jahrzehnte alt, ich war pleite, ich war schwanger und nicht einmal ansatzweise in einem Zustand der Erleuchtung. Und bei meinem nächsten Geburtstag hätte ich ein neun Monate altes Baby auf dem Schoß.

Gustav kehrte zu seinem Platz zurück. Ich erinnerte mich noch an meinen letzten Geburtstag. Wenige Monate zuvor hatte ich mit Tom Schluss gemacht, mich mit Matt versöhnt und gab mich noch immer dem seligen Irrglauben hin, diesmal würde es anders laufen. Matt war mit mir in ein Hotel etwas nördlich vom Napa Valley gefahren, wo es heiße Quellen gab. Wir sprangen nackt in die dampfenden, heißen Schwefelbecken. Danach tauchten wir in die mit Eiswasser gefüllten Becken, wo es so kalt war, dass mir fast die Luft wegblieb. Heiß, kalt, heiß, kalt – als wir schließlich Seite an Seite auf dem Holzdeck lagen, war mir schwummrig.

Am samtig dunklen Abendhimmel funkelten die Sterne. Matt nahm meine Hand. »Ich liebe dich«, sagte er. »Aber manchmal habe ich das Gefühl, ich müsste dich warnen, dich von mir fernzuhalten. Ich bin nicht der Typ Mann, mit dem man sich ein gemeinsames Leben aufbaut. Mit mir zusammen zu sein ist, als würde man sich in einen Waldbrand verlieben.« Ich rollte mich zu ihm. »Dann los«, sagte ich. »Ich gehe das Risiko ein. Verbrenne mich.«

Und nun war ein Jahr vergangen, und ich saß mitten in der Asche. Würde er sich überhaupt an meinen Geburtstag erinnern? Und wenn ja, würde ihm dieser Tag etwas bedeuten?

Devi Das stieß mich in die Seite. Alle im Raum musterten mich erwartungsvoll, während sich Saraswatis türkisblaue Augen in mich bohrten.

»Entschuldigung«, stammelte ich. »Ich habe nicht richtig zugehört.«

»Ich habe gefragt, was mit dir ist. Welche Frage hat dich hierhergeführt? Und welche Geschichte beschäftigt deinen Geist so sehr, dass sie deine Gedanken in diesem entscheidenden Moment ablenkt?«

»Oh. Na ja.« Sollte ich aufstehen und mich vor sie knien? Ich stand auf, besann mich jedoch eines Besseren und setzte mich wieder. »Ich weiß nicht, ob du meine Geschichte wirklich hören willst.«

»Erzähl, mein Liebes. Fürchte dich nicht.«

Wenn sie mich noch einmal Liebes nennt, knall ich ihr eine. Ich stand erneut auf. »Okay, na schön: Mein Leben ist ein einziges Chaos. Ich bin schwanger und habe keinen Partner. Ich versuche, ein Buch zu schreiben, aber es läuft nicht sonderlich gut. Wenn ich es nicht schaffe, habe ich kein Geld, um für mich und mein Kind zu sorgen.« Zu meinem Entsetzen bemerkte ich, dass meine Stimme zu zittern begann. »Und wenn ich ehrlich sein soll, hilft mir dieses Gerede von wegen ›Ich bin nicht meine Gedanken‹ auch nicht sonderlich weiter. Ich meine, ich bitte dich. Wenn ›Ich‹ nur eine theoretische Vorstellung ist, wer wird dann mein Buch schreiben? Wer wird die Miete bezahlen? Wer wird sich um das Baby kümmern?«

Saraswati schüttelte den Kopf. »Glaubst du etwa, *du* bist diejenige, die dieses Baby in dir heranwachsen lässt? Diejenige, die Augenbrauen zeichnet, Knochen aufbaut, Organe, Haare und das Gehirn entstehen lässt? Du tust nichts – aber das Baby wächst trotzdem. Und dasselbe gilt auch für dein Buch. Es wird geschrieben werden. Aber niemand wird es schreiben. Das Baby wird geboren werden, und du wirst Mutter sein. Aber löse dich von der Vorstellung, dass du Mutter bist, dass du Autorin bist. Dann wirst du frei sein.«

Von: Ernie@northwesternmutual.com
An: Amandala@yahoo.com
Amanda, herzlichen Glückwunsch. Was für aufregende Neuigkeiten. Nachdem ich mit Ishtar gesprochen habe, bin ich zu

dem Entschluss gelangt, dass es in Ordnung geht, wenn du mit dem Baby hier wohnst, auch wenn sich dadurch natürlich deine Miete erhöht. Um wie viel, werden wir noch besprechen müssen. Schließlich zählt das Baby nicht als vollwertiger Mitbewohner, da es ja kein eigenes Zimmer hat. Wir könnten es auf der Basis seines Gewichts berechnen – das würde etwa einem Zwanzigstel von einem Erwachsenen entsprechen; oder nach dem Geräuschpegel. In diesem Fall kämen wir etwa auf das Sechsfache des Lärms eines Erwachsenen, es sei denn, wir vergleichen es mit dem afrikanischen Trommler, der vor dir hier gewohnt hat. Ich denke darüber nach und lasse es dich wissen. P.S. Nun, da du bald Mutter bist… brauchst du nicht zufällig eine Lebensversicherung?

»Saraswati wurde erleuchtet, als sie auf den Bus gewartet hat«, erzählte uns Maya, eine Deutsche mittleren Alters bei einem Essen, das sie und ihr Ehemann für die Anhänger Saraswatis organisiert hatten. Sie war eine winzige Frau, die ihre blauen Augen so weit aufriss, dass ein weißer Rand um die Iris zu sehen war, was ihrem Gesicht einen Ausdruck steten Erstaunens verlieh. Sie arbeitete als Krankenschwester und machte gerade sechswöchigen Urlaub in Indien.

»Und welcher Bus war das?«, erkundigte ich mich hoffnungsvoll. Mit meinem Teller mit Salat in der Hand sah ich mich im Raum um und erkannte einige Leute aus Saraswatis Satsang vom Vormittag wieder. Die beiden Schwedinnen mit den Dreadlocks, ein paar Surfer aus L. A., die mir erzählt hatten, sie hätten Saraswati bei einem Satsang in einem Yoga-Studio in Hollywood kennengelernt.

»Der Bus hatte Verspätung, und Saraswati wurde immer nervöser und gestresster«, meldete sich Mayas Ehemann zu Wort, ohne auf meine Frage einzugehen. Er war Philosophie-Professor und hatte sich für ein Jahr von seinem Job an der Universität von Berlin freistellen lassen. Er hatte einen dichten Schopf rötlich blonder Haare, einen buschigen Bart und eine dröhnende Stimme. Uns hatte er sich als Siddhartha vorgestellt, aber manchmal verhaspelte sich Maya und nannte ihn Hans. »Ihre Ungeduld war wie ein Schraubstock, der sie im Klammergriff hatte. Und dann hörte sie auf einmal eine Stimme in ihrem Kopf. ›Was glaubst du denn, wohin du willst? Du bist doch schon da.‹ In diesem Moment löste sich die Welt in Licht und Freude auf, die sie seitdem nicht mehr verlassen haben.«

Auf der anderen Seite des Raums hatten ein paar Leute Gitarren gezückt und stimmten Sanskrit-Lieder und Beatles-Songs an. Einige weitere unterstützten sie mit Tablas und Shakern. »Arunachala Shiva«, sangen sie und ließen einen Joint kreisen. »Blackbird singing in the dead of the night…«

»Eigentlich war es kein gewöhnlicher Bus«, korrigierte Maya Siddhartha. »Es war eine von diesen großen Stretchlimos. Aber sie bleibt bei der Bus-Version. Das macht das Ganze für Leute wie du und ich nachvollziehbarer.«

Die nächste Stunde unterhielten Maya und Siddhartha Devi Das und mich mit Geschichten über die Erleuchtung – über den Zen-Meister, der erleuchtet wurde, indem er ein Reiskorn auf den Boden eines Topfes fallen hörte, über den indischen Schuljungen, der sein wahres Ich erkannte, als er über seinen eigenen Tod nachdachte.

Während all der Zeit, die ich mit der Recherche für mein Buch zugebracht hatte, war ich nie jemandem begegnet, der dieses Wort derart lässig und beiläufig ausgesprochen hatte. Die Yoga-Schüler hatten sich wohler gefühlt, wenn sie die Funktionalität ihres Körpers beschreiben konnten: die Stellung ihrer Lendenwirbel, die exakten Muskeln, die ihr Skelett hielten, wenn sie sich nach vorn beugten. Die Buddhisten hatten über Empfindungen, Gefühle und Gedanken schwadroniert, hatten jeden einzelnen Moment, wie belanglos er auch sein mochte, unters Mikroskop gelegt und betrachtet, bis er sich in eine Million winziger Details aufgedröselt hatte. Sri Satyaji war davon besessen gewesen, jegliche sinnliche Freude zu unterdrücken. Natürlich sollte die Erleuchtung stets das große, strahlende Ziel sein, das jedermann anstreben sollte. Trotzdem war stets der Eindruck entstanden, als sei es geschmacklos, zu viele Worte darüber zu verlieren; so als gebe man zu, man hätte sich im Schnelldurchlauf durch einen französischen Film gespult, nur um endlich zu den Sex-Szenen zu kommen.

Doch die Anhänger Saraswatis fürchteten sich nicht davor, ihre Gefühle und Wünsche hinauszuposaunen. Nach ihrer Auffassung war die Erleuchtung etwas höchst Ansteckendes, so wie der Ebola-Virus. Man konnte allein dadurch erleuchtet werden, dass man sich in der Nähe eines Erleuchteten aufhielt. Ich spürte, wie ein Funke Zuversicht in mir aufkeimte. *Vielleicht haben sie recht. Vielleicht ist es ja möglich. Ich muss nur den richtigen Lehrer finden. Vielleicht ist mein Buch ja doch keine solche Katastrophe, wie ich dachte. Und vielleicht wird es das Baby mit einer erleuchteten Mutter nicht so schlimm finden, keinen Vater zu haben.*

»Also glaubt ihr wirklich, dass jeder Erleuchtung finden kann?«, fragte ich. »Selbst jemand wie ich?«

»Du bist bereits erleuchtet«, beteuerte Siddhartha. »Du musst es nur noch begreifen.«

Er lehnte sich zurück und legte die Fingerspitzen aneinander. In der Ecke des Raums steckte sich ein älterer Italiener zwei Räucherstäbchen in sein wirres graues Haar, streifte seine orangen Gewänder ab und begann, in Boxershorts zu tanzen.

Fax von: Mom
An: Amanda
Schatz, ich habe gerade an den Tag vor dreißig Jahren gedacht, als du zur Welt gekommen bist und das Leben, das ich bis dahin führte, aus und vorbei gewesen ist. Alles Gute zum Geburtstag!

Am Morgen meines dreißigsten Geburtstags erklomm ich den Berg. Ich ging den roten Kiesweg hinauf, um mich in die Höhle zu setzen, in der der Guru des Ashrams siebzehn Jahre lang in göttlicher Einsamkeit gelebt hatte. Er hatte nur eine Mahlzeit pro Tag zu sich genommen, hatte ich gelesen, und stundenlang, ohne zu blinzeln, in die Sonne und in sein eigenes Inneres gestarrt. Der Sadhu, der vor ihm hier gelebt hatte, war sogar in eine so tiefe Meditation versunken, dass er unvermittelt zu einem Aschehäuflein verkohlt war.

Es war heiß. Ich hatte meinen Sonnenhut vergessen und spürte bereits, wie meine Wangen zu glühen begannen. Toll, jetzt bekam ich auch noch einen Sonnenbrand, zusätzlich zu dem riesigen Pickel, den ich ohnehin schon hatte. Unter mir lag die Stadt mit den Säulen des alten Shiva-Tempels, die sich aus dem Smog erhoben. Im Inneren der Höhle war es heiß und stickig. Die Höhle hatte einen Durchmesser von gut vier Metern und einen glatten schwarzen Marmorboden. Außer mir war niemand dort. Auf dem Altar flackerten Kerzen neben einer roten Nachbildung des Arunachala-Berges. Ich setzte mich und schloss die Augen, um zu meditieren. Das Baby turnte in meinem Bauch herum.

»Lösche den Gedanken an mich, jeden deiner Gedanken«, mahnte Saraswatis Stimme in meinem Kopf. Ich war sicher, Devi Das hätte meinen Geburtstag mit mir gefeiert, wenn ich ihm davon erzählt hätte. Aber aus irgendeinem perversen Grund hatte ich ihn für mich behalten. Ich wollte mich so jämmerlich allein fühlen, wie ich es in Wahrheit war. Eine Schweißspur lief über meine Rippen. Ich wünschte, *ich* könnte zu einem Häuflein Asche verkohlen. Das wäre garantiert besser, als in dem Zustand zu bleiben, in dem ich mich im Moment befand. *Ich bin nicht meine Gedanken. Ich bin nicht die Geschichte, die ich über mich erzähle. Aber wer bin ich dann?* Wenn das der »Ich bin schon erleuchtet«-Zustand war, steckte ich ernsthaft in Schwierigkeiten.

»Amanda?«, sagte eine Stimme vom Höhleneingang. Ich schlug die Augen auf und sah hoch.

Toms Silhouette zeichnete sich im Eingang ab. Er trug Khakishorts, ein gelbes Poloshirt und eine Sonnenbrille und hatte einen Rucksack dabei. Er sah aus, als wäre er geradewegs einem Katalog für Freizeitklamotten entstiegen.

»Lori hat mir erzählt, was mit dir los ist. Eine Woche später habe ich mich ins Flugzeug gesetzt.« Er trat näher und streckte die Arme aus. »Herzlichen Glückwunsch zum Geburtstag. Darf ich dich zum Essen einladen?«

Der, der du bist, wartet bereits am anderen Ufer, ist bereits frei, bereits die Quelle aller Weisheit, Klarheit und Schönheit. Der, der du bist, ist, was alles ist – die Stille selbst.

Gangaji (1942–)

Kapitel einundzwanzig

»Auf die Erleuchtung.« Tom hob sein Weinglas.

»Darauf trinke ich.« Ich stieß mit meinem Apfelsaft an.

Ich saß gegenüber von Tom an einem Tisch in einem kleinen vegetarischen Restaurant, das zum schicksten Hotel der Stadt gehörte. Den Nachmittag hatte ich im ayurvedischen Spa im Untergeschoss verbracht, wo ich mir einen Haarschnitt, eine Pediküre und eine Massage mit warmem Sesamöl gegönnt hatte – ein Geburtstagsgeschenk, auf das er bestanden hatte. Danach hatte ich ein ausgiebiges Nickerchen in dem Zimmer gemacht, das er für mich gebucht hatte, gleich neben seinem eigenen, und das Umstandsoutfit angezogen, das er mir mitgebracht hatte – ein seidener Hosenanzug und eindeutig das sauberste Kleidungsstück, das meine Haut seit Monaten berührt hatte. Mein frisch geföhntes Haar bauschte sich locker und weich um mein Gesicht.

»Du siehst fantastisch aus«, bemerkte Tom. Das Seltsame daran war, dass ich wusste, dass er es auch so meinte. Ich lächelte ihn glücklich an. »Du auch.« Es war eine solche Wohltat, einem

Mann gegenüberzusitzen, der ausnahmsweise keine Jeans oder ein Lungi trug. Zum ersten Mal seit Monaten hatte ich das Gefühl, festen Boden unter den Füßen zu haben. Und mir fiel wieder ein, was ich stets als so reizvoll am Zusammensein mit Tom empfunden hatte: In seiner Gegenwart konnte ich die Wachsamkeit, die sonst mein fast ständiger Begleiter war, ein Stück weit ablegen; jenes Gefühl, jederzeit für Katastrophen gerüstet zu sein. Tom hatte mich in einer Festung aus Küchengeräten, digitaler Unterhaltungselektronik und farblich abgestimmten Handtüchern beschützt. Damals hatte es sich wie Fesseln angefühlt, nun jedoch war es, als bewahre mich ein Couchtisch mit dazu passenden Beistelltischen davor, ins Leere zu stürzen.

Ich studierte die Speisekarte, die wie eine Leihgabe aus einem kalifornischen In-Café wirkte: Pasta mit Pesto, Maissuppe, Fettuccine mit Pilzen – mir lief das Wasser im Mund zusammen. Ich sagte Tom, was ich haben wollte, worauf er für uns beide bestellte – eine Gewohnheit, die mich früher immer geärgert hatte. Nun jedoch war es ein beruhigender Puffer zwischen mir und dem Rest der Welt.

»Wie ich höre, hast du ein Haus gekauft.« Ich griff nach einem knusprigen Baguettestück und tauchte es in Olivenöl. »Es läuft also offenbar gut.«

Er nickte. »Apple hat das letzte Software-Teil gekauft, das ich entwickelt habe, und setzt es als Trainingsmodul für all ihre neuen Verkäufer ein. Willst du das Haus sehen, das Mac gebaut hat?«

Er zog seinen PalmComputer heraus und zeigte mir die Fotos: die Rundumterrasse aus Redwood mit Blick aufs Meer; das Schlafzimmer mit raumhohen Fenstern; die Küche mit meilenlanger Granitarbeitsplatte und zahllosen Gerätschaften aus rostfreiem Stahl. Und ein Kühlschrank, in dem glatt eine indische Familie hätte wohnen können.

»Es ist fantastisch.« Mittlerweile wurde unser Essen serviert. Ich schob mir einen Bissen meines »Pilzragout Stroganoff« in den Mund – Dosenpilze in einer sämigen Sauce, die unerwarteterweise scharf schmeckte. »Und riesig. Da kannst du große Partys feiern.«

»Es ist wirklich groß.« Er versenkte seine Gabel in den Fettuccine. »Viel zu groß für mich allein. Erst als ich mit Lori geredet habe, ist mir klar geworden, wieso ich es haben wollte.«

»Wie... willst du Joe und Lori als Hausmeister engagieren?« Ich hatte keine Ahnung, worauf er hinauswollte. Dann sah ich auf und blickte in sein Gesicht. Er hatte seine Gabel beiseite gelegt.

»Amanda, ich weiß, wir haben uns lange nicht gesehen. Und ich weiß, dass dein Leben... kompliziert geworden ist. Das war es immer, schätze ich. Aber ich konnte nicht aufhören, an dich zu denken.«

Ich starrte auf mein Kartoffelpüree. Ein Teil von mir wünschte, Tom würde aufhören zu reden, damit ich mein Essen in Frieden genießen konnte. »Tom. Nur falls es dir noch nicht aufgefallen ist: Ich bin schwanger. Ich bekomme das Kind eines anderen Mannes.«

»Direkt neben dem Elternschlafzimmer ist ein kleines Babyzimmer. Wir könnten ein Aupair-Mädchen engagieren und in der Einliegerwohnung unterbringen. Unten ist sogar genug Platz für ein Yoga-Studio.« Er lehnte sich über den Tisch. Seine Augen waren groß und blau, seine Wangen rosig. Alles an ihm war hell, ganz im Gegensatz zu Matts dunklem Typ. »Ich will dich nicht unter Druck setzen. Du könntest auch dein eigenes Zimmer haben. Wir müssten keine Entscheidung im Hinblick auf uns treffen, zumindest nicht sofort. Es geht hier um dich. Darum, was für dich und das Baby das Beste ist.«

Ich starrte auf die Butter, die auf meinen Bohnen vor sich hinschmolz. »Wieso solltest du so etwas in Erwägung ziehen?«

»Weil – ich bei dir zum Leben erwache. Du weckst Teile in mir, die jahrelang geschlafen haben.« Er griff über den Tisch und nahm meine Hände. »Ich mag den Menschen, der ich bin, wenn ich mit dir zusammen bin.«

Genauso fühle ich mich in Matts Gegenwart. Seine Hände fühlten sich trocken und kühl an. Ich sagte nichts.

»Und ich mache mir Sorgen um dich. Du solltest in deinem Zustand nicht hier sein. Sondern zu Hause, mit jemandem, der sich um dich kümmert und Freude daran hat, das zu tun.«

»Hast du mit meiner Mutter geredet? Ich kümmere mich ganz hervorragend um mich selbst.« Doch die Worte klangen nicht einmal in meinen eigenen Ohren überzeugend. Er schüttelte den Kopf.

»Du hast keine Ahnung, wie verrückt dein Leben geworden ist. Du bist wie einer dieser Frösche in einem Topf Wasser, das immer heißer wird, und du sitzt da und wartest darauf, dass es zu blubbern anfängt und jemand dich kocht. Wärst du im zweiten oder dritten Monat, klar, dann könntest du ohne Weiteres durch Indien reisen. Aber im sechsten – du weißt ja nicht, was du da tust. Du setzt dich und das Baby einem enormen Risiko aus.«

Ich wollte anfangen, mich zu verteidigen, brachte aber die Energie dafür nicht auf. Was er sagte, entsprach viel zu genau dem, was ich seit Wochen empfand. »Ich weiß, dass es verrückt ist. Aber es fühlt sich an, als ... ich bin so dicht dran. Nicht dass ich glauben würde, dass ich demnächst die Erleuchtung finde. Aber ich will wenigstens eine Vorstellung davon haben, wovon diese Lehrer reden. Ich möchte einen Blick auf etwas werfen können, das ... jenseits von *all dem hier* liegt.« Ich deutete um mich herum, ohne recht zu wissen, was ich mit *all dem hier* meinte. Mich? Das Baby? Tom? Das Restaurant mit den Messingkerzenständern, die wie Hindu-Götter geformt waren?

Er schüttelte den Kopf. »Und was ist so verkehrt an *all dem hier?*«

Ich bin mit der falschen Person zusammen. Ich *bin die falsche Person.* Mein Leben fühlte sich an wie dieses Pilzragout Stroganoff – irgendwie nicht echt. Wieder schwieg ich.

»Amanda, du sitzt vor jemandem am Tisch, der dich mehr liebt als sonst jemanden auf der Welt und bereit ist, dein Baby zu lieben, als wäre es sein eigenes. Kannst du es nicht dabei bewenden lassen?«

Später an diesem Abend lag ich wach in meinem Bett. Die Klimaanlage rauschte und dämpfte die Geräusche des Verkehrs draußen. Auf meiner Haut lag noch der Duft des würzigen Massageöls. Ich hatte noch die sämige Süße der Crème brûlée auf der Zunge, die ich mit ihm geteilt hatte, spürte noch Toms Lippen, als er sich mit einem Gutenachtkuss verabschiedet hatte, ein züchtiger, aber liebevoller Kuss auf den Mund, irgendwo zwischen der leidenschaftlichen Berührung zweier Liebender und dem flüchtigen Streifen der Wangen zwischen Freunden. Ich lag auf der Seite, spürte meinen Bauch, der sich schwer anfühlte, so wie ich es bereits seit Wochen empfand, als teilten nun zwei Menschen das Bett.

Es war beruhigend zu wissen, dass Tom auf der anderen Seite der Wand schlief. Es erfüllte mich mit der tiefen Gewissheit, dass ich schlafen konnte, ohne Gefahr zu laufen, von den Löwen gefressen zu werden. Es war herrlich, so beschützt zu werden. Wieso konnte ich es nicht weiterhin zulassen, dass sich jemand um mich kümmerte? Während ich in den Schlaf driftete, malte ich mir aus, wie ich in eine neue Identität schlüpfte. Besser gesagt, eine alte von mir wieder aufnahm. Wie ich sie vom Boden aufhob und hineinschlüpfte wie in eine Yoga-Hose, die ich abgelegt hatte. Toms Verlobte.

Ich bin in Toms Apartment und mache in der tollen kleinen Waschküche die Wäsche. Ich stopfe meine Indien-Klamotten in die strahlend weiße deutsche Waschmaschine: mein Salwar

Kamiz, meine weißen Ashram-Sachen, sogar meine Sandalen. Die Kleider sind dreckig und mit Schweiß-, Gras-, Blut- und Essensflecken übersät. Ich kippe Bleichmittel und Fleckensalz in die Maschine. Aber als ich sie starte, quellen dicke graue Seifenblasen heraus und tropfen auf den Boden. Ich suche nach einem Putzlappen, kann aber keinen finden. Hektisch fange ich an, den Boden mit einem von Toms Handtüchern mit Monogramm aufzuwischen, das sich ebenfalls grau verfärbt. Als ich mich bücke, ganz mühelos – zu mühelos –, fällt es mir auf: Wo ist mein Baby? Ich sehe an mir hinunter, bemerke meinen flachen Bauch. Habe ich es zur Welt gebracht und vergessen? Ich sehe in der Waschmaschine und im Trockner nach. Laufe herum und spähe unter Sofas und in Schränke – ich suche nach einem Baby, einem Kinderbettchen, einer Wickelkommode, nach irgendeinem Hinweis darauf, dass jemals ein Baby hier war. Ich muss es am Arunachala vergessen haben. Das ist meine letzte Erinnerung daran, schwanger gewesen zu sein. Ich stürze aus dem Haus und laufe in die Garage. Ich will mit Toms Auto zum Flughafen fahren. Aber als ich den Wagen aufschließe, sitzt bereits jemand anderes auf dem Fahrersitz. Saraswati. »Frag dich selbst. Wer ist diejenige, die ein Baby bekommt?«, fragt sie mich.

Ich fuhr aus dem Schlaf hoch. Die Klimaanlage rumorte. Es war kalt im Zimmer, trotzdem kam ich unter der Tagesdecke beinahe um vor Hitze. Augenblicklich legten sich meine Hände auf meinen Bauch, als suchten sie die Antwort auf die unausgesprochene Frage. Das Baby bewegte sich. Eine Woge der Erleichterung durchströmte mich.

Ich schob die Decke nach unten und rollte mich auf die Seite. Trotzdem konnte ich lange Zeit nicht wieder einschlafen. Ich lag da, starrte in die Dunkelheit und dachte an Tom, der nebenan träumte.

Drei Tage nach meinem Geburtstag brachen Devi Das und ich nach dem Frühstück im Ashram zum Marsch um den Fuß des Arunachala auf.

Wir gingen in der Morgendämmerung los, um der Hitze zu entgehen – und auch den tausenden Pilgern, die an diesem glückverheißenden Vollmondtag um den Berg wandern würden. Doch es befanden sich bereits hunderte Menschen auf dem Weg. So viele, dass ich nicht einmal mehr den Asphalt erkennen konnte: eine lärmende, lachende und singende Schlange aus Frauen in leuchtend bunten Saris und mit Gelbwurzpuder verzierten Gesichtern; Männer in Jeans, Anzügen, Lungis oder Dhotis mit Aschespuren, die sie sich beim Besuch der Tempel ins Gesicht geschmiert hatten; Jungen im Teenageralter, die einander schubsten und anstießen; gebückte alte Frauen mit kleinen Kindern an der Hand. Die Straße war nicht für den Verkehr gesperrt worden, doch die Menge bildete eine menschliche Barrikade. Laster und Busse rumpelten durch die Massen, laut hupend, so dass die Fußgänger erschrocken zur Seite sprangen.

»Das ist ja das reinste Irrenhaus«, sagte ich. »Bist du sicher, dass heute der beste Tag dafür ist?«

»Besser heute als an einem Tag, an dem kein Vollmond ist. Wir haben gehört, dass die Laster irgendwann eine Gruppe Pilger auf der Hauptstraße überfahren haben. Und letzten Monat hat es einen Sadhu böse erwischt. Wenn so viele Leute unterwegs sind, müssen die Busse und Laster automatisch langsamer fahren.«

Als wir uns dem Strom der Menschen anschlossen, warf Devi Das einen kritischen Blick auf meine Birkenstock-Sandalen. »Du weißt, dass du das eigentlich barfuß tun solltest, ja? Einige der Hiesigen haben sich beschwert, der Monsun würde in den letzten Jahren immer später einsetzen, weil die Pilger aus dem Westen in Schuhen um den Berg herumwandern.«

Ich beäugte den rissigen Asphalt mit all den Abfällen, Ölpfützen und von Betelblättern rot gefärbten Speichelresten. »Können wir Shiva nicht einfach erzählen, dass ich schwanger bin und Krampfadern bekomme, wenn ich keine Schuhe mit einem anständigen Fußbett trage?«

»Oh, klar«, gab Devi Das finster zurück. »Ich bin sicher, diese Ausrede hat Shiva noch nie gehört. Aber nur zu. Ruinier die Ernte. Verursache eine Hungersnot. Lass dich von uns nicht aufhalten.«

Wir gingen die von behelfsmäßigen Ständen gesäumte Straße hinunter, an denen überall Essbares verkauft wurde: Pakoras, Samosas, frittierte Bananen und geröstete Nüsse. Devi Das blieb stehen, um eine Tüte von den mit Chili und Ingwer frittierten Kichererbsen zu kaufen. Er bot mir etwas davon an, doch diese Dinger waren so scharf, dass mir allein der Geruch die Tränen in die Augen trieb. Eine hupende Rikscha drängte sich an uns vorbei. Wir sprangen beiseite und stießen prompt gegen eine Menschenschlange, die vor einem Tempel auf einen Segen wartete.

Ich packte Devi Das beim Ellbogen. »Ich dachte immer, Pilger sollten den Berg in Stille umrunden, die Augen und das Herz auf den geheiligten Hügel gerichtet. Stand das nicht im Ashram-Reiseführer?«

»Solange unsere Herzen in Stille sind, lächeln die Götter auf uns herab. Aber wenn es dir lieber ist, können wir auch den Weg durch den Ashram nehmen.« Devi Das führte mich weg von der Hauptstraße und durch ein schmiedeeisernes Tor. Wir gingen durch einen begrünten Hof und hinter dem Tempel einen Hügel hinauf, bis zu einem Pfad, auf dessen rotem Stein vereinzelte weiße Farbkleckse zu sehen waren.

»Hier ist es ruhiger. Und sieh zu, dass du nicht zu schnell gehst. Die Gurus sagen, die Umrundung des heiligen Berges sollte langsam geschehen, so als wäre man eine Frau, die im neunten Monat schwanger ist.«

»Ich glaube, *das* schaffe ich.«

Fast eine Stunde lang wanderten wir schweigend dahin, während der Lärm der Menschenmassen verebbte. Der Gipfel lag noch immer in silbrigem Dunst verborgen und färbte sich allmählich pfirsichfarben, als die Sonne aufging. Der Pfad aus roter Erde war von Sträuchern mit langen spitzen Dornen gesäumt, die sich in meinen Kleidern verfingen, wann immer ich zu nahe an den Wegrand kam. Nach zehn Minuten taten mir die Füße weh, und ich bekam Kreuzschmerzen. Ich versuchte, meine Gedanken auf den Berg zu konzentrieren. Seit hunderten, vielleicht sogar tausenden Jahren zollten die Menschen ihm Respekt. Und ich wollte so gern das Kraftfeld ihres Glaubens betreten. Doch der Zweifel sauste wie ein Vorschlaghammer auf mich herab. Was tat ich hier eigentlich? Mich einem Marsch über sieben Meilen auszusetzen, wo ich im sechsten Monat schwanger war? An diesem besonderen Tag um diesen besonderen Berg herumzugehen, sollte Glück bringen. Aber was, wenn Tom recht hatte und ich mit dieser Reise nicht der Erleuchtung nahekam, sondern immer weiter auf eine Katastrophe zuschlitterte?

Vor einem abgebrannten, halb zerfallenen Tempel blieben wir stehen. Eine riesige Eidechse kauerte auf einem Stein, Tauben gurrten. Die Sonne war kaum aufgegangen, doch schon jetzt war es heiß. Ich setzte mich im Schatten eines kargen Baumes auf einen Stein und fragte mich, ob es zu spät war, noch umzukehren.

»Und? Ist er weg?« Devi Das griff in seine Tasche und holte eine Wasserflasche heraus.

Ich brauchte nicht zu fragen, wen er meinte. »Er ist gestern Abend abgereist.«

»Hat er es sehr schwer genommen?« Er reichte mir die Flasche, aus der ich einen großen Schluck nahm.

»Nicht so schwer, wie ich gedacht hatte. Sein Angebot stünde, falls ich es mir noch anders überlegen sollte, hat er gemeint.« Ich gab die Flasche Devi Das zurück. »Ich glaube, in gewisser Weise war er sogar erleichtert. Seine Absichten waren aufrichtig, aber es dürfte ihm doch zugesetzt haben, dass ich von einem anderen Mann schwanger bin.«

Devi Das zog einen Limonen-Kraftriegel aus seinem Sadhu-Beutel und riss die Verpackung auf. Er brach den Riegel in zwei Teile und reichte mir einen davon. »Und du? Bist *du* erleichtert?«

Ich biss hinein und schmeckte die künstliche Süße. »Ich weiß es nicht. Die Hälfte der Zeit zerbreche ich mir den Kopf darüber, ob ich einen schrecklichen Fehler mache. Und die restliche Zeit sage ich mir, dass das das Ehrlichste war, was ich tun konnte.« Ich sah Toms Gesicht vor mir, als wir uns zum Abschied im Hotel umarmt hatten. Mein Bauch hatte sich gegen ihn gepresst, eine dicke pulsierende Kugel, so gewaltig wie alles, worüber wir nicht sprechen konnten: *meine Kleider auf den Bügeln in seinem Schrank. Ein goldener Ring mit einem funkelnden Brillanten, der auf dem Küchentresen lag. Meine Arme, die sich um den Hals eines anderen Mannes schlangen. Mein Atem, der heiß im Ohr eines anderen brannte.* Ich hatte ihm gesagt, er solle nach Hause fahren. Wieso hatte ich dann das Gefühl, ich sei diejenige, die vom Rettungsboot geschubst und den Haien zum Fraß vorgeworfen worden war? »Was denkst du? Habe ich einen Fehler gemacht?«

Er zuckte die Achseln. »Unserer Meinung nach können wir uns grundsätzlich viel weniger im Leben aussuchen, als wir immer glauben.«

Er nahm seinen Beutel, und wir machten uns auf, den nächsten Teil des Hügels zu erklimmen. In der Ferne sahen wir weitere Berge über der Ebene emporragen.

»Woher kommt es, dass dieser Berg heilig ist, die anderen aber nicht?«, fragte ich.

Wieder zuckte Devi Das die Achseln. »Wieso ist ein Mensch ein Heiliger, ein anderer nur ein Taschendieb? Dieser hier ist Shivas Lingam, die anderen nicht.« Wir gingen ein Stück abwärts. »Und wo wir gerade von Heiligen sprechen… Wir wollten nichts sagen, um deine Entscheidung nicht zu beeinflussen. Aber wir waren gestern nochmals bei Saraswati, und bei diesem Satsang sprachen alle über eine Heilige namens Maitri Ma, die seit zehn Jahren ganz allein in einer Höhle im Himalaya lebt. Letzten Sommer sind zwei Rucksacktouristen bei ihr gewesen. Die beiden sind nördlich von Gangotri in einen Sturm geraten, und Maitri Ma hat sie in ihrer Höhle aufgenommen. Offenbar war es ein unglaubliches Erlebnis. Die beiden Typen arbeiteten bei Sprint und waren wegen einer Mobiltelefon-Konferenz in Delhi. Danach sind sie noch eine Woche lang wandern gegangen. Und jetzt sind sie beide eingeschworene Maitri-Ma-Anhänger.«

»Hmm. Und was ist ihre Lehre?« Die Frage kam ganz automatisch, und eigentlich wollte ich die Antwort gar nicht hören. Tom saß im Zug nach Madras, von wo aus er morgen nach Hause zurückfliegen würde. Wenn ich am Nachmittag den letzten Zug nahm, könnte ich es schaffen, ihn einzuholen.

»Tja, sie spricht kein Wort, sondern schreibt alles auf eine Schiefertafel. Ihr Englisch ist übrigens ganz hervorragend. Allem Anschein nach hat sie vierzig Jahre an einer Privatschule in Delhi englische Literatur unterrichtet. Sie ist sechzig oder siebzig und hat drei Kinder und eine Horde Enkelkinder großgezogen. Aber nach dem Tod ihres Ehemanns bekam sie Visionen von Shiva und floh in die Berge.«

»Erstaunlich, dass sie überhaupt überlebt hat.« Widerstrebend musste ich zugeben, dass mein Interesse geweckt war. »Ich frage mich, ob sie eine Waffe eingepackt hat.«

»Tja, sie muss etwas ziemlich Mächtiges im Gepäck haben, denn offenbar braucht man sich nur in ihrer Gegenwart hinzusetzen, und schon sind alle Gedanken wie weggeblasen, und das Herz öffnet sich weit. Bislang haben sie nur einige Leute aus dem Westen zu Gesicht bekommen, weil die Straßen nach Gangotri über den Winter gesperrt sind; aber beim Satsang waren ein paar Leute, die die Wanderung gemacht haben. Sie waren alle völlig euphorisch.«

Lange Zeit sagte ich nichts. Wir brachten den Rest des Marsches hinter uns, ehe wir den Weg zurück in die Stadt einschlugen. Offene Abwasserkanäle kreuzten immer wieder den Pfad, aus denen uns der penetrante Gestank nach Unrat und Exkrementen in die Nase stieg. Ein junger Sadhu mit Brille und eifriger, geschäftsmäßiger Miene überholte uns. Er sah aus wie ein Computerexperte, der auf dem Weg zur Arbeit versehentlich mit Asche bestäubt worden war. Er ging sehr schnell, mit energisch schwingenden Armen und rasselte mit beeindruckender Geschwindigkeit ein Mantra herunter.

»Ich weiß nicht«, sagte ich schließlich. »Ich habe mir schon so oft Hoffnungen gemacht und geglaubt, endlich den ultimativen Lehrer gefunden zu haben. Woher soll ich wissen, dass diese Frau die Reise wert ist?«

»Wir sagen dir, wir haben den Ausdruck in den Augen der Leute gesehen. Es sah aus, als hätten sie eine Stunde lang in die Sonne geblickt.« Der Lärm der Straße wurde immer lauter. Bettler säumten den Weg – Menschen mit nur einem Auge, Gesichter, von Schlaganfällen verzerrt, deformierte Gliedmaßen, die sich uns entgegenstreckten. Ein Mann mit einem gänzlich unpigmentierten Gesicht und dunklen, waschbärgleichen Augen streckte die Hände nach uns aus. »Ma? Ma?«, jammerte er.

»Das könnte das Richtige sein«, fuhr Devi Das fort. »Das, wonach du die ganze Zeit gesucht hast.«

Hupen dröhnten, als wir wieder auf die Hauptstraße traten und in die Menge eintauchten. Wie konnte ich inmitten dieses Lärms meditieren? Ich sah mich um. Je eindringlicher ich nach der Erleuchtung suchte, umso chaotischer wurde mein Leben, schien es.

Aber was, wenn diese Frau tatsächlich das war, wonach ich suchte? Es hörte sich nach dem besten Hinweis an, den ich bislang bekommen hatte. Vielleicht konnte ich in die Berge fahren und meine Persönlichkeit wegblasen lassen. Ich würde eine Vorstellung davon bekommen, wer ich wirklich war, wenn meine

Gedanken erst einmal versiegt waren und sich mein Herz weit öffnete. Und dann könnte ich nach Hause zurückkehren und in Frieden mein Baby bekommen.

Ein Laster donnerte vorbei, und Devi Das und ich wichen taumelnd an den Straßenrand zurück, wobei ich um ein Haar in einen Kuhfladen getreten wäre.

»Klar«, sagte ich. »Lass uns hinfahren.«

Der Berg
(Tadasana)

Stelle dich hüftbreit hin, lass die Arme locker seitlich hängen. Gewitterwolken sammeln sich um deinen Kopf. Du bist jedoch fest im Fundament aus Lava verankert, die durch die Erdkruste gedrungen ist und den Berg geformt hat.

Lasse Geparden über deine Hänge jagen. Den Wind durch die Gräser rauschen. Lasse die Heiligen in deinen Höhlen meditieren. Die Dörfler Feuerholz aus deinen Bäumen machen und ihre Notdurft auf deinen Feldern verrichten. Lasse die Lastwagen auf der Straße um dich herumfahren und die Pilger dem Pfad um dich herum folgen.

Verfolge dieses Treiben aus der unendlich langen Perspektive geologischer Zeit und sei dabei ganz ruhig und beständig.

Das Nichtwissen um das, was ist, ist der Nährboden der anderen leidvollen Spannungen.

Yoga Sutra von Patanjali, ca. 200 v.Chr.

Kapitel zweiundzwanzig

Gerade einmal eine Woche später hatten Devi Das, ich und mein ausladender Bauch uns auf den Rücksitz eines gemieteten Jeep Cherokee gequetscht, der viel zu schnell eine gewundene Bergstraße erklomm, und lauschten Siddharthas und Mayas Disput über die Erleuchtung.

Die beiden stritten sich, seit unser Flugzeug an diesem Morgen in Dehra Dun gelandet war und Siddhartha zu Maya beim Aufsetzen der Räder auf der Landebahn gesagt hatte, dass er sie wahrscheinlich nicht mehr lieben könne, wenn er beim Meditieren mit Maitri Ma die Erleuchtung fände. Fünf Stunden später schäumte sie immer noch vor Wut.

»Es ist nichts Persönliches«, erklärte er ihr nun zum tausendsten Mal. »Es wird eben nur kein ›Ich‹ mehr geben, das ›dich‹ lieben kann.« Ich konnte die Anführungszeichen hören, die er um die Pronomen setzte, als wären *Ich* und *Du* so absurde Worte, dass man sie kaum aussprechen konnte, ohne dabei das Gesicht zu verziehen. »Mein Bewusstsein für ein eigenständiges Selbst wird vollständig verschwunden sein.«

»Ich dachte immer, die Erleuchtung soll einen befähigen,

mehr Liebe zu empfinden und nicht weniger«, blaffte Maya ihn an.

»Nun ja, natürlich werde ich dich dann immer noch ›lieben‹, nur eben in einem anderen, eher universellen Sinne.« Noch mehr Anführungszeichen. »Die Liebe wird nicht mehr besitzergreifend sein. Stattdessen wird mein Herz genauso offen gegenüber… sagen wir, Amanda sein. Oder sogar gegenüber Mr. Desai.« Er zeigte auf unseren Fahrer, der eine Lucky Strike nach der anderen rauchte und den Wagen in dichten Qualm hüllte, obwohl ich ihn bereits mehrmals gebeten hatte, sie auszumachen.

»Was wenn ich nicht erleuchtet werde, sondern nur *du.*« Maya zog ihr Schweizer Armeemesser hervor, klappte es auf und begann, ihre Nägel zu säubern. »Soll ich dich dann weiterhin lieben, ja?«

»Ich sehe nicht, wieso du das nicht tun solltest. Ich werde immer noch derselbe Mensch sein. Die Erleuchtung verändert ja die Persönlichkeit nicht.«

»Wunderbar. Ich bin ja so erleichtert, dass du nicht plötzlich aufhörst, ein absoluter Mistkerl zu sein.« Sie wandte sich Devi Das zu. »Hast du noch welche von den Magentabletten? Ich habe vergessen, euch zu sagen, dass mir beim Autofahren immer schlecht wird.«

Wie wir hatten auch Siddhartha und Maya durchaus gute Gründe, weshalb sie jetzt, im März, zu Maitri Ma fahren und nicht lieber bis Mai warten wollten, was vernünftiger wäre, da dann kein Schnee mehr auf den Bergstraßen lag. Mayas Urlaub ging zu Ende, während auf Siddhartha ein Thesenpapier über die dialektische Interpretation der Arbeit Hegels und Wittgensteins für ein Fachmagazin wartete. Zu viert hatten wir den Zug nach Bangalore genommen, wo ich noch einmal bei Dr. Rao vorbeigeschaut hatte, um sicher zu sein, dass alles in Ordnung war. Von dort aus waren wir nach Dehra Dun am Fuß des Himalaya geflogen.

Siddhartha hatte die Rolle des Anführers unserer Expedition übernommen und sämtliche Entscheidungen getroffen – von der Route bis zur Wahl unserer Snacks. Normalerweise hätte mich so etwas geärgert, aber in dieser Phase meiner Schwangerschaft schien mein Gehirn die Konsistenz von Pudding angenommen zu haben, und meine Entscheidungsfähigkeit war proportional zum Wachstum meines Bauches geschrumpft. Deshalb war ich froh, einfach in seinem Kielwasser dahinzutreiben und jemand anderen den Erwachsenen spielen zu lassen.

Unser Fahrer, Mr. Desai, hatte ein Glasauge, das ständig ganz nach rechts gerichtet war, was die beruhigende Illusion schuf, er behalte unablässig den Verkehr auf der anderen Seite des Wagens im Auge. Wir schlitterten weiter über schmale Bergstraßen mit jähen, beängstigenden Abgründen. Mr. Desais Strategie zur Überwindung der Haarnadelkurven bestand darin, die Gefahrenzone so schnell wie möglich hinter sich zu lassen. Warnschilder kümmerten ihn nicht im Mindesten.

»Kennt ihr die Geschichte, wie der Fluss Ganges vom Himmel herabstieg?«, fragte Siddhartha, während wir Limonade, Obst, Kekse und Chicki, einen klebrigen Erdnussriegel, herumgehen ließen. Sein Tonfall ließ keinen Zweifel daran, dass er sie uns erzählen würde, ob wir nun wollten oder nicht.

»Was kümmert mich das?« Maya kippte die Limonade hinunter, die Devi Das ihr gereicht hatte. »*Ich* bin schließlich nicht diejenige, die diese Woche erleuchtet werden wird.«

Siddhartha interpretierte ihre Antwort als enthusiastische Zustimmung. »Also, allem Anschein nach war die Göttin Ganga so verärgert darüber, den Himmel verlassen zu müssen, dass sie mit einem Sturm herabstieg, der gewaltig genug war, um die ganze Erde wegzufegen.« Ich sah ihn vor mir, wie er mit einer Pfeife im Mund seinen Berliner Studenten Vorträge über Kant hielt. »Aber Shiva, der auf seinem Meditationskissen in Gangotri saß, dämpfte ihren Aufprall mit seinem Haar. Sie verfing sich darin für tausend Jahre.« Er wandte sich an den Fahrer. »Das stimmt doch, oder, Desai-ji?«

»Ja, ja, was Sie sagen, ist ganz korrekt.« Mr. Desai schnippte seinen Zigarettenstummel zum halb offenen Fenster hinaus und kramte eine neue Fluppe aus der Schachtel. »Aber am Ende wurde Parvarti, Shivas Frau, sehr eifersüchtig. ›Wer ist diese Frau, die da so lange im Haar meines Mannes herumspielt?‹, fragte sie. ›Das kann ich nicht hinnehmen.‹«

»Durchaus verständlich«, konterte Maya.

Das gefiel mir so gut an der indischen Mythologie – selbst die Gottheiten wurden von menschlichen Regungen gebeutelt. Das erhöhte die Wahrscheinlichkeit, dass sie Mitgefühl mit meiner eigenen Situation an den Tag legen würden. Ich malte mir aus, wie Parvati wutschnaubend durch ihr Apartment stapfte und vielleicht sogar eine der anderen Göttinnen anrief, um sich nach Herzenslust über Shiva auszulassen. »Ich meine, hör dir das mal an, Lakshimi, wie soll ich damit umgehen?« Und Lakshmi würde sie daran erinnern, was in »Die Kunst, den Mann fürs Leben zu finden« stand, und sie drängen, anders zu sein »als alle anderen«. *Wenn eine andere Göttin mit seinen Haaren herumspielt – steht er eben einfach nicht auf dich.*

»Also verlangte Parvati von Shiva, seine Dreadlocks wie einen nassen Putzlappen auszuwringen und diese Ganga loszulassen, die daraufhin aus den Bergen auf die Erde floss. Und da unten seht ihr sie.« Siddhartha zeigte aus dem Fenster auf den Fluss, der sich wie ein silbernes Band mehrere hundert Meter unter uns durch die Landschaft schlängelte. »Das ist der Grund, weshalb Gangotri so ein idealer Ort ist, um erleuchtet zu werden. Genau dort ist die Stelle, wo die Göttin Ganga das erste Mal die Erde berührt hat.«

»Stehen bleiben!«, befahl Maya und schlug sich die Hand vor den Mund. »Mir wird gleich schlecht.«

Eine halbe Stunde später saßen wir wieder im Wagen. Siddhartha, dessen Stimmung mittlerweile spürbar gedämpfter war, hatte die Arme um die leicht angeschlagene Maya gelegt. Er drückte die Akupressurpunkte auf ihren Handgelenken und beruhigte sie, er würde immer für sie da sein, selbst wenn das Schlimmste passierte und er am Ende dieser Woche das Höchstmaß an Erleuchtung erlangt habe. »Immerhin schließt die Erleuchtung per se nicht die Möglichkeit aus, enge persönliche Bindungen zu pflegen.«

»Saraswati hat einen Ehemann«, meinte Maya. »Allerdings glaube ich, dass sie ihn nicht mehr oft sieht.«

»Saraswati hat einen Ehemann? Wo ist er denn?«

»Er ist Scheidungsanwalt in Santa Barbara. Viele von Saraswatis Anhängern gehen zu ihm, wenn sie anfangen, den Rahmen ihrer Beziehungen aufzulösen.« Maya warf Siddhartha einen Blick zu, und ich konnte förmlich die Gedanken in ihrem Kopf sehen. *Auflösen? Könnte mir auch jeden Moment passieren.*

Als wir endlich nach Uttarkashi kamen, setzte eisiger Regen ein, und es war fast dunkel. Die Straßen versanken im Schlamm. Doch die Tatsache, dass Uttarkashi verwaist war, machte das Ganze für uns nur umso aufregender: Wir würden es schaffen, Maitri Ma zu sehen, bevor all die Massen eintrafen. Eine Art Reise ins Las Vegas der Erleuchtung mit einem sicheren Gewinntipp. Wir stiegen in einem der wenigen geöffneten Hotels ab und gönnten uns eine Mahlzeit aus Reis, Dal und saurem Joghurt, ehe wir unsere Zimmer bezogen, in denen es kalt war, nach Schimmel roch und die mit Matratzen bestückt waren, die wir lieber nicht genauer ansehen wollten. Ich lechzte nach einer heißen Dusche, also ging Devi Das ins Badezimmer und drehte den Durchlauferhitzer auf, der fauchte, zischte und schließlich mit einem lauten Knall explodierte, wobei er den Raum mit siedend heißem Dampf erfüllte. Devi Das schlug die Badezimmertür zu und ging los, um den Manager zu holen, der das Ding für uns anschaltete und mich mit einem tadelnden Blick musterte. »Die Touristensaison hat noch nicht begonnen, Madam.« Devi

Das schlief ein, sobald wir in unsere Betten gekrochen waren, doch ich lag noch eine Weile da und starrte schlotternd in die Dunkelheit.

»Schatzsuche« war eines von Sams und Tamaras Lieblingsspielen gewesen. Ich hatte es mir für die langen Wochenenden aufgespart, wenn ihre Eltern unterwegs beim Golfspielen (er) oder bei der Kosmetik (sie) waren und statt der zahllosen Aktivitäten – Vorschule, Ballett, Mandarin-Unterricht, Karate – auf einmal Langeweile und Genörgel à la »Und was machen wir jetzt?« auf dem Programm standen. Ich verteilte meine Zettelchen überall im Haus und Garten – gekritzelte Bildchen auf Packpapier, da keines der Kinder zu diesem Zeitpunkt schon lesen konnte. Sie kletterten auf die unteren Äste der Eiche hinter dem Haus, spähten ins Klavier, zupften die Schutzumschläge ihrer Lieblingsbücher ab. Sie fanden Hinweise in den hochhackigen Schuhen ihrer Mutter, im Halsband ihres Stoffbären und im Inneren der Gitarre ihres Vaters.

Meine Reise durch Indien kam mir allmählich genauso vor. Ich lief hierhin und dorthin, folgte nicht entzifferbaren Hinweisen, die an den obskursten Verstecken auf mich warteten. Aber wer hinterließ sie mir? Und was, wenn der- oder diejenige genauso wenig Ahnung hatte wie ich?

Ich rollte mich auf die Seite. Wenn Sam und Tamara den Schatz endlich gefunden hatten, war es nie etwas Großes – nur eine Tüte Schokokekse oder zwei Plastikspritzpistolen. Nichts, was sie nicht auch ohne all die Sucherei hätten bekommen können. Aber natürlich ging es bei der Schatzsuche in Wahrheit nicht um die Beute, sondern um die Suche.

Am nächsten Morgen ging Siddhartha zum Nehru Institute of Mountaineering, um einen Führer zu finden, der uns zu Maitri Ma brachte. Wir anderen blieben mit unseren Rucksäcken im Hotelrestaurant und tranken Chai. Devi Das hatte angeboten, einen Rucksack für uns beide zu tragen.

Der Plan war, die Straße nach Gangotri so weit wie möglich hinaufzufahren, bis der Schnee und der Matsch ein Fortkommen unmöglich machten. Wir hatten unterschiedliche Berichte gehört: Man komme bis auf drei Meilen an Gangotri heran. Nein, die Straße sei zehn Meilen davor bereits unpassierbar. Mangels verlässlicher Fakten einigten wir uns auf einen Kompromiss und gingen davon aus, dass uns ein sechs oder sieben Meilen langer Marsch bevorstand. Die Nacht würden wir in Gangotri verbringen, bevor wir uns am nächsten Tag zu Maitri Ma aufmachten – ein Marsch von rund zwei Meilen über einen schneebedeckten Pfad.

Es war gut, dass Maitri Ma so schwer zu erreichen war, sagte ich mir. In ein paar Jahren gäbe es eine Mailadresse und eine Website für die Höhle. Der weibliche Guru selbst würde zwar noch immer schweigen, hätte jedoch einen Assistenten mit einem iPhone an ihrer Seite. Auf diese Weise hatte ich wenigstens die Chance, sie jetzt noch authentisch zu erleben.

Aber die Frage, ob ich es mit meinem Bauch so weit schaffen würde, auch ohne Rucksack, machte mich trotz allem nervös. Außerdem war dies das erste Mal, dass ich mich nicht in Reichweite eines Krankenhauses befand, falls etwas passierte. Ich rief mir das Mantra ins Gedächtnis, das ich mir die ganze Zeit schon vorgesagt hatte: *An dieser Schwangerschaft ist nichts Ungewöhnliches. Die Frauen in Indien bekommen auch Kinder.* Außerdem war Maya Krankenschwester. Das Risiko, dass mir während der Rushhour in Amerika auf dem Freeway etwas zustieß, war weitaus größer. Und es waren noch zweieinhalb Monate bis zum Geburtstermin. Mir würde schon nichts passieren.

Von: HeyBaby.com
An: Amandala@yahoo.com
In Woche 28 ist Ihnen vielleicht nicht danach, sich sportlich zu verausgaben, trotzdem sollten Sie sich unbedingt bewegen. Ein paar gemächliche Bahnen im Pool oder ein kleiner

Spaziergang um den Block sind vielleicht genau das Richtige, um sich die Unkenrufe von wegen »drittes Schwangerschaftsdrittel« vom Leib zu halten. Aber übertreiben Sie es nicht! Schwere körperliche Anstrengung ist einer der Risikofaktoren für eine Frühgeburt. Wenn Sie im Job oder Haushalt mehrere Stunden am Tag stehen, schalten Sie einen Gang runter. Keine Sorge, diese Verkrampfungen, die Sie jetzt spüren, sind nur die ersten »Kontraktionsübungen« Ihrer Gebärmutter. Für weitere Informationen nehmen Sie doch einfach an unserem Fitness-IQ-Quiz für Schwangere teil. Als Dankeschön erhalten Sie ein HeyBaby-Lätzchen und eine Schachtel Pampers Sensitive Wischtücher, außerdem können Sie einen Mercury Mariner gewinnen!

Von: Maxine@bigday.com
An: Amandala@yahoo.com
Betreff: Hurra!
Amanda, das ist ja die tollste Nachricht des Tages! Ein weiblicher Guru im Wald? Und noch von keinem entdeckt? Ein Zweitagesmarsch, um zu ihr zu kommen? Mit anderen Worten, das ist unser Exklusiv-Knüller? Du hast mir den Tag gerettet! Sorg dafür, dass einer deiner Freunde ein Foto macht, wie du mit ihr dasitzt; bring aber vorher unbedingt dein Haar in Ordnung. Es ist völlig okay, wenn es ein bisschen zerzaust aussieht, aber mach bitte den Zopf auf und leg ein bisschen Lippenstift auf. Sieh zu, dass du auch die Frau ein bisschen auf Vordermann bringst. Schätzungsweise ist es eine Weile her, seit ihr einer das letzte Mal die Brauen gezupft hat. Glückwunsch! Das könnte dein Manuskript vor dem Mülleimer bewahren!

Zwei Stunden später saßen wir wieder im Wagen und fuhren nach Gangotri.

Auf dem Vordersitz neben Siddhartha und Maya saß Vikram

Singh, ein wortkarger Bergführer des Nehru Institute. In ein paar Wochen, erzählte er uns, würde es auf dieser Straße von Bussen und Jeeps nur so wimmeln. Doch nun war der Ort praktisch verwaist. Als wir immer weiter die gewundene Straße hinaufkrochen, sah ich zum Fenster hinaus. Schneebedeckte Sechs- und Siebentausender ragten um uns herum in die Höhe. Und ich befand mich auf dem direkten Weg zu meinem ultimativen Traum, einen Guru in Indien zu finden.

Schwere körperliche Anstrengung ist einer der Risikofaktoren für eine Frühgeburt. Wir fuhren an einem Sadhu am Straßenrand vorbei – ein früher Pilger, der die Reise zu Fuß bewältigte.

Ich presste meine Nase gegen die Fensterscheibe. Ich tat all das nicht nur für mich selbst. Und auch nicht nur für Maxine. Sondern für mein Baby.

Ich hatte kein Geld. Ich hatte keine tolle Karriere. Ich hatte keinen Mann. Ich konnte meinem Baby keinen zur Kommode passenden Schrank oder ein Sparbuch fürs College bieten. Ich konnte ihm keinen Vater bieten und auch keinen Großvater. Aber wenn ich ihm inneren Frieden geben konnte, wäre vielleicht alles gut. Dann wäre ich nicht nur eine verkorkste alleinstehende Mutter, die zum falschen Zeitpunkt schwanger geworden war.

Ich konnte nicht mehr umkehren.

Devi Das legte mir den Arm um die Schultern und drückte mich an sich. »Keine Sorge«, flüsterte er. »Es wird alles gut.«

Ich schloss die Augen und versuchte, ihm zu glauben.

Einige Stunden später fuhr Mr. Desai an den Straßenrand. »Nicht mehr weiterfahren. Straße ist gesperrt.« Er deutete auf den Schlamm und die Felsbrocken, die fast einen Meter weit in die Straße hineinragten.

»Wie weit ist es noch bis nach Gangotri?«, fragte Siddhartha.

»Drei Kilometer, höchstens fünf.«

»Das heißt, es sind wahrscheinlich zehn.« Devi Das sah mich an. »Fünf Meilen, mehr oder weniger. Schaffst du das?«

Ein paar gemächliche Bahnen im Pool. Ein kleiner Spaziergang um den Block. »Ich schaffe es schon.«

Wir kletterten über den schlammigen Geröllhaufen und machten uns auf den Weg. Mein Rücken tat weh. Ein scharfer Schmerz, den ich bei jedem Schritt spürte. Siddhartha und Maya gingen vor uns und verschwanden irgendwann in der Ferne. Unser Führer blieb bei Devi Das und mir, wie ein Schäferhund, der dafür sorgte, dass die Nachzügler den Anschluss an die Herde nicht verloren. Ich war dankbar, dass Devi Das unseren Rucksack trug. Vom ergonomischen Standpunkt aus war mein ausladender Bauch eine höchst unpraktische Angelegenheit. Wieso wuchsen Babys eigentlich nicht auf dem Rücken?

Die Berghänge um uns herum waren dicht bewaldet, und Mr. Singh erklärte uns, um welche Bäume es sich handelte: Tränen-Kiefer, Eiche. Walnuss. Kastanie. Himalaya-Zeder, Rhododendren mit ersten leuchtend roten Blüten. Wir kamen an einem Sadhu vorbei, dann an einem alten Mann, der einen Esel mit einem Bündel Reisig auf dem Rücken den Hang hinaufführte.

In der tiefen Schlucht unter uns schlängelte sich der Bhagirathi. »Er ist nach König Bhagirathi benannt, der Ganga überredet hat, auf die Erde herabzusteigen«, erklärte Devi Das. »Er hat in Gangotri gesessen und zehntausend Jahre lang gebetet und die Göttin angefleht, auf die Erde herabzusteigen und die Sünden seiner Vorfahren zu läutern.«

Ich sah auf den reißenden Fluss unter uns hinunter. »Glaubst du an die Sünde?«

»Wir glauben, dass die wahre Natur der Seele rein und makellos ist. Aber manchmal wird sie von einer dicken Schmutzschicht bedeckt, die entfernt werden muss.«

Eine Weile lang schwieg ich. Selbst für unseren Führer kamen wir viel zu langsam voran – mittlerweile war er vorgegangen, um nach Siddhartha und Maya zu sehen. »Devi Das. Hältst du mich für verrückt, weil ich das mache?«

»Wahrscheinlich sind wir nicht der Richtige, um über Verrücktheit zu sprechen. Aber wir können dir eines sagen: Du weißt nie, wohin ein Pfad dich führt.« Er blieb stehen, um einen Kiesel aus seiner Sandale zu holen. »Als unser Bruder starb, dachten wir ständig: ›Hätten wir an diesem Morgen doch nur Pfannkuchen gemacht statt Weizengrütze‹. Wir hätten es fast getan. Wir hatten frische Heidelbeeren vom Bauernmarkt und Buchweizenmehl. Wir hätten Buchweizenpfannkuchen mit Heidelbeeren und Ahornsirup machen können. Stattdessen haben wir Grütze gekocht und die Heidelbeeren darübergegeben. Hätten wir die Pfannkuchen gemacht, hätte es länger gedauert als die Grütze. Wir wären erst zehn Minuten später zu dieser Kreuzung gekommen. Der Kerl hätte stattdessen jemand anderen gerammt.«

»Oh, Devi Das, so kannst du nicht denken.« Ich erzählte ihm nicht, wie oft mir genau derselbe Gedanke durch den Kopf gegangen war. Hätte ich doch nur ein anderes Kondom aus der Schachtel genommen, wäre ich jetzt nicht schwanger. Oder wäre ich in einer anderen Position gewesen, als es platzte, wäre dieses Baby ein völlig anderer Mensch.

»Aber genau das ist unser Argument. Wer sagt, was riskant ist und was nicht? Dass Pfannkuchen sicher und Hafergrütze gefährlich ist? Wer kann schon sagen, welcher Weg zur Erleuchtung führt und welcher in die Katastrophe? Man kann nur seinem Instinkt vertrauen. In jedem Moment seines Lebens.«

Einige Minuten ging ich schweigend weiter. »Ist dein Bruder bei dem Unfall sofort gestorben? Oder lag er noch im Krankenhaus?«

»Er lag eine Woche auf der Intensivstation.«

»Und warst du bei ihm? Konntest du ihn überhaupt besuchen?«

»Wir waren rund um die Uhr bei ihm.« Er sah mich nicht an.

»Aber er hat das Bewusstsein nicht wiedererlangt. Wir wollten nur mit ihm reden, ihm nur sagen, dass wir ihn lieben. Aber er kam nicht mehr zu sich.«

Es war fast dunkel, als Devi Das und ich Gangotri erreichten. Es war eine Geisterstadt – überall leerstehende Gebäude und verrammelte Touristenhotels, karamellfarbenes Geröll inmitten eines reißenden, blassgrünen Flusses. Der Schnee türmte sich auf den Dächern der Gebäude und knirschte unter unseren Füßen, wann immer wir die ungeteerten Fußwege verließen. Die Gipfel ragten hoch über uns empor, obwohl wir uns bereits auf rund dreitausend Metern über dem Meeresspiegel befanden. Ich blieb stehen, um nach oben zu sehen. Nur wenige Meilen von hier befand sich die Höhle, in der Maitri Ma den Winter verbrachte.

Wir gingen um den Tempel herum, der verschlossen und mit einem Eisentor versehen war. »Nächsten Monat kehrt die Göttin Ganga zurück«, erklärte unser Führer. »Es findet eine große Puja und Feier statt, um sie willkommen zu heißen. Aber jetzt lebt sie in ihrem Wintertempel ein Stück flussabwärts.«

Wir stießen zu Siddhartha und Maya in einer Lehmhütte, wo ein paar Männer in Armeekleidung auf einem offenen Feuer Chai kochten. Ich ließ mich auf einen wackligen Holzstuhl fallen und trank dankbar das heiße Gebräu. Ich war viel zu erschöpft, um zu fragen, wer diese Männer waren – Soldaten, die dienstfrei hatten? Deserteure? Einheimische, die die Jacken gebraucht erstanden hatten? Der Chai war pappsüß und roch nach Rauch, Ingwer und schwarzem Pfeffer. Das Baby kugelte sich aus Vorfreude in meinem Bauch. Maya setzte sich neben mich.

»Wie geht es dir?«, fragte sie.

Ich schüttelte den Kopf. »Nicht besonders. Mein Rücken bringt mich um, und ich habe wahnsinnige Kopfschmerzen.«

»Kontraktionen?«

»Nein.«

»Dann ist alles in Ordnung. Die Kopfschmerzen kommen wahrscheinlich von der Höhe. Das Koffein sollte dir helfen.«

Ein Swami trat zu uns und verbeugte sich. Abgesehen von den gewohnten orangen Gewändern trug er ein Paar oranger Hausschuhe, was reichlich ungewöhnlich war. Unser Führer sagte etwas auf Hindi zu ihm, ehe er sich an uns wandte. »Hotels alle geschlossen. Aber Swami Nityananda lässt uns in seinem Tempel übernachten, macht Abendessen, Frühstück, Tee und all das. Kein Geld, nur Spende.« Also folgten wir dem Swami die Straße hinauf in eine Hütte aus verrostetem Wellblech, die allem Anschein nach mit Zwirn an den zerbröckelnden Ziegelwänden befestigt war. Er servierte uns Reis und Dal auf Blechtellern, ehe er uns durch ein Labyrinth aus Hinterzimmern führte, wo wir schlafen konnten. Ich trat auf die Schneewehe, die als Toilette diente, und hockte mich im eisigen Wind hin, um zu pinkeln. Dann legte ich mich neben Devi Das auf die dünne Matratze, die wie eine Hängematte über ein Geflecht aus Seilen gelegt worden war, und breitete mehrere muffige Decken über mir aus. Der Wind pfiff durch die Plastiktüten, die vor die Fensteröffnungen gespannt waren.

Ich schloss die Augen und legte schützend die Hände auf meinen Bauch. Immer wieder redete ich mir ein, dass ich nicht völlig den Verstand verloren hatte. Ich fand keine bequeme Position. Mein Rücken tat weh. Mein Bauch auch. Sorgsam darauf bedacht, Devi Das nicht zu wecken, rollte ich eine Decke zusammen und legte sie mir zwischen die Knie, in der Hoffnung, ein bisschen bequemer liegen zu können.

Selbst mein Haar fühlte sich an, als sei es am Ende seiner Kräfte. Ich schloss die Augen und wartete, dass mich der Schlaf übermannte.

Mein Kind ist in einem Schneesturm in einen dunklen Brunnen gefallen. Nun sitzt es dort unten und schreit. »Mami!«, weint es. »Mami! Hilfe!« Panisch beuge ich mich über die Kante und suche nach einem Seil, das ich ihm zuwerfen kann. Dann wird mir klar, dass ich nur eines tun kann: Ihm nachspringen. Aber als ich den Boden des Brunnens erreiche, ist er leer. Schluchzend stehe ich da, während die Schneeflocken um mich herumwirbeln.

Mit einem scharfen Atemzug schreckte ich aus dem Schlaf. Panisch legte ich die Hände auf den Bauch und rüttelte leicht. Das Baby antwortete mit einem ärgerlichen Tritt.

Mami! Hilfe! Es dämmerte. Im fahlen Licht sah ich mich im Raum um. Siddhartha und Maya hatten sich die Decken über die Köpfe gezogen. Devi Das schnarchte. In Kalifornien war es etwa fünf Uhr nachmittags. Tom stand wahrscheinlich im Stau, hörte Radio und fuhr allein in sein leeres Haus zurück. Meine Mutter kochte wahrscheinlich gerade etwas für ihren neuen Freund – sie versuchte sich an irgendeinem raffinierten Gericht, das sie noch nie ausprobiert hatte, ehe sie auf halber Strecke die Segel strich und bei Dine-One-One etwas Leckeres zum Abholen bestellte. Lori und Joe mussten zusehen, dass sie den letzten Rest ihrer Arbeit erledigten, bevor es dunkel wurde. Und Matt? Ich wusste nicht einmal, in welchem Land er sich gerade aufhielt.

Hilfe! Zum ersten Mal seit Monaten fiel mir der Brief wieder ein, den Lori mir vor meiner Abreise mit der Anweisung gegeben hatte, ihn erst zu lesen, wenn ich im Begriff stand, eine Dummheit zu begehen. Ich setzte mich auf und kramte in dem Rucksack, den ich mir mit Devi Das teilte, bis ich den kleinen Beutel mit meinem Pass und den Reiseschecks gefunden hatte. Das Geräusch des Reißverschlusses schnitt sich laut in die Stille, aber keiner rührte sich. Ich zog Loris Brief heraus, der inzwischen gräulich verfärbt und an den Ecken zerfleddert war. Dann zog ich meine Taschenlampe heraus, riss den Umschlag auf und begann zu lesen:

Liebe Amanda,

ich schreibe diese Zeilen, dabei glaube ich, dass du sie wahrscheinlich sowieso nicht lesen wirst. Wenn du diesen Brief brauchst, hast du ihn bestimmt längst verloren – ihn als Lesezeichen in ein Buch gesteckt und in irgendeinem Restaurant auf dem Tisch liegen lassen oder deine Telefonnummer draufgeschrieben und ihn jemandem gegeben. Und selbst wenn du ihn immer noch hast, ist er bestimmt das Letzte, was du lesen willst. Du hast Angst, ich könnte dir sagen, du sollst die Finger von der hirnverbrannten Spinnerei lassen, die du jetzt tun willst. Und so was magst du im Augenblick überhaupt nicht hören.

Während ich das hier schreibe, bist du in deinem Zimmer, ziehst den Reißverschluss an deinem Rucksack zu und machst dich bereit für das größte Abenteuer deines Lebens. Und wenn du das hier liest – wer weiß, wo du dann gerade bist? Vielleicht sitzt du an einem Strand am Arabischen Meer und überlegst, ob du das Ecstasy mit dem Kerl nehmen sollst, den du gerade im Chai-Shop kennengelernt hast. Oder du bist in einem tibetanischen Kloster und fragst dich, ob du dir den Schädel kahl rasieren und dem Orden beitreten sollst.

Aber – Überraschung! Ich werde dir nicht sagen, dass du es nicht tun sollst, was auch immer es sein mag. Ich werde dir nicht sagen, du sollst nicht mit dem Kerl ins Bett gehen. Ich werde dir nicht sagen, du sollst nicht in diesen Zug steigen. Ich werde dir nicht sagen, du sollst nicht mit dem Floß diesen Fluss hinunterfahren, dieses Chillum rauchen, diese Tasse Tee mit dem Fremden auf dem Platz neben dir im Zug trinken oder in dieses Land fahren, in dem gerade eine Revolution ausgebrochen ist.

Stattdessen werde ich dir Folgendes sagen: Denk immer daran, was für ein besonderer Mensch du bist. Das ist etwas, was dir sehr oft gar nicht auffällt. Manchmal glaube ich, du jagst all diesen Abenteuern nur nach – Matt, der Erleuchtung, Tom, Rückwärtsbeugen, Paragliding oder was sonst noch –, weil du glaubst, sie geben dir etwas, was du selbst nicht besitzt. Es ist, als würdest du nach der fehlenden Zutat für die Suppe deines Lebens suchen. Aber der Punkt ist: Es fehlt nichts. Du hast alles. Und ich meine damit nicht dieses Eso-Getue von wegen »Das Geheimnis des Lebens liegt in dir selbst« oder sonst irgendeinen Quatsch, sondern so, wie ich es sage. Du bist in Ordnung. Alles ist gut. Wirklich.

Also tu, was immer du tun willst. Das wirst du sowieso. Denk nur immer daran, ich liebe dich, ob du nun erleuchtet bist oder nicht. Nur wenn du es tatsächlich bist, wird es wahrscheinlich ein klein wenig schwieriger.

In dem Umschlag lag ein Foto von uns beiden, das am ersten Tag auf dem College aufgenommen worden war. Ich hatte es noch nie gesehen, erinnerte mich aber vage daran, dass Loris Mutter einen letzten Schnappschuss gemacht hatte, bevor sie abgefahren war. Wir saßen nebeneinander auf dem Bett im Studentenwohnheim. Wir sahen unglaublich jung aus. Ich trug einen straffen Pferdeschwanz und spähte durch die dicken Gläser meiner Brille, als würde ich die Welt durch ein Aquarium betrachten. Und auf meinem Gesicht lag das breite aufgesetzte Grinsen von jemandem, der nicht will, dass irgendjemand merkt, wie groß seine Angst ist.

Lori saß neben mir – in einem roten Pulli, pausbäckig und selbstbewusst, wie eine Drossel, die genau weiß, wo sich alle Würmer versteckt haben. Ihr Arm lag um meine Schulter, obwohl wir uns gerade einmal eine Stunde zuvor kennengelernt hatten. Aber als ich nun das Foto sah, bemerkte ich etwas, was mir vorher nie aufgefallen war: Auch sie hatte Angst. Sie war einsam. Sie brauchte ebenso dringend jemanden, den sie adoptieren konnte, wie ich jemanden brauchte, der mich adoptierte.

»Woher weißt du eigentlich, dass Joe der Richtige für dich ist?«, hatte ich Lori einmal gefragt. »Besteht zwischen euch so eine Art Elektrizität?«

»Nein, eigentlich das genaue Gegenteil davon«, hatte sie geantwortet. »Elektrizität ist heiß und hell, wie ein Blitz oder die Hitze im Toaster. Das zwischen uns ist eher wie eine Wärmflasche. In seiner Nähe bin ich so … ruhig. Als hätte ein Wind in meinem Innern, von dem ich nicht einmal wusste, dass er da ist, aufgehört zu wehen, so dass ich die Vögel draußen vor dem Fenster zwitschern hören kann.«

Das war so weit von dem entfernt, wie ich für Matt empfand, dass ich nicht gewusst hatte, was ich darauf sagen sollte. Matt entfachte stets einen Sturm in meinem ganzen Körper. Daran erkannte ich, dass ich ihn liebte – an all diesen schmerzhaften Blitzen, die mich durchzuckten, an dem Verlangen, das nie gestillt war.

Doch bei Lori hatte ich mich immer nur sicher und geborgen gefühlt. Ganz anders als jetzt.

Ich ließ mich auf die Matratze zurücksinken, den Brief noch immer in der Hand, und begann zu weinen.

Der schmale Pfad zu Maitri Mas Höhle wand sich steil nach oben. Gezackte weiße Berge schnitten sich in den eisblauen Himmel über uns. Mein Atem ging flach. Ich hörte den Schnee unter meinen Schuhen knirschen. Die kalte, dünne Luft stach in meinen Nasenlöchern und brannte in meinen Lungen, trotzdem fühlte ich mich atemlos. Auf einer schneebedeckten Weide machten wir Halt und aßen etwas: geröstete Erdnüsse, Schokoladenkekse, würzige Kichererbsen, getrocknete Mango und Papaya. Dann marschierten wir weiter. Mein Knie hatte wieder zu schmerzen begonnen, und ich spürte, wie sich an meiner linken Ferse eine Blase bildete.

Die Wanderung zog sich länger hin als erwartet. Es war bereits früher Nachmittag, als Maitri Mas Höhle endlich in Sichtweite kam. Ich schwitzte und fror gleichzeitig, und meine Finger in den Handschuhen waren taub geworden. Die Höhle befand sich auf halber Höhe eines steilen, fast klippenartigen Hangs,

Steinstufen führten hinauf. Als wir näher kamen, trat eine winzige Frau in orangefarbenen Gewändern und einer dicken braunen Wollstola um die Schultern heraus. Auf ihrer Stirn prangten die typischen Aschestreifen eines Sadhus. Um ihr weißes Haar hatte sie ein Tuch gebunden.

Wir hatten ihr keine Nachricht geschickt, dass wir kommen würden, doch unser Auftauchen schien sie nicht zu überraschen. Die Hände in Gebetshaltung vor der Brust, verneigten wir uns vor ihr. Siddhartha reichte ihr die Orangen, die wir als Geschenk mitgebracht hatten. »Namaste, Maitri Ma, wir sind gekommen, um zu lernen«, begann er, doch sie schnitt ihm mit einer knappen Kopfbewegung das Wort ab und bedeutete uns, ihr in die Höhle zu folgen.

Es gab keine Tür, der Eingang war lediglich mit Decken, Plastiktüten und Jutesäcken verhängt. Im Inneren brannten Kerzen und eine Öllampe. In dem kleinen Ofen im hinteren Teil loderte ein Feuer, daneben befand sich ein Altar mit einer Lehmfigur Shivas. Fünf Teetassen standen auf einer auf dem Boden ausgebreiteten Tischdecke.

Wir verbeugten uns erneut, setzten uns und tranken schweigend den heißen Chai. Die Tasse fühlte sich herrlich warm in meinen Fingern an. Ich war völlig erschöpft, und mir war schwindlig von der Anstrengung und der Höhe. Aber ich war auch von einem eigentümlichen Gefühl der Ruhe erfüllt, einer Ruhe, wie ich sie seit Beginn meiner Reise vor all den Monaten nicht mehr gespürt hatte. Maitri Ma sah wie eine normale indische Großmutter in einem Sadhu-Gewand aus. Doch schon jetzt spürte ich den Frieden, der von ihr ausging.

Meine Reise war zu Ende: Ich hatte die Höhle meines Gurus erreicht. Zum ersten Mal auf dieser Reise spürte ich die Gewissheit, am richtigen Ort zu sein. Es gab nichts, was ich noch tun konnte. Ich musste nur hier sitzen, zu ihren Füßen, und abwarten, was passierte. *Ich bin angekommen.* Ich schloss die Augen. *Endlich bin ich angekommen.*

Maitri Ma studierte unsere Gesichter. Als wir fertig waren, zog sie eine kleine schwarze Schiefertafel heran und begann zu schreiben.

»Ihr seid eingeladen, zu bleiben und den Pfad der Befreiung zu beschreiten«, schrieb sie. Erleichterung machte sich in mir breit.

Doch dann zerstörte sie alles.

»Alle bis auf dich, meine Tochter«, schrieb sie weiter und sah mir ins Gesicht. Ihre Augen waren riesig und so schwarz, dass ich nicht sagen konnte, wo die Pupille endete und die Iris begann. Es war, als blicke man geradewegs in den Nachthimmel. »Dies ist nicht dein Pfad. Du musst auf der Stelle nach Hause zurückkehren.«

In den steinernen Häusern und noblen Hallen ist Er nicht. In den prächtigen Salons und massiven Tempeln ist Er nicht. In den heiligen Kluften ist Er nicht. Er ist in den Gedanken all jener, die ihr Verlangen überwunden haben. Selbst wenn sie noch fleischliche Hüllen besitzen, gewährt Er ihnen die Befreiung.

Tiru-Mandiram, ca. 700 n.Chr.

Kapitel dreiundzwanzig

»Wir hatten dich erst in ein paar Wochen zurückerwartet, deshalb wohnt Hank noch in deinem Zimmer.« Ernie lenkte den Toyota um einen FedEx-Laster herum und bog auf den Freeway. »Aber du kannst gern ein paar Tage auf dem Sofa schlafen, bis er seine Sachen gepackt hat.«

Das Sofa. Seit meiner Abreise hatte ich nicht mehr daran gedacht: dieses durchgesessene, cremeweiße Ding, dessen Federn bereits durch die Polsterung drangen. Eine Zeitlang hatten wir ständig Trockenfutter unter den Armlehnen gefunden, bis Ishtar darauf gekommen war, dass eine Horde Mäuse es aus dem Katzennapf stahl und dort bunkerte, während sie sich in den Kissen ein Nest baute. Offenbar war alles beim Alten: Mein Leben konnte weitergehen, als wäre nichts geschehen.

»Ist schon gut, fahr mich lieber zu Lori. Sie meinte, ich könnte erst mal bei ihr bleiben.« Lori hatte mich nicht vom Flughafen abholen können, weil sie und Joe ein ganztägiges Seminar zum

Thema »Nachhaltiger Anbau« auf einem Weingut in Napa hielten. Aber sie hatte gesagt, ich solle es mir bei ihnen zu Hause bequem machen, bis sie am Abend zurückkämen. Ich starrte aus dem Wagenfenster auf das makellose Stück Highway, das so glatt und sauber war, dass man davon hätte essen können. Riesige, glänzende Autos glitten dahin, die meisten nur mit einem einzigen Insassen. Die helle Nachmittagssonne spiegelte sich in den Fenstern der pastellfarbenen Häuser an den tiefgoldenen Hängen. Im Vergleich zu Indien wirkte San Francisco, als hätte man es soeben erst aus der Verpackung genommen.

Ernie sah mich von der Seite an. »Ehrlich gesagt, Amanda, siehst du nicht besonders gut aus, sondern eher so, als würdest du jeden Moment umkippen.«

»Was erwartest du? Ich habe eine dreißigstündige Reise hinter mir.« Es war halb sechs Uhr abends, und wir quälten uns durch den täglichen Stoßverkehr: Pendler auf dem Weg in die Vorstadt, allesamt mit diesem typischen, leicht besorgten Ausdruck auf den Gesichtern, als laufe ihr eigener privater Katastrophenfilm auf der Windschutzscheibe vor ihnen ab. Auf dem Fahrersitz des Prius neben uns zog eine Frau mit kurzen blonden Haaren eine lange Papierwurst aus einem Faxgerät, das an ihrem Zigarettenanzünder angeschlossen war. Wir krochen an ihr vorbei und blieben neben dem roten Jaguar eines kahlköpfigen Mannes mit einem Handy am Ohr stehen. Beide hatten diesen angespannten, verkniffenen Ausdruck, den ich vergessen hatte, während ich in Indien war. *Ich habe alles, aber es reicht trotzdem nicht*, sagte er. *Und ich habe Angst, dass es mir wieder weggenommen wird.*

Ernie schüttelte den Kopf. »Es ist nicht nur das. Du siehst aus, als bräuchtest du einen Arzt. Ich hoffe nur, du hast brav weiter in deine Krankenversicherung eingezahlt.«

»Klar. Du selbst hast mir doch geholfen, den Dauerauftrag einzurichten, schon vergessen?« Ich ließ meinen Sitz nach hinten kippen und schloss die Augen. Eigentlich sollte ich überhaupt nicht hier sein. In Indien dämmerte gerade der Morgen. In den Bergen über Gangotri standen Siddhartha, Maya und Devi Das gerade auf, um mit Maitri Ma zu meditieren. Sie saßen mit Wollschals um die Schultern auf dem Boden der von Kerzenschein erhellten Höhle. Sie traten in den Schnee hinaus, um zu pinkeln, wobei ihr Atem kleine Wölkchen in der eisigen Luft bildete. Wieso war ich nicht bei ihnen? Wieso war nur ich abgewiesen worden?

Loris Schlüssel lag an der gewohnten Stelle, unter dem Geranientopf links neben der Haustür. Ich schloss auf, zerrte meinen Rucksack in das winzige Wohnzimmer und setzte mich auf das Fußbänkchen, um mir die Schuhe auszuziehen. Meine Füße zu erreichen, war mittlerweile zum Extremsport geworden, und schon vor Wochen hatte ich das Fußnägelschneiden aufgegeben, da es zu anstrengend war. Mühsam zog ich die Socken aus.

Ich hatte versucht, mit Maitri Ma zu diskutieren, ehe ich mich aufs Betteln verlegt hatte. Aber Maitri Ma hatte lediglich ihre Tafel beiseitegelegt und den Kopf geschüttelt. Am Ende hatte ich aufgegeben. Gemeinsam mit unserem Führer war ich den Berg wieder hinuntergestiegen – Devi Das hatte angeboten, uns zu begleiten, aber ich hatte darauf bestanden, dass er dort blieb. Wir hatten die Nacht wieder in der Hütte des Swami in Gangotri verbracht, dann hatte uns ein Armeelaster ein Stück mitgenommen bis zu der Stelle, wo der Bus nach Uttarkashi abfuhr. Dann einen Bus nach Dehra Dun, einen Zug nach Delhi, ein Flugzeug nach Hause... Kein Wunder, dass ich mich grauenhaft fühlte. Ich war seit über einer Woche unterwegs.

Loris Zuhause war mir so vertraut. Es hätte mein eigenes sein können. Alles sah noch genauso aus wie beim letzten Mal, als ich hier war: der Farn in der Ecke, ein Geburtstagsgeschenk an mich, das sie wieder mitgenommen hatte, nachdem ich ständig vergaß, ihn zu gießen; der Wandschmuck aus getrockneten Dattelzweigen über der weinroten Velourscouch; die wie tanzende Göttinnen geformte Stehlampe, deren Lichtkegel auf Joes Lehnsessel gerichtet waren; Joes Wanderschuhe neben Loris Sneakers auf dem Schuhregal. Pumpkin, ihre betagte rote Katze, lag auf ihrem Cordkissen vor dem Holzofen, hinter dessen Scheibe noch ein paar Scheite glühten. Auch der Geruch war noch immer genau derselbe – eine behagliche Mischung aus Vanille, Nelken, gedünsteten Zwiebeln und dem knusprigen Aroma frisch gebackenen Brotes.

Ich hatte nur einen einzigen Wunsch: mir das Gesicht zu waschen, die Zähne zu putzen und mich auf Loris und Joes Doppelbett fallen zu lassen. Ich hievte mich hoch, schlurfte ins Badezimmer und erstarrte. Eine Fremde starrte mir aus dem Spiegel an der Badezimmertür entgegen. Die Frau war mager, ihr Gesicht schmutzig, und sie hatte tiefe dunkle Ringe unter den Augen. Ihr Haar stand auf der einen Seite wirr ab, auf der anderen lag die fettige Masse platt an ihrem Kopf. Sie trug verdreckte, ausgebeulte Hosen und ein mit Flecken übersätes limonengrünes Shirt, das so formlos wie ein Zelt war. Ihr riesiger Bauch ragte vor, völlig unförmig, wie ein Kind mit einem Kissen unterm Shirt, das eine Schwangere spielte.

Ich konnte mich nicht erinnern, wann ich mich das letzte Mal in einem Spiegel betrachtet hatte. Wie konnte ich so anders aussehen, wo alles andere hier genau gleich war? Wenn das hier ein Theaterstück war, war mein Part offenbar seit dem letzten Akt komplett umgeschrieben worden. Die Frage war nur, wann ich vom Regisseur meinen neuen Text bekam?

»Ich habe für heute Nachmittag einen Termin bei meiner Gynäkologin im UCSF Medical Center für dich vereinbart.« Am nächsten Morgen stand Lori in der Küche und schlug Eier in eine Schüssel. »Du musst dich dringend untersuchen lassen.«

Ich war vor der Morgendämmerung in Loris Bett aufgewacht, völlig erledigt und desorientiert. Nach fast dreizehn Stunden

Schlaf, wie ich festgestellt hatte. Joe und Lori schliefen im Wohnzimmer auf dem Sofa. Ich hatte sie nicht einmal nach Hause kommen gehört. Nun saß ich an Loris Küchentisch, frisch geduscht, mit einer Bluse mit U-Boot-Ausschnitt und einem weiten Sommerrock bekleidet, und mit einem Becher voll dampfendem Pfefferminztee in der Hand. Ihre winzige Küche war nur durch eine niedrige Theke vom Wohnzimmer getrennt, auf der mit Körnern und Bohnen gefüllte Glasbehälter aufgereiht standen. Draußen hing noch der morgendliche Dunst über der Stadt, und wir hatten zwar den Holzofen angezündet, doch die Wärme hatte sich noch nicht überall im Haus ausgebreitet.

»Ich habe doch gesagt, dass ich in Indien bei einer Ärztin in Behandlung war. Erst vor ein paar Wochen hat sie gesagt, alles sei in Ordnung.«

»Klar.« Nach Loris Tonfall zu schließen, hätte ich ihr ebenso gut erzählen können, dass ich mich auf Glückskeks-Zettel-Sprüche verließ. Sie gab Salz und Pfeffer in die Schüssel, goss einen Schuss Milch hinein und begann, die Masse mit den Eiern zu schlagen. Dann gab sie ein Stück Butter in eine Gusspfanne und verteilte es mit dem Pfannenwender, während es schmolz. »Nimmst du wenigstens Vitamine?«

»Jeden Tag.« *Fast.*

Lori ließ die Eier in die Pfanne gleiten, ehe sie eine Flasche vom Kühlschrank holte und mir reichte. »Die hier habe ich für dich besorgt. Nahrungsergänzung auf rein natürlicher Basis.« Mit einem langen Brotmesser schnitt sie zwei Scheiben Weizenvollkornbrot ab und gab sie in den Toaster. »Und zählst du die Tritte?«

»Das Baby tritt die ganze Zeit.« Apropos – irgendwo hatte ich allerdings gelesen, dass man die Tritte zählen sollte. Ich legte die Hand auf meinen Bauch und spürte ein beruhigendes *Bumm.*

»Und übst du jeden Morgen mit deinen Plastik-Konen?« Sie rührte die Eimasse in der Pfanne.

»*Womit?*«

»Du solltest mindestens hundertmal am Tag deine Vaginalmuskeln an- und entspannen, um sie auf die Geburt vorzubereiten.«

Klar. Meine *Vaginalmuskeln.* Ich *wusste* doch, dass es da noch etwas gab, was ich unbedingt tun musste, während ich auf diesen Berg im Himalaya stieg. Der Toast sprang hoch. Ich sah zu, wie Lori die Scheiben mit Butter bestrich, auf einen sonnengelben Teller legte und die Eiermasse daneben häufte. Mein Jetlag-gebeutelter Körper hatte keine Ahnung, wie spät es war. Wollte ich Frühstück oder lieber Abendessen? Was ich eigentlich wollte, war Chai. Keines von Loris koffeinfreien Gebräuen, sondern einen richtigen indischen Tee, über einem Holzfeuer zubereitet, so dass er nach Rauch schmeckte, mit viel zu viel Zucker. Ich wollte fluffige weiße Idli mit würziger Sambar-Sauce, sauren Joghurt, etwas überfermentiert, so dass er leichte Blasen warf. »Weißt du, eigentlich habe ich gar keinen Hunger. Wieso isst du das nicht?«

»Du brauchst Proteine.« Lori stellte den Teller vor mir auf den Tisch und setzte sich gegenüber von mir. »Keine Widerrede. Iss einfach.«

Der Warteraum im UCSF Women's Health Center war freundlich und sonnendurchflutet. Außer mir warteten drei oder vier weitere Frauen, die meisten älter als ich und alle in unterschiedlichen Stadien der Schwangerschaft. Ich saß auf einem gepolsterten Stuhl und füllte den Papierkram für neue Patienten auf einem Klemmbrett aus. Bei der Zeile »Vater des Babys« zögerte ich, ehe ich Matts Namen hineinschrieb. Dann versuchte ich, ihn durchzustreichen, aber der Name schimmerte immer noch durch. Ich zerknüllte die Seite und bat um ein neues Formular. Diesmal ließ ich das Feld leer.

Als ich fertig war, reichte ich meine Krankenakte aus Dr. Raos Praxis der Sprechstundenhilfe, einer schlanken, jungen Asiatin mit einem goldenen Stecker in der Nase und einem Namensschild an der Brust, das mir verriet, dass sie Amber hieß. Die Unterlagen von Dr. Rao waren leicht zerknittert, weil ich sie im Rucksack herumgetragen hatte, außerdem hatte ich ayurvedisches Öl und Chai draufgekleckert. Sie rochen irgendwie nach Indien, eine Mischung aus Kuhdung und Kardamom. Amber las sie durch, während sie die Seiten glatt strich.

»Indien, hm?« Sie schob sie in einen Aktendeckel und versah ihn mit einem Computeraufkleber, auf dem mein Name stand. »Haben Sie Yoga gemacht?«

Ja, was hatte ich dort eigentlich gemacht? Ich zögerte kurz, dann nickte ich. »Ja.«

»Ich mache Hot Yoga«, erklärte sie. »Bikram. Aber nach Indien bringen mich keine zehn Pferde. Ich gehe immer ins JCC.«

Ich trat in eine Kabine und zog ein Papiernachthemd über. Eine Schwester maß meinen Blutdruck und wog mich, ehe sie verschwand. Ich nahm eine Ausgabe von *Parenting Now* von einem Beistelltisch und überflog einen Artikel mit dem Titel »So wird Ihr Ungeborenes schlauer: Legen Sie sich Kopfhörer auf den Bauch und spielen Sie dem Baby Mozart vor. Essen Sie jeden Tag Leinsamen – er enthält Omega-3-Fettsäuren, die für die Entwicklung des Gehirns absolut wichtig sind.« Okay, na schön, ein Superhirn war nicht alles. Ich legte die Zeitschrift beiseite und begann, in einer *People*-Ausgabe zu blättern. Tom und Katie, Jen und Vince, Brad und Angelina ... Es dauerte eine Weile, bis mir wieder einfiel, wer diese Leute waren und weshalb mich die Geschichten über sie interessieren sollten. Aber es war irgendwie beruhigend, dass ihr Leben ebenso im Chaos zu versinken schien wie mein eigenes.

Schließlich erschien die Ärztin, eine streng dreinblickende, grauhaarige Frau, die meinte, ich könnte Dr. Pat zu ihr sagen. »Sie haben großes Glück gehabt«, sagte sie stirnrunzelnd, als ich ihr von meiner Reise erzählte. Sie quetschte mich über meine Ernährung aus und meinte, sie würde mich gern mit ein paar

Pfund mehr auf den Rippen sehen. Dann tastete sie meinen Bauch ab und erklärte, das Baby liege mit dem Kopf bereits nach unten.

»Wollen Sie wissen, ob es ein Mädchen oder ein Junge wird?«, fragte sie schließlich, als sie mit dem Ultraschallstab über meine Bauchdecke fuhr.

»Das weiß ich bereits.«

»Mmm. Dann kann ich Ihnen nur noch verraten, dass Ihr Baby kerngesund aussieht.« Mit gerunzelter Stirn blickte sie auf den Bildschirm. »Allerdings würde ich gern noch einen Blick auf Ihren Gebärmutterhals werfen.«

Dr. Pat streifte Latexhandschuhe über und führte das Plastikspekulum ein. Schließlich zog sie ihre Hand zurück und streifte die Handschuhe wieder ab.

»Wenn Sie hier rausgehen«, sagte sie, »fahren Sie auf der Stelle nach Hause und legen sich hin. Und stehen Sie erst wieder auf, wenn das Baby auf der Welt ist.«

Um Yoga zu machen, sollte man an einen einsamen Ort gehen, Kusha-Gras auf den Boden legen und es mit einem Rehfell oder einem weichen Tuch bedecken. Der Sitz sollte weder zu hoch noch zu tief sein und an einem heiligen Ort liegen. Der Yogi sollte sehr fest darauf sitzen und sich im Yoga üben, indem er den Geist und die Sinne beherrscht, das Herz reinigt und den Geist auf einen Punkt fixiert.

Bhagavad Gita, ca. 300 v.Chr.

Kapitel vierundzwanzig

»Löst sich auf?« Ishtar saß im Schneidersitz am Fußende meines Bettes. Ihr Goldschmuck klirrte leise. »Was zum Teufel soll das denn bedeuten?«

»Das bedeutet, dass die Zervix durch das Gewicht des Babys, das darauf drückt, langsam kürzer wird und sich auflöst. Normalerweise passiert das erst während der Geburt.« Ich lag voll bekleidet auf dem Bett und hatte meine hellblaue Flanelltagesdecke fest um mich gewickelt. Mein Untermieter, Hank, hatte mein Bettzeug benutzt. Zwar hatte er versichert, er habe alles frisch gewaschen, trotzdem hing noch immer der leicht würzige Geruch der Marihuana-Pflanze darin, die in der Zimmerecke gestanden hatte. Der Geruch gab mir das Gefühl, ein Eindringling in meinem eigenen Reich zu sein, als hätte Hank wie ein Kater sein Territorium markiert, ehe er weiterzog. »Das Problem ist nur, dass das Baby erst in zwei Monaten zur Welt kommen soll.«

»Moment, Moment, noch mal ein paar Schritte zurück.« Ernie stand mit einem Stapel Papier in der Hand im Türrahmen. »Was ist noch mal die Zervix?«

»Die Zervix ist die Öffnung der Gebärmutter. Sie ist –« Ich unterbrach mich. Den weiblichen Fortpflanzungsapparat einem Mönch im Ruhestand zu erklären … dazu konnte ich mich im Moment nicht durchringen.

»Wenn du mit in unser Büro kommen willst, zeige ich dir gern meine«, erbot sich Ishtar bereitwillig.

»Nein danke.« Ernie, der an Ishtars Gerede gewöhnt war, nahm es kaum zur Kenntnis, sondern wedelte nur mit seinen Unterlagen. »In einer Viertelstunde kommt ein Kunde vorbei.«

»Oh Mann, meiner in einer Stunde.« Während meiner Abwesenheit hatten die beiden angefangen, sich ein winziges Büro zu teilen, ein umgebautes Kabuff unter der Treppe, das ursprünglich als begehbarer Kleiderschrank gedient hatte. Er nutzte es für seine Versicherungsberatungen, sie für Tantra-Sessions. »Sieh zu, dass du deine Unterlagen mitnimmst, wenn du fertig bist. Es ist ziemlich irritierend für meine Kunden, wenn überall Versicherungsunterlagen herumliegen.«

»Nicht so irritierend wie für meine, wenn überall Strings herumliegen.«

»Ich bitte dich. Es gibt schlimmere Mittel und Wege, Lebensversicherungen zu verkaufen.« Ishtar wandte sich wieder mir zu. »Aber im Ernst. Wie schlimm ist es?«

»Offenbar ist die Zervix nur wenig verkürzt. Die Ärztin meinte, solange ich die meiste Zeit liege, sollte nichts passieren. Sie will nur nicht, dass das Gewicht des Babys den Muttermund zusätzlich belastet. Sonst könnte es zu einer Frühgeburt kommen.« Ich hatte den Begriff, den Dr. Pat verwendet hatte, noch niemandem gegenüber erwähnt. *Zervixinsuffizienz.* Das Wort traf mich: noch etwas, worin ich versagte. Ich hatte die Erleuchtung nicht gefunden, mein Buch war eine einzige Katastrophe, meine Beziehung ein Scherbenhaufen. Und jetzt taugte noch nicht einmal meine Gebärmutterschleimhaut etwas.

»Dann war es wohl ganz richtig, dass du nach Hause gekommen bist«, stellte Ernie fest.

Nach Hause. Ich sah mich um. Der Großteil meiner Habseligkeiten befand sich noch in Kartons. Das Zimmer war leer, bis auf das Bett, das leere Bücherregal und den behelfsmäßigen Schreibtisch. Obwohl ich bereits seit fünf Jahren hier wohnte, hatte ich nie die Energie aufgebracht, es zu streichen oder hübsch zu gestalten. Dieses Zimmer war für mich stets nur eine Übergangslösung gewesen, ein Ort, an dem ich mich kurz aufhielt und meine Batterien auflud, immer eine glorreiche Zukunft vor Augen. Doch fünf Jahre später war von glorreich keine Rede mehr. Als ich mein Zimmer nun betrachtete, sah ich Wände, die zerschrammt und fleckig aussahen, schäbige Jalousien, die sich nicht vollständig öffnen ließen, und eine mit Kaffee- und Tintenflecken übersäte Tagesdecke. Es war das Zimmer eines Menschen, der Angst hat, Wurzeln zu schlagen, weil er fürchtet, gleich wieder herausgerissen zu werden.

Ich schloss die Augen und kämpfte meine Angst nieder. Was wäre gewesen, wenn Maitri Ma mich nicht nach Hause geschickt hätte? Welches Risiko war ich für mein Baby eingegangen, indem ich im Himalaya nach der Erleuchtung gesucht hatte? Ich hatte den Begriff *Auflösen* im Online-Wörterbuch nachgeschlagen, gleich nachdem ich von Dr. Pat nach Hause gekommen war. »Entfernen oder unkenntlich machen, indem die Oberfläche abgetragen wird«, hatte dort gestanden. Und: verschwinden lassen. Genau so fühlte ich mich: als hätte sich meine eigene Oberfläche fast vollständig aufgelöst. Als sei mein Selbst ebenso wie meine Gebärmutterschleimhaut so dünn, dass es keinen Schutz mehr hatte.

Ich schlug die Augen auf. Hinter Ernie konnte ich durchs Fenster ein Stück grauen Himmel und das Dach des Hauses gegenüber erkennen. Eine Taube landete auf dem Fensterbrett und flog sofort wieder weiter. »*Bin* ich denn wirklich zu Hause?«, fragte ich.

Den Großteil meiner ersten Woche im Bett verschlief ich – als hätte ich seit Monaten auf die Erlaubnis gewartet, mich ausruhen zu dürfen.

Ich rollte mich wie ein Fötus auf der linken Seite zusammen, weil die Ärztin gemeint hatte, auf diese Weise sei die optimale Blutversorgung für das Baby gewährleistet. Immer wieder driftete ich in wirre Träume.

Ich bin wieder in Indien und will einen Zug erwischen, der mich in einen Ashram bringt. Aber als ich versuche, den Fahrplan zu lesen, lösen sich die Buchstaben auf, und das Papier zerfällt zu Asche in meiner Hand. Ich sehe auf und stelle fest, dass sämtliche Züge losgefahren sind und ich allein auf dem Bahnsteig stehe.

Statt eines Babys habe ich einen Wurf deutscher Schäferhunde zur Welt gebracht, die ich allesamt Matt getauft habe. Sie entwischen mir, und ich renne aus dem Haus, um sie zu suchen. Ich laufe die Straße auf und ab und rufe ständig: »Matt, Matt, Matt.« »Du musst ihnen andere Namen geben«, sagt Lori zu mir, »sonst kommen sie nie mehr nach Hause.«

Dann bin ich beim Begräbnis meiner Mutter, die aber gar nicht tot ist. Als ihr Sarg in die Grube gelassen wird, ruft sie mich auf dem Handy an. »Lass mich raus. Ich will so gern Großmutter sein«, sagt sie.

Ich stand nur auf, um zu duschen, zur Toilette zu gehen oder um mir etwas zu essen in der Mikrowelle warmzumachen. Wann immer ich zufällig gerade wach war, aß ich etwas: um Mitternacht Loris Kürbiseintopf; ganz früh am Morgen Ernies Reste vom Chinesen; Ishtars Salatkreation aus Algen und Sonnenblumenkeimen als Nachmittagssnack. Ich fühlte mich, als würde ich unter Wasser schweben. Als wäre ich in einem Aquarium und die Welt zöge fast bis zur Unkenntlichkeit verzerrt an mir vorbei.

Meine Suche nach der Erleuchtung war beendet. Ich hatte jede Hoffnung auf spirituelle Erweckung aufgegeben. Und wie ich hier so in meinem Bett lag – ohne etwas zu tun und ohne den Zwang, jemand werden zu müssen –, stellte ich zu meiner Überraschung fest, was für eine Erleichterung es war.

»Als Erstes müssen wir die Wände streichen.« Lori stand mit in die Hüften gestemmten Händen da und sah sich um. »Ein hübsches Hellgelb oder so etwas. Und dann bringe ich ein paar Bilder mit. Du kannst nicht rund um die Uhr hier liegen und diese kahlen Wände anstarren.«

»Ich weiß nicht. Mich stört das nicht.« Manchmal hatte Loris Entschlossenheit die gegenteilige Wirkung auf mich, die sie haben sollte. Ich hatte Lust, mich zu streiten, obwohl ich in Wahrheit ihrer Meinung war. Vermutlich freute sie sich darüber, dass ich das Bett hüten musste, weil es ihr die Gelegenheit gab, ungehindert mein Leben umzumodeln.

»Und ein paar hübsche Vorhänge würden bestimmt auch nicht schaden«, fuhr sie fort, öffnete meine Schranktür und betrachtete die aufgestapelten Kartons. »Und die hier müssen wir unbedingt auspacken.«

»Ich weiß nicht einmal mehr, was da drin ist.« Alle meine Habseligkeiten hatten sich so wichtig angefühlt, als ich sie eingepackt hatte. Ich hatte mich nicht durchringen können, etwas davon wegzuwerfen. Nun könnte ich den ganzen Haufen ungeöffnet in die Bucht kippen, ohne etwas zu vermissen.

»Tja, zum Glück habe ich überall Aufkleber draufgeklebt.« Lori zog ein Schweizer Armeemesser aus ihrer Jeanstasche, klappte es auf und begann, den Klebestreifen der ersten Schachtel aufzuschneiden. »In der hier sind alle deine Yoga-Sachen. Die wirst du brauchen, wenn du regenerative Übungen im Bett machst. Wir müssen dafür sorgen, dass dein Kreislauf in Schwung bleibt und deine Muskeln nicht verkümmern.«

»Klar.«

»Und wir müssen sehen, dass dir nicht langweilig wird. Hier ist eine Liste mit Ideen, die ich bei *Mami-muss-liegen.com* gefunden habe.« Sie reichte mir ein Blatt Papier. »Stellen Sie Baby-Listen zusammen. Eine Namensliste sollte darunter sein und eine mit all den Dingen, die Sie brauchen werden – Babykleider, Möbel, Wickelutensilien«, las ich laut. »Kleben Sie Fotos in Alben ein, entrümpeln Sie Ihre Socken- oder Krimskramsschublade, schreiben Sie Briefe und lesen Sie!«

»Ich könnte dir auch Stricken beibringen, dann kannst du eine Babydecke stricken«, schlug Lori vor.

»Lori, meine Gebärmutterschleimhaut löst sich auf. Das heißt nicht, dass ich unter einer völligen Persönlichkeitsveränderung leide.«

»Und natürlich kannst du dich jetzt voll und ganz auf dein Buch konzentrieren.« Sie stapelte meine Yoga-Sachen ordentlich neben dem Bett auf – ein Nackenkissen, eine Yoga-Matte, einen Gurt mit Metallschließe, diverse Augenmasken. »So, jetzt ist alles griffbereit.« Sie wandte sich wieder dem Kleiderschrank zu und runzelte die Stirn. »Jetzt müssen wir nur noch etwas zum Anziehen für dich finden. Natürlich passt dir nichts mehr von deinen alten Sachen. Aber ich glaube, im Secondhand-Laden drüben auf der Geary gibt es eine halbwegs brauchbare Umstandsabteilung.«

»Ich liege doch sowieso den ganzen Tag im Bett. Wieso spielt es eine Rolle, was ich anhabe? Ich kann doch ein T-Shirt und eine alte Jogginghose mit durchtrenntem Gummizug tragen.«

»Nein, nein, nein!« Lori schlitzte einen weiteren Karton auf. »Genau so was treibt Frauen, denen Bettruhe verordnet wurde, vollends in den Wahnsinn. Du solltest dir jeden Tag etwas Hübsches anziehen und dich nett zurechtmachen, so als würdest du zur Arbeit gehen.«

»Ich bin Autorin«, erklärte ich verärgert. »Ein T-Shirt und eine ausgeleierte Jogginghose *sind* mein Arbeitsoutfit.«

Nach anderthalb Wochen behagte es mir gar nicht mehr, ans Bett gebunden zu sein. Meine Muskeln waren verkrampft, meinem Rücken bekam das Liegen auf dem alten Futon nicht. Es roch nach Käsefüßen und alten Socken. Ich vermied es, meinen Mail-Posteingang zu öffnen, aus Angst vor Maxines Flut an Nachrichten. Sie glaubte, ich sei noch immer in Gangotri und würde mit dem Foto eines weiblichen Gurus in einer Höhle nach Hause kommen. Ich konsultierte noch einmal die Liste von *Mami-muss-liegen.com.* »Entwerfen Sie Ihre eigenen Geburtsanzeigen für das Baby! Laden Sie Leute zu sich nach Hause ein!« Ich zerknüllte die Liste und warf sie in den Papierkorb. *Leute, ihr haltet mich für eine Frau, deren Zervix nicht versagt. Irrtum!*

»Hey, sieh dir das mal an!« Lori hielt eine Taschenbuchausgabe von *Indien – eine Reise ins Unbekannte* in die Höhe. »In diesem Karton sind alle deine spirituellen Bücher. Wir können sie neben dein Bett stellen. Vielleicht baut dich das ein wenig auf.« Sie nahm sie aus der Schachtel, las jeden Titel laut vor. »*Entdecke den Buddha in dir; Frieden leben, Yoga leben; Yoga und Buddha – Körper und Seele; Entspannen und neue Energie tanken.*«

Mit jedem Titel wurde ich nur noch deprimierter, als wachse der Berg meiner nicht erreichten Ideale immer weiter an. »Wieso bringst du sie nicht zu Bookends und tauschst sie gegen etwas Sinnvolles ein. Du weißt schon – *Rendezvous trotz Bettruhe* oder *So scheffeln Sie ein Vermögen im Schlaf?*«

»Und sieh mal hier! Hier ist ein Kleiderkatalog – alles nach den Vorgaben der Bhagavad Gita gefertigt.« Sie blätterte darin. »Meinst du, wir sollten dir eine dieser tollen Karma-Capris bestellen?«

»Karma-Capris!«, drang eine Stimme aus dem Korridor herein. »Wir wussten doch, dass es einen Grund gibt, weshalb wir nach Amerika zurückgekommen sind!« Eine vertraute Gestalt erschien im Türrahmen – noch immer barfuß, noch immer mit Dreadlocks, noch immer mit einem braunen Tuch über dem Lungi. Auf dem Arm hatte er einen riesigen violetten Tyrannosaurus, den er mir hinstreckte. »Hier, den haben wir am Flughafen fürs Baby gekauft.«

»Devi Das!« Ich machte Anstalten, mich aufzurichten, besann mich jedoch eines Besseren und ließ mich aufs Bett zurückfallen. Ich war außer mir vor Freude. »Was tust du denn hier? Hat Maitri Ma dich auch an die Luft gesetzt?«

»Wir haben uns selbst an die Luft gesetzt.« Er ließ den Dinosaurier auf mein Bett fallen und schloss mich in eine knochige Umarmung, so dass mir sein Geruch, eine Mischung aus Umkleidekabine und indischem Restaurant, in die Nase stieg.

»Aber warum? War sie nicht das Wahre?«

»Oh, sie war durchaus das Wahre.« Er setzte sich aufs Bett und faltete seine nackten, schmutzigen Füße in einen vollen Lotussitz. »Sie war alles, was alle über sie sagen, und mehr noch. Wir wünschten so sehr, du hättest bei uns bleiben können.«

»Tja, nur gut, dass sie es nicht getan hat«, blaffte Lori und streckte ihm die Hand hin. »Hi, ich bin Lori. Und zu deiner Information: Amanda muss strikte Bettruhe einhalten. Sie läuft sonst Gefahr, frühzeitige Wehen zu bekommen. Auf dem Boden einer Höhle in über dreitausend Metern Höhe zu schlafen, ist nicht unbedingt etwas, was ein Arzt verordnen würde. Was um alles in der Welt hast du dir dabei gedacht, sie dort hinaufzuschleppen?«

»Er hat mich nicht hinaufgeschleppt. Ich wollte es selber. Und ich würde es immer noch gern tun.« Ich nahm den Dinosaurier und drückte ihn an meine Brust, als sei er ein Abgesandter von Maitri Ma höchstpersönlich. »Devi Das, wie *war* es? Was habt ihr *getan?*«

»Eigentlich haben wir *überhaupt nichts getan.* Wir meinen, klar, wir haben ein bisschen meditiert. Wir haben in der Höhle geschlafen, während sie die ganze Nacht gesungen hat. Wir haben Frühstück, Mittag- und Abendessen gemacht – Linsen, Reis und ein bisschen von Siddharthas getrockneten Chilis. Wir haben ihr geholfen, Feuerholz im Wald zu sammeln. Aber im Grunde – nun ja, es ist schwer zu beschreiben – haben wir überhaupt nichts getan. Wir sind nur in diesem unglaublichen Zustand des… Nichtstuns verharrt. Als hätte sich ein Knoten in unserem Innern gelöst. Wir hatten das Gefühl, als kämen wir nach Hause. Wir hatten das Gefühl, als könnten wir für immer dort bleiben.«

»Und wieso hast du es dann nicht getan?«, fragte Lori spitz.

Devi Das zuckte die Achseln. »Eines Morgens sind wir aufgewacht und wussten, dass wir nicht länger bleiben sollten. Und wir wussten, dass wir stattdessen hier sein sollten. Es war wie das Wissen, dass die Sonne warm und der Schnee kalt ist. Es war nicht nur ein Gedanke, sondern unser ganzer Körper wusste es. Selbst unsere *Zehen.*« Er krümmte seine behaarten, schwieligen Zehen.

Dann strahlte er mich an. »Uns ist etwas klar geworden. Erleuchtung? Hey, die können wir jederzeit finden. Sie ist immer da, wird gesagt. Aber Amanda? Sie ist etwas ganz Besonderes.«

Er griff in seine Tasche und zog ein zerknittertes Stück Papier heraus, das er mir reichte. »Bevor wir uns auf den Weg machten, haben wir Maitri Ma gefragt, ob sie irgendeine Botschaft für dich hätte. Das hier hat sie uns gegeben.«

Ich betrachtete den Zettel, auf dem mit blauen Buchstaben gedruckt stand: »Salz ins Wasser geben und zum Kochen bringen.«

»Auf der anderen Seite. Entschuldigung. Wir hatten nichts anderes zum Draufschreiben als die Kochanleitung für Siddharthas Nudelsuppe.«

Ich drehte den Zettel um. Die Botschaft war mit Bleistift und mit großer Sorgfalt geschrieben. Die »O«s waren dick und rund, jeder Buchstabe perfekt geformt, jedes »i« mit einem Punkt, jedes »t« mit einem Strich versehen – die Handschrift einer Lehrerin in einer Mädchenschule in Delhi.

Ich habe Heim und Familie verlassen, um den Berg zu erklimmen,
In dieser verschneiten Höhle brennt das Feuer die ganze Nacht,
Lass dich von dem, was in dir wächst, in Stücke reißen,
erst dann wirst du auf dein Herz hören.

»Wir hoffen, es ergibt einen Sinn für dich«, sagte Devi Das.

Ich sah ihn an, unsicher, ob ich lachen oder weinen sollte. »So viel Sinn wie alles andere in meinem Leben, schätze ich.«

Von: Maxine@bigdaybooks.com
An: Amandala@yahoo.com
Betreff: Arbeit und Geburt
Nun ja, ich bin natürlich entzückt, dass du strikte Bettruhe wahren musst – immerhin erreiche ich dich so immer. Jetzt aber mal im Ernst, Amanda! Angesichts des Abgabetermins in nicht einmal vier Monaten passt eine Schwangerschaft im Augenblick überhaupt nicht ins Konzept. Und ich muss dich darauf hinweisen, dass dich die Entbindung nicht von der Pflicht entbindet, dein Manuskript pünktlich abzugeben.

»Ich glaube, ich habe endlich den Schlüssel zu einer erfolgreichen Partnerschaft gefunden.« Meine Mutter machte Tai Chi in meinem Zimmer. Sobald ich mich überwunden hatte, ihr zu sagen, dass ich wieder zu Hause war, hatte sie sich in Hawaii (wohin sie kurz nach ihrer Rückkehr aus Indien mit ihrem Freund gezogen war) in den Flieger gesetzt und war hergekommen. Sie hatte vor, ein paar Wochen zu bleiben – vorgeblich, um mir zu helfen; aber bislang bestand ihre einzige Tätigkeit darin, Sushi zu bestellen, vor dessen Verzehr in meinen Schwangerschaftsbüchern ausdrücklich gewarnt wurde. »Der Mann sollte dich möglichst etwas mehr lieben als umgekehrt. Und er sollte dich niemals ohne Make-up sehen.«

Anmutig ließ sie ihre ausgestreckten Arme schwingen. In Hawaii hatte meine Mutter angefangen, bis zwei Uhr nachmittags nichts als Obst zu essen. Sie war rank und schlank und sah absolut fantastisch aus.

»Ich wünschte, ich könnte auch Tai Chi machen.« Ich ging mit Absicht nicht auf ihren Ratschlag in puncto Männer ein, sondern lenkte das Gespräch in neutralere Gefilde, während ich mich mühsam auf die linke Seite wuchtete. »Mein Rücken bringt mich noch um.«

»Dann tu es doch! Mach Tai Chi! Eine junge Frau kam sogar noch am Tag vor der Geburt in meinen Tai-Chi-Kurs. Und sie bekam noch dazu Zwillinge. Sie hatte eine Wassergeburt mit einem Delfin als Hebamme.«

»Mom. Schon vergessen? Zervixinsuffizienz. Bettruhe? Vorzeitige Wehen?«

»Ach, meine Güte. Diese Ärzte mit ihrer ewigen Angstmache. Die haben doch nur Panik, sie könnten verklagt werden. Wenn du die richtige Einstellung hättest, würdest du jetzt zu Fuß nach Japantown gehen und dir eine Portion Sashimi holen. Aber hör nicht auf mich. Ich bin ja nur deine Mutter.«

Andererseits waren Männer vielleicht doch kein so gefährliches Gesprächsthema. »Und wird dir nicht langweilig, wenn du mit jemandem zusammen bist, nach dem du nicht völlig verrückt bist?«

»Wer hat gesagt, dass ich nicht verrückt nach Pete bin? Ich liebe ihn. Ich denke nur nicht ununterbrochen an ihn. Das ist sehr entspannend. Er geht zur Arbeit, und ich kann zur Kosmetikerin fahren.« Sie stand auf einem Bein und hatte das andere elegant ausgestreckt. »Du bist genauso wie ich früher immer war, Schatz. Du machst alles viel zu kompliziert. Ich schätze, in deinem Alter ist das unvermeidlich. Aber es ist schwer, danebenzustehen und einfach zuzusehen.« Typisch für meine Mutter – sie vollführte die Übungen bereits mit Lässigkeit. Mit der vertrauten Mischung aus Verärgerung und Neid sah ich ihr zu, als wäre sie meine jüngere Schwester, die mich zu überflügeln drohte. Vom Bett aus konnte ich die Falten an ihrem Hals sehen, das feine Netz aus Linien unter ihren Augen – die Großmutter meines Babys.

»Mom. Hast du dir nie gewünscht, du hättest mit meinem Vater Kontakt aufgenommen?« Nun da ich Single und schwanger war, stand es mir vielleicht endlich zu, in die Weisheiten ihres Clubs verlassener Frauen eingeweiht zu werden.

Meine Mutter ließ sich mit dem Oberkörper nach vorn fallen. »Das habe ich doch getan.«

»Wirklich?«

»Anfangs natürlich lange Zeit nicht. Ich war zu stolz, zu verletzt und zu wütend. Aber dann, als du vier Jahre alt warst, habe ich ihn aufgestöbert. Ich habe dich für drei Tage bei den Nachbarn gelassen – erinnerst du dich noch? Sie hatten eine Tochter, mit der du immer gespielt hast – und bin nach Seattle geflogen, um mit ihm zu reden. Ich habe allen erzählt, ich hätte ein Vorstellungsgespräch.«

»Ja, ich erinnere mich.« In Wahrheit beschränkte sich meine Erinnerung auf den Geruch im Haus unserer Nachbarn, eine Mischung aus voller Katzentoilette und Pillsbury-Schnellbackbrötchen. Ihre Tochter war drei Jahre älter als ich und völlig verrückt nach Barbie-Puppen, die ich hasste. Beim Zubettgehen behauptete sie, meine Mutter käme nie wieder nach Hause, deshalb müsste ich für den Rest meines Lebens bei ihr wohnen und jeden Tag Barbie mit ihr spielen. Ich glaubte ihr und weinte mich im rosa Schein ihres Nachtlichts in den Schlaf. »Und was ist passiert?«

Ohne mich anzusehen, bewegte sich meine Mutter weiter, ganz langsam, als befände sie sich unter Wasser. »Ich habe auf einer Bank vor seinem Büro gewartet. In der Mittagspause ist er rausgekommen, und ich habe ihn angesprochen. Er hat mich in ein Taxi gesetzt und ist mit mir in einen anderen Stadtteil zum Mittagessen gefahren. Wollte wohl sichergehen, dass ihn niemand mit mir sah. Ich hatte ein Foto von dir dabei. Du hast darauf diese gelbe Latzhose an und sitzt auf einem Baum. Aber er wollte es sich nicht einmal ansehen. Damals war er ganz frisch mit einer Frau zusammen, die er sehr liebte, und er hatte Angst, dass ich alles kaputt machen würde.«

»Und hast du?«

»Nein. Es stellte sich heraus, dass er bereits einen Vertrag aufgesetzt hatte, in dem stand, dass wir nie Sex gehabt hätten und er deshalb nicht dein Vater sein könnte. Er hat mir eine beachtliche Summe angeboten, wenn ich unterschreibe und verschwinde. Genug, um meine Schulden abzuzahlen und ein neues Leben anzufangen. Genug für den Umzug in eine andere Stadt und um dich in den Kindergarten schicken zu können. Und sogar genug, um studieren zu können, wenn ich es gewollt hätte.«

Sie ließ die Arme sinken und sah mich endlich an. »Ich hätte eine Vaterschaftsklage gegen ihn anstrengen können. Aber was hätte das gebracht? Es hätte sein Leben zerstört und uns nicht geholfen. Ich fand, du solltest lieber gar keinen Vater haben als einen, der dich dafür hasst, dass du seine Träume zerstört hast.«

»Wieso hast du mir all das nie erzählt?«

Sie zuckte die Achseln. »Keine Ahnung. Ich dachte eben, je weniger du von meiner Geschichte weißt, desto besser. Vielleicht würde es dir auf diese Weise erspart bleiben, dasselbe durchmachen zu müssen.« Sie löste die Spange aus ihrem platinblonden Haar und schüttelte es, ehe sie es zu einem Knoten im Nacken zusammennahm und erneut festband. Sie sah auf meinen Bauch. »So viel zur Theorie, was?«

»Wenn es nach uns ginge, würden wir das Goldene nehmen.« Devi Das betrachtete die gelben Farbkleckse, die Ishtar an die Wand gegenüber von meinem Bett gepinselt hatte und deren Namen ahnen ließen, dass sie die Macht besaßen, nicht nur die Farbe meines Zimmers zu verändern, sondern mein ganzes Leben: Sahnefantasien. Butterblumentraum. Brandypfirsich. Drachengold.

»Ganz deiner Meinung. Und für die Vorhänge so etwas hier?« Ishtar hielt ein Stück burgunderfarbener Seide hoch.

»Hmmm ... die Farbe ist perfekt. Aber wir würden eine andere Stoffqualität verwenden, etwas mit mehr Struktur, vielleicht einen hübschen Samt- oder Veloursstoff.«

Nach zwei Wochen auf unserer durchgesessenen Wohnzimmercouch war Devi Das in Ishtars Zimmer gezogen. Ihre Beziehung sei rein platonisch, versicherte er mir, als ich ihn nach den Details ausquetschte. Ich hatte meine Zweifel daran, wie lange dieser Zustand anhalten würde. Ishtar war fähig, sogar in einer Kartoffel fleischliche Gelüste zu wecken. Aber für den Augenblick schienen die beiden eine Menge Spaß miteinander zu haben, auch wenn sie nichts anderes taten, als bis weit nach Mitternacht aufzubleiben und sich zu unterhalten.

Eines Nachts riss mich das Geräusch von Ishtars Tabla aus dem Schlaf. »Jetzt die Hüfte«, hörte ich sie durch die Wand, die ihr Zimmer von meinem trennte, sagen. »Eins, zwei, eins, zwei – und kreisen, kreisen, kreisen. Ja, genau so!« Ishtar brachte Devi Das Bauchtanz bei. Ich musste lachen, als ich mir vorstellte, wie er seine mageren Hüften kreisen und seine Dreadlocks fliegen ließ. Doch dann verspürte ich einen Stich. Nicht dass ich eifersüchtig auf Ishtar gewesen wäre, schließlich hatte ich für Devi Das nie etwas Besonderes empfunden. Aber es war so lange her, dass ich selbst Schmetterlinge im Bauch gehabt hatte; jenes Gefühl, das sich immer dann einstellt, wenn man einen Menschen kennenlernt – wenn man denjenigen an all den Dingen teilhaben lässt, die man liebt, und die ganze Nacht aufbleibt und etwas völlig Verrücktes macht, das man allein nie im Leben versucht hätte.

Die Tage krochen im Schneckentempo dahin, so nervtötend langsam wie ein Vipassana-Retreat. Jeden Tag zog ich meine Indien-Aufzeichnungen heraus und versuchte, mit meinem Buch voranzukommen. Doch sie lasen sich wie eine Aneinanderreihung nichtssagender Notizen eines Traums, an den ich mich nicht mehr erinnern konnte: *Weißes Kalb frisst Kokosnussschale. Bettlerin mit* paan-*verschmiertem Mund. Tasse aus rostfreiem Blech. Morgendlicher Dunst.* Manchmal versuchte ich, in einem meiner Meditationsbücher zu lesen. Aber viel häufiger griff ich nach den billigen Taschenbuchschnulzen, die Ishtar anschleppte: *Die unartige Debütantin. Brautjungfer der Lüste. Geschäftliche Affären. Die rothaarige Geisha.*

Wenn ich keine Lust mehr hatte zu lesen, kaufte ich ein. In einem Online-Store nach dem anderen gab ich Sachen in meinen Einkaufswagen, die ich mir in Wahrheit gar nicht leisten konnte, ehe ich die Seite wieder verließ, ohne etwas zu kaufen: Eine Brustpumpe. Eine Babydecke. Ein Mobile. Eine Wippe. Ein elektrischer Wärmer für Babywischtücher. Ich sah mir zusammenklappbare Kinderwagen an, die sich in Rucksäcke umwandeln ließen, Jogging-Sportwagen mit dicken Stollenrädern und Namen, die ahnen ließen, dass sie sich notfalls auch für den Einmarsch in einen Zwergstaat eigneten. Ich stieß auf eine Windeltasche aus Kunstpelz, die ich in die Oper mitnehmen könnte, eine mit Tarnmuster, die perfekt wäre, wenn ich mit meinem Baby durch feindliches Gebiet robbte.

Als Nächstes loggte ich mich bei Craigslist ein, einer Website für Kleinanzeigen, wo ich zwischen den Rubriken »Baby und Kleinkinder« und »Er sucht Sie« hin und her klickte. *Sexy Italiener sucht Sie für Freitagnachmittagsaffäre. Babybettwäsche im Safarimuster. Verängstigter Intellektueller sucht Philosophin, um sich über Pinguine auszutauschen. Kelty-Sportwagen mit Rucksack-Tragefunktion.* Was würde passieren, wenn all die Typen, die heißen Sex suchten, ein paar Spalten weiter rechts klicken und sich mit den langfristigen Folgen konfrontiert sehen würden – Windeltaschen und Brustpumpen? Und wonach suchte ich eigentlich? *Liebevoller, sexy, spiritueller Yogi mit freiem Extrazimmer und eigenem Verdienst sucht abgebrannte Yogini im achten Monat. Noch nicht abgeschlossene Beziehung mit Ex kein Hindernis. Absolute Bettruhe erwünscht.* Ich seufzte, kehrte wieder zur Babyrubrik zurück und tippte »Wickelkommode« ins Suchfeld.

Nachdem die Farbe in meinem Zimmer getrocknet war, machten Ishtar und Devi Das sich an die Dekoration. Sie befestigten indische Tücher an den Wänden und rollten ein Perser-Imitat auf dem Boden aus. Dann hängten sie burgunderfarbene Veloursvorhänge aus dem Secondhandladen auf eine mit raffinierten Drachenköpfen verzierte Vorhangstange und drapierten ein indisches Seidentuch über meinen Lampenschirm, um dem Raum einen weichen goldenen Schimmer zu verleihen. Als Lori ein Babybett und eine Wickelkommode vorbeibrachte, die sie bei einem privaten Flohmarkt erstanden hatte, schmückten Ishtar und Devi Das auch sie mit Stoffen und Tüchern.

»Hier sieht es nicht wie in einem Kinderzimmer aus«, bemerkte Lori, als sie fertig waren, »sondern wie in einem Puff.«

»Bitte achte darauf, was du sagst«, mahnte meine Mutter, die auf einem Stuhl in der Ecke saß und sich die Fußnägel lackierte. »Wir haben ein Kleinkind unter uns, schon vergessen?«

»Moment, wir sind noch nicht fertig.« Devi Das stellte sich auf mein Bücherregal und befestigte das eine Ende einer Schnur mit tibetanischen Gebetsflaggen an der Vorhangstange und das andere an der Deckenlampe. »So.« Er deutete auf den Buddha auf meinem Altar, den Ishtar mit einer Girlande aus Seidenmohnblumen geschmückt hatte. »Jetzt ist es kein Puff mehr, sondern ein Kloster.«

Ishtar zuckte die Achseln, ließ sich neben mir aufs Bett fallen und streckte ihre langen Beine mit den nackten Füßen und den knallrot lackierten Nägeln aus. »Kinderzimmer, Puff, Kloster. Wo ist da der Unterschied? Sie sind alle Portale zum Göttlichen.«

»Das heißt also, ich hätte nicht unbedingt ins Zen-Zentrum gehen müssen. Ich hätte mich zehn Jahre lang ebenso gut in einem Hurenhaus vergnügen können?« Ernie saß im Schneidersitz auf dem Boden neben Buddha und sortierte irgendwelche Unterlagen. »Wieso hat mir das keiner gesagt, bevor ich mir die Knie mit all den Meditationen ruiniert habe?«

»Kopf hoch«, schaltete sich Devi Das ein. »Bestimmt ruinieren sich auch in Puffs viele Leute die Knie.« Er griff nach Ishtars Fuß und begann, ihn zu massieren.

Lori zog eine Aubergine aus ihrem Rucksack. »Also ich muss sagen, dass das hier für mich göttlich ist.« Sie setzte sich aufs Fußende des Bettes. »Darauf kann man sich nämlich verlassen. Du säst, du gießt, und dann wachsen die Pflanzen.« Sie beugte sich vor und legte die Aubergine in Buddhas Schoß. »Von mir aus können die Leute ruhig an einen Kerl glauben, der vor zweieinhalbtausend Jahren unter einem Baum gesessen hat. Ich für meinen Teil halte mich lieber ans Gemüse.«

»Und hast du dir schon Gedanken darüber gemacht, welchen Namen du dem Baby geben willst?«, erkundigte sich Ernie.

»Ich habe mich noch nicht entschieden. Für mich ist er immer noch eine kleine Nudel.«

»Pass bloß auf«, warnte Lori. »Eine meiner Kundinnen ist Schauspielerin und alleinerziehende Mutter. Sie hat ihr Baby die ganze Schwangerschaft hindurch Oscar genannt, weil sie genau das im Sinn hatte, als sie mit dem Castingagenten geschlafen hatte. Und als der Kleine auf der Welt war, blieb ihm der Name.«

»Er braucht definitiv einen Namen mit einer spirituellen Bedeutung«, erklärte Ishtar. »Zu schade, dass Prana Ma sich geirrt hat und er kein Mädchen wird. Aradhana wäre perfekt gewesen.«

»Nein, kein Sanskrit. Sonst weiß keiner, wie man es schreibt. Ich finde, du solltest etwas nehmen, was mit der Natur zu tun hat«, schaltete sich Lori ein. »River oder Redwood.«

»Ich bitte dich! Der arme Kleine.« Ernie ließ seinen Stift sinken. »Angenommen, er wird Republikaner, wenn er mal groß ist. Oder will Karriere im Investmentbanking machen.«

»Dann kann er seinen Namen immer noch ändern, so wie wir es getan haben«, warf Devi Das ein. »Er kann seine Mutter ins Unglück stürzen, indem er sich Chip nennt und von zu Hause ausreißt, um ein Praktikum bei JP Morgan zu machen.«

Lori nahm das Buch mit den Babynamen vom Boden neben meinem Bett. »Okay, ich lese ihm jetzt ein paar Namen vor. Mal sehen, bei welchem er tritt.« Sie schlug das Buch in der Mitte auf. »Jaspar. Jedediah. Jeremiah. Jerry. Justin.«

»Jerry – das ist ein solider Name«, sagte Ernie. »Damit kannst du nichts verkehrt machen.«

»So hieß Amandas Vater.« Meine Mutter knallte die Nagellackflasche auf den Tisch. »Und glaubt mir, er hat eine Menge verkehrt gemacht.«

»Oh, streicht das bitte. Das ist ja fast so schlimm, als würdest du ihn Matt nennen«, meinte Lori. »Kianu. Kory. Kristopher.«

Aber ich hörte nicht länger zu. Stattdessen dachte ich an einen Traum, den ich vor ein paar Tagen gehabt hatte, der mir jedoch erst jetzt wieder einfiel. Ein Traum, der mit meinem Vater zu tun hatte und der schon mein ganzes Leben lang immer wieder auftauchte:

Ich bin am Flughafen. Eine Stimme dringt aus dem Lautsprecher: »Amanda, bitte zur Gepäckausgabe. Dein Vater wartet dort auf dich.« Ich laufe im Flughafengebäude herum und suche nach der Rolltreppe. Aber wohin ich auch gehe, werde ich von Sicherheitsleuten angehalten, die darauf bestehen, dass ich meine Schuhe ausziehe und durch einen Metalldetektor gehe. »Nein«, sage ich wieder und wieder. »Sie verstehen nicht. Ich will nirgendwo hinfliegen, ich versuche nur, nach Hause zu finden.«

»Lincoln. Larry. Leonard«, fuhr Lori fort, während ich mich im Zimmer umsah. Ishtar hatte die Augen geschlossen und krümmte ihre rot lackierten Zehen in Devi Das' Händen. Ernie kaute auf seinem Stift herum und war viel zu vertieft in seine Unterlagen, um mitzubekommen, dass sich eine lange blaue Tintenspur über seinen kahlen Schädel und seine Wange zog.

Träumte mein Vater jemals von mir, von der Tochter, die er niemals gesehen hatte? Vielleicht nicht. Vielleicht war es möglich, die geheime Kammer in seinem Herzen zu versiegeln, mit einer bombensicheren Metalltür zu versehen und sie nie wieder zu öffnen. Vielleicht war es nach einer Weile so, als hätte die Kammer nie existiert.

Anfang Mai, als ich die dreiunddreißigste Woche erreicht hatte, fuhr Lori mich und Devi Das zur ersten Stunde meines Geburtsvorbereitungskurses – abgesehen von meinen wöchentlichen Besuchen bei der Ärztin die einzige Gelegenheit, bei der ich das Haus verlassen durfte.

Der »Große Erwartungen«-Vorbereitungskurs für das letzte Schwangerschaftsdrittel fand in einem freundlichen, mit weißem Teppichboden ausgelegten Raum im USCF Women's Health Center statt. Lori hatte einen Auftrag und konnte nicht bleiben, also setzte sie uns am Eingang ab und fuhr gleich weiter. »Reserviert aber unbedingt einen Entbindungsraum mit einer Badewanne«, rief sie uns in letzter Sekunde noch zu. »Und findet heraus, wo man eine Geburtsbegleiterin herbekommt!« Devi Das und ich verbrachten versehentlich die ersten fünf Minuten in »Die Menopause – Einsichten in eine neue Lebensphase« und lauschten einem Vortrag über die Vor- und Nachteile der Hormonersatztherapie. Als wir endlich den richtigen Raum gefunden hatten, lagen meine fünf schwangeren Mitschülerinnen bereits in Seitenlage auf Kissen auf dem Boden und übten die richtige Atmung. »Durch die Nase ein- und durch den Mund ausatmen«, erklärte die Kursleiterin, eine Frau mit üppigen Brüsten und Bauch, die wie die personifizierte Fruchtbarkeitsgöttin aussah. »Ooh. Aah. Ooh. Aah.« Die Partner der Schwangeren saßen hinter ihnen und atmeten mit.

Ich hätte nicht viel versäumt, beruhigte mich die Kursleiterin. Doch beim Anblick meiner Mitstreiterinnen wurde ich das Gefühl nicht los, sogar *viel zu spät* gekommen zu sein. Die Mehrzahl von ihnen hatte bereits den Vorbereitungskurs für das erste und zweite Schwangerschaftsdrittel absolviert, ebenso wie Unterweisungen in der Säuglingspflege und – für die Streber – einen Kurs für Säuglingsintensiv-Versorgung. Routiniert warfen sie mit Begriffen um sich, von denen ich keine Ahnung hatte – Schleimpfropf, Kindspech, Pitocin-Infusion. Eine schlanke Blondine in einem Nadelstreifen-Umstandshosenanzug, die sich als Controlling-Leiterin eines Internetanbieters vorstellte, meinte, sie rubble ihre Brustwarzen jeden Tag eine Viertelstunde mit einem rauen Waschlappen ab, um sie auf die Belastung durch das Stillen vorzubereiten. Ich dachte, sie mache Witze, bis ich die anderen Frauen nicken sah. »Und haben Sie und Ihre Partner auch daran gedacht, jeden Abend Ihren Damm zu massieren?«, fragte die Kursleiterin. »Das ist sehr wichtig, wenn Sie einen Dammschnitt verhindern wollen.« Noch mehr enthusiastisches Nicken. Ich vermied es, Devi Das in die Augen zu sehen. Das Einzige, was ich über meinen Damm wusste, war, dass ich ihn mittlerweile nicht einmal mehr *erreichen* konnte.

Die meisten anderen Frauen waren in Begleitung des Kindsvaters gekommen – verwirrt, aber freundlich dreinblickende Kerle, die die Bäuche ihrer Partnerinnen mit wachsamem Stolz beäugten. Bei ihrem Anblick verspürte ich einen sehnsuchtsvollen Stich. Es waren nicht die Männer selbst, die ich toll fand – sie sahen aus, als könnte man sie allesamt getrost vergessen, besonders neben diesen Frauen, die die Aura kerngesunder Fruchtbarkeit verströmten. Nein, wonach ich mich sehnte, war diese ungezwungene, selbstverständliche Partnerschaftlichkeit, diese liebevolle, besitzergreifende Verärgerung der Frauen über ihre ahnungslosen, aber wohlmeinenden Ehemänner. Ich beneidete sogar das lesbische Pärchen, zwei Frauen Anfang vierzig, die während des gesamten Kurses Händchen hielten: Die Schwangere war klein, pummelig und hatte einen langen braunen Zopf, wohingegen ihre grauhaarige Partnerin hochgewachsen und schlank war und ein T-Shirt mit dem Aufdruck »Traditionsehe – Nein danke!« trug. Sie seien mithilfe einer Samenbankspende schwanger geworden, erzählte die Nichtschwangere stolz der Gruppe. Vier Monate hätten sie mit der Suche nach dem passenden anonymen Spender zugebracht, bis sie einen Atomkraftgegner mit einem IQ über 130 gefunden hatten, der in einem feministischen Kollektiv in Ohio aufgewachsen war. Die Gründlichkeit ihrer Recherche erstaunte mich. Im Gegensatz dazu erschien mir meine eigene Schwangerschaft wie das reinste Zufallsprodukt, als wäre mein Baby ein streunendes Katzenkind, das mir nach Hause nachgelaufen war.

All die anderen Frauen schienen ebenfalls jedes Detail geplant zu haben, von den Umstandssportklamotten bis hin zu den CDs, die sie während der Wehen hören wollten. Drei von ihnen hatten ihre Ungeborenen bereits auf die Warteliste für den Kindergarten gesetzt, zwei hatten sich Au-pairs aus Chile und Schweden organisiert. Die Ziegelsteine ihres Lebens waren unverrückbar festzementiert, wohingegen mein eigenes aus Treibholzgut zusammengeschustert war und Gefahr lief, vom kleinsten Windhauch zum Einsturz gebracht zu werden.

»Und jetzt werden wir die Partnermassage üben«, verkündete die Kursleiterin. »Besonders im frühen Wehenstadium kann das eine wunderbare Methode sein, um die Gebärende zu entspannen und abzulenken. Also, meine Damen, wieso legen Sie sich nicht auf die Seite, während Ihr Partner die Hände auf Ihre Schulterblätter legt …«

Einen Moment lang gestattete ich mir den Gedanken: *Was, wenn Matt jetzt die Hände auf meine Schultern legen und meinen Rücken massieren würde. Was, wenn er mit mir atmen würde, durch die Nase ein, durch den Mund aus.*

Ich betrachtete Devi Das, dessen Nasenspitze gerötet und rau war, seine knorrigen, schwieligen Knie unter dem Lungi. Er sah wie ein Geburtspartner aus, den ich auf dem Weg hierher in letzter Sekunde vom Kleiderhaken des Secondhandladens gepflückt hatte.

Er erwiderte mein Lächeln.

»Sollen wir?«, fragte er.

Ich holte tief Luft. »Klar.«

Eines Morgens Mitte Mai rief Tom an und meinte, er würde am Nachmittag auf einen Sprung vorbeisehen.

Ich benutzte seinen Besuch als Ausrede, um mir den ganzen Morgen die Haare zu waschen und zu föhnen, wobei sich Letzteres als großer Fehler erwies – mein Haar bauschte sich wild um meinen Kopf wie ein Löwenzahn, der seine Samen in alle Winde verstreut. Ich probierte ein Umstandskleid an, das Ishtar im Secondhandladen für mich erstanden hatte und das einen Ausschnitt besaß, der mein dank hormoneller Unterstützung pralles Dekolletee zur Geltung brachte. Ich hoffte, dass ich darin ein wenig verwegen und sexy aussah, doch ein Blick in den Spiegel verriet mir, dass ich eher an ein Walross auf dem Weg zum Abschlussball erinnerte. In letzter Sekunde zog ich das Kleid wieder aus und entschied mich für das, was ich meistens anhatte: ein Paar Leggins mit durchtrenntem Gummibund und den langen goldbraunen Umstandspulli, von dem Lori behauptete, er lasse meine Augen wie Topase aussehen. Schließlich wollte ich nichts von Tom, sagte ich mir. Aber ich wollte definitiv, dass *er mich* wollte.

Doch gleich nach den Umarmungen und der Begrüßung erzählte er mir, er habe jemanden kennengelernt. Ihr Name sei

Rebecca. Sie sei ein paar Jahre älter als er und unterrichte Kunst auf einer privaten Highschool nur wenige Meilen von seinem neuen Haus entfernt.

»Wie praktisch«, rief ich fröhlich, während ich innerlich in mir zusammensank. Die ganze Zeit über war Tom mein Ersatzplan für den Notfall gewesen, so wie die Konservendosen und Wasserflaschen, die Ernie im Keller für den Fall lagerte, dass es ein Erdbeben gab. Wir hofften, dass wir sie nie brauchen würden, trotzdem war es beruhigend zu wissen, dass sie da waren. Ich bemühte mich, einen begeisterten Ausdruck auf mein Gesicht zu zaubern. »Dann kann sie ja gleich nach der Arbeit zum Essen zu dir kommen.«

»Na ja, ehrlich gesagt, zieht sie nächsten Monat bei mir ein. Was sich anbietet, weil wir sowieso jeden Abend zusammen sind.«

Einziehen? In unser *Haus?* »Wow! Wie toll!«

»Ja. Es gibt ein Extrazimmer, das sie als Atelier benutzen kann.«

Du meinst, mein Yoga-Studio? »Ja, ich erinnere mich an die Fotos.«

»Ach ja, ich hatte völlig vergessen, dass ich dir ja die Fotos gezeigt habe.« Er zog seinen PalmPilot aus der Tasche. »Willst du auch welche von Rebecca sehen?«

Klar. Und dann hätte ich gern, dass du mir Zahnstocher unter die Fußnägel rammst. »Gern.«

Ich betrachtete das Foto. Rebecca hatte glattes rotes Haar, das ihr bis auf die Schultern reichte, eine durchscheinende Haut, strahlend graue Augen und ein warmes, scheues Lächeln.

»Sieht sie nicht toll aus?«, ereiferte sich Tom.

Ich rief mir ins Gedächtnis, wie unerschütterlich nett er immer zu mir gewesen war. Seine Bereitschaft, mir zu verzeihen, dass ich ihn verlassen hatte, um zu Matt zurückzugehen. *Komm zurück,* hätte ich am liebsten gerufen. *Ich habe einen Fehler ge-*

macht! Ich liebe dich doch! Mach mit Rebecca Schluss! Ich bin diejenige, mit der du zusammen sein solltest!

Ich reichte Tom den Palm zurück. »Sie ist schön«, sagte ich. Und als ich es aussprach, wusste ich, dass ich es auch so meinte. »Ich hoffe, ihr beide werdet glücklich.«

Freunde, ich kenne nichts, was so viel Kummer bereitet wie ein ungezähmtes, unkontrolliertes, unbeachtetes und unbeherrschtes Herz. *Buddha, Dhammapada, ca. 500 v.Chr.*

Kapitel fünfundzwanzig

In der achtunddreißigsten Woche erklärte mir Dr. Pat, meine Bettruhe sei beendet. Das Baby sei voll entwickelt. Es könne jeden Tag zur Welt kommen.

»Wow. Meinen Sie, ich sollte in der Nähe des Krankenhauses bleiben, bis es kommt?« Ich stellte mir vor, wie sich meine Gebärmutter wie eine Geldbörse öffnete und mein Baby herausfiel, während ich gerade auf der Mission Street unterwegs war.

»Nein, keine Sorge. Sie werden ausreichend Warnsignale bekommen, glauben Sie mir. Zählen Sie nur die Kontraktionen, wie man es Ihnen im Geburtsvorbereitungskurs beigebracht hat. Wenn die Wehen im Abstand von zehn bis fünfzehn Minuten einsetzen, kommen Sie einfach her.«

Devi Das saß im Wartezimmer und las einen Artikel zum Thema »Milch abpumpen im Büro« im *Working Mother Magazine.*

Er hätte mich eigentlich in Loris Wagen nach Hause bringen sollen. Doch wir ließen den Wagen in der Parkgarage stehen und machten zur Feier des Tages einen Spaziergang zum Golden Gate Park.

Nach all den Wochen der Bettruhe war es aufregend, die Straße entlangzugehen, selbst wenn mein Gang an eine watschelnde Ente erinnerte. Es war ein schöner Nachmittag Anfang Juni, der Himmel war blau, und eine kühle Brise wehte. Ich trug ein rotes Umstandskleid, das Lori im Secondhandladen für mich ausgesucht hatte, und hatte mir die Beine frisch rasiert. Bei einem Deli an der Ecke kauften wir Tomaten-Käse-Sandwiches, die Devi Das in seinem Stoffbeutel verstaute, und gingen weiter durch den Park zum Stow Lake. Ich bemerkte erst, wohin ich Devi Das führte, als wir eine Steinbrücke über einen Fluss mit Enten überquerten, deren grüne Köpfe in der Sonne schimmerten. In diesem Moment wurde mir bewusst, welches Ziel ich ansteuerte: die Stelle am Teich, wo Matt und ich vor all den Jahren die Fotos für den Katzenkalender geschossen hatten.

Neben dem Wasserfall ließen wir uns atemlos auf eine Bank sinken. Nach all den Wochen ohne jede körperliche Bewegung hämmerte mein Herz, als hätte ich einen Dauerlauf hinter mir.

»Könnten wir uns kurz dein Telefon ausborgen?«, fragte Devi Das. »Wir möchten Ishtar anrufen und ihr die gute Nachricht überbringen.«

»Kein Problem.« Ich reichte ihm das Telefon, lehnte mich zurück und sah den Enten beim Tauchen zu, wie sie ihre Schwänze in die Höhe reckten. Ein paar Teenager glitten mit platschenden Rudern in einem flachen Boot über den Teich. *Ich stand auf dem Kies neben dem Wasserfall und hatte mich in eine Rückwärtsbeuge begeben. Matt kniete im Gras, die Kamera auf mich gerichtet. Sein Körper war damals noch ein Geheimnis für mich. Etwas bahnte sich zwischen uns an, strahlend hell, voller Verheißung.* Es hätte ebenso gut eine Erinnerung aus einem vergangenen Leben sein können. *Ich war Königin im alten Ägypten. Ich war eine von Jesus' Jüngern.* Ich fragte mich, ob Bigfoot noch hier lebte. Nein, wahrscheinlich war er längst tot. Ich hoffte nur, dass er glücklich gestorben war, mit einem Bauch voller Mäuse.

Ich sah aufs Wasser hinaus und erkannte die Fenster der oberen Stockwerke des UCSF Medical Center in der Ferne, wo ich bald mein Baby zur Welt bringen würde. Was für eine Ironie, dass ich im wahrsten Sinne des Wortes hier, wo meine Beziehung mit Matt begonnen hatte, den Ort hatte sehen können, an den sie mich letzten Endes führen würde.

Devi Das beendete das Gespräch und sah mich an. »Worüber denkst du nach?«

Ich setzte mich auf und legte eine Hand auf meinen Bauch. »Ich habe nur gerade gehofft, dass mein Kind eines Tages nicht dieselben Probleme mit seinem Liebesleben haben wird wie ich.«

Devi Das griff in seinen Beutel und zog die Sandwiches heraus. »Vor langer Zeit haben wir eine Geschichte gehört, wie die Ureinwohner Südamerikas Hanf angebaut haben, um Seile daraus herzustellen.« Er wickelte die Sandwiches aus und reichte mir eines. »Sie bauten den Hanf an sehr felsigen Hängen an, wo die Ernte nicht sonderlich üppig ausfiel, dafür war der Hanf unfassbar stark und stabil. Dann kamen die Spanier und bestimmten, es sei viel effizienter, all die Steine von den Feldern zu entfernen, damit sie mehr anbauen konnten.« Er nahm einen Bissen und kaute, wobei ihm ein Stück Salat aus dem Mundwinkel hing. »Sie ernteten mehr Hanf, so viel steht fest. Aber soll ich dir etwas verraten? Er war nutzlos. Es stellte sich heraus, dass er so kräftig war, weil er überall um diese Steine herum hatte wachsen können.«

Ich nahm einen Bissen von meinem Sandwich, schmeckte die Schärfe des Senfs, die Fruchtigkeit der Tomaten auf der Zunge. Je näher die Entbindung rückte, umso schärfer wurden meine Sinne. Das Sandwich besaß eine geradezu psychedelische Geschmacksintensität. »Also willst du mir damit sagen, meine Probleme hätten mich stärker gemacht?«

»Stärker. Flexibler. Widerstandsfähiger.«

»Ich weiß nicht so recht. Ich glaube, ich wäre lieber schwächer und glücklich.«

»Ja. Wir wissen genau, was du meinst. Manchmal glauben wir, dass all die schlimmen Dinge, die uns passiert sind, nur eine Strategie des Lebens war, um den Panzer um unser Herz zu zertrümmern. Dann wiederum glauben wir, dieser Panzer um unser Herz wäre gar nicht notwendig gewesen, hätte uns das Leben nicht so mies behandelt.« Er hielt inne und kaute. »Wir hätten uns nie auf unsere spirituelle Reise begeben, wenn unser Bruder nicht gestorben wäre. Und unsere spirituelle Reise ist das Beste, was uns je passiert ist. Trotzdem glauben wir, dass wir niemals einen solchen Verlust gewählt hätten. Oder dass wir ihn jemand anderem gewünscht hätten.«

Schweigend aßen wir unsere Sandwiches auf.

»Macht es dir etwas aus, wenn wir jetzt gehen?«, fragte Devi Das. »Wir haben Ishtar versprochen, uns mit ihr zum Kaffee zu treffen.«

»Geh ruhig. Du kannst den Wagen nehmen. Ich fahre mit dem Bus nach Hause.«

»Bist du sicher? Wir wollen nicht, dass du das Baby auf der 16er-Route bekommst.«

»Keine Sorge. Die Ärztin hat gemeint, ich würde ausreichend Warnungen bekommen.«

Ich sah ihm nach, als er davonging. Er hatte sich ein Gänseblümchen in die Dreadlocks gesteckt, das wie eine Antenne wippte. Doch in San Francisco erntete er damit nicht einmal einen schiefen Blick. Ich rutschte von der Parkbank und setzte mich auf den Rasen neben einer Brombeerhecke, deren weiße Blüten mit den glänzend roten der Gifteiche verschlungen waren. Die Sonne war warm, in der Brise schwang allerdings eine leichte Kühle mit. Ich saß im feuchten Gras, das garantiert Flecken auf meinem Kleid hinterlassen würde. Aber wer würde es schon bemerken?

Gerade als ich eindöste, hörte ich ein flehendes Miauen. Ich schlug die Augen auf und sah eine graue Tigerkatze durchs Gras stapfen. »Bigfoot?« Aber natürlich stellte ich bei genauerem Hinsehen fest, dass er es nicht war. Diese Katze war kleiner und zarter, und die Ohren waren nicht ganz so zerfleddert. Außerdem waren ihre Augen goldfarben und nicht grün. Gierig beäugte sie die Reste meines Sandwichs.

»Hier.« Ich setzte mich auf und hielt ihr ein Stück Käse hin, das sie behutsam von meinen Fingern zupfte. Ich streichelte ihren Kopf und ließ meine Finger über ihren Rücken gleiten. Sie drückte den Kopf gegen meine Handfläche, machte einen Buckel und schnurrte.

»Immer noch ein Katzenmensch, wie ich sehe«, sagte eine Stimme hinter mir.

Ich fuhr herum.

»Ich war bei dir zu Hause, und Ishtar hat gesagt, dass du hier bist. Sie meinte, wenn ich gleich losfahre, erwische ich dich vielleicht noch.« Matt hatte eine Kamera um den Hals. Bis auf das von grauen Strähnen durchzogene Haar sah er aus, als wäre er geradewegs meinen Erinnerungen entstiegen. Doch er blieb ein Stück vor mir stehen und sah mich an, als sei er unsicher, ob ich ihn überhaupt sehen wollte – ein ungewohnter Gesichtsausdruck, als hätte er ihn bei jemandem ausgeborgt. »Ich hoffe, ich habe mit meinem Auftauchen keine vorzeitigen Wehen ausgelöst.«

»Zu spät. Ich bin schon in der achtunddreißigsten Woche.« Meine Stimme klang leicht zittrig. »Du bist nicht gerade früh dran.«

»Autsch. Ich schätze, das habe ich verdient.« Zögernd trat er einen Schritt näher. »Ich hätte ja vorher angerufen, aber ich hatte Angst, du würdest dich weigern, mit mir zu reden.«

»Hätte ich auch nur einen Funken Verstand, würde ich genau das tun.«

Er setzte sich ein Stück von mir entfernt ins Gras, und mir fiel auf, dass er unter seiner Bräune blass war und dunkle Ringe unter den Augen hatte. »Ich bin dir nicht absichtlich aus dem Weg gegangen, sondern erst gestern aus Bangkok zurückgekommen. Sobald ich den Mut aufgebracht habe, bin ich zu dir gefahren. Ich war mir nicht mal sicher, ob du überhaupt noch dort wohnst. Als Nächstes hätte ich deine Mutter angerufen.«

»Keine gute Idee. Erstens ist sie wieder in Hawaii, bis das Baby kommt. Zweitens hätte sie dir wahrscheinlich die Eier abgeschnitten.«

»Da wäre sie nicht die Erste, die das versucht.« Matt sah auf meinen Bauch. »Du siehst… unglaublich gut aus. Wann ist es denn so weit?«

Ich nickte. »Es kann jeden Tag losgehen.«

»Und… wie geht es dir?«

»Jetzt geht es mir gut. Ich habe die letzten beiden Monate im Bett verbracht.«

»Ich weiß. Ishtar hat es mir erzählt. Es tut mir leid, dass ich nicht da war.«

Ich zuckte die Achseln und versuchte, nicht verbittert zu klingen. »Schon gut. Ich kenne es nicht anders.«

Matt legte die Stirn auf die Knie. »Ich schätze, auch das habe ich verdient.«

»Ehrlich gesagt kannst du froh sein, dass ich überhaupt mit dir rede.«

Er sah mich an. »Amanda. Mir fällt keine elegante Möglichkeit ein, dir das zu sagen, also spucke ich es einfach aus. Als wir uns in Indien gesehen haben, habe ich mich wie der letzte Mistkerl benommen. Das weiß ich. Und es tut mir leid. Es ist nur… ich konnte es selber nicht fassen, wie wütend ich war. Als du mir gesagt hast, dass du schwanger bist, war ich stinksauer. Und mit der Wut kam dieses Gefühl… keine Ahnung… als würde ich sterben, wenn ich nicht so schnell wie möglich von dir wegkomme.«

Ich sah zu, wie ein paar Möwen Jagd auf eine Ente im Teich machten und versuchten, ihr ein Stück Brot zu entreißen, das sie im Schnabel hatte. »Weißt du was, Matt? Ich habe im Moment nicht die Kraft, mich mit deinen Ängsten auseinanderzusetzen. Nicht, wo die Wehen jede Sekunde einsetzen können, also schwafel nicht rum. Sieh lieber zu, dass du auf den Punkt kommst.«

»Na ja, ich bin sofort aus Indien weg. Zurück nach Thailand, zum Tauchen. Allein«, fügte er hinzu, als hätte er meine Gedanken gelesen. »Oder zumindest die meiste Zeit. Ich habe versucht, das Ganze aus dem Kopf zu bekommen, indem ich etwas möglichst Aufregendes und potenziell Gefährliches mache. Aber es hat nicht funktioniert. Ich wusste, dass ich etwas tun muss, um wieder auf die Reihe zu kommen. Also bin ich in dieses Kloster in Burma gegangen und habe eine zweimonatige Meditation gemacht.«

»Toll. Deine Freundin ist schwanger? Geh ins Kloster.«

»Diese Wochen waren die reinste Hölle. Den Großteil davon war ich wahnsinnig wütend. Ich habe die Situation wieder und wieder im Geiste durchgekaut, habe versucht, mich in eine Realität zu versetzen, in der das hier« – er zeigte auf meinen Bauch – »nicht passiert. Oder nicht mein Problem ist.« Mittlerweile war die Katze auf seinen Schoß geklettert. Er streichelte ihren Kopf. »Aber als ich endlich lange genug still dasaß, spürte ich, dass unter all der Wut nichts als blanke Angst war. Du weißt ja, wie verkorkst meine Eltern waren. Ich durfte früher nie so richtig Kind sein. Und jetzt sollte ich selbst eines bekommen? Ich hatte Angst, dass ich alles verlieren würde, was ich mir so hart über die Jahre erarbeitet und bewahrt hatte. Meine Unabhängigkeit. Die Möglichkeit, einfach jederzeit zu gehen und alles hinter mir zu lassen.« Er sah mich an. »Die Freiheit, mich nie wieder so sehr an etwas zu binden, dass es mir das Herz bricht, wenn ich es verliere.«

Ich zuckte die Achseln, weigerte mich, mich von seinen Worten einwickeln zu lassen. »Ich schätze, das ist das Tolle daran, der Vater zu sein und nicht die Mutter. Man kann sich aussuchen, ob man dabeibleiben will oder nicht.«

»Na ja, du hattest ebenfalls die Wahl, Amanda.«

Ich schüttelte den Kopf. »Nein, hatte ich nicht. Zumindest nicht ernsthaft. Nicht wenn ich den Rest meines Lebens jeden Tag in den Spiegel sehen können möchte.«

Er beugte sich vor und sah mich eindringlich an. Vor dem Hintergrund des Himmels und des Teichs sah das graue Auge fast grün und das grüne fast grau aus, als vereinten sich die beiden Hälften seines Gesichts zu einem Ganzen. »Genau das sage ich ja, Amanda. Genau das habe ich endlich begriffen. Dass meine wertvolle Freiheit, meine so genannte Unabhängigkeit… völlig bedeutungslos und leer wäre, wenn ich vor dir, vor diesem Baby weglaufen würde.«

Etwas regte sich in meiner Brust. »Was willst du damit sagen?«

Er nahm meine Hand. Es war, als sei mein Herz an eine Steckdose angeschlossen worden. Unwillkürlich erwachte summend etwas in mir zum Leben. »Ich sage dir, dass ich… ich möchte, dass wir wieder zusammenkommen. Ich möchte für dich und das Baby da sein. Ich möchte, dass du uns noch eine Chance gibst.«

»Toll. *Jetzt* kommt er angelaufen.« Mit einer abrupten Bewegung stellte Lori eine Schüssel Guacamole auf den Tisch in meiner Küche. »Tanzt gerade noch rechtzeitig zur Geburt an.« Sie setzte sich gegenüber von mir hin, riss eine Tüte Tortilla-Chips auf und kippte den Inhalt in eine weitere Schüssel. Selbst in Krisenzeiten war Lori kein Mensch, der Chips direkt aus der Tüte aß. »Er ist genauso wie diese Typen, die den ganzen Nachmittag vor der Glotze hocken, während sich ihre Frauen in der Küche totschuften, um alles für die Dinnerparty vorzubereiten. Dann, wenn die Gäste kommen, schmeißen sie ein paar Steaks auf den Grill und lassen sich feiern. Ich hätte gern sein Gesicht gesehen, als du ihm gesagt hast, er soll die Kurve kratzen.«

Sie nahm den Deckel von der Guacamole-Schüssel und sah mich an. »Du hast ihm doch gesagt, er soll die Kurve kratzen, oder?«

Ich nahm einen Chip und tauchte ihn in die Avocadocreme. »Ich habe zu ihm gesagt, ich müsse es mir überlegen.«

»Was gibt es da zu überlegen?« Ishtar ließ sich neben Lori auf den Stuhl fallen. »Er ist dein tantrischer Gefährte. Ganz zu schweigen davon, dass er der Vater deines Babys ist. Das ist unglaublich romantisch!«

»Gefährte! Ich bitte dich!« Lori starrte Ishtar finster an. »Was ist das für ein Gefährte, der sich auf die Nachricht, dass du schwanger bist, nach Thailand zum Tauchen absetzt. Und was tut er, wenn das Baby zur Welt kommt? Zum Kajakfahren nach Alaska reisen?«

Die Guacamole war mit Zitrone und Knoblauch verfeinert. Ich kämpfte den Impuls nieder, mir die Hände auf die Ohren zu legen. *Wir lagen nebeneinander im Gras und redeten, bis Nebel aufzog und mir kalt wurde und ich zu zittern anfing. Matts Arm um meine Schulter, die Wärme seiner Hand, als er auf dem Weg zu seinem Pick-up meine hielt, wie zwei Puzzleteile, die wieder zueinandergefunden haben. »Lust auf einen Happen zu essen?«, fragte er. »Ja«, hätte ich so gern gesagt. »Ja. Und dann möchte ich in deine Wohnung fahren und sie nie wieder verlassen.«* Stattdessen hatte ich all meinen Mut zusammengenommen und ihn gebeten, mich nach Hause zu bringen.

»Tja, technisch gesehen«, schaltete sich Ernie ein, der stirnrunzelnd am Küchentresen gelehnt stand, »kann sie ihm nicht einmal sagen, dass er die Kurve kratzen soll. Rein juristisch ist er der Vater des Kindes und hat damit gewisse Rechte.«

»Rechte gehen aber mit Verantwortung einher«, blaffte Lori. »Mal sehen, wie viel er davon übernehmen will. Ziemlich wenig, vermute ich.«

»Vielleicht hat er sich ja verändert«, erklärte Ishtar verträumt. »So etwas passiert.«

»Nicht sonderlich häufig. Hast du dir schon mal Dr. Phil im Fernsehen angesehen? ›Die beste Methode, um künftiges Verhalten vorauszusehen, ist ein Blick auf früheres Verhalten.‹« Lori wandte sich an Devi Das, der am Herd stand und in einer Pfanne rührte. »Was meinst du, Devi Das?«

Ich sah ihn an. Mein Magen wurde flau. Matt und ich waren auf dem Prüfstand, und dieser wilde Geschworenenhaufen würde über unser Schicksal entscheiden. Ich war mir nicht sicher, ob ich erfahren wollte, wie ihr Urteil lautete.

»Wir glauben, die Auberginen sind fertig.« Devi Das blickte mit gerunzelter Stirn in die Pfanne. »Aber der Brokkoli braucht noch ein paar Minuten.«

»Toll.« Dankbar hievte ich mich hoch. »Dann hole ich die Teller. Ich komme fast um vor Hunger.«

Ich wollte mich nicht mehr über Matt unterhalten und bereute bereits, Lori überhaupt von meiner Begegnung mit ihm erzählt zu haben. Am liebsten hätte ich die Erinnerung an diesen Nachmittag mit in mein Zimmer genommen und sie wieder und wieder angesehen wie einen funkelnden Rubin. Ich wollte sie nicht mit der Lupe eines Juweliers in Augenschein nehmen und herausfinden, ob sie echt oder Betrug war.

Später an diesem Abend lag ich in der einzigen noch halbwegs bequemen Position im Bett: auf der Seite mit zwei Kissen zwischen den Beinen, zwei weiteren im Rücken und zwei unter dem Kopf. Es dauerte geschlagene zehn Minuten, bis ich richtig lag. Dann stand ich auf, um zur Toilette zu gehen, und alles fing von vorn an. Erst als ich wieder bequem lag, gestattete ich mir, mich meinen Fantasien hinzugeben, als wären sie ein Dessert, auf das ich mich schon den ganzen Abend freute.

Du kannst zu mir ziehen, hatte Matt gesagt. *Klar, mein Apartment ist klein, aber wir werden es schon schaffen. Ich reise nicht mehr, sondern besorge mir einen richtigen Job – vielleicht als Fotograf für den* Chronicle. *Oder für einen Kleinverlag. Wenn ich erst einmal richtig verdiene, können wir uns etwas Größeres leisten.*

Ich schloss die Augen und legte die Hände auf meinen Bauch.

Ich, Matt und das Baby, zusammengekuschelt in Matts Hochbett. Anstelle von Matts Schreibtisch stehen eine Wickelkommode und ein Lauflernwagen. Matt kommt nach der Arbeit nach Hause, hebt das Baby hoch und nimmt es auf den Arm. »Schatz! Ich bin zu Hause!« Ich stehe an unserem Herd mit zwei Platten in der Küche und rühre in einem Topf Gemüsesuppe. »Wie war dein Tag im Büro, Schatz?« Das Baby schläft mit einem zufriedenen Gurgeln ein. Matt und ich lieben uns auf dem Teppich.

Die Braut des Fotografen. Die sexy-verwegene Yogini.

Doch unwillkürlich spinnen meine Gedanken die Geschichte weiter. *Das Baby schreit und will nicht einschlafen. Es wird immer später, aber Matt ist immer noch nicht zu Hause. Das Telefon läutet, und als ich rangehe, höre ich ein leises Japsen – das eindeutig von einer Frau stammt –, dann legt sie auf. Endlich kommt Matt nach Hause, er riecht nach Zigarettenrauch und Scotch. Und er entschuldigt sich: Die Ausstellungseröffnung hätte länger gedauert als erwartet, und danach sei er mit dem Inhaber der Galerie noch etwas trinken gegangen. Natürlich verrät er mir den Namen nicht.*

Mein linker Arm schlief ein. Ich hievte mich auf die andere Seite und arrangierte umständlich die Kissen neu. Ich versuchte, mir Matt in einem geregelten Job vorzustellen. Es war, als sehe man ein Rennpferd einen Ochsenkarren ziehen. So sehr ich mich auch bemühte, ich konnte mir beim besten Willen nicht vorstellen, mit Matt zusammenzuleben. Nicht ernsthaft. Das Einzige, was ich mir vorstellen konnte, war die Sehnsucht nach ihm.

Aber er hat sich geändert. Oder er hat zumindest versprochen, sich zu ändern. Und ich werde mich auch ändern. Meine rechte Hüfte tat weh, also drehte ich mich wieder auf die linke Seite. Wollte ich allen Ernstes eine Beziehung darauf aufbauen, dass zwei Menschen einander versprachen, anders zu sein, als sie es bisher waren?

Wollte ich es andererseits nicht einmal versuchen?

Stundenlang wälzte ich mich hin und her. Keine Position war

länger als ein paar Minuten bequem. Irgendwann weit nach Mitternacht fiel ich in unruhigen Schlaf.

Ich liege zusammengerollt neben einem Jaguar auf meinem Bett. Meine Hand ruht unter seiner schweren Pfote. Der Jaguar sagt, dass er mich liebt, aber nicht mit mir zusammen sein kann. »Wieso nicht?«, frage ich schluchzend und vergrabe mein Gesicht in seinem Fell. Er sieht mich mit traurigen Katzenaugen an. »Unsere Beziehung hat funktioniert, als ich ein Welpe war und du ein kleines Mädchen. Aber jetzt, wo wir beide erwachsen sind, geht es nicht mehr. Du bist eine Frau. Und ich eine Wildkatze«, sagt er zu mir. »Bitte«, schluchze ich. »Bitte. Wir schaffen es.« Aber er fährt nur mit seiner heißen rauen Zunge über meine Stirn und springt aus dem Fenster.

Ich schlug die Augen auf und starrte in die Dunkelheit. Das Licht der Straßenlampen drang zwischen den Vorhängen herein und tauchte das Babybett in fahles Licht.

Matts Gesicht war voller Ehrfurcht gewesen, als er die Hand auf meinen Bauch gelegt und das Baby treten gespürt hatte. Tränen hatten in seinen Augen gestanden. Er hatte sich über meinen Bauch gebeugt, ganz dicht, so dass seine Lippen nur wenige Zentimeter vom Stoff meines Kleides entfernt waren. Sein Atem hatte sich heiß angefühlt. »Hey, kleiner Mann«, hatte er geflüstert. »Hier ist dein Daddy.«

Als ich nun in der Dunkelheit dalag, legte ich erneut die Hände auf meinen Bauch, auf dieses pulsierende Leben darin. Und ich weinte und weinte und weinte.

Wieder einmal kam er zu spät. Klar.

Ich saß am Ocean Beach im Sand. Neun Monate – und eine halbe Ewigkeit – nach meiner letzten Begegnung mit Matt an diesem Ort.

Der Juni ist ein traditionell kühler und nebliger Monat in San

Francisco. Doch als wollte mir jemand die Tatsache unter die Nase reiben, dass nichts im Leben vorhersehbar war, herrschte an diesem Tag bestes Wetter. Die Sonne stand am wolkenlosen Himmel. Der Kopf eines Seehunds hüpfte in der glitzernden Brandung auf und ab, ehe er verschwand. Ein Containerschiff tuckerte langsam Richtung Golden Gate Bridge. Zwanzig Meter vor mir buddelten ein Mann mit seinem etwa achtjährigen Sohn mit ihren Schaufeln ein riesiges Loch in den Sand. Schon jetzt war es so tief, dass der Kopf des Mannes kaum mehr zu erkennen war. Sie arbeiteten mit wilder Entschlossenheit – der Mann bellte Befehle, während die Sandhaufen um sie herum wuchsen, als errichteten sie einen Bunker, um die Küste gegen Eindringlinge zu verteidigen, oder ein Zuhause, in dem sie den Rest ihres Lebens zu verbringen gedachten. Als würde das Loch nicht unweigerlich mit Einsetzen der Flut voll Wasser laufen und weggespült werden.

»Tut mir leid, dass ich zu spät komme.« Matt ließ sich neben mir in den Sand fallen, beugte sich herüber und gab mir einen Kuss auf den Mund. »Ich musste noch bei den Leuten von *Salon* vorbeischauen. Sie wollen, dass ich ein Shooting in Sri Lanka mache.«

»Kein Problem. Ich habe die Sonne genossen.« Ich spürte noch den Druck seiner Lippen auf meinen und unterdrückte den Impuls, mich hinüberzubeugen und ihn noch einmal zu küssen. Stattdessen sah ich ihn an und hob eine Braue. »Sri Lanka, hm?«

»Keine Sorge, es geht erst los, wenn das Baby da ist. Und ich werde auch nicht lange bleiben. Nicht länger als drei Wochen, höchstens einen Monat.« Er zog seine Kamera heraus. »Du siehst unglaublich aus. Ich muss das fotografieren.« Er legte sich auf den Bauch im Sand, sah mich durch die Linse an und drückte ab. »Sieh dir das an.« Er zeigte mir die winzige Digitalaufnahme, wobei er die Sonne mit der Hand abschirmte. Die Wölbung meines Bauches füllte den gesamten Bildschirm aus und wiederholte sich im Schwung des Hügels im Hintergrund. Was mir jedoch ins Auge sprang, war der Ausdruck auf meinem Gesicht, als ich in die Kamera blickte – eine Kombination aus Liebe und Argwohn, so als betrachte ich den Jaguar aus meinem Traum und könnte mich nicht entscheiden, ob ich mich in seine Arme werfen oder lieber davonlaufen sollte.

Matt fiel es ebenfalls auf. Er schaltete die Kamera aus und gab den Deckel auf die Linse. »Du wirst nicht bei mir einziehen, stimmt's?«

Ich schüttelte den Kopf und spürte einen Stich in der Herzgegend. »Nein.«

Er wandte den Blick ab. »Damit hatte ich nicht gerechnet.«

Meine Kehle war wie zugeschnürt. Ich schluckte, doch der Kloß blieb. »Es würde nicht funktionieren, Matt. Es würde uns nur beide zerstören, und das kann ich nicht riskieren. Nicht wo es … jemand anderen gibt, an den ich denken muss.«

»Aber genau das *ist* ja der Mensch, an den ich denke. Er braucht –« Er nahm ein Stück Treibholz und zerbrach es. »Amanda, du hattest selber keinen Vater. Und wenn ich überlege, wie wenig Zeit meiner sich für mich genommen hat, hätte ich ebenso gut auch keinen haben können. Ich habe den Großteil meines Lebens versucht, so zu tun, als wäre das nicht wichtig. Als gäbe es diese riesige Lücke in meinem Herzen nicht, die so groß ist wie … wie dieses Loch, das die beiden da drüben graben.« Er nickte zu dem Vater mit seinem Sohn hinüber.

Ich folgte seinem Blick. Der Mann stand am Rand der Grube, lehnte sich auf seine Schaufel und sah hinein. Der Junge stand neben ihm, ebenfalls auf die Schaufel gelehnt, in einer geradezu komischen Imitation der Haltung seines Vaters. »Ich *will* ja, dass du der Vater bist. Ich will, dass du am Leben des Babys teilhast. Ich will nur nicht mehr, dass wir ein Paar sind.«

»Das kommt mir bekannt vor.« Er ließ die Treibholzteile in den Sand fallen. »Dieses Gequatsche von wegen ›Können wir nicht einfach Freunde sein?‹. Ich sollte es wissen, schließlich habe ich selber oft genug diesen Spruch gebracht.«

»Versteh doch. Ich habe in den letzten Monaten versucht, über dich hinwegzukommen, diese riesige Sandgrube zu füllen. Ich will mir keine falschen Hoffnungen mehr machen.«

»Ich weiß. Schätzungsweise habe ich einfach nur gehofft, wir könnten am selben Strand sein, während wir schaufeln.«

»Wir können auch am selben Strand sein«, sagte ich. »Nur eben vielleicht nicht auf derselben Decke sitzen.«

Wir sahen einander an. Ich spürte einen Schluchzer in meiner Kehle aufsteigen. Am liebsten hätte ich die Arme um ihn geworfen und ihn nie wieder losgelassen. Am liebsten hätte ich ihn gepackt und so lange geschüttelt, bis er der Mensch geworden war, den ich mir wünschte. *Atmen. Die Dehnung fühlen. Die Position halten.* Und dann, für den Bruchteil einer Sekunde, sah ich ihn als den Menschen, der er wirklich war: nicht mein Vater. Nicht mein Guru. Nicht der Mensch, der mir meine Einsamkeit nahm, indem er mich liebte. Nicht der Mann, der mir mein Glück nahm, indem er ging. Für den Bruchteil einer Sekunde war er nichts als ein ganz gewöhnlicher Mensch. Wie Lori. Wie Devi Das. Wie Ernie. Wie Ishtar. Wie meine Mutter. Ein komplexes Paket aus Brillanz und Idiotie, aus Stärken und Schwächen. Ein ganz gewöhnlicher Mensch, der allein in der Dunkelheit über den steinigen Pfad taumelt und hofft, dass sich der Mond irgendwann zeigt.

»Du wirst mich nicht so einfach loswerden«, erklärte er. »Ich werde ständig bei dir sein.«

»Prima. Es wird nämlich jede Menge Windeln zu wechseln geben.« In diesem Moment entfuhr mir ein »Uff!« Das Baby hatte sein Köpfchen als Rammbock eingesetzt und drosch damit auf meinen Gebärmutterhals ein, als wolle es eine Tür einrennen. Als Nächstes spürte ich einen stechenden Schmerz, ehe sich meine Gebärmutter zusammenzog, als versuche sie, eine Wassermelone zu zerquetschen. »Uff!«

»Was ist?«, fragte Matt.

Ein Strahl Flüssigkeit schoss zwischen meinen Beinen hervor und lief in den Sand, als hätte ich mir in meine Umstandshose gepinkelt. Wieder zog sich mein Bauch zusammen. Ich packte Matts Arm. »Dein Baby kommt.«

Dem Affengott Hanuman gewidmete Position

(Hanumanasana)

Knie dich auf den Boden. Setze den rechten Fuß etwa dreißig Zentimeter vor dem linken Knie auf. Schiebe das linke Knie nach hinten, während der rechte Oberschenkel Richtung Boden wandert. Bewege nun Stück für Stück die rechte Ferse vom Körper weg, während das Becken immer tiefer in den Spagat wandert. Spüre das Brennen der Sehnen und Bänder, während sich die verhärteten und widerstrebenden Muskeln dehnen.

So groß war die Liebe von Hanuman zu seinen Meistern, Rama und Sita, dass er sich mit den Klauen die Brust aufriss, um ihnen ihr in sein Herz eingraviertes Bild zu zeigen. Um die entführte Sita aus den Klauen des Dämonenkönigs zu befreien, sprang er mit einem Satz von Indien nach Sri Lanka und rettete sie.

Versuche, den Sprung des Affengottes nachzuvollziehen, und spreize die Beine weit. Enthülle das Bild des Göttlichen, das in deine Brust eingeritzt ist. Überwinde den Ozean, der den Mensch, der du zu sein glaubst, von jenem Menschen trennt, der du werden kannst.

Höre, mein Freund, dieser Weg ist das Herz, das sich öffnet, alle Widerstände sind gebrochen, Tränen fließen die ganze Nacht… Mirabai sagt: »Die heißen Tränen, vergossen um Mitternacht, führen dich zu Gott.«

Mirabai (1498–1565)

Kapitel sechsundzwanzig

Elf Stunden später – wir waren in Matts altem ramponierten Pick-up, dem ich die Schuld an dieser Schwangerschaft gab, die Fulton Street hinauf und am Golden Gate Park vorbeigerast –, ging ich in einem Entbindungsraum im vierzehnten Stock des UCSF-Krankenhauses auf und ab und versuchte, meine Gebärmutter dazu zu bewegen, endlich in die Gänge zu kommen.

Ich trug ein weißes Flügelhemd und hatte einen Wehenmesser um den Bauch geschnallt, der jede Kontraktion in wilden Zickzacklinien auf einer langen Papierrolle festhielt. Lori ging neben mir her. Sie hatte sich bei mir untergehakt, damit ich mich bei jeder neuerlichen Wehe an ihr festklammern konnte. Matt lag auf dem Bett und blätterte in einer Ausgabe von *Das Geburtsbuch: Alles was Sie über eine sichere und befriedigende Geburt wissen müssen*, als lerne er fieberhaft in letzter Sekunde für eine Prüfung, obwohl er den Großteil der Vorlesungen verpasst hatte. Devi Das und Ishtar hatten sich in einen Sessel auf der anderen Seite des Raums gequetscht und lutschten Kirscheis am Stiel aus dem Kühlschrank.

Das Panoramafenster bot einen Ausblick auf die nächtliche Stadt, über das glitzernde Lichtermeer bis zum Bogen der Bay Bridge in der Ferne. Bei meiner Ankunft hatte ich den Ausblick inspirierend gefunden, mittlerweile jedoch hätte ich am liebsten mit dem Kopf gegen die Scheibe geschlagen.

»Du machst das toll«, erklärte Lori zum zwanzigsten Mal, als ich wieder einmal wimmernd die Nägel in ihren Arm grub.

»Ich mache das überhaupt nicht toll. Elf Stunden, und ich habe es gerade mal auf sechs Zentimeter gebracht!«

»Das war vor einer Dreiviertelstunde. Inzwischen hat sich der Muttermund bestimmt noch weiter geöffnet.«

Matt sah von dem Buch auf. »Hier steht, eine Steigerung der Schmerzen bedeutet, dass die Wehentätigkeit vorangeht.«

»Ah! Schmerz bedeutet Fortschritt! Genauso wie in der spirituellen Praxis!« Devi Das wedelte mit seinem Eis in meine Richtung.

»In Wahrheit ist es nur die verinnerlichte patriarchalische Angst vor dem Frauenkörper, die eine Geburt so schmerzhaft macht«, erklärte Ishtar. »Ich habe von vielen Frauen gehört, sie hätten die Wehenkontraktionen als gewaltigen Orgasmus wahrgenommen.«

Am liebsten hätte ich ihr mit den Zähnen die Augenbrauen abgerissen. »Tja, denk nur… ich gehöre nicht dazu.«

»Du brauchst dich nicht minderwertig zu fühlen«, beruhigte mich Devi Das. »Bestimmt hat die Hälfte der Frauen das nur vorgetäuscht.«

Eine weitere Wehe erfasste mich. Japsend packte ich Loris Arm. »Aua. Die war aber heftig.«

»Du kannst gern stöhnen, wenn dir danach ist«, sagte Ishtar. »Du brauchst keine Hemmungen zu haben.«

»Ich HABE keine Hemmungen! Wieso glauben alle, ich hätte Hemmungen?«

»Schon gut. Ich sage doch nur, dass du keine zu haben brauchst.«

»Möchtest du noch ein Eis?«, fragte Devi Das. »Das mit Limonadengeschmack ist recht gut.«

»Nein, ich möchte kein Eis mehr.« Ich sah Lori an und übermittelte ihr stumm eine eindringliche Botschaft – *Schaff sie hier raus, bevor ich eine Dummheit begehe!*

Die ersten sechs oder sieben Stunden in den Wehen waren eigentlich ganz nett gewesen. Ishtar hatte ihren iPod an die Stereoanlage des Entbindungszimmers angeschlossen, den sie mit einer Auswahl an beruhigenden spirituellen Klängen programmiert hatte. Tibetische Flüchtlingsnonnen, die das Herz-Sutra sangen. Trommelklänge amerikanischer Ureinwohner. Fünf Versionen von Pachelbels Kanon. Sie hatte sogar die CD geladen, die ich aus dem Ashram in Kerala mitgebracht hatte, auf der Prana Ma die 1008 Namen der Göttlichen Mutter sang. »Dein Geburtszimmer sollte wie ein Tempel sein«, hatte sie gesagt, die Deckenbeleuchtung ausgeschaltet und ein Nachtlicht in der Form von Tara, der Göttin des Mitgefühls, eingesteckt. Devi Das hatte Sandelholz-Räucherstäbchen angezündet, die wir aus dem Satyanam Ashram mitgebracht hatten, und sie in ein leeres Wasserglas auf meinem Nachttisch gesteckt. Als ich in dem dämmrigen Raum saß und Matts Hand hielt – ein ganz klein wenig häufiger, als es der Schmerz in Wahrheit erforderte –, stellte ich mir vor, wie die Schwestern auf dem Korridor flüsterten: »Wart ihr schon in Zimmer 5? Das ist besser, als in die Kirche zu gehen.« Ich hatte in all den Jahren so viel Yoga gemacht – dieses Baby würde ganz einfach aus mir herausflutschen; die Schmerzen wären nicht allzu heftig, und ich hätte eine gute Geschichte zu erzählen, wenn ich später auf Lesereise ging.

Aber nach elf Stunden hatte ich die Wehen ebenso satt wie die Herz-Sutra-CD. Die Räucherstäbchen waren abgebrannt. Matt hatte den Deckel wieder auf der Kameralinse. Alle hatten Pizza, Burritos und Eiscreme verdrückt, während ich nichts als Energy Drinks, Eiswürfel und Wassereis zu mir genommen hatte. Ich war so oft in die Badewanne gestiegen und unverrichteter Dinge wieder herausgekommen, dass meine Finger schon ganz schrumpelig waren. Der Schmerz hatte immer mehr zugenommen, aber nicht dramatisch genug, um das Gefühl zu haben, dass in absehbarer Zeit etwas Aufregendes passieren würde. Am liebsten würde ich die Zeit vorspulen auf morgen früh, wenn ich höchstwahrscheinlich mein Baby in den Armen halten würde. Aber leider hatte ich keine Ahnung, wie ich es bis dahin schaffen sollte. Ich wusste, dass ich den letzten Geburtsvorbereitungskurs nicht hätte schwänzen dürfen. Das musste der gewesen sein, bei dem der Geheimtrick verraten wurde, *wie man dieses Baby herausbekommt.*

Zu meiner Erleichterung schlüpfte Lori in die Rolle des Aufpassers und wies Devi Das und Ishtar an, nach Hause zu fahren und ein wenig zu schlafen, damit sie morgen ausgeruht wären, um mir zur Seite zu stehen. Dr. Pat kam herein, und ich legte mich aufs Bett, damit sie den Muttermund untersuchen konnte. »Immer noch erst sieben Zentimeter. Es kann sein, dass die Wehen stagnieren. Wenn es so weitergeht, werden wir Ihnen Pitocin geben müssen, damit die Sache in Gang kommt.«

»Nein! Ich will keine Medikamente. Ich werde eine natürliche Geburt haben, schon vergessen?« Toll! Zuerst öffnete sich mein Muttermund zu schnell, und dann wollte er plötzlich überhaupt nicht mehr aufgehen.

»Mmm. Ich komme in einer Stunde wieder. Dann werden wir sehen, wie wir weitermachen.« Dr. Pat verließ den Raum.

Matt begann, wie ein gefangener Tiger im Zimmer auf und ab zu gehen. »Macht es dir etwas aus, wenn ich eine Weile vor die Tür gehe und einen kleinen Spaziergang mache? Ich brauche etwas frische Luft.«

Oh Gott, er fährt geradewegs zum Flughafen. Ich höre erst wieder von ihm, wenn er in Bali gelandet ist. Ich holte tief Luft. »Geh nur.«

Sobald er verschwunden war, setzte Lori sich neben mich

und nahm meine Hand. »Hör zu, Amanda, ich denke, du solltest zusehen, dass ein bisschen mehr Zug in die Sache kommt.«

»Du meinst mit Matt?«

»Nein, ich meine nicht mit Matt. Großer Gott, könntest du vielleicht mal eine Sekunde aufhören, an Matt zu denken? Ich meine mit den *Wehen.*«

»Das liegt nicht in meiner Hand.«

»Doch, tut es. Genau das sage ich ja. Ich glaube, du drosselst.«

Das Letzte, was ich jetzt gebrauchen konnte, war noch einer von Loris Vorträgen. »Weshalb sollte ich das tun? Glaub mir, ich will mehr als jeder andere, dass dieses Baby endlich aus mir herauskommt.«

»Ein Teil von dir will das. Aber ein anderer Teil von dir hat Angst davor, den Dingen freien Lauf zu lassen.«

Wieder krampfte sich meine Gebärmutter zusammen. Ich packte die Stange an meinem Bett. »Äh, Lori, ich bin im Moment beschäftigt. Könntest du dir das für später aufheben?«

»Amanda, hör mir zu. Du hast immer versucht, alles zu kontrollieren, dir alles vorher im Kopf zurechtzulegen. Du packst am liebsten alles in kleine überschaubare Kapitel, so wie du es in deinen Ratgebern machst. Aber wir sind hier nicht bei *Kinderkriegen für Anfänger.* Du musst loslassen.«

Das war nicht fair. Wer von uns beiden war hier der Kontrollfreak? Außerdem … »Ich kontrolliere nicht alles!«, protestierte ich. »Ich kann *überhaupt nichts* kontrollieren.« Vor meinem geistigen Auge lief die Liste der Dinge ab, auf die ich keinerlei Einfluss hatte: *Matt. Indien. Die Erleuchtung. Mein Buch. Meine Mutter. Meinen Vater. Ja, noch nicht einmal auf meine eigenen Gedanken.*

»Aber du versuchst es. Und ich denke, alles – *alles* – würde besser laufen, wenn du das nicht tun würdest.«

Ich schloss die Augen. »Okay, ich werde loslassen. Bitte sehr. Bist du zufrieden?« Vielleicht würden mich die Götter ja belohnen, indem alles so laufen würde, wie ich es haben wollte, wenn ich nur losließ. *Also, los geht's. Ich lasse los, ich ergebe mich, ich werde ganz weich, ich …*

»Ich bin wieder da.« Matt kam zur Tür herein. »Es ist eine Wahnsinnsnacht da draußen. Überall riecht es nach Jasmin.« Ich öffnete die Augen. Und als ich das tat, schlug eine gewaltige Woge des Schmerzes über mir zusammen, größer als alles, was ich je gespürt, als ich es mir jemals vorgestellt hatte.

»Oh Gott.« Ich packte Matts Arm, während er sich auf der anderen Seite des Bettes hinsetzte.

»Alles klar?«

»Ja.« *Nein.* Der Schmerz hatte nachgelassen, trotzdem hielt ich Matt weiter fest. »Matt? Könntest du mir eine Geschichte erzählen? Nur etwas, um mich abzulenken … egal was.«

Er legte seine Hände auf meine. »Klar. Ich werde dir die Geschichte erzählen, wie wir uns kennengelernt haben.«

»Diese Geschichte kenne ich schon.«

»Nein. Du kennst die Geschichte, wie *du mich* kennengelernt hast. Aber du weißt nicht, wie *ich dich* kennengelernt habe.«

»Okay. Von mir aus. Solange du nur redest.« Ich versuchte weiterzuatmen.

»Ich kam ins Yoga-Studio und rollte meine Matte neben deiner aus. Es war der einzige freie Platz, das war der eigentliche Grund. Du warst so dünn, nichts als Arme und Beine und die größten Augen, die ich je gesehen habe. Du warst die Einzige, die nicht so tat, als wollte sie eine Rolle in einem Yoga-Video ergattern. Du warst nicht geschminkt, dein Haar war zu einem Zopf gebunden, und du hattest eine Jogginghose und ein ausgeleiertes Top an. Aber als du anfingst dich zu bewegen, war ich hin und weg. Dein Körper war wie Wasser.«

Meine Nägel gruben sich in seinen Arm. »Erzähl weiter.«

»Ich weiß noch, dass wir die zweite Serie an diesem Tag übten. Du warst damit beschäftigt, dein Bein hinter dem Kopf abzulegen. Du hattest die Augen geschlossen, als wärst du in einer

Welt, in die ich dir vielleicht niemals würde folgen können. Ich weiß noch, wie sich der Geruch deines Schweißes mit dem Duft der Räucherstäbchen vermischt hat. Ein paar Tage später hast du dein rotes Sweatshirt im Übungsraum vergessen. Ich hob es auf und nahm es mit nach Hause. Ich wollte es dir in der nächsten Stunde zurückgeben, stattdessen schob ich es unter mein Kopfkissen. Es bescherte mir die wildesten Träume.«

»Also *dort* ist mein Sweatshirt abgeblieben! Ich hatte es immer so gern!« Ich rollte mich auf die Seite. »Oh Mist, da kommt die nächste.«

»Okay. Atme. Konzentrier dich.«

»Bitte, red einfach weiter.«

»Ich glaube, schon damals wusste ich es. Ich wollte es nicht wissen, aber ich tat es trotzdem. Ich wusste, dass etwas zwischen uns ist, das immer da sein würde. Ja, natürlich gab es andere Frauen. Wahrscheinlich wird es irgendwann wieder welche geben. Aber –«

»Entschuldige, aber sollte die Geschichte nicht dazu dienen, sie von den Schmerzen abzulenken?«, unterbrach Lori. »Ich bin mir nämlich nicht sicher, ob das tatsächlich der richtige Weg ist.«

»Für mich schon«, erwiderte Matt.

»Kann es ausnahmsweise einmal nicht nur um dich gehen?«, fragte Lori.

»Es geht nicht um mich, sondern um *uns*. Um mich und Amanda.« Er beugte sich vor und nahm mein Gesicht in seine Hände. »Was ich dir zu sagen versuche, ist – Ich liebe dich. Ich habe dich immer geliebt, und ich werde dich auch immer lieben. Was auch passiert, in welcher Weise ich dich auch immer im Stich gelassen habe und es vielleicht wieder tun werde – du musst wissen, dass es die Wahrheit ist.«

»Aaaaaah!« Es war ein langer, animalischer Laut, den ich nicht einmal als meinen eigenen erkannte, obwohl er aus den Tiefen meines Körpers drang. Ich stopfte mir den Zipfel des Lakens in den Mund, zerrte mit den Zähnen daran. Ich packte Matts Hand und drückte zu, als wollte ich jeden Knochen einzeln brechen.

»Atme tief durch«, sagte er noch einmal, »atme einfach.«

»Matt. Ich glaube, ich schaffe es nicht.«

»Klar schaffst du das. Ich weiß es. Tu einfach so, als wäre es eine wahnsinnig intensive Ashtanga-Übung. Jede Kontraktion ist nur eine weitere Position. Atme dich von einer in die nächste, so wie beim Vinyasa.«

Wieder knurrte ich, packte das Laken mit den Zähnen. Ich stöhnte. In diesem Augenblick sah ich ihn: Mr. Kapoor. Er stand am Fußende meines Bettes, in Yoga-Hosen und mit schwellendem, nacktem Brustkasten. Seine Miene war streng. »Atme, dann kommt alles andere von allein!«, dröhnte er. »Immer nur ein Atemzug. Dann noch einen. Ein bisschen Schmerz – kein Problem!«

Ich schloss die Augen und versuchte, *ujayii* zu machen, das tiefe, vertraute fauchende Zischen im hinteren Teil meiner Kehle. Ich klammerte mich an den Atem wie an einen Rettungsring, während die nächste Schmerzwoge über mir zusammenschlug, dicht gefolgt von einer weiteren. *Ein. Aus. Ein. Aus.*

»Jede Zelle deines Körpers ist intelligent!«, dröhnte Mr. Kapoor weiter. »Befreie ihre Weisheit.«

Das versuche ich ja. Aber es tut so weh. Ein. Ich will nicht mehr. Aus.

»Spür den Schmerz als Empfindung, nicht als Schmerz.« Nun war auch noch Harold da. »Ist es ein Druck oder eher ein Prickeln? Bewegt er sich oder bleibt er, wo er ist? Mach den Schmerz nicht schlimmer als er ist, indem du dich gegen ihn wehrst.«

Es tut höllisch weh. Es zerreißt mich. Ein. Es zerfetzt mich. Es zerrt an mir. Aus. Oh, ich schaffe es nicht. Ich schaffe es nicht.

»Wer ist dieses Ich, das es nicht schafft?« Saraswatis Augen waren stechend blau. »Zeig mir dieses Ich.«

Ich weiß es nicht, ich bin fort. Der Mensch, der ich zu sein glaubte, ist in tausend Teile zerborsten.

»Die Göttliche Mutter erscheint in vielen Gestalten.« Prana Mas Stimme war sanft. Sie schloss mich in die Arme. »Und eine dieser Gestalten bist du.«

In diesem Augenblick erfasste mich ein Tornado des Schmerzes, so gewaltig, dass sämtliche Gurus zum Fenster hinausgewirbelt wurden. Ich schrie und spie und sabberte, und meine Tränen liefen über Matts Arm. Dies war kein stiller Ashram-Tempel, sondern ein Altar, auf dem Priester zu wilden Trommelklängen Ziegen opferten. Ich war Kali mit heraushängender Zunge und Blut, das von meinen Zähnen troff. Mein Becken war ein glühender Feuerring.

»Mmmm, mmm.« Dr. Pat stand am Fußende des Bettes. »Und nun pressen!«

»Matt«, zischte ich. »Bring mich hier raus. Ich habe es mir anders überlegt. Ich will kein Baby. Ich will tibetische Nonne werden. Ich will Yogini sein. Ich kann das nicht.«

Er legte die Hand auf mein Herz. »Doch, du kannst das sehr wohl.«

Und es stimmte. Ohne mein Zutun begann mein Bauch zu beben. Es war, als würde mein Innerstes nach außen gestülpt. Die Erde tat sich unter mir auf.

»Hier kommt das Köpfchen«, sagte Dr. Pat. Wieder bäumte ich mich auf. Etwas Schweres, Weiches flutschte mit einem Schmatzen aus mir heraus, dann hörte ich ein Schreien. Augenblicke später legte Dr. Pat ein glitschiges Bündel auf meine Brust und wickelte uns beide in eine weiche Decke ein. Ich sah ein nasses, dunkles Köpfchen, ein rotes Gesicht, einen weit aufgerissenen Mund. Matt beugte sich über mich. Vergiss unser vergangenes Leben: Wir waren alle drei wiedergeboren worden.

»Hier ist Ihr kleines Mädchen«, sagte Dr. Pat.

Im ersten Moment bekam ich es nicht mit, doch dann hörte ich Matts ungläubige Stimme. »Unser *Mädchen?*«

Einem, der geboren wurde, ist der Tod sicher, und einem, der gestorben ist, ist die Geburt gewiss. Deshalb solltest du bei der unvermeidlichen Erfüllung deiner Pflicht nicht klagen.

Bhagavad Gita, ca. 300 v.Chr.

Kapitel siebenundzwanzig

Gleich am nächsten Tag nach dem Frühstück brachten wir das Baby nach Hause. Erstaunlicherweise erlaubte man uns, das Krankenhaus zu verlassen, ohne vorher den obligatorischen Bäuerchen- und Wickeltest durchlaufen zu haben. Matt und ich saßen links und rechts vom Kindersitz auf dem Rücksitz von Loris VW. Bei jedem Schlagloch hielt ich den Atem an und umklammerte den Sitz so fest, dass sich rote Striemen in meinen Handflächen bildeten. Als wir endlich vor dem Haus vorfuhren, bekam ich den Sitz nicht aus der Halterung. Also hob ich das Baby heraus, wobei ich eine Hand unter das Köpfchen legte, so wie wir es mit den Gummipuppen im Vorbereitungskurs gelernt hatten. Die Kleine war weich, schlaff und unfassbar klein. Ich hatte Angst, dass ich sie zerbrechen könnte.

Meine Hausbewohner hatten die Diele mit tibetischen Gebetsfahnen und einem blauen »Es ist ein Junge«-Banner geschmückt. »Das Geschlecht ist in Wahrheit sowieso nur ein gesellschaftliches Konstrukt«, erklärte Ishtar, als sie mir mit Devi Das und Ernie im Schlepptau die Treppe hinauf in mein Zimmer folgte. Ich legte das Baby in das mit Tüchern ausgelegte Babybett und rollte mich auf meinem Bett zusammen, so dicht bei ihr, wie ich konnte, ohne selbst in das Babybettchen zu klettern. Matt und Lori wollten ebenfalls ein wenig schlafen und hatten versprochen, später wiederzukommen und mir zu helfen. Der Hormonausstoß und die Erschöpfung hatten mich benommen gemacht. Aber ich hatte Angst, das Baby könnte aufhören zu atmen, wenn ich es auch nur eine Sekunde aus den Augen ließ.

»Also hatte Prana Ma doch recht«, meinte Ishtar und setzte sich im Schneidersitz aufs Bett, während ihre Fantasie bereits mit ihr durchging. Es war ein Mädchen, und somit war erwiesen, dass man mittels brennender Kerzen in den Ohren Gifte aus dem Gehirn ziehen kann, Amethystkristalle den Ausgang der Präsidentschaftswahlen vorhersagen konnten und Außerirdische JFK ermordet hatten. »Und du hast sie sogar Aradhana genannt, genauso wie sie es vorhergesagt hat.«

»Vielleicht ändere ich den Namen später noch. Ohne einen Namen für die Geburtsurkunde wollten sie mich nur nicht aus dem Krankenhaus entlassen, und alle Namen, die ich mir überlegt hatte, waren für Jungen.« Ein riesiger Gladiolenstrauß mit einer Karte von meiner Mutter stand auf meinem Nachttisch. »Willkommen, kleine Aradhana. Ich komme mit dem nächsten Flugzeug aus Hawaii, um dich kennenzulernen. Bitte nenn mich nur nicht Oma. Mir wäre etwas in der Art von Nonna lieber, das klingt so schick, so italienisch.«

»Also lag der Ultraschall daneben?« Ernie spähte in das Kinderbettchen.

»Dr. Rao muss das Bild wohl falsch interpretiert haben. Sie hat allerdings gesagt, dass es nicht zu hundert Prozent sicher ist. Und was Dr. Pat angeht – sie hat sich vermutlich nur einen kleinen Scherz erlaubt. Ich habe ihr gesagt, sie bräuchte mir das Geschlecht nicht zu verraten, weil ich es sowieso schon wüsste. Also hat sie nie erwähnt, dass ich mich irrte.«

»Du darfst den Namen nicht ändern«, meinte Devi Das. »Das kannst du nicht. Es ist Karma.«

»Sieht ganz so aus, als würde er ihr bleiben.« Ich konnte nicht aufhören, sie anzusehen, als wäre sie eine Droge, nach der ich jetzt schon süchtig war. Ihr winziges Gesicht war rot und leicht zerknautscht, die Nase noch etwas platt von der Geburt. Den Mund hatte sie eindeutig von Matt: ein konzentriert geschürztes Schmollmündchen. Ihre Stirn war in sorgenvolle Falten gelegt, selbst im Schlaf, als hätte sie bereits einen üblen Verdacht: Wenn hier einer die Dinge auf die Reihe bekäme, dann ganz bestimmt sie.

»Ich denke, ich lege mich hin und mache ein Nickerchen«, sagte ich zu meinen Mitbewohnern, dabei wollte ich in Wahrheit nur allein mit meinem Baby sein. Sobald ich sicher war, dass sie die Treppe hinuntergegangen waren, hob ich sie aus dem Bettchen. Ich kam mir vor, als tue ich etwas Verbotenes, als bräuchte ich die Erlaubnis, sie hochzuheben, aber wessen Erlaubnis sollte ich denn brauchen? Ich ließ mich auf den Rücken sinken und legte sie auf meinen Bauch, den Kopf unmittelbar unter meinen Brüsten. Ich hatte das Gefühl, als würden wir in dieser Position besser schlafen, immerhin waren wir beide daran gewöhnt, so zu liegen.

Ihr Gesicht bewegte sich im Schlaf, so als träume sie. Wovon mochte sie nach nicht einmal einem Tag auf der Welt träumen? Von meiner Brust? Von den unbequemen Windeln um ihre Beinchen? Von der langen, engen Reise durch den Geburtskanal? Von der flüssigen Dunkelheit in meinem Bauch? Furcht, Überraschung, Freude und Ehrfurcht wechselten sich auf ihrem Gesicht ab, eine Vorschau auf ein Leben voller Schmerz und Leidenschaft. Am liebsten hätte ich sie genommen und für den Rest ihres Lebens in einer Schachtel verpackt, so dass ihr nichts und niemand jemals Schaden zufügen konnte. In meinem schläfrigen, halb benebelten Zustand erschien mir diese Idee als beinahe praktikable Strategie.

»Aradhana«, flüsterte ich probeweise. War der Name reiner Zufall, wie so vieles in meinem Leben? Oder Schicksal? Und wie sollte ich den Unterschied erkennen? Mehr und mehr hatte ich den Eindruck, als sei »Es sollte so sein« nur eine andere Variante von »Es ist nun mal passiert«.

Epilog

Von: Amandala@yahoo.com
An: Maxine@bigdaybooks.com
Betreff: Erleuchtung für Anfänger

Liebe Maxine,

bestimmt freut es dich, dass ich gerade das fertige Manuskript von *Erleuchtung für Anfänger* mit FedEx an dich abgeschickt habe. Tut mir leid, dass ich ein paar Monate überzogen habe. Und dass die ersten Seiten etwas zerknittert sind. Aradhana hat sie zu fassen bekommen, während ich nach der Serviette gesucht habe, auf der deine FedEx-Kundennummer stand. Und lass dich bitte nicht von den Tippfehlern auf den letzten Seiten irritieren. Aradhana ist ein Schwall Milch hochgekommen, der auf der Tastatur gelandet ist. Deshalb funktioniert nun das »m« nicht mehr. Mir war nie bewusst, wie wichtig das »m« ist, wenn man über spirituelle Erleuchtung schreibt. Ich meine, da gibt es Worte wie Meditation, Mantra, und Metta und … na ja, ziemlich viel insgesamt. Ich habe beim Support angerufen und landete bei diesem Inder in Kalkutta, der keinen blassen Dunst von Yoga hatte, obwohl er meinte, er würde gern nach Los Angeles ziehen und es lernen. Ich erzählte ihm, eine Flüssigkeit sei über meine Tastatur gelaufen. Er wollte wissen, um welche Flüssigkeit es sich denn handle, und als ich antwortete, halb verdaute Muttermilch, wurde er so verlegen, dass er mich über eine Stunde in der Warteschleife hängen ließ.

Jedenfalls hätte ich das Manuskript gern noch ein bisschen auf

Vordermann gebracht, aber ich hatte Angst, dass ich den letzten Abholtermin von FedEx verpasse. Und ich hatte ja noch deine Drohung im Hinterkopf, von wegen dies sei meine letzte Verlängerung; wenn du das Manuskript nicht bis morgen Mittag hättest, müsste ich den Vorschuss zurückzahlen und könnte den Rest des Geldes auch gleich vergessen. Aber wenn ich diesen Rest nicht kriege, habe ich nicht mal Geld für die Windeln.

Gehe ich dir mit meinem Gerede auf die Nerven? Ich kann das selbst so schwer einschätzen. Eine der Begleiterscheinungen von ständigem Schlafmangel ist, dass man nicht mehr weiß, wann man aufhören soll zu reden. Heute habe ich mich sogar dabei ertappt, wie ich dem FedEx-Typen erzählt habe, ich hätte mir Knoblauch-Kartoffelpüree in den BH gestopft. Es ist nichts Unanständiges, sondern hilft nur bei rissigen Brustwarzen, aber er schien es irgendwie misszuverstehen.

Wenn ich mich recht entsinne, ist es ein paar Monate her, seit wir das letzte Mal voneinander gehört haben. Damals hatten wir einen kleinen Disput darüber, ob ich das Buch in zwei Teile aufteilen könnte, einen jetzt gleich und den zweiten, wenn Aradhana in den Kindergarten kommt. Du ahnst ja nicht, wie groß sie seither geworden ist. Damals war sie nur ein sabberndes Bündel, das ständig Koliken hatte und sich nicht einmal auf die Seite drehen konnte. Wäre mir der Telefonhörer während des Gesprächs nicht in den Windeleimer gefallen, hätte ich dir gerne noch mehr über sie erzählt. Es stellte sich nämlich heraus, dass sie das war, was in Elternratgebern als »unruhiges« Baby bezeichnet wird – eine hübsche Umschreibung dafür, dass ein Kind ununterbrochen brüllt. Sie konnte nur schlafen, wenn ich sie auf dem Arm hatte, und selbst dann wachte sie auf, sobald ich sie hinlegte, sprich, ich tat alles – essen, schlafen, Mails abrufen – mit ihr auf dem Arm. Ich hatte sie sogar auf dem Schoß, wenn ich aufs Klo ging. Mein ganzes Bett roch nach schmutzigen Windeln und saurer Milch. Ab und zu nahmen meine Mitbewohner oder meine Mutter sie auf den Arm, damit ich duschen konnte. Dann stand ich unter dem heißen

Wasser und tat so, als würde ich Urlaub in einem Wellnesshotel machen. Einmal hat Ernie angeboten, auf sie aufzupassen, während ich zum Yoga ins Blissful Body fuhr. Aber beim abwärtsgerichteten Hund schoss die Milch ein, so dass ich gehen musste, bevor alles auf die Matte tropfte.

Devi Das erzählte mir ständig, ich würde ruhiger werden, wenn ich meditierte, und als ich sagte, ich hätte aber keine Zeit dafür, meinte er: »Wie hast du dann Zeit für alles andere?« Ich glaube, das war der Augenblick, als ich eine volle Windel nach ihm geworfen habe.

Natürlich habe ich sie trotzdem über alles geliebt; mehr, als ich es jemals für möglich gehalten habe. Und selbst als es mal nicht so war, hielt ich mich nur an den Rat der Eltern-Hotline. »Einfach so tun, als ob«, sagte die Frau am Telefon zu mir. Es war zwei Uhr früh, und ich fragte mich, ob die Frau genau dieselbe Strategie anwandte – ob sie mit dieser zuckersüßen, mitfühlenden Stimme mir nur etwas vorgaukelte. Vermutlich schnitt sie sich in Wahrheit gerade die Fußnägel und dachte insgeheim: *»Wieso nimmt sie sich nicht einfach ein Kindermädchen?«*

Aber ich muss zugeben, dass sich diese »Einfach so tun, als ob«-Methode in allen möglichen Belangen als hilfreich erwiesen hat (auch beim Schreiben des Buches, doch das sollte ich dir vielleicht lieber nicht verraten). Alles in allem läuft alles inzwischen viel besser. Ari hat sich in ein hinreißendes, fröhliches Mädchen mit wunderschönen Augen – eines grün, das andere grau, wie bei ihrem Vater – verwandelt. Sie lacht die ganze Zeit, als stiegen ununterbrochen Blasen in ihrem Bauch auf. Sie fängt sogar schon an zu krabbeln, das Problem ist leider, dass sie sich nur rückwärts bewegt, auch wenn sie sich noch so sehr anstrengt; ein Gefühl, das ich nur allzu gut kenne. Aber statt wütend zu werden oder aufzugeben, fängt sie an zu lachen, als wäre es ein Riesenwitz, dass sie in einer Welt lebt, in der sich alles weiter und weiter von ihr entfernt, was sie zu erreichen versucht.

Auch Matt ist völlig verrückt nach ihr – obwohl das nicht

zwangsläufig bedeutet, dass er oft bei uns ist. Aber das ist allein seine Schuld, sage ich mir immer wieder. Unmittelbar nach Aradhanas Geburt bekam er einen Auftrag, Aufnahmen für eine Reihe von Broschüren für den Zoo von San Francisco zu machen. Damit konnten wir zwar die Krankenhausrechnung bezahlen, aber es hatte auch zur Folge, dass er praktisch den ganzen Tag in der Afrikanischen Savanne, im Lemuren-Dschungel, im Australien-Gehege und auf der Pinguin-Insel verbringen musste. Ab und zu kam er vorbei, um mir Aradhana aus den Armen zu reißen, sie von oben bis unten abzuküssen und ihr Geschichten über die Balzrituale der Nashörner zu erzählen. Und wenn sie anfing zu schreien, drückte er sie mir wieder in den Arm.

Als sie zwei Monate alt war, flog er für drei Wochen nach Sri Lanka, und seither war er ziemlich oft unterwegs. »Ich wünschte, du hättest einen Mann, auf den du dich verlassen kannst«, bekomme ich ständig von meiner Mutter zu hören, aber ich halte dagegen, dass ich mich sehr wohl auf ihn verlassen kann. Ich kann mich darauf verlassen, dass er so ist, wie er eben ist.

Bevor er zu seiner letzten Reise aufbrach, schenkte er mir ein selbst gemachtes Fotoalbum, in dem ich blättere, wann immer ich ein bisschen geknickt bin. Die Fotos sind unglaublich. Vielleicht zeige ich sie dir eines Tages: Aradhana, wie sie mit weit aufgerissenem Mund an meiner Brust trinkt. Aradhana, wie sie mit ausgebreiteten Armen in einem Wust aus Decken schläft. Eine Nahaufnahme ihrer winzigen Hand um meinen Finger. Wie ich sie im Arm halte und wiege. Mein Haar ist völlig zerzaust, und auf meinem Gesicht liegt ein Ausdruck, den ich noch nie gesehen habe. Du würdest mich nicht wiedererkennen, Maxine. Ich sehe sanft aus, weich und hoffnungsvoll. Ich sehe ... glücklich aus.

Es ist schon seltsam – meine Erinnerung an ihre ersten Lebensmonate ist völlig verschwommen. Aber wenn ich diese Fotos ansehe, erkenne ich in jedem einzelnen die Freude. Es ist, als hätte Matts Kamera eine Speziallinse, die jedes negative Gefühl an der Oberfläche herausfiltert, so dass nur das zutage tritt, was darunterliegt.

Das Foto, das ich mir am häufigsten ansehe, stammt nicht von Matt. Lori hat die Aufnahme gemacht, als sie eines Nachmittags vorbeikam und mich, Matt und Aradhana angezogen und tief und fest schlafend auf meinem Bett vorfand. Ich liege mit dem Gesicht zu Matt da, Aradhana in der Biegung meines Körpers zwischen uns, während Matt auf dem Rücken liegt, den Kopf abgewandt und eine Hand nach uns ausgestreckt.

Ich erinnere mich, dass Matt an diesem Nachmittag nach der Arbeit nach Hause gekommen war. Der Ara-Experte hatte sich krankgemeldet, deshalb musste sein Shooting im Südamerikanischen Tropischen Regenwald abgesagt werden. Als Matt kam, ging ich gerade weinend mit der brüllenden Aradhana in der Diele auf und ab. Er nahm sie und ging mit ihr in den Park. Ich fiel aufs Bett und schlief sofort ein. Als ich aufwachte, ging die Sonne gerade unter. Matt lag neben mir, Aradhana zwischen uns. Im weichen Dämmerlicht sah ich ihre langen Wimpern, die ihre Wange streiften. Matts Gesicht war nur wenige Zentimeter neben ihr, und sein Mund war ebenso konzentriert geschürzt wie ihrer. Es war einfach nur schön, wie wir alle dort lagen und schliefen. Die Liebe zwischen uns war so rein und klar. Zu schade, dass wir nicht immer dort liegen bleiben konnten, dachte ich mir.

Wann immer ich dieses Foto in die Hand nehme, sehe ich uns drei als Familie. Aber ich sehe auch, wie Matt selbst im Schlaf halb abgewandt von mir und Aradhana ist. Obwohl er den Arm ausstreckt, zieht ihn ein Teil von ihm von uns fort.

Das Foto bricht mir das Herz. Aber ich behalte es trotzdem. Um mich daran zu erinnern, dass zwischen uns nicht alles möglich ist. Aber auch, um mich an alles zu erinnern, was da ist.

Okay, okay, ich merke schon, wie du ungeduldig wirst, Maxine. Du fragst dich, was all das mit *Erleuchtung für Anfänger* zu tun hat. Dazu komme ich noch. Versprochen.

Ich dachte, ich würde nach Indien reisen, um den Pfad zur Erleuchtung zu finden – und dass ich, wenn ich ihn erst einmal gefunden hätte, ein völlig neuer Mensch werden würde. Aber was ist, wenn die Erleuchtung tatsächlich etwas für Anfänger ist? Für dumme Anfänger wie dich und mich, Matt, Sri Satyaji, Mr. Kapoor und alle anderen, die ich auf dieser völlig verrückten Reise kennengelernt habe? Was, wenn all diese spirituellen Lehrer mit ihrem Gerede über den richtigen Moment tatsächlich just *diesen Moment* meinten und nicht einen besseren, der erst in der Zukunft eintritt? So wie jetzt, wo ich in einem vollgekotzten T-Shirt hier sitze und schreibe, während Aradhana ein Nickerchen macht? Oder *deinen Moment* – wenn du einen Milchkaffee trinkst, meine Mail liest und dich fragst, ob ich den Verstand verloren habe?

Ich meine, klar, mein Leben ist ziemlich chaotisch. Manchmal sehe ich diese Familie im Park. Die Mutter ist toll gestylt, du weißt schon, sie trägt dieses wirklich teure Make-up, das sie aussehen lässt, als wäre sie völlig ungeschminkt. Und sie sieht aus, als würde sie jede Menge Schlaf bekommen, obwohl ihr Baby ungefähr im selben Alter ist wie Aradhana. Natürlich passt sie schon wieder in ihre engen Jeans, und ihre Kleine trägt dieses hübsche Rüschenkleidchen, und nirgendwo klebt Bananenpüree am Halsausschnitt. An den Wochenenden kommt ihr Mann mit auf den Spielplatz und schaukelt das Baby auf den Knien. Er ist groß und sieht gut aus. Sein Lachen ist toll, und offenbar ist er völlig verrückt nach den beiden. Ich sehe diese perfekte Familie vor mir und fühle mich… absolut beschissen.

Aber dann fällt es mir wieder ein – ich habe Lori und Devi Das und Ishtar und Ernie. Ich habe meine Mutter, dieses verrückte Huhn. Und ich habe in gewisser Weise sogar Matt. Es ist nicht die Familie, die ich mir vorgestellt habe, aber es gibt sie, und das ist eine Menge wert. Denn aus der Nähe sind die meisten Dinge nicht so, wie sie aus der Ferne erscheinen. Offen gestanden glaube ich allmählich, dass selbst die Erleuchtung wahrscheinlich nicht so ist, wie es immer behauptet wird. Ich frage mich, ob du in diesem Moment nicht dasitzt, eins mit dem Universum, und denkst
Und wozu war dann das ganze Theater nötig?

Apropos Erleuchtung – ich habe angefangen, Yoga zu unterrichten. Ich habe ein paar Morgenstunden, einen Schwangerschafts- und einen Mutter-Kind-Kurs. Es läuft ziemlich gut, besonders seit das Blissful Body angefangen hat, mit mir als »erfahrener Schülerin der bedeutendsten Gurus in Indien« zu werben. Devi Das und Ishtar fahren schon bald wieder nach Indien – und zwar nach Khajuraho. Dort wollen sie ein tantrisches Heilzentrum für Yoga-Schüler eröffnen. Ernie übernimmt Ishtars Zimmer und macht ein Büro daraus – erstaunlicherweise laufen seine Geschäfte ganz prima, seit die Kunden bei den Beratungsgesprächen Ari nebenan schreien hören. Lori und Joe heiraten nach Weihnachten.

Vor ein paar Wochen ging ich zu einer Selbsthilfegruppe für alleinerziehende Eltern, wo ich einen Mann namens Jacob kennengelernt habe. Er hat Zwillinge, die knapp zwei sind, einen Jungen und ein Mädchen, und der Kerl sah aus, als hätte er seit einer halben Ewigkeit weder eine Dusche noch einen Rasierapparat gesehen. Er erzählte, seine Frau hätte unter schweren postnatalen Depressionen gelitten, so dass er sich die meiste Zeit um die Kleinen gekümmert hätte. Die ersten sechs Monate nach der Geburt hat seine Frau nur weinend im Bett gelegen. Dann ging sie zu der Meditationsgruppe, die ihr C.G.Jung-Therapeut ihr empfohlen hatte, und eine Zeitlang schien es etwas besser zu laufen. Aber kurz nach dem ersten Geburtstag der Zwillinge ging ihr Meditationslehrer wieder nach Nepal zurück – und sie mit ihm. Sie hatte beschlossen, Nonne zu werden. Jacob steht immer noch unter Schock. Es sei einfacher, wenn sie mit einem anderen Mann durchgebrannt wäre, sagt er. Denn wie soll man mit dem Versprechen von Nirwana konkurrieren?

Unser erstes Rendezvous fand im Park gegenüber von der Grace Cathedral statt. Wir saßen auf einer Bank, aßen Cracker und sahen den Zwillingen auf der Wippe zu. Aradhana saß im Kinderwagen. Als ich Jacob erzählte, dass ich an einem Buch über Erleuchtung arbeite, flippte er beinahe aus. Aber ich konnte ihn beruhigen, mein Bedürfnis, nach Indien zu gehen, sei für lange, lange Zeit gestillt.

Allerdings ertappe ich mich gelegentlich dabei, wie ich davon träume. Ich schiebe Aradhana im Kinderwagen durch den Golden Gate Park und sehe zu, wie ein Typ seinem Labrador einen Tennisball zuwirft – und mit einem Mal sitze ich in Varanasi am Ganges und sehe zu, wie die Sonne den Fluss golden färbt, atme den Gestank des verbrannten Fetts der Leichen ein. Oder ich stehe in der Gemüseabteilung und will einen Kohlkopf kaufen, wenn mich mit einem Mal das Verlangen nach diesem pappsüßen, rauchigen Chai überfällt, den ich aus einem Becher auf einem Bahnsteig trinke, wo ich auf den Zug warte, der mich ungefähr tausend Jahre in die Vergangenheit zurückbringt.

Und dann beißt mich Aradhana ins Ohr oder zerrt an meinen Haaren, und ich kehre ins Hier und Jetzt zurück.

Ich will nicht behaupten, man könnte die Erleuchtung nicht in Indien finden. Vielleicht war sie die ganze Zeit greifbar nah. Vielleicht verbarg sie sich in dem Fahrradrikscha-Fahrer, der sein Rad mit einem Stück Drahtkleiderbügel repariert hat, oder in dem Obstverkäufer, der mit der Machete die Kokosnüsse aufschlug, oder im Gestank der Abwasserkanäle oder im Saft der Mangos. Vielleicht lag sie in den Augen des Hundes, dessen Rettung ich mir selbst verboten hatte.

Und wer weiß, vielleicht ist sie ja auch hier zu finden. Zumindest sagt mein Buch das. An einem guten Tag glaube ich es fast selbst.

Ich habe keine Ahnung, wie sich das marketingtechnisch umsetzen lässt. Und wie das Ganze in die »Abenteuer für Anfänger«-Reihe passt. Aber ich bin sicher, Eurer PR-Abteilung wird schon etwas einfallen. Jedenfalls zieht langsam Nebel auf, und meine Brüste beginnen zu kribbeln, was bedeutet, dass Aradhana bald aufwacht und gestillt werden will. In einer Stunde kommt Lori und holt uns ab. Wir essen bei ihr zu Abend, gemeinsam mit Jacob und den Zwillingen.

Ich möchte hier nicht so tun, als sei alles paletti und perfekt. Ehrlich gesagt, gibt es da noch einige Dinge, die mir Sorgen bereiten. Beispielsweise die Tatsache, dass dir das Manuskript nicht gefallen könnte und ich dann gezwungen wäre, Ishtars Nachtschicht bei der Sex-Hotline zu übernehmen. Und ich mache mir Sorgen, dass ich die Sache mit Jacob in den Sand setze – dass er einfach zu nett zu mir ist und mich zu gut behandelt, so dass ich ihn wegen eines Kerls verlasse, der eher wie Matt ist. Oder dass er insgeheim selber wie Matt ist und das der einzige Grund ist, weshalb ich mich für ihn interessiere, es aber nur noch nicht gemerkt habe.

Im Moment jedenfalls ist alles in Ordnung. Ich sehe den erhellten Bildschirm und meine Finger, die über die Tastatur fliegen. Irgendwo auf der Straße schrillt die Alarmanlage eines Autos, und der Geruch von Bananenbrot zieht aus der Küche herauf. Meine Mutter ist unten, blättert in einer Zeitschrift und träumt von einem Leben, das sie nie geführt hat. Und Aradhana ist gerade aufgewacht und gluckst fröhlich vor sich hin, wirbelt mit den Armen und Beinchen und krabbelt schon bald forsch ihrer Zukunft entgegen.

Okay, ich habe die Erleuchtung noch nicht gefunden. Aber vorläufig ist das ganz in Ordnung so.

Herzliche Grüße,

Amanda

Dank

Mein aufrichtigster Dank gilt folgenden Menschen:

Den Mitgliedern meiner Schreibgruppe – Katy Butler, Doug Benerofe und Stephanie Vollmer, für ihre Ermutigung und ihr Feedback. Shoshana Alexander, dem Guru unter den Schreibcoaches. Rachael Adler und Janice Gates, die mich anfeuerten, während wir gemeinsam unsere Kinder großgezogen haben. Meiner großen Schwester Kathleen für ihre unerschöpfliche Unterstützung und Klugheit. Vikas Rustagi vom Indischen Tourismusverband für die Hilfe bei meinen Recherchen. Meiner Agentin Lisa Bankoff für ihre Sachkenntnis und ihren Weitblick. Shaye Areheart und Peter Guzzardi, meinen Lektoren, für ihre Fähigkeit, mein Manuskript so zu stutzen, dass es in eine Yoga-Hose passt. Meiner Dharma-Freundin Carole Melkonian (»Sister Bliss«). Meinem geliebten Sohn Skye. Lou Hawthorne, dem besten Vater der Welt für Skye. Und all den wunderbaren Yoga- und Dharma-Lehrern – zu viele, um sie alle namentlich aufzuzählen –, die mich auf meinem spirituellen Weg inspiriert und begleitet haben.